Brigitte Glaser

Rheinblick

Roman

List

MIX
Papier aus verantwortungsvollen Quellen
FSC® C014496
www.fsc.org

List ist ein Verlag
der Ullstein Buchverlage GmbH

ISBN 978-3-471-35180-2

2. Auflage 2019

Gesetzt aus der Berling BQ
Satz: Pinkuin Satz und Datentechnik, Berlin
Druck und Bindearbeiten: GGP Media GmbH, Pößneck
Printed in Germany

Für Irene

»Ich musste noch lernen, dass es auch in den eigenen Reihen Leute gibt, die länger andauernden sowie durchschlagenden Erfolg übelnehmen und kaum verzeihen. Oder sollte ich sagen: Gerade in den eigenen Reihen?«

Willy Brandt, Erinnerungen

… da pfeift der Wind so kalt

Bonn, Samstag, 18.11.1972

Auf Bonn fiel leichter Nieselregen. Zu schwach, um den Schirm aufzuspannen, doch stark genug, um einem unter die Haut zu kriechen. Auf feuchten Plakaten und in schwarzen Lettern versprach die CDU, den Fortschritt auf Stabilität zu bauen. Barzel lächelte siegessicher, der spärliche Haarkranz glänzte regennass.

Ihr Weg führte Hilde Kessel auf den Münsterplatz und zweimal an »Willy Brandt muss Kanzler bleiben« vorbei. Auch sie würde am Sonntag wählen. Aber im Gegensatz zu all denen, die in den letzten Wochen ihre politische Überzeugung herausposaunt hatten, hielt sie ihre geheim. Alles andere wäre auch beruflicher Selbstmord. Sie war Wirtin, und zu ihr kamen alle: die Schwarzen, die Roten, die Gelben, die Presseleute, die Chauffeure, die Sekretärinnen, die Taxifahrer. Ihr Rheinblick war die Bonner Schweiz oder das schweizerische Bonn. Hausmannskost und internationale Küche, Rheinwein und Kölsch, Ort geselliger Heiterkeit und deftigen Skats, vor allem aber: neutrales Gelände.

Das Angelusläuten der Münsterglocken riss sie aus ihren Gedanken. Wochentags ging sie nie zur Kirche, doch jeden Sonntag besuchte sie das Hochamt. Sehen und gesehen werden war wichtig in ihrem Geschäft. Das ließ sie sich nicht nehmen, auch wenn sie nicht zur Hautevolee der Stadt gehörte. Das Geläut der Glocken füllte die Luft, dröhnte selbst dem

alten, überlebensgroß über dem Platz thronenden Beethoven in den tauben Ohren, übertönte das Gekreisch der Rheinmöwen und das Klacken ihrer Stiefel. Die glitschigen Pflastersteine und die neuen Stiefel luden zu einer hinterhältigen Rutschpartie ein. Hilde zog den Mantel enger um sich zusammen und überquerte den Martinsplatz in Richtung Schloss.

Als Wirtin des Rheinblicks war es bereits ihre fünfte Bundestagswahl: 1957 mit Adenauer als Bundeskanzler, 1961 erneut Adenauer, ab 1963 dann Erhard. 1965 wieder Erhard, schon 1966 von seiner CDU geschasst und nach der Bildung einer großen Koalition mit der SPD durch Kiesinger ersetzt. 1969 die CDU wie immer stärkste Partei, alles sah noch einmal nach Kiesinger und großer Koalition aus, aber dann Brandts auch für manche Genossen überraschender Coup mit der die Seiten wechselnden FDP. Knapp, sehr knapp reichte es zum Regieren. Nicht nur die CDU hatte deswegen vor Wut geschäumt.

Das Geläut verstummte, als sie den Fußgängerweg durch den Schlosshof nahm und dahinter den Hofgarten betrat. Die Bäume waren schon kahl, die Grasflächen braun und an schattigen Stellen mit Schneeresten bedeckt. Erstaunlich früh war in diesem Jahr der erste Schnee gefallen, hatte die Stadt in das übliche Verkehrschaos gestürzt und war dann wieder weggetaut. An diesem trüben Mittag begegneten ihr keine Studenten, die den Park bei schönem Wetter bevölkerten. Manchmal in solchen Massen, dass die Hörsäle leer sein mussten. Hilde fragte sich, was die überhaupt noch lernten bei den vielen Sit-ins, Teach-ins und weiß der Teufel was noch für -ins. Vielleicht brüteten sie wenigstens bei diesem Wetter über ihren Büchern.

Ein Inder kam ihr entgegen und verlieh dem Park mit seinem orangefarbenen Turban und dem weinroten Kaftan etwas Farbe. Auch MdB Alois Brunner, der von Montag bis Freitag im Rheinblick zu Mittag aß, vertrat sich im Hofgarten die Beine. Die Hände in den Hosentaschen pfiff er *Oh du*

schöner Westerwald. Warum war der nicht in seinen Wahlkreis gereist? War seine Aussicht auf Wiederwahl so schlecht, dass er erst im allerletzten Moment dort auftauchen wollte? Sie hätte nichts dagegen, wenn er sein Mandat verlöre und Bonn verlassen müsste. Ein schmieriger Typ, der den Serviermädchen gern in den Hintern kniff. Da, Brunner war verabredet, ein anderer Mann ging auf ihn zu. Den o-beinigen, drahtigen Kerl erkannte sie auch von hinten. Erwin Tibulski. Was wollte denn Genosse Tibulski von CSU-Mann Brunner oder Brunner von Tibulski? Er drehte ihr weiter den Rücken zu, hatte sie also noch nicht bemerkt. Das sollte auch so bleiben. Tibulski weckte in ihr keine guten Erinnerungen. Sie schlug den Kragen ihres Wollmantels hoch und beschleunigte ihre Schritte.

Sie war froh, dass sie am Morgen Stiefel angezogen hatte. Schwarzer Knautschlack, Modell Amazone, der letzte Schrei, hatte Schuhhändler Schmitz beim Kauf behauptet. Na ja, zumindest wasserdicht und warm waren sie. Der Kies knirschte unter dem Knautschlack, am Wegrand hoben kahle Platanen dürre Äste in den grauen Himmel. Ein Schwarm Krähen ließ sich schimpfend auf die Blutbuchen dahinter fallen; welke Blätter segelten zu Boden und gesellten sich zu unzähligen anderen ins nasse Laub. Es war nicht mehr weit bis zum Fluss.

Auch wenn dieser trübe Novembertag nach Vergänglichkeit roch, in der Politik standen die Zeichen auf Aufbruch. Für so was hatte Hilde ein Gespür, das hatte sie schon 1969 nicht getrogen. Diesmal würden die Roten gewinnen. Am Rhein riss für einen Augenblick der Himmel auf, als teilte der Wettergott ihre Einschätzung. Der Drachenfels auf der anderen Seite des Flusses zeigte sich. Dort hatte Siegfried den Drachen getötet und in seinem Zauberblut gebadet, das ihn bis auf die kleine Stelle am Rücken, auf die beim Baden ein Lindenblatt fiel, unverwundbar machte. Jeder hatte so eine Lindenblattstelle, wusste Hilde, und hier in Bonn galt es, diese noch besser zu verbergen als anderswo.

Als sie aufblickte, schoben sich schon wieder dunkle Wolken vor die Sonne, und vom Fluss her stieg Nebel auf. Doch kein eindeutiges Zeichen der Götter, dachte sie. Aber auf himmlische Hilfe hatte ein Mann wie Willy Brandt noch nie gesetzt.

The Times They Are a-Changin'

Bonn, Sonntag, 19.11.1972

Dass er sich endlich die Haare schneiden lassen solle, pflaumte Kohlmeier Max Dorando immer an, wenn er seinen Dienst antrat. Bei Max ging der Satz zu einem Ohr hinein und zum anderen hinaus, während er erst die Mütze, die der Chef ihm zuwarf, und dann die Autoschlüssel auffing. Wie in einem oft geprobten Theaterstück wusste er genau, dass Kohlmeier, während er sich die Haare unter die Mütze schob, »dass mir keine Klagen kommen« sagen würde, und natürlich tat er es. Anstatt zu antworten, griff Max nach Portemonnaie und Quittungsblock und fragte, ob er einen Vorschuss in bar bekommen könne. Mit Missbilligung auf der Stirn nestelte Kohlmeier ein Schlüsselchen aus der Westentasche, sperrte damit die Geldschublade auf, zählte Max fünf Zwanzigmarkscheine auf den Tisch und ließ sich den Betrag quittieren. Im Gegenzug förderte Max aus den Hosentaschen die Überbleibsel zutage, die Kunden in seiner letzten Schicht im Taxi vergessen hatten. Diesmal war nichts dabei gewesen, was eine Unterschlagung lohnte. Er legte einen schweren Füllfederhalter, einen roten Baumwollschal und ein Taschentuch mit dem Monogramm MC auf den Tisch. Kohlmeier kramte alles zusammen und verstaute es im Fach unter der Geldschublade. Manches wurde tatsächlich abgeholt, anderes staubte so lange vor sich hin, bis es im Kohlmeier'schen Sinn reif zum Wegwerfen war.

Heute hatte es der Chef gut mit ihm gemeint und ihm

den Audi 100, die neueste Anschaffung im Fuhrpark, zugeteilt. Eine Spießerkarre zwar, aber mit ordentlich PS unterm Hintern. Max schaltete den Sprechfunk ein, drückte die mitgebrachte Kassette – Led Zeppelin – in den Schlitz und drehte auf volle Lautstärke. Dann ließ er den Motor aufheulen, schoss mit quietschenden Reifen vom Parkplatz und drosselte das Tempo erst kurz vor dem Bahnhof, wo er den Audi auf den leeren Taxistand rollen ließ.

Während er auf den ersten Fahrgast wartete, trommelte er im Rhythmus der Musik aufs Lenkrad, schrie, wie Robert Plant schrie, und überlegte, wann und wo er Witiko Bonak endlich das Geld geben würde. Auf keinen Fall in seiner Werkstatt, da lungerte seit Neuestem einer herum, der wie Bud Spencer aussah und bestimmt kräftig zuschlagen konnte. Der Kerl stammte nicht aus der Venusberg-Siedlung, die alten Kumpels von Witiko kannte Max. Morgen zur Mittagszeit an der Uni-Mensa? Da herrschte ordentlich Betrieb, da würde Witiko keinen Aufstand machen, wenn er anstelle der dreihundertfünfzig erst mal nur hundert Mark kriegen würde. Überhaupt sollte der schön stille sein. Loswerden hatte er die Boxen wollen, keinen Tag länger hatten sie in der Werkstatt rumstehen sollen, er, Max, hatte ihm, so gesehen, einen Gefallen getan – aber mal ehrlich: Wer hätte zu zwei Spendor-BC1-Boxen Nein sagen können? Ein Wahnsinnssound, das Beste, was es zurzeit auf dem Markt gab. Deshalb hatte er auch nicht nachgefragt, wo Witiko die Boxen so billig bekommen hatte, die bei Elektro-Klüwer für tausendzweihundert Mark angeboten wurden.

Ein ungeduldiges Klopfen an der Fahrertür riss ihn aus seinen Gedanken. Ein langbeiniger Ami mit Cowboyhut wollte zur amerikanischen Botschaft gebracht werden. Max stellte das Radio aus und fuhr den Cowboy nach Godesberg, wo er ihn mit all seinen Koffern in der Deichmanns Aue unten am Rhein absetzte. Die Zentrale gönnte ihm keine Pause, er wurde sofort weiter zur britischen Botschaft geschickt. Dort ließ man ihn warten, und er betrachtete die Wahlplakate an der B 9. Stimmt! Wählen musste er auch noch. Willy, wen sonst? Da konnten die Kommunisten in der Schumann-Klause noch so sehr das Hohelied der DKP singen, er würde Willy wählen und seine Kreuzchen machen, sowie ihn eine Fuhre in die Nähe seines Wahllokals brachte. Der Engländer, der nun endlich auftauchte, wollte allerdings nicht zurück in die Stadt, sondern zum Flughafen. Auch recht, Max nutzte die Autobahn, um die PS-Stärke des Audi zu testen. Am liebsten hätte er bei dem Tempo *When the Levee Breaks* voll aufgedreht, aber der Engländer – grauer Anzug, schwarze Melone – sah nicht so aus, als würde er gern Led Zeppelin hören.

Auf dem Rückweg kutschierte er ein Ehepaar nach Endenich und dachte wieder an Witiko. Der konnte auch noch zwei, drei Wochen warten, bis Max die ganze Summe beisammenhatte. Danach fuhr er nacheinander fünf alte Schachteln zu ihren Wahllokalen und konnte sich nicht verkneifen, ihnen »Willy wählen« hinterherzurufen. Doch sie würden ihre Kreuzchen brav bei der CDU machen, Bonn war ein konservatives Pflaster. Es traf sich gut, dass eines der Wahllokale auch seines war, so konnte wenigstens er endlich Willy wählen.

Um kurz vor 18 Uhr stellte er das Radio ein und suchte einen Sender. Als ein paar Minuten später die ersten Hochrechnungen einen klaren Sieg der SPD ankündigten, nahm Max die Mütze ab und schüttelte seine Locken aus. Das ist doch mal was, dachte er. Trotz all der Weltuntergangsstimmung, die sie im Wahlkampf verbreitet hatten, war es den Schwarzen nicht gelungen, den Aufbruch zu stoppen, der überall zu spüren war. Er warf die Mütze nach hinten und zog sie auch nicht wieder auf, als er den nächsten Fahrgast aufnahm. Ein reaktionärer Spießer, klobig wie ein alter Bunker, mit einer fetten Zigarre im Mundwinkel. Er wollte in die Reutersiedlung und wetterte über ewige Studenten, langhaarige Gammler und das Wahlergebnis. Der Kerl gab keinen Pfennig Trinkgeld, dafür waren die drei Genossen, die Max danach von der Luisenstraße zur Baracke kutschierte, umso spendabler. Das beste Wahlergebnis seit Bestehen der Partei, die Herren waren in Feierlaune. Eine Weile kurvte Max danach fahrgastlos die B 9 rauf und runter, grüßte vor dem Rheinblick mit einem kräftigen Hupen Hilde, die gerade von ihrem Spaziergang zurückkehrte, hörte im Radio Wehner und Genscher über das Wahlergebnis palavern und dachte wieder an Witiko. Vielleicht sollte er ihn doch morgen anrufen und ihm sagen, dass er schon einen Hunderter für die Boxen blechen konnte. Die letzte Fuhre brachte ihn hoch auf den Venusberg. Kurz überlegte er, im Waldauweg vorbeizufahren und seinen alten Herrn herauszuklingeln, um sich an dessen schlechter Laune zu weiden. Für den strammen CDU-Mann kam das Ergebnis dem Untergang des Abendlandes gleich. Aber als Max feststellte, dass seine Schicht in zehn Minuten zu Ende war, brachte er stattdessen den Audi in den Fuhrpark zurück.

Er beschloss, den Abend mit ein paar Kölsch in der Schumann-Klause zu beschließen. Heute bediente Conny, vielleicht konnte er sie überreden, nach der Sperrstunde mit ihm in die Kiste zu steigen. Der Tag musste schließlich mit allem Drum und Dran gefeiert werden. Wie immer parkte er seinen alten 2CV in der Weberstraße, und schon von dort konnte er die Musik aus der Kneipe hören. Irgendeiner, wahrscheinlich Heiner, hatte auf seiner Gitarre Dylan angestimmt, und der ganze Laden grölte *The Times They Are a-Changin'*. Max schaffte es nicht durch die Tür, denn just in diesem Moment drängten alle nach draußen. Die Jusos, schnappte Max auf, machten einen Fackelzug zum Kanzleramt. Conny hakte sich bei ihm unter, lotste ihn zu seinem Wagen, im Schlepptau noch ein paar andere, die Max vom Sehen kannte. Die Ente kurz darauf voller als eine italienische Familienkutsche auf dem Weg über die Alpen, nach ein paar Startschwierigkeiten – der olle Vergaser – hing die Karre bedrohlich tief auf der Straße, aber es war nicht weit bis ins Regierungsviertel. Ein paar Minuten später parkte Max den Wagen auf Höhe des Museums König, das kurze Stück zum Palais Schaumburg gingen sie zu Fuß. Nachdem sie die Straße überquert hatten, hörten sie »Willy-Willy«-Rufe, und bald sahen sie auch die Fackeln. Ein wogendes Freudenfeuer bis zum Kanzleramt, das ebenfalls hell erleuchtet war. Unter den Fackelträgern entdeckte Max seinen Kommilitonen Konrad, mit dem er neulich erst *Vier Fäuste für ein Halleluja* gesehen hatte. Mit Konrad kämpfte er sich noch ein Stück weiter vor, und plötzlich konnte er Willy Brandt, der auf die Freitreppe des Palais Schaumburg getreten war, gut sehen. Der alte und neue Kanzler hob die Hände und bat um Ruhe. Leise und krächzend begann er zu sprechen. Treulosigkeit und Hass hätten sie gemeinsam besiegt, sagte er, und Max spürte Gänsehaut auf seinen Armen. Als wieder »Willy-Willy«-Rufe losbrandeten, ihm die Fackeln freudig entgegengereckt wurden, lächelte Brandt. Dann senkte er sanft den Kopf, drehte sich um und ging zurück ins Kanzleramt. Ein Sieger der leisen Art.

Die Fackeln brannten schnell nieder, die Leute zerstreuten sich. Max fand Conny nicht mehr und hätte jetzt sehr gerne zumindest ein Bier getrunken, aber die Sperrstunde galt selbst für die Schumann-Klause. Konrad schlug vor, noch bei der FDP vorbeizugehen, er kenne eine Jungdemokratin, die Wahlkampf für Liselotte Funcke gemacht hatte. Gesagt, getan, keine zehn Minuten später erwies sich am Bonner Talweg der Name des Mädchens – Edeltraud – als Sesam-öffne-dich. Die Sause hier war mehr oder weniger durch. Sir Walter lächelte nur noch von Plakaten auf seine Getreuen, auch kein anderer Spitzenpolitiker war zu sehen. Nur ein paar namenlose Unentwegte debattierten weiter in einer Ecke, und um einen sehr großen Tisch saß jede Menge jungdemokratisches Volk. Die hatten die halb vollen Sekt- und Schnapsflaschen eingesammelt, waren bester Stimmung und teilten die Vorräte großzügig mit den Ankommenden. Max trank Sekt anstelle von Bier, und es fiel ihm leicht, eine schwäbelnde Schwarzhaarige namens Gaby für sich zu begeistern. Gegen zwei Uhr morgens eskortierte er sie zu seinem 2CV und chauffierte sie zu sich nach Hause. Er ließ sie vor der Haustür aussteigen und fuhr in den Hinterhof, um den Wagen abzustellen. Er achtete nicht auf die Gestalt am Hoftor, zu groß seine Vorfreude auf das, was gleich kommen würde, ein schneller Ritt ins Paradies, in Gedanken sah er diese Gaby sich schon nackt auf seinem Bett rekeln. Deshalb überraschte ihn der erste Schlag in den Magen völlig. Als er sich stöhnend aufrichtete, erkannte er Witikos Bud Spencer. Der holte nun erneut aus, ließ seine Rechte auf sein Auge knallen, und während Max im Fallen bereits Sternchen sah, dachte er noch, dass es nicht vier Fäuste für ein Halleluja brauchte. Eine reichte vollkommen.

... turn my nightmares into dreams

Bonn, Montag, 20.11.1972, 5 Uhr 30

Sonja Engel blies Trübsal. Mit einer Hand in der Halteschlaufe stand sie im Frühzug von Köln nach Bonn. Sie hatte ein beschissenes Wochenende hinter sich. Nicht mal der Wahlsieg Brandts konnte sie aufmuntern, und es irritierte sie, als eine ältere, ihr unbekannte Frau sie über die Schulter eines Mannes hinweg anlächelte. Sie wich dem Blick aus und wandte sich dem Fenster zu, in dem sich ihr müdes Gesicht spiegelte.

Am Samstag hatte Reni sie angerufen. Wegen der Mutter, mal wieder. Also hatte Sonja ihre Sachen gepackt und war nach Köln gefahren. Reni öffnete ihr die Tür des winzigen Reihenhauses. Siebzehn war die Schwester jetzt und fast so groß wie sie. »Ist er da?«, fragte sie und war erleichtert, als Reni den Kopf schüttelte. »Ist zum Rhein runter angeln«, erklärte sie. »Wird nicht vor der Sportschau zurück sein.« Schnell trat Sonja in den dunklen Flur. Ohne den Mantel abzulegen, lief sie die Stufen zur ersten Etage hinauf und holte tief Luft, bevor sie die Tür des Elternschlafzimmers öffnete. Ein Lichtstrahl fiel auf das kitschige Bild zweier Engel über dem Bett. Langsam trat sie näher. Wie eine Ertrinkende griff die Mutter nach ihren Händen. Sonja mied ihren Blick. »Welche Seite?«, fragte sie und öffnete die mitgebrachte Medikamententasche. Diesmal war es die linke. Hämatome vom Brustkorb bis zum Oberschenkel, schwere Hautabschürfungen auf der Pobacke. Das Gesicht wie immer ohne Verletzungen. Sonja säuberte und verband die offene Wunde, rieb behutsam ein kühlendes Gel auf die Schwellungen. »Er hat sich wegen Reni furchtbar aufgeregt«, wisperte die Mutter. »Sie ist so aufmüpfig in letzter Zeit. Einfach aus dem Haus gerannt ist sie. Dann ist ihm bei mir die Hand ausgerutscht. Er meint es nicht so.« Dass sie seine Schläge verteidigte, war das Schlimmste.

Sonja löste die Hand von der Halteschlaufe und schüttelte die Bilder aus dem elterlichen Schlafzimmer ab. Als sie sich zurückdrehte, blickte sie erneut ins Gesicht der unbekannten Frau. Die lächelte immer noch – oder schon wieder – und deutete mit den Augen auf ihr Revers. Nun verstand Sonja. Der orangefarbene Willy-wählen-Button, auch die Frau hatte für die SPD gestimmt. Hätte sie nicht schon vor zwei Wochen per Brief gewählt, Sonja hätte es vergessen. Die gestrige Wahl war komplett an ihr vorbeigelaufen. Sie hatte den Tag gebraucht, um die Mutter wieder halbwegs herzustellen. Der Erzeuger war ihnen, wie immer nach einem solchen »Vorfall«, aus dem Weg gegangen.

Wieder kehrte ihr Blick zu der fremden Frau im Zug zurück, die nun ihrerseits aus dem Fenster sah. Sie trug ein beigefarbenes Kostüm mit passendem Mantel, dezentes Make-up in Pastelltönen und eine toupierte Haarspray-Frisur. Chefsekretärin und CDU, hätte Sonja bei diesem Aussehen getippt. Aber irgendwoher mussten die vielen Stimmen für Willy Brandt ja gekommen sein. Das Ergebnis war fantastisch, wusste sie von den Schlagzeilen der Zeitungen im Kölner Hauptbahnhof. Fast sechsundvierzig Prozent für die SPD, acht und ein paar Zerquetschte für die FDP, mit so einem klaren Sieg hatte keiner gerechnet. Zumindest das war gut an diesem trüben Montagmorgen.

Den Button trug sie seit vier Wochen. Sie hatte ihn angesteckt, nachdem sie den Kanzler bei einer Wahlveranstaltung in der Mülheimer Stadthalle in Köln erlebt hatte. Ihr gefiel Brandts leise und eindringliche Art zu sprechen. Seine Stimme – und von Stimmen verstand Sonja was – war gleichzeitig krächzend und kräftig, zart und brüchig, melodisch und weich. Obwohl ein paar Jahre älter als der Erzeuger wirkte er so viel jünger, so viel freundlicher, so viel moderner als er. Willy Brandt drohte nicht, er schikanierte nicht, er schrie nicht, er verurteilte nicht. Er war einer, der zuhörte, einer, der argumentierte, einer, der Konflikte mittels Vernunft löste.

Vielleicht gelang es ihm wirklich, das Land in ein friedliebendes, menschenfreundliches zu verwandeln. Dass seine Politik auch ihren Erzeuger zu einem friedliebenden, Frau und Kinder achtenden Menschen machen konnte, glaubte sie allerdings nicht.

Der Zug fuhr in den Bonner Hauptbahnhof ein. Sonja quoll mit der Menge auf den Bahnsteig, wurde zur Treppe hinunter- und wieder hinaufgeschoben und vor dem Bahnhofsgebäude ausgespuckt. Der Bus zum Venusberg war noch nicht eingetroffen, sie musste nicht hetzen, und so überflog sie, während sie am Bahnhofskiosk vorbei zur Bushaltestelle schlenderte, wie schon in Köln die Titelseiten der Zeitungen. Ein lächelnder Willy Brandt zwischen Walter Scheel und Günter Grass blickte ihr von einer der Zeitungen entgegen. »Überraschend deutlicher Wahlerfolg für die sozialliberale Koalition.«

Wenn sie nur auch mal Erfolg hätte! Wenn es endlich mit ihrer Stelle als Logopädin klappen würde! Dann käme sie weg von Stationsschwester Herta und den ekligen Bettpfannen, dann könnte sie die Arbeit tun, die ihr wirklich Freude bereitete. Bei jedem neuen Patienten gab sich der Professor zuversichtlich, aber danach landete sie doch wieder auf der HNO-Station und unter der Fuchtel der Heiligen Inquisition.

Als der Bus kam, setzte ein leichter Nieselregen ein. Ein dunkles Grau hielt den frühen Tag gefangen, aus den beschlagenen Scheiben des Busses drang milchiges Licht. Vor Sonja stürmten zwei Kolleginnen aus der Chirurgie in den Bus, sie quetschten sich nach hinten durch und winkten ihr. Aber Sonja war nicht nach Tratsch über die Klinik und nach Klatsch übers Wochenende schon gar nicht, sie blieb vorne stehen und hielt sich wieder an einer Halteschlaufe fest. Die Luft roch nach feuchter Wolle, Müdigkeit und Haarspray. Der Mann neben ihr auf dem Sitzplatz las den *Express*. »Brandt bleibt Kanzler.« »Heilsarmeemädchen tot auf dem Alten Friedhof gefunden.«

Sonja fiel sofort die Kleine ein, die vor ein paar Monaten bei ihnen auf Station gelegen hatte. Hochfiebrig war sie von einem Notarztwagen gebracht worden, die Mandeln entzündet, eine Operation allerhöchste Eisenbahn. Sonja hatte dem Mädchen beim Ablegen der viel zu großen Heilsarmeeuniform geholfen und erschrak ob des dürren Kindes, das darunter zum Vorschein kam. Kaum handgroße Brüste, Bauch und Oberschenkel voll blauer Flecke, zerkratzte Knöchel an Händen und Füßen. Das Mädchen wollte ihre Hilfe nicht. Trotz des Fiebers schlug sie mehrfach Sonjas Hände weg und fauchte wie eine räudige Straßenkatze. Sie erkundigte sich nach ihrem Namen, aber die Kleine antwortete nicht, und in ihren Kleidern fanden sich keinerlei Papiere. Als sie nach der OP immer noch nicht sprach, hielt Sonja ihr Papier und Bleistift hin, und darauf schrieb sie mit krakeliger Kinderschrift: Sally Bowles. »Bist du Engländerin? Gehörst du zum diplomatischen Corps in Bad Godesberg? Vor wem bist du davongelaufen?« Was immer Sonja fragte, Sally antwortete nicht.

Mit fünfzehn war Sonja auch mal davongelaufen. Zumindest für ein paar Stunden. Nach Mitternacht hatte sie sich mit gepackter Tasche aus dem Haus geschlichen, aber schon an der Bahnhaltestelle verließ sie der Mut, und sie trollte sich unbemerkt zurück. Ein Angsthase war sie. Ein Feigling.

Als sich der Bus zum Venusberg hinaufquälte, drängte sich der röhrende Motor in ihre Gedanken, Sonjas Hand in der Halteschlaufe musste fester zupacken. Sie versuchte ihrem Gesicht einen munteren Ausdruck zu verleihen, denn gleich an der Bodelschwingh-Straße stieg Luzie zu. Die Kollegin winkte schon von der Tür aus, schlängelte sich geschickt an zwei Männern in grauen Mänteln vorbei und quetschte sich dann neben sie.

»Glaubst du, es ist unsere Sally?«, fragte sie als Erstes und deutete auf den *Express*-Leser. »Bei Heilsarmee …«

»Ich habe auch sofort an sie denken müssen«, stimmte Sonja ihr zu. »Andererseits, Sally ist das einzige Heilsarmeemädchen, das wir kennen.«

»Wenn sie es ist, werden wir es bald erfahren.« Luzie löste den handgestrickten Schal, den sie um den Hals geschlungen hatte. »Dann kommt die Polente bestimmt in die Klinik und befragt uns.«

»Hoffen wir, dass sie es nicht ist.« Sonja sah auf die kahlen Bäume des Venusbergs, die von den Scheinwerfern des Busses gestreift wurden.

»Bestimmt ist sie es nicht«, unterstützte Luzie sie. »Sally ist ein Stehaufmännchen. Die lässt sich nicht unterkriegen, die wurstelt sich durch. Und jetzt erzähl mal! Wie war dein Wochenende?«

»Bloß nicht. Familie!« Sonja verdrehte die Augen. Luzie nickte. Es war eine ihrer besten Eigenschaften, dass sie genau wusste, wann sie nicht nachhaken durfte.

»Wie läuft es eigentlich in der WG?«

»Kurt hat Freitagabend so eine bescheuerte Diskussion über den Prager Frühling vom Zaun gebrochen. Ich sage dir, der ist schlimmer als unsere Heilige Inquisition.«

»Kann gar nicht sein«, widersprach Luzie. »Schlimmer als unsere Heilige Inquisition geht gar nicht. Apropos, hat sie eigentlich heute Dienst?«

»Glaub nicht. Weißt du, an wen mich Kurt erinnert? An den irren Strelnikow aus *Doktor Schiwago*. Ja, genau, der immer mit dem Zug durch die Gegend fährt und Leute terrorisiert. Diesmal wollte Kurt von mir wissen, ob ich in der Niederschlagung des Prager Frühlings eher eine Chance oder eine Gefahr für den Sozialismus sehe. Ich meine, das ist vier Jahre her, das war '68. Will der mein Geschichtswissen, meine politische Gesinnung oder beides testen? Und dann, was für eine bescheuerte Frage! Wenn Panzer rollen, wenn Leute zusammengeschossen werden, ist das niemals eine Chance für irgendwas. Meine Antwort hat ihm überhaupt nicht gepasst, und er wollte mich mit dieser dialektischen Argumentationskette durcheinanderbringen, aber da ist Max dazwischengegangen …«

»Der charmante Max ergreift also Partei für dich.«

»Klar und mit eindeutiger Absicht. *Make love not war* ist sein Lebensmotto. Aber er interessiert mich nicht. Ich werde sicher keins von seinen Betthäschen.«

»Und wie nimmt er es auf?«

»Sportlich. Er versucht es halt immer mal wieder.« Mit einem Ruck drehte sie sich zu der Kollegin um. »Bestimmt führt er eine Strichliste, mit wie vielen Frauen er schon im Bett war.«

»Wer zweimal mit der gleichen pennt und so weiter.« Luzie verdrehte die Augen. »Manchmal denk ich, die Männer profitieren mehr von der Pille als wir.«

Fünf Minuten später tauschten die zwei Jeans, Bluse und Pullunder gegen Häubchen und Schwesterntracht und meldeten sich dann bei der Stationsschwester zum Dienst. Schwester Herta, die Heilige Inquisition, stand vor ihnen. Sonja hatte sich geirrt.

»Sie sind fünf Minuten zu spät«, pflaumte Schwester Herta die beiden an.

»Wir können dem Busfahrer schlecht befehlen, dass er den Venusberg schneller hochfährt«, wagte Luzie zu widersprechen.

Schwester Herta schnaubte kurz. Sie sah aus wie Nadeschda Tschischowa, die russische Olympiasiegerin im Kugelstoßen: muskelbepackt, mürrisch, furchterregend, der Schrecken der Patienten. Bei ihr kuschte selbst der nörgeligste Herr der Schöpfung.

»In Zimmer 413 ist heute Nacht ein Krebspatient gestorben. Sie fahren die Leiche in die Pathologie«, befahl sie Luzie und ließ damit das Fallbeil auf sie niedersausen. Nichts fürchtete

Luzie so sehr wie die Nähe eines Toten. »Und Sie, Schwester Sonja, kommen mit. Wir haben einen Termin bei Professor Becker.«

Was für einen Termin? Wieso mit der Heiligen Inquisition? Wenn der Professor sie brauchte, hatte er doch bisher immer direkt nach ihr geschickt. Wieso hatte er auch Schwester Herta bestellt? Sollte etwa ihre Stelle als Logopädin genehmigt sein?

Bonn, Montag, 20.11.1972, 8 Uhr

Der Montagmorgen verströmte Katzenjammer, Katerstimmung, Katzengrau. Unberührt davon eilten wie jeden Werktag Sekretärinnen und Angestellte in Richtung Regierungsviertel, auf dem Weg zu den Büros der Abgeordneten und Ministerien. Den grauen Mäusen war es egal, wer die Wahl gewonnen oder verloren hatte. Sie dienten denen, die sie bezahlten. Onkel Jupp hatte Hilde immer gedrängt, sich eine Stelle in der Stadtverwaltung oder beim Amt zu suchen, um gut versorgt zu sein. Doch bei so einer Arbeit wäre sie eingegangen wie eine Primel. Sie brauchte Menschen um sich herum, keine Akten. Sie wollte ihr eigener Herr sein, nicht vor einem Amtsleiter buckeln. Hätte sie auf ihren Onkel gehört, wäre auch sie in so einer Bürostube gelandet.

Hatte sie aber nicht, deshalb trug sie bunt und nicht grau. Ein Kleid wie ein psychedelisches Farbenspiel mit labyrinthischen Kreisen und sich drehenden Kegeln. Orange, lila, gelb und grün lugten bei jedem Schritt aus ihrem Mantel hervor.

Sie brauchte Frisches. Wirsing und Möhren, Zwiebeln, Lauch, Kartoffeln, Petersilie, alles, was der Markt für einen Pichelsteiner Eintopf hergab. Pichelsteiner, die Lieblingsspeise von Ex-Kanzler Erhard. Aber, mal unter uns: Gab es irgendwas, was der nicht gerne aß? Sein »Wohlstand für alle« lebte er doch zentnerschwer vor. Doch nicht seinetwegen hatte sie das Gericht heute auf die Speisekarte des Rheinblicks gesetzt.

Nein, Pichelsteiner war eine kulinarische Allzweckwaffe. Es besänftigte die Gewinner und tröstete die Verlierer.

Wie es sich für eine gute Bonner Geschäftsfrau gehörte, verteilte sie ihre Einkäufe gerecht auf die Marktstände, feilschte um den Preis und bat darum, ihr die Ware spätestens bis 10 Uhr in den Rheinblick zu schicken. Dann setzte sie ihren Weg fort.

Vor dem Schreibwarengeschäft neben dem Rathaus baute Canasius die Zeitungsständer auf und fächelte die Tagespresse in die dafür bestimmten Halterungen. Hilde nickte ihm zu und überflog die Titelseiten. Auf einem Blatt blickte ihr ein schwer enttäuschter Rainer Barzel, auf einem anderen eine mit Mildred Scheel um die Wette strahlende Rut Brandt entgegen. Sie las: »Brandt fährt sensationellen Sieg für die SPD ein.« »Starb das Heilsarmeemädchen wirklich auf dem Alten Friedhof?« »Wahlbeteiligung 91 %.«

»Schrecklich«, seufzte Canasius und ließ offen, ob er das Wahlergebnis oder den Tod des Mädchens meinte.

Hilde betrübte der graue Morgen nicht. Das Wahlergebnis freute sie, weil sie mal wieder den richtigen Riecher gehabt hatte. Der Bundeskanzler für die nächsten vier Jahre hieß Willy Brandt. Vergessen waren das Misstrauensvotum, die Gerüchte um gekaufte Stimmen. Die SPD hatte deutlich zugelegt. Mal sehen, was sie daraus machten. Die alten Hasen des politischen Geschäftes, die im Rheinblick verkehrten, behaupteten gerne, dass einer Regierung eine satte Mehrheit gefährlicher werden könnte als eine hauchdünne. Zu viel Übermut der Minister, zu viele Begehrlichkeiten in der Partei und so weiter.

»Wat jitt et hück ze esse, Hilde?«, schallte es über den Marktplatz. Unverkennbar kölsche Tön, zudem eine altvertraute Stimme, die sie schon lange nicht mehr Mundart hatte sprechen hören. Als sie sich umdrehte, stapfte Erwin Tibulski auf den Zeitungsständer zu. Sein Schnäuzer vibrierte vor guter Laune, als er mit den Händen nach ein paar Zeitungen griff und mit einem Zehnmarkschein bezahlte. Er hatte in seinem

Wahlbezirk sicher noch zugelegt. Aber dass er schon wieder ihren Weg kreuzte verhieß nichts Gutes.

Kurz wehte ihr die Erinnerung ein Bild des jungen Tibulski herbei, der 1965 zum ersten Mal den Rheinblick stürmte. Der verwegene Humor in seinen Augen und seine unbändige Lebensfreude hatten ihr sofort gefallen. Dass er mit seinen sechsundzwanzig Jahren der jüngste Abgeordnete des Bundestages sei, hatte er jedem stolz erzählt. Inzwischen gab es Jüngere als ihn, inzwischen wusste er, wie in Bonn der Hase lief. Als Experte für berufliche Bildung hatte er es längst in den Ausschuss für Bildung und Wissenschaft geschafft. Politik war für ihn ein Geschäft, ein Beruf geworden. Seine kölsche Mundart hatte er – genau wie sie selbst – gegen Hochdeutsch eingetauscht beziehungsweise gegen das, was der Rheinländer als Hochdeutsch empfand. Gelegentlich spielte er noch im Rheinblick Skat, doch er kam nicht mehr wie früher spätabends auf ein Bier vorbei. Hilde wusste nicht, wo er dieser Tage verkehrte. Vielleicht in feineren Häusern. Bei Caminetto, im Bristol oder im Königshof, wo Separees zum Intrigieren einluden, wo man Gäste nach Rang und Namen beurteilte, wo man um sie herumscharwenzelte und Bücklinge machte, ihnen aber hinterrücks in die Suppe spuckte.

Sie machte sich auf den Heimweg. Tibulski sollte ihr nicht die Laune verderben.

»Hilde! Auf ein Wort«, rief er ihr nach, eilte herbei und passte seinen Schritt ihrer Gangart an.

»Ich habe keine Zeit«, knurrte sie, aber Tibulski ließ sich nicht abwimmeln.

»Dann komm ich direkt zur Sache: Jetzt, wo die Schwarzen so hoch verloren haben, werden sie Druck wegen der angeblich gekauften Stimmen beim Misstrauensvotum machen. Sie werden so schnell wie möglich einen Untersuchungsausschuss beantragen.«

»Einen Untersuchungsausschuss?« Sie rang nach Luft, als hätte er einen Eimer Eiswasser über ihr ausgeschüttet.

»Meine Rolle in der Angelegenheit war diskret, es muss mit dem Teufel zugehen, wenn ich in die Schusslinie gerate«, machte er schnell weiter. »Falls doch, sollst du wissen, dass meine Lippen versiegelt sind. Wir drei vom Rheinblick, auf immer und ewig, weißt du noch? Niemals würde ich eine alte Freundin verraten. Du brauchst dir also keine Sorgen zu machen.«

Angst und Ärger stiegen in ihr auf, rangelten miteinander, und Hilde war froh, dass erst mal der Ärger siegte. »Wieso erzählst du es mir überhaupt, wenn ich mir keine Sorgen machen muss?«, raunzte sie ihn an.

»Damit du Bescheid weißt. Das Thema wird im Rheinblick bald die Runde machen. Spätestens wenn der Wahlkampfrummel sich gelegt hat.«

Bonn, Montag, 20.11.1972, 10 Uhr

Max trieb in einem dreckigen, trägen Fluss, die Arme um ein Stück Treibholz geschlungen, als Kurt ihn weckte. Max konnte nur ein Auge öffnen. Auf das andere drückte das Lid mit dem Gewicht einer Grabplatte, und darunter puckerte und brannte es.

»Da ist Astrid für dich am Telefon.« Kurt rüffelte die Nase. »Lüfte mal«, empfahl er angewidert. »Bei dir stinkt es schlimmer als in einer Rekrutenstube.«

Astrid! Die schärfste Braut in seinem Geschichtsseminar, schön wie Uschi Obermeier und verdammt schlau. Nur ihretwegen hatte er das Seminar über das Elisabethanische Zeitalter belegt, sogar Interesse an ihrer Arbeitsgruppe geheuchelt, in der über die Gefahren der Ehe am Beispiel von Maria Stuart diskutiert wurde. Landen hatte er bisher trotzdem noch nicht bei ihr können, und ausgerechnet jetzt rief sie ihn an.

Als er aus dem Bett sprang, bremste ihn ein scharfer Schmerz im Bauchbereich aus. Stöhnend humpelte er in den

Flur, wo der graue Hörer, den Kurt neben den Telefonapparat gelegt hatte, auf ihn wartete. Bevor er danach griff, atmete er einmal tief durch. »Hallo, Astrid.« Seine Stimme tönte, wie er sich fühlte: verkatert und zerschlagen.

»Hör mal, wo bleibst du?«

Wenn Frauen in etwas einsame Spitze waren, dann in der Kunst des Vorwurfs. Die beherrschten sie aus dem Effeff, die reicherten sie immer wieder mit frischen Nuancen und Finessen an. Dagegen kam man als Mann nur an, wenn man gut in Form war, und das war er an diesem Morgen wahrlich nicht.

»Wir wollen hier über *Mary, Queen of Scots* von Antonia Fraser diskutieren«, machte Astrid weiter, ohne eine Antwort abzuwarten. »Ja, genau, das Buch, das die sogenannten Kassettenbriefe neu bewertet. Du hast doch letztes Mal so groß getönt, wie sehr dich der Brief als Mittel der politischen Intrige interessiert, und wolltest bei Stefan Zweig die Kapitel über die Kassettenbriefe nachlesen. Hast du oder hast du nicht?«

»Sorry, Astrid, aber mir ist etwas dazwischen …« Er hasste sich für diese erbärmliche Antwort. Warum fiel ihm keine bessere Ausrede ein?

»Viel Lärm um nichts. Mal wieder typisch Mann.« Astrid blies weiter ins Vorwurfshorn. »Ich will jetzt der basisdemokratischen Entscheidung unserer Arbeitsgruppe nicht vorgreifen, aber Männer wie du bringen uns nicht voran.« Bevor er zu einer Antwort ansetzen konnte, legte sie einfach auf.

Mit dem Tut-Tut-Tut im Ohr klebte Max noch eine Weile im Flur fest, bevor er den Hörer auflegte und sich zurück in sein Zimmer schleppte. *Sister Morphine* kam ihm in den Sinn, mit fahrigen Fingern schob er *Exile on Mainstreet,* das neueste Album der Stones, zur Seite und suchte nach *Sticky Fingers.* – Ja, er besaß tatsächlich eine Erstausgabe mit diesem Wahnsinnsplattencover von Andy Warhol, das mit dem echten Reißverschluss, und nein, er stand nicht auf Pillen und Spritzen, nein, er hatte gestern nichts eingeworfen. Oder etwa doch? Hatten ihm die feierwütigen Jungdemokraten oder diese schwäbelnde Gaby etwas in den Sekt geträufelt? Sein Schädel fühlte sich so an, und seine Hände zitterten wie auf Entzug, als er die Platte aus der Hülle nahm. Er schaffte es nicht, die Nadel des Plattenspielers ohne Kratzen auf die richtige Stelle zu legen, dann endlich tönte Jaggers Flehen durch den Raum: *»Please, Sister Morphine, turn my nightmares into dreams.«*

»Leiser«, brüllte Kurt und hämmerte mit den Fäusten gegen die Wand. »Nicht jeder in dieser WG steht auf die Stones, und mit deinen Spendor-Boxen gehst du mir tierisch auf den Zeiger.«

Die Spendor-Boxen. Aus seinen vernebelten Hirnwindungen stiegen Erinnerungsfetzen auf: die Rückfahrt von der Party, seine Hand zwischen Gabys Schenkeln, das Hoftor, seine Erregung, und Bud Spencer. Witikos Schläger und nicht einem gepanschten Getränk verdankte er seinen erbärmlichen Zustand. Wo war eigentlich Gaby abgeblieben? Hatte sie sich dünne gemacht, weil er nicht zurückkehrte? Oder die Flucht ergriffen, als er auf allen vieren angekrochen kam? Eine heiße Wut auf Witiko stieg in ihm auf und sorgte für einen Moment der Klarheit. Witiko hatte ihm nicht nur die Nacht mit der Schwäbin vermasselt, der war auch schuld, dass seine Chancen bei Astrid nun gegen null tendierten. Und das alles nur, weil sich sein alter Kumpel plötzlich als Kleinstadtmafioso aufspielte. Witiko wusste doch ganz genau, dass er die dreihundertfünfzig Mocken nicht von heute auf morgen auftreiben konnte, aber irgendwann bezahlen würde. Himmel, sie kannten sich seit ewigen Zeiten. Gestern Nacht hätte ein freundlicher Satz von Bud Spencer genügt, und er hätte ihm den ersten Hunderter in die Hand gedrückt. Stattdessen hatte der direkt die Fäuste sprechen lassen.

Die Wut trieb ihn zurück in den Flur, Witikos Nummer kannte Max auswendig. Der meldete sich nach dreimaligem Klingeln. »Den ersten Hunderter kannst du dir von der Backe putzen«, geiferte Max in den Hörer. »Der ist Schmerzensgeld.

Hast du sie noch alle? Mir einen Schläger auf den Hals zu hetzen? Was ist das überhaupt für einer?«

»Du meinst wohl, ich warte bis zum Sankt-Nimmerleins-Tag auf dein Geld? Wie lange renne ich dir deswegen schon hinterher? Drei Monate? Vier Monate? Wie oft habe ich dich im Guten daran erinnert? Aber du glaubst immer noch, nur weil wir im Sandkasten zusammen gespielt haben, kannst du mir auf der Nase herumtanzen.« Seine Stimme klang viel zu klar für Max' malträtierten Kopf. »Ich habe es dir tausendmal gesagt. Die erste Rate am Sonntag, sonst passiert was.«

»Jetzt mach hier mal nicht auf Gangsterboss. Ich hatte das Geld in der Tasche, gestern verdient. Ich hätte es heute vorbeigebracht, aber das kannst du jetzt knicken.«

»Soso. Jetzt bin ich also schuld, dass du deine Schulden nicht bezahlst.«

Max hörte ein Rascheln und Schieben und dann ein metallisches Kratzen. Er war oft genug in Witikos kleinem Büro hinter der Werkstatt gewesen, er wusste, wie es klang, wenn Witiko Platz auf seinem Schreibtisch schaffte, um seine Cowboystiefel darauf zu platzieren.

»Ich kann die Rechnung auch an deinen alten Herrn weiterreichen. Der Herr Ministerialrat wird sich bestimmt freuen, seinem Sohn aus der Patsche zu helfen.«

Max' Wut zerplatzte wie ein zu kräftig aufgeblasener Luftballon. Der Schmerz kehrte in den Bauch zurück, und im Kopf machte sich deprimierende Nüchternheit breit. Wie konnte ihm Witiko nur mit seinem Alten drohen? Stundenlang hatten sie mit fünfzehn oben am Venusberg hinter der Sakristei von Heilig Geist gehockt, schachtelweise Zigaretten gequalmt und sich über ihre Alten ausgekotzt. Vertrauen gegen Vertrauen, versiegelte Lippen, großes Indianerehrenwort hatten sie sich damals geschworen. Das brach Witiko nun eiskalt, um ihn wegen ein paar läppischer Kröten unter Druck zu setzen. Sie waren schon lange keine Freunde mehr, aber doch so was wie alte Kumpel. Max hielt Witiko für ein schlichtes Gemüt, bauernschlau, ja, auf seinen Vorteil bedacht, ja, aber alles in überschaubarem Rahmen. Er unterschätzte ihn, stellte er fest. So verletzt und lädiert, wie er augenblicklich war, blieb ihm nichts anderes übrig, als die Waffen zu strecken.

»Ich komm später bei dir vorbei«, maulte er. »Aber halt deinen Schläger von mir fern.«

»Ich wusste doch, dass du vernünftig bist.«

Noch einmal hörte Max das metallische Kratzen, und vor seinem geistigen Auge sah er, wie Witiko seine Cowboystiefel übereinanderschlug, sich weit zurücklehnte, die langen Haare nach hinten strich und den Mund zu diesem feinen, scheinbar gütigen Grinsen verzog, das er sich von Marlon Brandos Vito Corleone im *Paten* abgeguckt hatte. Filme! Sie konnten so einen verdammt schlechten Einfluss auf Menschen haben. Darüber konnte Max sich aufregen, aber wenn er ehrlich war, irritierte ihn viel mehr, dass er nicht mehr wusste, ob Witiko den Gangster nur spielte oder tatsächlich einer geworden war.

Bonn, Montag, 20.11.1972, 11 Uhr 30

Energisch wienerte Hilde das blanke Buchenholz, aus dem der Tresen des Rheinblicks gezimmert war. Der Rheinblick war ihr Reich, hier galten ihre Regeln. Daran würde auch Tibulski nichts ändern. Sie bürstete die Angst weg, die auf dem Rückweg vom Markt den Ärger verdrängt hatte, und vergaß die grauenvollen Was-wäre-wenn-Szenarien, die ihr durch den Kopf geschossen waren. Tibulski konnte sie mal, von ihm würde sie sich nicht bang machen lassen. Wieder tunkte sie die Bürste ins Scheuerpulver und schrubbte, was das Zeug hielt.

Als der Tresen zu ihrer Zufriedenheit blitzte, machte Hilde die Runde durchs Lokal. Sie fuhr mit dem Staubwedel über die Kupferlampen, zupfte welke Blätter aus den Blumenkästen, ärgerte sich über die Kippen, die sie aus der Blumenerde pulte. Als ob nicht genug Aschenbecher herumstanden. Eine

Illustrierte war hinter die Bank vor einem der Blumenkästen gerutscht, einer der Gäste musste sie liegen gelassen haben. Hilde hob sie auf, blätterte sie durch, es war eine aktuelle, setzte sich, ließ sich nur zu gerne ein paar Minuten ablenken. Sie blieb an einer Doppelseite hängen. »Die zwei mächtigsten Minister der neuen Regierung?« Gemeint waren Horst Ehmke und Helmut Schmidt, die ihr von scharfen Schwarz-Weiß-Fotos entgegenblickten. Horst Ehmke mit seinen buschigen pechschwarzen Augenbrauen und dem grau melierten Bürstenschnitt, Helmut Schmidt mit dem akkurat gescheitelten dunklen Haar und dem schmalen Mund, in dem ausnahmsweise weder eine Pfeife noch eine Zigarette steckte.

»Schmidt Schnauze wird er landauf, landab genannt«, las Hilde. »Der Hanseat ist nicht nur berühmt für seine präzisen Analysen, sondern ebenso berüchtigt für seine scharfen Reden und meist treffsicheren Repliken. 1966 wird er in der Großen Koalition Fraktionsvorsitzender der SPD und damit einer der mächtigsten Männer seiner Partei.«

Schmidt, überlegte Hilde, war als junger Abgeordneter Anfang der 1960er oft in den Rheinblick gekommen und danach nur noch selten. Ehrgeiz stand ihm damals schon ins Gesicht geschrieben.

»Es ist ein offenes Geheimnis, dass Schmidt nach der Wahl 1969 die Große Koalition gerne fortgesetzt hätte und von Brandts Vorstoß, mit der FDP zu regieren, überrascht wurde«, setzte sie ihre Lektüre fort. »In der sozialliberalen Koalition war Schmidt erst Verteidigungsminister und übernahm nach dem Rücktritt von Karl Schiller im Juli 1972 dessen Superministerium aus Wirtschaft und Finanzen. Aus gut unterrichteten Kreisen ist zu hören, dass Schmidt dieses Superministerium behalten und zu einer Art Schatzkanzleramt nach englischem Vorbild ausbauen will. Mit diesem Doppelministerium wäre er nach dem Kanzler der mächtigste Mann der Regierung.«

Ja, dachte Hilde, das passte zu ihm. Sie war sicher, dass er nicht nur der mächtigste Mann neben dem Kanzler sein, sondern selbst Kanzler werden wollte. Bestens in der Partei vernetzt, scharte er gewichtige Parteifreunde um sich, immer bereit, falls Brandt straucheln sollte. Davon war Brandt im Moment allerdings weit entfernt. Der sensationelle Sieg der SPD war im Wesentlichen sein Verdienst.

»Tag, Hilde«, unterbrach Karlchen, der zur Arbeit kam, ihre Gedanken.

Sie sah kurz auf und nickte ihrem Oberkellner zu. »Kannste im Keller noch eine Kiste Roten von der Ahr und ein paar Flaschen Weißen aus dem Rheingau holen?«, bat sie ihn und wechselte zur anderen Zeitungsseite, die ebenfalls einem Mann mit großem Ehrgeiz gewidmet war:

»Er sieht aus wie ein Mittelgewichtler, der sich erfolgreich in die Getränkebranche zurückgezogen hat; aber er ist ein Professor. Horst Ehmke, der Chef des Kanzleramtes. Die altmodische Bundeskanzlei am Rhein baute er mit einem gewaltigen Aufwand Schritt für Schritt zu einer der größten Regierungszentralen der westlichen Welt aus. Immer noch modernisiert und reformiert er, überschreitet fröhlich Kompetenzen und bringt damit mehr als einen Minister zur Weißglut.«

Ehmke war ein Charmeur, wusste Hilde. Wenn er gelegentlich im Rheinblick vorbeikam, begrüßte er sie stets als schönste Wirtin Bonns. Gern war er mit großer Entourage unterwegs, in einer fröhlichen Runde lief er zur Bestform auf. Er kam aus dem Osten, wusste sie, aber seinem Temperament nach hätte er Rheinländer sein können. Sie beugte sich wieder über die Zeitung:

»Sein ›Spezialist für alles‹, so nennt ihn der Kanzler, der in dem kein Kampfgetümmel scheuenden, sich in jeden Schlagabtausch werfenden, vor fröhlicher Unverfrorenheit strahlenden Ehmke einen kongenialen Gegenpart zu seinem nachdenklichen, oft zweifelnden Wesen sieht. Ein Mann, der im Gegensatz zu seinen bisherigen Vorgängern im Kanzleramt weder zurückhaltend noch geräuschlos noch öffentlichkeitsscheu ist.«

Hilde musste an den Witz denken, der über Ehmke im Umlauf war: »Sein Fahrer fragt: Wohin, Herr Minister? Ehmke antwortet: Egal, ich werde überall gebraucht.«

»Zwei vor Selbstbewusstsein strotzende Männer«, las sie weiter, »die nicht gegensätzlicher sein könnten: Schmidt eher dem rechten Flügel seiner Partei zuzurechnen, Ehmke der linken Mitte, Schmidt der scharfzüngige Analytiker, Ehmke der Hans Dampf in allen Gassen, Schmidt der strenge, norddeutsche Protestant, Ehmke der hedonistische Lebemann. Beide mit großen Plänen: Schmidt will ein Finanz- und Wirtschaftsministerium nach englischem Vorbild, Ehmke ein Kanzleramt mit präsidialem Zuschnitt. Nicht nur deshalb sind sich Schmidt und Ehmke nicht grün, ihre Rivalität ist in Bonn allgemein bekannt.«

Für Hilde war auch das nichts Neues. SPD-Löffler, einer ihrer Stammgäste, war ein großer Ehmke-Freund, der gern gegen Schmidt wetterte. Ein Blick auf die Uhr, ein paar Minuten blieben ihr noch, sie konnte den Artikel zu Ende lesen.

»Das Wahlvolk hat Willy Brandt am Sonntag einen glorreichen Sieg beschert. Nun bringen sich seine Gefolgsleute in Stellung. Man darf gespannt sein, wie der Kanzler mit ihren Forderungen umgeht, nach welchen Kriterien er sein neues Kabinett zusammenstellt, wer auf der Gewinner- und wer auf der Verliererseite stehen wird.«

Niemals mischte sich Hilde im Rheinblick in Debatten ein. Ihren Gästen gegenüber stellte sie sich dumm und behauptete, dass Politik sie nicht interessierte, aber das entsprach nicht ganz der Wahrheit. Brandt regierte noch keine vier Jahre. Seit den ersten drei Wahlperioden der jungen Bundesrepublik, in denen der Gewinner immer Adenauer hieß, war keinem Kanzler mehr als eine Amtszeit vergönnt gewesen. Sieg und Niederlage rückten in Bonn enger zusammen. Würde Brandt so schnell weg vom Fenster sein wie Erhard und Kiesinger? Oder würde er ein zweiter Adenauer? Sie überlegte hin und her, wagte aber keine Prognose. »Et kütt, wie et kütt«, zitierte sie eine kölsche Lebensweisheit der Großmutter. Dann schlug sie die Illustrierte zu.

Karlchen war inzwischen mit dem Wein zurückgekehrt und schob die Weißweinflaschen unter dem Tresen in die Kühlung. Hilde stand auf und öffnete zwei Fenster, um einmal Durchzug zu machen. Aus der Ferne hörte sie das Angelusläuten der Münsterglocken. Sie schloss die Fenster und öffnete die Tür. Es war so weit. Zeit für die Mittagsschicht, sie wappnete sich für den Ansturm. Es würde wie immer brechend voll werden.

Bonn, Montag, 20.11.1972, 12 Uhr

Ungeduldig mit dem linken Fuß wippend, stand Sonja im Flur und blickte aus dem großen Fenster hinaus auf den Kottenforst, der sich hinter der Uniklinik erstreckte. Die Tristesse des frühen Morgens war wie weggepustet, sie konnte nicht still stehen bei all den Ideen, die durch ihren Kopf flipperten, und der freudigen Aufregung, die ihr den Mund ausdörrte. Am liebsten hätte sie Luzie, auf die sie hier wartete, alles brühwarm erzählt, aber Professor Becker hatte sie zu striktem Stillschweigen verdonnert.

Als sie vor ein paar Stunden im Schlepptau von Schwester Herta die weiten Flure der Klinik durcheilt hatte, war sie mit einmal überzeugt, ja hundert Prozent sicher gewesen, dass es bei Professor Becker nicht um die Logopädie-Stelle ging. Die Stelle war nichts weiter als laue Luft und schöne Worte, nichts als eine hohle Versprechung. Der Professor wäre nicht der Erste, der sie enttäuschte. Versprochen hatte ihr der Vater damals etwas, und sie hatte ihm wirklich geglaubt. Als Klassenbeste wäre sie so gerne aufs Gymnasium gegangen. Ihre Lehrerin, Fräulein Giersig, wollte deshalb sogar bei ihnen vorbeikommen und mit dem Erzeuger reden, aber die Mutter wehrte ab. Niemals würde sich ihr Mann von einer Frau, und sei sie noch so studiert, sagen lassen, was das Beste für seine Tochter war.

Da hatte sie, Sonja, selbst allen Mut zusammengenommen und ihn gebeten, aufs Gymnasium zu dürfen. »Das ist nichts für dich und damit basta«, hatte er entschieden, aber sie blieb hartnäckig. Wochenlang stellte sie ihm abends die Pantoffeln hin, holte ihm Bier aus dem Kühlschrank, rückte ihm den Sessel vor dem Fernseher zurecht. Sie machte sich so sehr lieb Kind, dass ihr die Brüder schon den Vogel zeigten. Aber irgendwann erwischte sie bei ihm einen schwachen Moment, und er sagte Ja. Doch sein Wort war nichts wert, als er beim Schulwechsel ihre Anmeldung bestätigen sollte, verweigerte er die Unterschrift. Dabei hatte sie ihm dieses eine Mal wirklich geglaubt.

Sonja seufzte. Bestimmt war sie schlicht wegen eines Fehlers zum Rapport bestellt. Sie rief sich alle Fehler der letzten Zeit ins Gedächtnis, bereit, der doppelten Inquisition – der Heiligen und der von Professor Becker – selbst den Diebstahl der einen Klopapierrolle zu gestehen, die sie mitgenommen hatte, als Max die beim WG-Einkauf vergessen hatte. Ihre Kindheit hatte sie gelehrt, immer mit dem Schlimmsten zu rechnen. Aber es kam alles ganz anders, und sie musste gar nichts gestehen, und dann wurde auch noch die Heilige Inquisition vom Professor in ihre Schranken verwiesen. Während er Sonja durch das schmale Vorzimmer der Sekretärin in sein Büro führte, sah sie aus dem Augenwinkel, dass Schwester Herta wie vom Donner gerührt im Türrahmen stand. Der Professor hatte sie überhaupt nicht zu Wort kommen lassen. Sowie sie sich von ihrem Schock erholt hatte, würde sie mit Schaum vor dem Mund zurück auf die Station stürmen und mit ihrem Zorn auf die selbstherrlichen Götter in Weiß keinen verschonen. Am allerwenigsten Sonja, wenn sie auf die Station zurückkehrte.

Bonn, Montag, 20.11.1972, 12 Uhr

Die Sieger trudelten heute zuerst ein. Zehn Genossen, Hessen und Ruhrpott gemischt, zwei neue Gesichter. Kölsch und Schnaps für alle, Koslowski aus Bochum bezahlte.

»Prost, Hilde!« Koslowski hob das Glas. »Ham wir uns doch verdient. Hier unsere Neuen, damit du se unter deine Fittiche nehmen kannst: Genosse Wolfgang Keller aus Dortmund.« Er deutete auf einen großen schweren Mann, der Hilde eine Pranke entgegenstreckte, die nach harter Arbeit aussah. »Und dat is dat Hilde, die Chefin vom Ganzen. Sie macht 'nen astreinen Panhas.« Koslowski drehte sich nun zu einem jungen schwarzlockigen, mageren Kerlchen in Lederjacke und legte ihm den Arm um die Schultern. »Und dat dünne Hemdken is der Genosse Richard Weber aus Rüsselsheim. Unser Jüngster! Ein wildes Bürschken.«

Hilde musterte ihn, und Erwin Tibulski drängte sich wieder in ihre Gedanken. Es war nicht gut, wenn sie so jung nach Bonn kamen. Ein bisschen Lebenserfahrung, ein bisschen Gegenwind, die eine oder andere Niederlage, all das sollten sie gesammelt haben, bevor sie in der großen Politik mitspielen durften.

»Richy, wenn de mal Heimweh hast, dann kocht dir dat Hilde bestimmt eine Frankfurter Soße«, machte Koslowski weiter. »Na denn, Prost, Genossen. Auf den Sieg.«

Die zweite und dritte Runde gingen auf die beiden Neuen. Inzwischen hatte das Finanzministerium, Abteilung Zoll und Verbrauchsteuern, an Tisch 3 zum Essen Platz genommen. Erstaunt stellte Hilde fest, dass sich heute sogar die Ministerialräte Dorando und Emmersberg die Ehre gaben. Die zwei tauchten sonst nie gemeinsam auf. Hilde hatte munkeln hören, dass sie sich nicht ausstehen konnten. Fast zeitgleich trafen die Sekretärinnen des Kanzleramts ein, die Hilde mit dem Kopf zum letzten Tisch links neben der Theke dirigierte, den sie immer für die Damen frei hielt. Ihnen folgten die

Chauffeure des Auswärtigen Amtes sowie die Herren aus den Abteilungen Waldwirtschaft und Nutztierhaltung des Landwirtschaftsministeriums. Mit dem nächsten Schwall kühler Herbstluft drängte eine Referentengruppe aus dem Langen Eugen nach drinnen. Hilde vertraute Karlchen den Zapfhahn an und wechselte vom Tresen in den Gastraum. Sie verteilte Sitzplätze, drückte Hände, nahm Bestellungen auf, grüßte, winkte, nickte und machte dem Serviermädchen Platz, das mit Tellern voll mit Pichelsteiner Eintopf durch die Gänge eilte. Dorando und Emmersberg orderten Fisch, sicher dem Wahlergebnis geschuldet. Katzenjammer wie am Aschermittwoch. Die Niederlage mussten die beiden strammen Konservativen erst mal wegstecken.

Als fast alle schon gegessen und bezahlt hatten und die meisten bereits gegangen waren, zeigten sich die Verlierer. Die Schwarzen rückten im Tross an. Fünfzehn zählte Hilde auf die Schnelle und sah sich im Raum um. Wenn sie sich setzen wollten, musste man Tisch 3 und 4 zusammenschieben, aber Tisch 3 war noch nicht frei. An der linken Seite des Tresens hielten die Genossen die Stellung, daneben kippte die Abteilung Nutztierhaltung eine Runde Klaren, bevor es zurück in die Büros ging.

»Wenn ihr noch was essen wollt, müsst ihr kurz warten«, begrüßte Hilde die Herren. »Stellt euch doch so lang neben die Nutztierhaltung. Ich bin direkt bei euch.« In Windeseile tauschte sie mit Karlchen den Platz und flüsterte ihm beim fliegenden Wechsel zu, wer noch bezahlen musste. »Wat darf ich euch bringen, Liebeleins?«, fragte sie. »Eine Runde Kölsch?«

Als der Kranz mit den Kölschgläsern rundging, besah sich Hilde die bedröppelten Gesichter. Ach herrje! Es war schwer für die Schwarzen. Drei Jahre lang fühlten sie sich zu Unrecht auf die Oppositionsstühle verbannt, weil Brandt die Ehe mit der FDP einer weiteren großen Koalition vorzog, schließlich waren sie bei der Wahl 1969 die stärkste Partei gewesen. Das Fiasko mit dem Misstrauensvotum hatte sie noch mehr durcheinandergebracht, und jetzt waren sie nicht mal mehr stärkste Partei. Hilde schielte zu den Siegern hinüber. Die Genossen bewiesen Anstand. Kein hämisches Grinsen, kein gemeines Auftrumpfen, stattdessen ein höfliches Nicken, dann vertieften sie sich wieder in ihre Debatte über das Mitbestimmungsgesetz, das, so der kleine Weber, die Regierung in dieser Legislaturperiode unbedingt durch den Bundestag peitschen musste. »Paritätisch. Auf was anderes dürfen wir uns nicht einlassen.«

»Was ist mit dem Friedel Holthusen?«, erkundigte sich Hilde, nachdem sie bemerkt hatte, wer bei den Schwarzen fehlte.

»Hat's nimmer g'schafft«, brummte der Franke Oberfellner. »Genau wie der Brunner.«

Um Holthusen – Großbauer aus dem Alten Land, ein feiner, stiller Mensch – tat es ihr leid, um Brunner nicht. Der hielt sich für den Jäger aus Kurpfalz und behandelte Frauen wie Freiwild. Gut, dass er die Bonner Wildbahn verlassen musste. Für immer, hoffte Hilde, was wahrscheinlich nur ein frommer Wunsch war. Es gab Politiker, die klebten auch ohne Mandat an Bonn fest, die sicherten sich über die Partei ab oder erschlichen sich eine Stelle in einem Ministerium. Brunner zählte zu dieser Sorte. Der hatte Tibulski am Tag vor der Wahl bestimmt nicht getroffen, um übers Wetter zu reden. Plötzlich beunruhigte sie die Frage, wo Tibulski inzwischen überall mitmischte.

»So isset in Bonn«, antwortete sie Oberfellner. »Ein Kommen und Gehen.«

Bonn, Montag, 20.11.1972, 12 Uhr 30

Wie befürchtet, verdonnerte die Heilige Inquisition sie zum Leeren der Bettpfannen. Für Sonja gab es keine widerlichere, ekligere, üblere Arbeit auf der Station, als die Ausscheidungen der Kranken zu entsorgen. Sie erledigte das in rasender Geschwindigkeit, danach hatte sie endlich Zeit für ihre Patienten:

Sie tröstete die alte Frau Bär, deren Sohn am Sonntag wieder nicht zu Besuch gekommen war. Sie legte Adalbert Anstetten, dessen frisch operiertes linkes Ohr gewaltig schmerzte, das sehnsüchtig erwartete neue *Kicker*-Heft auf den Nachtisch, das sie ihm im Kiosk im Foyer besorgt hatte. Sie erfand für die kleine Elsie Raubach, der man die Polypen im Rachenbereich entfernt hatte, eine fesselnde Feengeschichte, damit sie trotz Halsschmerzen immer wieder ein Schlückchen Kamillentee trank. Kurzum, es war so viel zu tun, dass sich keine Gelegenheit für einen Plausch im Schwesternzimmer bot, wo Luzie sie hätte nach dem Gespräch bei Professor Becker ausfragen können. Wo blieb sie eigentlich? Wenn sie nicht bald auftauchte, verpassten sie den Bus.

Es leuchtete ihr ein, dass sie Luzie nichts erzählen durfte, aber sie musste mit jemandem darüber sprechen, sonst platzte die Neuigkeit an falscher Stelle heraus. Es gab nur eine, bei der das Geheimnis gut aufgehoben war, Sybille. Ihre Cousine, die vor ein paar Jahren nach Berlin gezogen war, konnte schweigen wie ein Grab. Sie musste Sybille schreiben, ein Telefon gab es in der Kreuzberger WG noch nicht.

Überhaupt Sybille. Ohne sie hätte sie diesen Auftrag nie bekommen. Kurz blitzte in Sonjas Kopf ein Bild des Innenhofs der Weißen Stadt auf, wo die Tibulskis wohnten. Sie, die Engels, lebten linksrheinisch in einem Haus der Longericher Katholikentagssiedlung, deren Baubeginn mit dem 77. Katholikentag 1956 zusammenfiel. Eine Anlage bescheidener Einfamilienhäuser mit Nutzgärten, für die kinderreiche katholische Familien mit geringem Einkommen von der Kirche einen günstigen Baukredit erhielten. Im Familienalbum fanden sich etliche Zeitungsausschnitte über den Bau der Siedlung, die Berühmtheit erlangte, weil sie einige Jahre als die kinderreichste Siedlung der Bundesrepublik galt. Die Tibulskis dagegen wohnten zur Miete in einem Genossenschaftshaus. Rechtsrheinisch, genau gesagt, in der Weißen Stadt in Buchforst, einer fünfstöckigen, im Karree gebauten Arbeitersiedlung, wo man das Weiß, dem die Siedlung ihren Namen verdankte, noch erahnen konnte. Im großen, hellen Innenhof der Anlage war neben den obligatorischen Teppichstangen, Wäscheleinen, Gemüseparzellen und Hasenställen viel mehr Platz zum Spielen als in den winzigen Gärten in Longerich, und den nutzten die Engel- und Tibulski-Kinder weidlich. Bis auf Erwin, der da bereits um die Erwachsenen herumschlich. »Eins, zwei, drei, vier Eckstein, alles muss versteckt sein.« Was war es für ein Vergnügen, unentdeckt zwischen Hasenställen oder hinter Holundersträuchern zu kauern und vorzustürmen, wenn der Platz zum Anschlagen frei war! Doch mit Sybille als Fänger wurde das Spiel zur Tortur. »Ei-ei-eins, zwa a zwa a …« Puterrot vor Anstrengung kam sie nie über das »Zwa a« hinaus. Sie quälte sich mit den Buchstaben, die ihr nicht gehorchten, mit Worten, die ihr Mund nicht ausspucken wollte. Alle Kinder lachten sie aus, bis Sonja die Grausamkeit nicht mehr länger aushielt, Sybille beiseitenahm und damit das Spiel beendete. Während die Buben danach als Cowboy und Indianer durch den Hinterhof stoben, malte Sonja mit einem Kreidestück ein Hüpfkreuz auf den Beton unter den Teppichstangen, warf Sybille ein Steinchen zu und bedeutete ihr mit dem Kopf anzufangen. So hüpften sie eine Weile, Sybille zunächst stumm und verbissen, Sonja ebenso stumm, aber neugierig beobachtend, wie sich die Anstrengung aus Sybilles Gesicht verzog und sie wenig später fast stotterfrei fragte: »Sollen wir jetzt Gummitwist spielen?«

Später, als Sybille sich in Berlin in der Lehranstalt von Professor Gutzmann zur Logopädin ausbilden ließ, erinnerte sie Sonja an dieses Erlebnis und versuchte sie ebenfalls für den Beruf zu begeistern. »Schon als Zehnjährige hast du gewusst, wie du mit einem Stotterer umgehen musst. Wenn einer eine Begabung für diese Arbeit hat, dann du.« Sonja interessierte Sybilles Ausbildung brennend, so gerne würde sie noch einmal etwas Neues lernen, so gerne mal richtig weit weg von zu Hause sein, dennoch wehrte sie ab. Sie musste Geld verdienen, sich um Reni und die Mutter kümmern, zudem, wie sollte sie eine weitere Ausbildung finanzieren? Aber als Sybille ihr vor drei Jahren erzählte, dass sie auch berufsbegleitende Kurse in Stimmheilkunde belegen könnte, die Gutzmann an seinem Institut anbot, stimmte sie zu. Schwester Herta hielt nicht viel von diesem neumodischen Zeugs, aber Professor Becker genehmigte die Fortbildung. Von Gutzmann erfuhr Sonja später, dass die beiden regelmäßig korrespondierten.

Sonja eröffneten die Kurse in Berlin eine völlig neue Welt. Die Stimme war etwas wahnsinnig Faszinierendes! Einzigartig, bei keinen zwei Menschen gleich. Sie verstand es, zu betören und zu verzaubern, selbst wenn der dazugehörige Mensch potthässlich war. Bei Sprachkünstlern konnte sie sich wie ein Chamäleon in eine Vielzahl von Stimmen verwandeln oder bei großen Sängern in unsterblicher Schönheit erklingen. Das gelang natürlich nur gesunden Stimmen. War die Stimme krank …

»Los, wir müssen uns beeilen, sonst ist der Bus weg.« Luzie packte sie am Arm. »Ich hab einfach den zweiten Socken nicht gefunden, deshalb hat es so lange gedauert.«

Gemeinsam liefen sie die Treppen hinunter, stoben wie zwei Erstklässler durch die Eingangstür, rannten, was das Zeug hielt, erwischten den Bus in letzter Sekunde, ließen sich außer Atem auf zwei freie Sitze fallen.

»Ein ordentlicher Sprint. Wir waren fast so schnell wie unsere Annegret Richter«, schnaufte Luzie. »Himmel, mein Herz bummert, als ob's gleich explodieren will.«

»Meins auch.« Sonja wischte sich über die Stirn. Ihr Gesicht glühte.

»Ich sag dir«, schnaufte Luzie weiter, »wenn die Heilige Inquisition mich noch einmal eine Leiche in die Pathologie bringen lässt, geh ich zum Betriebsrat. Wir sind dreißig Schwestern auf der Station, wir haben im Schnitt zehn Kehlkopfkrebspatienten da. Bei, sagen wir, einem Toten die Woche wären das für jede von uns weniger als zwei Tote im Jahr. Das ist meine dritte Leiche in acht Wochen. Die Fahrt im Aufzug ist das Schlimmste: Da denke ich immer, der Tote zieht mich mit sich ins Totenreich. Immer muss ich das machen, immer ich.«

»Die Heilige Inquisition wäre nicht die Heilige Inquisition, wenn sie nicht wüsste, wie sie jede von uns am besten piesackt.« Sonja fächelte sich Luft zu und knöpfte den Mantel auf. »Bei mir macht sie es mit den Bettpfannen. Sie weiß, dass mir alles hochkommt, wenn ich sie leeren muss. Zum Glück heute nicht.«

»Hör mal, was war eigentlich mit Professor Becker?« Luzie drehte sich mit einem Ruck zu ihr um. »Herta-Tschischowa kam ja im Gegensatz zu dir schon nach fünf Minuten zurück. Stumm wie ein Fisch, aber innerlich glühende Lava.«

»Sie hätten nicht mitkommen müssen, Schwester Herta. Schwester Sonja hätte den Weg hierher bestimmt auch allein gefunden«, imitierte Sonja die Stimme des Professors.

»Echt? Na, das geht runter wie Öl, dass die auch mal was vor den Latz geknallt kriegt. Da lob ich ausnahmsweise mal unsere Götter in Weiß.« Luzie kicherte schadenfroh, dann sah sie Sonja neugierig an. »Und was wollte der Professor von dir? Wieder was mit deinem Logopädie-Gedöns? Sag bloß, es hat endlich mit deiner Stelle geklappt?«

Sonja schüttelte den Kopf.

»Dann ein neuer Patient? Oh, da kündigt sich Prominenz an, streng geheim und so weiter«, folgerte Luzie.

Sonja nickte und sah aus dem Fenster. Der nächste Halt würde die Bodelschwingh-Straße sein.

»Nicht wieder dieser lausige Opernsänger, der dir letztes Jahr an die Wäsche wollte«, machte Luzie weiter.

»Zum Glück nicht.«

»Ein Rockstar? Sag, dass es ein Rockstar ist«, bettelte Luzie beim Aufstehen. »Eric Burdon? Alexis Korner? Neil Young? Die klingen alle so, als könnte ihnen die Stimme mal auf Grundeis gehen. Und Professor Becker ist eine internationale

Kapazität bei Stimmerkrankungen, zu ihm kommen Patienten aus aller Welt. Eric Burdon! Lass es Eric Burdon sein! Stell dir vor, wie er nur für uns *House of the Rising Sun* singt, nachdem wir ihn gesund gepflegt haben. Jetzt sag schon, Sonja!«

»Kein Rockstar.«

Der Bus hielt, Luzie trennte sich schweren Herzens und rief Sonja von der Tür noch mal zu: »Wer? Wer? Wer?«

Anstatt einer Antwort winkte Sonja ihr zum Abschied und lehnte sich erleichtert zurück, als der Bus wieder anfuhr. Kein Opernsänger, kein Rockstar, spätestens morgen würde Luzie auf Politiker kommen. Sie musste sofort Sybille schreiben, dass Willy Brandt ihr Patient werden würde, damit sie vor Luzie den Mund halten konnte. Ja, Willy Brandt! Der Kanzler hatte seine Stimme verloren. Er musste sich einer Stimmbandoperation unterziehen, und Professor Becker hatte sie, ja sie, in seinen Betreuungsstab geholt. Willy Brandt! Sybille würden die Augen aus dem Kopf fallen, wenn sie das las.

Bonn, Montag, 20.11.1972, 22 Uhr

»Mach Feierabend«, sagte Hilde zu Karlchen, der sie hinterm Tresen vertrat. Eine Viertelstunde zuvor war sie in die Küche geflohen, weil SPD-Löffler mal wieder dazu angesetzt hatte, ihr einen Antrag zu machen. Löffler war eigentlich ein feiner Kerl – ritterlich, gescheit, vernünftig, Vater von drei Kindern –, aber er wollte sie immer heiraten, wenn er fünf Kölsch zu viel getrunken und seinen melancholischen Tag hatte. Hilde war als Wirtin lang genug im Geschäft, um zu wissen, dass sie als schöngeredeter Ersatz für eine unglückliche Ehe herhalten musste. Es hatte sich bewährt, in solchen Situationen kurzzeitig von der Bildfläche zu verschwinden, um dem Ritter von der traurigen Gestalt seinerseits die Möglichkeit zum Rückzug zu geben. Diesmal nutzte sie die Zeit, um mit der Köchin den Speiseplan für die nächsten Tage zu besprechen: französische

Zwiebelsuppe, Toast Hawaii, Ungarisches Gulasch, Spaghetti Bolognese. Wenn das nicht internationale Küche war.

Bei ihrer Rückkehr galt ihr erster Blick wie immer dem Treiben am Tresen. Als sie vor drei Jahren, kurz vor Arnolds Tod, den Rheinblick renovieren ließen, wollte der Architekt den Tresen zugunsten einer weiteren Sitzecke verkleinern, aber dem hatte sie was gehustet. Der Tresen war das Herzstück des Rheinblicks. U-förmig schob er sich von der Küche aus in den Raum und bot Platz für mehr als zwanzig Personen. Hilde hatte einen erhöhten Boden einbauen lassen, damit sie auch die Tische überblicken konnte. Dass man diese mit Zimmerpflanzen bestückten Raumteiler voneinander trennte, hatte ihre eingeleuchtet, dem Punkt des Renovierungsplanes hatte sie zugestimmt. Genauso wie den Kupferlampen, dem dezent gemusterten Teppichboden und dem dunklen Holz für Stühle und Raumteiler. Palisander furniert, naturmattiert, ein bisschen musste man ja mit der Mode gehen. Bei den Tischen allerdings hatte sie wie beim Tresen auf hellem Buchenholz bestanden. Ein rheinisches Lokal ohne blank gescheuerte Tische, so was kam nicht infrage.

Bei der Renovierung hatte ihr Arnold völlig freie Hand gelassen. Ihr wurde ganz weh ums Herz, wenn sie an ihn dachte. Drei Jahre lag er nun schon unter der Erde. Keine sechzig war er geworden, im besten Mannesalter gestorben, gut fünfzehn Jahre älter als sie. Kippte vier Wochen nach der Wiedereröffnung in seiner blitzeblanken neuen Küche tot um. Einfach so. Herzversagen, meinte Dr. Kuhn. Dabei hatte Arnold nie über Herzschmerzen geklagt, überhaupt nie geklagt hatte er. Zerkleinerte gerade ein Huhn, Wasser und Gemüse für eine Bouillon waren schon aufgesetzt. Seither konnte Hilde keine Hühnerbrühe mehr riechen.

Löffler war, entgegen seiner Art, noch nicht gegangen, was wohl daran lag, dass Koslowski und der junge Richy Weber an den Tresen zurückgekehrt waren. Gefurchte Mienen bei allen dreien, die Genossen hatten Wichtiges zu besprechen. Nach der siegreichen Wahl konnten sie viele Reformen angehen. An Tisch drei, vier, sechs und acht hockten die Kartenspieler, lauter vertraute Gesichter. Vergessen war das Säbelrasseln des Wahlkampfes, beim Skat war man nur Mensch und durfte es sein, da herrschten andere Regeln. Da zählte das Blatt auf der Hand, der Glückstreffer beim Ziehen, die Kunst des Reizens, und dies geschah alles gewohnt überparteilich. Die Herren droschen die Karten auf den Tisch, stöhnten oder triumphierten, wechselten die Rolle zwischen Verlierer und Gewinner je nach Spielverlauf in schöner Regelmäßigkeit. Einzig CSU-Mann Farnreitner hatte an diesem Abend eine Glückssträhne und gewann fast immer.

Von einem kalten Luftschwall begleitet, sprang ein Taxifahrer herein, warf im Vorbeigehen einen Blick auf Farnreitners Karten, bevor er sich an den Tresen stellte und einen Kaffee orderte. Hilde steckte den Tauchsieder ins Wasser und zapfte einen Kranz frisches Kölsch, den sie an Farnreitners Tisch weiterreichte. Sie löffelte Kaffeepulver in eine Tasse, ließ sich von den Kartenspielern anzeigen, wer wie viele Biere übernahm, und goss, als es endlich kochte, das Wasser ein.

»Milch brauchste keine, Leo, oder?« Sie schob ihm Tasse und Zuckerstreuer hin. »Gibt es was Neues? Ist viel los auf den Straßen?«

»Konzert in der Beethovenhalle, irgendwas Modernes.« Leo rührte den Zucker in den Kaffee.

»Was hast du nur immer mit dem Kanzleramt?«, rief auf der anderen Seite des Tresens der junge Richy Weber so laut, dass die Kartenspieler aufblickten.

»Hömma, wir sind hier nicht auf'm Markt«, wies ihn Koslowski zurecht.

»So naiv kann nur einer daherreden, der zum ersten Mal in der großen Politik mitspielt.« Löffler zeigte Hilde mit drei Fingern an, dass die Herren eine weitere Runde Kölsch brauchten, und wandte sich wieder Richy Weber zu. »Zum Mitschreiben, junger Kollege: Das Kanzleramt ist das Herz der Regierung.

Alle wichtigen Entscheidungen laufen dort zusammen, viele werden von dort gesteuert.«

Löfflers Melancholie war wie weggeblasen, vergessen die triste Ehe. Die politische Debatte verwandelte den Ritter von der traurigen Gestalt in einen strahlenden Kämpfer mit Schwert und Rüstung.

»Und weil das so ist«, ereiferte er sich leise weiter, »braucht das Palais Schaumburg einen guten Steuermann. Einen, der weiß, wer in der Partei die Strippen zieht, einen, der die Primadonnen in der Regierung im Zaum hält, einen, der die Tricks der Verwaltung kennt, einen, der dem Kanzler alles Unwichtige aus dem Weg räumt, einen, der sich nicht zu schade ist, auch mal die Drecksarbeit zu erledigen.«

»Lasset, Sepp.« Koslowski klopfte Löffler auf die Schulter. »Jeder weiß, dat du den Horst Ehmke für den Besten hältst und willst, dat der Kanzleramtschef bleibt. Du weißt aber, der flotte Hotte ist vielen Genossen ein Dorn im Auge.«

»Ich muss.« Leo schob seine Kaffeetasse zurück und legte ein paar Münzen auf den Tresen, Hilde schob das Geld in die Kasse und blickte ihm nach. Als er die Tür öffnete, wehte der Herbstwind Blätter und Regen und mit Jupp Krall den nächsten Taxifahrer herein.

»Nur weil Horst Ehmke nicht die übliche Ochsentour hinter sich gebracht hat, mögen ihn die Genossen nicht. Weil für viele ein guter Genosse nur ein guter Genosse ist, wenn Dreck unter seinen Fingernägeln klebt und er mal Parteibeiträge kassiert hat«, regte sich Löffler auf. »Ehmke ist ein politisches Talent, wie es in der SPD nicht viele gibt. Aber das sehen die Genossen nicht. Und die, die es sehen, die gönnen Ehmke seinen Posten nicht. Diese Missgunst, immer diese Missgunst.«

»Willste auch einen Kaffee?«, fragte Hilde Jupp und schob wieder den Tauchsieder ins Wasser, als er nickte. »Wie geht es deiner Frau? Immer noch im Krankenhaus?«

»Nein, nein, nein«, schrie der junge Weber aufgeregt und hatte erneut die Aufmerksamkeit des kompletten Rheinblicks.

»Biste wohl stille! Wir sind hier nicht inner Sitzung vom Ortsverein«, schimpfte ihn Koslowski leise aus. »Feind hört mit.«

»Die Sozis«, brummte Farnreitner und runzelte die Stirn, bevor er sich wieder in seine Karten vertiefte.

»Konzert in der Beethovenhalle. Ich muss wieder.« Jupp kippte den Kaffee hinunter, klopfte dann dreimal auf den Tresen und griff nach seinem Portemonnaie.

»Doch«, widersprach Löffler. »Nachdem Brandt die Wahl so grandios gewonnen hat, können ihm die Granden der Partei nichts abschlagen. Horst Ehmke wird Kanzleramtschef bleiben.«

»Lass stecke«, wies Hilde Jupp an. »Ich konnt dir zuletzt kein Rückgeld gebe. Der Kaffee geht aufs Haus.«

Sail on silver girl

Bonn, Dienstag, 21.11.1972, 9 Uhr

»Bad ist frei.« Tine trommelte kurz an ihre Tür.

Sonja beeilte sich, damit ihr keiner der Jungs zuvorkam. Für zweimal Duschen reichte der Warmwasserboiler, der Dritte duschte kalt oder musste warten. Tine hatte das Badezimmer hinterlassen wie eine Prinzessin, die es gewohnt war, dass die Dienerschaft hinter ihr herputzte. Sonja redete sich deswegen jedes Mal den Mund fusselig, aber Tine quittierte das nur mit einem Schulterzucken. In der wöchentlichen WG-Runde von Sonja deswegen gerügt, konterte sie, dass es in diesen bewegten Zeiten Wichtigeres gäbe als ein geputztes Bad. Die Jungs ließen ihr das immer durchgehen, weil sie ein dreckiges Bad wohl einfach nicht störte. Sonja hasste die Gleichgültigkeit der Jungs, sie hasste es, von Tine in eine Spießerecke gestellt zu werden, sie hasste es, immer als Einzige das Bad zu putzen. Wie auch jetzt wieder. Sie konnte nun mal nicht in eine Wanne steigen, in der noch Haare und Seifenreste des Vorbenutzers klebten.

Als sie sich zehn Minuten später, frisch geduscht und angezogen, im Spiegel betrachtete, gefiel ihr, was sie sah. Der Rock in Midilänge züchtig über die Knie, das Haar streng zusammengebunden wie auf alten Schwarz-Weiß-Fotos, die weiße Bluse und der graue Pullunder frisch gebügelt, das blasse Gesicht ungeschminkt. Sie wirkte wie aus einer Nonnenschule entlassen: unbedarft, schüchtern, demütig. Vor allem demütig, das war das Wichtigste für ihren Termin beim Sicherheitsdienst des Kanzleramtes. Kontrolleure liebten Demut. Wenn man sich nie provozieren ließ, nie auftrumpfte, nie witzig, überlegen oder geistreich war, nie die Fassung verlor, dann ließen sie einen irgendwann in Ruhe. Sonja wusste, wie man sich unsichtbar machte.

Ihr polizeiliches Führungszeugnis, das sie mit den Zeugnissen zur Einstellung an der Uniklinik hatte einreichen müssen, war einwandfrei, und bei den Demonstrationen, an denen sie sich beteiligt hatte, war sie nie ins Fadenkreuz der Polizei geraten. Doch auf drei Schwachstellen war sie diese Nacht gekommen. Neben dem DKP-Mitglied Kurt, vor zwei Monaten eingetreten, waren das ihr Bruder Gerald, polizeilich erfasst wegen einer Schlägerei bei der Deutzer Herbstkirmes 1971, und Tine, deren Drogenkonsum seit ihrer Südamerikareise immer exzessiver wurde. Ein Kommunist, ein Schläger und eine Drogenabhängige in ihrer unmittelbaren Umgebung. Wenn das mal gut ging!

Sonja löste sich vom Spiegel, steckte den Brief, den sie am Abend noch an Sybille geschrieben hatte, in die Handtasche und machte sich auf den Weg in die Küche. Das Radio lief, Kurt hatte wie jeden Morgen Kaffee gekocht. Er saß mit einem Marmeladenbrot am Küchentisch und las gewissenhaft die *UZ*, die Parteizeitung der DKP. Damit war er die ganze Woche beschäftigt, bis er die nächste Ausgabe mit nach Hause brachte. Tine daneben stocherte geistesabwesend in einer Schale Haferflocken. Sonja verzichtete wegen der weißen Bluse auf Marmelade und schmierte sich nur ein Margarinebrot.

»Wie siehst du denn aus? Bist du auf dem Weg zur Kirche?«, erkundigte sich Kurt stirnrunzelnd, als er von seiner Zeitung aufsah. Tine folgte seinem Blick, ihre Augen, traumdusselig und schlierig, stierten an Sonja vorbei oder durch sie hindurch. Tine war nur körperlich anwesend.

»Ich treffe meine Mutter nach der Arbeit«, log Sonja, erfreut über Kurts Reaktion. Sie wirkte, wie sie es beabsichtigt hatte: brav und folgsam.

Kurt schnalzte missbilligend mit der Zunge. »Wann hörst du endlich damit auf, dich lieb Kind zu machen?«

»Morgen.« Max, in tomatenrotem Frotteehemd und ausgeleierten Trainingshosen, griff nach der Kaffeekanne.

Sein Gesicht sah heute wie eine Landkarte der Katastrophen aus. Hatten sie in der Schumann-Klause die Revolution nicht nur in heftigen Diskussionen herbeigeredet, sondern sich schon um Posten im Führungskader geprügelt? Und hatte einer ihm dabei das blaue Auge verpasst?

»Die Waschmaschine.« Kurt faltete die Zeitung zusammen. »Ihr wisst alle, dass unsere kaputt ist. Ich habe in den Bonner Kleinanzeigen eine gute gebrauchte gefunden. Wir müssen nur bei der Witwe in Kessenich vorbeifahren und sie uns abholen. Auf hundertsechzig Mark hab ich sie runtergehandelt, was ein Spitzenpreis für die zehn Jahre alte Miele ist.«

»Abholen, runterschleppen, hochschleppen, alles kein Problem.« Max kippte Milch in seinen Kaffee, humpelte mit der Tasse um den Tisch herum und drehte das Radio lauter. »Sorry, aber das ist die Gitarre von Stan Webb. Wahnsinn, der pure Wahnsinn.«

»Jetzt lenk nicht ab«, knurrte Kurt.

»Und der Mann kann auch singen!« Max drehte das Radio noch lauter.

Sonja aß den letzten Bissen von ihrem Margarinebrot und sah auf die Uhr. Sie musste gleich los. »Guter Preis für die Waschmaschine. Sollten wir kaufen. Max? Tine?«

Tine nickte, und alle Blicke richteten sich auf Max.

»Was soll ich sagen? Die vierzig Mocken habe ich diesen Monat nicht. Ich bin blank.«

Als wäre es eine Aufforderung, sang Stan Webb just in diesem Augenblick *Poor Boy*. Kurt stierte, Tine plierte, und Sonja runzelte ärgerlich die Stirn. Sie wusste genau, was jetzt für ein Donnerwetter losbrach. Kurt tobte jedes Mal, wenn Max etwas nicht bezahlen wollte, und brach dann immer eine Grundsatzdiskussion über WG-Pflichten und -Aufgaben vom Zaun, gefolgt von einer Runde Kritik und Selbstkritik. Das war das Letzte, was Sonja an diesem Morgen gebrauchen konnte. »Ich schieß ihm die vierzig Mark vor«, sagte sie schnell. »Toll, dass du eine Waschmaschine gefunden hast.«

»So kapiert es das verwöhnte Bürgersöhnchen nie«, zischte Kurt sie an und verdrehte die Augen. »Er soll endlich lernen, mit seinem Geld zu haushalten. Hat Kohle für Spendor-Boxen, aber wenn es um die Gemeinschaft …«

»Willst du dir wegen einer Erziehungsmaßnahme die Waschmaschine durch die Lappen gehen lassen?«, unterbrach ihn Sonja.

»Du heißt nicht nur Engel, du bist einer.« Max kippte eine Fuhre Dankbarkeit in seinen Blick.

»Dünnes Eis, ganz dünnes Eis«, warnte ihn Sonja. »Pass auf, dass du keine Schleimspur hinter dir herziehst. Spätestens Weihnachten will ich das Geld zurück.«

Bonn, Dienstag, 21.11.1972, 9 Uhr 30

Ein kalter Ostwind fegte vom Siebengebirge her über den Rhein. Rau und stechend fuhr er Hilde durchs Gesicht, ein Vorgeschmack auf eisigere Zeiten. Der Himmel trug blasses Blau, und der Fluss roch kühl wie ein Gletschersee. Das grelle Weiß der Schaumkronen, die ein holländischer Frachter aufwühlte, schmerzte in den Augen. *Amsterdam* hieß das Schiff, es hatte Baumstämme geladen, Motor und Strömung trieben es eilig in Richtung Nordsee. Die hochschwangere Schifferfrau, die Hilde hinter dem Steuerhaus ausmachte, hängte Wäsche auf. Sie kämpfte bei jedem Betttuch mit dem Wind, der es ihr aus den Händen reißen wollte. Den kleinen Jungen, der mit einem Seil an einem Poller in ihrer Nähe festgebunden war, ließ sie trotzdem nicht aus den Augen. Er war vielleicht anderthalb Jahre alt, hatte noch den breitbeinigen Entengang von Kleinkindern und ein diebisches Vergnügen daran, immer so weit zu watscheln, bis das Seil spannte. Hilde folgte seinen Schritten, hielt inne, wenn er fiel, freute sich, wenn er wieder auf die Beine kam und erneut loswatschelte. Sein Seil endete ungefähr einen Meter vor der Reling. Wenn sie so ein angebundenes Schifferkind sah, überlegte sie jedes Mal, mit was für einem Blick auf die Welt es aufwuchs: Laufen lernte es auf schwankendem Boden in einem Radius von drei Metern, Städte und Dörfer sah es nur von Weitem vorbeiziehen, der Zugang zum Wasser blieb ihm aus gutem Grund versperrt. Und doch musste das Wasser für das Kind, wie alles, was nicht erreichbar war, zum Sehnsuchtsort werden.

Nicht mehr als eine Minute lang konnte Hilde Mutter und Kind vom Ufer aus zuschauen, dann trieb das Schiff weiter den Rhein hinunter. Das letzte Bild – der Junge, juchzend seiner Mutter entgegentaumelnd, die ihn mit offenen Armen empfing – stach ihr ins Herz, sie schloss für einen Moment die Augen. Danach sah sie nur noch das Heck des Schiffes mit der kleinen holländischen Flagge, und auch diese verschwand schnell aus ihrem Blickfeld.

Es passierte Hilde nicht oft, dass die Dunkelheit sie ansprang. Doch gestern Tibulski mit seinem Geraune und nun der kleine Junge. Dreieinhalb wäre ihrer jetzt. Vielleicht wär's auch ein Mädchen geworden. Wie hätte das gehen sollen? Sie, schon so alt, ein Kind, der Rheinblick und Arnold nicht der Vater. Nächtelang hatte sie darüber gebrütet, sogar überlegt, Arnold die Wahrheit zu sagen. In einer Nacht sah sie Arnold das Kind als sein eigenes anerkennen, in der nächsten setzte er sie mit dem Bankert vor die Tür. So ging das in ihrem Kopf hin und her. Sie verlor das Kind nach vier Wochen. Es wollte nicht bei einer Mutter bleiben, die es nicht willkommen heißen konnte. Ob sie es bekommen hätte? Wer konnte das im Nachhinein sagen? Was passiert war, war passiert und ließ sich nicht mehr ändern. Meist war sie dem Kind dankbar, dass es ihr die Entscheidung abgenommen hatte. Aber manchmal fiel sie et ärm Dier an, wie die Großmutter die Melancholie nannte, und dann trauerte sie um ihr verlorenes Kind, um die Familie, die sie hätte gründen können, und spürte ihre Einsamkeit noch stärker als sonst.

»Für dich.«

Karlchen streckte ihr das Telefon über die Theke hinweg entgegen, kaum dass sie den Rheinblick betreten hatte. Es blieb ihr nicht mal Zeit, sich die Handschuhe auszuziehen. »Ja«, meldete sie sich.

»Hallo, Hilde.«

Sie erkannte die Stimme sofort, hätte sie unter Hunderten wiedererkannt. Wolf Bömitz. Sie presste den Hörer und die behandschuhte Hand fester ans Ohr. Mit einem Mal war der Geruch von Leder so stark, als stünde sie in einer Gerberei. »Das ist lang her.«

»1969. Abgang ohne Abschied. Unverzeihlich, ich weiß. Aber jetzt komme ich nach Bonn zurück. Ich wollte, dass du es weißt, bevor ich zum ersten Mal bei dir im Rheinblick stehe.«

»Ja«, sagte sie, um etwas zu sagen. »Ja.«

»Ich habe gehört, dass Arnold gestorben ist. Mein Beileid.«

»Danke.« Hilde riss sich die Handschuhe von den Fingern und ließ sie achtlos auf die Theke fallen. Ihre Hand umklammerte den Hörer so fest, dass ihre Fingerknöchel weiß hervorstachen. Sie versuchte dem Klang von Bömitz' Stimme nachzuspüren, um seine Verfassung auszumachen. Über ihre eigene nachzudenken war ein Ding der Unmöglichkeit. Doch wie klang er? Nervös? Reuevoll? Sehnsüchtig?

»Sag mal, kommt Tibulski noch zu dir in den Rheinblick?«

Beiläufig klingt er, stellte sie überrascht fest, während ihr tausend Fragen durch den Kopf schossen, von denen sie keine stellte. Stattdessen antwortete sie: »Manchmal zum Kartenspielen.«

»Bleibt seinen Gewohnheiten treu, was? Dann sage ich mal bis bald.«

»Bis bald«, echote sie. Sie legte den Hörer auf, griff nach den

Handschuhen, bewegte sich aber nicht vom Fleck. Sie starrte auf den Zettel an der Wand, auf dem in schreiendem Rot die Notfallnummern standen. Feuerwehr, Polizei, Krankenhaus, zuständig für Katastrophen aller Art. Von dem Zettel wanderten ihre Gedanken zurück an den Fluss: zur Schifferfrau, ihrem Kampf mit der Wäsche, zum Wetter, das zum Großreinemachen einlud. Bis gerade eben hatte Hilde gedacht, dass das Großreinemachen mit Wolf Bömitz längst erledigt war. Erst Tibulski und nun auch noch Bömitz. Wir drei vom Rheinblick, auf immer und ewig. Kein Wunder, dass et ärm Dier sie vorhin angesprungen hatte.

Bonn, Dienstag, 21.11.1972, 12 Uhr 30

Krankenhauskantine zur Mittagszeit: der Geruch von Zerkochtem und Zigarettenqualm, klapperndes Besteck, knarzende Stühle, träges Gemurmel, Königsberger Klopse als Tagesessen, die übliche Schlange vor der Essenausgabe. Die Frage, ob mit oder ohne Rote Bete, schreckte Sonja auf. Sie war in Gedanken. »'tschuldigung«, murmelte sie und nickte. Sie nahm das Glasschälchen mit dem Salat, schlängelte sich mit ihrem Tablett an den Tischen der Chirurgie und der Inneren vorbei bis zu dem Tisch, an dem sie immer mit Luzie und den anderen Schwestern der HNO-Abteilung zu Mittag aß.

Der Tisch war verwaist. Sonja hatte Luzie und Irmchen weiter hinten in der Schlange ausgemacht, ein paar Minuten blieben ihr noch für sich allein. Sie wickelte das Besteck aus der dünnen Papierserviette, stocherte mit der Gabel in dem grauen Kloß, zählte fünf Kapern in der Soße, legte die Gabel zur Seite, massierte mit den Fingerspitzen die Stirn. Ein pochender Kopfschmerz plagte sie, das Gespräch hatte sie angestrengt. Immer machte sie sich viel zu viel Gedanken, immer malte sie alles schwarz.

Strengstes Stillschweigen, beim kleinsten Verstoß wäre sie

nicht nur die temporäre Arbeit beim Kanzler, sondern auch ihre Stelle als Krankenschwester los, hatten ihr die zwei Herren vom Sicherheitsdienst des Kanzleramtes eingeimpft. Mit niemandem durfte sie über das, was sie hören oder sehen sollte, reden. Ihr wurde schlecht bei der Vorstellung, dass ihr Brief an Sybille schon unterwegs war. Doch Sybille würde dichthalten, und sie hatte ihr ja nur geschrieben, wer ihr Patient war, und nichts über das, was er sagte oder tat. Das konnte sie, Sonja, ja noch gar nicht wissen. Die Herren waren höflich, das Gespräch ansonsten harmlos. Zwei Sätze zu Gerald, dann war das Thema vom Tisch. Überraschenderweise erkundigten sie sich weder nach Kurt noch nach Tine. Im Nachhinein wusste Sonja nicht so recht, ob sie das beruhigen oder nervös machen sollte. Ins Schwitzen brachten die Herren sie allerdings mit Fragen zu ihrer Arbeit. Wie erklärte man Sicherheitsleuten, dass Entspannen mittels richtigen Atmens kein Humbug war, sondern heilsam sein konnte? Sie starrten sie an, als hätte sie nicht alle Tassen im Schrank. Wie die meisten hatten die zwei noch nie etwas von Logopädie gehört. Sonja hätte auch über einen Voodoo-Zauber reden können.

»Könnt ihr mir mal sagen, warum die immer nur drei Leute an die Essenausgabe stellen?« Luzie stellte das Tablett ihr gegenüber ab und zog sich eilig einen Stuhl heran. »Du bist am Verhungern, du hast nur eine halbe Stunde Mittag, und sie lassen dich stundenlang in der Schlange stehen.«

»Wisst ihr schon, dass die Heilige Inquisition bei der Polizei war?« Irmchen drängte ihr Tablett zwischen das von Sonja und Luzie, faltete die Serviette auseinander und legte sie auf ihre Oberschenkel. Seit sie im Sommer im Garten des Kanzlerbungalows gewesen war, machte sie auf vornehm. Der Kanzler lud neuerdings nicht nur Politik und Prominenz, sondern auch Intellektuelle und Künstler, Postboten und Krankenschwestern zum Sommerfest ein. Eine Idee seiner Frau, hieß es. Auch eine Krankenschwester der Uniklinik, und Irmchen hatte das große Los gezogen. Wochenlang hatten Luzie und sie sich danach anhören müssen, wer alles da gewesen war, welche Band gespielt hatte, was es zu essen gab und so weiter.

»Entschuldigt, Kolleginnen, ich brauche erst was zwischen die Kiemen, bevor ich Neuigkeiten über Herta-Tschischowa verkrafte«, nuschelte Luzie, wickelte eilig ihr Besteck aus, schnitt den ersten Königsberger Klops entzwei und steckte sich eine Hälfte in den Mund.

»War sie wegen Sally da?«, fragte Sonja und griff wieder nach ihrer Gabel.

»Klar. Dass es ihre staatsbürgerliche Pflicht sei, der Polizei von Sally Bowles zu berichten und so weiter.« Irmchen spießte eine Salzkartoffel auf und besah sie von allen Seiten, bevor sie weiterredete. »Ihr wisst, wie sehr es sie gewurmt hat, dass sie nicht herausgefunden hat, wer das Mädchen ist. Sie hat sich nicht nur bei der Bonner Heilsarmee nach Sally erkundigt, sondern auch alle Heime aus der Umgebung abtelefoniert. Hat nichts erfahren. Doch den Heimen hat sie nicht recht getraut.«

»Damit hat sie ausnahmsweise mal recht. Bei den Horrorgeschichten, die man über Heime hört, sagen die Heimleiter einem Außenstehenden bestimmt aus purer Frackigkeit nichts«, vermeldete Luzie zwischen zwei Bissen. »Aber als Mensch hat die Heilige Inquisition sich einen Dreck um Sally geschert. Vergebliche Liebesmüh, die landet sowieso in der Gosse und so weiter.«

»Und? Ist es Sally?«, wollte Sonja wissen.

Irmchen nickte eifrig, biss endlich in die Kartoffel und tupfte sich danach affig die Mundwinkel mit der Serviette ab. »Sie hat die Tote einwandfrei identifiziert, kein Zweifel möglich, sagt die Heilige Inquisition, und dass die Polizei morgen in die Klinik kommt, um mit uns zu reden.«

»Da bin ich ja gespannt, ob wir das in unserer Arbeitszeit tun dürfen«, warf Luzie ein.

»Im Leben nicht. Die Zeit arbeiten wir nach.« Irmchen sortierte die Kapern aus der Soße und legte sie an den Tellerrand.

»Ihr kennt ja Herta-Tschischowa, pflichtbewusst bis zum Umfallen, das verlangt sie auch von uns. Sally liegt übrigens inzwischen in unserer Pathologie, hat sie erzählt.«

»Was wissen wir eigentlich über Sally, was die Heilige Inquisition nicht weiß?«, fragte Luzie versonnen, pickte sich frech die Kapern von Irmchens Teller und mischte sie auf ihrem mit dem Rest von Soße. »Gut, sie war im Mai auf dem Popfestival in Germersheim, wo wir alle ebenfalls gerne gewesen wären. Drei Tage *love and peace* und so weiter. Mehr fällt mir nicht ein.«

»Kommst du denn erst mal gar nicht mehr auf Station?«, wollte Irmchen von Sonja wissen. »Arbeitest du jetzt in Zivil?«

Sonja nickte. »Spezialauftrag Logopädie.« Mit den Fingerspitzen verschloss sie sich die Lippen.

»Leider kein Rockstar«, seufzte Luzie und schob den leeren Teller in die Tischmitte. »Bei der Geheimnistuerei tippe ich auf Politiker. Habe ich recht?«

»Mach's mir doch nicht so schwer«, bat Sonja, stand auf und griff nach ihrem Tablett. »Kommst du heute Abend zu Gordon?«, fragte sie noch, bevor sie ging, und Luzie nickte.

Wenn es ihr Schichtdienst erlaubte, besuchten sie einmal die Woche einen Englischkurs der Volkshochschule. Ihr Lehrer Gordon Crown, ein smarter Waliser, arbeitete stundenweise beim BFBS, dem Sender, der immer vor allen anderen absolut angesagte Musik spielte. Anstelle von langweiliger *English conversation* sang Gordon mit ihnen ihre Lieblingssongs, die sie dann übersetzten. Als Sonja an der Reihe war, wünschte sie sich von Simon and Garfunkel *Bridge Over Troubled Water*: *»Sail on silver girl, sail on by. Your time has come to shine. All your dreams are on their way …«*

»See You Later, Alligator«, rief Luzie ihr nach.

»See you later.« Wer weiß, ob es das nächste Mal mit dem Englischkurs klappte. Der Kanzler sei nun in der Klinik eingetroffen, hatte ihr Professor Becker nach dem Gespräch mit dem Sicherheitsdienst mitgeteilt. Er habe bereits alle Vor-

untersuchungen eingeleitet und werde ihn am Abend operieren. »Ihr Arbeitstag richtet sich ganz nach dem Befinden des Kanzlers und kann mal zwölf, mal sechs Stunden dauern, wird also überhaupt nicht geregelt sein. Heute haben Sie frei, und morgen melden Sie sich um 10 Uhr wieder bei meiner Sekretärin.«

»Sail on silver girl …« Zweistimmig und mit großer Inbrunst hatten sie das Lied gesungen. Mit ihrem klaren Sopran traf Sally jeden Ton, und Sonja bemerkte erstaunt, dass sie beim Singen eine bestimmte Atemtechnik anwendete. »Hast du mal Gesangsunterricht gehabt?«, wollte sie wissen, erhielt aber mal wieder keine Antwort. *»Sail on by …«* Beide wollten sie so gerne glauben, dass ihre Zeit gekommen war, dass sich ihre Träume erfüllen würden. Und jetzt?

Ganz in Gedanken gab sie das Tablett ab und verließ die Kantine. Ihre Schritte führten sie sicher durch die Klinik. Erst vor der Glastür der HNO-Abteilung fiel ihr ein, dass sie hier gar nicht hinmusste. Professor Becker hatte ihr freigegeben. *»Sail on silver girl …«* Sie drehte um, stieg die Treppen in den Keller hinab und klopfte an der Tür zur Pathologie. Otto, einer der Leichenwäscher, öffnete ihr.

»Schwester Sonja.« Es erstaunte ihn, dass sie keine Leiche mitbrachte.

»Ich möchte mich von jemandem verabschieden«, erklärte sie. »Sally Bowles. Sie lag mal bei uns auf Station.«

»Komm rein.«

Otto duzte alle. Auch die Ärzte, selbst die Heilige Inquisition. Wenn man so nah bei den Toten war wie er, scherte man sich nicht mehr um Hierarchien. Er machte ihr die Tür zum Totenreich weit auf. Sie folgte ihm in den immer kalten Raum, wartete, bis er die richtige Leichenkammer gefunden hatte und die Bahre mit der toten Sally herauszog.

Im Frühling, irgendwann Ende Mai, kurz nach Max' Entlassung, der wegen einer Mandeloperation auf ihrer Station gelegen hatte, war Sally eingeliefert worden. Schon damals war sie Sonja viel kleiner erschienen, als sie tatsächlich war. Im Tod wirkte ihr Gesicht noch winziger und sehr fremd. Sonja brauchte einen Moment, bis sie verstand, wieso. Es lag an Sallys großen schwarzen, wild flackernden Augen, aus denen ihr Gesicht bestanden hatte.

Otto strich behutsam mit den Fingern über das blaurote Band aus Hämatomen am Hals und deutete auf den Y-Schnitt über dem Brustkorb. »Sie kommt aus der Gerichtsmedizin. Jemand hat die Kleine erdrosselt«, erklärte er mit seiner sanften Stimme. »Vielleicht war das der Grund?« Er schlug das Leichentuch ganz zurück und zeigte auf die Einstiche in den Armbeugen.

Die hatte es im Mai noch nicht gegeben. Der Rest des Körpers – bis auf das kleine Dreieck schwarzer Schamhaare – war makellos weiß. Keine blauen Flecke, keine Schürfwunden wie damals.

Sorgfältig deckte er das Mädchen wieder zu. »Wenn du fertig bist, schieb sie wieder hinein«, sagte er und zog sich zurück.

Sonja schloss die Augen und sah Sally und sich an diesem Frühlingstag draußen im Kottenforst. Sie hatte das Mädchen am Ende ihrer Schicht zu einem Spaziergang eingeladen. Gemeinsam schlenderten sie einen Waldweg entlang, die Luft roch nach Lindenblüten und dem ersten frisch gemähten Gras. Sonja summte *Bridge Over Troubled Water*, und Sally fing plötzlich an zu singen. So wollte sie sie in Erinnerung behalten.

»Sail on silver girl«, flüsterte Sonja zum Abschied. *»Sail on by.«*

Bonn, Dienstag, 21.11.1972, 21 Uhr

Der Rheinblick war immer gut besucht, aber nie war er so voll wie an grauen Novemberabenden. Selbst Abgeordnete, die sich nach der Arbeit sonst in ihre tristen Apartments zurückzogen, in denen sie die Woche über hausten, trieb es im

November an Hildes Tresen. Wenn der Winter kam, wurde ihr Tresen zum heimischen Herd. Da wärmte man sich, da trotzte man der Einsamkeit, da machte man den Gespenstern der Vergangenheit den Garaus, da malte man sich die Zukunft in rosigen Farben.

Hilde selbst ging es nicht anders. Hinter dem Tresen schrumpften all ihre Sorgen. Hier war sie der Mittelpunkt, hier blühte sie auf. Das Lokal war ihre Bühne. Sie genoss das Lachen und Lärmen, das Trinken und Debattieren ihrer Gäste. Sie ließ den Blick schweifen. Drei Skatrunden beim Kölsch, die Pfälzer CDU, fünfzehn Mann, Tisch 3 und 4, beim Rheinwein, die kleine Damenrunde aus dem Kanzleramt bei Dry Martini. Hilde musste neuerdings Gin mit Wermut mixen und extra grüne Oliven kaufen. James Bond ließ grüßen. Und der Kanzler, der ebenfalls gerne Martini trank. Karlchen, der heute den Service übernommen hatte, bediente im Dauerlauf. Wenn er Feierabend machte, hatte er eine Marathonstrecke bewältigt. Am Tresen die üblichen Verdächtigen: auf der einen Seite Koslowski mit seiner Ruhrgebietsmeute und weiteren Genossen, auf der anderen Seite die Schwarzen mit Oberfellner, Farnreitner und etlichen Parteikollegen. Für Hilde bildeten alle zusammen einen vielstimmigen leisen Chor, aus dem mal die eine, mal die andere Stimme an ihr Ohr drang.

Oberfellner, CDU, zischend: »Das ist mal wieder typisch für Strauß. Pisst Rainer Barzel so lange an, bis der die Wahl verliert, und schiebt ihm dann die Schuld daran in die Schuhe.«

Richy Weber, SPD, laut: »Hör mir auf mit Herbert Wehner!«

Koslowski, SPD, leise drohend: »Hömma, wenn du weiter so durch die Gegend brüllst, hab ich dat letzte Mal mit dir anne Theke gestanden. Dat sind Interna, die hängt man nicht an die große Glocke. Wann kapierste dat mal?«

Richy Weber, SPD, leise, kleinlaut: »Schon gut, schon gut. Aber ich finde, die Partei muss sich nach einem jüngeren, ausgleichenden Fraktionsvorsitzenden umsehen. Wehners Tage sind gezählt.«

Koslowski, SPD, kaum hörbar: »Kaum in Bonn, schon willste 'nen verdienten Genossen in die Wüste schicken. Wenn du damit ma nich gewaltig auf die Schnauze fällst, Jünksken. Der alte Wehner, der ist zäh, dat is einer, der Macht nie freiwillig abgibt. Der hält die Fraktion zusammen wie kein Zweiter. Denk dran, wie der kontrolliert hat, dat beim Misstrauensvotum keiner aus der Reihe tanzt. Wartema, bis du ihn zum ersten Mal selbst erlebst. Da geht dir der Arsch auf Grundeis. Ich sag's dir, et gibt genug Genossen, die sich in die Buxe machen, wenn se beim ollen Hebbert antanzen müssen. Der is mit allen Wassern gewaschen.«

Tisch 2 aufbrausend: »Beim Grand spielt man Ässe, oder man hält die Fresse.«

Tisch Martini: »Wir sollten noch überlegen, was wir dem Chef zu Weihnachten schenken.«

Tisch Martini sinnierend: »Was schenkt man Horst Ehmke?«

Tisch 2, verärgert: »Karte oder ein Stück Holz.«

Tisch Martini: »Mit einer Flasche Cognac können wir nichts falsch machen.«

Noch einmal Tisch Martini, kichernd: »Was haltet ihr von einer Krawattennadel? Damit dem flotten Hotte bei seinen vielen Reformen die Krawatte nicht so um die Ohren fliegt.«

Krüger, SPD, wispernd: »Es heißt, Schmidt hat Brandt noch am Wahltag einen seitenlangen Forderungskatalog zukommen lassen, in dem er ein auf ihn zugeschnittenes Schatzkanzleramt fordert. Das Ministerium soll alle Kompetenzen der Konjunktur- und Geldpolitik bündeln. Ich bin mal gespannt, wie Brandt darauf reagiert. Einerseits braucht er Schmidt, andererseits darf er ihn nicht noch mächtiger werden lassen.«

Der junge Richy Weber, SPD, kurz laut, dann leise: »Was hängt ihr euch immer an Personalien auf! Es geht doch um die Sache. Solange Schmidt als Minister die Parteilinie zur Mitbestimmung …«

Schauer, SPD, brummend: »Es gibt noch mehr heikle Themen als die Mitbestimmung. Denkt an die Jusos, denen reicht das nicht, was wir an Mitbestimmung wollen. Die werden wieder auf die Verstaatlichung der großen Betriebe drängen, und der linke Parteiflügel zieht mit. Und dann die Genossinnen! Die wollen das Ehe- und Familienrecht reformieren und den § 218 abschaffen.«

Tisch Martini: »Oder einen Bildband über Prag? Wo Ehmke jetzt mit einer Tschechin verheiratet ist.«

Oberfellner, CDU, zu Farnreitner, CSU: »Ich verstehe wirklich ned, warum die Roten die Wahl so hoch g'wonnen hab'n. Wie können die Wähler nur so dumm sein? Das Land muss von der Elite regiert werd'n, und die Elite sind wir. Das sind doch Proleten.« Er deutete auf die andere Seite des Tresens. »Die zerfleisch'n sich doch jetzt schon wieder.«

»Mach's dir ned zu einfach, Oberfellner.« Farnreitner bestellte zwei weitere Weinschoppen. »Sie haben Brandt. Sein Kniefall in Warschau ist um die Welt 'gangen, mit dem Friedensnobelpreis ham's ihm den roten Teppich ausg'rollt. Dabei wissen wir, dass unser Adenauer den Preis viel mehr verdient hätt. Und eins darfst ned vergess'n: Die Weiber stehn auf den Brandt. Hast nicht g'lesen, wie viele Frauen ihn g'wählt haben? Der hat halt eine gewisse Ausstrahlung. Was das angeht, hat der Adenauer nie mithalten können, und auch der Barzel kann einpack'n.«

»Und euer Franz Josef Strauß erst recht. Oder was meinst, Hilde?«

»Ach Liebelein, ich hör euch gar nicht zu!« Hilde trocknete sich lachend die Hände an einem Handtuch ab. »Was meinste, was ich hier schon alles über Politik gehört hab! Dat geht in ein Ohr hinein und aus dem andere heraus.«

Bonn, Dienstag, 21.11.1972, 22 Uhr

Luzie erzählte Sonja erst nach dem Englischkurs vom Anruf der Mutter. *Take it Easy* von den Eagles hatte Gordon ausgesucht. West Coast Music, sonniger Kalifornien-Sound. Die Übersetzung war leicht gewesen, aber *Take it Easy* war schwer zu singen. Am Ende hatten sie es ganz passabel hingekriegt, und Sonja hatte nicht mehr an die grün und blau geschlagene Mutter, sondern eher an Max gedacht, zu dem der Song von dem Tramp, dem sieben Frauen auf der Seele lagen, gut passte. Aber seit Luzie ihr von dem Anruf berichtet hatte, kreisten alle Gedanken wieder um zu Hause. Ob der Erzeuger die Mutter schon wieder …? Nur »Er« oder »Erzeuger«, so hatten sie und die Brüder ihn irgendwann genannt, als ihnen wegen all der Schläge und Gemeinheiten das Wort Vater nicht mehr über die Lippen kam. Selbst Reni, die lang sein Liebling war, nannte ihn nun so.

Sosehr sich Sonja auch den Kopf zerbrach, ihr fiel nicht ein, mit wem sie über ihre familiären Sorgen reden konnte. Mit Gerald und Rudi? Nein, die Brüder konnten in der Sache nichts ausrichten, mit ihrem Hass würden sie alles eher schlimmer machen. Mit Erwin Tibulski? Der zehn Jahre ältere Cousin hatte zumindest Einfluss auf den Erzeuger. Ein kurzes Gespräch unter Männern reichte, und Reni durfte plötzlich aufs Gymnasium. Also Erwin. Aber war er als Abgeordneter nicht wahnsinnig beschäftigt? Und wie würde er auf ihre Offenheit reagieren? Würde er nicht den Kopf schütteln und sagen, was zwischen Eheleuten passierte, ginge ihn nichts an?

Die Telefonzelle Ecke Breite Straße war die letzte auf ihrem Weg. Von der WG aus würde sie auf keinen Fall zu Hause anrufen. Ihr Familienscheiß ging dort niemand was an, den wollte sie auf keinen Fall mit Kurt diskutieren müssen. Sie griff nach dem Türknauf, ließ ihn wieder los. Ewig konnte sie das Gespräch nicht hinauszögern. Jetzt aber. »Fasse dich kurz!«, stand über dem Hörer. Nichts, was sie bei diesem Gespräch lieber täte. Sie steckte zwei Zehn- und ein Fünfzigpfennigstück in den Schlitz, wartete auf das Freizeichen und wählte dann die Kölner Nummer.

»Endlich, Sonja. Wieso hat das so lang gedauert?«

Die Mutter wisperte. Sonja hörte Schüsse und quietschende Reifen. Der Erzeuger hockte also nicht im Mönninger Eck, sondern saß vor dem Fernseher.

»Hat er dich schon wieder vermöbelt?«

»Nein, die Reni ist abgehauen«, presste die Mutter heraus. »Ist gestern Nacht nicht nach Hause gekommen und heute auch nicht.«

Sonja holte tief Luft. Die Nachricht überraschte sie nicht. Am Wochenende hatte Reni ihr erzählt, dass sie es kaum noch zu Hause aushielt. Sonja hatte ihr vorgeschlagen, ein paar Tage zu ihr in die WG zu ziehen, aber Reni hatte abgewinkt. Jeden Morgen von Bonn nach Köln, der tägliche Schulweg zu weit, die Freundinnen alle in Köln, wenn es hart auf hart käme, würde sie bei Liz oder Moni unterschlüpfen. »Aber du meldest dich mal, ja?«, hatte Sonja gedrängt, und Reni hatte es versprochen.

»Wundert es dich?«, fragte sie die Mutter und wollte gar nicht genauer wissen, was vorgefallen war.

»Bei Hedwig ist sie auch nicht.«

Da hätte Sonja auch zuerst nach Reni gefragt. Hedwig Tibulski, die älteste Schwester des Erzeugers, war das Beste, was die Verwandtschaft zu bieten hatte. Schon als Kind hatte Sonja sich gewundert, dass zwei so unterschiedliche Menschen wie Tante Hedwig und der Erzeuger aus demselben Stall kommen konnten. Leider waren sie selten bei der Tante gewesen, die Besuche bei den Tibulskis ließen sich an einer Hand abzählen. Es passte »Ihm« nicht, dass sein Schwager Albert ein Sozi war, einer, der den sonntäglichen Kirchgang vergaß, stattdessen fürs Streikrecht eintrat und am 1. Mai die rote Fahne schwenkte. Das erzählte er jedes Mal, wenn sie sich auf den Weg auf die andere Rheinseite machten. Klar stritten Albert und er sich immer über die große Politik, doch der wahre Grund, weshalb er die Tibulskis so ungern sah, war ein anderer. Seine Schwester konnte ihn wirklich bei den Hörnern packen. Sonja hatte ordentlich gestaunt, als sie einmal – zufällig, weil sie ihr

Gummitwist in der Küche vergessen hatte – Zeugin wurde, wie die Tante ihm den Kopf wusch. Sie hatte das Veilchen, das er ihrem Bruder Gerald verpasst hatte, richtig gedeutet. »Was ist das für ein Teufel, der in dir steckt und dich Frau und Kinder verprügeln lässt, Raimund? Wenn einer weiß, dass durch Schläge noch keiner zur Vernunft gekommen ist, dann doch du. Schieb nicht wieder den verdammten Krieg vor. Schlag die Raserei in dir selbst tot und nicht deine Kinder.« Raimund wagte keine Widerrede, er fraß Kreide, wurde klein mit Hut. Sonja verstand zwei Dinge: dass der Erzeuger nicht allmächtig war und wo sie in der Not eine Verbündete finden konnte.

»Reni ist auch nicht bei ihren Brüdern. Ist sie zu dir gelaufen?«, riss die Mutter sie aus ihren Gedanken. Ihre Angst war nicht zu überhören.

»Nein.«

»Aber du würdest mich anrufen, wenn sie bei dir auftaucht?«

Ihr Flehen tat Sonja in der Seele weh. Sie wusste nicht, ob sie anrufen würde. Das hing davon ab, was Reni ihr erzählte, und noch von vielem mehr.

»Du sollst Vater und Mutter ehren, so steht es in der Bibel.« Ein Schniefen, dann ein Schnäuzen, Sonja wusste, dass der Mutter nun die Tränen liefen. »Es muss doch Recht und Ordnung herrschen. Wir haben doch auch gehorcht …«

»Klar! ›Führer wir folgen dir.‹« Sonja konnte das Gerede von Recht und Ordnung nicht mehr hören. »Fünfundfünfzig Millionen Tote. Sechs Millionen ermordete Juden. Deutschland in Schutt und Asche.« Der Telefonhörer piepte, erst leise, dann immer lauter, bevor ihr ein langer Ton signalisierte, dass die Leitung unterbrochen war. Sie legte den Hörer auf und verließ die Zelle. Sie wollte auf keinen Fall noch mal anrufen.

Der Erzeuger folgte unbeirrt seiner Erziehungsdevise »Entweder ihr gehorcht aus Liebe oder aus Furcht«, und die Mutter widersprach nicht, sie erduldete alles und litt leise. Sie kassierte jetzt die Prügel, die er früher unter den Kindern aufgeteilt hatte. Alle waren sie so schnell wie möglich von zu Hause ausgezogen. Erst Rudi, dann Gerald, dann sie. Die Brüder hatten sich gänzlich abgenabelt, nur ihr gelang der Absprung nicht, nur sie fühlte sich für Reni, das Nesthäkchen, verantwortlich, nur sie ließ sich von der Mutter immer wieder in diese Familie hineinziehen. Vielleicht weil sie die Älteste war, vielleicht weil sie nichts anderes tat, seit sie denken konnte. Auch wenn sie, wie gerade eben, am Telefon kurz angebunden und kühl blieb, schaffte sie es nicht, das Elend zu vertreiben. Um Reni machte sie sich im Augenblick keine Sorgen, die war sicher bei Moni oder Liz und würde sich melden, wenn sie Hilfe brauchte. Sorgen machte ihr die Mutter. Demnächst würde sie allein mit dem Erzeuger sein, der kein besserer Mensch werden würde, nur weil die Kinder flügge waren. Wenn sie mit der Mutter darüber reden wollte, verschloss diese immer die Ohren. Allein das Wort Scheidung machte ihr solche Angst, dass sie lieber Prügel bezog.

Als sie die Wohnungstür aufschloss, drang aus Tines Zimmer der Klang von Ravi Shankars Sitar in den Flur, und in der Küche fand sie Max und Kurt in trauter Eintracht bei einer Partie Schach, der Streit vom Vormittag war vergessen.

»Habt ihr einen Schluck für mich?«, fragte sie und deutete auf die Bierflaschen am Tisch.

»Klar«, meinte Max und holte ihr ein Glas, und Kurt sagte: »Schau mal ins Bad.«

Dort stand die neue Waschmaschine und war bereits angeschlossen. »Gute Arbeit, Jungs«, lobte sie die zwei, als sie wieder in die Küche kam.

Sie goss sich ein Bier ein und merkte, wie müde sie war. Die friedliche Stimmung in der Küche ergriff sie, sie tat ihr gut. Sie gefiel ihr genauso wie das, was sie hier miteinander probierten. Auch Reni würde das gefallen. Eine neue Lebensform jenseits von Vater, Mutter, Kind, jenseits der klassischen Familie als Keimzelle von Unterdrückung und Gewalt. Ein gleichberechtigtes Miteinander, eine gewaltfreie Streitkultur, ein neues Rollenverständnis, ein Aufbruch in bessere Zeiten.

Bonn, Dienstag, 21.11.1972, 23 Uhr 30

Als sie vor die Tür trat, um den Rheinblick zuzusperren, hing Nebel in den Straßen. Nach dem klaren, kalten Vormittag hatte Hilde eher mit Schnee gerechnet. Aber das Wetter scherte sich so wenig wie das Leben darum, womit einer rechnete. Langsam stieg sie die Außentreppe zu ihrer Wohnung hoch, der schwerste Gang des Tages, seit Arnold tot war. Sie tauchte in die Stille der Nacht ein, die auch noch zum Fürchten war, als sie das Licht anmachte. Das bunte Kleid mit den psychedelischen Mustern lag noch da, wo sie es am Montag ausgezogen hatte. Auf dem Weg zur Küche stolperte sie über die Knautschlackstiefel, die sie achtlos von den Füßen gestreift hatte. Im Waschbecken türmten sich Gläser und Kaffeetassen, auf dem Küchentisch stand noch das Marmeladenglas vom Frühstück. Die Unordnung gab ihr zumindest das Gefühl, dass die Räume bewohnt waren. Mit dem letzten sauberen Glas kehrte sie ins Wohnzimmer zurück. Sie wusste, dass sie nicht schlafen konnte, und goss sich ein Gläschen Klosterfrau Melissengeist ein. Arnold hatte sie damit immer aufgezogen. »Du als en jung Frau drinks su jet Altmodisches?« Ja, tat sie. Schon ihrer Großmutter hatte das Allheilmittel den Magen gewärmt und ihr dabei geholfen, et ärm Dier zu vertreiben. Sie füllte das Gläschen ein zweites Mal, zündete sich eine Zigarette an, trat damit ans Fenster und paffte gegen den Nebel an.

Tibulski und Bömitz. Freundschaft und Liebe, Betrug und Verrat. Mit Erinnerungen war nicht zu handeln, das wusste sie schon lange. Man konnte ihnen den Rücken zukehren oder sie eine Zeit lang vergessen, aber sie verließen einen nie. Und an manchen Tagen kehrten sie mit voller Wucht zurück und forderten ihren Tribut. Drei weitere Gläschen Klosterfrau Melissengeist, später standen die Freunde Tibulski und Bömitz wieder so strahlend und jung vor Hilde, wie sie ihr damals erschienen waren:

Oktober 1965 war's, als Bömitz und Tibulski zum ersten

Mal gemeinsam im Rheinblick auftauchten. Tibulski kannte sie da schon eine Weile, Bömitz war ein paar Jahre älter als er und neu in Bonn, Anfang bis Mitte dreißig, schätzte sie ihn, also ihr Alter. Damit waren sie drei viel jünger als die meisten Gäste des Rheinblicks und auch jünger als Arnold, das verband sie vom ersten Moment an. Die Gegensätzlichkeit der zwei sprang Hilde gleich ins Auge. Tibulski, mit seinem Schnauzbart drahtig und kampflustig, Bömitz, ein dürrer Stecken, nachdenklich und melancholisch. Der kleine Tibulski kam wie sie aus der Domstadt, 'ne kölsche Jung vun dä schäl Sick, sein Begleiter war mundartlos und so, wie er sprach, eindeutig ein Studierter. »Das ist der Genosse Wolf Bömitz«, stellte Tibulski ihn vor. »Und um genau zu sein, Dr. Wolf Bömitz. Zum ersten Mal frisch in den Bundestag gewählt. 'nen Kölsch für jeden.«

Oktober 1965 herrschte sie schon zwei Jahre allein hinter dem Tresen, weil Arnold wusste, dass eine hübsche Frau die Kasse eher klingeln ließ, wenn sie allein hinterm Tresen stand, als wenn der Mann ihr dabei auf die Finger schaute. Ganz so souverän wie heute war sie noch nicht, aber ein freches Mundwerk hatte sie damals schon. »Kölsch für euch zwei Liebeleins. Die erste Runde geht auf mich, 'ne kleine Willkommensgruß. Lasst euch nicht unterkriege, und bleibt sauber. Bonn ist ein glitschiges Pflaster.«

Sie ließen die Gläser klirren. Danach bestellten die zwei Runde um Runde und stritten sich schon an diesem ersten Abend wie die Kesselflicker um den Kurs ihrer Partei. Einig waren sie sich nur in der Ostpolitik. Der Kalte Krieg, die permanente atomare Bedrohung, die Eiszeit mit der Sowjetunion, so konnte es nicht weitergehen. Annäherung statt Konfrontation, Offenheit statt Dogmatismus.

Sie waren die Letzten an diesem Abend. »Trinken Sie noch ein Glas mit uns?«, hatte Bömitz schüchtern gefragt, als Hilde sie vor die Tür setzen wollte. »Ach, Liebelein, ich lass mir nie einen ausgebe«, hatte sie wie üblich geantwortet. Wäre sie doch dabei geblieben.

Fly Me to the Moon

Bonn, Mittwoch, 22.11.1972, 10 Uhr

Schon seit zwei Jahren betreute Sonja Patienten von Professor Becker, die zeitweise ihre Stimme verloren hatten. Hauptsächlich Sänger und Schauspieler. In der Welt des Theaters und der Oper gehörten Atem- und Stimmübungen zum Alltag. Sonja fiel es folglich nicht schwer, ihre Patienten zu vorbereitenden Übungen rund um den Körper, die der Entspannung, Lockerung und Haltung dienten, und auch zu Mund- und Zungengymnastik zu motivieren, mit der die Logopädie den Genesungsprozess unterstützte. Doch würde sich auch Bundeskanzler Brandt auf solche »Spielchen« einlassen?

Während sie mit den Patienten arbeitete, nutzte Sonja jede Gelegenheit, sie besser kennenzulernen. Sie erkundigte sich nach Vorlieben und Schrullen. Auf diese Weise hatte sie herausgefunden, dass die Sopranistin der Hamburger Oper – hysterisch, eingebildet, eine schwierige Patientin – Asta Nielsen liebte und viele große Szenen des Stummfilmstars perfekt nachspielen konnte. Oder der Kammersänger von und zu Irgendwas, der sich wie ein Kind im Spiel mit seinen Zinnsoldaten verlor. Dann dieser fette Berliner Schauspieler, der jeden Tag aufs Neue das Ende seiner Bühnenkarriere herbeigestikulierte. Wut und Tränen, immer wieder, bis Sonja herausfand, dass elektrische Eisenbahnen sein Herz höherschlagen ließen. Sie sorgte dafür, dass er in seinem Zimmer D- und Eilzüge über ein verschlungenes Schienennetz lenken konnte, und er entspannte sich. Hätte sie so etwas auf ihrer Station vorgeschlagen, Herta-Tschischowa hätte einen Tobsuchtsanfall bekommen. Zu Recht, musste Sonja zugeben, denn in einem von der Krankenkasse finanzierten Sechsbettzimmer wäre eine elektrische Eisenbahn ein Unding gewesen. Im komfortablen Einzelzimmer auf der Privatstation von Professor Becker dagegen war alles erlaubt, was den Patienten guttat.

Was würde Brandt guttun? Sonja ahnte, dass es schwierig werden würde, dies herauszufinden. Er war eine öffentliche Person, der mächtigste Mann der Bundesrepublik, und seit Jahren gewohnt, sein Privatleben vor neugierigen Blicken zu schützen. Wahrscheinlich hütete er das bisschen persönliche Freiheit, was ihm im Alltag blieb, wie seinen Augapfel. Doch Sonja konnte nur dem Menschen, dem Privatmann Brandt helfen. Er kam nicht als Bundeskanzler zu ihnen, sondern als ein Kranker, der Angst um seine Stimme hatte und der vielleicht lernen musste, mit der schrecklichen Diagnose Kehlkopfkrebs zu leben. Professor Becker hatte bereits am Montag Gewebeproben entnehmen lassen.

Gleich würde sie hören, wie die Operation verlaufen war, und vielleicht lagen dann auch die Ergebnisse der Gewebeproben schon vor. Doch bevor sie den Bus hoch zum Venusberg nahm, musste sie noch in ein Spielzeuggeschäft. Wegen der Zaubertafel. Sybille hatte ihr geraten, dieses folienbezogene Zeichenbrett einzusetzen, weil sich damit besser und schneller kommunizieren ließ als mit Block und Bleistift. Sonja überreichte den Patienten die Tafel im ersten Gespräch und sammelte sie am Ende des Krankenhausaufenthaltes wieder ein. Nur Sally Bowles hatte die Tafel mitgehen lassen. Keiner verstand ihre Flucht aus der Klinik nach dem abendlichen Waldspaziergang, auf dem Sonja mit ihr *Bridge Over Troubled Water* gesungen hatte. Keiner verstand, warum Sally das Sommerkleidchen und die Sandalen, die Luzie von ihrer jüngeren Schwester für sie abgestaubt hatte, zurückließ und stattdessen wieder in die kratzige Heilsarmeeuniform schlüpfte, in der sie eingeliefert worden war. Sie konnte sprechen, das Singen bewies es. Der englische Text war ihr leicht und flüssig über die Lippen gegangen. Ob Sally allerdings Muttersprachlerin war, wie Sonja vermutete, konnte sie nicht beurteilen, dazu war ihr Englisch zu schlecht. Wenn ja, gehörte Sally dann zum diplomatischen Corps? Als Engländerin oder als Amerikanerin?

Vielleicht würde die Polizei Antworten auf diese Fragen finden, Sally konnte sie nicht mehr geben. Wieder sah Sonja sie tot in der Stahlkammer der Pathologie liegen mit Einstichen in den Armen. Über ihr Bild legte sich das der Mutter, zerschlagen und zusammengekrümmt unter den zwei Engeln, die schon lange nicht mehr über sie wachten. Sie verscheuchte die Bilder. Sie wollte weder an Sally noch an die Mutter denken. Sie hatte zu arbeiten und würde nun eine neue Zaubertafel kaufen. Denn für den Kanzler brauchte sie eine.

Bonn, Mittwoch, 22.11.1972, 11 Uhr

Die Wortgefechte zwischen Tibulski und Bömitz konnte Hilde bald nicht mehr hören. Über fast alles stritten sich die zwei. Das Godesberger Programm rauf und runter, denn so lang war es noch nicht her, dass aus der Arbeiterpartei eine Volkspartei geworden war. Bei den Grundwerten kritisierte Bömitz, dass die SPD ihre marxistischen Wurzeln leugnete, Tibulski bestand darauf, dass die Partei sich von den Kommunisten absetzen musste. Bömitz fand es gefährlich, dass die SPD die Nähe zu den Kirchen suchte, Tibulski sah keinen Widerspruch darin, katholisch und sozialistisch zu sein. Hilde war schnell klar, dass Tibulski dem rechten und Bömitz dem linken Parteiflügel zuzuordnen war. Auch über ihr Fachgebiet, die Bildungspolitik, stritten sie. Doch trotz ihrer gegensätzlichen Auffassungen waren die zwei unzertrennlich. Nie sah Hilde den einen ohne den andern. En passant erfuhr sie, dass die zwei gerne in den Club populaire in der Kasernenstraße gingen, wo Bömitz Tibulski seine Liebe zum Jazz näher brachte. Tibulski wiederum begeisterte Bömitz für den FC Köln und schleppte ihn zu Heimspielen mit nach Köln-Müngersdorf. Bei der Frage nach dem besten Spieler des Vereins waren sie sich wie bei allem uneins. Für Tibulski Heinz Flohe, für Bömitz Wolfgang Overath.

Im Rheinblick waren sie oft die Letzten und ließen sich bald nicht mehr so schnell nach draußen expedieren wie an ihrem ersten Abend. Sie versuchten Hilde in ihre Debatten zu verwickeln, aber Hilde blieb eisern. Zur Politik kein Wort, als Wirtin hielt sie sich aus so was raus. Aber ihr gefiel, wie die beiden Themen von unterschiedlichen Seiten beleuchteten, wie sie Kompromisse suchten und, wenn das nicht gelang, die Position des anderen achteten. Als Denker und Macher, als Kopf und Hand, so sah sie die zwei. Ehrlich und aufrecht waren sie, echte Demokraten. Keine Pöstchenjäger, keine Karrieristen, sondern zwei, die ihr Land zum Besseren verändern und Brandts Vision »Bildung für alle« umsetzen wollten.

»Jeder soll eine Ausbildung machen oder studieren können, ohne dafür bezahlen zu müssen«, so Tibulski. »Wir werden die Welt durch unsere Reformen zu einer besseren, gerechteren machen, davon bin ich überzeugt«, so Bömitz. »Und du, Hilde, an was glaubst du?« Da brauchte sie nicht lang zu überlegen. »Anstand und Menschlichkeit«, rief sie. »Geht's ein bisschen genauer?«, hakte Tibulski nach. »Dass sich keiner über den anderen stellt.« »Gleichheit. Unterschreib ich.« Tibulski prostete ihr zu. »Was noch?«, wollte Bömitz wissen. »Dass keiner nach oben buckelt und nach unten tritt.« Wieder stimmten sie ihr zu. »Dass man, wenn einer strauchelt oder am Boden liegt, ihm beim Aufstehen hilft.« Da lachte Tibulski auf und prustete: »Einen wie Franz Josef Strauß würde ich gern am Boden liegen lassen, damit er kein weiteres Unheil anrichtet.« »Wenn's dir mal passiert, wirst du froh sein, wenn sich dir dann eine helfende Hand entgegenstreckt«, gab sie retour. »Mach weiter, Hilde«, forderte Bömitz sie auf. »Dass man zu seinem Wort steht und keinem in den Rücken fällt.« »Unbedingt«, Bömitz nickte. »Zumindest unter uns Genossen«, schränkte Tibulski ein. »Dass man, wenn man mehr hat, abgibt«, beendete Hilde ihre Aufzählung. »Solidarität«, Bömitz nickte wieder, und Tibulski rief: »Gib's zu, Hilde, im Herzen bist du Sozialist wie wir.« »Nix da«, widersprach sie, »keine Politik. Steht fast alles schon in der Bergpredigt.«

In anderen Punkten blieb Hilde nicht so standhaft. Wenn sie ihr ein Glas Söhnlein Brillant offerierten, sagte sie manchmal Ja, und es rührte sie jedes Mal, wenn sie ihr ein Ständchen brachten. Tibulski sang mit schmelzendem Tenor *Love Me Tender*, Bömitz versuchte sich mit krächzendem Bariton an *Fly Me to the Moon*. Hilde spürte diese gefährliche Melange aus Abenteuer und Leichtsinn, die durch die Luft flirrte, und manchmal sehnte sie sich den ganzen Tag danach. Anstatt die begehrlichen Blicke der beiden abzuwehren, genoss Hilde sie. So etwas Prickelndes, Unbestimmtes, Sehnsüchtiges hatte sie mit Arnold nie erlebt. Ihr Körper fühlte sich an, als würde er unentwegt in Sekt gebadet. Sie tranken auf ewige Freundschaft, und Tibulski taufte sie »Die drei vom Rheinblick«. Mit den beiden fühlte sie sich jung und unbeschwert, das Leben war plötzlich mehr als Alltag, es versprach Überraschungen, es lockte mit Abenteuern. Wenn Hilde tief in der Nacht zu Arnold ins Bett kroch, roch sie manchmal nach Tibulskis Frisiercreme und manchmal nach Bömitz' Birkenwasser, je nachdem, wem der beiden sie am Abend erlaubt hatte, den Arm um sie zu legen. Mehr war nicht, alles blieb in der Schwebe, nur ein Spiel mit dem Feuer. Sie waren alle drei verheiratet. Tibulski mit einem kölsche Mädsche, Bömitz mit einer Freundin aus Kindertagen, sie mit einem fünfzehn Jahre älteren Mann, der in Russland seine Männlichkeit verloren hatte und für den das Bett nur zum Schlafen da war.

Bonn, Mittwoch, 22.11.1972, 11 Uhr

Fräulein Siepmann, die Sekretärin von Professor Becker – graues Twinset, 4711-Eau-de-Cologne-Wolke, schmaler Mund –, war vom alten Schlag: obrigkeitshörig, hochnäsig und aus Prinzip unfreundlich. Sie empfing Sonja mit Schreibmaschinengeklapper und der knappen Auskunft, dass der Professor beschäftigt sei. Mit einer Kopfbewegung forderte sie sie zum Gehen auf.

»Ich muss ihn aber sprechen.« Sonjas Stimme zitterte leicht. Es fiel ihr schwer, sich gegen solche Frauen zur Wehr zu setzen.

»Das kann dauern. Frau Brandt ist bei ihm. Außerdem sollen Sie sich so schnell wie möglich auf Ihrer Station melden. Dringend, sagt Schwester Herta.«

»Mach ich, sowie ich den Professor gesprochen habe.« Sie würde sich von der arroganten Ziege nicht vertreiben lassen.

Fräulein Siepmann ließ sie mitten im Raum stehen, behandelte sie wie Luft, hämmerte weiter auf ihre elektrische Schreibmaschine ein, bis sie das Klingeln des Telefons unterbrach. »Jetzt sofort?«, wollte sie wissen und legte dann den Hörer schnell auf den Apparat zurück. Hastig griff sie nach ihrer Handtasche und einer Dokumentenmappe und eilte aus dem Zimmer.

Endlich wagte es Sonja, sich auf einen der drei Besucherstühle zu setzen. In die plötzliche Stille hinein tönte die Stimme des Professors aus dem Nebenzimmer. »Wie schon gesagt, Frau Brandt. Es braucht Geduld. Geduld und einen langen Atem«, hörte sie ihn sagen. »Aber die gute Nachricht ist: Kein Kehlkopfkrebs, Ihr Mann wird wieder gesund.« Die Tür öffnete sich, und der Professor führte Rut Brandt aus dem Vorzimmer hinaus in den Flur. Obwohl sie müde und angespannt aussah, nickte sie ihr freundlich zu. Mit dem locker toupierten Haar und dem gerade geschnittenen sportlichen Mantel wirkte sie so lässig elegant wie auf all den Fotos, die Sonja von ihr gesehen hatte.

»Schwester Sonja«, begrüßte sie der Professor, als er wenig später zurückkehrte. »Kurz und knapp: Das Geschwulst, das wir entfernt haben, erwies sich nur an der Grenze zur Bösartigkeit, also kein Kehlkopfkrebs. Das ist die gute Nachricht. Die schlechte ist: Brandt ist während der OP aus der Narkose aufgewacht. Er hatte den Eindruck, keine Luft zu bekommen, er glaubte zu ersticken. Eine beängstigende Grenzerfahrung, wir müssen sehen, wie er sie verkraftet. In der Therapie setze ich sehr auf Ihre Atem- und Entspannungsübungen. Morgen Vormittag führe ich Sie bei Brandt ein. Seien Sie um 10 Uhr hier.« Ein kräftiger Händedruck, dann entschwand er in sein Zimmer.

Bonn, Mittwoch, 22.11.1972, 11 Uhr 30

Die Erinnerungen hatten Hilde eine einigermaßen schlaflose Nacht beschert. Als sie am Morgen ihr Gesicht im Spiegel betrachtete, sah sie die Spuren von Verschleiß. Mit den Fingern fuhr sie alte und neue Falten ab und polsterte sie dann mit Creme. Mit vierzig, so hatte sie mal gelesen, hatte der Mensch das Gesicht, das er verdiente. Ihres kam ihr wie ein trauriger Abglanz dessen vor, was es einmal gewesen war. Sie bekämpfte das Desaster mit Puder, Lidstrich und Rouge und zauberte mit Abrakadabra und Simsalabim rheinische Frohnatur herbei. Gleich musste sie präsentabel sein.

Während sie die Außentreppe hinabstieg, hielt schon Schmittchens Wagen vor dem Rheinblick. Den Fotografen, den er mitbrachte, kannte sie nicht.

»Hilde«, rief Schmittchen. »Machen wir das Foto doch direkt vor der Tür vom Rheinblick, damit man auch das Schild sieht.«

Sie stellte sich also vor die Eingangstür, der Fotograf knipste zweimal und auf Wunsch von Schmittchen noch ein drittes Mal. Als er die Bilder im Kasten hatte, schickte Schmittchen ihn weg.

»Kaffee?«, fragte Hilde, als sie die Tür aufsperrte. »Mit ’nem Cognac?«

Schmittchen nickte und folgte ihr nach drinnen. Über Nacht erkalteter Rauch empfing sie. Im Rheinblick wurde so viel gequalmt, dass der Rauch in jedem Winkel nistete. Hilde steckte den Tauchsieder ins Wasser und löffelte Kaffeepulver in zwei Tassen. Seit es den Kaffee gefriergetrocknet gab, servierte sie ihren Gästen nichts anderes mehr. Nicht billig, aber immer frisch und schnell gemacht, besser als Bohnenkaffee, fand sie. Während sie darauf wartete, dass das Wasser kochte, goss sie Schmittchen einen Cognac ein.

»Du weißt ja, warum ich hier bin.« Schmittchen setzte sich an den Tresen und zündete sich eine Zigarette an. »Wie nach jeder Bundestagswahl will der *General-Anzeiger* den neuen Abgeordneten eine erste Orientierung in der Bundeshauptstadt bieten. Rhein, Beethoven, Universität, Altstadt und so weiter. Dazu gehören auch Hinweise auf Bonner Bars, Kneipen und Restaurants. Da darf natürlich der Rheinblick nicht fehlen.« Er holte einen Block aus seiner Jackentasche, blätterte ihn auf, legte einen Stift daneben. »Ich sieze dich bei den Fragen, von wegen seriöser Berichterstattung und so. Wollen wir anfangen?«

»Schieß los.«

»Zusammen mit Ihrem Mann Arnold Kessel haben Sie den Rheinblick zu einem beliebten Treffpunkt der Bonner Politik gemacht. Nun ist Ihr Mann vor drei Jahren ganz plötzlich gestorben. Seither führen Sie den Rheinblick alleine. Wie schaffen Sie das als Frau?«

»Also, wirklich.« Hilde schüttelte tadelnd den Kopf, während sie Schmittchen Kaffee und Cognac hinschob. »Wer hat euch bloß erzählt, dass Frauen hilflos sind? Ich kenne das Geschäft von klein an. Das liegt mir im Blut. Ich habe schon mit acht Jahren Bier gezapft bei meinen Eltern im Em Strump in Köln-Nippes. Im Krieg war das eine reine Frauenwirtschaft. Der Vater war an der Front und ist dann ja auch im Krieg geblieben. Nur die Mutter und ich, wir zwei haben alles allein gemacht bis zum Peter-und-Paul-Angriff im Juni 1943, der hat die Wirtschaft in Schutt und Asche gelegt. Dreizehn Jahre war ich da; danach bin ich zu Onkel Jupp nach Oberwesel gekommen. Der wollte, dass ich in die Verwaltung gehe, aber das wäre nichts für mich gewesen. Ich wusst immer, dass ich Kneipenluft zum Leben brauche.« Sie hielt kurz inne. Schmittchen machte sich Notizen, er schien zufrieden und nicht zu bemerken, dass sie die Geschichte für ihn ordentlich schöngefärbt hatte. Auf keinen Fall sollte in der Zeitung stehen, wie schwer es für sie gewesen war. Bestellungen, Gehälter, Buchhaltung, Steuer, all das hatte Arnold gemacht, da hatte sie sich erst mühsam einarbeiten müssen, und dann die Schulden, die verdammten Schulden durch den teuren Umbau, die er ihr hinterlassen hatte.

Schmittchen schaute von seinem Block hoch. »Wieso heißt das Lokal eigentlich Rheinblick? Den Rhein kann man von hier aus doch wirklich nicht sehen.«

»Das stimmt. Früher stand die Wirtschaft direkt am Rhein, etwa da, wo heute der Lange Eugen steht. Als Arnolds Familie den Standort aufgeben musste, haben sie den Namen einfach mitgenommen. Vom Rhein an die B 9, glücklich waren sie darüber nicht. Die B 9 ist für Touristen nichts. Die Kessels konnten sich gerade so über Wasser halten. Nach dem Krieg hat der Arnold lang überlegt, ob er das Lokal nimmt oder was anderes macht. Aber als dann Bonn Hauptstadt wurde, und der Bundestag direkt gegenüber einzog, da wusste er, dass die schmalen Zeiten vorbei waren.«

»Man kann mit Fug und Recht behaupten, dass es kein Mitglied des Bundestages gibt, das Hilde Kessel und den Rheinblick nicht kennt.«

»Wirklich alle? Ist das so?« Ein Lächeln flog über Hildes Gesicht. »Das kommt daher, dass die Leute bei mir Mensch sein dürfen. Mit Titel und Name hab ich nix mit am Hut und mit Politik auch nicht. Na ja, und wo kriegen sie schneller jet zu trinke? Vom Bundestag bis hierher sind es keine fünf Minuten.«

»Gerade Politiker sind ja ein eigenes Völkchen …«

»Dat kannste laut sage.«

»Da hören Sie doch so einiges. Dienstgeheimnisse, Verschwörungen, Intrigen …«

Danach hatte man sie schon oft gefragt. »Das geht in das eine Ohr hinein und aus dem anderen heraus«, erwiderte sie routiniert.

»Manch einer trinkt gern einen über den Durst. Alle wissen, dass Sie ein großes Herz haben, und schütten Ihnen gerne das ihre aus. Beichten, Geständnisse und so weiter …«

»Das kann schon mal vorkommen«, wiegelte Hilde ab. »Und wenn, dann ist es bei mir so gut aufgehoben wie beim Pastor im Beichtstuhl.«

»Ist das das Geheimnis des Rheinblicks? Dass kein Sterbenswörtchen nach draußen dringt?«

»Was heißt hier Geheimnis?« Sie tat empört. »Natürlich dringt kein Sterbenswörtchen nach draußen. Das wissen meine Gäste.«

Schmittchen nickte, schrieb noch ein wenig, bevor er seinen Block zuklappte und ihn zurück in sein Jackett schob. »Jetzt mal ganz unter uns, Hilde. Stimmt das wirklich? Du hast nie mit einer Freundin darüber geredet, was du gehört hast? Nie einem Gast gegenüber mal was fallen lassen, was ihm genützt hat? Du musst doch hier allerhand erfahren, ob du willst oder nicht. Ich weiß doch, dass es hier oft hoch hergeht.«

Kurz fuhr Hilde der Schreck durch die Glieder. Hatte Schmittchen etwas läuten hören? Doch als sie in sein Gesicht blickte, beruhigte sie sich wieder. Schmittchen fragte nur ins Blaue hinein. »Kein einziges Mal«, log sie und war sich sicher, dass sie überzeugend klang.

Bonn, Mittwoch, 22.11.1972, 11 Uhr 30

Sonja ahnte, dass mit Brandt als Patienten keine leichte Aufgabe auf sie wartete. Ihr blieb jedoch keine Zeit, genauer darüber nachzudenken, denn Schwester Herta passte sie ab, kaum dass sie die HNO-Station erreicht hatte.

»Na endlich«, blaffte sie. »Die Polizei hat auch nicht ewig Zeit.«

Für die Befragungen hatte Herta-Tschischowa ihr Allerheiligstes zur Verfügung gestellt. Das kleine Büro mit Schreibtisch und Couch, das sie ausschließlich für sich beanspruchte. Aus dem Aufenthaltsraum der Schwestern hatte man einen zweiten Stuhl geholt und hineingequetscht. Hinter dem Schreibtisch erhob sich ein müder rundlicher Mann und stellte sich als Kommissar Stolk vor. Kommissare kannte Sonja nur aus dem Fernsehen. Natürlich *den* Kommissar und dann die Herren vom *Tatort*: Simmel, Finke, Marek und den Zollfahnder Kressin.

»Schwester Herta sagt, Sie hatten ein besonderes Verhältnis zu Sally Bowles?«, fragte er und deutete auf den zweiten Stuhl.

»Hieß sie wirklich so?« Sonja setzte sich.

»Das wissen wir noch nicht.« Der Mann hatte eine sanfte Stimme, ein bisschen wie Fernsehkommissar Finke. Er sah auch so bieder aus wie dieser.

»Ich habe sie in Empfang genommen. Die Notaufnahme hat sie uns geschickt, nachdem dort festgestellt wurde, dass ihre Mandeln vereitert waren. Sie war hochfiebrig.«

»Ich habe gehört, dass das Mädchen auch Schürfwunden und Prellungen hatte. Können Sie mir die näher beschreiben?«

Sonja tat es.

»Schwere Prellungen an der Innenseite der Oberschenkel, sagen Sie. Glauben Sie, dass sie vergewaltigt wurde?«

Sonja schluckte. »Sie wollte nicht darüber reden, aber ich glaube ja. Sie hatte furchtbare Angst vor Berührungen. Man durfte sie nicht anfassen.« Nach der Operation hatte sie Sally danach gefragt, aber sie schüttelte immer nur panisch den Kopf, auch als Sonja die blauen Flecke zum zweiten und dritten Mal ansprach.

Der Kommissar nickte, fragte nicht weiter nach und sagte stattdessen: »Erst war sie stumm, dann nicht mehr. Hat sie absichtlich nicht gesprochen?«

»So einfach ist das nicht. Dr. Kremer, der behandelnde Arzt, hat ihr Gehör getestet und danach die Stimmbänder untersucht. Beides in Ordnung, Sally hatte alle Voraussetzungen zum Sprechen.« Sonja legte unwillkürlich ihre Hand an den Hals. »Dr. Kremer vermutet, dass Sally unter totalem Mutismus litt. Das ist eine sehr seltene Kommunikationsstörung, die durch ein Schockerlebnis ausgelöst wird. Vielleicht durch die Vergewaltigung. Natürlich kann ein Schockerlebnis zu verschiedenen Störungen führen, bei Mutismus-Patienten hat man entdeckt, dass es oft familiäre Dispositionen für Sprachstörungen gibt. Viele sind Stotterer, die dann schockbedingt überhaupt nicht mehr sprechen. Wegen der Uniform hat Schwester Herta übrigens direkt bei der Bonner Heilsarmee angerufen. Der Kapitän persönlich ist mit einigen Heilssoldaten ins Krankenhaus gekommen, aber keiner von ihnen hat das Mädchen je zuvor gesehen. Sie haben an ihrem Bett gebetet und für sie gesungen. Sally hat das sehr aufgeregt, danach bekam sie wieder hohes Fieber. Wir wissen nicht, wieso. Kurzzeitig vermutete Dr. Kremer sogar, dass sie wie ein Wolfskind aufgewachsen ist und deshalb nie sprechen lernte, aber das stimmt nicht.«

Sonja machte eine kleine Pause, damit Kommissar Stolk mit seinen Notizen nachkam. »Ist sie wirklich auf dem Alten Friedhof ermordet worden?«

»Die Kleine ist Ihnen ans Herz gewachsen, was?«, fragte er zurück. »Bitte erzählen Sie mir doch, warum sie kein Wolfskind war.«

»Na, wegen der Musik«, beantwortete sie seine Frage und holte aus, als der Kommissar verwirrt schaute. »Neben der

Unterwäsche, die sie am Leib trug, hatte sie nur vier persönliche Gegenstände bei sich: ein kariertes, ziemlich dreckiges Männertaschentuch, ein Schneider-Buch mit dem Titel *Brich dein Schweigen, Eva-Maria,* einen Schal und eine Eintrittskarte zum 2. British Rock Meeting in Germersheim.«

Ein Blick auf den Kommissar verriet Sonja, dass er noch nie etwas von diesem Open-Air-Festival gehört hatte. Sie schätzte ihn auf Mitte vierzig. Er war schlicht zu alt dafür. »Pink Floyd, Rory Gallagher, Status Quo, Uriah Heep sind dort aufgetreten«, erklärte sie weiter. »Und die Kinks.«

Die Namen der Bands sagten dem Kommissar nichts, Sonja konnte es nicht fassen, dass er noch nicht mal was von den Kinks gehört hatte. *»Lola?«*, fragte sie und summte. *»Lola, lo lo lo lo Lola.«*

Der Kommissar nickte unbestimmt und höflich. Rockmusik interessierte ihn offenbar einen feuchten Kehricht. Bestenfalls hatte er schon mal was von den Beatles gehört. »Dieses Buch *Brich dein Schweigen, Eva-Maria,* wovon handelt es?«

»Ich habe nur den Text auf dem Umschlag gelesen. Eva-Maria, ein Kind, das bei der Flucht seine Mutter verliert, kommt in eine Pflegefamilie. Die will ihr helfen, die richtige Mutter zu finden, aber Eva-Maria weigert sich, über sie zu sprechen.« Sonja schaute den Kommissar an. Fand er es auch seltsam, dass ein Mädchen, das nicht sprach, ein Buch mit diesem Titel bei sich trug? Sally hatte auf ihre Frage mit einem Schulterzucken reagiert. Dabei musste das Buch eine Bedeutung für sie haben. Sonst hätte sie es nicht mit sich herumgetragen.

»Und was war jetzt mit diesem Musikfestival?«

»Das Festival ging vom 20. bis 22. Mai. Am 24. Mai ist Sally bei uns eingeliefert worden. Wir vermuten also, dass sie zuvor in Germersheim war.«

»Vielleicht hat sie sich die Prellungen dort zugezogen.«

Sonja las im Gesicht des Kommissars, was er über *Sex and Drugs and Rock 'n' Roll* dachte: Sodom und Gomorrha. Wenn Sally vergewaltigt worden war, dann auf dem Festival.

»Wissen Sie zufällig, wer dieses Festival veranstaltet?«

»Keine Ahnung.« In Germersheim würde der Kommissar nichts über Sally erfahren. Bei hunderttausend Besuchern wäre sie die Stecknadel im Heuhaufen. »Wir haben ihr Musik der Bands vorgespielt, die dort aufgetreten sind«, berichtete sie weiter. »Sie fing sofort an, mit dem Finger zu schnipsen und den Takt mit dem Fuß zu klopfen. Mit der Musik hatten wir endlich eine Tür zu ihr gefunden. Die Musik machte sie glücklich, die Musik entspannte sie. – Sie müssen wissen, dass Entspannung ein wesentlicher Schritt zur Heilung von Mutismus ist«, fügte sie als Erklärung hinzu, aber Sallys Krankheit interessierte den Kommissar nicht sonderlich.

»Was ist mit diesem ...« Der Kommissar blätterte seine Notizen durch. »Artur Braun?«

»Wer?«, fragte Sonja irritiert zurück, dann verstand sie, dass der Kommissar kein Englisch sprach und schon mit Luzie geredet haben musste. »Sie meinen Arthur Brown, *the God of Hellfire*. Das war Sallys Lieblingssänger, ein ganz verrückter Typ.«

»Sind die das nicht alle?«, brummte der Kommissar.

»Ja, schon«, stimmte Sonja ihm zu, »aber er noch mal besonders. Tritt geschminkt als Sensenmann auf, steigt aus einem Sarg und trägt eine brennende Feuerkrone. Den Schal hatte sie von ihm. Den hat er Sally geschenkt.«

»War der auch auf diesem Popfestival?«

»Nein, Arthur Brown hat sie bei einem anderen Konzert kennengelernt. Seinen Schal wickelte sie sich immer ums Handgelenk. Er war ihr Talisman, ihr Glücksbringer, ihr Ein und Alles. Davon hat sie sich nie getrennt. Sie muss ihn getragen haben, als Sie sie gefunden haben. Etwa nicht?«

Bonn, Mittwoch, 22.11.1972, 11 Uhr 30

Schmittchen genehmigte sich einen weiteren Cognac und hätte ihr nur zu gern ein paar Geheimnisse entlockt, aber Hilde drängte wegen dringender Erledigungen zum Aufbruch. Gemeinsam verließen sie den Rheinblick und steuerten ihre Wagen an. Wenig später knüppelte Hilde ihren betagten Peugeot durch Bonns Straßen, kam an alten Wahlplakaten mit fetten Schriftzügen vorbei, und in nicht weniger fetten Schriftzügen tauchte vor ihrem geistigen Auge eine Zeitungsüberschrift auf: »Verrat! Rheinblick-Wirtin horcht ihre Gäste aus.« Wusste Schmittchen doch etwas? Hatte er ihr mit diesem Interview auf den Zahn fühlen wollen? Dann konnte sie den Rheinblick dichtmachen.

Vor dem Poppelsdorfer Friedhof parkte sie und eilte im Sauseschritt durch die Gräberreihen, bis sie vor Arnolds Grab stand.

»Warum haste mich mit dem ganzen Mist alleingelassen?«, fuhr sie den Grabstein an. »Warum bist du so früh gegange? Was soll ich bloß mache?«

Als zwei Grabreihen weiter eine alte Frau auftauchte, hörte Hilde auf zu schimpfen, zupfte eilig ein bisschen Unkraut aus und scharrte ein paar dürre Blätter weg. Dann richtete sie sich wieder auf, rückte den Rücken gerade, schnäuzte sich und schüttelte über sich selbst den Kopf. Wieso drückte ihr die Angst so schwer auf die Rippen? Wieso führte sie sich auf wie ein hysterisches Fräulein? Ihre Sorgen waren an den Haaren herbeigezogen. Woher sollte Schmittchen von der Geschichte mit Tibulski wissen? Keiner wusste davon außer eben Tibulski.

Der hatte sie im Mai 1968 angesprochen, eine Woche vor der Verabschiedung der Notstandsgesetze. Zu der Zeit war die Stimmung im Land und bei ihr in der Wirtschaft so aufgeheizt, wie sie es noch nie erlebt hatte. Die Frage, ob im Fall eines inneren Notstandes die Regierung das Recht haben sollte, Grundrechte außer Kraft zu setzen, trieb nicht nur die Studenten und die APO auf die Straße, auch Gewerkschafter, Verfolgte des Naziregimes, besorgte Liberale und fortschrittliche Kirchenleute protestieren. Sie alle fürchteten einen Machtmissbrauch des Staates, ein Ermächtigungsgesetz wie 1933. Überall gab es Demonstrationen, Aktionen, sogar Hungerstreiks: »SPD und CDU: Lasst das Grundgesetz in Ruh!« Am 11. Mai dann der Sternmarsch auf Bonn, mehr als sechzigtausend Menschen kamen, der Hofgarten ein Meer von Köpfen und Plakaten. Eine so riesige Demonstration hatte es in der Bundesrepublik noch nie gegeben. Das Gesetz konnte nur mit einer Zweidrittelmehrheit im Bundestag verabschiedet werden, deshalb hofften die Demonstranten, noch genügend Politiker der SPD, die mit der CDU in einer Großen Koalition regierte, umstimmen zu können. Nur in der SPD gab es Gegner der Notstandsgesetze, Abgeordnete, die eher ihrem Gewissen als der Parteidisziplin folgen würden, die CDU war einhellig dafür.

»Halten Sie Ihre Türen geschlossen, wenn die Demonstranten zu Diskussionen in Ihre Wohnungen eindringen wollen«, stand auf dem Flugblatt, das die CDU an alle Bonner Haushalte verteilen ließ. Hilde hatte es sofort in den Papierkorb geworfen. Natürlich hielt sie den Rheinblick offen, ihr Lokal lebte vom Disput.

Heinrich Böll, der Kölner Schriftsteller, sprach im Hofgarten. Am nächsten Tag konnte sie Teile seiner Rede in der Zeitung nachlesen. »Ich bin der Überzeugung, dass Notstände, was hier bedeutet Krieg oder Bürgerkrieg, durch Gesetze nicht zu regeln sind«, hatte Böll gesagt und: »Das Gesetz erscheint den meisten Bürgern dieses Staates als eine Art Verkehrsregelung bei Naturkatastrophen, während es in Wahrheit fast alle Vollmachten für eine fast totale Mobilmachung enthält.«

Doch es gab auch gewichtige Fürsprecher. Bundespräsident Heinemann, ein großer Gegner der Wiederbewaffnung, war dafür, Willy Brandt war dafür.

Am Abend ging es im Rheinblick hoch her, Tibulski und

Bömitz mittendrin. Nie hatte Hilde erlebt, dass ihre unterschiedlichen Auffassungen so unversöhnlich aufeinanderprallten wie bei den Notstandsgesetzen. Tibulski war dafür, er argumentierte mit der Handlungsfähigkeit des Staates, die im Krisenfall erhalten bleiben müsse, mit einem weiteren Schritt aus der Abhängigkeit von den drei Westmächten hin zur Souveränität und mit einer gefestigten Demokratie, die sich seit 1949 entwickelt habe. »Bereits gefestigte Demokratie«, höhnte Bömitz. »So wie bei den Schüssen auf Benno Ohnesorg? So wie in Berlin und anderswo bei den Demonstrationen gegen die Springer-Presse? Unbewaffnete Studenten auf der einen, ein Heer von Polizisten mit Wasserwerfern, Tränengas, Gummiknüppeln, Stacheldraht und Hundestaffeln auf der anderen Seite? Wenn du mich fragst, war das eine vorweggenommene Notstandsübung. Das blüht uns in Zukunft.« »Komm schon, du weißt so gut wie ich, dass die auch Steine geworfen haben«, hielt Tibulski dagegen. »Die Verhältnismäßigkeit der Mittel, Erwin!«, brüllte Bömitz gegen den Lärm im Lokal an. »Die Relation.« An diesem Abend blieben die zwei nicht länger, und Hilde war froh darüber. Erschöpft kroch sie zu Arnold ins Bett. Sein warmer Atem entspannte sie und ließ sie bald einschlafen. Am nächsten Tag ließ sich Bömitz nicht blicken, und Tibulski kam spät. Er saß so lange am Tresen, bis er der Letzte war. Als sie ihn rauswerfen wollte, sagte er: »Ich muss mit dir reden.« »Qualm in der Bud?«, erkundigte sie sich müde nach seiner Familie, weil sie sich nicht vorstellen konnte, worüber er sonst allein mit ihr sprechen wollte. Aber er schüttelte den Kopf und schob ihr ein Foto hin. Sie betrachtete es und brauchte nur kurz zu überlegen: 1967, Weiberfastnacht beim Kamelle-Tanz. Da war es im Rheinblick hoch hergegangen. Singen, schunkeln, tanzen, lecker Kölsch. Karneval ließ auch Hilde gerne fünfe grade sein, und Tibulski erst! Bömitz verzog sich immer, auch Arnold ging früh zu Bett. Beide konnten mit rheinischem Frohsinn nichts anfangen. Auf dem Foto drohte ein Bonbon in ihrem Ausschnitt zu verschwinden – wie beim

Orangen-Tanz war der Einsatz von Händen tabu –, und ihr Tanzpartner, kein anderer als Tibulski selbst, schob es mit der Zunge wieder in Richtung Hals. Tibulski hatte die Idee zu diesem Tanz gehabt und war auch nicht unschuldig daran, dass das Bonbon in ihren Ausschnitt gerutscht war. »Du weißt schon, dass du da ein bisschen zu weit gegangen bist. Danach haste mir fast noch die Luft abgedreht, so stürmisch haste mich umarmt. Ich hab nur ein Auge zugedrückt, weil Fastelovend war.« Sie schob das Foto wieder zu ihm rüber. »Hab ich zugeschickt bekommen. Jemand will uns schaden«, erklärte er. »Uns?« Wer sollte ihr mit diesem Foto schaden? Selbst Arnold gegenüber hätte sie es erklären können. Im Karneval waren kleine Sünden erlaubt. »Denk dir mal den Karneval weg«, machte Tibulski weiter, und plötzlich verstand sie. So betrachtet, wirkte das Foto sehr anzüglich. »Ich habe noch andere Fotos geschickt bekommen«, presste er zwischen den Zähnen hervor. »In einschlägigen Etablissements aufgenommen und pikanter als das.« Er steckte das Foto wieder ein. »Richtig dreckige Bilder?« Er nickte. Es überraschte sie nicht. Bei besagtem Kamelle-Tanz hatte sie gespürt, wie sehr es ihn erregte, das Bonbon mit der Zunge aus ihrem Ausschnitt zu holen und ihr danach den Hals zuzudrücken. Sie hatte den Kamelle-Tanz ganz vergessen gehabt. Karneval, Kölsch, Kabänes, Ausnahmezustand. Doch jetzt erinnerte sie sich genau. »… du weißt doch, wie wichtig mein Ruf ist.« Hilde bemerkte, dass sie Tibulski einen Augenblick gar nicht zugehört hatte. Zerknirscht murmelte er irgendetwas von wegen, dass es sich nicht gut machte, wenn das Arbeiterkind, der ehemals jüngste Bundestagsabgeordnete, der Hoffnungsträger der Partei, der aufrechte, ehrliche, immer frei von der Leber weg redende Tibulski so über die Stränge schlug, während seine nette Ehefrau grade zum ersten Mal schwanger war.

»Mensch, Tibulski«, versuchte Hilde ihn zu beruhigen. »Das wird keiner drucken. Die Bonner Presse ist diskret.« Er lächelte mitleidig, als wäre sie ein dummes Kind, das die Zusammenhänge nicht verstand. »Es braucht keiner zu drucken, es reicht, wenn es in Journalistenkreisen herumgezeigt wird und die Pressefuzzis wissen, dass ich so einer bin.« Sie verstand und ließ sich Zeit, bis sie die Frage stellte, auf die er wartete. »Was musst du tun, damit die Fotos in der Versenkung verschwinden?« »Die SPD-Abgeordneten nennen, die gegen die Notstandsgesetze stimmen werden«, flüsterte er. Sie beide wussten, dass Bömitz dagegen stimmen würde, auch einige andere Abgeordnete, die sie kannten, hatten es offen gesagt. »Aber es gibt auch noch die Stillen und die Wankelmütigen, die, die ihre Entscheidung geheim halten wollen«, machte Tibulski weiter. »Hilde, du weißt, wer zu denen gehört.« »Vergiss es«, sagte sie voller Empörung. »Alles, was im Rheinblick gesprochen wird, bleibt im Rheinblick. Da sind meine Lippen versiegelt.« »Meinst du, es fällt mir leicht, dir das Foto zu zeigen und dich um Hilfe zu bitten?« Sie sah das Flackern in seinen Augen, und spätestens da wusste sie, dass die Schuhsohlen des leichtfüßigen Tibulski mit Blei beschwert waren und er unterzugehen drohte. »Freundschaft ist doch wichtiger als Prinzipien«, flehte er sie an. »Mach mal eine Ausnahme, eine einzige!« Sie überlegte hin und her. Egal, wozu sie neigte, es fühlte sich falsch an. Am Ende nannte sie ihm zwei Namen, dann warf sie ihn raus. »Komm mir niemals mehr mit so was, Tibulski, nie mehr!« »Hast was gut bei mir, Hilde«, erwiderte er. »Du weißt, eine Hand wäscht die andere.« Dann sah er zu, dass er Land gewann.

An diesem Abend hatte ihr Bild vom jungen, aufrechten Demokraten Tibulski die ersten Risse bekommen und der Schlamassel angefangen, in dem sie nun steckte.

Bonn, Mittwoch, 22.11.1972, 12 Uhr

Nach dem Gespräch mit dem Kommissar konnte sich Sonja bei ihrer Arbeit auf der Station kaum konzentrieren. Sally ging ihr nicht aus dem Kopf. Die Polizei hatte den Arthur-Brown-

Schal nicht bei ihr gefunden und auch nicht den leisesten Schimmer, was Sally in der Zeit vor ihrem Tod gemacht hatte, wo sie gewesen war.

Luzie hatte nach Sallys Tod im Pausenraum mal laut darüber nachgedacht, dass Sally als Groupie herumgereist sein könnte. Es gab solche Mädchen, die ihren Stars auf Schritt und Tritt folgten, und es hatte neben Germersheim im Laufe des Jahres noch ein paar kleinere Open-Air-Festivals in Deutschland gegeben, im September zudem ein fettes Konzert mit mehreren Bands in der Grugahalle in Essen. Das würde zu Sallys Begeisterung für Rock und Pop passen, da stimmte Sonja Luzie zu, doch sie selbst vermutete etwas anderes. Für sie stand Sallys Ende mit ihrem überstürzten Verschwinden in Verbindung. Das Schockerlebnis, das sie hatte verstummen lassen, war vielleicht durch das gemeinsame Singen aktiviert worden. Medizinisch war das ja möglich. Der Schockzustand war ein Schutzmechanismus, der wieder aufgehoben werden konnte. »Sie meinen, sie hat sich auf die Suche nach ihrem Vergewaltiger begeben?«, hatte der Kommissar sie verblüfft gefragt. Sonja hatte genickt. »Vielleicht war es jemand, den sie auf dem Festival kennengelernt hat? Vielleicht ist ihr der Name wieder eingefallen. Das Autokennzeichen. Irgendetwas.« Der Kommissar schüttelte den Kopf. »Sie wissen, wie viele Menschen dort waren.« Sonja dachte nach. »Als sie im Sommer bei uns war, nahm sie definitiv keine harten Drogen.« Sie wusste längst, dass Sally Heroin spritzte, doch was der Kommissar danach sagte, überraschte sie. »Sie hatte unmittelbar vor ihrem Tod Geschlechtsverkehr. Freiwillig, wie's ausschaut. Keine Spuren von Gewaltanwendung. Nicht auszuschließen, dass sie mit Sex ihren nächsten Schuss finanzieren wollte.« »Das glaube ich nicht«, erwiderte Sonja heftig, weil sie sich nicht vorstellen konnte, dass die wilde Sally sich von Freiern besteigen ließ. Der Blick des Kommissars sagte ihr, dass er schon Pferde hatte kotzen sehen. »Fällt Ihnen sonst noch was ein?«, fragte er. »Ich glaube, sie hatte eine Gesangsausbildung. So was kann sich nicht jeder leisten. Sie kam aus gutem Hause.« »Aus gutem Haus?«, wiederholte der Kommissar. »Gut nur, was die Stellung ihrer Familie angeht«, präzisierte Sonja. »Gut behandelt hat man sie dort nicht.«

Bonn, Mittwoch, 22.11.1972, 12 Uhr

Nach der Verabschiedung der Notstandsgesetze – die Stimmen der Abweichler hatten nicht für eine Ablehnung gereicht – ließ sich Tibulski wochenlang nicht blicken, bis er völlig unvermittelt wieder einmal zum Kartenspielen auftauchte. Nach der Skatrunde blieb er bis zum Schluss, um ihr beim letzten Kölsch zu sagen, dass die Sache mit den Fotos aus der Welt sei. Danach sprachen sie nicht mehr davon. Doch sie beide wussten, dass die Freundschaft Kratzer bekommen hatte und die alte Vertrautheit verloren war. Bömitz' Weggang aus Bonn zementierte das. »Die drei vom Rheinblick«, wie Tibulski sie getauft hatte, gab es nicht mehr.

Hilde schüttelte die Erinnerungen ab, strich mit den Fingerspitzen über Arnolds Namen auf dem Grabstein. Dann ging sie langsam über den Friedhof zum Wagen zurück. Arnold konnte nur wenig für den ganzen Schlamassel. Den teuren Kredit für den Umbau hätte sie ihm ausgeredet, wenn sie davon gewusst hätte, aber er wollte den Rheinblick für sie herrichten, da war ihm das Beste grade gut genug. Ewig dankbar war sie ihm, Arnold hatte sie gerettet.

Verstört und bar jeder Erinnerung war sie nach dem Peter-und-Paul-Angriff im Juni 1943 bei Onkel Jupp in Oberwesel aufgewacht, immer noch den Gestank von Qualm, verbranntem Fleisch, und Staub in den Lungen, und verstand nicht, warum sie nicht mehr zwischen den geschwärzten Häusergerippen in der Kölner Turmstraße stand, wo von Em Strump nur noch ein tiefes Loch und ein Geröllhaufen übrig war, sondern in dem schmucken Rheinstädtchen, wo klares Wasser aus dem Brunnen plätscherte, wo ein Haus hübsch neben dem anderen stand, wo sogar Geranien auf den Fensterbänken blühten, wo die Luft nach frischem Gras und Rosen roch und wo der Krieg nicht zu sehen war, der sie doch gerade mit all seiner Wucht mit dreizehn Jahren zum Waisenkind gemacht hatte. Wie unter einer Glasglocke gefangen, erinnerte sie die ersten Jahre in Oberwesel. Sie ging in die Schule, half in der Küche und bei der Arbeit in den Rebbergen. Sie tat, was man ihr sagte, sie funktionierte, aber sie lebte nicht.

Zu leben begann sie erst, als der Krieg längst zu Ende war. Da war sie plötzlich eine junge Frau, da machte ihr der Fritz den Hof, und gleichzeitig träumte sie Nacht für Nacht, wie Nachbarinnen die Mutter aus den Trümmern des elterlichen Lokals zogen. Ein herunterstürzender Balken hatte sie mittig auseinandergerissen, ein Teil Kopf und Rumpf, ein Teil Unterleib und Beine. Das Schild »Em Strump« lag wie zum Hohn obenauf zwischen all dem Schutt. Alles schmerzte Hilde, alles kam ihr mit einem Mal eng vor, zu wenig Luft, zu wenig Weite, und sie begriff, dass es ihr größter Albtraum war, in Oberwesel als Frau eines kleinen Winzers zu versauern und weiterhin Nacht für Nacht der zweigeteilten Mutter begegnen zu müssen.

Arnold rettete sie. Er kam zum Weinkauf, sie kamen ins Gespräch. Mit samtig weicher Stimme erzählte er vom Rheinblick, dabei blitzten in seinen Augen manchmal verborgene Lichter auf. Weltmännisch kam er ihr vor, die Wirtschaft wie das Paradies. Er bot ihr eine Stelle im Service an, sie sagte sofort zu. In der Nacht träumte sie das erste Mal nicht von der Mutter.

Paradies, von wegen! Hilde traf fast der Schlag, als sie den Rheinblick zum ersten Mal betrat. Eine Bierschwemme, ein düsteres Loch. Arnold sah's ihr an und sagte forsch: »Mach was draus.« Das ließ sie sich nicht zweimal sagen. Sie tauschte die schweren Vorhänge gegen fröhliche helle und bestellte den Maler. Für neue Möbel war kein Geld da, aber auch so sah es schon viel freundlicher aus. Ihr gefiel die Arbeit im Service und hinter der Theke. Für sie war es wie Heimkommen. Auch Arnold gefiel ihr. Sein bedächtiges, ruhiges Wesen und sein sanfter Blick genauso wie die Art, mit der er ihr manchmal mit der Hand über Schultern und Rücken strich. Als er ihr einen Antrag machte, sagte sie Ja. Obwohl er fünfzehn Jahre älter war, obwohl ihn, wie er stockend gestand, der Krieg so versehrt hatte, dass er keine Kinder mehr zeugen konnte, weil seine Männlichkeit den eisigen Wintern Russlands zum Opfer gefallen war. »Besser die als der ganze Mann«, hatte sie gelacht, und abgemacht war die Sache. Arnold gab ihr ein Zuhause, Arnold schützte sie, Arnold machte aus dem armen ausgebombten Kölner Waisenkind eine rechtschaffene Bonner Wirtsfrau.

Bonn, Mittwoch, 22.11.1972, 19 Uhr

Als Sonja vor dem Krankenhaus auf den Bus zum Hauptbahnhof wartete, trat Fräulein Siepmann aus dem Dunkel heraus neben sie und deutete mit einem knappen Kopfnicken an, dass man sich kannte. Sonjas Gedanken wanderten zu ihrem kurzen Gespräch mit Professor Becker am Vormittag zurück, dessen erfreulichster Punkt die Nachricht über das Ergebnis der Gewebeprobe war. Brandt hatte keinen Kehlkopfkrebs. Diese Diagnose würde ihn seine Todesangst bei der OP vergessen lassen.

Der Bus hielt an, sie stieg ein, und während sie weit weg von Fräulein Siepmann einen Platz suchte, überlegte sie, was am Anfang ihrer Arbeit mit dem berühmten Patienten stehen sollte. Sie rief sich Brandts Auftritt in der Mülheimer Stadthalle sowie Fernsehbilder von ihm vor Augen. Der Kanzler ging aufrecht, hielt den Rücken gerade, nie sackte er im Bauch zusammen oder machte den Rücken krumm. Wenn er sprach, ballte er gern eine Faust, wenn er sich konzentrierte, faltete er die Hände. Wenn er zuhörte, neigte er den Kopf oder verschränkte die Arme vor der Brust, je nachdem, was er zu hören bekam. Das alles deutete weniger auf Fehlhaltungen als auf Verspannungen hin. Natürlich war Atmung die Grundlage jeder stimmlichen Leistung. Nur wenn sie normal ablief, konnte sich die Stimme entfalten und auf diesem Fundament Kraft und Ausdruck entwickeln. Verspannungen oder Fehlhaltungen konnten jedoch den Atem hemmen und der Stimme Kraft nehmen. Und genau deshalb würde sie mit Übungen zur Lockerung der Schultern beginnen.

Bonn, Mittwoch 22.11.1972, 23 Uhr

Normalerweise registrierte Hilde sofort, wenn Gespräche verstummten, Tonlagen sich verschärften oder ein Lachen reizbar klang. Doch nach der schlaflosen Nacht, den elenden Erinnerungen und dem Höllenritt zum Friedhof lähmte sie die Müdigkeit. Ihre gute Laune und ihre Schlagfertigkeit hielten sich an diesem Abend in Grenzen. Nur deshalb fiel ihr erst spät auf, dass sich die Stimmung im Rheinblick veränderte. Farnreitner und die Schwarzen unterhielten sich auf der rechten Thekenseite nur noch pro forma, in Wirklichkeit hatten sie ihre Ohren weit aufgesperrt und auf die andere Thekenseite gerichtet. Sie merkte erst so richtig, dass bei den Roten etwas im Busch war, als überraschend Tibulski auftauchte und sich zu den Genossen stellte. Es ging um den Kanzler. Er lag im Krankenhaus.

»Und was heißt das?«, wollte der junge Richy Weber wissen.

»Er hat seine Stimme verloren«, flüsterte Tibulski, und Hilde, die Ohren wie ein Luchs hatte, musste sich sehr anstrengen, um ihn zu verstehen. »Er kann nicht mehr sprechen.«

»Kriegt er seine Stimme wieder?«, krächzte Koslowski betroffen. »Ich mein, wenn er stumm bleibt, dann …«

»Heißt das, die Koalitionsverhandlungen werden verschoben?«, wollte Sepp Löffler wissen.

»Nein, die sollen wie vereinbart beginnen«, berichtete Tibulski.

»Und wer wird sie für Brandt führen?« Sepp Löffler orderte aufgeregt eine neue Runde Kölsch.

Tibulski zuckte mit den Schultern.

Hilde fragte sich, woher Tibulski so früh von der Krankheit des Kanzlers wusste.

»Verdammt, verdammt«, zischte Sepp Löffler.

Break on Through to the Other Side

Bonn, Donnerstag, 23.11.1972, 10 Uhr

Die Zaubertafel, der passende Stift, die zehn Ja-Nein-Fragen, die zigfach geprobte Schulterübung. All die gute Vorbereitung half nicht, Sonjas vor Aufregung wild schlagendes Herz zu beruhigen, als sie hinter Professor Becker das Zimmer des Kanzlers betrat. Ihr Mund war trocken wie nach einem Wüstenmarsch, sie würde keinen Ton herausbekommen. Sie, die Brandt lehren sollte, wieder zu sprechen, war selbst verstummt und konnte sich bestenfalls mit Händen und Füßen verständigen.

Brandt hatte das Krankenbett bereits verlassen. Um die Stimmbänder zu schonen, trug er eine weiße Halskrause. Er saß hinter einem Schreibtisch, den man für ihn herbeigeschafft hatte, und las seine Post. Bei ihrem Eintreten erhob er sich und kam auf sie zu. Das einzige Zugeständnis an den Krankenstand, neben der notwendigen Halskrause, war ein wollener Hausmantel, den er über Hemd und Hose trug.

»Ich hoffe, Sie lesen nur Genesungswünsche und lassen die große Politik ruhen.« Der Professor deutete einen mahnenden Finger an, bevor er Brandt die Hand schüttelte. Er war ein großer, schwerer Mann, der den Kanzler um einen Kopf überragte, und ähnelte mehr einem Preisboxer als einem Wissenschaftler. »Dass Ihnen der Hals noch wehtut, ist normal, auch die Schluckbeschwerden werden Sie noch ein paar Tage begleiten. Ihr Speiseplan ist darauf abgestimmt.«

Brandt nickte kaum merklich.

»Dann möchte ich Ihnen Schwester Sonja vorstellen.« Er drehte sich um und schob sie mit einer ausholenden Armbewegung auf den Kanzler zu. »Sie ist unsere Logopädin und wird Ihnen durch die schwierigen Tage des Schweigens helfen. Auch wenn Ihnen ihre Methoden ungewöhnlich vorkommen, lassen Sie sich darauf ein. Ich habe Ihnen bereits gestern dargelegt, wie sehr Entspannung den Heilungsprozess beschleunigen kann.«

Brandt lächelte höflich und reichte ihr die Hand. Sie war kalt, sein Blutdruck musste tief im Keller sein. Er wirkte müde und erschöpft. Natürlich hatte ihn die Operation angestrengt, jeden schwächte sie. Der Berliner Schauspieler hatte drei, die Hamburger Opernsängerin und der Kammersänger vier Tage im Bett gelegen und gelitten, bevor Sonja mit ihrer Arbeit beginnen konnte. Aber Brandt saß schon am Tag danach am Schreibtisch: diszipliniert, konzentriert, pflichtbewusst. Er las nicht nur Genesungswünsche, da war sie sich sicher, er arbeitete bereits wieder.

»Ich habe Ihnen etwas mitgebracht, Herr Brandt«, begann sie, erleichtert, dass ihr die Stimme gehorchte, und holte die Zaubertafel aus der Tasche. Nicht Herr Bundeskanzler, nur Herr Brandt, hatte ihr der Professor vor fünf Minuten noch einmal eingebläut. Brandt sei nicht in seiner Funktion, sondern als Privatmann, als Patient hier. »Für schnelle, kurze Nachrichten ist die Zaubertafel besser als Papier und Bleistift. Vielleicht kennen Sie sie von Ihren Kindern?«

Die Antwort ein leichtes Kopfschütteln. Sie zeigte ihm, wie die Zaubertafel funktionierte. Brandt verfolgte ihre Demonstration unbeeindruckt, und genauso nahm er auch Tafel und Stift entgegen. Er legte beides auf den Schreibtisch und setzte sich wieder dahinter.

Der Schreibtisch stand nun wie ein uneinnehmbarer Wall zwischen ihnen. Falscher Anfang, dachte sie. Sie hätte direkt mit den Schulterübungen beginnen müssen. Mit den Augen suchte sie im Zimmer nach einem zweiten Stuhl, fand einen neben dem Bett, holte ihn, stellte ihn vor den Schreibtisch und setzte sich nach einem »Darf ich?« Brandt gegenüber.

»Natürlich kenne ich Sie aus der Zeitung und dem Fernsehen«, machte sie weiter und knetete die gefalteten Hände, feucht vor Aufregung. »Wer kennt Sie nicht? Sie sind der Bundeskanzler. Aber was Ihnen gefällt oder nicht gefällt, weiß trotzdem keiner. Doch genau das ist für meine Arbeit wichtig. Ich habe dazu zehn Fragen erstellt, nichts Privates oder so, ganz allgemein, und Sie antworten einfach ganz schnell mit Ja oder Nein.« Sie wurstelte den Fragebogen aus ihrer Handtasche. »Können wir loslegen?«

Brandt nickte so, als wollte er sagen: Bringen wir's hinter uns.

»Mögen Sie Schokoladenpudding?«

Brandt reagierte mit einer unbeweglichen Miene. Falsche Frage, falsche Frage, dachte Sonja verzweifelt. Dabei hatte sie diese Frage ausgewählt, weil sie eigentlich immer funktionierte. Die meisten Menschen liebten Schokoladenpudding. Schokoladenpudding war etwas Schönes, etwas Wohlschmeckendes, etwas, das an glückliche Sonntage der Kindheit erinnerte, etwas, was den Leuten ein Lächeln aufs Gesicht zauberte, etwas, bei dem sie sich Appetit holten, etwas, was die Patienten nach der Operation sogar essen durften, etwas, was sanft entspannte. Bei Brandt funktionierte nichts von alledem.

Stockend und haspelnd stellte sie weitere Fragen, die Ausbeute an Antworten mehr als mager. Viel Kopfschütteln, wenig Nicken. Einzig bei der Frage nach seinem Lieblingsfilm griff Brandt nach dem Zauberstift und weihte damit ihr Mitbringsel ein. *Lohn der Angst* entzifferte sie mühsam die flache, breite Handschrift.

»Das ist der Film mit dem Laster, der Dynamit transportiert«, fiel ihr ein. »Müssen die mit dem Dynamit nicht einen holprigen Bergweg lang? Total spannend.«

Brandt nickte, entzog ihr dann aber wieder seine Aufmerksamkeit.

»Ich möchte noch ein paar Übungen mit Ihnen machen, damit Ihr Körper lernt, sich zu entspannen«, schlug sie vor, als ihre Fragerei mehr und mehr zum Desaster wurde. Sie schnellte so eilig hoch, dass ihr Stuhl nach hinten kippte. »Dazu müssen auch Sie aufstehen und Ihren Hausmantel ablegen«, eierte sie weiter herum, während sie den Stuhl wieder aufstellte.

Brandt machte keine Anstalten dazu. Er senkte den Kopf, fuhr sich mit Daumen und Zeigefinger über die Stirn und führte die Finger immer wieder in der Mitte zusammen, so als quälte ihn etwas. Ihr Vorschlag? Ihre Anwesenheit?

»Es wird Ihnen guttun. Bitte, Herr Brandt«, flehte sie.

Brandt blickte kurz auf und seufzte schwer. Umständlich knotete er den Hausmantel auf, ließ ihn auf dem Stuhl zurück und folgte ihr in die Mitte des Zimmers. Sie stellte sich ihm gegenüber, trat aber schnell einen Schritt zurück. Brandt war kein Mann, dem man auf die Pelle rücken durfte.

»Ihre Schultern sind sehr stark belastet. Stellen Sie sich vor, Sie können alle Last abschütteln. Ziehen Sie einfach mal die Schultern hoch und lassen sie dann wieder los. Atmen Sie dabei so tief wie möglich. Sie sollten Ihre Atmung bis in den Bauch spüren.«

Sie machte es vor. Brandt betrachte sie dabei skeptisch.

»Bitte, Herr Brandt«, bettelte sie. »Versuchen Sie es doch einmal.«

Er holte tief Luft, und Sonja holte ebenfalls Luft und zog die Schultern hoch, damit Brandt es nachahmte, und das tat er tatsächlich. Sie dachte schon, dass ihre erste gemeinsame Stunde doch noch einen guten Verlauf nehmen würde, als von draußen eine laute Stimme ins Zimmer drang, die sofort Brandts Aufmerksamkeit erregte. Er ließ die Schultern fallen, straffte den Rücken, öffnete die Tür, und ein Mann mit Bürstenhaarschnitt und mächtigen Augenbrauen stürmte herein. Sonja wusste, wer er war: Horst Ehmke, der Chef des Kanzleramtes.

»Willy, wir müssen reden«, polterte er los und scheuchte Sonja mit einer Handbewegung zur Seite. Als er merkte, dass sie immer noch dastand, wirbelte er herum: »Was immer Sie hier machen, kann warten. Der Kanzler hat jetzt Wichtigeres zu tun. Los, raus mit Ihnen.«

Bonn, Donnerstag, 23.11.1972, 10 Uhr 30

Hilde schlug den *General-Anzeiger* auf, blätterte schnell zum Lokalteil, stockte. Die Überschrift beschleunigte ihren Herzschlag: »Bei Hilde Kessel sind Geheimnisse gut aufgehoben.« Verärgert schob sie die Zeitung zur Seite. Hätte Schmittchen nicht eine andere Überschrift wählen können? So was Schlichtes, Unverfängliches wie damals bei Arnold? »Martini-Hühnchen ist die Spezialität des Hauses.« Im Gegensatz zu Arnold hatte sie leider viel zu wenig über die Speisekarte geredet, überhaupt immer nur treu-brav Schmittchens Fragen beantwortet, anstatt dem Gespräch selbst eine Richtung zu geben. Das hatte sie nun davon. Sie griff wieder nach der Zeitung. »Gemeinsam mit ihrem verstorbenen Mann hat Hilde Kessel den Rheinblick zum Treffpunkt der Bonner Politik ausgebaut. Keine fünf Minuten Fußweg vom Bundestag entfernt, ist der Rheinblick für viele Abgeordnete der ideale Ort fürs Feierabendbier oder eine Partie Skat. Neben lecker Kölsch und guter Hausmannskost ist ihre Verschwiegenheit das größte Kapital von Hilde Kessel. ›Was im Rheinblick gesprochen wird, bleibt im Rheinblick‹, so die Wirtin, ›das wissen meine Gäste.‹ Auf Rang und Namen gibt sie nichts, ein Taxifahrer findet bei ihr genauso ein offenes Ohr wie ein Minister. In politische Debatten mischt sie sich nie ein, Anstand und Menschlichkeit sind ihr wichtig, nur daran misst sie ihre Gäste. So kann es vorkommen, dass sie einen Ministerialrat vor die Tür setzt, weil er einem Serviermädchen zu sehr auf die Pelle rückt, oder einem Chauffeur um Mitternacht eine Suppe aufwärmt, weil er wegen einer langen Dienstfahrt nicht zum Essen kam.«

Hilde fragte sich, wer Schmittchen die Geschichte mit Ministerialrat Kayser erzählt hatte, sie nicht. Aber nun ja, Bonn war ein Dorf, jeder wusste, dass Kayser einer der miesesten Schürzenjäger der Hauptstadt war. Noch schlimmer als Ex-MdB Brunner. Sie las den Artikel zu Ende, der sie insgesamt in ein gutes Licht rückte. Wenn nur die Überschrift nicht gewesen wäre!

Bonn, Donnerstag, 23.11.1972, 11 Uhr

An der Riesenbaustelle Berliner Platz ging gar nichts mehr. Max ärgerte sich, dass er nicht den Umweg über Kölner Straße und Kaiser-Karl-Ring genommen hatte, da hätte er wenigstens nicht im Stau gestanden. Er schickte seinen Fahrgast, der zum Bahnhof wollte, hinaus in den Regen. Zu Fuß hatte der vielleicht noch eine Chance, seinen Zug zu erreichen. Er warf *Burlesque* von Family in den Kassettenrekorder. Der Song riss ihn mit. In der *Sounds* hatten sie den Sänger Roger Chapman als Englands Mikrofonständer-Verbieger Nr. 1 tituliert. Klang nicht abwegig. Max trommelte den Rhythmus aufs Lenkrad. Zumindest Musikhören konnte er, während er nur im Schneckentempo vorankam und keinen Pfennig verdiente. Kurz vor dem Bertha-von-Suttner-Platz floss der Verkehr wieder leidlich, er schaltete schon in den dritten Gang, um endlich Gas zu geben, als ihn am Straßenrand ein Mann herbeiwinkte. Kundschaft, na endlich. Max scherte aus der Spur aus, stellte die Musik leiser und hielt an.

»Zur Baracke«, befahl der Mann und setzte sich nach hinten.

Ein Blick in den Rückspiegel, Max hatte sich nicht getäuscht, er kannte den Mann. Abgeordneter, irgend so ein Ruhrgebietsname mit i oder y am Ende. Zumulsky, Kaminski, Tibulski. Tibulski, genau. Nicht dass er alle Abgeordnete namentlich kannte, aber den hatte er mal gesehen, als er mit Sonja den Club populaire verließ. »Treibst dich mit älteren Männern herum«, hatte er sie am nächsten Morgen aufgezogen und nach ihrem überraschten Blick hinzugefügt: »Ein Bonner Taxifahrer sieht alles.« Erstens treibe sie sich nicht herum, zweitens sei Erwin Tibulski ihr ältester Cousin und drittens sei er mal der jüngste Abgeordnete in der Geschichte der Bundesrepublik gewesen, hatte sie energisch klargestellt. Gesichter vergaß Max nie, Namen selten. Deshalb wusste er, wer sein Fahrgast war.

Als der Hofgarten auftauchte, konnte Max endlich beschleunigen. Die B 9 erwies sich als echte Schnellstraße, wenn man am Berliner Platz gestanden hatte, aber nur, wenn man nicht in den Teil geriet, in dem die U-Bahn gebaut wurde. Zehn Minuten später ließ er Tibulski aussteigen. Die Zentrale schwieg, also keine neuen Fahrgäste in der Gegend. Max überlegte, nach Godesberg rauszufahren, um dort Kundschaft aufzulesen, entschied sich aber dagegen. Als er das Taxi wendete, hielt ein weiterer Wagen vor der SPD-Parteizentrale, und Herbert Wehner, wie immer mit einer Pfeife im Mundwinkel, stieg aus. Es war schon verdammt hart für seinen Vater gewesen, als 1966 die Große Koalition gebildet wurde, aber er hatte geschäumt, als ausgerechnet Wehner auch noch Minister wurde. »Ein Wolf im Schafspelz! Einmal Kommunist, immer Kommunist, und so einer sitzt jetzt in der Regierung.« Allein die Tatsache, dass Wehner seinen Vater zur Weißglut brachte, nahm Max für den knorrigen SPD-Mann ein, obwohl er auf vielen Taxifahrten immer wieder hörte, dass Wehner, nun nicht mehr Minister, sondern Fraktionsvorsitzender der SPD, kein angenehmer Zeitgenosse sein sollte. Hart, diszipliniert, freudlos, ein Mann fürs Grobe, als Fraktionsvorsitzender eher ein Zuchtmeister als ein demokratischer Führer. Im Wegfahren sah Max, wie Tibulski auf Wehner zuging und ihm die Hand drückte. Interessant! Spielte der ehemals jüngste Abgeordnete etwa schon ganz vorne mit? Er musste Sonja mal danach fragen.

Zurück in der Stadt, beförderte Max Passanten zur Beethovenhalle, zum Bahnhof und zur Breite Straße, stand noch mal im Stau – diesmal auf der Kennedy-Brücke, auf der ein Unfall passiert war – und entschied, nach Ende seiner Schicht die Unibibliothek zu besuchen und sich endlich mit diesen Kassettenbriefen zu beschäftigen. Die schöne Astrid hatte er nämlich noch lange nicht abgehakt.

Bonn, Donnerstag, 23.11.1972, 11 Uhr

Hilde faltete die Zeitung zusammen und schwor sich, nie mehr so blauäugig ein Interview zu geben. Schmittchen hatte ihren wunden Punkt getroffen, in ihrer Lindenblattstelle gebohrt. Unwissentlich, wie sie weiter hoffte, und ihre Gedanken zwangen sie ins Frühjahr zurück. Im April hatte ihr das Wasser bis zum Hals gestanden, da wusste sie nicht mehr ein noch aus, und in der Not erinnerte sie sich daran, dass Tibulski ihr noch einen Gefallen schuldete.

Wie hatte Arnold nur einen so hohen Kredit für die Renovierung aufnehmen können? Die Kupferlampen, das furnierte Palisanderholz, es wäre doch auch ohne das teure Zeug gegangen. Bis zu seinem Tod hatte sie sich nie um finanzielle Dinge gekümmert, Geldgeschäfte waren Männersache. Zu zweit hätten sie es vielleicht geschafft, den Kredit fristgerecht abzustottern, aber sie allein? Seit drei Monaten konnte sie die Raten nicht mehr bezahlen. Die Bank setzte ihr die Pistole auf die Brust. Umschuldung, niedrigere Raten, sie hatte sich den Mund fusselig geredet, aber man stellte sich stur, behandelte sie wie eine, die nicht bis zehn zählen konnte. Oh, Hilde wusste genau, dass in Bonn viele auf den Rheinblick scharf waren. Liebend gerne würde sich die Bank den Rheinblick unter den Nagel reißen und dann für teuer Geld weiterverscherbeln. Zweitausend Mark brauchte Hilde, in der popligen, übrig gebliebenen Verwandtschaft gab es keinen, der ihr so viel Geld vorstrecken konnte. Da fiel ihr Tibulski ein. Tibulski kannte Gott und die Welt und Tibulski schuldete ihr noch einen Gefallen. Ausgerechnet zu der Zeit ließ er sich wochenlang nicht blicken, nicht mal zum Kartenspielen kam er vorbei. Sie rief in seinem Abgeordnetenbüro an, aber er war nie da, sie schrieb ihm sogar einen Brief, in dem sie ihre Not schilderte, doch er meldete sich nicht. Weil ihr nichts anderes einfiel, machte sie einfach weiter. Nach mir die Sintflut, dachte sie jedes Mal, wenn sie todmüde ins Bett fiel. Das war im Frühjahr, in den Tagen vor dem Misstrauensvotum, da brummte der Laden, im Rheinblick war der Teufel los.

Als Kanzler verfügte Brandt seit 1969 nur über eine hauchdünne Mehrheit, und diese Mehrheit bröckelte. Etliche FDP-Abgeordnete waren mit dem neuen Kurs ihrer Partei nicht einverstanden und wechselten zur CDU, zudem gab es SPD-Abgeordnete, allen voran Herbert Hupka, der Vorsitzende der Vertriebenenverbände, die Brandts Ostpolitik nicht mittrugen und ebenfalls zur CDU wechselten. So hatte Brandt plötzlich nicht mal auch nur eine Stimme mehr als die Opposition, die sozialliberale Koalition war nicht regierungsfähig. Nun wollte Barzel Brandt durch ein Misstrauensvotum zu Fall bringen, um danach eine CDU-Regierung zu bilden. Wieder gingen in Bonn und anderswo Tausende auf die Straße, um gegen den Kanzlersturz und für Brandts Ostpolitik zu demonstrieren.

Im Rheinblick herrschte dieser Tage Endzeitstimmung bei den Roten und Siegessicherheit bei den Schwarzen. Man begegnete sich feindselig, kein Skat, kein gemeinsames Bier, stattdessen schrie und schäumte man oder knurrte wie beißwütige Hunde. Hilde war jedes Mal froh, wenn sie abends den Laden schließen konnte, ohne dass ein Roter einem Schwarzen an die Gurgel gesprungen war oder umgekehrt.

Es war an einem dieser hitzigen Abende, als Tibulski sie auf dem Weg zu ihrer Wohnung abfing. Ihr brummte der Schädel vom Geschrei der Gäste, ihr taten die Füße vom Rumlaufen weh, sie war schlecht gelaunt, sie war müde, ihre fehlte selbst die Kraft, ihn anzuschnauzen. »Lässte dich auch noch mal sehen?«, höhnte sie leise. Als er ihr dann aber sagte, dass er ihr die zweitausend Mark besorgen könnte, wäre Hilde ihm am liebsten um den Hals gefallen. Stattdessen wurden ihre Knie weich. Zitternd ließ sie sich auf die unterste Stufe der Treppe sinken, die hoch zu ihrer Wohnung führte, und Tibulski setzte sich neben sie. »Ist allerdings mit einer kleinen Gefälligkeit verbunden«, dämpfte er ihre Freude. Sie wusste, dass nun nichts Gutes kam. Wie konnte sie nur glauben, Tibulskis Freundschaftsdienst gäbe es umsonst? Wieder wollte er Namen, diesmal von CDU- oder CSU-Politikern, die auf großem Fuß lebten, die immer Geld brauchten, die man beim Misstrauensvotum umstimmen könnte. Im ersten Augenblick glaubte sie, sich verhört zu haben. Es konnte doch nicht sein, dass die SPD Stimmen kaufen wollte, um ihren Kanzler zu halten. Handelte Tibulski wirklich im Auftrag seiner Partei? Und wenn nicht, im Auftrag von wem? Sie erinnerte sich, dass Tibulski vor einem Jahr zu einer Delegation gehört hatte, die nach Ostberlin reiste, und danach hatte er sich damit gebrüstet, dass er seither gute Kontakte nach drüben pflegte. Aber was hieß das? Hatte also die DDR die Finger im Spiel? Wollten die Kommunisten Brandt im Amt halten? So genau wollte sie das alles gar nicht wissen. Sie griff nach dem Strohhalm, nach dem sie so lange Ausschau gehalten hatte, und nannte Tibulski drei Namen. Sein dunkler Haarschopf glänzte im Mondlicht, als er sie sich notierte.

Wie Millionen Deutsche – Betriebe standen still, Bahnen hielten an, vor den Schaufenstern mit TV-Geräten bildeten sich Fußgängertrauben, Schüler saßen in Aulen vor dem Bildschirm – verfolgte auch Hilde am 28. April 1972 vor dem Fernseher die Abstimmung über das Misstrauensvotum. Barzel fehlten zwei Stimmen, um Brandt zu stürzen. Die Regierung blieb im Amt, und Hilde brachte drei Tage später zweitausend Mark zur Bank. Ersparnisse von Arnold, von denen sie nichts gewusst hatte, auf die sie beim Aufräumen des

Weinkellers gestoßen war, erklärte sie dem erstaunten Bankmenschen.

Um die drei, deren Namen sie weitergegeben hatte, tat es ihr nicht leid. Windhunde allesamt, käuflich, wetterwendisch, prinzipienlos, ohne Anstand und Menschlichkeit. – Steiner, einer der drei, das hatte ihr der junge Witiko Bonak später erzählt, kaufte am Tag nach dem Misstrauensvotum zwei neue Mercedes. Zwei nagelneue Autos! Leo Wagner verprasste sein Geld mit schönen Frauen in einschlägigen Kölner Etablissements. Wie konnte jemand nur so leichtsinnig und dämlich sein? Leichtsinnig und dämlich war sie zum Glück nicht, aber sie hatte für die Rettung des Rheinblicks ihre Prinzipien verkauft. War es beim ersten Mal noch ein Freundschaftsdienst gewesen, so hatte sie nun wie Judas Silberlinge genommen. Ja, sie war in einer Notlage gewesen. Trotzdem. Sie schwor sich, es nie wieder zu tun.

Bonn, Donnerstag, 23.11.1972, 11 Uhr

»Lieben Sie Schokoladenpudding?« Sonja schämte sich in Grund und Boden für die Frage. Bei ihren anderen Patienten hatte sie mit den zehn Ja-Nein-Fragen fast immer ins Schwarze getroffen. Sogar bei der schwierigen Sally. Das Mädchen hasste Schokoladenpudding und liebte Popmusik. Bei der Frage nach Hobbys zeigte sie ihr den Vogel, bei der nach Geschwistern nickte sie und hob zwei Finger, bei der nach ihren Eltern spuckte sie wütend auf den Boden. Deshalb vermutete Sonja, dass sie weder aus einer heilen Familie kam noch eine glückliche Kindheit gehabt hatte. So angeschlagen und problembeladen das Mädchen auch war, im Gegensatz zu Brandt konnte Sonja sie mit ihrer Arbeit erreichen.

Ihr Rapport bei Professor Becker zehn Minuten später geriet so holprig wie die abgebrochene Therapiestunde.

Sie habe doch bei vielen Patienten große Originalität bewiesen und immer den richtigen Hebel gefunden, um zu helfen, hielt ihr der Professor vor. Dies und noch mehr erwarte er nun auch in ihrer Arbeit mit Brandt. »Sie wissen«, fuhr er fort, »wie lange ich bereits dafür kämpfe, die Logopädie in der Uniklinik auch stellenseitig zu etablieren. Die Kollegen aus der medizinischen Fakultät habe ich davon schon überzeugt. Sie sind sehr daran interessiert, die logopädische Arbeit mit einem Forschungsprojekt zu begleiten. Nun hege ich die berechtigte Hoffnung, dass eine erfolgreiche Behandlung des Kanzlers endlich auch die Krankenhausverwaltung überzeugen wird. Ich werde nichts lieber tun, Schwester Sonja, als Ihnen die erste Stelle in dieser Abteilung anzubieten.«

Nun hing also alles von der erfolgreichen Therapie des Kanzlers ab. »Wie soll ich vernünftig arbeiten, wenn ich jederzeit unterbrochen werden kann?«, fragte sie verzweifelt. »Wenn man dem Kanzler keine Zeit zur Erholung lässt.«

»Sie können sicher sein, dass ich dem Herrn Bundeskanzler sehr eindringlich erklärt habe, dass er – so er seine Stimme auf Dauer behalten will – in den nächsten zehn Tagen nicht sprechen darf«, wies sie der Professor zurecht. »Brandt ist ein kluger Mann, er wird diesen Hinweis nicht ignorieren. Damit er gar nicht in Versuchung kommt zu sprechen, habe ich ihm geraten, seine Besucherliste so kurz wie möglich zu halten. Natürlich wäre es schön, der Kanzler könnte die Politik zehn Tage lang ausblenden, aber Politik ist halt ein Geschäft, das manchmal keinen Aufschub duldet. Da hilft auch meine Autorität als Mediziner wenig.«

Sonja hatte gehofft, der Professor würde nach ihrem Bericht Brandt und besser auch Ehmke ernsthaft ins Gewissen reden und nochmals deutlich machen, dass sie als Logopädin Zeit und Aufmerksamkeit für ihre Arbeit benötigte, aber das konnte sie nun vergessen.

»Gehen Sie zurück zum Zimmer des Kanzlers und halten Sie sich zur Verfügung«, forderte er sie auf. »Ich baue auf Sie, Schwester Sonja. Sicher werden Sie auch ein Türchen finden, um Herrn Brandt zu erreichen. Vielleicht ist Ihnen die in Aussicht gestellte neue Position ein zusätzlicher Ansporn.«

Wie ein trotziges Kind hätte sie am liebsten mit den Füßen aufgestampft und laut gerufen: Alles nur Versprechungen. Stattdessen ließ sie sich vom Professor die Hand schütteln und dann vor die Tür schieben. Die Audienz war beendet.

Bonn, Donnerstag, 23.11.1972, 13 Uhr 30

Am Tresen saßen noch drei CDU-Hinterbänkler aus Baden-Württemberg, die Hilde nur als Trio kannte und die sie, seit sie bei einer Straßenbahnfahrt mal in einem *Donald-Duck*-Heft geblättert hatte, bei sich Tick, Trick und Track nannte. Sie tranken bereits die dritte Runde Kölsch und machten nicht den Eindruck, bald aufbrechen zu wollen.

Die Herren jammerten wie viele Schwarze in den letzten Tagen über das katastrophale Wahlergebnis. »An uns hätt's nit g'läge. Der Südweschte hat richtig g'wählt. Bei der Landtagswahl im Frühjahr het unser Filbinger die absolute …«

Bei diesen Dialekten südlich der Mainlinie konnte Hilde einfach nicht auseinanderhalten, ob das jetzt Badisch, Schwäbisch oder Pfälzisch war. Sie sortierte die Bons, die Karlchen ihr in die Hand gedrückt hatte, und tat all das, was sie sonst auch tat. Das Wehklagen der süddeutschen Herren interessierte sie nicht, sie polierte Gläser.

Als die drei aber auf Julius Steiner zu sprechen kamen, spitzte sie die Ohren. Das war einer der drei Namen, die sie Tibulski genannt hatte, als er wissen wollte, welche CDU-Leute auf zu großem Fuß lebten.

»'s gilt jetzt als sicher, dass er sich hat besteche lasse beim Misstrauensvotum. Da darf mer g'spannt sein, was die SPD hat springe lasse, damit ihr Kanzler im Amt bleibt«, flüsterte Trick den zwei Gefährten zu.

»Wenn die Stimme 'kauft sind, muss des ans Tageslicht

komme«, warf Track ein. »Wir werde ä Untersuchungsausschuss beantrage. Vielleicht werden wir die Sozis auf dem Weg wieder los.«

Erst als Hilde das Blut sah, das das Trockentuch rot färbte, merkte sie, dass sie ein Kölschglas zerbrochen und sich dabei geschnitten hatte.

»Wie heißt er noch amol, der Nachfolger vom Professor Furler?«, wollte Tick wissen.

»Schäuble, ä promovierter Wirtschaftsjurist, also Dr. Schäuble«, wusste Track.

»In dem Untersuchungsausschuss könnt der sich doch die ersten Sporen verdiene«, stimmte Trick zu. »Der Schäuble ist ein Pfiffiger, der hat ebbes im Kopf. Und er het noch mehr Ehrgeiz als wir drei z'samme, des isch a rechter Wadenbeißer.«

»Soll er mal zeige, was er kann.« Tick gab Hilde ein Zeichen für die nächste Runde. »Ob er der Bonner Löwengrube g'wachsen ist.«

Es überraschte Hilde nicht, dass der Verdacht schnell auf Steiner gefallen war. Inzwischen hatte sie gehört, dass er direkt nach dem Misstrauensvotum nicht nur zwei, sondern drei Mercedes gekauft hatte. Wer sich so blöd verhielt, brauchte sich nicht zu wundern, wenn er erwischt wurde. Sein dämliches Verhalten ärgerte sie. Mehr noch, es alarmierte sie, dass sie schon wieder das Wort Untersuchungsausschuss hörte. Es war Kneipengeschwätz, sicher. Aber ein Untersuchungsausschuss war nicht irgendwas, das war eine ernste Angelegenheit. So ein Untersuchungsausschuss konnte einen schnell ins grelle Licht der Öffentlichkeit zerren oder eine sicher geglaubte Karriere beenden. Franz Josef Strauß, der ja von dem Gedanken beseelt war, er könnte sich jede Schweinerei erlauben, hatte der Untersuchungsausschuss zur *Spiegel*-Affäre das Ministeramt gekostet. Hilde konnte nur hoffen, dass sich Tibulski geschickt aus der Affäre zog, und wenn ihm das nicht gelang, dass er dann dichthielt. Denn sonst käme sie ins Spiel. Vorgeladen würde sie hoffentlich nicht, sie war nur ganz am Rande an der Geschichte beteiligt, sie hatte, »nur« weitererzählt, was sie zufällig aufgeschnappt hatte, und dafür zweitausend Mark kassiert. Mit dem Geld hatte sie den Rheinblick im Frühjahr zwar erst mal gerettet, aber wenn herauskäme, was sie dafür getan hatte, könnte sie den Gasthof zusperren. Sie dachte an die Überschrift im *General-Anzeiger*: »Bei Hilde Kessel sind Geheimnisse gut aufgehoben.« Von wegen.

Bonn, Donnerstag, 23.11.1972, 15 Uhr

Es ging Max auf den Senkel, wie der Bibliothekar sein blaues Auge anstarrte, es lag ihm auf der Zunge, ihn zu fragen, ob er auch eines verpasst haben wollte, aber dann nahm er einfach nur stumm Stefan Zweigs Buch entgegen und verkroch sich zum Lesen an einen Tisch in der hintersten Ecke der Bibliothek. *Maria Stuart* … Als ob er nichts Besseres zu tun hätte.

Witiko meinte es tatsächlich ernst mit seiner Rolle als Vorstadtgangster. Dabei war er nur ein Rotzlöffel aus der Venusberg-Siedlung, Spross einer Riesensippschaft Heimatvertriebener. Daher der Name, Witiko, sudetendeutsch, sein Großvater hieß so. Max kannte ihn aus dem Kindergarten. Während der Schulzeit verloren sie sich aus den Augen. Mit fünfzehn, als die Hormone Achterbahn fuhren, fanden sie noch mal kurz zusammen. Hinter der Sakristei von Heilig Geist drehten sie die ersten Joints, verfluchten ihre Alten und malten sich die Zukunft schön. Ganz zufällig hatten sie sich vor einem Jahr wiedergetroffen, als Max im Auftrag von Kohlmeier einen Satz Sitzbezüge für ein Taxi in Witikos Werkstatt abholte. Große Wiedersehensfreude, Riesentrara. Seither schaute Max gelegentlich bei Witiko vorbei. Sie tranken ein Bier oder rauchten einen Joint und redeten über Frauen und Filme. Von dem Zeugs, das Witiko gelegentlich unter der Hand verkloppte, hatte Max noch nie etwas interessiert, bis Witiko mit den Spendor-BC1-Boxen ankam. Dreihundertfünfzig, echter

Freundschaftspreis. Freundschaft, von wegen! Bis Samstag hatte Witiko ihm Zeit für die zweite Rate gegeben, blieben vier Tage, um die Knete aufzutreiben. Er fand Witikos Verhalten unter aller Kanone, am liebsten würde er ihm keinen Pfennig mehr zahlen. Vielleicht tat er das auch.

Er legte sich Papier und Bleistift zurecht und schlug das Buch auf. Die diversen Königslinien und historischen Hintergründe überflog er, verortete nur den zeitlichen Rahmen: zweite Hälfte 16. Jahrhundert. Max las sich ein und stellte überrascht fest, dass Maria Stuart ein verdammt aufregendes Liebesleben geführt hatte. Macht und Sex, dazu unbedingt mehr lesen, notierte er sich. Aber dann rief er sich in Erinnerung, dass er sich nicht mit dem Sexleben der Schottenkönigin, sondern mit dem Thema »Brief als Mittel der politischen Intrige« bei Astrid aus dem Fenster gehängt hatte. Er blätterte zur Inhaltsangabe zurück. Seite 180, Kapitel »Furchtbare Verstrickungen«. Vielleicht fand er da etwas zu den Briefen.

Als er nach einer kurzen, unkontrollierten Bewegung den Kopf wieder hob, stand Astrid vor ihm. Was ihn überraschte, denn eigentlich hatte er doch gerade mit Maria …

»Wenn du unbedingt in der Bibliothek schlafen musst, bitte schön. Aber dann schnarch wenigstens nicht so laut. Du hast wirklich jeden einzelnen Baum im Hofgarten abgesägt. Bei dem Lärm kann doch kein Mensch arbeiten.«

Max duckte sich unter ihrem vernichtenden Blick weg, er brachte keinen Ton heraus. Wieso erwischte ihn diese Frau immer in einem schlechten Augenblick? Bevor er drei halbwegs kluge Sätze zu Zweigs *Maria Stuart* ausspucken konnte, rauschte Astrid davon. Er starrte ihr nach und kehrte zu dem Traum zurück, aus dem sie ihn geweckt hatte.

Er sah, wie Maria Stuart mit schwarzem Kleid und diesem steifen, gerüschten Kragen mitten in Witikos Werkstatt stand und Sonja beobachtete, die in ihrer blütenweißen Schwesterntracht unter einem von Witikos alten VW-Käfer hervorkroch. Sie zog einen blutigen Pferdekopf hinter sich her und verkündete Witiko, dass nicht nur die Bremsen, sondern vieles an diesem VW nicht in Ordnung war. Sie stellte sich mit dem Pferdekopf neben Maria Stuart, und die zwei forderten Witiko unisono auf, sein Leben in Ordnung zu bringen. Oder hatte die Aufforderung gar nicht Witiko, sondern ihm gegolten?

Sonja! Vorhin hatte sie ihn mal wieder überrascht. Streckte ihm ohne Bedingungen die vierzig Märker vor, wollte sie erst Weihnachten zurück. Dabei hätte er sie nie angepumpt. Ganz sicher war er gewesen, von ihr eine Abfuhr zu bekommen. Sonja … Er hatte sie in der Uniklinik kennengelernt, Mandeloperation im Frühjahr. Die sanften Bewegungen ihrer Hüften brachten selbst bei ihm als Bettlägerigen das Blut ordentlich in Wallung. Er träumte jede Nacht von ihr. Als er zufällig mitbekam, dass sie ein Zimmer suchte, nutzte er seine Chance. In der Dorotheenstraße hatte Carmen ihren Auszug angekündigt, also machte er Sonja die WG und – wieder zurück – der WG Sonja schmackhaft. Nachdem sie sich vorgestellt hatte, sagte Tine sofort Ja, Kurt meckerte natürlich, ihm war Sonja zu unpolitisch. Max überzeugte ihn mit Sonjas proletarischer Herkunft. Welche WG konnte schon mit einem echten Arbeiterkind aufwarten, das aussah wie Faye Dunaway? Doch das echte Arbeiterkind, die sanfte Krankenschwester und die Kölner Faye Dunaway verwandelten sich in eine Schneekönigin, wenn man ihr näherkommen wollte. Sex blockte sie komplett ab, weder ein Bier trinken noch ins Kino gehen wollte sie mit ihm. Sie umgab sich mit einer Mauer aus Eis, die nicht mal *Bonnie und Clyde* hätten wegballern können. Manche Frauen, das musste Max sich eingestehen, blieben selbst ihm ein Rätsel.

Woher der blutige Pferdekopf kam, wusste er allerdings genau. Im *Paten* hatte die Mafia diesem windigen Filmproduzenten so einen ins Bett gelegt, und er, Max, hätte gestern gerne so einen gehabt, um Witiko das Fürchten zu lehren. Aber woher nehmen? Gab es in Bonn überhaupt noch eine Abdeckerei?

Der Geruch von frischem Papier stieg ihm in die Nase, als der Bibliothekar mit einem Stapel neuer Bücher an ihm vorbeiging, und irgendwo hinter ihm raschelte Pergament. Er besah sich den Tisch, an dem er saß, und das blässliche Bild von Maria Stuart auf dem Umschlag, die ihn verkniffen und bösartig anblickte. Er überlegte, ob es überhaupt Sinn machte, das Buch weiterzulesen, schließlich waren seine Chancen bei Astrid inzwischen deutlich unter null gerutscht. Gleichzeitig fragte er sich, was es zu bedeuten hatte, dass ausgerechnet Sonja diesen ekligen Pferdekopf in den Händen hielt. Nicht mal im Traum wurde er aus dieser Frau schlau.

Bonn, Donnerstag, 23.11.1972, 16 Uhr

Seit fünf Stunden saß Sonja nun im Vorzimmer des Kanzlers und drehte Däumchen. Bei ihrer Rückkehr war sie Rut Brandt begegnet, die ihren Mann besucht hatte, Ehmke begleitete sie zur Tür. »Ich verspreche dir, dass ich ihn nicht mehr lange mit Beschlag belege«, sagte Ehmke, als er ihr die Hand reichte. »Ich weiß, dass er Ruhe braucht, aber wir müssen noch ein paar Eckdaten für die Koalitionsverhandlungen festzurren.« Galant öffnete er der Frau des Kanzlers die Tür und kehrte dann im Eilschritt ins Krankenzimmer zurück.

Mit Sonja saßen noch zwei Leibwächter im Vorzimmer. Die Tür im Blick, thronten sie aufrecht auf ihren Stühlen, zwischen ihnen ein Tisch, auf dem zwei Telefone standen, zu denen sie manchmal hinüberlinsten. Gelegentlich sprangen sie auf, lockerten die Glieder, pflügten durch den Raum, setzten sich wieder, legten die Füße auf einen zweiten Stuhl, rührten sich nicht mehr, schlossen die Augen, nur um sie schnell wieder zu öffnen. Wie Raubtiere, die selbst im Schlaf die kleinste Gefahr witterten und sofort angreifen konnten. Zwei durchtrainierte Kämpfer, denen das Warten nichts auszumachen schien. Einer in ihrem Alter, der andere um die dreißig. Der

Jüngere hatte irgendwann Erbarmen mit ihr und fragte, weshalb sie hier wäre.

»Ich bin Logopädin«, erklärte sie dankbar. »Meine Aufgabe ist es, den Bundeskanzler zu entspannen und ihn wieder ans Sprechen zu gewöhnen.«

Der Jüngere sah sie verständnislos an.

»Entspannen, so nennt man das jetzt«, tönte der Ältere.

»Entspannen durch Atmen, nicht …« Sonja merkte, dass sie rot wurde.

Der Jüngere fragte nicht weiter, der Ältere ließ sein schmieriges Grinsen so lange im Gesicht stehen, bis er sicher war, dass sie es bemerkt hatte. Sie drehte sich weg und hörte nun Ehmkes Stimme aus dem Nebenzimmer.

»Die Sachthemen in den Koalitionsverhandlungen werden zügig bearbeitet, da läuft alles wie geplant.«

Sonja fragte sich, warum er nicht leiser sprach. Der Kanzler konnte nicht sprechen, aber schwerhörig war er nicht.

»Nur Schmidt macht mir Sorgen, der nutzt jede Gelegenheit, um möglichst früh die Weichen für die zukünftige Ressortaufteilung zu stellen«, redete Ehmke weiter. »Dabei interessiert es ihn nicht, dass du die Teilung von Finanz- und Wirtschaftsministerium längst mit der FDP besprochen hast. Er ist nicht davon abzubringen, dass die Kredit- und Währungspolitik in SPD-Hand sein soll, sprich, in seiner.«

Wort für Wort konnte sie verstehen. Sie hatte keine Ahnung vom politischen Geschäft, aber unterlag so etwas nicht strengster Geheimhaltung? Sie drehte sich nach den Leibwächtern um. Weder überrascht noch alarmiert, hatten sie es sich auf den Stühlen bequem gemacht und dösten vor sich hin. Für sie schien Ehmkes Verhalten ganz normal zu sein.

»Um eine erträgliche Preisentwicklung bei Aufrechterhaltung eines hohen Beschäftigungsgrades zu erreichen, sollen alle konjunkturbeeinflussenden Globalinstrumente in einem Ministerium zusammengefasst sein«, berichtete Ehmke weiter. »Das betet Helmut wie ein Mantra. Er will der ›Schatzmeister‹

sein. Deine Vorgaben für die Koalitionsverhandlungen, erst die Inhalte, dann die Strukturfragen und am Ende die personelle Besetzung, ignoriert er.«

Dann verstummte Ehmke. Es freute Sonja, als sie kurz darauf den Zauberstift quietschen hörte. Der Kanzler hielt sich an das Sprechverbot.

»Das sehe ich auch so«, meldete sich Ehmke erneut. »Ein Schreiben an Wehner und Schmidt ist absolut notwendig und im Augenblick deine einzige Möglichkeit, Einfluss auf die Koalitionsverhandlungen zu nehmen. Du musst Schmidt in die Schranken weisen.«

Sonja richtete ihren Blick auf die vielen Blumen, die der Kanzler erhalten hatte: gelbe Rosen von Walter Scheel, rote aus der SPD-Parteizentrale, auch Nelken, Lilien, Iris, Gerbera. Das Geschenk der japanischen Botschaft fiel aus dem Rahmen: ein Gesteck aus drei Freesien, trockenem Geäst und Moos. Wahrscheinlich Ikebana.

»Noch ein Satz zum Neubau des Kanzleramts, auch das nicht erfreulich«, drang Ehmkes Stimme wieder an ihr Ohr. »Helmut hat den Neubau aus dem Haushalt gestrichen. Auch in der Sache musst du ein Machtwort sprechen.«

Nach einer kurzen Pause quietschte wieder der Stift.

Dann Ehmke: »Ist gut, ich kümmere mich darum.«

So schwungvoll, wie Ehmke das Zimmer betreten hatte, verließ er es wieder. Wie ein Stehaufmännchen schreckte Sonja von ihrem Stuhl hoch.

»Er möchte allein sein«, teilte Ehmke ihr mit. »Wagen Sie bloß nicht, ihn zu stören.«

Bonn, Donnerstag, 23.11.1972, 19 Uhr

Bonn war nicht Berlin, stellte Lotti fest, als sie auf den Bahnsteig sprang und ihre Tasche schulterte. Nicht dass sie Berlin besonders gut kannte, sie war nur einmal dort gewesen. Am

Bahnhof Zoo ausgestiegen, den Ku'damm rauf und runter, Gedächtniskirche, Kranzler, KdW. Wenn man wie sie aus der Provinz kam, musste man das einmal gesehen haben. Kreuzberg dann nur was für Eingeweihte, sie hatte die Adresse erst nach endloser Sucherei gefunden: Hinterhof, zweiter Aufgang links, Klo auf halber Treppe, die WG von Vetter Gerd: Matratzenlager, Weinkistenregale, Fotos von Che Guevara, A.S. Neill und The Fugs an den Wänden, die blauen Bände mit den Gesammelten Werken von Marx und Engels im Regal. Alles wie aus dem Revoluzzer-Bilderbuch. In der Küche Berge von Dreckgeschirr, an der Wand darüber der berühmte Brecht-Spruch: »Erst kommt das Fressen, dann kommt die Moral.« Vetter Gerd stellte sie vor. In der Runde der Kommunarden natürlich kein Wort über den Besuch im KdW, stattdessen bei Gulasch und Bier sich aufplustern mit dem Republikanischen Club. Ja, in Baden-Baden existiere er noch, sicher sei das Provinz, aber das schließe revolutionäres Potenzial nicht aus, man solle doch mal an 1848 denken, da seien die Badener ganz vorne mit dabei gewesen. »In Kreuzberg«, hatte ihr Gerd vor dem Einschlafen zugeflüstert, »riecht jede Straße nach Revolution.« Für sie hatten sie nach Kohleöfen gerochen.

Ob sie die Weltrevolution wirklich wollte, da war sich Lotti nicht so sicher, aber eine kleine hatte sie in ihrer Redaktion erfolgreich angezettelt. Deshalb Bonn, und Bonn, das merkte sie sofort, als sie auf den Bahnhofsvorplatz trat und über die vielen Baustellen blickte, hinter denen sich verschwommen die Kirchtürme einer Kleinstadt erhoben, zeigte sich neblig, abweisend, kleinkariert. Nicht ein Fitzelchen Weltstadtflair. Deutsche Bescheidenheit nach zwölf Jahren Größenwahn.

Eine Reportage war der Preis, um den sie letzte Woche gepokert hatte. Redaktionskonferenz, Spekulationen über die anstehende Wahl, eine Wette, jeder der Kollegen warf einen Sieger und eine Zahl in den Raum. Sie, das Küken, die Kleine, die Wilde, wurde ausgelacht, als sie auf einen klaren Sieg für Brandts SPD tippte. Überschwang der Jugend, von Tuten und

Blasen keine Ahnung, Träume sind Schäume und so weiter. »Wenn ich recht habe, will ich eine Bonn-Reportage«, hatte sie allen trotzig entgegengehalten, und Kuhnert, sich vor Lachen den Bauch haltend, hatte zugestimmt. Unter der Bedingung allerdings, dass sie, wenn sie verlor, vier Wochen lang all seine Artikel und Reportagen abtippen sollte. Bei Kuhnert gab es nie etwas umsonst. Sie hatte genickt, die komplette Redaktion war Zeuge. Kuhnert genehmigte die Reise nach Bonn gestern tatsächlich. Er musste wohl Himmel und Hölle in Bewegung gesetzt haben – talentierte junge Frau, besondere Form der Nachwuchsförderung, mal was Neues wagen und so weiter –, um die Chefredaktion in Offenburg zu überzeugen. Nicht auszuschließen, dass er die Reise auf seine Kappe nahm und sie aus eigener Tasche blechte. Bei Wettschulden ließ er sich nicht lumpen. »Sie interviewen den erstmals gewählten Abgeordneten des Kreises Offenburg, Dr. Wolfgang Schäuble. Für so junge Politiker ist Bonn ja ein Sprung ins kalte Wasser, den viele nicht überleben. Berichten Sie, wie er Bonn erlebt. Und Sie liefern uns eine Geschichte über das, was den Bonnern im Alltag unter den Nägeln brennt. Enttäuschen Sie uns nicht. Bringen Sie Geschichten aus der Hauptstadt mit, die unsere Leser interessieren. Fahrtkosten übernimmt die Zeitung, für Unterkunft und Verpflegung müssen Sie selbst sorgen. Sie rufen jeden zweiten Tag an, um über den Stand der Dinge zu berichten.«

Bonn! Keiner ihrer Kollegen aus der Kehler Redaktion hatte jemals aus der Hauptstadt berichtet. Aber sie würde das tun, als jüngste Reporterin des *Offenburger Tageblatts*. Die Reportage über Bonn und das Interview mit Schäuble waren Pflicht, Hofberichterstattung fürs badische Ländle, der Mann hatte aus dem Stand heraus ein Direktmandat gewonnen. Aber es gab auch die Kür, sie hatte noch eine Reportage für die Twen-Seite in der Wochenendausgabe ausgehandelt. Was würde die neue Bundesregierung für die Jugend tun? Wie sollte Brandts »Bildung für alle« umgesetzt werden? Gab es mehr Rechte für

Lehrlinge, mehr Mitbestimmung an den Universitäten? Das waren wirklich interessante Themen. Ein paar Stunden lang bereitete ihr die Unterkunft Sorgen. Ein Hotel konnte sie sich nicht leisten, aber dann fiel ihr Kurt ein, ein ehemaliges Mitglied aus dem Republikanischen Club, der inzwischen in Bonn studierte. Sie hatte ein paar Anrufe gebraucht, bis sie wusste, dass er in einer WG wohnte und sie dort ein Telefon besaßen. Sie hatte ihn aus dem Bett geklingelt und ihre Ankunft angekündigt. Begeistert war er nicht gewesen, doch die erste Nacht war gesichert, danach würde sie schon was Neues finden.

Erschreckt trat sie einen Schritt zurück, als ein Taxi direkt vor ihr anhielt. Ein Afrikaner – bunte Kopfbedeckung, schwere Holzketten um den Hals, Diplomatenköfferchen in der Hand – kletterte aus dem Wagen. Weitere Taxen hielten an, Reisende stiegen aus und ein, es war Feierabendzeit: Eine Straßenbahn bimmelte, ein Laster bremste, Autos stauten sich vor der roten Fußgängerampel, Pendler hetzten auf die Bahnsteige.

Bonn, Donnerstag, 23.11.1972, 19 Uhr

Als es eine halbe Stunde später an der Vorzimmertür klopfte, schreckte Sonja auf, und die zwei Männer schnellten gleichzeitig von ihren Stühlen hoch. Eine Frau um die vierzig trat ein. Sie trug eine große Handtasche und eine Dokumentenmappe unter dem Arm.

»Ist er zu sprechen?«, fragte sie, und beide schüttelten den Kopf. »Die ersten vier Schreiben in der Mappe muss er schnell durchsehen und unterschreiben, der Rest kann bis morgen warten. Sie rufen mich an, wenn er die Dokumente durchgesehen hat, ja?«

Die zwei nickten folgsam und standen stramm, als sie sich verabschiedete. Das also war Brandts Sekretärin. Bei der würde sich der Ältere nicht so ein schmieriges Grinsen leisten, das würde ihm schlecht bekommen. Nur einen Bruchteil vom

Selbstbewusstsein, das die Frau ausstrahlte, hätte Sonja schon gereicht. War es ihr in die Wiege gelegt worden, oder hatte sie es sich erarbeitet? Das hätte Sonja sie gerne gefragt.

Als die Frau gegangen war, fielen die zwei wieder in diesen dämmrigen Alarmzustand. Sonja sah auf die Uhr. Sie war schon mehr als neun Stunden in der Klinik, hatte kaum etwas getan und fühlte sich trotzdem völlig erschöpft.

»Wann reichen Sie die Dokumente weiter?«, fragte sie, als der Jüngere kurz die Augen öffnete.

»Vor der Wachablösung um acht«, erklärte er.

Um acht, das hieß noch eine Stunde warten, aber was war die Alternative? Sie konnte doch nicht einfach gehen. Sie musste sich verabschieden, sie musste ihm sagen, dass sie morgen um 10 Uhr, oder wann immer er es wünschte, wieder da sein würde, und wenn sie sich traute, würde sie ihn bitten, sich morgen für ihre Übungen Zeit zu nehmen.

Draußen legte sich die Dunkelheit auf den Kottenforst, der Jüngere knipste das Licht an. Auf dem Flur ratterte ein Geschirrwagen, Schritte quietschten auf dem Linoleum, ein Kind schrie, eine Frauenstimme beruhigte es. Sonja nickte ein, schreckte hoch, als es wieder klopfte. Die Sekretärin, zum zweiten Mal.

»Diesmal muss ich zu ihm. Es ist noch was reingekommen, was nicht warten kann.« Sie schritt an den Leibwächtern vorbei direkt auf die Tür zu und klopfte. »Herr Brandt, ich bin's.«

»Entschuldigung.« Sonja sprang auf und lief auf sie zu. »Können Sie sich erkundigen, ob er mich heute noch braucht?« Die Frau hob fragend die Augenbrauen. »Ich bin die Logopädin«, fügte sie eilig hinzu und schnappte aus dem Augenwinkel wieder das schmierige Lächeln des Älteren auf.

Wieder dauerte es. Zeit konnte so zäh sein.

»Das kann leider nicht bis morgen warten«, hörte sie die Sekretärin sagen. Dann raschelte Papier. »Danke, Herr Brandt, und weiter gute Besserung. Ach, fast hätte ich es vergessen. Brauchen Sie die junge Frau, die draußen wartet, noch?«

Wenig später verließ die Sekretärin das Zimmer. »Sie hätten schon vor Stunden gehen können«, teilte sie Sonja mit. »Machen Sie Feierabend.«

»Und morgen?«, schob Sonja hinterher.

Die Antwort ein mitleidiger Blick, ein Schulterzucken, mehr nicht.

Bonn, Donnerstag, 23.11.1972, 19 Uhr 30

Ein Junge ihres Alters, der sich vor der Bahnhofshalle in aller Ruhe eine Zigarette anzündete, schien Lotti der Geeignete, um nach dem Weg zu fragen: »Ich muss in die Altstadt, Dorotheenstraße. Ist das weit?«

Sie entschloss sich, zu Fuß zu gehen. Fünfzehn bis zwanzig Minuten, hatte der Junge gesagt. Erst links, dann immer der Straße nach bis zu der riesigen Baustelle. Baustellen, das war nicht zu übersehen, bot Bonn in Hülle und Fülle. Nach zehn Minuten stellte sie die Tasche ab und nahm den schweren Koffer mit der Reiseschreibmaschine heraus. Sie schulterte die Tasche wieder, griff mit der anderen Hand nach der Schreibmaschine und marschierte weiter auf die große Baustelle zu. Bei der Dunkelheit arbeitete dort keiner mehr, und so irrte sie zwischen Betonmischern, Gerüsten und Baumaterialien umher, tappte in Pfützen, stieß gegen frisch gemauerte Wände und stolperte über Eisengitter, bis sie endlich einen Weg aus der Baustelle fand. Sie erreichte die Dorotheenstraße mit schmutzigen Stiefeln und einem zementbestäubten Mantel, zudem mit einem ersten Eindruck von Bonn, der schlimmer nicht hätte sein können: eine Stadt, die in Dreck versank und ihre Besucher an der Nase herumführte.

Es war nicht Kurt, der ihr in der Dorotheenstraße die Tür öffnete, sondern ein blasses Mädchen. Bunte Indiohose, ein weiter Pullover aus Alpakawolle, seltsam glänzende Augen, mit Kajal umrandet.

»Ich bin Lotti, Lotti Legrand«, stellte sie sich vor. »Ich will zu Kurt.«

»Der ist nicht da. Kannst in der Küche auf ihn warten.« Mit einer vagen Bewegung deutete sie auf eine Tür und kicherte dabei leise in sich hinein.

»Wer ist es, Tine?«, hörte Lotti eine Stimme rufen.

»Niemand für dich. Eine Freundin von Kurt.« Das Mädchen hob eine Hand über den Kopf und drehte im Flur eine kleine Pirouette. »Französin?«

»Halb. Und Freundin würde ich jetzt nicht direkt sagen«, murmelte Lotti, und die Stimme fragte ungläubig: »Kurt hat eine Freundin?«

Eine Tür wurde aufgerissen, und ein wilder Lockenkopf schob sich in den Flur. Er erinnerte Lotti an Georges Moustaki, von dem sie erst letzte Woche eine Schallplatte gekauft hatte. Wegen *Ma Liberté*, einem wahnsinnig tollen Chanson. Allerdings war Moustakis rechtes Auge auf dem Plattencover nicht so verquollen und geschwollen wie das des Lockenkopfes. Sie konnte nicht anders, sie musste es anstarren.

»Bevor du fragst: ein Schlag von Bud Spencer. Hallo, ich bin Max.«

»Lotti«, stellte sie sich vor, schüttelte ihm die Hand. »Wusste gar nicht, dass Bud Spencer Bonner ist.«

»Wenn du auch so ein Veilchen willst, mache ich dich mit ihm bekannt.«

Er grinste, und Lotti grinste zurück. »Kurt hat gemeint, dass ich heute Nacht hier schlafen kann. Ich kenne ihn aus dem Republikanischen Club in Baden-Baden.«

»Tu dir keinen Zwang an.« Er wies mit der Hand auf die Tür neben seiner. »Wofür brauchst du die Schreibmaschine?«

»Ich bin Reporterin.«

»Sieh einer an.«

»Offenburger Tageblatt.«

»Offenbach? In der Nähe von Frankfurt, Opelwerke, schwer was los.«

»Offenburg, heißt in Kehl *Kehler Zeitung*, Kehl, Grenzstadt zu Straßburg, badische Provinz, gar nichts los.«

Er musterte sie von oben bis unten, und sein Blick blieb an ihren dreckigen Stiefeln hängen. »Sind bei euch die Straßen noch nicht geteert?«

»Alle gepflastert und blitzsauber. Im Gegensatz zu hier, wo man von einer Baustelle in die nächste stolpert.«

Der Lockenkopf nickte bestätigend und seufzte schwer. »Hier bauen sie unentwegt neue Betonmonster. Fünfzehn alte Häuser der Breite Straße hat das zukünftige Stadthaus verschlungen, alles für die Verwaltung. Falls du es noch nicht weißt: Bonn ist die Hochburg des bürokratischen Größenwahns«, erklärte er. »Hast du Hunger? In der Küche steht noch eine Dose Ravioli.«

»Später vielleicht«, wiegelte Lotti ab, obwohl sie wirklich Hunger hatte. »Will erst mal mein Zeugs ablegen, Luftmatratze aufpumpen und so weiter.«

Max musterte sie interessiert. »Vögelt er dich?«

»Nein«, rief Lotti empört und wurde zu allem Unglück noch rot. Himmel, sie gab hier wirklich das Mädchen vom Lande! Um die Scharte auszuwetzen, wollte sie wenigstens demonstrieren, dass sie gemerkt hatte, dass diese Tine auf Drogen war. So lässig wie möglich fragte sie: »Was wirft Tine ein?«

»Irgendwelche Pilze. Nicht mein Ding. Sie ist gerade von einer Südamerikareise zurück. Auf den Spuren von Castaneda, du verstehst? Wenn dich so ein Trip interessiert, gibt sie dir sicher gern was von ihren Pilzen ab.«

»Nein, nein«, wehrte Lotti ab, die weder was von Pilzen verstand noch jemals etwas von Castaneda gehört hatte. Sie deutete auf Kurts Tür. »Ich seh dann mal zu …«

Sie machte die Tür auf, bediente den Lichtschalter und blickte in einen schlauchförmigen Raum. Ihr Blick blieb an der Stirnwand des Zimmers hängen. Sie starrte auf ein riesiges Filmplakat von Kubricks *Clockwork Orange*, und es schien Lotti, als ob der irre Alex aus dem schwarzen Dreieck seine stechenden Augen und das Messer genau auf sie richtete. Und wie in diesen orgiastischen, brutalen Sequenzen des Films sah sie, wie er mit diesem Messer auf sie einstach und die 9. Sinfonie, der 4. Satz, Ludwig van dröhnte in ihren Ohren. *Freude schöner Götterfunken*. Kein Film, den sie bisher gesehen hatte, hatte sie so verstört wie dieser. Zwei Nächte hatte sie danach keinen Schlaf gefunden. Wie konnte Kurt, wie konnte irgendwer mit Blick auf dieses Plakat ein Auge zutun? Tasche und Schreibmaschine noch in Händen, drehte sie sich um und verließ das Zimmer. Es war eine dämliche Idee gewesen, Kurt wegen der Übernachtung zu fragen. Hier würde sie auf gar keinen Fall bleiben.

Bonn, Donnerstag, 23.11.1972, 21 Uhr

Endlich Feierabend, ein Blick auf die Uhr verriet Sonja, gleich kam der Bus, sie sollte sich beeilen. Sie knöpfte den Mantel zu und hastete die Treppe hinunter, an der Anmeldung im Parterre vorbei dem Eingang zu. Als sie die Tür öffnete, hörte sie eine Stimme ihren Namen rufen. Sie drehte sich um. Ihre Mutter erhob sich von einer der Bänke, die versteckt hinter diesen großen viereckigen Blumenständern im Boden verankert waren.

»Was machst du hier?« Noch nie hatte die Mutter sie in der Klinik besucht. Schnell sah sie auf die Uhr. Den Bus konnte sie nun vergessen, der nächste fuhr in zwanzig Minuten.

»Ich war in Erwins Büro, aber er ist unterwegs, ich konnte nicht mit ihm sprechen. Ich wollt ihn bitten, dass er mit Reni redet.«

»Ist sie zurück?«, fragte Sonja überrascht.

Die Mutter schüttelte den Kopf.

»Weißt du, wo sie ist?«

Erneutes Kopfschütteln. »Aber ich denk, dass sie eher zu dir oder zu den Tibulskis kommt als nach Hause. Deshalb.«

»Klar, die weiß doch, was ihr blüht. Da müsstest du ›ihn‹ schon bitten, dass er die weiße Fahne hisst und hoch und heilig verspricht, dass er nicht zuschlägt.« Sonja bemerkte, wie höhnisch ihre Stimme klang und wie sie die Mutter damit verletzte. Sie war wütend, weil die Mutter sie als Kinder nicht vor den Schlägen des Erzeugers geschützt hatte, und sie hatte Mitleid mit ihr, weil sie sich an ihre Rolle als alles ertragende Ehefrau klammerte. Wenn sie mit der Mutter sprach, gewann mal das eine, mal das andere Gefühl die Oberhand. Ungute Mutter-Tochter-Verschlingungen, komplizierter als das schwierigste Häkelmuster. Sonja wusste das und konnte doch nichts dagegen tun.

»Die Reni ist die Letzte«, brach es aus der Mutter heraus. »Ich will nicht, dass der Vater sie auch noch aus dem Haus jagt, so wie er es mit Gerald, Rudi und dir gemacht hat.«

Dass sie dem Erzeuger und nicht ihnen die Schuld gab, das waren wirklich neue Töne. Vielleicht schaffte Reni mit ihrem Verschwinden etwas, was sie alle nicht geschafft hatten. Dass die Mutter mal Tacheles mit ihm redete, dass sie ihm mal Grenzen aufzeigte.

»Rede du mit dem Erwin«, bat sie. »Am Telefon kann ich so etwas Heikles nicht mit ihm besprechen, und jeden Tag nach Bonn fahren kann ich auch nicht. Und wenn die Reni sich bei dir meldet, soll sie mit dem Erwin zurückkommen. Auf ihn hört der Vater, obwohl der Erwin ein Roter ist. Ich tät es mir nicht verzeihen, wenn Reni die Schule abbricht. Du weißt ja, dass in der Siedlung viele glauben, wir tragen den Kopf zu hoch, weil wir Reni aufs Gymnasium schicken, weil sie was Besseres werden soll. Und wenn sie es nicht schafft, dann ist das doch Wasser auf ihren Mühlen.«

»Es geht dir also um die Siedlung?«

»Jetzt dreh mir das Wort nicht im Mund rum«, fuhr die Mutter sie an. »Sorgen mach ich mir. ’s gibt Kinder, die kommen gar nicht mehr heim, so wie die Gertrud, die Tochter von den Dreyers. Du kennst die Familie nicht, rechtschaffene, gottesfürchtige Leute. Er ist ein hohes Tier in der Diözese. Die Reni hat mal mit der Gertrud im Jugendchor der Pfarrgemeinde gesungen. Eine Stimme wie ein Engel, und dann eines Tages ist sie auf und davon, sucht angeblich ihr Glück in Indien. Die Eltern hoffen immer noch, dass sie zurückkommt, aber natürlich muss man damit rechnen, dass Gertrud was Schlimmes passiert oder dass sie in der Gosse gelandet ist.«

So wie die Mutter das Wort Gosse aussprach, war das schlimmer als »was Schlimmes«. So wie die Siedlung wichtiger war als Reni. Sonja schluckte Wut und Verzweiflung runter, sie wollte sich nicht länger mit der Mutter streiten, es brachte nichts. »Lass uns gehen«, schlug sie vor. »Sonst ist der nächste Bus auch weg. Ich will endlich aus der Klinik raus.«

Im Bus zum Hauptbahnhof saßen sie nebeneinander. Sie schwiegen beide, die Mutter schnäuzte sich gelegentlich. Am Bahnhof suchte Sonja ihr auf dem Fahrplan den nächsten Zug nach Köln heraus und begleitete sie zum Bahnsteig. Sie versprach, mit Erwin zu reden. Sie versprach, anzurufen, wenn Reni sich bei ihr meldete.

Als der Zug sich in Bewegung setzte, tat Sonja jede Bewegung weh, so sehr hatte sich ihr Rücken verhärtet. Wieder hatte sie sich als Tochter und Schwester in die Pflicht nehmen lassen. Wie immer, wenn sie sich so fühlte, dachte sie an das Buch, um das sie schon oft in der Bahnhofsbuchhandlung herumgeschlichen war. Horst-Eberhard Richter, ein Psychoanalytiker hatte es geschrieben. Es hieß *Patient Familie*. Sie sollte es endlich kaufen. Vielleicht zeigte ihr das Buch einen Weg auf, wie sie die Last loswerden konnte. Sie machte sich auf den Heimweg. Hoffentlich war Max zu Hause. Der brachte sie oft zum Lachen. Das könnte sie grad gut brauchen.

Als sie die Wohnungstür aufschloss, lief ein alter Song von den Doors, *Break on Through*. Neben Max war sie die Einzige in der WG, die The Doors hörte. *»Break on through to the other side.«* Das hämmernde Orgelspiel, der harte Rhythmus des Schlagzeuges, die wütende Stimme von Jim Morrison. Einen Durchbruch auf die andere Seite hätte Sonja heute sowohl bei Brandt als auch bei der Mutter brauchen können.

In der Küche fand sie Max mit einem fremden Mädchen bei einem Bier sitzen. Eine spindeldürre Kleine mit wirren Haaren, so gar nicht Max' Typ.

»Das ist Lotti, eine Freundin von Kurt«, stellte Max sie vor.

»Freundin würd ich nicht sagen, Bekannte isch richtig«, korrigierte ihn das Mädchen schnell. »Ich kenn ihn aus dem Republikanischen Club in Baden-Baden.«

Sie hatte einen lustigen süddeutschen Zungenschlag. »Ich bin Sonja.« Sie reichte ihr die Hand und spürte einen beherzten Händedruck, den sie dem Mädchen nicht zugetraut hätte.

»Kurt hat ihr angeboten, dass sie bei ihm übernachten kann, aber der irre Alex aus *Clockwork Orange* hindert sie daran«, erklärte Max.

»Ich kapiere auch nicht, wie Kurt mit dem vor Augen einschlafen kann«, meinte Sonja und merkte wieder, wie hungrig sie war. »Gibt es was zu essen?«, fragte sie.

»Muss noch warm sein.« Max deutete auf den Topf auf dem Herd, neben dem eine geöffnete Dose Ravioli stand.

»Hat Kurt nicht gekocht?« Eher lustlos schöpfte Sonja sich die Pampe aus Nudelteig und Tomatensoße auf den Teller.

»Wir hätten hier das Paradies auf Erden, wenn er seine Leidenschaft nur für's Kochen einsetzen würde. Aber die politische Arbeit geht vor. Du kennst ihn doch.« Max verdrehte die Augen.

»Ich will damit überhaupt nichts gegen den Film sagen, im Gegenteil«, erklärte Lotti, und Sonja sah unter den schweren schwarzen Lidstrichen braune Augen leuchten. »*Clockwork Orange* ist ein Meisterwerk, sowohl von seiner Machart wie von seiner Botschaft her. Jungkriminelle sollen einer Gehirnwäsche unterzogen werden, um gute Bürger zu werden. Das ist extrem, brutal, schockierend, irritierend. Es führt uns die Perversität des herrschenden Establishments vor Augen. Und was den Einsatz der Musik angeht, die Rolle von Beethovens …«

Mit einer Handbewegung brachte Sonja sie zum Schweigen. Tiefschürfende Erläuterungen zu Filmen, die sie nicht kannte, waren das Letzte, was sie hören wollte. »Von mir aus kannst du mit in meinem Zimmer schlafen. Wenn dir Leonard Cohen und Jim Morrison keine Albträume bescheren, die bei mir an der Wand hängen. Aber nur eine Nacht, morgen musst du dir …«

»Mensch, das ist echt toll, vielen, vielen …«, unterbrach Lotti sie.

»Mein Angebot gilt nur, wenn du den Schnabel hältst«, fuhr Sonja ihr zwischen zwei Bissen wieder ins Wort. »Ich bin verdammt müde und muss schlafen. Mein Zimmer ist das neben dem Bad.«

»Gar kein Problem.« Lotti sprang auf und griff sich Schreibmaschine und Tasche. Ihre Erleichterung füllte die ganze Küche aus.

»In den letzten Tagen sammelst du echt Fleißkärtchen für gute Taten, Sonja«, witzelte Max.

Ob Max versucht hatte, Lotti in sein Bett zu kriegen, fragte sie sich plötzlich. Im Prinzip versuchte er es doch bei jeder. Sonja mochte es aber nicht recht glauben, so entspannt, wie die Stimmung zwischen den beiden bei ihrer Ankunft gewesen war. »Wo hast du eigentlich das blaue Auge her?«, fiel ihr ein. »Stress mit deinem Alten?«

»Bud Spencer«, antworteten Max und Lotti gleichzeitig.

Dann lachten sie alle drei.

Bonn, Donnerstag, 23.11.1972, 22 Uhr

Hilde erkannte ihn, sowie er durch die Tür trat. Wieso sollte sie ihn auch nicht erkennen? Drei Jahre waren keine Ewigkeit. Cognacfarbenes Ledersakko, rostfarbener Rollkragenpullover,

Bömitz trug flottere Kleidung als früher, selbst seine Haare waren länger. Zum Glück föhnte er sie nicht, diese aufgeplusterten Männerfrisuren fand Hilde furchtbar. Er hob die Hand zum Gruß, setzte das schüchterne Bömitz-Lächeln auf und sah sich um. Viele der Gäste kannte er von früher. Wie gesagt, es kam eher selten vor, dass einer Bonn freiwillig verließ, Bömitz bildete da eine Ausnahme. Hilde sah, wie er Tibulski an einem der Skattische ausmachte, aber der war so in sein Spiel mit Farnreitner und dem FDP-Mann Müllerhein vertieft, dass er Bömitz nicht bemerkte. Eine Geburtstagsrunde aus dem Außenministerium forderte ihre Aufmerksamkeit, man orderte eine Runde Schabau. Sie ließ die Schnapsflasche über den Pinneken kreisen, schlängelte sich mit dem Tablett zu Tisch drei. Man hob die Gläser, ein Prosit, ein Prosit der Gemütlichkeit und so weiter. Wie immer lehnte sie es ab, mitzutrinken, Tibulski und Bömitz blieben die Einzigen, von denen sie sich je hatte einladen lassen. Als sie zurückkam, stand Bömitz am Tresen.

»Hallo, Hilde.«

»Kölsch wie immer?«, fragte sie und bediente den Zapfhahn, als er nickte. Sie stellte ihm das Glas hin, griff nach ihrem Bleistift und machte den ersten Strich auf den Bierdeckel. Dann trafen sich ihre Blicke. Im Gegensatz zu seiner Stimme am Telefon fand sie in seinem Blick alles wieder, was sie von früher kannte: Wärme, Melancholie und Begehren.

»Du schmeißt jetzt den Laden allein?«, fragte er.

»Das tu ich. Es ist nicht immer einfach, das kann ich dir sagen.« Um ihre Hände zu beschäftigen, wischte sie den Tresen. »Aber bisher schlag ich mich wacker.«

»Natürlich tust du das.« Er hob das Glas auf sie.

»Und du?«, fragte sie und trocknete sich die Hände ab.

»Ich bin zurück an die Uni, genau gesagt, nach Bielefeld an die neu gegründete Reformuniversität, Helmut Schelsky hat dort das Zentrum für interdisziplinäre Forschung maßgeblich aufgebaut. Eine interessante Arbeit, auch wenn es intern harte

Auseinandersetzungen gab. Hab gedacht, dass ich doch eher Wissenschaftler als Politiker bin. Außerdem habe ich mich endlich habilitiert.« Er trank sein Glas leer und reichte es ihr zum Füllen.

»Gratulation. Dann biste jetzt Professor.« Hilde stellte ihm ein frisches Bier hin.

»Die Uni ist aktuell ein spannender Ort zum Arbeiten. So vieles ist im Umbruch, manches ist zwar mühsam, aber die Bildungsreform ist nicht mehr aufzuhalten.«

»Und die Familie? Auch in Bielefeld?« Hilde stellte ihm ein frisches Bier hin.

Er nickte. »Cornelia ist jetzt elf und Frank zehn. Beide gehen auf die neu gegründete Martin-Niemöller-Gesamtschule, fast nur junge Lehrer, alle sehr engagiert. Bildung ist Allgemeingut, nicht mehr den Eliten vorbehalten, nicht mehr davon abhängig, ob man sie bezahlen kann oder nicht. Und meine Kinder sollen mit gemeinsamem Lernen und voneinander Lernen quer durch alle Bildungsschichten und ohne Dünkel aufwachsen.« Seine Augen leuchteten, wie immer, wenn er von etwas sprach, wovon er überzeugt war.

Nach seiner Frau erkundigte sich Hilde nicht. Bömitz sprach nie über sie. Tibulski hatte Hilde mal erzählt, dass sie wie Bömitz von einem ostpreußischen Gut stammte und die beiden sich seit Kindertagen kannten. Die Ehe war wohl auf Wunsch der Familien zustande gekommen. Eines der wenigen Zugeständnisse, die Bömitz gemacht hatte. Mit seinem Werben für Brandts Ostverträge und damit auch für die Anerkennung der Oder-Neiße-Grenze und den endgültigen Verzicht auf die alten Ostgebiete hatte er den größten Teil seiner Familie und viele alte Freunde gegen sich aufgebracht. Hilde hatte immer bewundert, dass Bömitz auch zu seiner Überzeugung stand, selbst wenn ihm ein scharfer Wind entgegenwehte.

Sie zapfte weiter Kölsch, füllte neue Gläser, kassierte ab, rief einen Abschiedsgruß in Richtung Tür, leerte Aschenbecher und spendierte dem jungen Richy Weber ein Aspirin. So wie Bömitz an seinem Glas hielt sie sich an vertrauten Handgriffen fest. Er war zurück, die Welt drehte sich weiter. Was hatte sie erwartet?

»Heiliger Strohsack, das gibt es nicht«, dröhnte da Tibulskis Stimme durch den Raum, und er sprang von seinem Platz auf. »Das nenn ich 'ne Überraschung, Mensch, Bömitz.« Tibulski, sofort an den Tresen geeilt, mochte gar nicht mehr aufhören, Bömitz' Schulter zu klopfen. »Was treibt dich zurück in den Sündenpfuhl unserer Hauptstadt? Stopp, stopp, stopp, bevor du anfängst, müssen wir erst mal was trinken. Hilde, was sagst du! Der verlorene Sohn ist zurück. Da können wir nicht mit Kölsch anstoßen. Darauf einen Dujardin.«

Hilde holte Weinbrand und Cognacschwenker und goss ein. Schnell ritten sich die zwei wieder mittenhinein in die aktuelle Politik. Als hätte es den Bruch zwischen ihnen nicht gegeben, als wäre Bömitz nicht vor drei Jahren von der Bildfläche verschwunden. Wie in ihren Anfängen vergaßen sie alles um sich herum und wunderten sich, als Hilde plötzlich »Feierabend« rief.

»Nicht, bevor Wolf uns endlich erzählt, warum er wieder in Bonn ist«, rief Tibulski, und als er bemerkte, dass nur noch sie beide am Tresen standen, fügte er hinzu: »Wie in alten Zeiten, Hilde, ne?« Seine Augen glänzten. Gewiss vor Wiedersehensfreude, aber auch vom Dujardin. »›Die drei vom Rheinblick‹ wieder vereint.«

»Ihr seid die Ersten, die es erfahren sollen. Nur deshalb bin ich hier.« Ebenfalls nicht mehr ganz nüchtern, breitete Bömitz die Arme aus. »Ihr wisst, dass ich Ehmke noch aus Studienzeiten in Göttingen kenne. Wir waren beide im SDS und in der SPD aktiv, kommen beide aus dem alten Osten, haben beide eine akademische Laufbahn eingeschlagen. Das alles verbindet, unser Kontakt hat sich gehalten. Um es kurz zu machen: Ehmke hat mir eine Stelle als Abteilungsleiter im Kanzleramt in Aussicht gestellt. Brandt will Bildung zu einem seiner Schwerpunkte für die nächsten zwei Jahre machen.

Ich habe mir in den letzten Jahren als Bildungsexperte durch verschiedene Forschungsprojekte einen Namen gemacht und kenne mich im politischen Geschäft aus, genau so einen, sagt Ehmke, braucht es für die Stelle. Ich bin hier, um von Ehmke zu hören, was er sich vorstellt. Vielleicht kann ich sogar schon mit Brandt sprechen. – Na, was sagt ihr?« Mit einem breiten Lächeln sah Bömitz von Hilde zu Tibulski und wieder zurück.

»Du weißt es noch nicht«, warf Tibulski unvermittelt ernst ein. »Der Kanzler liegt im Krankenhaus. Er hat seine Stimme verloren.«

»Seine Stimme? Was Schwerwiegendes?«

»Wenn alles gut geht, kann er in zehn Tagen wieder sprechen.«

»Na, denn.« Bömitz sehr erleichtert. »So lange wird Ehmke das Kanzleramt alleine schaukeln.«

Hilde sah, dass Tibulski diese Erleichterung nicht teilte. Aber mit einem gedanklichen Scheiß-der-Hund-drauf wischte er sich die Bedenken aus dem Gesicht. »Und jetzt?«, fragte er. »Bömitz, alter Streithammel, wir können doch noch nicht nach Hause gehen. Was haltet ihr davon, wenn wir zur Feier des Tages in den Club populaire reinschneien?«

»Warum nicht?« Bömitz legte einen Geldschein auf den Tisch.

»Und du, Hildchen?«, fragte Tibulski.

»Im Gegensatz zu euch muss ich arbeite. Ich kann mir nicht die Nächte um die Ohre schlage.« Sie sammelte die Cognacschwenker ein. »Soll ich euch ein Taxi rufe?«

Tibulski nickte, warf Bömitz die Lederjacke zu und schlüpfte in seinen Mantel. Sie rief ein Taxi. Die Zentrale machte eines ganz in der Nähe aus, es war gleich da. Sich an den Schultern festhaltend, tänzelten die zwei dem Ausgang entgegen. An der Tür drehte sich Bömitz um. »Komm doch mit«, rief er, aber sie schüttelte den Kopf.

Glück ließ sich nicht wiederholen. Was vorbei war, war vorbei.

Sie folgte den beiden zur Tür, blickte dem davonfahrenden Taxi nach, schloss den Rheinblick zu und stieg in ihre Wohnung hoch. Erst Tibulski und der drohende Untersuchungsausschuss, und nun tauchte auch noch Bömitz wieder auf. Die Vergangenheit holte sie mit Wucht ein. Es war ein Ding der Unmöglichkeit, sich gegen die aufsteigenden Erinnerungen zu wehren. Mit jeder Stufe sah sie jenes Frühjahr deutlicher vor sich, strahlend, farbenfroh und lebendig, so wie ihr Frühjahr 1968 gewesen war …

Ein Samstagnachmittag, der Rheinblick geschlossen, sie schlendert am Fluss entlang. Der Tag gehört ihr allein, und sie weiß noch nicht, was sie damit anfangen wird. Arnold ist zu einem Seminar des Gaststättenverbandes in Köln, er wird erst am Abend wiederkommen. Auf der Rheinpromenade herrscht reges Treiben, übermütig tanzt die Sonne auf dem Fluss, Möwen lärmen laut, Spatzen tschilpen fröhlich, Linden tragen frisches Grün, Fliederduft hängt in der Luft. Vielleicht legt sie sich ins Gras des Hofgartens und schaut in den Himmel, vielleicht schippert sie mit einem Bötchen rüber nach Königswinter, vielleicht steigt sie endlich mal hoch auf den Drachenfels. Sie trägt einen schmalen roten Rock, der deutlich über dem Knie endet. Ihr erster Mini, sie kommt sich verwegen vor. Sie ist nicht die Schlankste, aber wohlproportioniert und mit Ende dreißig eine Frau im besten Alter.

Sie hält den Kopf in die Sonne und schlendert die Promenade entlang, als plötzlich von hinten eine Hand nach der ihren greift. »Komm mit«, ruft Wolf Bömitz, »das Schiff fährt gleich ab. Auf zur Loreley.« Überrumpelt, lässt sie sich mitziehen. Erst auf dem Schiff fragt sie, weshalb er so sicher gewesen sei, dass sie mitkomme. Bömitz gurrt und lacht, weil ihm die Überraschung geglückt ist, er lotst sie zur Reling, sie halten sich beide daran fest. Seine Hand liegt neben der ihren. Zum ersten Mal spricht sie ihn auf den Siegelring an, der ihr schon oft im Rheinblick aufgefallen ist. »Er ist von meinem Vater«, erklärt Bömitz. »Ich trage ihn, damit ich mich immer erinnere, warum ich Sozialist geworden bin.« Das Schiff tutet, die Landungsbrücke wird eingeklappt, der Motor grollt, sie legen ab, Hilde vergisst ihre Frage und Bömitz' merkwürdige Antwort.

Obwohl der Rhein ihr ganzes Leben bestimmt – in Köln geboren und aufgewachsen, im Krieg nach Oberwesel ausquartiert, in Bonn heimisch geworden –, ist Hilde noch nie auf einem Ausflugsdampfer gewesen. Immer schon hat sie sich eine Dampferfahrt gewünscht, Arnold hat sie auch mit ihr machen wollen, aber jedes Mal ist etwas dazwischengekommen. Hat sie es den beiden gegenüber mal erwähnt? Oder woher weiß Bömitz, dass er ihr einen Herzenswunsch erfüllt?

Das Schiff nimmt Fahrt auf, rechter Hand bald der Rolandsbogen, linker Hand die Unkeler Rheinpromenade. Sie bleiben an der Reling stehen, halten die Hände eng beieinander, drehen sich um, lehnen sich mit dem Rücken an, die Unterarme streifen sich. Sie stecken die Köpfe zusammen, lachen, flüstern, trällern. Sie berühren sich, immer wieder, wollen nicht damit aufhören. Heiß und kalt, Feuer und Wasser, Himmel und Hölle. Hilde ahnt es schon lange, jetzt weiß sie, was es ist. Es hat sie erwischt, sie ist bis über beide Ohren verliebt und Bömitz auch. Auf der Höhe von Boppard küsst er sie zum ersten Mal. Und er küsst so, wie sie noch keiner geküsst hat. Seine Küsse sind nicht brav wie die von Fritz aus Oberwesel oder zärtlich wie die von Arnold, sie sind saugend und drängend, sie nehmen ihr die Luft, sie schalten den Verstand aus. Sie denkt, das ist ein geschenkter Tag, nimm alles mit, morgen ist es vorbei. Sie will die Zeit anhalten, aber die Zeit rast. Viel zu schnell sind sie zurück in Bonn. Beim Abschied sieht sie in Bömitz' Augen, was sie selbst will: eine Nacht, nur eine einzige. Koste es, was es wolle.

Help Me Make it Through the Night

Bonn, Freitag, den 24.11.1972, 9 Uhr

Die Dorotheenstraße war nicht minder schäbig als die Straßen in Kreuzberg, stellte Lotti fest, als sie nach dem Aufstehen vor die Tür trat. Auch hier roch es nach Kohleöfen, auch hier war alles verlottert, aber andererseits viel enger und mickriger als in Berlin. Die gerade einmal dreistöckigen Häuser hatte man vor Urzeiten in Einheitsgrau bepinselt, die Fensterrahmen waren rissig, von den Erkern bröckelte der Stuck. Doch die Sprüche an den Wänden und die roten Fahnen, die an diesem Morgen nass und schlaff aus manchen Fenstern hingen, verkündeten, dass der Geist der Revolution nicht nur durch Berliner, sondern auch durch Bonner Straßen wehte.

Einen türkischen Bäcker fand sie um die Ecke, einen griechischen Obst- und Gemüseladen zwei Querstraßen weiter. Es war wie in allen Städten: In den billigen Quartieren wohnten neben den Studenten Gastarbeiter, Alte und arme Leute. Ob sie hier ein Zimmer finden würde, wo sie ein paar Tage bleiben konnte? Sie brauchte ja nicht nur einen Platz zum Schlafen, sondern auch einen zum Arbeiten. Sie würde gleich beim Frühstück fragen. Was fehlte noch dafür? Ein bisschen Wurst. Beim Metzger schaute sie entsetzt zu, wie dick man im Rheinland die Fleischwurstscheiben schnitt.

Als sie vom Einkaufen zurückkam, öffnete ihr Kurt die Tür. Er trug nun eine Nickelbrille wie John Lennon, und seine Haare reichten ihm bis zu den Schultern, aber gewachsen war er nicht mehr, seit sie ihn zuletzt vor anderthalb Jahren im Republikanischen Club gesehen hatte.

»Lotti«, begrüßte er sie erstaunt. »Wolltest du nicht gestern schon kommen?«

»Grüß dich, Zwuggele. Ich habe fürs Frühstück eingekauft.« Sie drückte ihm die Brötchentüte in die Hand und schnupperte. »Mhmm, riecht schon nach Kaffee. Milch habe ich mitgebracht, auch Mandarinen. Schneiden die hier die Fleischwurst immer so dick?« Sie stürmte in Richtung Küche.

»Zwuggele ist passé, hörst du? Hier in Bonn nennen mich alle nur Kurt.« Er folgte ihr.

»Ich hoffe, ich merk's mir.« Sie stellte den Plastikbeutel auf dem Tisch ab.

»Hättest dich ruhig in mein Zimmer legen können, obwohl ich nicht da war.« Kurt schüttete die Brötchen in einen Korb. »Die politische Arbeit ist wichtig, aber das weißt du ja. Beim MSB Spartakus hat gestern ein Genosse aus Ostberlin über die Mobilisierung der arbeitenden Massen referiert. Wir müssen in die Betriebe gehen, nur von dort aus ...«

»Teller? Tassen?«, unterbrach ihn Lotti, und Kurt deutete auf einen alten Hängeschrank über der Spüle. »In die Betriebe gehen, was heißt das?«

»Es geht um unsere Solidarität mit den Werktätigen«, erwiderte Kurt ungeduldig und goss sich und Lotti einen Kaffee ein. »Um die Verwandlung des größten Teils der Intelligenz in eine besondere Schicht der Lohnarbeiter.«

»Besondere Schicht von Lohnarbeitern?« Lotti runzelte die Stirn. »Das musst du mir genauer erklären.«

»Bitte nicht schon Klassenkampf beim Frühstück, Kurt«, stöhnte Max und setzte sich. »Mhmm, frische Brötchen. Ich vermute, die verdanken wir Lotti. Was hast du eigentlich vor? Bist du im Auftrag deiner Zeitung hier?«

Lotti erklärte, warum sie in Bonn war.

»*Kehler Zeitung*? Der Ableger vom *Offenburger Tageblatt*? Da bist du gelandet?« Kurts Stimme triefte vor Verachtung.

»Klein und unabhängig. Kein Teil der verhassten Springer-Presse«, erklärte Lotti und biss in einen Sesamkringel.

»Bourgeois und reaktionär«, schickte Kurt hinterher. »Und komm mir jetzt bloß nicht mit dem Marsch durch die Institutionen. Rudi Dutschke hat damit sicher kein Provinzblatt gemeint, sondern große Betriebe und die staatliche Bürokratie. Die muss man aufmischen und von innen zersetzen.«

»Kurt, wir frühstücken«, wiederholte Max.

»Bourgeois und reaktionär sind deine Professoren und Dozenten auch«, gab Lotti retour. »Trotzdem studierst du bei ihnen. Also hör auf, mich an den Pranger zu stellen, nur weil ich nicht bei deiner *UZ*, sondern bei einer badischen Zeitung bin. Auch bei so einem kleinen Blatt kann man sein Handwerk lernen. Ich weiß, wie man auf Zeile schreibt oder ein Manuskript auszeichnet. Ich weiß, wie man in Archiven recherchiert und ein Interview führt. Unwesentlicher Kleinscheiß, meinst du? Nein, das sind Grundkenntnisse, die jeder Journalist braucht. Du willst in die Betriebe gehen? Mach das, unbedingt. Das bringt dich vielleicht von deinem hohen Ross herunter.«

»Dein Pragmatismus ist mir schon im Republikanischen Club auf die Nerven gegangen«, stöhnte Kurt. »Euch Frauen fällt es einfach schwer, in größeren theoretischen Zusammenhängen zu denken.«

»Wir haben auch kleinere Gehirne, willst du das sagen?« Lotti krempelte gedanklich die Ärmel hoch.

»Ihr dürft euch selbst nicht so wichtig nehmen«, mischte sich Tine mit leiser Stimme ein, die, von Lotti unbemerkt, am Tisch Platz genommen hatte und Haferflocken löffelte. »Die Selbstbetrachtung, der Eigendünkel und das Gefühl der eigenen Wichtigkeit, all das schwächt den Menschen. Nur wer den Weg des Herzens geht und immer seinem Herzen folgt, sagt Castaneda, kann den Weg des Kriegers beschreiten.«

»Krieger?«, fragte Lotti sofort. »In was für einem Krieg …?«

»Der Begriff steht für die Kraft und Energie«, erklärte Tine. »Die braucht es für die persönliche Auseinandersetzung mit der Unendlichkeit. Es geht um Bewusstseinserweiterung, nicht um Klassenkampf.«

»Was du von dir gibst, ist psychedelischer Dünnschiss«, zischte Kurt. »Dieser Südamerikatrip und die ganzen Pilze haben dir das Gehirn vernebelt.«

Tine lächelte ihn mitleidig an und wandte sich dann Lotti zu. »Ich fahre heute Nachmittag für eine Woche in die Eifel, um neue Energiefäden zu entdecken. Wenn du mir die Fahrkarte bezahlst, kannst du so lange mein Zimmer haben.«

»Klar, mache ich«, sagte Lotti schnell. »Vorausgesetzt, die anderen sind einverstanden, wenn ich noch ein paar Tage hierbleibe«, fügte sie schnell hinzu und blickte nacheinander Max und Kurt an.

»So lang du willst.« Max strahlte sie an und wischte sich ein paar Krümel vom Kinn.

»Auch als Gast musst du an unseren wöchentlichen WG-Runden teilnehmen«, erklärte Kurt.

»Kurt glaubt an Kritik und Selbstkritik.« Max verdrehte die Augen.

»Ach?« Mit einem Ruck drehte sich Lotti Kurt zu. »Ihr übt euch in Kritik und Selbstkritik? Im marxistisch-leninistischen Sinn als konstruktive politische Auseinandersetzung?« Ihre Augen sprühten vor Neugier und Angriffslust. »Oder läuft es bei euch so, wie man es von den radikalen K-Gruppen hört: Kritik und Selbstkritik als öffentliche Beichte, als Psychoterror?«

Bonn, Freitag, 24.11.1972, 9 Uhr 30

Bei Brandt lag eine hyperfunktionelle Stimmstörung vor. Seine Stimme war knorzig und gepresst, sie machte sich im Hals breit, er sprach falsch, er nutzte lediglich den Brustkorb dazu. Bereits vor einigen Wochen hatte Professor Becker bei ihm zudem eine Verdickung der Stimmbänder diagnostiziert, die sich nun glücklicherweise nicht als bösartig herausgestellt hatte. Normalerweise wurden Patienten, wenn sie nach der Operation erfuhren, dass die Verdickung nur ein Sängerknötchen war, von einer Welle der Erleichterung erfasst und konnten das Sprechverbot oder die Stimmruhe, wie Becker und Gutzmann es schönfärberisch nannten, gut ertragen. Aber von Erleichterung hatte Sonja gestern bei Brandt nichts gespürt.

Becker hatte bereits bei der Diagnose auf eine schnelle Operation gedrängt, aber Brandt hatte dafür den Wahlkampf nicht unterbrechen können, der wiederum seine Stimme extrem belastete. Zwei Monate lang war der Kanzler mit einem Sonderzug quer durch die Republik gereist, hatte jeden Tag mehrere Veranstaltungen absolviert, manchmal drei hintereinander. Bei jeder trat er als Hauptredner auf und sprach mindestens eine Stunde lang. Danach unterhielt er sich mit Genossen aus den Ortsvereinen, lieh Leuten, die zu ihm kamen, sein Ohr, sprach mit ihnen. Abends im Sonderzug scharten sich die Journalisten um ihn, hatten Fragen, wollten Antworten. Nicht nur Brandts kranke Stimme, der ganze Mann war im Dauereinsatz gewesen. Nicht nur die Operation, sondern auch ein aufreibendes Dreivierteljahr hatten ihn erschöpft. Eine Woche würde er in der Klinik bleiben, um leidlich abgeschottet zu sein, hatte ihr Professor Becker gestern erzählt. Viel zu wenig Zeit zur Rekonvaleszenz. Ihr blieb für ihre Arbeit nicht viel Spielraum.

Die Atemübungen dienten dazu, Brandts Stimmvolumen zu erweitern. Er sollte durch tiefes, bis in den Bauch reichendes Atmen lernen, seine Stimme zukünftig zu schonen und gleichzeitig voll auszuschöpfen. Richtiges Atmen entspannte aber nicht nur die Stimme, es entspannte den ganzen Menschen. Beides hatte Brandt bitter nötig, deshalb war ihre Arbeit wichtig. Das musste sie durch ihr Auftreten deutlich machen, nicht wie gestern durch Betteln und Flehen, sondern mit stolzgeschwellter Brust. Wie seine Sekretärin. »Herr Brandt, ich bin's«, und dann geht die Tür auf. Genau so.

Lotti, diese kleine Freundin oder Bekannte von Kurt, strotzte auch vor Selbstbewusstsein. Sie hatte ihr gestern vor dem Einschlafen noch unbedingt erzählen müssen, wie sie an ihre Bonn-Reportage gekommen war. Im fernen kleinen Kehl, allein unter Männern, und dann so hoch pokern, Hut ab. Dankbar, wie sie für den Schlafplatz in ihrem Zimmer war, hatte sie gefragt, ob sie ihr, Sonja, einen Gefallen tun könnte, und ihr war sofort eingefallen, dass Lotti doch an ihrer statt in der Stadtbibliothek nach Büchern über Brandt suchen könnte. »Kindheit, Jugend, Familie, das interessiert mich besonders.« »Klar, mache ich gern«, kam es wie aus der Pistole geschossen. »Warum willst du das denn wissen?«, folgte auf dem Fuß. »Ich habe ihn bei einem seiner Wahlkampfauftritte erlebt. Er fasziniert mich.« Was nicht gelogen war, aber trotzdem nicht der Wahrheit entsprach, doch Lotti genügte. Luzie hätte sich nicht damit zufriedengegeben. Aber Luzie kannte sie, im Gegensatz zu dieser Lotti, ziemlich gut.

Bonn, Freitag, 24.11.1972, 10 Uhr

Manchmal tat Max Dinge, über die er selbst staunte. Dass er schon wieder in der Bibliothek hockte und sich tatsächlich in diese Maria-Stuart-Sache verbiss, passte eigentlich nicht zu ihm, aber die Kassettenbriefe ließen ihm keine Ruhe. Sie hießen so, las er, weil sie in einer silbernen Kassette aufbewahrt wurden. Es handelte sich dabei um acht Liebesbriefe, die Maria Stuart an ihren dritten Ehemann geschrieben haben sollte, der als Mörder des zweiten galt. Die Briefe bewiesen, dass Maria über den Mord Bescheid wusste. Aber Maria bestritt, die Briefe geschrieben zu haben. Hatte sie oder hatte sie nicht? Für Stefan Zweig keine Frage: »Vernunft hatte keine Gewalt mehr über das Brausen ihres Blutes. Und weil sie sich selbst vergisst, meint sie, auch die Welt werde sie und ihre Tat vergessen.«

Max runzelte die Stirn und kämmte mit beiden Händen durch seinen Lockenkopf. Zweig argumentierte mit weiblicher Leidenschaft, was Max dünn fand. Die Frage nach der Echtheit der Briefe blieb für ihn offen. Er klappte das Buch zu. Erst mal hatte er genügend Diskussionsstoff, um Astrid gegenüberzutreten. Er war doch keiner, der die Flinte ins Korn warf, nur weil ihn die schöne Emanze zweimal auf dem linken Fuß erwischt hatte. Als er sich in der Bibliothek umsah, konnte er Astrid nicht unter den Besuchern ausmachen. Vielleicht saß sie im E-Raum?

Doch in der Cafeteria traf er nicht Astrid, sondern Konrad, der sich augenzwinkernd nach dem Ausgang der Wahlnacht erkundigte. Leider klaffte da in Max' Erinnerung ein schwarzes Loch.

»Hat Gaby was erzählt?«, erkundigte er sich vorsichtig.

»Wer hat dir denn das blaue Auge verpasst?«, fragte Konrad zurück.

»Frag mich was Leichteres«, stöhnte Max. »Sie war es auf alle Fälle nicht. Bud Spencer vielleicht oder irgendein wackerer Bonner Bürger, der sich durch langhaarige Gammler bedroht fühlt. Ich hatte einiges intus an dem Abend. Ist passiert, als ich den Wagen im Hof abgestellt hab. Ein Schlag aus dem Nichts, keine Ahnung, wie ich danach ins Bett gekommen bin.«

»Gaby war ganz schön sauer. Erst schleppst du sie ab, und dann verschwindest du. Bei dem ungemütlichen Wetter in der Kälte stehen gelassen zu werden hat ihr nicht gefallen.«

Diese Version der Geschichte erleichterte ihn. Gut, dass Gaby ihn nicht so ramponiert gesehen hatte. »Hätte ja mal nach mir schauen können, oder?«

»Soll ich ihr ein schlechtes Gewissen einreden?«

»Besser nicht. Ich will mich auf Astrid konzentrieren.«

»Für die Frau legst du dich aber mächtig ins Zeug. Bist du etwa immer noch in dieser Arbeitsgruppe Elisabethanisches Zeitalter?«

Der Spott in Konrads Stimme war unüberhörbar. In seiner

Arbeitsgruppe forschten sie zur Geschichte der Arbeiterbewegung. »Bisher wurde Geschichte immer aus der Sicht der Herrschenden und der Sieger geschrieben. Wir schreiben sie aus der Sicht der Unterdrückten«, so Konrad. Anstelle von Elisabeth I. und Maria Stuart Rosa Luxemburg und Clara Zetkin. Aber es war nicht so, dass Konrad von Königinnen keine Ahnung hatte, er war ein echtes Geschichts-Ass. Deshalb ignorierte Max seinen Spott und erzählte ihm von seiner Lektüre: »Zweig glaubt, dass die Kassettenbriefe echt sind, aber ich weiß nicht, ich bin nicht überzeugt.«

»Du stellst die falschen Fragen, Max.« Konrad drückte seine Zigarette aus und trank einen Schluck Kaffee. »Maria war als Königin von Schottland niemals nur Privatperson, sie war Herrscherin in einem zwischen Reformation und Gegenreformation zerrissenen Land. Man muss die Briefe also im historischen Kontext betrachten. Dann heißt die richtige Frage nicht, ob die Briefe echt sind, sondern: Wem nutzten diese Briefe?«

»Natürlich«, rief Max aus, »man muss herausfinden, wer sie als Mittel der Intrige benutzt hat.«

Bonn, Freitag, 24.11.1972, 11 Uhr

Als Tine nach ewigem Herumtrödeln alles für ihre Reise in die Eifel beisammenhatte und Lotti endlich allein ließ, riss sie sofort das Fenster auf. Das dunkle Zimmer brauchte frische Luft, hier roch alles nach süßem Vergessen und zuckrigem Nirwana. Lotti war keine, die LSD oder irgendwelchen Pilzen, deren Namen sie nicht kannte, etwas abgewinnen konnte. Sie glaubte, dass man die Welt nicht vergessen oder durch eine bewusstseinserweiternde Brille sehen, sondern ihr mit wachem Verstand entgegentreten sollte. Also schüttelte sie Kissen auf, klopfte Flokatis aus, leerte Aschenbecher, wischte Staub und putzte so lange, bis das Zimmer halbwegs sauber war. Dann holte sie ihre Reisetasche aus Sonjas Zimmer, rollte den Schlafsack auf den Matratzen und Decken unter Tines Baldachin aus und hievte ihre Schreibmaschine auf den Schreibtisch.

»Kann ich mal telefonieren?«, rief sie durch den Flur, weil sie nicht wusste, ob noch einer zu Hause war. Kurts Tür öffnete sich.

»Schreib deinen Namen auf die Liste.« Er deutete auf ein Blatt Papier, das über dem Telefon an der Wand hing. »Für Ortsgespräche machst du einen Strich, bei Ferngesprächen notierst du Zielort und Dauer des Gesprächs.«

Lotti nickte ungeduldig, das Prozedere war ihr bekannt. So wurde das Telefon in vielen WGs gehandhabt. Sie wählte die Nummer von Schäubles Büro, die ihr die Redaktionssekretärin in Kehl vor ihrer Abreise noch herausgesucht hatte, und erfuhr, dass Schäuble erst am kommenden Montag für ein Interview zur Verfügung stand. Sie notierte sich Ort und Zeit, machte auf der Telefonliste brav den ersten Strich und beschloss, Bonn zu erkunden. Kurt lieh ihr einen Stadtplan, und nach einem Blick darauf entschied Lotti, zu Fuß zu gehen.

Durch kleine Altstadtstraßen lief sie bis zur Beethovenhalle. Dahinter stieß sie auf den Rhein und unterquerte kurze Zeit später die Kennedy-Brücke. Der Fluss war hier einerseits breiter, andererseits viel lieblicher als in Kehl, wo er sich langweilig schnurgerade durch die Rheinebene walzte. Hier schlängelte er sich in sanften Kurven gen Köln, und die runden Hügel des Siebengebirges reichten bis zum Wasser. Am Ufer schlugen die Wellen gegen die Anlegestellen der Ausflugsdampfer, die im Sommer Kegelclubs und Männergesangsvereine zum Saufen in die Weindörfer südlich von Koblenz schipperten. *Wenn das Wasser im Rhein goldner Wein wär.* Volkslieder und Schunkelseligkeit, Lotti schüttelte sich. Gab es etwas Spießigeres?

Bestimmt hatte keiner aus der WG jemals freiwillig einen solchen Ausflug gemacht. Mit ihrem Bonner Quartier hatte sie es gut getroffen, fand sie. Kurt hin oder her, die WG bestand aus durchweg netten Leuten: Max war lustig, Tine hatte ihr für wenig Geld das Zimmer überlassen und Sonja ihr letzte Nacht Asyl gewährt. Aber dass Sonja den Republikanischen Club nicht kannte! Den RC kannte doch jeder, der politisch unterwegs war. Da traf man die interessantesten Leute, so wie beispielsweise den Musiker und Sozialisten Nathan Nagelstein, einen Baden-Badener Juden, der den Faschismus in Palästina überlebt und mit dem sie sich angefreundet hatte. Erst durch Nathan bekam die Judenverfolgung und -vernichtung für sie ein Gesicht, erst durch ihn kapierte sie, wie wichtig es war, den alten und neuen Faschismus zu bekämpfen. Wie konnte Sonja von so etwas Wichtigem wie dem RC noch nie gehört haben?

Ein Fußweg führte Lotti am Fluss entlang, wahrscheinlich der alte Treidelpfad, auf dem früher Pferde die Schiffe bergan gezogen hatten. Regierungsgebäude suchte sie vergeblich, die lagen hinter Bäumen und Sträuchern versteckt. Erst nach einer weiteren Kurve tauchte ein Hochhaus auf, und dann entdeckte sie rechter Hand das Bundeshaus, über dem die deutsche Fahne wehte, daneben lag der Bundestag. Ein Blick auf den Stadtplan bestätigte ihr, dass es sich bei dem Hochhaus wirklich um den Langen Eugen, das neu gebaute Abgeordnetenhaus, handelte. Dahinter reckten vier riesige Baukräne ihre Hälse in den Himmel, der Lärm der Betonmischer drang bis zum Rhein.

Vielleicht sollte sie einen Artikel über die vielen Bonner Baustellen schreiben? Die provisorische Hauptstadt schuf immer mehr Tatsachen in Beton, um zu einer echten Hauptstadt zu werden. Himmel, wer glaubte noch an die Wiedervereinigung? Angesichts der atomaren Bedrohung hatte Brandt mit den Ostverträgen die nach dem Zweiten Weltkrieg gezogenen Grenzen akzeptiert und auf die deutschen Ostgebiete verzichtet als Voraussetzung für eine – wie das in Politikerdeutsch hieß – friedliche Koexistenz der beiden Blöcke. Die Verträge erleichterten Bundesbürgern ihre Reisen zu Verwandten und Freunden in der DDR, doch der Eiserne Vorhang blieb, also blieb auch Bonn.

Nach einem Blick auf den Stadtplan entschied Lotti, über die B 9 zurückzugehen. Auch die war aufgerissen, der Bürgersteig nur handtuchschmal, hier wurde eine U-Bahn gebaut. Zehn Minuten später stieß sie auf das Palais Schaumburg. Das Kanzleramt lag fast direkt an der Straße. Ein paar Meter weiter, etwas zurückgesetzt im Park, erspähte sie die Villa Hammerschmidt, den Sitz des Bundespräsidenten. Keine fünf Minuten später lief sie am Außenministerium vorbei, und dann erblickte sie schon das Schloss und den Torbogen, unter dem die B 9 in die Altstadt führte.

Wie klein das Regierungsviertel war! In weniger als einer Stunde hatte sie es umkreist. Wie bescheiden selbst die Villa Hammerschmidt wirkte. Nicht ein Gebäude erinnerte an die Naziprotzbauten, die sie bei ihrem Besuch in Berlin gesehen hatte. Wenn sich das braune Gedankengut nur auch so leicht aus der Welt schaffen ließe. Aber das saß immer noch in zu vielen Köpfen. Fast zehn Prozent hatte die NPD 1968 bei den Landtagswahlen in Baden-Württemberg bekommen. Und die absolute Mehrheit seiner Partei bei der Wahl im Frühjahr verdankte der Altnazi Filbinger der NPD. Die hatte, weil sie nicht mehr antrat, ihre Mitglieder aufgefordert, CDU zu wählen.

Bonn, Freitag, 24.11.1972, 13 Uhr

»Machst du uns zwei Kaffee, Hilde?«

Hilde schreckte auf, als Löfflers Stimme an ihr Ohr drang, sie war mit ihren Gedanken woanders. Sie nickte automatisch und steckte den Tauchsieder ins Wasser. Seit dem Morgen redete sie sich gut zu, dass der Untersuchungsausschuss noch in weiter Ferne lag, es im Augenblick viel wichtiger war, eine Haltung zu Bömitz' Rückkehr zu finden.

»Ein Cognac zum Kaffee?«, fragte sie und goss ein, als die Herren nickten und sich wieder in ihre Debatte über die aktuelle Lage vertieften.

»Wieso setzt der Kanzler die Koalitionsverhandlungen nicht aus, bis er wieder sprechen kann?«, wollte SPD-Löffler vom Genossen Koslowski wissen.

»Du weißt doch, wie alle schon mit den Hufen scharren«, brummte Koslowski. »Außerdem hat der Willy selbst einen straffen Zeitplan festgelegt. Regierungserklärung Anfang Dezember, bis dahin müssen die Koalitionsverhandlungen abgeschlossen sein. Und Onkel Hebbert wird die hart durchziehen, da kannste einen drauf lassen.«

»Ich hoff doch, dass der Kanzler an seiner statt Ehmke in die Verhandlungen schickt.« Löffler griff nach dem Cognacglas.

»Du immer mit deinem flotten Hotte, also ehrlich.« Koslowski prostete ihm zu. »Helmut führt anstelle von Brandt die Verhandlungen für die SPD. Helmut is ja der wichtigste Minister und der Stellvertreter vom Willy. Ist doch klar, wenn der Chef nicht kann, muss der Stellvertreter ran …«

»Schmidt hasst Ehmke«, regte sich Löffler auf. »Und ich sag dir, Schmidt will nicht nur Ehmke loswerden, er will auch Brandt das Leben schwer machen. Je schwächer der Kanzler, desto mächtiger kann er selbst werden.«

»Passt auf, er ist heiß.« Hilde schob ihnen zwei dampfende Tassen neben die Cognacschwenker und dachte wieder an Bömitz. Bömitz im Frühjahr 1968: Herzklopfen wie ein Teenager, Liebeslieder auf der Zunge, die Welt bunt und schön. Im Kopf plötzlich Fragen, die sie sich nie gestellt hatte.

»Komm ma runter. Helmut hat Willy aus der Bredouille geholt, als der Karl Schiller im Sommer das Handtuch geworfen hat. Wem sons hätte Willy denn dat Superministerium geben können, nachdem der Schiller die Fliege gemacht hat?« Koslowski klopfte Löffler auf die Schulter. »Und denk dran, Sepp. Nix wird so heiß gegessen, wie et gekocht wird.« Er grinste Hilde und Löffler an und freute sich an der Doppeldeutigkeit seines letzten Satzes, die aber keiner der beiden so recht würdigte.

Fragen im Frühjahr 1968: Was, wenn nicht Arnold, sondern

Bömitz ihr Mann wäre? Wie sähe ein Leben mit Bömitz aus? Wie sähe ein Leben ohne den Rheinblick aus?

»Sie gönnen ihm den Sieg nicht, sie gönnen ihm seinen Ehmke nicht«, regte sich Löffler weiter auf. »Hätte jemals ein CDUler bei Adenauer einen solchen Aufstand wegen Globke gewagt? Aber kaum schwächelt der Kanzler, schon sägen die Genossen an seinem Stuhl. Hätte man mit der Operation nicht noch ein paar Wochen warten können? Was meinst du, Hilde?«

Mit Bömitz' Verschwinden hatten sich die Fragen erledigt.

»Hilde?«, wiederholte Löffler, als sie nicht reagierte.

»Ach, Liebelein, frag mich doch nicht so was«, wehrte sie wie immer ab und nickte den Damen des Kanzleramtes zu, die sie an ihren Tisch winkten. Sie saßen wie immer am letzten Tisch links der Theke, der durch die üppig wuchernden Wundersträucher im Raumteiler vor neugierigen Blicken geschützt war. Die Damen blieben gern unter sich.

Die reiselustige Elly Schmitz, die oft das große Wort in der Runde führte, fragte, ob Hilde neben dem gefriergetrockneten Kaffee nicht auch noch Mokka servieren könnte.

»Wat denn für 'nen Mokka?«, fragte Hilde misstrauisch. »Türkischen?«

»Nein, so wie bei den Italienern oder den Franzosen«, erklärte die Schmitz und gab sich als Frau von Welt. »Espresso oder *petit café* heißt das da. Den trinken die nach dem Essen aus kleinen Tässchen, schwarz, mit ganz viel Zucker. Die haben dafür ganz spezielle Maschinen, kennt man bei uns nicht.«

»Kann ja eine mitbringe, wenn ich das nächste Mal da unten bin«, spottete Hilde und verdrehte innerlich die Augen. Vorstellungen hatten die Leute. Italien! Wann sollte sie da hinfahren? Länger als drei Tage hielt sie den Rheinblick nie geschlossen. Urlaub kannte sie nur vom Hörensagen. Italien … Bömitz hatte ihr mal angeboten, ihn auf eine Reise nach Amerika zu begleiten. Wie hätte das gehen sollen, ohne Arnold reinen Wein einzuschenken? Mit Arnold hatte sie auch gelegentlich darüber gesprochen, mal ein paar Tage in den Schwarzwald, an die holländische Nordseeküste oder an den Gardasee zu reisen. Es war nie etwas daraus geworden, und nun war sie alleine. »Das geht aber nicht so schnell. Ich weiß nicht, wann ich das nächste Mal in den Süden komme. Kann ich sonst noch was für euch tun, Liebeleins?«

Die Damen wollten bezahlen. Sie mussten an ihre Schreibtische zurück.

»Leider«, bedauerte Elly Schmitz. »Jetzt, wo der Kanzler im Krankenhaus liegt, dreht der flotte Hotte voll auf. Ballert uns mit noch mehr Arbeit zu als sonst. Mit uns kann er's ja machen.«

»Wie geht es dem Brandt?«, fragte Hilde, während sie auf ihrem Block schnell alles addierte.

»Hat die OP gut überstanden«, wusste die Schmitz. »Aber dass er nicht sprechen darf, ist für alle furchtbar.«

Hilde kassierte noch, als der Postbote das Lokal betrat. Er blickte sich um, machte Karlchen hinterm Tresen aus, der deutete mit dem Kopf zu ihr hin, und der Postbote setzte sich in Bewegung.

»Post für Hilde Kessel«, sagte er und hielt ihr einen handschriftlich adressierten Brief hin.

Sie erkannte die Schrift, am liebsten hätte sie den Umschlag sofort aufgerissen. Aber vor den Freundinnen von Mokkatässchen und grünen Oliven wollte sie nicht die Fassung verlieren. »Tu den Brief auf den Tresen«, befahl sie dem Mann, dann wandte sie sich wieder den Damen zu: »Und ihr Liebeleins: Wer muss noch bezahle?«

Bonn, Freitag, 24.11.1972, 13 Uhr 30

Bei ihrer Ankunft pünktlich um 10 Uhr hatte sie all ihren Mut zusammengenommen und nach einem kräftigen »Guten Morgen, ich bin die Logopädin« den beiden Leibwächtern

– anderen als gestern, Gott sei Dank – eröffnet, dass sie zum Kanzler müsse. Und siehe da, keiner hinderte sie zu klopfen, keiner hinderte sie einzutreten, nachdem der Kanzler die Tür einen Spalt geöffnet hatte. Eine halbe Stunde lang hatten sie gemeinsam geatmet. Mit den albern wirkenden Übungen zur Lockerung der Mundmuskulatur wollte sie noch bis zum nächsten Tag warten. Einen Spaziergang lehnte Brandt ab, doch er hatte 13 Uhr 30 auf die Zaubertafel geschrieben, ihr also eine zweite Therapiestunde an diesem Tag zugesagt.

Mittags hatte sie sich mit Luzie zum Essen in der Kantine getroffen, sich die Klagen über die Heilige Inquisition und die mageren Neuigkeiten aus der Abteilung angehört. Luzie, die wie immer mit gutem Appetit aß und zum Schluss noch schnell ein paar Blumenkohlröschen von Sonjas Teller pickte, flüsterte ihr im Aufstehen zu: »Ich weiß, dass du nichts sagen darfst, aber es ist Brandt, nicht wahr? In der Zeitung steht, dass er für ein paar Tage in die Uniklinik muss, da habe ich eins und eins zusammengezählt. Ist er wirklich so umwerfend charmant?« Nein, als umwerfend charmant erlebte sie ihn nicht, dazu war er zu erschöpft und zu angespannt – seine Schultern immer noch hart wie Beton –, aber sie konnte sich vorstellen, dass er es sein konnte, wenn es ihm besser ging. Im Moment wirkte er müde, grau und zerknittert, ohne wachen Blick für die Umgebung, den es brauchte, um charmant sein zu können.

Im Laufe des Vormittags, den sie wartend vor seiner Tür verbracht hatte, waren sowohl Ehmke als auch die Sekretärin wieder bei ihm gewesen, die Papierstapel auf dem improvisierten Schreibtisch wuchsen und wuchsen. Lange Fernschreiberfahnen in roter und schwarzer Schrift lagen daneben. Konnten sie ihn nicht wenigstens einen Tag in Ruhe lassen? Spazieren gehen wollte der Kanzler nicht, als sie es ihm vorschlug. Er schrieb »20 Min.« auf die Zaubertafel und stellte sich zum Atmen auf. Und so atmeten sie wieder. Nach einem Blick auf die Uhr machte der Kanzler das Handzeichen für Schluss/Ende. Wie fast alle kurzzeitig Stimmlosen lernte er schnell, die Hände zu gebrauchen, um sich verständlich zu machen. In ein paar Tagen würde er so gekonnt gestikulieren wie Harpo Marx. »Morgen, 10 Uhr«, schrieb er auf die Zaubertafel. Um gerade mal 14 Uhr war sie entlassen.

Nach dem gestrigen Katastrophentag bot der heutige zumindest einen kleinen Hoffnungsschimmer. Zweimal Atmen, immerhin. »Nutzen Sie jede Gelegenheit, um mit dem Kanzler zu arbeiten«, so Professor Becker. »Brandt muss lernen, sich zu entspannen.« Davon konnte allerdings noch keine Rede sein. Der Kanzler war beide Male sofort an seinen Schreibtisch zurückgekehrt. Mit dem Vorsatz, irgendetwas zu finden, was Brandt seine Arbeit vergessen ließ, stand sie zehn Minuten später vor der Tür der Uniklinik, einen unverhofften halben freien Tag vor sich.

Bonn, Freitag, 24.11.1972, 15 Uhr

In der Altstadt fand Lotti eine Telefonzelle und rief Kuhnert an. Sie informierte ihren Chef über den Interviewtermin mit Schäuble und erzählte ihm von der Idee, die ihr beim Gang durchs Regierungsviertel gekommen war.

»Die provisorische Hauptstadt wird zu einer wirklichen Hauptstadt, weil immer mehr gebaut wird?« Er machte sich nicht die Mühe, den zweifelnden Unterton in seiner Stimme zu verbergen. »Auf so eine Idee kann nur ein junger Mensch wie Sie kommen, dem ein wiedervereinigtes Deutschland schnuppe ist. Vergessen Sie das Thema, politisch viel zu heikel und eine Nummer zu groß für Sie. Eine Reportage über den Bauboom kann ich mir allerdings vorstellen: Wie beeinträchtigt das Bauen den Alltag der Bonner? Treiben Sie einen Taxifahrer auf, der unter den Baustellen leidet, eine Mutter, die mit dem Kinderwagen Slalom fahren muss, einen Gastarbeiter, der beim Betonmischen vom Bosporus träumt. Denken Sie dran, eine Reportage muss menscheln.«

Als sie den Hörer auflegte, ärgerte sie sich. Sie hatte viel zu früh angerufen. Ihre Idee war nicht ausgereift, sie hätte wissen müssen, dass Kuhnert sie vom Tisch fegen würde. »Eine Nummer zu groß für Sie«, äffte sie seinen Tonfall nach. Wie oft hatte sie sich schon anhören müssen, was alles zu groß für sie war. Eigentlich fast alles. Am liebsten wäre es Kuhnert, wenn sie sich nur um Frauenthemen kümmern würde. Aber wie sollte sie eine gute Journalistin werden, wenn sie nie über eine Gemeinderatssitzung, einen Überfall, eine Autokarambolage oder einen Gerichtsprozess schreiben durfte? Für jeden Artikel jenseits der drei Ks – Kinder, Küche, Kirche – musste sie mehrere Anläufe nehmen, Verbündete in der Redaktion suchen, reißfeste Begründungen liefern. Das war eine harte Schule, aber ohne die hätte sie es nie bis nach Bonn geschafft.

Sie verließ die Telefonzelle und schlenderte ziellos durch die Altstadt. Alles lag hier nah beieinander. Münster und Markt, Rathaus und Schloss. Das Schloss wiederum war der Wall, der das alte Bonn vom Regierungs-Bonn abgrenzte, im Schloss war auch die Uni untergebracht. Als ihr kalt wurde, betrat sie den Arkadenhof, stromerte durch die Flure des Unigeländes und schnupperte studentische Luft, die für sie etwas Aufregendes hatte. »Nachmittags sitze ich oft im E-Raum«, hatte Max beim Frühstück gesagt. »Schau doch mal vorbei, vielleicht trifft man sich.« Den nächsten Studenten, der ihr über den Weg lief, fragte sie danach. Der E-Raum lag um die Ecke und entpuppte sich als eine spartanisch eingerichtete, völlig verqualmte Cafeteria, durch deren Fenster man auf einen weiteren Innenhof des Schlosses blickte. Der mittelgroße Raum war mit diskutierenden Grüppchen, diversen Doppelkopfrunden und lesenden Studenten voll besetzt. Auf die Schnelle entdeckte Lotti Max nirgends. Also stellte sie sich in die Schlange vor dem Kaffeeautomaten und studierte die Informationen an den massiven Säulen, die als Pinnwand genutzt wurden. WG-Zimmer und Mitfahrgelegenheiten wurden gesucht und angeboten. Ein Wolfgang offerierte sogar einen Platz in einem Bulli für eine Reise nach Afghanistan. Afghanistan, wo lag noch mal Afghanistan? Im Hindukusch? Mehr fiel ihr dazu nicht ein, bis sie den Kaffeeautomaten erreichte, Erdkunde hatte sie nie sonderlich interessiert. Mit dem Kaffee in der Hand, ließ sie den Blick erneut kreisen, und da entdeckte sie Max, der an einem Tisch am Fenster saß. Draußen, im Innenhof hinter ihm, spielte der Wind mit ein paar Kastanienblättern, die er von irgendwoher dahin getragen hatte. Max redete mit jemandem und bemerkte sie nicht. Erst als sie sich an den Tischen vorbei zu ihm durchschlängelte, hob er den Kopf.

»Lotti«, rief Max aus. »Hab ich nicht gesagt, dass Bonn ein Dorf ist? Komm, setz dich zu uns. Das ist Konrad, wir studieren zusammen, aber er ist auch ein Kollege von dir. Arbeitet nebenher für den *General-Anzeiger*. Konrad, das ist Lotti, Reporterin der *Kehler Zeitung*. Sie soll einen Bundestagsabgeordneten interviewen. Wolfgang Schäuble.«

»Nie was von dem gehört«, brummte Konrad.

»Zum ersten Mal gewählt, Nachfolger von Professor Furler, der kräftig die Werbetrommel für ihn gerührt hat.« Lotti stellte den Kaffee ab und zog ihren Lammfellmantel aus. »Direktmandat aus dem Stand heraus. Die Gegend ist durch und durch schwarz, ein Bollwerk des Konservativismus, tiefste Provinz. Bis dahin dringen die revolutionären Ideen kaum vor. Leider. Unser Republikanischer Club in Baden-Baden ist sicher der kleinste in der ganzen Bundesrepublik. Wir sind nur acht Leute.« Lotti seufzte.

»Immerhin«, meinte Konrad und grinste. »Läuft der noch bei euch? Ich dachte, nach der Verabschiedung der Notstandsgesetze hätten sich die RCs aufgelöst.«

»Haben sie auch, aber unserer nicht. Was ich sehr gut finde, denn die Zersplitterung der RCs in K-Gruppen mit ihren dogmatischen Ideologien ist für mich ein Schritt in die falsche Richtung. Wo stehst du politisch?«

»Ich bin bei den Jusos.«

»Stamokap – oder antirevisionistischer Flügel?«

»Stamokap.«

»Recht so. Und was machst du beim *General-Anzeiger*? Über was schreibst du?«

»Ich bin der Laufbursche des Polizeireporters«, erklärte Konrad.

»Ich weiß genau, was du meinst.« Lotti nickte eifrig. »Bollmann, unser Polizeireporter, sitzt den ganzen Tag auf seinem fetten Hintern in der Redaktion und hört unentwegt Polizeifunk. Macht das eurer auch?«, wollte sie wissen.

»Unsrer verfolgt Polizeieinsätze, die Füße auf dem Schreibtisch und in der Hand eine Kaffeetasse. Vielleicht lernen die das so in der Polizeireporterschule.« Konrad grinste Lotti an.

»Kann mal nachhören, ob's so eine gibt.« Lotti grinste zurück.

»Na ja, bei allen Einsätzen, die ihm nicht wichtig erscheinen, schickt er mich vorbei. Seinen Allerwertesten hebt er höchstens für Mord und Totschlag.«

»Ich spiele für unseren auch gelegentlich das Laufmädchen«, erzählte Lotti. »Wenn ich ehrlich bin, eigentlich ganz gerne, denn ich finde die Arbeit spannend. Da kommst du an Orte, an die du sonst nie kommst, da triffst du auf Leute, auf die du sonst nie triffst. Der Kehler Hafen, zum Beispiel. Immer wieder Schlägereien unter den Matrosen, manchmal gehen die Jungs auch mit dem Messer aufeinander los. Da komm ich mir jedes Mal vor, wie in *Le Port d'Amsterdam* von Jacques Brel.« – Eines ihrer Lieblingschansons. Natürlich hatte sie es nach ihrem Einsatz aufgelegt. Nur zweimal hatte sie der Kollege in den Kehler Hafen geschickt, aber vom zweiten Einsatz würde sie keinen Ton sagen.

»Schlägerei im Hafen?«, fragte Konrad ungläubig. »Ich meine, du bist höchstens eins sechzig groß, du bist ein Fliegengewicht.«

»Himmel, jetzt komm mir nicht mit dem, was Frauen dürfen und was nicht. Ich gehe dahin, um zu berichten, nicht um mich zu prügeln. Und glaub mir, so eine unauffällige kleine Frau ist für diese Arbeit nicht die Schlechteste.«

»Ich muss.« Max klopfte dreimal auf den Tisch. »Meine Schicht beginnt um 16 Uhr. Ich fahr Taxi«, erklärte er Lotti und wollte los, aber Konrad hielt ihn am Handgelenk fest und sagte: »Du schuldest mir noch 'ne Mark für den Kaffee.«

»Ich geb dir beim nächsten Mal einen aus.« Max entwand sich Konrads Griff und schlüpfte in seinen Parka.

»Ach ja.« Konrads Ärger war nicht zu überhören. »Der wievielte Kaffee ist das, der auf meine Kappe geht? Du bist ein alter Schnorrer und glaubst, meine Großzügigkeit hat keine Grenzen, hat sie aber.«

»Ich zahl das«, sagte Lotti schnell und schob Konrad eine Mark hin.

»Da siehst du mal, wie großzügig man sein kann«, belehrte Max Konrad und warf Lotti einen Handkuss zu. »Man sieht sich.«

»Nur damit du es weißt: Max ist ein feiner Kumpel, aber Geld sollte man ihm keines leihen«, erklärte Konrad so laut, dass Max es noch hören musste.

Lotti ging nicht darauf ein. »Hast du aktuell einen Auftrag?«, wollte sie wissen.

Er nickte. »Sogar einen recht interessanten. Vor ein paar Tagen ist hier ein Mädchen ermordet worden. Bisher weiß man noch nicht, wer sie ist, aber die Gerüchteküche kocht. Die *Bild* hat in die Welt gesetzt, dass sie zum diplomatischen Corps gehört. Dass sie eine Heilsarmeeuniform trug, ist ein interessantes Detail. Ich treffe mich gleich mit dem ermittelnden Kommissar.«

»Du triffst dich mit dem ermittelnden Kommissar?«, echote Lotti ungläubig.

»Natürlich pflegt Schmitz, so heißt unser Polizeireporter, gute Kontakte zur hiesigen Polizei. Ist ja immer ein Geben und Nehmen, brauche ich dir nicht zu erzählen. Und Kommissar Stolk hat sich bei ihm gemeldet, weil er wohl bestimmte Informationen in die Presse bringen will.«

»Entschuldige mal, wie arbeitet denn dieser Schmitz?« Lotti konnte kaum glauben, was sie da hörte. »Solche Kontakte sind sensibel, da geht man selbst hin, da schickt man doch nicht seinen Laufburschen.«

»Normalerweise würde Schmitz den Termin auch wahrnehmen, aber er kann heute nicht. Irgendein Treffen mit einem geheimnisvollen Informanten, den er auf keinen Fall versetzen will.«

»Trotzdem.« Lotti schüttelte den Kopf. »Seriöse journalistische Arbeit sieht anders aus.«

»Ist nicht so, dass ich keine Ahnung vom journalistischen Handwerk hab«, wehrte sich Konrad. »Außerdem kenn ich den Stolk, er ist ein Kriegskamerad meines Alten. Er hat mir die Stelle bei Schmitz besorgt.«

»So also läuft der Hase!«

»Jetzt plustere dich mal nicht so auf. Komm doch mit, wenn du glaubst, dass es hier in Bonn nicht mit rechten Dingen zugeht.«

Lotti wiegte ein paarmal den Kopf hin und her. »Totes Mädchen in Heilsarmeeuniform und diplomatisches Corps, das klingt nach Familienelend hinter bürgerlicher Fassade. Kein Wunder, dass *Bild* darauf abfährt. Interessiert mich nicht.«

»Was würde dich denn interessieren?«

»So eine richtig dreckige Bonner Politintrige«, verkündete sie mit leuchtenden Augen.

Bonn, Freitag, 24.11.1972, 16 Uhr

»Ich tu mal für 'ne halbe Stunde die Füße hoch«, sagte Hilde zu Karlchen, als zwischen Mittag- und Abendschicht im Rheinblick Ebbe bei den Besuchern herrschte, und griff nach dem Brief, den sie bisher links liegen gelassen hatte. Erst in ihrer

Wohnung öffnete sie ihn. Auf einer schmucklosen Karte stand: »Ich muss dich sprechen. Samstag, 14 Uhr, du weißt wo.«

Natürlich wusste sie das. Zu Ehebrechern waren sie und Bömitz im Sommer 1968 geworden. Heimlich hatten sie sich in einem verschwiegenen Hotel in der Nähe des Königsforsts getroffen. Der Sex trieb ihnen den letzten Funken Verstand aus dem Leib. Noch ein einziges Mal und dann sterben, so dachte Hilde jedes Mal, nur um sich nach jedem Mal sofort nach dem nächsten Mal zu sehnen. Damit es immer wieder ein nächstes Mal gab, setzten sie einen Kreislauf aus Lügen und Halbwahrheiten in Gang. Die Liebe machte sie blind, und ihr Begehren verwandelte sie in Traumtänzer, die verdrängten, dass das Seil hoch gespannt war und der Fall tief sein würde. Es gab keine Zukunft, nur immer ein kurzes Jetzt. Alles wollte sie über Bömitz wissen, alles von sich preisgeben. Der abgerissene Arm von Tante Erna, den sie nach dem Tausend-Bomber-Angriff im Mai 1942 in Staub und Trümmern gefunden und der sie jahrelang in ihren Träumen verfolgt hatte, der Kriegsheimkehrer im Nachbarhaus von Onkel Jupp, der sie Nacht für Nacht mit furchtbaren Schreien weckte, der Kanten Brot, den sie der kleinen Erni weggenommen hatte, wofür sie sich heute noch schämte. Nur die zweigeteilte Mutter sparte sie aus, die Erinnerung daran durfte sie nicht wecken, sonst kamen die Albträume wieder. Aber von dem Kamelle-Tanz erzählte sie. Von ihrer Angst, keine Luft mehr zu kriegen, als Tibulski ihren Hals festhielt und sich wie ein Vampir darin verbiss.

Im Gegenzug beichtete ihr Bömitz die tragische Geschichte seiner Familie: Sein Vater, ein überzeugter Nazi wie viele ostelbische Junker, hatte an Blut und Boden, die Herrenrasse und den Endsieg geglaubt. Bis zum Januar 1945. Da standen die Russen schon an der Lausitzer Neiße, da begriff er, dass das Tausendjährige Reich nach zwölf Jahren unterging. Auf seinem Gut erschoss er erst alle Pferde, dann Wolfs kleinen Bruder Hermann, dann Wolfs Mutter und zum Schluss sich selbst. Wolf hatte davon in englischer Gefangenschaft erfahren und sich geschworen, niemals so zu werden wie der Vater. »Ich bin Sozialist geworden, damit sich so was nicht wiederholen kann. Du hast mich mal nach meinem Ring gefragt, er erinnert mich jeden Tag daran. Menschen sollen sich nie mehr über andere erheben können«, sagte er. »Nie mehr soll es Herren- und Untermenschen geben. Nie mehr sollen Menschen andere als Ungeziefer beschimpfen. Nie wieder Faschismus. Nie wieder Krieg.«

Dabei steckten sie in einer Art Kleinkrieg, einem inneren, privaten. In einem Kampf, in dem Anstand gegen Begehren, Verantwortung gegen Leichtsinn, Leid gegen Lust, Lüge gegen Wahrheit stand.

Bömitz war es, der den Kampf aufgab. Er verschwand im Sommer 1969 ohne Abschied. Tibulski erzählte später, dass Bömitz beim letzten SPD-Parteitag vor der Bundestagswahl eine flammende Rede für die Gewissensentscheidung des Einzelnen und gegen Parteidisziplin gehalten hatte und damit auf großes Unverständnis gestoßen war, Bonn ihm deshalb zuwider wurde. So erklärte sich Tibulski das Verschwinden des Freundes. Hilde wusste es besser. Bömitz hatte die Waffen gestreckt, die weiße Fahne gehisst, war abgetaucht.

So klar, als wäre es gestern gewesen, sah sie sich wieder in der Lobby des Hotels im Königsforst stehen, an dem Nachmittag, an dem Bömitz nicht kam. Sie wollte ihm von ihrem Entschluss erzählen, alle Brücken hinter sich abzubrechen, um mit ihm ein neues Leben zu beginnen. Eine Ewigkeit saß sie auf dem Chippendale-Sessel in der Rezeption. Immer, wenn das Telefon klingelte, fuhr sie zusammen, aber nie war das Gespräch für sie. Aus der Wanduhr tropfte die Zeit, der schmierige Rezeptionist rauchte und bedachte sie mit lüstern-verächtlichen Blicken, eine Putzfrau wienerte das Parkett um sie herum. Seither roch Verrat für sie nach Zigarre und Bohnerwachs.

Zuerst verstand sie es nicht. Hoffte jeden Tag aufs Neue, dass er zur Tür hereinkam. Dann litt sie. Ihr war, als würde ihr

Herz jeden Morgen frisch verätzt, so sehr schmerzte es. Dabei wusste sie bald, dass Bömitz' feiger Abgang der beste Weg aus dem Schlamassel war. Es wäre doch so nicht weitergegangen. Der traurige Blick, mit dem Arnold sie in dieser Zeit manchmal musterte, verriet ihr, dass er mehr von ihrem inneren Aufruhr ahnte, als ihr lieb sein konnte. Dennoch, über das Kind hätte sie nicht mit ihm sprechen können. Das ahnte früh, dass ihm ein schlechter Start ins Leben bevorstand. Hilde begriff sein kurzes Lebensflackern und seinen frühen Tod als Zeichen des Himmels und bat im Münster in vielen Gebeten um Vergebung für ihre Sünden.

Dass ihr nach Bömitz und dem Kind ein halbes Jahr später auch noch der Mann genommen wurde, der ihr wie kein anderer Halt im Leben gegeben hatte, brachte sie fast um den Verstand. Mehr als einmal stand sie des Nachts in der Rheinaue mit den Füßen im Wasser, um in die kalte Tiefe des Flusses einzutauchen, sich mit der Strömung treiben zu lassen, um für immer zu verschwinden. Jedes Mal hinderte sie etwas daran, irgendwie klebte sie am Leben. Die Arbeit richtete sie wieder auf. Die täglichen Handgriffe, die Geschichten, die erzählt wurden, die Gesichter, die sich freuten, dass sie, ja sie, Hilde Kessel, ihnen ein Bier zapfte, einen Rat gab oder einfach zuhörte. Mehr als je zuvor wurde der Rheinblick zu ihrer Welt, zu ihrem Ein und Alles. Sie wusste, dass Arnold sich oben im Himmel freute, wie gut sie den Laden schmiss, und noch mehr freute es ihn, dass sie wieder mit sich im Reinen war.

Sie zerriss den Brief und warf ihn in den Müll. Sie würde nicht zu dem Treffen gehen. Für das gestohlene kurze Glück hatte sie einen hohen Preis bezahlt. Ihr Budget für Liebesabenteuer war erschöpft. Fehler musste man nicht zweimal machen.

Bonn, Freitag, 24.11.1972, 17 Uhr

»Sie kommt grad rein«, hörte Sonja Kurt sagen, als sie die Tür aufschloss. Kaum im Flur, streckte er ihr das Telefon entgegen.

»Hallo, Sonja, hier ist Erwin. Deine Mutter war in meinem Büro und hat deine Telefonnummer dagelassen. Muss ja was Schwerwiegendes sein, wenn sie deshalb extra zu mir nach Bonn kommt.«

»Ja, oder eigentlich …«, stammelte Sonja, völlig überrumpelt von Tibulskis Anruf. Sie hatte der Mutter zwar versprochen, ihn anzurufen, aber sie hätte sich damit Zeit gelassen. Im Gegensatz zu ihr machte sie sich keine Sorgen um Reni. »Ist bisschen schwierig, das Ganze zu erklären.«

»Weißt du was?«, schlug Erwin vor. »Lass uns das nicht am Telefon besprechen. Bei mir ist heute Abend ein Termin ausgefallen, ich habe also kurzfristig Zeit. Treffen wir uns wieder im Club populaire?«

Auf keinen Fall, dachte Sonja und sagte: »Besser Schumann-Klause.«

»Ist mir auch recht. 20 Uhr?«

Im Club populaire hatte sie ihn vor einem halben Jahr, als sie zusammen mit Luzie da war, zufällig getroffen. Dreiunddreißig war er inzwischen und seit einiger Zeit verheiratet, wie sie von seiner Schwester Sybille wusste. Breitbeinig und hemdsärmelig saß er unter den von der Decke hängenden Fischernetzen zwischen zwei Männern auf einem Barhocker und behauptete etwas, was einen der zwei maßlos aufregte und dessen abgelegte schlaffe Krawatte auf dem Tresen zittern ließ. Erwin setzte nach, auch der andere regte sich nun auf, Erwins Raubvogelaugen funkelten vor Vergnügen.

Eigentlich kannte Sonja ihn kaum. Sie war ihm auf einigen Familientreffen begegnet, zuletzt vor zehn Jahren bei der Beerdigung des Großvaters. Da war sie dreizehn, noch flach auf der Brust, aber schon sehr überzeugt davon, kein Kind mehr zu sein. Erwin trug bereits den Schnauzbart und führte in der

Männerrunde das große Wort. Um Politik ging es, sie stritten sich fürchterlich, auf dem Rückweg schwor der Erzeuger, sich nie mehr mit dem »roten Pack« zu treffen. Doch ihr hatte Erwin Komplimente gemacht und ein paarmal zugezwinkert, deshalb nahm sie von dieser Beerdigung ein Bild von ihm mit nach Hause, das sich mit den schwärmerischen Bildern von Rinaldo Rinaldini, Little Joe und Juri Schiwago mischte und von da an durch ihre pubertären Träume geisterte.

Danach hatte sie ihn nicht mehr gesehen, nur noch von ihm und seiner Karriere gehört, sie war also furchtbar aufgeregt, als sie ihn im Club populaire erkannte, und hätte am liebsten Reißaus genommen. Aber Luzie, der sie mal von dem berühmten Cousin erzählt hatte, schubste sie in seine Richtung. Stotternd stellte sie sich vor – sie glaubte nicht, dass er sich noch an sie erinnerte –, doch er reagierte äußert erfreut. Sybille, mit der er sich jede Woche schrieb, hatte ihm immer mal wieder von ihr erzählt. Er wusste sogar von ihrem großen Traum, gemeinsam mit Sybille in Berlin eine logopädische Praxis aufzumachen. Er stellte ihnen seine Begleiter vor – Bruno und Karl, zwei Gewerkschafter – und spendierte ihnen Gin mit Eis und Sinalco. Während Luzie mit den Gewerkschaftern über Mitbestimmung im Krankenhaus debattierte, sprachen sie über die Familie. Erwin fragte nach Reni, und Sonja berichtete freudig, dass die Schwester eine gute Schülerin sei und im kommenden Jahr Abitur machen würde. – Damals probte die Kleine noch nicht den Aufstand!

Je später es wurde, desto mehr füllte sich der Laden, man rückte enger zusammen. Bruno spendierte die nächste Runde. Er erzählte, dass er bei einem Israel-Besuch Leonard Cohen in einem Livekonzert in Tel Aviv gehört hatte, Sonja wollte wissen, ob er *Hey, That's no Way to Say Goodbye,* ihren absoluten Lieblingssong, gespielt hatte. Er hatte. Während sie mit Bruno über Cohen fachsimpelte, quatschten Erwin und Luzie miteinander. Im Hintergrund gefälliger Jazz, Fetzen aus anderen

Gesprächen, Lachen. Noch ein Getränk, noch eine Zigarette. Plötzlich kein Jazz mehr, stattdessen Kris Kristofferson. Genauso plötzlich Luzies Hand auf ihrem Arm, kein Wort, in ihren Augen ein panisches Los-wir-Gehen. Luzies Blick duldete keine Fragen, forderte sofortiges Handeln. Also ließ sie sich von Luzie nach draußen ziehen. Luzie, angespannt bis zum Reißen, zog sie, immer noch ahnungslos, in eiligem Schritt an der Tankstelle vorbei, sah immer wieder nach hinten, atmete erst auf, als ihnen bis zum Sternentor niemand gefolgt war. »Er ist irre, dein Cousin, echt abartig«, brach es aus ihr heraus. Was Luzie erzählte, gefiel Sonja nicht. »Der bittet den Wirt *Help Me Make it Through the Night* von Kristofferson zu spielen«, empörte sich Luzie. »Ich meine, dreister und direkter kannst du es nicht sagen, oder? Und damit nicht genug, da lässt er im Gedränge seine Hand an meinem Rückgrat hoch zum Hals wandern, und stiert mich so irre an, als würde er gleich zudrücken.« Sonja war wie vom Donner gerührt, sie wollte nicht glauben, was Luzie erzählte. Sie nahm es ihr übel, sowie man es immer übel nahm, wenn jemand ein schönes Bild oder eine Illusion zerstörte.

Bonn, Freitag, 24.11.1972, 18 Uhr

Konrad führte Lotti ins Bonner Traditionsgasthaus Em Höttche, einen Laden, den sie freiwillig niemals betreten hätte. Zu viel Holz an den Wänden, zu viel Zinkteller auf den Simsen, zu viele Spießbürger auf den Stühlen, zu viel Bier auf den Tischen, zu viel Zigarrenqualm in der Luft. Sie war doch mit Konrad mitgekommen. Warum auch nicht? Sie hatte ja Zeit, und Konrads Argumentation war ein interessantes Gedankenspiel. »Was sagt dir, dass der Tod des Heilsarmeemädchens nicht Teil eines Bonner Politskandals ist?«, hatte er gefragt. Ihr journalistischer Instinkt sagte ihr das. Bei einem toten Mädchen auf einem Friedhof sprach so gut wie alles für ein Beziehungsdrama oder für Prostitution. Eins zu hunderttausend hätte sie in der Kehler Redaktion gewettet, dass der Mordfall nichts mit Politik zu tun hatte. Aber wie gesagt, sie hatte Zeit, und wann traf man schon mal einen Bonner Kriminalkommissar?

Der saß an einem der blank gescheuerten Tische, einen Teller mit Resten von Kraut und Wurst vor sich, und fiel unter den älteren Herrschaften kaum auf. Im Gegensatz zu ihnen: Konrad mit seiner langen Mähne, sie mir ihrem bestickten Lammfellmantel, bunte Paradiesvögel zwischen grauen Anzügen und müden Mienen, zudem jung, sie senkten den Altersdurchschnitt gewaltig.

Der Kommissar machte ihnen ein Zeichen, sich zu setzen, und brummte, dass Schmitz ihm zwar gesagt habe, dass Konrad komme, nicht aber, dass er in weiblicher Begleitung sei, und aß dabei seelenruhig weiter. Konrad stellte Lotti vor, der Kommissar nickte und nuschelte zwischen zwei Bissen, dass ihn die junge Frau – also sie – nicht störe, da alles, was er gleich sagen werde, eh für die Öffentlichkeit bestimmt sei. Ein Kellner stellte Konrad und ihr unaufgefordert zwei schmale Gläser helles Bier hin, der Kommissar kratzte mit dem Messer das letzte Kraut zusammen und wischte sich nach dem letzten Bissen mit einem riesigen Taschentuch das Fett aus den Mundwinkeln. Konrad holte Block und Bleistift aus der Jackentasche und fasste für Lotti zusammen, was bisher über das tote Mädchen bekannt war. Der Kommissar zündete sich eine Zigarette an und hörte zu.

»Am Samstagmorgen hat eine Spaziergängerin die Leiche eines jungen Mädchens auf dem Alten Friedhof entdeckt«, begann er. »Wo eigentlich genau, Herr Stolk?«

»Mittendrin, ganz in der Nähe vom Schumann-Grab«, brummte der Kommissar. »Sie lag neben dem runden Brunnen.«

Konrad notierte das, bevor er weitersprach: »Das Mädchen wurde stranguliert. Es trug eine Uniform der Heilsarmee und hatte keinerlei Papiere bei sich. Seine Identität ist bis zum heutigen Zeitpunkt nicht geklärt, oder?«

Der Kommissar nickte.

»Und wieso behauptet die *Bild* dann, dass sie zum diplomatischen Corps gehörte und Amerikanerin war?«

»Die *Bild-Zeitung* ist halt die *Bild-Zeitung*, da wird gern aus einem Körnchen Information eine dicke Behauptung. Denen dauert unsere Wahrheitsfindung immer zu lang.« Der Kommissar nickte dem Kellner zu, der sein leeres Bierglas gegen ein volles tauschte. »Vor einem halben Jahr hat das Mädchen wegen einer Mandelentzündung einige Tage hier in der Uniklinik gelegen, dort hat sie sich Sally Bowles genannt. Das weiß die komplette HNO-Abteilung. Fragt mich nicht, wer von denen die Information an die *Bild* weitergegeben hat. Und die hat's direkt dick aufgeblasen. Wir, also die Polizei, wissen nicht, ob dies der richtige Name unserer Toten ist, wir wissen nicht, ob sie Deutsche oder Ausländerin war, aber wir wissen definitiv, dass sie nicht zum Bonner diplomatischen Corps gehörte. Weder bei der amerikanischen noch bei der britischen, überhaupt bei keiner Botschaft wird ein junges Mädchen vermisst.«

Wenn Lotti über diesen Fall berichten müsste, würde sie mit den Augen des Kommissars beginnen. Augen, die müde und gebrochen und doch wachsam waren. Augen, denen kein menschliches Leid fremd war, Augen, die zu oft die Fratze des Bösen gesehen hatten, Augen, denen trotz ihrer Schläfrigkeit nichts entging. Kuhnert, ihr Chef, würde das sofort streichen und an den Rand »zu pathetisch, zu gefühlsbetont« schreiben.

»Was ist mit der Heilsarmee?«, mischte sie sich ein. »Dort muss sie doch bekannt sein, wenn sie eine Heilsarmeeuniform trug.«

»Es ist erstaunlich, dass uns ausgerechnet die auffällige Kleidung nicht weiterbringt.« Der Kommissar hob das frische Glas, und Lotti probierte endlich auch einen Schluck. Nicht schlecht, das rheinische Bier, fand sie. Frischer und leichter als das badische.

»Wir haben in Bonn, in Köln, in Düsseldorf und Koblenz bei der Heilsarmee nachgefragt, Anfragen bei weiter entfernten Gemeinden laufen. Bisher nirgendwo eine Spur von dem Mädchen«, so der Kommissar. »Nun wissen wir, dass manche Heilssoldaten nicht treu bis ins Grab sind und die Armee des Herrn samt Uniform wieder verlassen. Das Mädchen kann also auf einen Ex-Soldaten gestoßen und auf dem Weg an die Uniform gelangt sein. Wir wissen, es ist eine Männeruniform der kleinsten Größe. Dem Mädchen«, er musterte Lotti kurz, »das ungefähr Ihre Statur hatte, war sie viel zu groß. Ich frage mich, warum die Kleine die Uniform nicht abgelegt hat. Selbst im Sommer – und die Schwestern im Krankenhaus hatten extra ›Zivilkleidung‹ für sie besorgt – hat sie die Klinik in dem schweren, kratzigen Stoff verlassen.«

Eine gute Frage, fand Lotti. Vielleicht weil die Uniform sie schützte, vielleicht weil die Uniform ihre Weiblichkeit verbarg. »Du immer mit deinen psychologischen Spekulationen«, hörte sie im Kopf Kuhnert spotten.

»Ist denn die gerichtsmedizinische Untersuchung schon abgeschlossen?«, wollte Konrad wissen und Lotti zudem zeigen, dass er die richtigen Fragen zu stellen wusste. »Irgendwelche interessanten Ergebnisse?«

»Der Gerichtsmediziner schätzt ihr Alter auf vierzehn bis sechzehn. Sie wurde stranguliert, sie hat Heroin gespritzt und kurz vor dem Tod Geschlechtsverkehr gehabt«, zählte der Kommissar auf.

»Beschaffungsprostitution?«, fragte Konrad fachmännisch.

Angeber, dachte Lotti.

»Ja, das liegt nahe«, bestätigte der Kommissar. »Deshalb bitten wir über die Presse die Öffentlichkeit um Mithilfe.« Er schob ein Foto über den Tisch. Lotti griff danach, bevor Konrad es wegstecken konnte, betrachtete das kleine, viel zu früh gealterte Kindergesicht.

»Die Taxifahrer wissen, wo die Mädchen stehen, die erinnern sich vielleicht, wen sie Freitagabend zum Hafen gefahren haben«, fuhr der Kommissar fort. »Wir wissen, dass der Fundort nicht der Tatort war, und wir wissen aufgrund der Sandkörner an ihren Schuhsohlen, dass sich das Mädchen davor am Rhein, vermutlich in der Nähe des Hafens aufgehalten hat. Vielleicht hat sie jemand dort gesehen. Wir sind für jeden Hinweis dankbar.«

»Notier ich«, murmelte Konrad, und sein Stift flog über das Papier.

»War sie obdachlos? Hat das Mädchen auf der Straße gelebt?«, wollte Lotti wissen. »Das lässt sich doch heute mit Untersuchungen feststellen. Schlechte gesundheitliche Verfassung, körperliche Verwahrlosung und so weiter.«

Zum ersten Mal schickte der Kommissar Lotti einen anerkennenden Blick. Männer! Glauben immer noch, dass Frauen weder lesen noch schreiben können.

»Zwischen vierzehn und sechzehn Jahren, sagen Sie?«, grätschte Konrad dazwischen. »Dann war das Mädchen noch minderjährig. So jemand wird doch vermisst.«

»Vermisstenlisten durchsehen ist das Erste, was wir tun, wenn wir jemanden nicht identifizieren können«, erwiderte der Kommissar, und sein Blick drückte etwas aus, was Lotti als Wir-verstehen-unser-Handwerk-du-Grünschnabel interpretierte. »Im kompletten Rheinland bisher kein Treffer, die Kollegen bundesweit sind informiert. Bisher ein magerer Hinweis aus einem Jugendheim in der Lüneburger Heide. Dort wird ein Mädchen in Sally Bowles' Alter mit vergleichbarer Statur vermisst. Ein Foto der Toten ist auf dem Weg dorthin. – Darüber bitte noch nichts in der Presse. Falls es ein Treffer sein sollte, gebe ich Schmitz Bescheid.«

»Ein Heimkind?«, wiederholte Lotti und merkte, wie ihr Herz schneller zu schlagen begann.

»Es vergeht kaum eine Woche, ohne dass irgendwo eines ausbüxt«, erklärte der Kommissar. »Wollen alle nicht mehr gehorchen. Die Studenten mit ihren Revolten haben die Zöglinge infiziert. Aufruhr aller Orten, und die Kollegen müssen die Randalierer dann wieder einfangen und zurückbringen.«

Jetzt war der Blick des Kommissars undurchdringlich und kalt. Sie ahnte, was er von der Heim- oder der Studentenrevolte hielt: nur das Schlechteste. Sie dachte an den zweiten Einsatz, der sie in den Kehler Hafen geführt hatte. »Ein frühreifes Ding aus einem Heim, treibt sich in Matrosenspelunken herum, eine Streife ist unterwegs dahin. Vergiss den Fotoapparat nicht«, so ihr Auftrag. Als Lotti im Hafen ankam, hatten die Gendarmen das Mädchen schon aufgespürt. Fast hätte Lotti sie nicht erkannt, so verwahrlost sah sie aus. Aber ihre Schreie, erschütternd wie Bombeneinschläge, katapultieren Lotti in die Schule zurück. Das Mädchen war Marianne Morgenthaler. In der Untersekunda hatte sie neben Lotti gesessen. War mit ihrer Mutter von Frankfurt nach Achern gezogen, hasste die Provinz, genauso wie Lotti sie anfangs gehasst hatte, schwänzte gern den Unterricht, zankte sich mit allen, schimpfte jeden Lehrer, der älter als dreißig war, einen Nazi. Wenn ein Lehrer sie ohrfeigte, schrie sie die ganze Klasse zusammen. Wilde, verzweifelte, im Ohr schmerzende Schreie, die man nicht vergaß. Lotti war einerseits von Marianne fasziniert, andererseits stieß sie diese Ihr-könnt-mich-alle-mal-Haltung ab. Lotti hatte nichts gegen Protest, im Gegenteil, aber Protest musste zielgerichtet sein und nicht so planlos und verstörend trotzig wie der von Marianne. Trotzdem hätte Lotti sie gern ein bisschen näher kennengelernt, aber Marianne war nur ein kurzes Gastspiel in der Klasse vergönnt. Die Nachricht von dem Kackhaufen, mittig vor die Zimmertür des Schuldirektors platziert, verbreitete sich wie ein Lauffeuer unter den Schülern, die meisten voller Bewunderung für die Aktion und den Täter, der Direktor war verhasst, ein reaktionärer Knochen. Obwohl eigentlich alle wussten, dass Robert Steinacker – Sohn des Rechtsanwalt Dr. Steinacker – den Kackhaufen vor die Tür gesetzt hatte, schob man ihn Marianne in die Schuhe. Ein willkommener Anlass, sie der Schule zu verweisen. Lotti hatte sie nicht mehr wiedergesehen. Erst im Kehler Hafen wurde ihr klar, dass man Marianne in ein Heim gesteckt hatte. Wie konnten Eltern einem Kind so etwas antun? Ihr dämmerte, dass Kinder nicht überall wie von ihrer Mutter – und auch von *papa* – als Göttergeschenk betrachtet, sondern manchmal als Teufelsbrut gesehen wurden, denen man das Böse austreiben wollte. Eine kleine Notiz durfte sie über den Vorfall schreiben. »Die aus dem Heim in K. entflohene Marianne M. wurde gestern Abend am Kehler Hafen in der Nähe eines einschlägig bekannten Etablissements aufgespürt, festgesetzt und ins Heim zurückgebracht.« Auf das »einschlägig bekannte Etablissement« hatte Kuhnert bestanden, von einer Recherche über die Fluchtgründe von Marianne M., die Lotti vorschlug, wollte er nichts wissen. Empört warf sie ihm einseitige Berichterstattung vor. Zur Strafe durfte sie wochenlang nur über die drei Ks schreiben.

Seither hing ein Foto von Marianne an ihrer Pinnwand. Lotti hatte es gemacht, nachdem Marianne auf die Straße geflohen und von Gendarmen eingekesselt worden war. Angst und Wut in den weit aufgerissenen Augen, hatte man sie wie ein wildes Tier in die Enge getrieben. »Hilf mir, Lotti, hilf«, schrie sie, als die Gendarmen sie mit roher Gewalt in die grüne Minna zerrten. Mit der Kamera zwischen den Fingern hatte sie wie festgewachsen auf der Straße gestanden und tatenlos zugesehen, wie der Polizeiwagen davonfuhr. Mariannes Schreie vergaß sie nicht, sie folgten ihr in den Schlaf, noch heute wurde sie manchmal davon wach.

Bonn, Freitag, 24.11.1972, 20 Uhr

»Deutsche Arbeiter! Die SPD will euch eure Villen im Tessin wegnehmen.« Der Text stach Sonja in der Schumann-Klause nicht schwarz auf weiß, sondern schwarz auf blau über dem

Foto einer gelben Betonburg ins Auge. Es war nicht das einzige Plakat, die Wände der Schumann-Klause bedeckten nichts als Plakate, wild neben- und übereinandergeklebt, bekritzelt und bemalt. Nur das große Bild von Karl Marx über der Tür zum Nebenzimmer überlebte den dauernden Wandel, und damit war klar, dass alles, was hier an der Wand hing, vor allem einem diente: der Veränderung der Verhältnisse. In den beiden Sparschweinen auf der Theke wurde für Betroffene der Berufsverbote und für ein Waisenhaus in Vietnam gesammelt. Die Schumann-Klause war der Heimathafen für linke und kritische Geister in Bonn. Obwohl Sonja nicht oft herkam, mochte sie die Kneipe. Diese Geräuschkulisse aus Verschwörung und Aufbruch, das Rattern der Flipperkugeln, die Grüppchen an der Theke, deren Zusammensetzung ständig wechselte. Zudem war das Schmalzbrot 1a, das Bier gut und die Musik meist auch. Hier fühlte sie sich wohl, hier fühlte sie sich sicher. Genau deshalb hatte sie die Kneipe als Treffpunkt vorgeschlagen.

»Ich kann nicht mit allen Staeck-Plakaten was anfangen, aber das mit den Villen im Tessin ist wirklich gut. Auf so eine Idee musst du erst mal kommen«, meinte Erwin Tibulski, der vor der Kneipe auf Sonja gewartet hatte und nun voranging. »Tresen?«

Sonja schüttelte den Kopf und bewegte sich bereits am Flipper vorbei ins Nebenzimmer hinein, wo sich noch ein freier Tisch fand, den sie schnell besetzte.

»Gin-Sinalco, wie gehabt?« Erwin winkte der Bedienung, einem lässigen Studenten, dessen Schnäuzer dem von Erwin schwer ähnelte. Überhaupt waren in der Schumann-Klause viele Schnäuzer unterwegs.

»Kölsch«, entschied Sonja. »Und ein Schmalzbrot.«

»Also«, meinte Erwin, als die Bestellung erledigt war. »Wo brennt's?«

Sonja umriss kurz die Situation. Reni weg, Mutter in Sorge, Mutters Bitte an ihn. Sie, Sonja, nur die Überbringerin der Botschaft, weil die Mutter ihn im Büro nicht erreicht hatte. Erwin hörte zu, ohne sie zu unterbrechen.

»Was hältst du von der Sache?«, wollte er wissen, als sie zu Ende gesprochen hatte.

»Reni ist die Letzte, die noch zu Hause ist. Verständlich, dass die Mutter das Nesthäkchen noch eine Weile behalten will, verständlich, dass das Nesthäkchen flügge wird. Ich will vor allem, dass sie Abitur macht.«

Erwin schmunzelte und meinte: »Du solltest in die Politik gehen. So nichtssagend, wie du den Familienkrach schilderst, und so elegant, wie du das Wichtigste ausklammerst, hast du das Zeug dazu.« Sein Schmunzeln wich einer ernsten Miene, als er zum nächsten Satz ansetzte: »Lass uns Tacheles reden. Ihr habt Angst, dass der Alte das Nesthäkchen totschlägt, wenn es wieder auftaucht. Oder?«

»Ddda…dass ist ein bibi…bisschen drastisch«, stotterte Sonja völlig überrumpelt. Dass der Erzeuger ein Schläger war, das war doch ein gut gehütetes Familiengeheimnis, aber nun erinnerte sie sich, dass Tante Hedwig davon wusste. Sie wusste überhaupt nicht, was sie sagen sollte, und wartete darauf, dass Erwin weitersprach. Aber Erwin wirkte abgelenkt. Sonja folgte seinem Blick zur Tür.

»Sieh mal einer an, Erwin Tibulski!« Ein Kerl, so groß, dass er den Kopf einziehen musste, als er ins Nebenzimmer trat, kam auf ihren Tisch zu, hieb nach einem kurzen Blick auf Sonja seine breite Pranke auf Erwins Schulter und zog sich vom Nachbartisch einen Stuhl heran. »In der Schumann-Klause ein seltener Gast. Vielleicht erreicht deinen dickköpfigen Arbeiterschädel ja eine der revolutionären Ideen, die hier tagein, tagaus durch die Luft schwirren.« Er setzte sich, holte einen Faltplan aus der Tasche und schob ihn Erwin zu. »Hier der aktuelle, so einen wolltest du doch immer haben.«

»Stadtplan für Männer, Köln«, las Sonja. »Wo gibt es Straßenstrich, Lokalprostitution, Bordell …« Weiter kam sie nicht, da Erwin den Plan hastig einsteckte. »Nächste Woche kommen italienische Genossen auf Besuch«, murmelte er entschuldigend. »Da muss man auf alle Eventualitäten vorbereitet sein.«

»Nichts für ungut, junge Frau«, der Riesenkerl zwinkerte ihr verschwörerisch zu, »nicht nur in Bonn gibt es schöne Frauen.« Dann beugte er sich zu Erwin hinunter. »Sag mal«, flüsterte er. »Stimmt es, was man aus Wehners Umfeld hört? Du bist als Experte für berufliche Bildung fürs Kanzleramt im Gespräch?«

»Alles noch ungelegte Eier«, wiegelte Erwin, ebenfalls sehr leise, ab. »Kann ich wirklich nichts zu sagen.«

»Ich will deine Kompetenzen nicht infrage stellen.« Er schob den Stuhl nah an Erwin heran und bewegte seinen Mund nah an Erwins Ohr. Sonja konnte dem Gespräch nur folgen, weil sie darin geübt war, auf sehr leise Stimmen zu hören. »Aber das Kanzleramt? Ist das ein Schachzug von Wehner, um durch dich sein Ohr näher am Kanzler zu haben?«

Erwin rückte seinen Stuhl von ihm weg. »Du entschuldigst mich? Das ist ein privater Termin, kleiner Familienrat sozusagen, die junge Dame ist meine Cousine.«

»Cousine, verstehe.« Der Große richtete sich wieder auf, und seinem Gesicht nach zu urteilen, interpretierte er »Cousine« auf ganz eigene Weise. »Nächstes Mal geb ich mich nicht mit so einer Antwort zufrieden. Wir sehen uns, Tibulski.«

»Einer von den Pressefritzen«, erklärte Erwin und wischte sich über die Schulter, die der Große berührt hatte. »Die können manchmal wirklich lästig sein.«

»Hat dir Tante Hedwig erzählt, dass«, sie zwang sich, das Wort auszusprechen, »der Vater …«

Er nickte. »Sie erzählt immer, was für ein lieber Junge dein Vater vor dem Krieg war. Ruhig und besonnen, kein Raufbold. 1943 haben sie ihn eingezogen, ging direkt nach Russland, Smolensk«, erklärte Erwin. »Die Russlandheimkehrer reden alle nicht viel, und was durchsickert, klingt so, dass du nicht mehr davon hören willst. Die haben furchtbare Sachen gemacht und furchtbare Sachen erlebt, das verändert den Menschen.«

»Der Krieg hat ihn zum Schläger gemacht, meinst du?«, unterbrach ihn Sonja. »Soll das eine Entschuldigung für sein Verhalten sein?«

»Nein, aber vielleicht eine Erklärung. Meine Mutter hat immer gedacht, dass die Sanftheit deiner Mutter Balsam für seine kaputte Seele ist, aber leider … Sie hat ihrem kleinen Bruder immer wieder ins Gewissen geredet, aber geholfen hat es nichts, oder?«

Sonja schüttelte den Kopf. »Früher hat er vor allem uns Kinder verdroschen, aber jetzt schlägt er auch die Mutter.« Ihre Stimme krächzte, es fiel schwer, dies außerhalb der Familie auszusprechen. »Sie muss von ihm weg. Aber wenn ich mit ihr darüber reden will, blockt sie immer ab.«

»Kannst du's ihr verdenken, dass sie Angst vor der Scheidung hat?« Erwin nickte dem Schnäuzer zu, der die Getränke auf den Tisch stellte, und wartete, bis der sich entfernt hatte, bevor er weiterredete. »Leider gilt bis heute bei Scheidungen immer noch das Schuldprinzip, und ja, leider ist bis heute die Züchtigung von Frau und Kindern erlaubt. Man kann also nicht mal sagen, ob ein Richter die Prügel zu ihren oder zu seinen Gunsten auslegen wird. Eher zu seinen, vermute ich, bei den vielen Nazis, die wir noch unter den Juristen haben.« Er nahm einen kräftigen Schluck Bier, bevor er weitersprach. »Endlich haben wir im Bundestag die erforderliche Mehrheit, die Reform des Eherechts durchzusetzen. Dann gilt nicht mehr das Schuld-, sondern das Zerrüttungsprinzip. Wenn Paare sich nicht mehr verstehen, sollen sie sich trennen können, ohne dass einer schuld sein muss. Ich hoffe, die Reform wird noch in dieser Legislaturperiode den Bundestag passieren. Ist vielleicht hilfreich für deine Mutter.«

»Du weißt so gut wie ich, dass sie sich nicht scheiden lassen wird. In unserer Katholikentagssiedlung gilt Scheidung als Sünde von wegen, was der Herr zusammenfügt, das soll der Mensch nicht trennen. Die Mutter hat nicht nur Angst vor ihrem Mann, sondern auch vor dem Allmächtigen und dem

Geschwätz in der Siedlung.« Das hätte Sonja, als die Mutter in Bonn war, noch nicht formulieren können, das war ihr gerade erst bei Erwins Ausführungen klar geworden.

»Furcht war schon immer ein Herrschaftsinstrument, und die Pfaffen im heiligen Köln arbeiten ungehindert damit weiter«, stimmte ihr Erwin zu. »Die Studentenrevolte ist in vielem ballaballa, aber dass die jungen Leute gegen Obrigkeit und Kirche auf die Barrikaden gehen, ist richtig.«

»Ja«, antwortete Sonja. »Ja.«

»Ich glaube nicht, dass Reni bei mir auftaucht, eher bei dir.« Übergangslos kehrte Erwin zum Anlass des Gespräches zurück und sah sie dann lange an. »Wenn ihr wollt, rede ich Onkel Raimund kräftig ins Gewissen, wenn ich das nächste Mal in Köln bin. Viel wichtiger wäre es allerdings, dass du das tust. Du bist gewissenhaft und besonnen, red mit ihm. Frag ihn, ob er auf seine alten Tage allein sein will, weil er irgendwann einmal zu hart zuschlägt. Frag ihn, ob er will, dass sich alle seine Kinder von ihm abwenden. Er traut sich doch schon jetzt nicht mehr, dich zu schlagen, oder?«

Sonja nickte, bass erstaunt darüber, wie viele Gedanken sich Erwin über sie und ihre Familie machte.

»Wie gesagt, wenn alle Stricke reißen …«

»Danke, Erwin, danke.«

»Nichts zu danken, Familie ist Familie, wir stehen füreinander ein. Noch ein Kölsch?«, fragte er, als er sah, dass ihr Glas leer war. Sie nickte. »Aber«, fuhr er fort, als die Bestellung erledigt war, und setzte eine verschwörerische Miene auf. »Du hast wahrscheinlich im Moment auch nicht viel Zeit. Bei deinem prominenten Patienten!«

Dass sie daran nicht gedacht hatte! Natürlich konnte Sybille schweigen wie ein Grab, aber ihrem großen Bruder erzählte sie alles. »Ich darf nicht drüber sprechen«, presste sie heraus.

»Natürlich, natürlich«, beruhigte sie Erwin. »Aber wie lange er nicht sprechen kann, das ist doch kein Geheimnis, oder?«

»Mindestens zehn, besser vierzehn Tage.«

»Und wie verkraftet er's?«

»Er arbeitet viel zu viel, Ehmke und seine Sekretärin schaffen immer neue Papiere heran.«

»Ehmke hat also Zugang zu ihm?«

»Wer, wenn nicht er?«, fragte Sonja verwundert. »Er ist der Chef des Kanzleramtes.«

»Natürlich.« Erwin nickte. »Ich dachte nur, sie lassen ihn mal mit Arbeit in Ruhe. Nur Rut, seine Frau, und sonst keiner.«

»Das wäre das Allerbeste!«, stimmte Sonja ihm aus vollem Herzen zu. »Für den Heilungsprozess wäre es so wichtig, dass er zur Ruhe kommt. Du kennst ihn doch ein wenig oder hörst zumindest Dinge über ihn, die ich nicht weiß. Kannst du mir sagen, was ihn entspannt?«

Tibulski überlegte ein wenig, dann machte sich ein anzügliches Grinsen auf seinem Gesicht breit. »Du meinst außer schönen Frauen?«

I’m Ready For You

Bonn, Samstag, 25.11.1972, 9 Uhr 30

Schmutziger, trauriger Schnupfenregen plus zu wenig Schlaf, und dann fuhr auch noch der Bus zum Venusberg um 9 Uhr 32 nicht, sondern erst der um 9 Uhr 52. Samstag, anderer Busfahrplan, da hätte sie dran denken können. Während sich Sonja die Arme warm rieb, blitzte ein Bild vom strahlend blauen Himmel L’Almadravas in ihr auf. Überhaupt war alles strahlend gewesen in ihrem ersten Urlaub. Bettenburg, siebzehnter Stock, nur handtuchbreite Liegestellen am Strand, jeden Tag Sangria und Paella, alles fand sie wunderbar. Zehn Tage weg von zu Hause, zehn Tage Sonne und Meer, zehn Tage mit Jürgen, der sehr in sie verliebt gewesen war, und sie auch ein bisschen in ihn. Ein bisschen nur, denn immer hatte sie ihn heimlich mit Erwin Tibulski verglichen. Herrje, dass Erwin in den Puff ging, hätte sie wirklich nicht von ihm gedacht, oder wofür brauchte er den Stadtführer sonst, den der Journalist ihm zugesteckt hatte? Für die italienischen Genossen! Die Ausrede war doch an den Haaren herbeigezogen. Aber die Beziehung zu Jürgen war nicht an ihrer heimlichen Schwärmerei für Erwin zerbrochen. Jürgen war so einer, der bald heiraten wollte, einer, der vom Eigenheim mit Einbauküche, Schrankwand und so weiter träumte, aber so stellte Sonja sich die Zukunft nicht vor.

Sie rieb sich weiter die Arme und steuerte den Bahnhof an, wo es nicht ganz so kalt war wie an der zugigen Bushaltestelle.

Die freie Telefonzelle in der Halle erinnerte sie daran, dass sie noch ein paar Anrufe erledigen wollte. Erst wählte sie Monis Nummer, aber da ging niemand ans Telefon, dann die von Liz. »Ist Reni bei dir?«, fragte Sonja ohne viele Umstände. War sie nicht. »Dann ist sie bei Moni?« Liz druckste ein wenig herum. Sie drei hätten sich verkracht, deshalb herrschte im Augenblick Funkstille. Okay, Sonja würde es später noch einmal bei Moni versuchen. Bei ihrem letzten Anruf nahm überraschenderweise der Erzeuger, dem Telefonieren ein Graus war, den Hörer ab. Er brüllte, kaum dass Sonja sich gemeldet hatte, nach der Mutter, deren Stimme hundeelend klang. Als würde das Leid der Mutter durch die Telefonleitung zu Sonja wandern, klumpte sich ihr Bauch zusammen. Schnell teilte sie der Mutter mit, dass Erwin bei Bedarf zur Verfügung stehe und, nein, Reni habe sich weder bei Erwin noch bei ihr gemeldet. Ende. Aus. Sie verließ die Telefonzelle. Mehr wollte sie in Sachen kleine Schwester nicht unternehmen. Mehr auch nicht an das Gespräch mit Erwin erinnert werden. Vor allem nicht an den Verdacht, den der Cousin ihr eingeimpft hatte und der ihr die ganze Nacht nicht aus dem Kopf gegangen war. Sie, Sonja, hätte den Logopädie-Auftrag nur erhalten, weil der Kanzler schöne Frauen liebte. Sie hasste es genauso, auf ihr Äußeres reduziert zu werden, wie wegen einer hingeworfenen Bemerkung ins Zweifeln zu kommen. Sie drückte den Rücken durch. Ein Blick auf die Uhr, es wurde Zeit für den 9-Uhr-52er. Er bog auf den Busparkplatz ein, als sie aus der Bahnhofshalle trat. Schnell, schnell, schnell. Sie ergatterte einen Sitzplatz am Fenster und wappnete sich für den Tag.

Der Kanzler! Heute dreimal zwanzig Minuten? Vielleicht sogar ein Spaziergang? Wenn durch den Regenhimmel auch nur ein einziger Sonnenstrahl drängte, würde sie all ihre Überzeugungskraft aufbieten, damit Brandt mal an die frische Luft kam.

Bonn, Samstag, 25.11.1972, 9 Uhr 30

Bis zum letzten Tropfen hatte Max das warme Wasser ausgeschöpft. Bei seiner Mähne brauchte es ordentlich was, um den Schaum aus den Haaren zu spülen. Er schwang sich aus der Wanne, rubbelte sich trocken, wischte über den beschlagenen Badezimmerspiegel und lächelte sein Ebenbild an. Nicht schlecht, Herr Specht. Intelligent und charmant, der Kerl mit den treuen Hundeaugen und den prächtigen Locken, der ihn da anlachte. Einer, der den Ladys gefiel. Für die fällige Rasur griff er zu Seife und Pinsel, schäumte aus dem Handgelenk heraus Kinn und Mundpartie ein, legte danach eine frische Klinge in den Rasierer und zog eine erste Bahn durch den weißen Schaum. Glatt wie ein Kinderpopo fühlte sich die Haut an, als er fertig war. Es gab Frauen, die Bartstoppeln hassten. Astrid könnte zu der Sorte Frauen gehören. Ihr Arbeitskreis tagte um 10 Uhr 30 in Ritas Frauen-WG. Er hatte Rita sein Kommen angekündigt und würde die Gruppe – vor allem Astrid – mit einem fundierten Kurzreferat über die Kassettenbriefe vom Hocker hauen.

»Musst eine halbe Stunde warten. Warmwasser ist alle«, erklärte er nackt, wie Gott ihn schuf, der mit einem Kulturbeutel bewaffneten Lotti, die einen viel zu großen alten Männerschlafanzug trug, als sie sich im Flur begegneten. Lottis vor Staunen offener Mund amüsierte ihn. Die Kleine kam vom Land und sah nicht aus, als hätten schon viele nackte Männer ihren Weg gekreuzt.

In seinem Zimmer tappte er zum Plattenspieler. Er legte *At Fillmore East* von Humble Pie auf, suchte *I'm Ready* und drehte die Anlage hoch. Nach dem Referat würde er Astrid endlich in sein Bett locken. Wilder Sex bis zum nächsten Morgen. Hey, es gab nichts Besseres. Er schlüpfte in Hemd und Jeans, rückte sich die Eier zurecht, imitierte einen geilen Hüftschwung und brüllte mit Peter Frampton: *»I'll prove to you mama, that I ain't no square!«*, bis Kurt mal wieder an die

Wand hämmerte und brüllte: »Wir wissen alle, dass du kein Kind von Traurigkeit bist.« »Okay, okay, du fader Miesnick«, schrie er und hämmerte zurück, bevor er die Musik leiser drehte. Er, Max, sollte sowieso noch mal seine Notizen durchsehen, bevor er auf die Ladys traf.

»Lasst mich etwas ausholen, was den Brief als Mittel der politischen Intrige angeht, bevor ich zu den Kassettenbriefen komme«, dozierte er laut und begann im Zimmer auf und ab zu gehen. »Im Prinzip beginnt mit dem ersten Brief auch schon der Missbrauch von Briefen. Man fälscht sie, man lässt sie verschwinden, man leitet sie an andere Adressaten weiter, man kopiert sie heimlich. Man weiß sehr früh, wie anfällig diese Art von Kommunikation ist, das Siegel – ein Vorrecht der Herrschenden – wird erfunden. Die frühesten stammen aus der Zeit 3000 vor Christus. Um 1500 vor Christus tragen die Hethiter bereits Siegelringe. Griechen, Römer, Kaiser und Päpste sichern ihre Korrespondenz mit Siegeln. – Aber ihr wisst, auch ein Siegel kann man brechen, deshalb wird wichtige Korrespondenz per vertrauenswürdigen Boten mit persönlicher, via Siegel bestätigter Übergabe transportiert. Aber auch Boten können getötet, überfallen, bestochen, umgedreht werden. Kurzum, bis heute gibt es keine Garantie, dass ein Brief zur rechten Zeit am rechten Ort und in der Originalfassung ankommt.«

»Was ist schon sicher? Telefongespräche können auch abgehört werden.« Lotti lehnte in diesem grau gestreiften Schlafanzug in der offenen Tür und umklammerte immer noch ihren Kulturbeutel. »Bisher ziemlich allgemein und nichtssagend. Für die Hethiter hast du bestimmt im Duden nachgeschlagen. Worauf willst du eigentlich hinaus?«

Einem ersten Impuls folgend, stürmte Max auf die Tür zu, um Lotti zu verscheuchen, aber dann bremste er ab, weil ihm der Gedanke kam, dass es bei seiner improvisierten Generalprobe gar nicht schlecht war, eine kritische Zuhörerin zu haben. »Kassettenbriefe, Maria Stuart. Schon mal was davon gehört?«

»Wer nicht? Gegenspielerin von Elisabeth I., verliert den Machtkampf, landet auf dem Schafott«, zählte Lotti auf. »Marias Sohn folgt Elisabeth I. auf den Thron. Damit sind England und Schottland wieder vereint. Hat der Sohn diese Briefe nicht nach dem Tod der Mutter vernichten lassen?«

Schlaues Mädchen, dabei sieht sie gar nicht wie eine Streberin aus, dachte Max und erklärte: »Richtig. Deshalb ist es heute unmöglich, herauszufinden, ob Maria die Briefe geschrieben hat oder ob sie gefälscht wurden.«

»Ja«, bestätigte Lotti vorsichtig. »Aber das erklärt dein Interesse daran noch nicht.«

»Ich bin in einem Historiker-Arbeitskreis, der am Beispiel von Maria Stuart zum Thema Institution Ehe und politische Intrige arbeitet. Da setzen wir uns mit den Briefen auseinander.«

»Institution Ehe, soso«, wiederholte Lotti spöttisch. »Hätte nicht gedacht, dass dich die Ehe in irgendeiner Form interessiert.«

»Mich interessiert nicht die Ehe, mich interessieren die Briefe«, korrigierte Max. »Und vor allem der Kontext, in dem sie eingesetzt werden. Ein Historiker muss Informationen und Ereignisse immer im Kontext von Zeitgeist und Machtinteressen betrachten, verstehst du?«

Die Frage war Lotti nur ein müdes Grinsen wert.

»An den Briefen kannst du sehen, dass Elisabeth das Geschäft der politischen Intrige besser beherrschte als ihre schottische Cousine. Im Prozess wünschte Elisabeth weder eine Verurteilung noch eine Freilassung von Maria, deshalb bewertete sie die Briefe nicht. Überhaupt von ihr kein Wort zu diesen Briefen. Sie hat sie aber kopieren lassen und an alle europäischen Königshäuser versandt. Rufmord vom Feinsten, findest du nicht?«

»Elisabeth musste weit mehr als Maria um ihren Platz als Herrscherin kämpfen«, warf Lotti ein. »Die illegitime Tochter ihres Vaters und so weiter, komplizierte Familien- und Herrschaftsverhältnisse, der englische Hof wie jeder Herrscherpalast eine Schlangengrube. Trotzdem hat sie es geschafft, über vierzig Jahre zu regieren und England zu einer Weltmacht aufzubauen. Da kann ich nur sagen: Chapeau.«

»Im Nachhall ehrt die Geschichte immer die Sieger, nie die Verlierer«, konstatiere Max.

»Ob die Kunst des Herrschens darin besteht, stets zu wissen, wo der Feind steht, und dabei nie außer Acht zu lassen, dass auch der Freund zum Feind werden kann?«, fragte sich Lotti. »Ob ein Herrscher überhaupt jemandem trauen kann? Ob Macht nicht grenzenlos einsam macht?«

»Oh, jetzt dramatisierst du aber«, widersprach Max. »Die Geschichte zeigt uns, dass es immer auch treue und loyale Ratgeber von Herrschern gab.«

»Die Geschichte zeigt uns immer was.« Lotti wiegte den Kopf hin und her. »Und meine kalten Füße zeigen mir, dass ich nachsehen muss, ob der Boiler endlich warm ist. Aber eines will ich noch wissen.«

»Nur zu«, forderte er sie großzügig auf, bereute sein Angebot aber sofort, als er ihr schelmisches Grinsen bemerkte.

»Lass mich wie bei Robert Lembke fragen: Gehe ich recht in der Annahme, dass in diesem Arbeitskreis keine weiteren Männer sind?«

»Wie kommst du denn darauf?« Langsam fing die Kleine an, ihn zu nerven.

»Diese Antwort interpretiere ich als Ja«, fuhr Lotti ungerührt fort. »Folglich muss es eine Frau sein, der du frisch geduscht und gut präpariert imponieren willst.«

Jetzt reichte es wirklich. Er ging auf die Tür zu und scheuchte sie weg.

»Oh, oh«, unkte Lotti. »Wie's ausschaut, habe ich ins Schwarze getroffen.«

Bonn, Samstag, 25.11.1972, 10 Uhr

Der Duft aus frisch gebrühtem Kaffee und warmem Hefegebäck, der sie beim Eintreten willkommen hieß, hatte Hilde einst ins Café Müller-Langhardt am Markt gelockt. Sie sog ihn auch diesmal tief in die Lungen, als sie das Café betrat und ihren Schal abnahm. Fräulein Gerda bemerkte sie sofort und nickte ihr zu. Auf ihrem Tisch stand ein kleines Reserviert-Schildchen, die Zeitungen lagen für sie bereit. »Kännchen Kaffee wie immer, Frau Kessel?«, fragte die herbeigeeilte Gerda, als sie ihr den Mantel abnahm. »Und was nehmen wir heute dazu?«, wollte sie wissen. »Rosinenweckchen oder Plunderteilchen?«

»Eine Nussecke.«

Die leicht hochgezogene rechte Augenbraue verriet Fräulein Gerdas Erstaunen. Hilde hatte noch nie etwas anderes als Rosinenweckchen oder Plunderteilchen zum Kaffee genommen. Aber heute brauchte sie etwas zum Zubeißen, etwas zum Zermalmen.

Sie schlug den *General-Anzeiger* auf, überflog den politischen Teil. Nirgendwo auch nur der winzigste Hinweis auf einen Untersuchungsausschuss zum Misstrauensvotum. Erleichtert legte sie diesen Teil beiseite.

Seit Arnolds Tod kam sie jeden Samstag hierher. Der feste Termin gab ihrem freien Tag Halt und Struktur. Allein in der Wohnung über dem Rheinblick zu hocken würde sie verrückt machen. Sie sah sich um, stellte fest, wer da war, registrierte, dass Frau Dorando und weitere Gattinnen des höheren Verwaltungsdienstes mit einer Japanerin Tee tranken. Im Rheinblick war ihr zu Ohren gekommen, dass Ikebana das neueste Hobby in besseren Bonner Damenkreisen war. Die Herren der Damen klagten ihr gegenüber gelegentlich, dass sie, seit ihre Frauen Ikebana-Kurse belegten, aus einem im Flur aufgestellten Blumengesteck die seelische Verfassung ihrer Angetrauten herauslesen sollten. »Da ist es einfacher, aus dem Kaffeesatz zu lese«, pflegte Hilde dann zu sagen.

Die Damen wisperten und nippten, steckten die Köpfe zusammen, prüften mit unauffälligen Handbewegungen den Sitz der Frisur oder tupften sich die Lippen mit kleinen Servietten ab. Hilde wusste, dass sie niemals zu einem solchen Zirkel gehören würde, und fragte sich, ob solche Runden für die Frauen Pflicht oder Vergnügen bedeuteten. Für diese eher Pflicht, vermutete sie, da sie durch den Beruf des Ehemanns miteinander verbunden oder eher aneinander gekettet waren. Mehr Schicksalsgenossinnen als Freundinnen. Wären sie Freundinnen, dann würde Hilde sie beneiden. Es gab nichts, was sie so vermisste wie eine gute Freundin. Eine, der sie ihr Herz ausschütten, eine, mit der sie die schwierige Frage des heutigen Tages, eine, mit der sie das Für und Wider von Entscheidungen besprechen konnte. Aber es gab keine, und sie fühlte sich allein in diesem überfüllten Café.

Fräulein Gerda servierte Kaffee und Nussecke, goss ihr die erste Tasse ein, zog sich unauffällig zurück. Hilde nahm einen Schluck Kaffee und griff wieder nach dem *General-Anzeiger*. »Mit 26 Frauen (plus drei Berlinerinnen) ist der neue Bundestag trotz aller Emanzipationsbestrebungen der frauenärmste seit 1949. Von den 26 stellen SPD und CDU/CSU jeweils zwölf, und die FDP zwei Abgeordnete.« Das überraschte Hilde ein wenig. Bei der Aufbruchsstimmung, die die SPD verbreitete, hatte sie damit gerechnet, dass mehr Frauen aufgestellt wurden. Andererseits, sie kannte doch ihre Pappenheimer. Da mochte Brandt im Bundestag noch so laut rufen »Wir sind gewählt und nicht erwählt«, von seinen Genossen gab keiner freiwillig die einmal erreichte Macht ab.

Bömitz blieb da eine Ausnahme. Bömitz, ja, Bömitz. Sie grub die Kuchengabel in die Nussecke, meißelte das erste Stückchen ab, schob das knochenharte Gebäck in den Mund, zerdrückte die Nüsse zwischen den Zähnen, bewegte den klebrigen Karamell hin und her, bohrte mit der Zungenspitze nach Resten. Sie würde heute nicht nur eine Nussecke verzehren, sie würde heute auch bis um vier Uhr nachmittags hier sitzen bleiben. Lang genug, um nicht zum Treffen mit Bömitz zu gehen.

Sie griff wieder nach der Zeitung. Da, auf Seite 1, eine kleine Notiz zur Krankheit des Kanzlers. »Bonn: Bundeskanzler Brandt muss sich in klinische Behandlung begeben. Regierungssprecher Ahlers teilte gestern mit, der Bundeskanzler habe sich durch die übermäßige Beanspruchung während des Wahlkampfes eine dematöse (wässrige) Entzündung der Stimmbänder zugezogen. Auf Anraten seines Arztes, Professor Becker, werde er sich deshalb in die Universitätsklinik begeben.« Hilde stellte mal wieder fest, dass sie, was die Bonner Politik betraf, besser informiert war als der *General-Anzeiger*. Dass der Kanzler krankheitsbedingt an den weiteren Koalitionsverhandlungen nicht teilnehmen konnte, hatte bei den Genossen an der Theke zu heftigen Debatten geführt.

Sie blätterte weiter und las heute sogar den Fortsetzungsroman *Schach der Königin*. Eigentlich lohnte es sich für sie nicht. Da sie die Woche über die Zeitung nur unregelmäßig las, fehlten ihr zu viele Informationen, um der Geschichte folgen zu können, aber heute hatte sie viel Zeit und las einfach alles.

»Frau Kessel«, unterbrach Gerda ihre Lektüre. »Sie werden am Telefon verlangt.«

Überrascht folgte sie ihr hinter den Verkaufstresen, wo der abgelegte Telefonhörer auf sie wartete.

»Karlchen hat mir erzählt, dass du samstags immer im Café sitzt«, erklärte Bömitz. »Du kommst doch?«

Sie wusste nicht, was sie sagen sollte.

»Bitte, Hilde.«

Sie kehrte an ihren Tisch zurück, nahm die Zeitung wieder auf und las einen Witz: »Ein japanischer Politiker sagt am Ende seiner Deutschlandreise: Erst wenn man Bundeskanzler Erhard persönlich gesehen hat, begreift man den ganzen Umfang des deutschen Wirtschaftswunders.«

Sie verstand nicht, sie lachte nicht, ihre Gedanken flogen davon. Vielleicht, so überlegte sie, war es ein Fehler, Bömitz nicht zu treffen. Ein Gespräch unter vier Augen könnte sicherlich einiges klären.

Bonn, Samstag, 25.11.1972, 10 Uhr 30

Vorhin hatte sich Lotti zwar über Max lustig gemacht, aber in ihrem Innersten fand sie es rührend romantisch, was er tat, um eine Frau zu erobern. Für sie hatte sich noch nie einer so ins Zeug gelegt. Mit ihr konnte man Pferde stehlen oder die Nacht durchsaufen, mit ihr konnte man Transparente malen oder über Mehrwert diskutieren, bei ihr konnte man sich ausheulen oder sich fünf Mark von ihr leihen. Aber verlieben konnte man sich nicht in sie, und mit ihr ins Bett steigen auch nicht. Die erste Liebe unglücklich, das erste Mal ein Fiasko, danach ein gebranntes Kind, so der bittere Stand der Dinge zum Liebesleben der Lotti L.

In Tines Spiegel betrachtete sie ihren mageren Körper mit den zu kleinen Brüsten und den zu großen Ohren, für den sie keinerlei Zuneigung empfand. Wer wollte so einen Hungerhaken? Schnell stülpte sie Unterhemd und Unterhose, Jeans, Bluse und Pullunder über das dürre Gestell. Sie war nicht wegen ihres Liebeslebens hier.

In der Küche schmurgelte ein Kaffeerest in der Kanne der Kaffeemaschine. Der erste Schluck so sauer und bitter, dass Lotti ihn ausspuckte. Sie schrubbte die Kanne, füllte Wasser in die Maschine und kratzte aus der Dose zwei mickrige letzte Teelöffel Kaffeepulver, das sie in den Filter füllte. Von den gestrigen Einkäufen fand sie noch zwei Mandarinen. Wurst, Käse, Brot, alles aufgefuttert. Aus den Mandarinen, der restlichen Milch und ein paar Haferflocken panschte sie sich ein spartanisches Frühstück. Ein Sauhaufen, diese WG. So ging's ja nicht.

»Noch jemand zu Hause?«, rief sie in den Flur hinein und meinte aus Kurts Zimmer ein Brummen zu vernehmen.

Sie klopfte und trat ein. Im Gegensatz zu Tines chaotischem Zimmer glich das von Kurt einer Mönchszelle. Den schweren schleppenden Blues aus dem Kassettenrekorder erkannte sie wieder. Den hatte ihr Kurt in Baden-Baden schon mal vorgespielt und ihr langatmig seine Sympathien für den Song verklickert. Natürlich ging es um Politik, obwohl das Stück *Apolitical Blues* hieß. Wie war das noch mal? Genau! Der Vorsitzende Mao ruft an, und der Sänger – war's Lowell George? – hat keinen Bock auf Mao, weil er nämlich den apolitischen Blues, den schlimmsten Blues von allen, in den Knochen hat. – Lotti fand die Mao-Geschichte etwas seltsam, aber klar, dass dem moskautreudoofen Kurt die barsche Antwort an den ideologischen Feind gefiel. – Während Kurt die Musik leiser drehte, entdeckte Lotti, dass an der Stirnwand gegenüber von *Clockwork Orange* noch ein weiteres Plakat hing. Ein großes Schwarz-Weiß-Portrait von Lenin. Eine seltsame Kombination: Wladimir Iljitsch und der irre Alex, der Revolutionsführer und der verrohte Bürgersohn.

»Warum die zwei?« Lotti deutete mit dem Kopf erst auf das eine, dann auf das andere Plakat.

»Alex führt uns durch sein Verhalten vor Augen, wie verkommen das bourgeoise System ist, Lenin zeigt uns, dass der einzige Weg, dieses System zu überwinden, die Revolution ist«, erklärte Kurt in einem Ton, der ihr deutlich machte, dass sie darauf eigentlich selbst hätte kommen müssen. »Aber das ist bestimmt nicht der Grund, weshalb du hier bist.«

»Kannst du mir noch mal deinen Stadtplan leihen? Ich will zum Alten Friedhof. Ist das weit? Geht das zu Fuß?«

»Keine Ahnung.« Kurt schob die Schublade auf, in die er gestern Abend den Stadtplan zurückgelegt hatte, holte ihn heraus, schloss die Schublade wieder und gab ihn ihr.

»Hast du von dieser Stadt neben dem Büro des MSB Spartakus und ein paar Vorlesungssälen schon mal was anderes gesehen?«, spottete Lotti.

»Ich kenne jede Bonner Fabrik, ich kenne jede Arbeiterkneipe«, erwiderte Kurt ernst. »Ich bin da, wo die Revolution mich braucht. Auf dem Alten Friedhof liegen nur Tote. Für sie kommt die Revolution zu spät.«

Kurt hatte immer noch keinen Humor oder einen, den sie nicht verstand, stellte Lotti fest und erzählte ihm von dem ermordeten Mädchen, derentwegen sie zu diesem Friedhof wollte, aber das interessierte Kurt nicht. Für ihn verplemperte sie ihre Zeit mit Boulevard-Themen, die der Verdummung der Massen dienten. »Ach ja?«, konterte sie. »Wenn ich, von einem konkreten Fall ausgehend, über die Situation in den Heimen der Bundesrepublik schreibe, lenke ich die Aufmerksamkeit der Leser auf die Schwarze Pädagogik, die dort immer noch praktiziert wird, und damit auf ein System, das dringend reformiert werden muss. Das ist nicht verdummend, das ist aufklärend, das ist politisch.«

Sie verkeilten sich in eines ihrer Streitgespräche. Schon bei ihrem ersten Besuch im Republikanischen Club in Baden-Baden waren sie aneinandergeraten. Einen besonders heftigen Streit mit Kurt hatte sie im Sommer 1971, es ging um die Emanzipation der Frau. Ein Thema, das sie auf die Tagesordnung setzte, nachdem der *Stern*-Artikel »Wir haben abgetrieben« so hohe Wellen geschlagen hatte. Kurt argumentierte mit der marxistischen Theorie vom Haupt- und Nebenwiderspruch. Die Befreiung der Frau sei ein Nebenwiderspruch und damit zu vernachlässigen. Wenn der Klassenkampf (Hauptwiderspruch) gewonnen sei, erledigte sich die Frauenfrage von selbst. Über diese arrogante, dämliche Position regte sie sich immer noch auf. Die Reform des § 218 konnte nicht warten, bis die Revolution gesiegt hatte. Dafür musste jetzt, unter den herrschenden Bedingungen, gekämpft werden. Dass Frauen bei stümperhaften Ausschabungen verbluteten oder weiter heimlich zu Abtreibungen nach Holland fuhren, musste aufhören. Das musste selbst Kurt einsehen, auch wenn er immer noch von der Revolution träumte, nach der sich wie im Märchen alles wie von selbst erledigen würde. Sein Umzug nach Bonn hatte ihn nicht auf den Boden der Tatsachen geholt, im

Gegenteil. Kurt erhielt noch mehr theoretisches Rüstzeug, um den Traum zu beflügeln. Er kapierte nicht, dass die Welt nicht schwarz-weiß, sondern bunt war, man sie nicht bekämpfen, sondern entdecken, begreifen, verändern sollte. Dennoch schätzte Lotti die Auseinandersetzungen mit ihm. Sie halfen ihr, die eigene Position zu schärfen.

Irgendwann ging ihnen zum Thema Heimerziehung die Puste aus. Ihr etwas früher als Kurt, er war einfach hartnäckiger. »Habt ihr eigentlich so was wie ein regelmäßiges WG-Treffen, Zwuggele?«, wechselte sie das Thema.

»Sonntagabend«, erklärte Kurt. »Da kochen und essen wir immer zusammen. Und Zwuggele …«

Bonn, Samstag, 25.11.1972, 10 Uhr 30

Sonja lehnte die Stirn an das kalte Fensterglas, ihr Blick blieb an ein paar zerzausten Hainbuchen hängen, deren dürres Laub dem Regen standhielt. Der Kottenforst dahinter ein graues Einerlei. Ein Wetter zum Heulen. Von Sonnenstrahlen keine Spur, den Spaziergang mit dem Kanzler hatte sie längst abgeschrieben.

Ihr forscher Versuch, in Brandts Zimmer zu gelangen, war von den Leibwächtern abgeblockt worden. Zwei, die sie bereits kannte, der Schmierige und der Junge, sie brauchten nichts zu erklären, sie hörte selbst, dass Ehmke wieder bei Brandt war. Also hieß es, ausharren, sich in Geduld üben, auf die Gunst der Stunde warten.

»Wie lang ist er schon bei ihm?«, fragte sie und drehte den Kopf vom Fenster weg.

»Halbe Stunde vielleicht«, gab der Junge bereitwillig Auskunft. »Er ist kurz vor Ihnen hier eingetroffen.«

Der Schmierige stand auf, reckte kurz die breite Brust, setzte sich wieder, fiel in seinen Dämmerzustand zurück, schnellte aber sofort hoch, als eines der Telefone klingelte. »Ja«, meldete er sich. »Verstanden. Ich hole ihn.« Er legte den Hörer zur Seite, ging zur Tür und klopfte. »Herr Minister Ehmke«, sagte er. »Das Kanzleramt.«

Ein Lichtstrahl brach in den Raum, als Ehmke die Tür öffnete und eilig zum Telefon schritt. Er drehte Sonja den Rücken zu. Um ins Zimmer des Kanzlers spähen zu können, wechselte Sonja flink ihren Standort. Brandt saß an seinem Schreibtisch. Die Ellbogen auf den Tisch gestützt, hielt er seinen Kopf, der immer noch in der weißen Halskrause steckte, mit beiden Händen fest, wirkte tief in Gedanken versunken. Er sah nicht auf, als sie leise »Herr Brandt, Herr Brandt« rief. Unschlüssig blieb sie stehen, betrachte Ehmke, der sich den Telefonhörer mit der Schulter ans Ohr klemmte und zuhörte. »Ich brauche die Unterlagen in zwei Stunden«, befahl er und hörte weiter zu. »Nein«, sagte er zum Schluss. »Auf keinen Fall.«

Ehmke legte den Hörer auf, Sonja sprang zur Seite, um ihn vorbeizulassen, er schloss die Tür hinter sich. »Alles in deinem Sinne auf den Weg gebracht, Willy«, hörte Sonja ihn sagen. »Wilke als Büroleiter wird bei den Verhandlungen dabei sein. Ich agiere aus dem Hintergrund heraus. Für Helmut bin ich ein rotes Tuch, da kann er noch so treu behaupten, dass er meinen Skalp nicht will, er will ihn. Deshalb bin ich dir bei den Verhandlungen in der zweiten Reihe wahrscheinlich nützlicher als in der ersten.«

Sonja kehrte zum Fenster zurück. Den Arbeitsalltag von Schauspielern und Opernsängern konnte sie sich vorstellen, den eines Politikers nicht. Vielleicht glich die Regierungsbildung einem komplizierten Schachspiel, vielleicht musste man viele Züge voraussehen, vielleicht stand einem dabei nicht der Sinn nach Entspannung, vielleicht forderte diese Arbeit im Gegenteil extreme Konzentration und Anspannung.

»Können Sie immer alle Gespräche mithören?«, fragte sie die Leibwächter.

»Meinen Sie, die sind unsertwegen leise?«, fragte der Jüngere zurück. »Wir sind zum Stillschweigen verdonnert, Sie doch auch, oder?«

»Natürlich«, beeilte sie sich zu sagen. »Ich dachte nur, dass, wenn es um Staatsgeschäfte geht, alles hinter verschlossenen Türen, höchst geheim und so weiter.«

»Politiker sind da unterschiedlich«, erklärte ihr der Ältere in einem kurzen Anfall von Großzügigkeit. »Brandt, sagen wir mal, ist Leisetreten nicht so wichtig. Er denkt, dass er Spionage so nicht verhindert, er sich dafür aber das Leben schwerer macht.«

Das Gespräch erlosch, die Leibwächter schalteten wieder auf Raubtiermodus. Sie stand immer noch am Fenster, als Ehmke sich verabschiedete. Sie traute sich nicht, zu klopfen, als er längst gegangen war. Der Kanzler hatte sie gesehen, sie wollte sich nicht aufdrängen. Doch natürlich war sie sofort zur Stelle, als sich seine Tür öffnete und der Kanzler erschien. Sie traute ihren Augen nicht, als er Zeige- und Mittelfinger der rechten Hand zum Mund führte, tief Luft holte und dann mit dem Zeigefinger schnippte. Die Geste war eindeutig. Der Kanzler wollte eine Zigarette.

Bonn, Samstag, 25.11.1972, 13 Uhr

Er hätte nicht zurückkommen dürfen. Er riss die vernarbten Wunden wieder auf, er spülte die Verzweiflung zurück in ihr Herz, er weckte längst beerdigte Begehrlichkeiten. Während Hilde auf der A 555 in Richtung Köln fuhr, sah sie sich ein paar Tage nach Bömitz' Verschwinden durch Bonn irren. Sie benahm sich wie ein dummes verlassenes Mädchen, das die Welt nicht mehr verstand. Sie suchte ihn, sie lief ihm nach. Mehrfach klingelte sie an seinem Apartment Sturm, wie in einem schlechten Agentenfilm mit Sonnenbrille und Kopftuch kostümiert, ging sie an seinem Abgeordnetenbüro vorbei, selbst diesen Jazz-Laden, den Club populaire, ließ sie nicht aus. Sie fragte den Wirt nach ihm – einen jungen Strahlemann, der sicher nichts anbrennen ließ –, beschrieb ihm Bömitz, schob, als er nur mit den Schultern zuckte, eine Beschreibung von Tibulski hinterher. Als Duo erinnerte er sich an die beiden. »Der mit dem Schnäuzer«, erzählte er, »schaut gern Donnerstagnacht vorbei. Aber den Langen hab ich schon seit Wochen nicht mehr gesehen.« Damit war ihre letzte Hoffnung dahin. Sie saß auf einem wackligen Barhocker unter einem Fischernetz, mit einem traurigen Saxofon im Ohr, hielt ihre Handtasche fest und konnte die Tränen nicht stoppen, die ihr über die Wangen liefen. Sie wäre am liebsten in Grund und Boden versunken, als der Wirt ihr einen Klaren und eine Serviette zum Naseputzen hinschob: »Geht aufs Haus. Wird schon wieder.« Wie denn? Wie denn?, wollte sie schreien, während ihr die Tränen den Hals hinunter in den Ausschnitt rannen. Aber stattdessen nickte sie, kippte den Schnaps, der nicht nur ein Klarer war, sondern ihr auch zu einem Moment der Klarheit verhalf: Sie machte sich zum Affen, taumelte liebestoll durch die Stadt, suchte verzweifelt einen Mann, der nicht der ihre war, gab sich – und wenn sie jemand erkannte, auch Arnold als gehörnten Ehemann – der Lächerlichkeit preis. Sie stolperte, als sie vom Barhocker gleiten wollte, ein fremder Mann fing sie auf. Er schreckte vor ihrem verheulten Gesicht zurück, vor ihrer offenkundigen Verzweiflung. Verfolgt von dem traurigen Saxofon, taumelte sie aus dem Lokal. Aus einer Spelunke nebenan dröhnte *Heidewitzka, Herr Kapitän* auf die Straße, schon von draußen roch sie den billigen Schnaps, wusste um die armseligen Gestalten, die dort verkehrten. Dennoch betrat sie den Laden, trank einen zweiten Schnaps, ließ sich von einem kriegsversehrten Einarmigen einen weiteren Schnaps spendieren, wehrte sich nicht, als er ihren Hintern betatschte. Erst als er ihr in den Ausschnitt fassen wollte, klebte sie ihm eine und nahm Reißaus. Sie floh in eine diesige Nacht, in der nichts als das Shell-Schild der gegenüberliegenden Tankstelle leuchtete. Die Ausdünstungen von Benzin und das Kind, das in ihr wuchs und von dem sie noch nichts wusste, ließen ihren Magen rebellieren. Sie kotzte neben einen Stromkasten, auf den einer »Viva la revolución« gekritzelt hatte, und versaute sich Mantel und Schuhe. In der Nacht traute sie sich fast nicht nach Hause. Da sie aber nicht wusste, wo sie sonst hinsollte, ging sie schließlich doch heim und war heilfroh, dass Arnold schlief oder tat, als ob er schliefe, als sie sich neben ihn ins Bett legte. Sie hatte ihren absoluten Tiefpunkt erreicht. Sie schwor sich, Bömitz zu vergessen und Arnold ewig die Treue zu halten, nie mehr einem flirrenden Begehren, einem wirren Gefühl nachzugeben. Liebe war's nicht gewesen oder doch?

Hinter ihr hupte einer, sie schreckte aus ihren Gedanken auf, vor ihr tauchte schon der Bonner Verteiler auf, und sie fragte sich, wieso Bömitz ausgerechnet ihr altes Liebesnest als Treffpunkt vorgeschlagen hatte.

Bonn, Samstag, 25.11.1972, 14 Uhr

Der Alte Friedhof lag nicht um die Ecke, sah Lotti auf dem Stadtplan, dennoch entschied sie, zu Fuß zu gehen. Ihre Wildlederstiefel waren ganz andere Strecken gewohnt. Hey, *These Boots Are Made for Walkin'*. Wieder wartete die Riesenbaustelle am Berliner Platz auf sie, doch diesmal gelang es ihr, das Betonmonster geschickt zu umgehen. Um sie herum toste der Verkehr. Jetzt, nachdem die Geschäfte geschlossen hatten, schob sich eine lärmende Blechlawine durch die Straße.

Als Lotti den Alten Friedhof betrat, wunderte sie sich, wie wenig es brauchte, um den Lärm zu schlucken. Eine hohe Mauer und ein paar noch höhere Bäume reichten aus, damit alles still wurde. Die Luft roch nicht mehr nach Abgasen, sondern nach Buchsbaum und feuchtem Moos. Der Friedhof hieß nicht nur so, er war auch alt: verwitterte Grabsteine, verrostete Einfassgitter, wild wucherndes Efeu.

Lotti musste an den Illenau-Friedhof denken, ihren Rückzugsort, ihr Refugium. Über hundert Jahre lang hatte man dort all die begraben, die an der Welt oder an sich selbst irr geworden waren. All die, die ihr Leben, geschützt in der Heil- und Pflegeanstalt Illenau, verbracht hatten, bis die Nazis entschieden, dass sie keine nutzlosen Esser und »wertlose« Menschen brauchten, bis die Nazis sie zu Tode spritzten oder vergasten, bis die Nazis ihre Leichen irgendwo verscharrten oder verbrannten. Deshalb gab es aus der Zeit keine Gräber mehr auf dem Illenauer Friedhof. Aber die Gräber aus der Zeit davor sahen aus wie diese hier. Im Kampf mit Efeu, Geißblatt und Knöterich mahnten sie als steinerne Zeugen an all die Sonderlinge, Spinner und Traumtänzer, die einst in der Illenau gelebt hatten.

Sie streifte gern zwischen den verwitterten Gräbern umher, sie fühlte sich wohl zwischen den Geistern der Irren, als Verwandte sah sie sie, hielt sie sich doch selbst für ein ziemlich verrücktes Huhn. Außenseiter waren die Illenauer gewesen, allesamt, so wie sie in Achern eine Außenseiterin war: mit zehn Jahren aus dem prächtigen Freiburg ins kleine Achern zwangsumgesiedelt, das Kainsmal Scheidungskind auf die Stirn gemalt. Von jetzt auf gleich musste sie all ihre Freundinnen aus der Volksschule Herdern zurücklassen, von jetzt auf gleich musste sie lernen, für sich und den kleinen Bruder zu kochen, von jetzt auf gleich musste sie damit klarkommen, dass ihr Vater weg war und ihre Mutter arbeiten musste. Im ersten Jahr in Achern hatte Lotti alles gehasst: die neue Schule, die neue Stadt, die neue, viel kleinere Wohnung, das neue Leben als amputierte Familie. Sie hätte diese Gaby Schindler aus ihrer Klasse am liebsten in den Boden gerammt, als sie wissen wollte, wo denn ihr Vater war. Was sollte sie antworten? Am Ende der Welt? Auf Nimmerwiedersehen verschwunden? Grade mal Zigaretten holen? Auf keinen Fall das, was ihnen die Mutter erzählt hatte, denn das glaubte sie nicht. Zurück nach Frankreich sei *papa* gegangen, weil ihn das

Heimweh krank machte. Hatte ihnen nichts anderes dagelassen, der *cher papa*, als den Nachnamen, den kaum einer richtig aussprach. Als Kind hatte sie der Mutter die Scheidung übel genommen. Es war schwer, mit diesem Makel zu leben, es war schwer, ohne *papa* zu leben.

Lottis Schritte knirschten im Kies, als sie weiter über den Alten Friedhof stiefelte. Beim Umrunden der Kapelle flogen ein paar Tauben auf, irgendwo klopfte ein Specht, in weiter Ferne rauschte der Verkehr. Es dauerte, bis sie das prächtige Grab der Schumanns fand. Clara saß als Muse gezeichnet, Robert anhimmelnd, zu seinen Füßen. Clara Schumann darauf zu reduzieren ärgerte Lotti. Nicht nur Robert, auch sie war eine große Künstlerin gewesen, nicht er, sie hatte als erfolgreiche Pianistin den Unterhalt der Familie gesichert.

Als Lotti sich vom Grab wegdrehte, fiel ihr Blick auf den runden Brunnen, und sie dachte nicht mehr an die Schumanns, sondern an Sally Bowles. Hier also hatte sie gelegen. Nichts deutete mehr darauf hin, der Regen hatte alle Spuren weggewischt. Ob Sally diesen Friedhof als Rückzugsort benutzt hatte, so wie sie den der Illenau? Hatte auch Sally Zwiesprache mit den Toten gehalten? Oder hatte sie den Friedhof als Lebende gar nicht gekannt? Sie war nicht hier ermordet worden, erinnerte sie sich. Lotti sah sich um, machte in Sichtweite nirgendwo ein Tor zur Straße aus. Schnell packte sie ihren kleinen Fotoapparat aus, knipste ein paar Bilder – Brunnen, Schumann-Grab, Umgebung –, lief weiter, stand nach ein paar Minuten auf einer breiten Straße, die zum Bahnhof führte, fand, als sie noch einmal zurückging, keinen weiteren Eingang. Da Fundort nicht gleich Tatort war, hatte der Mörder Sally weit geschleppt. Warum hatte er die Leiche nicht in der Nähe von einem der beiden Eingänge abgelegt? Warum neben den Schumanns am Brunnen? Warum trug das Mädchen die Heilsarmeeuniform? Fragen über Fragen.

Lotti wusste genau, warum sie die Geschichte der Sally Bowles schreiben musste. Sally war eine Verlorene, genau wie ihre alte Schulkameradin Marianne, deren Schreie Lotti seit dem Vorfall im Kehler Hafen verfolgten. Ein Heimkind, das wie alle Außenseiter, Ausgestoßene und Irre keine Stimme hatte. Heute brachte man Heimkinder und Irre nicht mehr um, aber der alte Nazi-Geist herrschte immer noch in den Heimen. Sie, Lotti, wollte diesen Geschundenen eine Stimme sein, sie wollte wachrütteln, den Finger in die Wunde legen, Veränderungen anstoßen. Das war sie Marianne schuldig, und so verstand sie ihren Auftrag als Journalistin. Leider sah das ihr Chef nicht so. Kuhnert würde an die Decke gehen, wenn sie ihm die Sally-Geschichte vorschlug. »Nicht schon wieder, das haben wir doch schon bei der Hafengeschichte durchdiskutiert, Heimerziehung ist kein Thema für uns, wir sind keine Revoluzzerzeitung, wir sind ein solides konservatives Blatt«, und so weiter. Also musste sie einen Weg finden, ihm die Geschichte unterzujubeln. Doch dafür brauchte sie mehr Informationen. Noch einmal würde sie nicht so blauäugig sein wie beim letzten Telefonat. Sie würde gründlich recherchieren: Zeitungsarchiv, Konrad, sein Chef beim *General-Anzeiger*, Heilsarmee, Uniklinik ratterten als Möglichkeiten, mehr über Sally zu erfahren, durch ihren Kopf. Die meisten Informationsquellen konnte sie erst am Montag anzapfen. Also Konrad. Er hatte ihr seine Adresse aufgeschrieben. Sie würde mal kurz bei ihm reinschneien.

Bonn, Samstag, 25.11.1972, 14 Uhr

Max' Blick verlor sich im schönen Gesicht von Joan Baez, die ihn mit ihren Schwestern Mimi und Pauline von einem Plakat über dem Küchentisch anlächelte. *»Girls Say Yes To Boys Who Say No«*, stand darauf. Klar, eine Aufforderung an alle US-Boys, nicht in den Vietnamkrieg zu ziehen. Hatten jemals deutsche Mädchen deutschen Jungs ein so verlockendes Angebot gemacht, wenn sie den Kriegsdienst verweigerten?

Nein, hatten sie nicht, überhaupt zeigten sie sich wenig entgegenkommend. Dieses Gejammer über die jahrhundertelange Unterdrückung ging ihm schwer auf den Senkel. Warum wollte heutzutage jede eine Emanze sein?

Er hätte wissen müssen, dass er auf verlorenem Posten kämpfte, er hätte wissen müssen, dass ihm ein Waterloo bevorstand, zumindest hätte er wissen müssen, dass er sich in die Höhle des Löwen, besser, der Löwinnen wagte, als er vor anderthalb Stunden diese Wohnung betrat. Schon bei diesem fetten lila Frauenzeichen an der Wohnungstür hätten seine Alarmglocken klingeln müssen. Aber nichts, nada, nothing, nur ein sehr, sehr leises Bimmeln von einem sehr, sehr zarten Glöckchen, als er sich wenig später die Poster und Plakate im Flur ansah. Darauf nur Frauen, nun gut, er betrat gerade eine Frauen-WG, seine erste übrigens, vielleicht gehörte das zur Standardeinrichtung, so wie in linken WGs die Marx- und Lenin-Plakate und der kackende Frank Zappa auf dem Klo an der Wand hängen mussten. Bilder von Frauen, wie gesagt, die meisten schwarz-weiß, die man, da der Flur sich zog, wie eine Ahnengalerie abschreiten musste. Er erkannte Joni Mitchell, Joan Baez, Janis Joplin, alle nicht schlecht, aber richtig gut war nur Janis, Himmel, deren *Cry Baby* ging ihm jedes Mal durch Mark und Bein! Es folgten Französinnen: Édith Piaf, Juliette Gréco, Barbara, Chanson-Geträller, musikalisch absolut zu vernachlässigen, aber Frauen standen auf so was. Auf der anderen Seite hingen die Ikonen des Emanzipationskampfes: Rosa Luxemburg, Clara Zetkin, Simone de Beauvoir – die durfte in keinem Frauenzimmer fehlen –, Angela Davis. Aber wer zum Teufel war Virginia Woolf? Endlich war er an der Küchentür angelangt. Auf der klebten das berühmte *Stern*-Cover »Wir haben abgetrieben«, drei Plakate zur Abschaffung des Paragrafen 218 und ein Foto von einem Bus voller Frauen auf dem Weg zu einer Abtreibungsklinik in Holland. Was die Abschaffung des Paragraphen 218 anging, war Max mit den Frauen vollkommen d'accord.

In der Küche angekommen, läutete das Alarmglöckchen bereits etwas lauter. Astrid, ins Gespräch mit der kleinen Rita und – wie hieß sie noch? Gerda? Christel? Erika? – vertieft, würdigte ihn keines Blickes. Nicht dass er erwartet hätte, mit offenen Armen empfangen zu werden, aber auf ein kleines Zwinkern, ein angedeutetes Lächeln oder einen kurzen Augenaufschlag hatte er schon spekuliert. Die Ladys saßen um den Tisch versammelt, die Arbeitsgruppe war vollzählig, als hätte sie schon länger getagt. Dabei war er überhaupt nicht zu spät gekommen, sogar fünf Minuten zu früh, wenn man es genau nahm. Er quetschte sich auf den letzten freien Stuhl und klopfte zur Begrüßung dreimal auf den Tisch. Die Ladys sahen ihn weder freundlich noch erwartungsvoll an, nicht mal neutral, sondern eindeutig streitlustig.

Wie geplant begann er sein Referat mit einem Exkurs über Briefe. Er war noch nicht bei den Hethitern angelangt, als ihn – hieß sie Christel? – unwirsch unterbrach. Er solle doch seine Einleitung etwas knapper halten und direkt zu den Kassettenbriefen kommen, forderte sie ihn auf, unterstützt von vielfachem Nicken. Wie zu erwarten, zerrissen die Emanzen Zweigs Begründung, dass bei Maria die Vernunft keine Gewalt mehr über das Brausen ihres Blutes hatte. Eine extrem dumme, nur schwach psychologisch begründete These, so die Runde. Wie klar und erhellend dagegen die Arbeit von Antonia Fraser, die nachwies, dass die Briefe aus politischen Gründen manipulierte Dokumente waren, ein eiliges Flickwerk von Männern, die etwas beweisen wollten, und da sie es rasch beweisen mussten, es mit den Einzelheiten nicht so genau nahmen. Keiner der Briefe war datiert, keiner hatte einen richtigen Anfang, keiner trug Marias Unterschrift. Kurzum, die Briefe waren gefälscht, man benutzte sie, um Marias Machtanspruch zunichtezumachen. Das sollten die männlichen Historiker endlich mal zur Kenntnis nehmen. Dem wollte Max gar nicht widersprechen, im Gegenteil, aber er wollte unbedingt seine These von der Beurteilung der Briefe im historischen Kontext anbringen, doch keine Chance. Er bekam nicht mit, wer da wie den Bogen schlug, aber plötzlich diskutierten alle nur noch über das Patriarchat. Da nutzte es nichts, vorzubringen, dass man über zwei Königinnen redete, es also eher um die Macht- als um die Geschlechterfrage ging. Wie in einem Tribunal sollte er plötzlich Rede und Antwort zu seinem Geschlecht stehen, wurde stellvertretend mit Schlägern, Vergewaltigern, Unterdrückern gleichgesetzt. Sich dagegen zu wehren forderte seine ganze Kraft, sodass er zu spät bemerkte, wie die Diskussion zum Thema weibliche Sexualität abdriftete und die Ladys wissen wollten, ob er überhaupt eine Ahnung vom weiblichen Orgasmus habe. Hey, keine Frau, die nicht wieder mit ihm ins Bett steigen wollte, nachdem sie einmal mit ihm gepennt hatte, wäre die wahrheitsgemäße Antwort gewesen, aber da die Ladys sich in Furien verwandelt hatten, bereit, ihn wegen nichts und wieder nichts in den Staub zu treten, und seine Alarmglocken nun wirklich Sturm läuteten, entschloss er sich, den Gentleman zu geben. Darüber, verkündete er und besaß tatsächlich die Kühnheit, Astrid direkt anzusehen, rede er nur mit seinen Bettgenossinnen.

Ob es das Wort Bettgenossin oder sein kühner Blick war, konnte er nicht sagen, aber das böse Lachen und wilde Gezeter, das ihm nach seiner Antwort entgegenschallte, gab ihm den Rest. Wenn er in der Situation wenigstens noch die Größe gehabt hätte zu gehen, aber dazu fehlte ihm die Kraft. Ausgeknockt saß er da und musste sich eingestehen, dass er ins offene Messer gelaufen, in einem abgekarteten Spiel über den Tisch gezogen worden war. Teilnahmslos sah er zu, wie die Furien wieder zu harmlosen Frauen mutierten und sich mit Küsschen, Küsschen voneinander verabschiedeten. Manche schickten ihm einen triumphierenden, manche gönnten ihm einen mitleidigen Blick, und Astrid setzte allem die Krone auf, indem sie ihn gönnerhaft zur nächsten Arbeitskreissitzung einlud, weil er so ein trefflicher Vertreter seines Geschlechts sei.

Nie mehr würde er sich in die Fänge dieser Weiber begeben.

Astrid und ihr Königinnenstreit konnten ihn mal gepflegt am Allerwertesten und so weiter. Es gab noch genügend andere Mütter, die schöne Töchter hatten. Töchter, die sich gern von ihm erobern lassen würden.

»Willst du noch einen Kaffee?«, fragte Rita und schwenkte die Kaffeekanne.

Max schreckte auf, wunderte sich, dass außer ihm überhaupt noch jemand hier war, doch dann fiel ihm ein, dass Rita hier wohnte, dies ihre WG war. »Nein, danke. Du, ich muss dann auch mal«, nuschelte er und war froh, dass es ihm gelang, aufzustehen.

»Ich finde, du hast dich ganz wacker geschlagen.« Rita setzte die Kaffeekanne auf der gegenüberliegenden Seite des Tisches ab.

Max nickte unbestimmt und taxierte sie mit einem Blick: plattes Gesicht, treudoofe Augen, große Titten. Leichte Beute für einen erfahrenen Jäger wie ihn. »Wie man's nimmt«, murmelte er.

»Es ist toll, dass du dich als Mann überhaupt mit Frauenthemen beschäftigst.«

Sehr leichte Beute, korrigierte Max sich selbst und ging auf sie zu. »Soll ich mal ganz ehrlich sein?« Er schenkte ihr seinen treuherzigsten Blick.

»Klar, das ist immer das Beste«, trillerte sie glockenhell.

»Eigentlich bin ich nur deinetwegen in diesen Arbeitskreis gegangen«, flüsterte er, und es gelang ihm sogar, ein bisschen rot zu werden. »Bei dir geht mir irgendwie das Herz auf.« Er strich mit den Fingern leicht über ihren rechten Arm.

»Echt?«, fragte sie und wurde unfreiwillig rot. »Und wir dachten, du kommst nur wegen Astrid. Alle Männer sind scharf auf Astrid.«

»Ich nicht«, log er. »Schöne Frauen haben oft etwas Kaltes, Berechnendes, sie können so verletzend sein. Und im Bett«, er strich mit den Fingern ihren Hals entlang, »da fehlt ihnen oft die Leidenschaft.«

Er fürchtete schon, übertrieben zu haben, als Rita beherzt nach seinem Arm griff. Sie lotste ihn in ihr Zimmer, riss sich ungeschickt die Kleider vom Leib, während er seine Hose auszog. Er vögelte sie so, dass sie schnell kam, und verschaffte sich dann seine eigene Dröhnung. Und dies mit Blick auf drei prachtvolle Muschizeichnungen, die über dem Bett klebten. Himmel, was die Weiber sich heutzutage alles trauten!

»Willst du noch einen Kaffee?«, fragte Rita, als sie später wieder in der Küche standen.

»Nein, danke. Ich muss dann mal.« Er schlüpfte in seinen Parka, tat so, als ob er prüfte, ob sein Portemonnaie in der Hosentasche steckte. »Mist, Mist, Mist«, fluchte er und packte sich an den Kopf.

»Was ist denn los?« Die treudoofen Augen klimperten nervös.

»Grad fällt mir ein, dass ich gestern vor lauter *Maria-Stuart*-Lektüre vergessen hab, zur Bank zu gehen.« Er rieb sich verärgert die Stirn. »Vor Montag kann ich nirgendwo Geld holen. Kannst du mir vielleicht mit was unter die Arme greifen? Mit zwanzig Märker wär mir schon gedient.«

Bonn, Samstag, 25.11.1972, 14 Uhr

Als Hilde das Foyer des Hotels betrat, sprang Bömitz aus dem roten Sessel auf, in dem sie damals auf ihn gewartet hatte. »Hilde. Endlich!« Er schlug vor, ein paar Schritte zu gehen. »Entschuldige, dass ich unser Hotel als Treffpunkt gewählt habe«, erklärte er. »Auf die Schnelle fiel mir nicht ein, wo sonst ich ungestört mit dir reden könnte.«

»Reden«, wiederholte sie und nickte. Oft war ihr durch den Kopf gegangen, was sie Bömitz bei einem Wiedersehen sagen, was sie von ihm hören wollte, und nun wusste sie nicht, wo anfangen. Sollte sie von der Verzweiflung erzählen, in die er sie gestürzt hatte? Von dem gemeinsamen Kind, das nicht hatte leben wollen? Von ihrer Entscheidung, sich nie mehr auf eine heimliche Affäre einzulassen, obwohl sie gerade eben mit ihm ins Bett gestiegen wäre? Reden. War gar nicht so einfach.

»So oft habe ich mir unser Wiedersehen vorgestellt und überlegt, was ich dir sagen werde, und jetzt fehlen mir die Worte.« Unruhig trat er von einem Bein aufs andere, sein scheues Bömitz-Lächeln erwärmte ihr das Herz. »Die Dinge entwickeln sich im Moment so verwirrend.«

»Welche Dinge?« Sie hatte keine Ahnung, wovon er sprach.

»Gestern hat mir Ehmke streng vertraulich eröffnet, dass noch nicht sicher ist, ob er Kanzleramtschef bleiben wird. Vielleicht wird er ein anderes Ministerium übernehmen, also eher ein begrenztes Feld beackern als das große Ganze.«

Sie traute ihren Ohren nicht und blaffte ihn an: »Wenn du mit mir über Politik reden willst, dreh ich sofort um und fahr nach Hause.«

»Nein, nein«, wehrte er ihre Empörung ab, um dann kleinlaut fortzufahren: »Oder doch erst einmal, weil alles andere noch komplizierter ist.«

In Riesenschritten stürmte er vom Hotel weg in den Wald hinein und zog sie mit sich. Ihren Arm umklammernd, als wäre sie sein letzter Halt, redete er in einem fort: »Während der Koalitionsverhandlungen versuchen alle SPD-Granden ihre Trümpfe auszuspielen und ihre Schäfchen ins Trockene zu bringen. Das macht die aktuelle Situation so unübersichtlich. Und einem wie mir erzählt Ehmke nicht alles. So eine neue Regierungsbildung ist ein kompliziertes Spiel, und ich bin nur ein Bauer auf dem Schachbrett.«

Wieder stiegen Wut und Empörung in ihr auf. Warum ließ sie sich in ihren Knautschlackstiefeln durch den Wald schleifen, um sich Geschichten über politisches Geschacher, die ihr täglich Brot waren, nun auch noch von dem Mann anzuhören, der einmal ihr Himmel und ihre Hölle gewesen war? »Wolf.« Mit einem Ruck entzog sie ihm ihren Arm und blieb stehen. »Warum sind wir hier? Was willste von mir?«

»Hilde, ach Hilde.« Mit einem kalten Handrücken fuhr er ihr zärtlich über die rechte Wange, und in seinen Augen blitzte für einen Augenblick das alte Verlangen auf. »Meine schöne, meine kluge Hilde. Red mit Hilde, hab ich mir gesagt. Sie wird verstehen, dass du dich für die Politik entschieden hast. Aber jetzt, wo du vor mir stehst, weiß ich nicht mehr, ob das die richtige Entscheidung ist.«

Was erwartete er? Etwa, dass sie ihm sagte: Lass die Politik sausen? Fahr mit mir ans Ende der Welt? Mach mir ein neues Kind, weil das erste nicht auf die Welt kommen wollte? Sein Herumeiern empörte sie. »Warum bist du damals ohne ein Wort verschwunden?«, fuhr sie ihn an. »Hast du eine Ahnung, was du mir angetan hast?«

»Wenn ich mit dir geredet hätte, hätte ich niemals gehen können.«

Seine Stimme, brüchig und sanft, wieder fuhr die kalte Hand über ihre Wange, in ihrem Unterleib rumorte das alte Begehren.

»Damals kam es mir vor, als hätte ich einen Teil von mir abgehackt und ihn bei dir gelassen. Deshalb habe ich mich in die Arbeit gestürzt, die Habilitation war ein Parforceritt. Eigentlich wollte ich nie mehr nach Bonn zurück. Dann kam dieses Angebot von Ehmke, und seither fahre ich Achterbahn. Ich jubele bei der Vorstellung, in der Bildungspolitik endlich an entscheidender Stelle zu sitzen, maßgeblich daran beteiligt zu sein, Brandts Versprechen ›Bildung für alle‹ einzulösen. Gleichzeitig graut mir davor, in die Ränkespiele der Macht hineingezogen zu werden. Es gibt so viele, die dann ihre Überzeugung verlieren oder sich mit schalen Kompromissen zufriedengeben. Es ist der alte Konflikt: Ich will etwas verändern, und ich will mich nicht verbiegen. Ehmke …«

»Du bist schon wieder bei der Politik«, unterbrach ihn Hilde.

»Die ist schon kompliziert, aber das mit uns ist noch komplizierter. Wir können doch nicht da weitermachen, wo wir aufgehört haben, oder, Hilde?«

Er blickte sie an, als ob er wirklich einen Ratschlag wollte. Was, wenn sie sagen würde, doch, lass uns da weitermachen? Aber nein, das wollte sie selbst nicht. Oder etwa doch?

»Ehmke wird morgen mit Brandt über Personal reden«, rettete sich Bömitz wieder in die Politik. »Wenn ich also noch einen Rückzieher machen will, dann jetzt vor diesem Gespräch.«

Du hast dich doch längst entschieden, dachte Hilde ungeduldig, während ein Specht Bömitz' Rede mit monotonem Klopfen Beifall zollte. Von den Füßen her kroch eine feuchte Kälte in ihr hoch. Das Durcheinander in ihrem Kopf wuchs mit jedem Schritt. Bömitz verstärkte es, ihr Gespräch klärte nichts. »Ich muss zurück«, sagte sie, stopfte die Hände in die Manteltaschen, drehte sich um und trat den Rückweg an. In der Luft hing ein wirrer Geruch aus feuchter Erde und faulendem Gras; der Himmel gleiste in einem zwielichtigen Grau, im Dickicht am Wegrand lauerte schon die Dunkelheit.

Bömitz folgte ihr, holte sie ein und legte seinen Arm um ihre Schultern. Das fühlte sich gut und doch falsch an.

»Aber mal ernsthaft, wer wird zu einer Stelle im Kanzleramt Nein sagen?«, fragte er. »Wer wird die Möglichkeit ausschlagen, in so bewegten Zeiten Politik zu machen? Eine solche Chance kriege ich nie wieder, oder, Hilde?«

Bonn, Samstag, 25.11.1972, 15 Uhr

Als Brandt eine Zigarette wollte, wusste Sonja genau, was sie tun musste. Zigaretten waren nach einer Stimmband-OP genau wie Alkohol absolut tabu. Brandt, der ein starker Raucher war, musste also nicht nur mit dem Verlust seiner Stimme, sondern auch mit massiven Entzugserscheinungen klarkommen. »Er ist ein Mann mit großer Disziplin«, so Becker, »aber die Sucht kann auch solche Männer in die Verzweiflung treiben. Natürlich wird er rauchen wollen. Wenn das so ist, müssen Sie mich anrufen. Zu jeder Tages- und Nachtzeit.«

Das hatte sie getan und den Professor auch sofort erreicht. Wenige Minuten später traf er ein. Brandt, zu diesem Zeitpunkt ein übellauniges, in seinem und dem Vorzimmer umhertigerndes Nervenbündel, der mit grantigem Blick zeigte, dass der von ihr, weiß der Henker, wie oft wiederholte Satz, dass der Professor gleich komme, nichts nutzte.

Der Professor zog sich mit Brandt in dessen Zimmer zurück. Sonja hörte seine sanfte Stimme. Im Gegensatz zu Ehmke sprach er so leise, dass sie nichts verstehen konnte. Er blieb lange. Als er zurückkam, bat er sie, zu warten, bis der Kanzler aufwachte, er selbst werde am Abend noch mal nach dem Patienten schauen. Über seine Behandlungsmethode verlor er kein Wort. Sonja vermutete, dass er Brandt Valium zur Beruhigung gegeben hatte, oder aber er hatte diese kleinen Nadeln eingesetzt, mit deren Wirkkraft er sich in letzter Zeit beschäftigte. Eine in Europa weitgehend unbekannte chinesische Heilmethode, die er für vielversprechend hielt.

Also wieder warten. Sonja kehrte an ihren Sitzplatz unter dem Fenster zurück und griff nach dem Buch über Brandt, das Lotti für sie in der Stadtbibliothek ausgeliehen hatte. Sie hatte es in Zeitungspapier eingeschlagen, es musste keiner sehen, dass sie ein Buch über Brandt las. Sie schlug das Kapitel »Kindheit und Jugend« auf: Willy Brandt, der damals noch Herbert Frahm hieß, wächst als Sohn einer ledigen Arbeiterin in St. Lorenz, einem Arbeiterviertel von Lübeck, auf. Der Großvater ist seine wichtigste Bezugsperson. Dieser erkennt die Begabung des Jungen, er und sein Lehrer setzen sich dafür ein, dass er die Mittelschule und später das Gymnasium besuchen kann. Im Realgymnasium Johanneum ist er das einzige Arbeiterkind.

Sonja stellte sich den kleinen Herbert in einem grauen Hinterhof vor: ein Kind, das ohne Vater und Geschwister aufwächst. »Unbehaust« nannte Brandt seine Kindheit später. Fehlte ihm Geborgenheit? Vermisste er den Vater? Litt er unter der unehelichen Geburt?, fragte sie sich und vergrub sich wieder ins Buch: Kaum dass er laufen kann, stecken ihn

Mutter und Großvater, beide überzeugte Sozialdemokraten, in die Kindergruppe des Arbeitersports, ein paar Jahre später in den Arbeiter-Mandolinenclub. Bereits mit vierzehn ist er politisch aktiv, zunächst bei den Roten Falken, später bei der Sozialistischen Arbeiterjugend, seine Klassenkameraden nennen ihn »den Politiker«, schon als Schüler schreibt er für den *Lübecker Volksboten*, eine SPD-Zeitung. Mit siebzehn tritt er in die SPD ein, mit achtzehn wieder aus.

»Ich geh mal runter unten am Kiosk die *Bild* holen«, meldete der jüngere Leibwächter. »Brauchst du noch Zigaretten?«, fragte er den älteren und blickte dann zu Sonja hinüber.

»Danke, ich brauche nichts«, murmelte sie und las weiter: Für Herbert Frahm bekämpft die SPD die Nazis nicht entschieden genug, deshalb schließt er sich der Sozialistischen Arbeiterpartei SAP an, einer linken Abspaltung der SPD, die eine Einheitsfront der gesamten Linken gegen die NSDAP bilden will. Nach der Machtübernahme der Nazis muss er fliehen. Er ist neunzehn Jahre alt. Ein Fischer bringt ihn nach Dänemark, von dort reist er unter dem Decknamen Willy Brandt nach Norwegen. Dieser *nom de guerre* begleitet ihn durch die Exiljahre, viele seiner internationalen Gefährten kennen ihn nur als Willy Brandt. Er legt diesen Namen nicht mehr ab und lässt sich nach seiner Rückkehr nach Deutschland als Willy Brandt wieder einbürgern.

Sonja gefiel die Vorstellung, sich selbst neu zu erfinden. Sie verstand, warum er den Namen behalten hatte. Seine prägenden Jahre hatte er als Willy Brandt erlebt, als Willy Brandt war er eine Persönlichkeit geworden, warum sollte er sich wieder wie das Kind nennen, das er in Lübeck zurückgelassen hatte?

Während im Nebenzimmer der alte Brandt, erschöpft und geschwächt, unter der erzwungenen Sprachlosigkeit litt und einen kalten Entzug durchmachte, stellte sie sich den jungen Brandt, den Exilanten, vor: den, der *undercover* durch Berlin streift und ein Kontaktnetz für die SAP aufbaut, den, der in Paris Sozialisten aus vielen Ländern Europas trifft, den, der als Journalist vom Spanischen Bürgerkrieg berichtet. Den, der dort erlebt, wie die Linke sich selbst zerfleischt, den, der mit dieser bitteren Erkenntnis nach Norwegen zurückkehrt und sich dort der norwegischen Arbeiterpartei zuwendet, die sich schon früh vom Kommunismus distanziert und den Weg eines demokratischen Sozialismus einschlägt. Den alles, was er macht, erfährt und denkt, verändert und prägt. Den, der sich vom Linkssozialisten zum demokratischen Sozialisten wandelt, den, für den Freiheit und Gerechtigkeit zu seinen Lebensthemen werden.

Für einen Moment beneidete sie Brandt um dieses abenteuerreiche, gefährliche Leben während des Krieges, das ihm die Möglichkeit gegeben hatte, über sich selbst hinauszuwachsen und seinen Weg zu finden. Wie langweilig war dagegen ihr Leben. Und sie, hatte sie ihr Lebensthema schon gefunden? Bis Brandt ihr Patient wurde, hätte Sonja auf diese Frage geantwortet, dass sie heilen könne, aber bei ihm versagte ihre Kunst. Mit Adenauer hätte sie Boccia spielen können, aber mit Brandt? Etwa Mandoline?

Bonn, Samstag, 25.11.1972, 22 Uhr

»Nach Köln, Friesenstraße, Sie wissen schon.«

Die Zentrale hatte Max zum Hotel Königshof geschickt, dort stiegen die beiden Männer ein. Sie setzten sich nebeneinander auf den Rücksitz. Er taxierte sie im Rückspiegel. Der eine so fett, dass sein Wanst über den Hosenbund quoll, der andere ein langer Dürrer mit Hut. Aufgekratzt wie Schuljungen, lockerten sie sich die Krawatten, öffneten ihre Jacketts, der Dicke schob sich das Gemächt zurecht. Sie hatten schon einiges gebechert, der Atem des Fetten dampfte Max in den Hals, der Dürre mit dem ältlichen Gesicht eines Priesterbübchens ließ sein blechernes Lachen durchs Taxi scheppern. Aufgeblasen mit trunkenem Mut, wollten sie es in Köln richtig krachen lassen. Ihre Blicke so voller Gier, dass es Max um die Mädchen leidtat, zu denen er sie brachte.

Es gab auch in Bonn Bordelle, aber die meisten Männer zogen Köln vor. Man schätzte die Anonymität der Großstadt, in Bonn war die Gefahr zu groß, beim Puffbesuch auf einen zu treffen, den man kannte. Die Bonner Taxifahrer steuerten die einschlägigen Kölner Adressen im Schlaf an, auch Max. Ihn hatte Kohlmeier gleich an seinem ersten Tag instruiert: Während er mit seinem Finger auf dem Plan der Kölner Innenstadt über die Ringe und über Straßen im Friesenviertel und am Eigelstein fuhr, verriet Kohlmeier Details über die einzelnen Etablissements: »Das Liebessilo ist der größte Dirnenschuppen, im Pädstall gibt es Bräute der Spitzenklasse, am Hohenzollernring stehen Zufallsnüttchen, im Calypso ist eine Partie zu dritt Verhandlungssache. Da derb, da fein, da mit flottem Dreier, da exklusiv, je nach Gusto.« Nach dieser Einführung schwor ihn der Chef auf die Bonner Taxifahrerregel Numero eins ein: Diskretion Ehrensache, selbst wenn der Bundeskanzler persönlich ins Taxi einsteige, kein Wort zu niemandem und schon gar nicht zur Presse. »Wie die drei Aape: m'r sehe nix, m'r höre nix, m'r sage nix.« Nach der Ehrensache folgte die Drohung. Falls ihm zu Ohren komme, dass Max irgendwo geplaudert hatte, sofortiger Rauswurf.

Seine zwei aktuellen Fahrgäste kannte Max nicht. Bei den Visagen konnten sie alles sein: Hinterbänkler, Wasserträger, Verwaltungsheinis, Botschaftsmitarbeiter. Sie hatten was mit Politik zu schaffen, da war sich Max sicher. Neunzig Prozent seiner Kundschaft kam aus der Politik. Die Politik blähte die Stadt immer mehr auf, Geld floss in Strömen, die Stadtväter freuten sich wie Bolle, und Kohlmeier verdiente sich als Taxiunternehmer eine goldene Nase. Trotzdem würde der Kniesbüggel Max keinen weiteren Vorschuss geben, der alte war noch nicht abgearbeitet. Und obwohl sie ihn nach dem Sex angesehen hatte, als könne er alles von ihr verlangen, rückte auch die doofe Rita keine Scheinchen heraus. Fünf Mark bot sie ihm an und kramte einen Silberling aus ihrem Portemonnaie. Herr im Himmel, was sollte er mit einem Heiermännchen anfangen? Das war nicht mal ein Tropfen auf den heißen Stein. Witiko würde Hackfleisch aus ihm machen, wenn er mit einem Fünfmarkstück ankäme.

Für die Nachtfahrt hatte ihm der Chef den neuen Audi 100 zugeteilt. Wenigstens das. Er fuhr auf die Stadtautobahn und von dort auf die A 555. Endlich konnte er das Gaspedal durchdrücken.

In verschwörerischem Ton, unterbrochen von Prusten und Schenkelklopfen, tauschten sich die Herren im Fond über ihre Wünsche aus. »Für dich erst eine strenge, peitschenschwingende Walküre, dann ein unschuldiges Engelchen. Mir reicht eine, dafür was Dralles, eine mit richtigen Möpsen«, geiferte der Fettsack. »Weißt du, so wie die Büromieze aus der Monopolverwaltung. Die hat ordentlich Holz vor der Hütte! Immer, wenn sie an mir vorbeigeht, will ich ihr am liebsten tragen helfen.«

Im Rückspiegel sah Max, wie er die Hände hob und hin und her schaukelte. Hoffentlich war ihm die »Büromieze« nicht unterstellt.

»Aber pass auf, dass du das Engelchen nicht zu sehr würgst, ja? Die Herrin des Hauses lässt uns nicht mehr in ihr Etablissement, wenn das noch mal passiert«, schob der Dicke hinterher.

Wo arbeiteten sie? Monopolverwaltung? Das klang nach Finanzministerium. Na, prost Mahlzeit: Die zwei alten Böcke waren Kollegen seines Alten. Es widerte ihn an, ihren Schweinkram weiter anhören zu müssen. Er presste seinen Fuß aufs Gaspedal, die Tachonadel schob sich auf die 160 zu. Schallgeschwindigkeit, nur Fliegen war besser. In seinem Kopf gewitterte das brutale Gitarrenintro von *Speed King*, gefolgt vom sanften Einschub der Kirchenorgel, dann feuerte das Schlagzeug los. Deep Purple, Wahnsinns-Band!

»Herr im Himmel! Wollen Sie uns umbringen? Nehmen Sie mal den Fuß vom Gas«, raunzte ihn das Priesterbübchen an.

»'tschuldigung, ich dachte, Sie wollen so schnell wie möglich.« Mit großem Bedauern nahm er den Fuß vom Gas.

»Nicht denken, junger Mann, sondern sicher fahren«, ermahnte ihn der andere.

»Was, wenn die Abteilung wirklich geprüft wird?«, jammerte das Priesterbübchen.

»Emmersberg, wie oft muss ich dir noch sagen, dass das überhaupt nicht ansteht.«

In der ungeduldigen Antwort des Dicken schwang aufkeimender Ärger mit. Emmersberg, der Name ließ Max aufhorchen. So hieß ein Kollege seines Alten, den der hasste. Emmersberg war kein Allerweltsname, unwahrscheinlich, dass im Finanzministerium noch ein zweiter Mann so hieß.

»Jetzt sind erst mal politische Entscheidungen fällig«, machte der Dicke weiter. »Bleiben Finanzen und Wirtschaft zusammen? Und wenn nicht, welche Bereiche gibt Schmidt ab? Geld und Kredit auf keinen Fall, und auch Konjunkturpolitik will er weitermachen, und natürlich will er weiter Finanzminister, am liebsten Finanz- und Wirtschaftsminister bleiben. Und die Chancen stehen gut, dass er sich damit durchsetzt, jetzt, wo der Kanzler nicht an den Koalitionsverhandlungen teilnimmt. Das alles wird sich noch ein bisschen hinziehen, und bis dahin ist Gras über unsere Transaktionen nach Luxemburg gewachsen. Haben wir nicht gesagt, dass wir uns heute nur amüsieren?« Der Dicke beugte sich zu Max vor. »Junger Mann, treten Sie mal aufs Gaspedal! Schleichen müssen wir ja auch nicht.«

Zwanzig Minuten später setzte Max die Herren im Café Wolschke in der Friesenstraße ab. Der Türsteher drückte ihm einen Heiermann als Provision in die Hand, mager, mager, im Chez nous hätte er einen Zehner bekommen. Auf dem Rückweg schickte die Zentrale ihn über Brühl, wo ein älteres Ehepaar nach einem Schlosskonzert vor dem Bahnhof auf ihn wartete. Sie redeten die komplette Fahrt kein Wort miteinander. Eine Wohltat nach der Hinfahrt. Er setzte sie in der

Südstadt ab, fuhr den Wagen auf den Parkplatz der Zentrale und machte Feierabend.

Auf dem Nachhauseweg dachte er kurz an Witiko. Der konnte ihn gernhaben. Irgendwas würde ihm schon noch einfallen, um seine Schulden loszuwerden.

Lazy Sunday

Bonn, Sonntag, 26.11.1972, 9 Uhr 30

Auf dem Münsterplatz trieben mächtige Orgelklänge Hilde zur Eile an. Sie, die eigentlich immer pünktlich kam, war spät dran. Fetzen eines altvertrauten Kirchenliedes wehten ihr entgegen. *Macht hoch die Tür, die Tor macht weit*. Das sonntägliche Hochamt hatte bereits begonnen. Während sie einen Platz suchte, drehten sich ihr die Köpfe aller Betschwestern zu. Die bestraften jeden Zuspätkommenden mit vorwurfsschweren Blicken, so als wollten sie ihn ins Fegefeuer oder direkt in die Hölle schicken. Sollten sie doch. Nach einer hastigen Kniebeuge schlüpfte Hilde auf der Frauenseite in eine der hinteren Bänke. Die brausende Orgel, die singende Gemeinde, ihr ungewöhnliches Zuspätkommen, all das verwirrte sie. Sie holte ihr Gebetbuch aus der Handtasche, postierte es auf der Ablage und atmete tief durch.

Unter den vertrauten Weihrauchduft mischte sich ein ungewohnter würziger Waldgeruch. Der große Adventskranz aus frischem Tannengrün verströmte ihn, der an dicken roten Bändern im Chor hing. Sie hatte vergessen, einen Adventskranz für den Rheinblick zu kaufen. Ein weiteres Zeichen, wie sehr sie das Wiederauftauchen von Bömitz aus dem Tritt brachte. Sie griff nach ihrem Gebetbuch, suchte fahrig die richtige Seite und sang ab der nächsten Strophe mit: »Gelobet sei mein Gott, mein Tröster früh und spat«.

Trost, ach Trost. Manchmal fühlte sie sich hier im Münster

und noch mehr daheim im Kölner Dom tatsächlich durch die Vorstellung getröstet, dass es nicht nur einen allmächtigen, sondern auch einen gütigen Gott gab. Aber der Trost hielt nie lange vor, er verlor sich im Alltag ohne Weihrauch und Orgel. Wieder stach ihr der ungewohnte Tannenduft in die Nase. Nur noch vier Wochen bis Weihnachten. Ihr graute vor den freien Tagen. Es lohnte nicht, den Rheinblick Weihnachten offen zu halten, da sich zwischen den Feiertagen kaum ein Abgeordneter in Bonn aufhielt. Der Politikbetrieb ruhte, die Politiker kehrten in den Schoß ihrer Familien heim, hockten mit Honoratioren am Stammtisch, gingen auf die Jagd, ließen mit ihren Söhnen elektrische Eisenbahnen durchs Wohnzimmer fahren oder taten weiß der Henker was. Diesmal fürchtete sich Hilde noch mehr vor dem Alleinsein als die letzten Jahre.

Zu Arnolds Zeiten hatte sie die Weihnachtstage geliebt. Heiligabend schmausten sie zu zweit mit Sauerbraten und Rotkohl, in der Nacht besuchten sie die Christmette, am ersten Weihnachtstag spazierten sie am Rhein entlang, und danach legten sie tatsächlich die Füße hoch. Sie tranken Rheinwein, knabberten die Plätzchen der Oberweseler Verwandtschaft und schauten sich im Schwarz-Weiß-Fernsehen alte Filme an: *Der Kongress tanzt, Die Christel von der Post, My Fair Lady,* was halt so lief. Zwei Tage machten sie es sich richtig gemütlich, ließen den lieben Gott einen guten Mann sein und taten nichts. Nie hatte Hilde so deutlich gespürt, dass das arme Kölner Waisenkind ein Zuhause gefunden hatte, wie an Weihnachten.

Arnold war ihre feste Burg gewesen. Bömitz könnte das niemals sein, selbst wenn er frei für sie wäre. Bömitz war Abenteuer und Erotik, Leidenschaft und Risiko, Achterbahnfahrt und Himmelfahrtskommando. Fast hätte sie es im Königsforst geschafft, ihn aus ihrem Leben zu verbannen. Sein Gerede über Karriere und Kanzleramt hatte sie so ernüchtert und abgestoßen, dass sie auf dem Rückweg zum Hotel beschloss, sofort ins Auto zu steigen und auf Nimmerwiedersehen davonzufahren. Aber Bömitz hatte sie zurückgehalten.

»Verzeih, Hilde.« Er griff nach ihrer Hand, als sie den Peugeot aufschließen wollte. »Da rede ich die ganze Zeit über Politik, wo ich doch eigentlich über was ganz anderes mit dir sprechen will.«

Sie drehte sich zu ihm um und blickte ihn an. Was immer er ihr sagen wollte, er sollte es ihr ins Gesicht sagen.

»Ich musste mich entscheiden damals, es hätte mich sonst zerrissen. Ich musste ohne Abschied gehen, sonst hätte ich es nicht geschafft. Es war nicht nur eine Affäre, es war mehr.«

Sie nickte nicht. Aber natürlich war es mehr gewesen.

»Ich habe lange gezögert, nach Bonn zurückzukommen …«

»… doch das Angebot war zu verlockend?« Sie konnte nicht verhindern, dass ihre Stimme hart und fremd klang.

»… weil ich nicht weiß, ob ich mich von dir fernhalten kann.«

»Drei Jahre hast du es doch ganz gut geschafft, und der Rheinblick ist nicht die einzige Wirtschaft in Bonn.«

»Es gibt keinen Ort, wo ich lieber bin. Es gibt nichts, wonach ich mich in den letzten drei Jahren mehr gesehnt habe.«

Der Tannenduft brachte sie in die Gegenwart zurück. Die Orgel und der Gesang waren verstummt, am Altar schritt der Lektor schon zur Lesung. Mit pathetischer Stimme las er einen Text des Propheten Jesaja. Irgendwas mit schmutzigem Kleid, verwelktem Laub und der Gewalt von Schuld.

Die Gewalt der Schuld, hatte sie Bömitz so sprechen lassen? Nein, im Gegensatz zu ihr hatte er nicht unter Schuld gelitten, eher unter der Unvereinbarkeit von Gefühl und Vernunft. Oh ja, sie hatte sein Gerede über Politik richtig verstanden! Für seine Aufgabe im Kanzleramt brauchte er einen klaren Verstand, er durfte sich nicht durch die Liebe ablenken lassen. »Aber wenn ich dich ansehe, weiß ich nicht, ob ich das schaffe. Sag mir, dass ich ein Schuft bin und du nichts mehr von mir wissen willst.« »Bömitz, jetzt führ dich nicht auf wie in einer Operette«, hatte sie ihn angepfiffen. Warum hatte sie ihm nicht endgültig den Laufpass gegeben? Weil er sie in die alte Aufregung versetzte? Lang vermisstes Begehren weckte? Wenn sie ehrlich war, musste sie sich eingestehen, dass sie genauso hin und her gerissen war wie Bömitz. Zwei Wackelkandidaten, das hieß jede Menge Missverständnisse und Verletzungen, verdammt schwieriges Terrain, das machte die Sache kompliziert. »Du und Tibulski, ihr seid doch meine einzigen Vertrauten in Bonn! Mit wem soll ich mich beraten, wenn ich nicht weiterweiß? Hilde, liebste Hilde, bitte, kündige mir deine Freundschaft nicht.« Die Freundschaft hatten sie aufgekündigt, als sie miteinander ins Bett stiegen. Ab da waren »Die drei vom Rheinblick« passé. Wenn sie es recht überlegte, waren Bömitz und sie nie Freunde gewesen. Vertraut, ja, intim, ja, voneinander besessen, ja, einander verfallen, ja. Selbst nach diesem desillusionierenden Gespräch an diesem lausigen Novembertag, völlig unromantisch neben einem Auto stehend, hätte ein Wort, eine Geste von ihm gereicht, und sie wäre sofort mit ihm ins Bett gegangen. Freundschaft, wie sollte das gehen? *O Heiland, reiß die Himmel auf* intonierte die Orgel, und die Gemeinde fiel mit dem Text ein. Wieder suchte sie hastig die richtige Seite, um mitsingen zu können. Ein paar Minuten gehörte ihre Inbrunst Gott und dem Gesang, doch während der Predigt dachte sie schon wieder an Bömitz.

Liebe. In diesem merkwürdigen Gespräch hatte weder er noch sie das Wort gebraucht, aber es schwang immer mit. Liebe, es gab kein anderes Wort für das, was sie für Bömitz empfunden hatte.

Die Messdiener läuteten mit ihren Glöckchen die Wandlung ein. Die Liturgie der Messe zwang sie in die Knie, zur Kommunion erhob sie sich wieder und reihte sich in die Schlange auf dem Weg zum Altar ein. Sie hielt den Rücken gerade und den Kopf erhoben. Sie hatte sich ihren Platz in dieser Stadt erkämpft, das zeigte sie hier Sonntag für Sonntag. Wie sehr sie sich als Sünderin fühlte, mussten die nicht wissen, die mit ihr in der Reihe standen. Und der Herr hatte noch nie seinen Blitzstrahl auf sie niederfahren lassen, wenn sie den Leib Christi empfing, also verzieh er ihr, so wie er Maria Magdalena verziehen hatte.

Mit *Tochter Zion, freue dich* ging die Messe zu Ende. Hilde musste wieder an Weihnachten denken. Bömitz würde selbstverständlich im Kreise seiner Familie feiern. Den Kindern beim Blockflötenkonzert applaudieren, den ostpreußischen Rippenbraten und den masurischen Kartoffelkuchen loben, die die Gattin als Festmahl auffuhr, während sie allein in ihrer Wohnung saß. Ihre einzige Gesellschaft ein alter Vertrauter: Klosterfrau Melissengeist. Beschissene Aussichten.

Bonn, Sonntag, 26.11.1972, 9 Uhr 30

Enge, dunkle Gässchen, ocker- und rostfarben gestrichene Häuser, unebenes Kopfsteinpflaster, du kennst die Stadt nicht. Irgendwo im Süden, denkst du und folgst der Musik. Ein italienisches Arbeiterlied, *Bella ciao* vielleicht, es führt dich auf eine Piazza, du siehst ein Heer von roten Fahnen, eine singende Menschenmenge. In den Himmel gereckte Fäuste, die verschwinden, als das Lied verklingt. Das schmerzhafte Pfeifen eines übersteuerten Mikrofons dringt in dein Ohr. Alle Blicke richten sich auf den Redner, der vor den Arkaden auf ein kleines Podest steigt und vor dieses Mikrofon tritt. Du erkennst ihn sofort. Es ist Brandt, aber er ist viel jünger, braun gebrannt, das kräftige gelockte Haar nach hinten gekämmt, die Ärmel des karierten Hemds hochgekrempelt, sein Körper angespannt wie ein Pfeil, sein Blick wach und hell. Er glüht vor Kraft, seine Ausstrahlung erfüllt den weiten Platz. Aus den beseelten Blicken rings um dich herum liest du Zuversicht und Hoffnung heraus. Du siehst, wie Brandt zu reden beginnt, wie er mit jedem seiner Worte die Menge begeistert, aber du kannst ihn nicht hören, du bist taub, was ihn betrifft, das Klatschen und Jubeln der Menge aber dröhnt dir laut in den Ohren. Du kämpfst dich auf die Arkaden zu, streifst von entbehrungsreichem Leben gezeichnete Leiber und Gesichter, die vor Freude glühen, siehst aufgerissene, schwielige Pranken, die mit Begeisterung klatschen. Du spürst, wie die Menschen das glauben, was du nicht hören kannst, und das macht dich wahnsinnig. Immer panischer drängst du weiter nach vorn, und endlich stehst du vor ihm, streckst ihm wie alle vor, neben, hinter dir die Hände entgegen. Er ergreift deine, nur deine, und er redet mit dir, nur mit dir. Du hältst die Luft an, presst sie bei geschlossenem Mund in die Ohren, damit der Druck weicht, aber sie bleiben verschlossen, du kannst ihn immer noch nicht hören. Du beginnst zu weinen, so verzweifelt bist du, und du rufst: »Herr Brandt, Herr Brandt, ich verstehe Sie nicht.«

Den letzten Satz musste sie laut gesprochen haben, er weckte Sonja. Erschreckt richtete sie sich auf. Gedankenverloren strich sie über die blassgelb-weiß gestreifte Bettwäsche, deren Gelb nicht mit den leuchtenden Farben des Südens zu vergleichen war, von denen sie gerade geträumt hatte. Auch draußen kein blauer italienischer Himmel, nur trübes Licht. Das fiel durch das Bastrollo auf die zwei Peddigrohrsessel am Fenster, die Temperatur im Raum ließ sie frösteln. In der Wohnung war alles still. Heute ist Sonntag, fiel ihr ein. Heute muss ich nicht in die Klinik, er hat mir freigegeben. Aber Brandt folgte ihr bis in ihre Träume, er zeigte ihr ihr Versagen.

Bonn, Sonntag, 26.11.1972, 9 Uhr 30

Keine Träume, Patschuliduft trieb Lotti aus dem Schlaf. Das schwere süßlich-pudrige Parfum hing immer noch in Stoffen und Ritzen fest, obwohl sie am Vortag ewig gelüftet hatte. Tine musste das Zeugs literweise versprüht haben. Frisch aufgewacht im Bett liegend, hatte Lotti den Eindruck, daran zu ersticken. Sie stapfte zum Fenster, riss es weit auf und machte sich auf den Weg zum Bad. Die Küche lag verwaist da, Kurt und Max schnarchten um die Wette, aus Sonjas Zimmer drang kein Mucks. Frühstücken musste sie wohl alleine. Als Vorteil des frühen Aufstehens genoss sie eine heiße Dusche, die am Vortag war höchstens lauwarm gewesen. Nachdem sie in ihrem Zimmer bei eisigen Temperaturen in ihre Klamotten geschlüpft war, brauchte sie dringend einen heißen Kaffee.

Es gab Kaffeepulver, es gab Milch, es gab Brot, Butter, Marmelade und sogar Cornflakes. Guter Kurt, er hatte brav eingekauft. Sie warf die Kaffeemaschine an, schüttete Cornflakes in eine Schale, kippte Milch darüber. Aus Rücksicht auf ihre schlafenden Mitbewohner traute sie sich nicht, das Radio einzuschalten. Nirgendwo lag eine Zeitung herum. Sie hätte sogar in der *UZ* geblättert, aber die nahm Kurt wahrscheinlich mit ins Bett. Mit der Cornflakes-Schale in der Hand trat sie ans Fenster, das zur Straße hin zeigte. Kein Mensch unterwegs, auf dem Dach des R4, der unten vor ihrem Haus parkte, gurrten zwei Tauben, auf der Litfaßsäule daneben wurde für *tictac ist die neue tactic* und *Creme 21* geworben. Dazwischen klebte das Bonner Kinoprogramm. Eine richtig lange Liste von Filmen, nicht nur mickrige zwei wie im Acherner Tivoli-Kino. Die guten Filme liefen hier Wochen früher als bei ihnen in der Provinz, wenn sie da überhaupt gespielt wurden. Wollte sie ins Kino gehen? Wenn nicht, was dann? Sie wusste nicht recht, was sie mit dem freien Sonntag anfangen sollte. Was das Heilsarmeemädchen betraf, musste sie bis morgen warten. Der gestrige Besuch bei Konrad, von dem sie sich erste Informationen erhofft hatte, war, wenn man so will, ein Schuss in den Ofen gewesen.

Konrad wohnte auch in einer WG, nur ein paar Straßen entfernt von der Dorotheenstraße. Auf der Wohnungstür klebte das Bild einer uralten verhärmten Frau. Lotti kannte es. Die Jusos hatten die Dürer-Zeichnung im Wahlkampf eingesetzt, um bezahlbaren Wohnraum einzuklagen. Klaus

Staeck hatte das Plakat entworfen. »Würden Sie dieser Frau ein Zimmer vermieten?«, und so weiter. Ein bebrillter Junge in Rollkragenpullover, der noch einen Willy-wählen-Button trug, öffnete ihr die Tür. Sie fragte nach Konrad. »Ist, glaube ich, grad nicht so günstig.« Der Junge grinste schief und deutete auf eine Tür, hinter der gestöhnt wurde und Sprungfedern quietschten. Er polterte trotzdem gegen die Tür, rief »Konrad, Besuch für dich« und verschwand. Lotti stieg mal wieder die Röte ins Gesicht, sie nuschelte: »Muss nicht jetzt sein« und trat den Rückzug an. Nichts peinlicher, als einen beim Vögeln, wie Max es ausdrücken würde, zu unterbrechen.

Ach, dieser verflixte Sex! Alle taten immer so, als wäre Sex leicht, lässig, lustvoll. Hauptsache, man verhütete, dann war alles in Butter. Butter, herrje, wenn sie an den Fotografen dachte, mit dem sie … »Nimm einen Älteren, die sind erfahrener«, hatte ihre Freundin Conny geraten. Achtundzwanzig war er, der Fotograf, und er hatte ihr was von Butter ins Ohr geflüstert. Butter, die er ihr in den Hintern reiben wollte, so wie Marlon Brando Maria Schneider in diesem Film *Der letzte Tango*. Alle, so geiferte er, waren scharf auf eine Butter-Nummer, nachdem sie den Film gesehen hatten. Sie, Lotti, hatte den Film nicht gesehen und war heilfroh, dass er bei der schnellen Nummer im Auto keine Butter mithatte. Sie wollte bloß dieses verflixte erste Mal hinter sich bringen. Aber sein lüsternes Gerede über Butter, sein biergetränkter Atem in ihrem Gesicht, seine ungeschickten Hände an ihren Blusenknöpfen, nein, so sollte ihr erstes Mal nicht sein. Sie schob ihn weg, öffnete die Autotür und rannte davon. Ergebnis: mit zweiundzwanzig immer noch nicht entjungfert und auf dem besten Weg, eine alte Jungfer zu werden.

Als sie Schritte über den Flur tapsen hörte, vertrieb sie dieses unerfreuliche Kapitel ihres Sexlebens aus ihren Gedanken. »Ich hab schon Kaffee gekocht«, verkündete sie, als Sonja den Kopf durch die Tür steckte.

Sonja nickte, griff nach einem Becher und der Kaffeekanne,

goss sich eine Tasse ein, stellte sie ab, öffnete den Kühlschrank, machte ihn wieder zu, holte eine andere Tasse vom Regal.

Entweder noch im Halbschlaf oder total von der Rolle, dachte Lotti und machte Sonja auf den bereits eingeschenkten Kaffee aufmerksam. Dass du immer so vorlaut sein musst, schimpfte sie sich selbst, als ihr einfiel, dass Sonja die Nacht möglicherweise nicht allein verbracht hatte und gleich ein verschlafener Kerl in die Küche schlurfte und nach der zweiten Tasse griff.

Aber Sonja stellte die Tasse zurück, griff sich den dampfenden Becher und setzte sich endlich. Sie hielt den Becher mit beiden Händen umschlossen und den Blick gesenkt.

Auch wenn sie heute Nacht alleine geschlafen hat, Sonja kann sich die Kerle aussuchen, die sie mit in ihr Bett nimmt, die hat bestimmt jede Menge Erfahrung mit Sex, vermutete Lotti. Ob sie mal mit ihr darüber reden sollte? Heikles Thema, da fragte sie lieber: »Musst du heute arbeiten?«

Sonja schüttelte den Kopf.

»Hast du Lust, dass wir etwas zusammen unternehmen?«, fragte Lotti weiter. »Vielleicht ins Kino gehen?«

»Ich kann nicht«, murmelte Sonja. »Meine Mutter kommt.«

Bonn, Sonntag, 26.11.1972, 11 Uhr

Frühmi nannte seine Mutter es, ihre neckische Abkürzung für eine Mischung aus Frühstück und Mittagessen, weil ihr das englische Wort Brunch nicht über die Lippen kommen wollte. Sie hatte es eingeführt, um zu demonstrieren, dass sie sehr wohl mit der Zeit ging. Sie gab sich gern als moderne Hausfrau und Mutter, der es keine Probleme bereitete, den Sonntagsbraten durch Toast Hawaii zu ersetzen, und die sich einredete, dass ihre Söhne deshalb jeden Sonntag gern im elterlichen Haus aufschlugen.

Max hasste diese Frühmis. Er zwang sich nur Woche für

Woche auf den Venusberg, weil die Eltern ihm sonst den Geldhahn zudrehten. Er erhielt die elterliche Unterstützung in bar. Fein säuberlich abgezählt, lagen die Scheinchen Woche für Woche unter seinem Frühstücksteller. Ohne Frühmi kein Geld. Von wegen trautes Familienglück bei Toast Hawaii, eher knallharte kapitalistische Herrschaftsverhältnisse. Warum seine beiden älteren Brüder – beide inzwischen berufstätig und nicht mehr am Tropf des elterlichen Geldhahns hängend – sich das familiäre Possenspiel weiter antaten, war ihm ein Rätsel. Der Alte hatte sie doch auch schikaniert. Gehorsam, Disziplin, Ordnung, Sparsamkeit, was anderes zählte bei ihm nicht. Keiner konnte es ihm recht machen, nicht mal der brave Joachim mit seinem spitzenmäßigen Juraexamen. Ein heller Kopf, aber Max und er hatten sich nicht viel zu sagen. Joachim war halt Jurist, die waren speziell. Langweilig, konservativ, verklemmt, so in die Richtung. Max wusste nicht, ob Joachim schon jemals mit einer Frau … Er unterstellte dem großen Bruder, dass er einfach aus Gewohnheit zu diesen wöchentlichen Treffen kam. Eberhard, der mittlere Bruder, hasste die Frühmis genau wie er. Bis vor einem halben Jahr waren die Sonntagvormittage deshalb halbwegs erträglich gewesen. Eberhard und er hatten den Alten mit flotten Sprüchen die Laune versaut oder sich im Garten bei einer Runde Tischtennis ausgetobt. Doch das war vorbei, seit Eberhard seine Verlobte mitbrachte. Verlobte! Auf was für einem Dampfer war der plötzlich unterwegs? Wer verlobte sich heutzutage noch? Und dann noch mit dieser Gerlinde. Selten war Max eine so langweilige Schnalle begegnet. Brachte keinen Satz raus, der aus mehr als vier Worten bestand, machte auf schwer verliebt und braves Frauchen. Da war ihm jede von Astrids Emanzen tausendmal lieber. Wie konnte Eberhard nur so einer auf den Leim gehen? Seine Mutter hofierte die dumme Kuh bis zum Gehtnichtmehr. Dass Gerlinde einen ihrer Söhne dazu gebracht hatte, den Hafen der Ehe anzusteuern, erfüllte sie mit stiller Genugtuung, bestätigte es doch ihr Credo: Alles geriet in die vorgesehenen richtigen Bahnen, wenn man nur Geduld bewies.

Als Max an diesem Sonntag den Hausflur des elterlichen Bungalows betrat, mischte sich unter den üblichen Kaffeeduft der von Wald. Auf dem Sideboard im Flur entdeckte er einen verkrüppelten Kiefernast mit einer knallroten Flamingoblume und einem Stück Treibholz in einer Schale arrangiert, wohl die neueste Ikebana-Kreation seiner Mutter. Sein Vater, den Max durch die offene Wohnzimmertür sehen konnte, saß in seinem Lehnsessel, las zigarrepaffend die *Welt am Sonntag* und blickte nicht auf, als Max Hallo sagte. Aus Richtung Küche hörte er Gerlinde zwitschern, die von seiner Mutter wissen wollte, ob sie die Servietten auf oder neben die Teller legen sollte. Seine Brüder machte er auf der Terrasse vor dem Wohnzimmer aus. Die Hände in den Hosentaschen, betrachteten sie das frisch aufgestellte Vogelhäuschen und drehten ihm beide den Rücken zu.

»Was ist mit deinem Auge passiert?« Die Mutter kam in der bestickten Sonntagsschürze aus der Küche geeilt und schlug theatralisch die Hände zusammen. »Bist du mal wieder in eine Schlägerei geraten?«

»Unglücklicher Zusammenstoß mit einem hünenhaften Kerl in der Mensaschlange. Hat mir seinen Ellbogen ins Auge gerammt, als er sein Tablett annahm«, leierte Max seine auf der Hinfahrt erfundene Ausrede herunter.

»Bis du beim Arzt gewesen? Hast du prüfen lassen, ob das Auge unverletzt ist?« Die Mutter rieb sich an der Schürze die Hände sauber, um dann sein Gesicht mit den Fingern abzuklopfen. »Mit Verletzungen am Auge ist nicht zu spaßen. Man erblindet schneller, als man denkt.«

»Können wir?«, fragte der Alte ungnädig und legte die Zeitung zur Seite. »Max hat sich wie immer Zeit gelassen. Pünktlichkeit ist ihm noch nie als Zier erschienen.« Er zog die Krawatte stramm, die er sonntags wie werktags trug, und knöpfte die graue Strickjacke zu, sein einziges Zugeständnis an den freien

Tag. »Ohne Pünktlichkeit und Disziplin hätten wir dieses Land nicht so schnell wieder aufbauen können.«

… und ohne Pünktlichkeit, Disziplin und Gehorsam gar nicht erst kaputt gemacht, ergänzte Max gedanklich, sprach es heute aber nicht laut aus. Um seine Missbilligung deutlich zu machen, redete der Alte gern in der dritten Person über ihn, so als wäre er noch ein kleiner, ungehorsamer Junge. Es stimmte, er war der jüngste, der frechste, der aufmüpfigste, der chaotischste der drei Brüder, das *enfant terrible* der Familie. Ihm kam es vor, als wäre er auf ewig auf diese Rolle festgelegt, als könnte er sich niemals daraus befreien. Wie ein Schraubstock kam ihm die Familie vor, eine göttliche Ordnung, in der jeder auf seinem vorbestimmten Platz zu bleiben hatte und, wenn er sich widersetzte, zerquetscht wurde. Schock deine Eltern und sei pünktlich, schoss es ihm durch den Kopf. Es würde nichts nutzen. Wenn er einmal pünktlich wäre, hieße es: »Ausnahmen bestätigen die Regel«, wenn er immer pünktlich wäre, würde die Mutter in stiller Genugtuung über den Kleinen, der endlich den Ernst des Lebens begriffen hatte, triumphieren. Dann lieber weiter als Letzter eintrudeln.

Die Familie setzte sich. Wie jedes Mal zählte Max demonstrativ die Scheine, was ihm immer ein verärgertes Stirnrunzeln des Vaters eintrug. Aber das musste sein, anders ließ sich diese demütigende Geldspritze nicht ertragen. Max gäbe viel dafür, er könnte wie sein Kumpel Konrad BAföG beziehen und wäre nicht von der Gnade des Alten abhängig. Er steckte das Geld ein und begann den Toast zu essen, den ihm die Mutter zwischenrein auf den Teller gelegt hatte. Es war ihm sehr recht, dass Gerlinde und notgedrungen auch Eberhard das Tischgespräch bestritten. Ihm, Max, stand der Sinn nicht nach Krawall, eher nach schnellem Abflug. Thema des Tages war die erste gemeinsame Wohnung der Verlobten im neuen Stadtviertel Tannenbusch, die sie in vier Wochen beziehen würden. Drei Zimmer, Küche, Diele, Bad, Balkon und Zentralheizung, alles modern und zweckmäßig. Immerhin setzte sich Eberhard damit durch, dass nicht vor dem Einzug noch geheiratet werden musste, aber so schnell ließ ihn die Mutter nicht vom Haken. Zumindest halb gab er sein Einverständnis, dann endlich im – O-Ton Mutter – Wonnemonat Mai vor den Traualtar zu treten.

Max gratulierte sich mal wieder zu seiner Entscheidung, in einer WG zu wohnen. Gegen die kleinbürgerliche autoritäre Welt seiner Alten waren Kurts DKP-Prinzipien und Tines psychedelische Ausschweifungen das reinste Paradies. Wie konnte Eberhard freiwillig eine so reaktionäre Keimzelle der bürgerlichen Gesellschaft anstreben? Die Kleinfamilie. Er musste ein ernstes Wort mit dem Bruder reden. Aber nicht jetzt.

Kaum war das Frühmi beendet, verabschiedete er sich. Die Mutter begleitete ihn zur Tür, zupfte Fussel von seinem Pullover und erinnerte ihn an den morgigen Geburtstag des Vaters. »Ein zwangloser Imbiss, Kollegen und Familie, circa dreißig Personen. Wenigstens du musst kommen. Deine Brüder können nicht, die müssen arbeiten.« Er versprach es, weil ihm nichts anderes übrig blieb. Unter dem Vorwand, sich seine Schlittschuhe zu holen, nahm er einen Umweg über den Keller und ließ aus dem Weinsortiment je zwei gute Flaschen Weiß- und Rotwein mitgehen. Damit schlug er zwei Fliegen mit einer Klappe: Er ärgerte seinen Alten, und er sparte Geld. Denn Kurt konnte ihm nichts für die Einkäufe abknöpfen, wenn er vier Flaschen Wein zum WG-Essen beisteuerte.

Bonn, Sonntag, 26.11.1972, 15 Uhr

Frierend wartete ihre Mutter vor dem Café Müller-Langhardt, wo sie sich verabredet hatten, neben ihr stand eine Leinentasche.

»Du hättest schon reingehen können«, begrüßte Sonja sie.

»Alle Tische sind besetzt.«

»Wirklich?« Sonja trat in das Café und sah sich um. Ihre

Mutter hatte recht. »Es gibt noch andere in der Gegend«, sagte sie, als sie zurück war. »Bestimmt finden wir irgendwo einen freien Tisch.«

»Willst du mir nicht mal deine Wohngemeinschaft zeigen?« Vorsichtig griff die Mutter nach ihrem Arm. »Dann kann ich mir besser vorstellen, wie du jetzt lebst.«

Ganz neue Töne. Bisher hatte die Mutter immer auf Durchzug gestellt, wenn sie von ihrer neuen Wohn- und Lebensform erzählen wollte. »Wir sind zu viert. Zwei Mädchen und zwei Jungs. Die anderen drei sind Studenten.«

Die Mutter ließ ihren Arm wieder los. Schockiert wirkte sie nicht, eher verwirrt. »Aber das sind doch wildfremde Menschen«, brachte sie heraus, als sie sich halbwegs gefasst hatte. »Und alles Studenten. Was willst du von denen?«

»Wildfremd ist einer nur so lang, wie man ihn nicht kennt. Durchs Zusammenleben lernt man sich ziemlich gut kennen«, erklärte Sonja.

Die Mutter nickte, die Aufregung trieb ihr rote Flecken ins Gesicht. Wieder griff sie nach Sonjas Arm und lief neben ihr her.

»Ziemlich heruntergekommen«, murmelte sie, als Sonja die Tür in der Dorotheenstraße aufschloss.

»Hat fließend Warmwasser und Kohleheizung, was will man mehr?« Sonja stieg vor ihr die Treppe hinauf.

Die Mutter putzte sich ewig am Abkratzer die Schuhe ab, bevor sie einen Fuß über die Schwelle setzte. Überrascht stellte Sonja fest, dass es sie freute, ihre aufgeregte, misstrauische Mutter zu beobachten, die mit großen Augen durch den Flur lief und all die Plakate betrachtete, die ihr eine fremde Welt offenbarten. *Uncle Sam wants you for U.S.-Army* oder *Solidarität mit Vietnam!* Filme wie *Salz der Erde*, die sie nie gesehen, Aufrufe zu Demonstrationen, von denen sie noch nie etwas gehört hatte, Fotos von Ikonen der Revolution wie Fidel Castro oder Angela Davis, die ihr völlig fremd waren. »Mein Zimmer ist das neben dem Bad«, erklärte Sonja.

»Hübsch.« Die Mutter strich über die Lehne des Peddigrohrsessels, während sie ihren Blick schweifen ließ. »Und sehr ordentlich. So wie ich es euch beigebracht habe. Ordnung ist das halbe Leben.«

Nicht zum ersten Mal fragte Sonja sich, was die andere Hälfte des Lebens ihrer Mutter ausmachte. Auch heute stellte sie die Frage nicht. »Kaffee oder Tee?«, wollte sie stattdessen wissen.

»Kaffee.«

Die Mutter folgte ihr in die Küche, die blitzte, als hätte sie mit Besuch gerechnet. Irgendeiner musste das Frühstücksgeschirr gespült haben. Sonja tippte auf Lotti oder Kurt. Sie füllte Kaffeepulver in den Filter. »Setz dich doch«, schlug sie der Mutter vor, die vorsichtig ihre Handtasche auf den Tisch stellte, den Mantel aber anbehielt.

»Und einer dieser jungen Männer«, fragte sie stockend. »Ist das dein Freund?«

»Nein, und wir schlafen auch nicht wild durcheinander, wenn du das meinst.«

»Nein, nein«, wehrte die Mutter ab, aber ihr Blick konnte nicht verbergen, dass sie die Auskunft erleichterte. »Aber das ist nicht von Dauer, oder? Irgendwann wirst du doch heiraten und Kinder kriegen.«

»Um dann so ein Leben zu führen, wie du es tust? Auf gar keinen Fall!« Wie konnte die Mutter ihr kleinbürgerliches Leben, das Furcht und Prügel mit sich brachte, für erstrebenswert halten?

Der Kaffee war durchgelaufen, sie stellte zwei dampfende Becher auf den Tisch und holte Milch aus dem Kühlschrank. »Wir haben nur Vollmilch, keine Dosenmilch.«

»Ist egal.« Die Mutter maß zwei Teelöffel Milch ab, und während sie sie bedächtig in den Kaffee einrührte, murmelte sie: »Wir sind kein leuchtendes Beispiel für euch, dein Vater und ich.«

»Nein, das kann man nicht sagen«, stimmte sie ihr zu. »Er ist für nichts ein leuchtendes Beispiel, und du lässt dir viel zu viel gefallen. Wie hältst du das nur aus? Wenn Reni weg ist, bist du allein mit ihm. Hast du dir darüber schon mal Gedanken gemacht? Du musst gehen, bevor es zu spät ist. Bald gibt es ein neues Eherecht, das Scheidungen einfacher macht, sagt Erwin.«

»Sagt Erwin.« Die Mutter nahm den Becher auf und trank einen Schluck. »Unsinn redet der Erwin. Man lässt sich nicht scheiden.«

»Es bedeutet nicht das Ende der Welt.«

»Du hast doch keine Ahnung! Hat Erwin was von Reni gehört? Oder du?«

Sonja schüttelte den Kopf.

»Wir machen uns solche Sorgen um sie.« Sie leerte den Kaffee in einem Zug, griff nach ihrer Handtasche und stand auf. »Immer siehst du nur die schlechten Seiten von deinem Vater und die schwachen von mir. Aber wir haben auch andere. Was, wenn jeder davonrennt, wenn ihm was nicht passt? Scheidung kommt nicht infrage.« Ohne eine Antwort abzuwarten, hastete sie dem Ausgang zu.

Sonja sah ihr nach, hörte, wie die Tür hinter ihr zufiel. Sie hatte ganz vergessen, sich für Großvaters Mandoline zu bedanken, die die Mutter ihr mitgebracht hatte. Sie öffnete die Leinentasche, in der das Instrument steckte, und strich mit den Fingern über Holz und Saiten. Nicht nur Willy Brandt, auch der mütterliche Großvater hatte Mandoline gespielt. Als katholischer Sattler war er Mitglied im Mandolinenorchester des Kolping-Vereins gewesen.

Bonn, Sonntag, 26.11.1972, 19 Uhr 30

Nudeln mit Tomatensoße, Risi-Bisi, Linseneintopf, Fischstäbchen, Tütensuppen rauf und runter. Hauptsache schnell, Hauptsache hinterher satt, Hauptsache wenig Geschirr zum Spülen. Klar konnte Lotti kochen. Als Tochter einer berufstätigen Mutter hatte sie früh am Herd gestanden. Aber Kochen war wirklich nicht ihre Leidenschaft. Essen gehen schon eher. Gegen den kleinen Hunger mal eine Portion Pommes frites auf dem Leopold-Platz oder eine Pizza in der Sinnerstube. Und sie genoss es, wenn die Familie »richtig« auswärts aß. Gegen gutes Essen hatte sie nichts, solange sie es nicht selbst zubereiten musste.

»Es ist richtig, dass du dich gegen die traditionelle Frauenrolle wehrst. Die Bekochung der Kleinfamilie dient der Aufzucht von gesellschaftsfähigen Individuen. Die Hausfrau und Gattin kocht zudem, um die Reproduktion der Arbeitskraft des Mannes wiederherzustellen«, unterstützte Kurt ihre Skepsis, was das Kochen betraf. »Beim Kochen im Kollektiv ist das anders. Da werden Haus- und Küchenarbeiten gleichmäßig verteilt und damit die traditionelle Rollenverteilung aufgehoben. Wie beim Leben in der WG gilt es auch beim Kochen, die Wiederholung der kleinbürgerlichen Familiensituation zu vermeiden.«

Lotti staunte nicht schlecht. Selbst das Kochen war revolutionär. Ob Kurt irgendwas nicht politisch sah? Sie dachte an die zitronengelbe, klinisch saubere Küche seines Elternhauses, in der sie mal zu Gast gewesen war. Gegen ein traditionelles Familienbild konnte nur wettern, wer darunter gelitten hatte. Ihre Familiensituation war schon lange nicht mehr traditionell, gefallen hatte ihr das nie, im Gegenteil: Sie hatte sich nach einer klassischen Familie gesehnt. War sie deshalb reaktionär? Auf keinen Fall!

Es war bereits dunkel gewesen, als sie vor einer halben Stunde vom Kino zurückkam, wo sie sich allein – da kein anderer mitwollte – *Cabaret* angesehen hatte. Kurt war in der Küche schon eifrig damit beschäftigt, alles, was es zum Kochen brauchte, auf den Tisch zu stellen. Paprika, Weißkohl, Zwiebeln, einen schweren Zopf Knoblauch und so weiter.

»Wo ist Max?«, wollte sie wissen. Sie brannte darauf, ihm von dem Kinobesuch zu erzählen. Er war doch dabei gewesen, als Konrad von dem Heilsarmeemädchen erzählt hatte.

»Kommt wie immer zu spät«, antwortete Kurt. »Willst du wissen, was es zu essen gibt?«

Sie nickte. Griechischer Krautsalat, serbisches Reisfleisch und kubanischer Bananenquark standen auf dem Speiseplan.

»Griechischen Krautsalat? Hey, in Griechenland herrscht immer noch eine brutale Militärdiktatur.«

Kurt runzelte mal wieder die Stirn. »Es ist nicht so, dass der Verzehr von Sauerkraut und Schweinebauch den Faschisten verrät. Genauso wenig ist jeder, der gerne Borschtsch isst, ein guter Kommunist. Oder jeder, der griechischen Krautsalat …«

»Ist ja gut, ist ja gut«, unterbrach ihn Lotti.

»'n Abend allerseits.« Max stellte vier Flaschen Wein auf den Tisch und strahlte Lotti an. »Hat Kurt schon den schönen Satz angebracht, dass ein Revolutionär, der nicht vögeln und fressen kann, kein Revolutionär ist? Ich liebe vögeln und fressen, aber bin ich deswegen ein Revolutionär?«

»Du gehst mal als *agent provocateur* in die Geschichte dieser WG ein«, konterte Kurt giftig.

»Max, du versuchst dich am Feinschnitt für den Krautsalat, ich säbele das Fleisch«, bestimmte Sonja, die unbemerkt hereingekommen war. »So emanzipieren wir uns beide von traditionellen Rollenprägungen.«

»Und ich?«, fragte Lotti.

»Knoblauch und Zwiebeln«, schlug Kurt vor.

»Das sind sehr niedrige Küchenarbeiten, die traditionell von Frauen erledigt werden«, klagte Lotti. »Immer noch müssen wir die Drecksarbeit machen. Wir wollen doch dieses böse, alte Gesetz brechen, nicht wahr? Im Geiste eines neuen Rollenverständnisses übernimmst du Knoblauch und Zwiebeln und ich die Bananen. Kubanisch, kommt da Rum rein?«

Es gab keinen kubanischen Rum, nur Pott, egal. Lotti goss ihn großzügig auf die zerdrückten Bananen. Sonja schliff ihr Messer auf der Rückseite eines Porzellantellers, Blut drang unter ihre Fingernägel, als sie beherzt nach dem Fleischbrocken griff und das Messer tief hineinbohrte. Max ließ sein Messer in den Kohlkopf fahren, als wäre es ein Beil und er beim Holzhacken. Danach startete er ein wildes Kohlblättergemetzel. Kurt, das musste man neidlos anerkennen, war der Geschickteste von ihnen. Er zerkleinerte Zwiebeln und Knoblauch in Windeseile äußerst fein und gleichmäßig. Damit allen die Arbeit besser von der Hand ging, holte Max für jeden ein Bier aus dem Kühlschrank und drehte das Radio lauter. Die Small Faces sangen *Lazy Sunday*, beim Refrain fiel erst Sonja, dann sie, dann Max und zum Schluss selbst Kurt ein: *»I've got no mind to worry, I close my eyes and drift away-a.«*

Schnippeln und Lachen, Kosten und Singen, Rauchen und Trinken. Der Küchentisch ein Schlachtfeld, Zigarettenkippen auf Bananenschalen, Zwiebelhäute unter Kohlstrünken, Fleischsehnen auf Wachspapier. Der Duft von Olivenöl und Knoblauch, dann von frisch gebratenem Fleisch in der Luft, knurrende Mägen. Kurt an der Bratpfanne: glühende Backen, Kochlöffel schwingend, ein Küchentuch um den Hals, locker, begeistert, verzückt. Der Herr am Herd, Rollenbilder hin und her. Max köpfte den Wein, Sonja schaffte Teller herbei, sie, Lotti, trommelte mit Besteck auf die Tischkante und war begeistert. So ließ sich gut leben. Mit diesen Leuten ließ sich gut leben.

Endlich essen. Gläser klirren, Wohlsein, Lob aus aller Munde. Es schmeckte. Kurt, immer noch rotwangig, aufgeräumt, gratulierte Max zur Weinauswahl. »Exquisit, der Rote! Ölig, nach Süden schmeckend. Um mal Brecht zu zitieren: Wer kann zu einem alten Wein und einem neuen Gedanken nein sagen?« Die Stimmung bräsig, trunken, gutartig, sinnenfroh, dann das Klingeln des Telefons. Sonja stand auf, kam zurück. Das Gespräch war für Max.

Sie schlotzten den kubanischen Quark und hörten Max im Flur schimpfen.

»Du gehst mir auf den Zeiger mit deiner Geldgier, ein elendes Kapitalistenschwein bist du … Nix da, ich kann kein Geld scheißen. Drei Wochen Minimum … Untersteh dich!«

Lotti blickte fragend in die Runde. Sonja zuckte mit den Schultern, Kurts Miene verhärtete sich, Satz für Satz verflüchtigte sich seine durchs Kochen herbeigezauberte Lässigkeit.

»Elender Blutsauger«, brüllte Max. »Du kannst mich mal.« Krachend knallte der Hörer auf die Gabel.

Aufgewühlt schlug er in der Küche auf, kippte sein Glas Wein, als wäre es Wasser, funkelte Kurt an und zischte: »Untersteh dich!«

Und Sonja flüsterte: »Nicht heute, Kurt.«

»Wie oft habe ich Max schon aufgefordert, endlich seinen Umgang mit Geld zum Thema zu machen?« Kurt, ganz der Alte, wieder in der Rolle des selbstgerechten Revolutionärs. »Nicht ein Mal hat er es getan. Immer hat er bei einem von uns Schulden, und wie wir gerade gehört haben, nicht nur bei uns. Seine Gläubiger kleinhalten ist eine Methode der kapitalistischen Unterdrückung. Sonja schuldet er das Geld für die Waschmaschine …«

»Ich habe ihm bis Weihnachten Zeit zum Zurückzahlen eingeräumt. Lass mich aus dem Spiel«, warnte Sonja ihn.

In Kurts Augen glomm ein missionarisches Glühen, sein Mund verhärtete sich. »Glaubst du im Ernst, du bekommst das Geld Weihnachten zurück? Er nutzt deine Gutmütigkeit aus, er ist selbst ein Kapitalistenschwein.«

»Kapitalistenschwein, ich? Du hast sie nicht mehr alle«, pulverte Max zurück. »Du bist ein elender Pedant, dem jede Großzügigkeit fremd ist. Und an Pedanten ist dieses Land zugrunde gegangen, nicht an Leuten, die mal knapp bei Kasse waren.«

Lottis Blicke flitzten von einem zum anderen, sie versuchte zu verstehen, was hier ablief. Kampf der Giganten? Alte Rechnungen? Machtspielchen? Kurt holte schon zum nächsten Schlag aus, aber Sonja kam ihm zuvor.

»Bist du im Kino gewesen?«, fragte sie Lotti und wechselte damit das Thema. »Was hast du dir angesehen?«

Lotti zögerte einen Moment. Zu gerne hätte sie gewusst,

wie das Duell zwischen Max und Kurt ausging, auch wenn Sonja schon genug von der Rangelei der beiden hatte. Andererseits wollte sie der Runde unbedingt von ihrem Kinobesuch erzählen.

»Ich habe mir im Universum *Cabaret* von Bob Fosse angesehen«, berichtete sie.

»Ist das der Film mit Liza Minnelli?«, hakte Sonja nach.

»Hollywood-Kacke«, giftete Kurt. »Warum hast du dir im Woki nicht was Anständiges angesehen?«

»Wann gehst du schon mal ins Woki?«, höhnte Max. »Du machst doch höchstens mal eine Mark für den studentischen Filmclub in Hörsaal 1 locker. Und dann nur, wenn *Panzerkreuzer Potemkin* läuft.«

»*Cabaret* ist natürlich Hollywood, was, finde ich, nicht per se heißt, dass der Film schlecht ist«, grätschte Lotti dazwischen, damit sich die zwei nicht wieder beharken konnten. »Tolle Schilderung von Berlin in den wilden 20er-Jahren, Aufkeimen des Faschismus und so weiter, aber sensationell fand ich etwas anderes. Max, du erinnerst dich doch, dass Konrad erzählt hat, dass der Name des ermordeten Heilsarmeemädchens Sally Bowles war. Und jetzt haltet euch fest: Das ist der Name der Figur, die Liza Minnelli spielt.«

»Ich fass es nicht«, rief Sonja erregt aus. »Sie nannte sich schon im Sommer so, als sie bei uns auf Station lag. Sie muss den Film gesehen haben.«

»Wie denn?«, fragte Kurt. »Ich dachte, der Film ist erst am Wochenende gestartet.«

»Das Stück lief jahrelang als Musical am Broadway. Vielleicht hat sie davon gehört? Oder im Sommer irgendwo die Originalfassung gesehen?«, spekulierte Max eifrig, sichtlich froh, Kurts Tribunal entronnen zu sein. »Es dauert ja immer ein paar Monate, bis ein Film übersetzt ist.«

Aber Lotti hörte den beiden gar nicht zu. Sie starrte Sonja an und fragte: »Du kanntest das Mädchen?«

Wilde Gesellen

Bonn, Montag, 27.11.1972, 7 Uhr

Bonn im November, ein Eldorado für Depressive, dachte Sonja und zog die Kapuze ihres Parkas tiefer. Morgen für Morgen kroch das Licht später hervor, nie durchdrang es den grauen Schleier, der den Himmel verbarg. Der Bodennebel, schwelend, sich kräuselnd, wischte zudem alle Farbe weg, tauchte die Stadt in aschfarbenes Grau und ließ eine feuchte Kälte wuchern. Sie zog in die Haut ein, und wenn man Pech hatte, drang sie tiefer und legte sich wie ein bleiernes Band um die Seele.

Das Echo ihrer Schritte hallte dumpf von den Häuserwänden der leeren Altstadtgassen, nur selten schickte ein erhelltes Fenster einen Lichtstrahl auf das ewig feuchte Kopfsteinpflaster. Am Bahnhof angekommen, war Sonja froh, dass der Bus zum Venusberg bereits wartete. Er war nur halb besetzt, sie fand schnell einen Sitzplatz und nahm die Mandoline auf den Schoß, nickte ein, öffnete aber an jeder Haltestelle kurz die Augen, damit sie den Einstieg von Luzie nicht verpasste. An der Haltestelle Bodelschwingh-Straße klopfte sie an die Scheibe, als sie Luzie draußen warten sah.

»Schon so früh unterwegs?« Luzie ließ sich auf den Sitz neben Sonja plumpsen. »Hast du Sehnsucht nach mir?«

»Immer!« Sonja kniff sie in die Seite.

»Ich wusste gar nicht, dass du Mandoline spielst.« Luzie deutete auf das Musikinstrument.

»Kann ich nicht. Die ist von meinem Opa«, erklärte Sonja. »Ich brauche sie für die Arbeit.«

»Oh, dann spielt dein aktueller Patient Mandoline?«

»Hat er zumindest. Früher, in seiner Jugend.«

»In Lübeck, wie ich vermute.«

Sonja verdrehte die Augen.

»Ach, komm schon, es ist ein offenes Geheimnis«, wischte Luzie ihre Bedenken hinweg. »Hast du ihn schon geknackt? Einen Zugang zu ihm gefunden? Ist die Mandoline seine elektrische Eisenbahn?«

Sonja zuckte mit den Schultern und schüttelte den Kopf. Wie im Traum musste sie plötzlich mit den Tränen kämpfen.

»Hey.« Luzie zwang sie, ihr in die Augen zu sehen. »Wenn der dich fertigmacht, dann legt er sich mit mir an.«

Das brachte Sonja zum Lachen, und dann klagte sie Luzie ihr Leid. Sie erzählte von ihren vergeblichen Versuchen, Brandt zu erreichen, von seiner Angespanntheit, den Behinderungen durch Ehmke, von ihrer Rolle als kleinstes Licht in diesem Kanzlerkrankenzimmer. »Sogar Professor Becker behauptet, dass ihm die Hände gebunden sind. Die Politik geht vor und so weiter. Gleichzeitig winkt er damit, dass ich, wenn meine Arbeit erfolgreich ist, endlich eine feste Stelle als Logopädin kriege.«

»Das verspricht er schon mindestens ein Jahr lang. Wäre schön, es würde tatsächlich endlich klappen. Wer will schon ewig unter der Fuchtel von Herta-Tschischowa bleiben? Ich so wenig wie du. Deshalb werde ich mich zu einer Fortbildung als OP-Schwester anmelden. Und wenn aus deiner Stelle wieder nichts wird, kommst du mit.«

»Nein«, flüsterte Sonja. »Ich werde in der Logopädie bleiben.« Davon würde sie sich nicht abbringen lassen. Auch wenn sie es nicht laut sagte: Sie wusste, dass sie eine Begabung im Umgang mit Stimmkranken hatte.

»Bravo, ja, so ist es recht.« Luzies Blick, gefüllt mit Aufmunterung. »Nimm die Sache mit dem Kanzler sportlich«, schlug sie Sonja vor, die vage nickte. »Hey, bestimmt freut er sich wie Bolle, wenn er nach all den Jahren mal wieder Musik machen kann. Blöd nur, dass er nicht Gitarre gelernt hat. Woody-Guthrie-Songs könnte er mögen, was meinst du? Aber was spielt er? Mandoline! Da seh ich nur alte Männer vor mir, die *Bella bionda* zupfen. Grauenvoll.«

Luzie schüttelte sich, und dann kicherten sie wie zwei Teenager. Luzie machte das trübe Novemberwetter nichts aus, die hatte immer Sonne im Herzen. Und von ihrer Wärme gab sie großzügig ab und machte einem so das eigene Herz leichter.

»Ich muss dir unbedingt noch was erzählen«, sagte Sonja, als sie merkte, dass es nur noch zwei Haltestellen bis zur Klinik waren. »Stell dir vor, Sally hat ihren Namen geklaut. Die Tänzerin in einem Film heißt so. Sie ist der Star eines Berliner Nachtclubs. Singt *Willkommen, bienvenue, welcome,* hast du vielleicht schon mal gehört. Ist einerseits rotzfrech, andererseits wahnsinnig verletzlich.«

»Das passt doch auch zu unserer Sally«, meinte Luzie. »Abgesehen davon, dass sie wahrscheinlich nirgendwo ein Star war, so abgerissen und verwahrlost, wie sie bei uns eingeliefert wurde.«

»Wir haben ja immer vermutet, dass sie nicht so heißt. Auf die Idee, dass sie sich den Namen einer Filmfigur gibt, sind wir aber nicht gekommen.«

»Sally Bowles, ein Kabarettstar! Wenn die Heilige Inquisition das hört, kriegt sie wieder Schaum vor dem Mund.«

»Ob sie sich erst so genannt hat, als sie bei uns eingeliefert wurde? Oder schon früher?«, überlegte Sonja.

»Noch mehr würde mich interessieren, warum sie diese Heilsarmeeuniform trug«, warf Luzie ein.

»Schon als ich sie ihr ausgezogen hab, kam's mir wie eine Verkleidung vor«, meinte Sonja. »Dass sie sich als Soldat in die Armee des Herrn einreiht und am Bahnhofsvorplatz fromme Lieder singt oder heiße Suppe ausgibt, kann ich mir immer weniger vorstellen.«

»Passt auch nicht zu ihrem Besuch in Germersheim«, ergänzte Luzie.

»Obwohl wir ihr mit Fragen zugesetzt haben, hat sie dichtgehalten. Ein beinhartes Stehvermögen, wirklich. Der Heiligen Inquisition nicht die Wahrheit zu sagen schafft kaum einer.«

»Dieser Kommissar Stolk war übrigens noch mal bei uns auf Station«, fiel Luzie ein. »Er wollte wissen, ob das Tuch, das sie von Arthur Brown geschenkt bekommen hatte, rot war. Die Spurensicherung hat an ihrem Hals winzige rote Faserspuren entdeckt.«

»Himmel, der Dreckskerl hat sie mit dem erwürgt, was ihr am liebsten war«, rief Sonja aus und folgte Luzie zur Tür. »Hat der Kommissar verraten, ob sie den Schal gefunden haben?«

»Haben sie nicht«, wusste Luzie. »Treibt sicher den Rhein Richtung Nordsee runter oder verglimmt in einem Kohleofen. Nur ein Perverser würde mit seinem Mordwerkzeug durch die Gegend laufen.«

»Aber wenn sie das Tuch doch finden, könnten sie nachweisen, dass Sally damit erdrosselt wurde.«

»Echt?«, fragte Luzie und betrachtete ihren Schal, bevor sie ihn um den Hals schlang.

»Hab ich mal in einem *Tatort* gesehen«, behauptete Sonja, sie war gerade selbst unsicher, woher sie dieses Wissen hatte.

Der Bus hielt an. Vor der Tür schlug ihnen kalte Luft entgegen, doch hier oben auf dem Venusberg war sie frischer und nicht so feucht und klebrig wie in der Stadt. Sonja hakte sich bei Luzie ein, und gemeinsam marschierten sie los. Immer noch war es dunkel, das hell erleuchtete Klinikgebäude wirkte wie ein heimeliger Ort. Allerdings vertrieb das grelle Neonlicht, das ihnen am Eingang entgegenschlug, diesen Eindruck auf der Stelle. Ihre Wege trennten sich. Während Luzie in den Aufzug zur HNO-Station stieg, nahm Sonja die Treppe und merkte, wie die Mandoline mit jeder Stufe schwerer wurde. Wahrscheinlich eine ganz bescheuerte Idee.

Bonn, Montag, 27.11.1972, 8 Uhr

»Wusstest du, dass Sonja das Heilsarmeemädchen kennt?« Lotti saß mit Max allein beim Frühstück. Sonja war schon früh zur Arbeit und Kurt vor zehn Minuten zu einem Uniseminar aufgebrochen.

»Woher denn? Eigentlich spricht sie nie über ihre Arbeit. Sie ist eine, wie soll ich sagen, sehr geheimnisvolle Frau. Eine Eisprinzessin.«

»Heißt das, du konntest noch nicht bei ihr landen?« Lotti stibitzte ihm die dritte dicke Fleischwurstscheibe, die er auf sein Brot legen wollte.

»Dass du immer so direkt sein musst«, brummte Max und biss in sein Wurstbrot.

»Hey, ich bin Journalistin. Der Wahrheit verpflichtet.« Sie schenkte sich eine zweite Tasse Kaffee ein. »Also?«

»Das geht dich nichts an.«

»Das ist eine spießige, kleinbürgerliche Antwort. Und dieses Kleinbürgerliche wollen wir doch ablegen, dazu müssen wir uns …«

»Lotti«, unterbrach sie Max. »Keine Politik beim Frühstück! Für mich ist das die wichtigste Regel in dieser WG.«

»Okay, okay«, gab sie klein bei. »Kannst du mir dann was Berufliches erzählen? Oder sprecht ihr darüber auch nicht beim Frühstück?«

»Was willst du denn wissen?«

»Wie erleben die Taxifahrer die vielen Baustellen in der Stadt? Wo ist das schlimmste Nadelöhr? – Ist für eine Reportage über den Bonner Bauboom, die mir mein Redakteur aufgehalst hat«, schob sie als Erklärung hinterher. »Als weitere Interviewpartner brauche ich noch eine Mutter mit Kinderwagen und einen Bauarbeiter.« Lotti verdrehte die Augen. »Einen Architekten, mit dem ich über seine Vision von der ›Hauptstadt‹, über das Ende der Provinzialität nach zwanzig Jahren Provisorium hätte reden können, wollte Kuhnert als

Gesprächspartner nicht. Volkes Stimme reicht ihm, von Visionen hält er nichts.«

»Wenn du willst, mach ich dich mit ein paar Kollegen bekannt.« Max griff zur nächsten Brotscheibe. »Da gibt es mehr als einen, der aus den Bonner Verkehrsexperten am liebsten Grießklößchen machen will.«

»Du reichst mir völlig.« Lotti wollte den Aufwand für den Artikel, den Kuhnert ihr so zurechtgestutzt hatte, kleinhalten. Sie holte Block und Bleistift und ließ Max erzählen.

»Um die Mutter mit Kind musst du dich selbst kümmern«, sagte er zum Schluss. »Aber mit den Bauarbeitern kann ich dir helfen. Mit denen vom Stadthaus trinken wir manchmal einen Kaffee. In der Kaffeebud kriegst du O-Töne ohne Ende.«

»Echt Spitze, Max.«

»So sind wir Bonner halt. – Tust du mir auch einen Gefallen?«

»Sag an.«

»Heute hat mein Alter Geburtstag. Häppchen und Bier, Kollegen und Verwandtschaft. Ich hasse es, zu seinem Geburtstag zu gehen, ich hasse all die Spießer, die eingeladen sind. Doch wenn ich nicht komme, dreht er mir den Geldhahn zu, und wenn ich hingehe, habe ich Angst, dass ich den Herrschaften nicht genehme Dinge ins Gesicht sage, und dann dreht er mir auch den Geldhahn zu. Du erkennst mein Dilemma? Ich brauche einen, der aufpasst, dass mir nicht der Kragen platzt.«

»Geld scheint ein echtes Problem für dich zu sein«, stellte Lotti fest. »Ich soll dich also als Anstandsdame begleiten?«

»Etwas altmodisch, aber sehr korrekt ausgedrückt.«

»Was macht dein Alter denn beruflich?«

»Arbeitet im Finanzministerium. Und Finanzverwaltungsbeamte sind die spießigsten unter den Spießern.«

»Reden beim Bier wahrscheinlich über Steuersätze«, seufzte Lotti. »Und wo wohnen deine Alten?

»Venusberg.«

»Sieh an! Wohnen nicht Brandt und Scheel auf dem Venusberg?«

»Ja, der Berg ist ziemlich politikverseucht. Ist jetzt aber nicht schick und edel, wenn du das meinst. Da musst du nach Godesberg. Also: Was sagst du?«

»Okay, warum nicht?«, stimmte Lotti zu. »Gibt es noch etwas, was ich wissen muss?«

»Meine Mutter macht Ikebana.«

»Ach herrje.«

»Du sagst es.«

Das Telefon klingelte. Max schluffte in den Flur, kam dann aber schnell zurück. »Ich muss los. Ein Kollege ist ausgefallen. Ich fahre eine zusätzliche Schicht. Willst du direkt mit? Wegen deiner Reportage und so.«

»Ich kann nicht. Ich habe noch das Gespräch mit Schäuble. Wann startet denn die Sause bei deinen Alten?«

»18 Uhr müssen wir da sein. Schaffst du das?«

Bonn, Montag, 27.11.1972, 8 Uhr

Im Vorzimmer des Kanzlers traf Sonja auf zwei aus leichtem Schlaf hochschreckende Leibwächter, die sie bisher noch nicht kannte. Mit eisigen Mienen musterten sie Sonja und klebten ihr mit misstrauischen Blicken das Stigma eines unerwünschten Eindringlings auf die Stirn. Sie versuchte die beiden mit einem strahlenden Lächeln für sich zu erwärmen. »Guten Morgen. Sonja Engel, ich bin die Logopädin. Ist der Kanzler schon wach?«

»Der hat bis 3 Uhr nachts gearbeitet. Was glauben Sie denn?«

Eisenhart hieß der Mann, und sein Name war Programm. Haare wie Stahlwolle, kampferprobter Körper, Pranken, breiter als eine Schaufel. Ein Prellbock. Der stellte sich jedem in den Weg, der ließ keinen vorbei, den er nicht vorbeilassen wollte.

»Zeigen Sie mal das Ding her, das Sie da mitgebracht haben«, forderte sie der andere auf und erhob sich. Er hieß Lammfuß und hatte schlimmere O-Beine als ein Cowboy.

»Das ist eine Mandoline.« Vorsichtig schälte sie das Instrument aus der Stoffhülle. »Ich brauche sie für meine Arbeit.«

Lammfuß betrachte das Instrument von allen Seiten und leuchtete sogar mit der Taschenlampe den Resonanzkörper aus, bevor er sie ihr wieder reichte. »Kommen Sie bloß nicht auf die Idee und zupfen darauf herum.«

Die beiden setzten sich wieder, zogen sich je einen zweiten Stuhl herbei, auf den sie die Beine legten, verfielen in diesen schläfrigen Raubtiermodus, den Sonja bereits von den anderen Leibwächtern kannte, und scherten sich nicht mehr um sie.

»Wie viele Leibwächter gibt es für den Bundeskanzler?«, fragte sie irgendwann in die Stille hinein.

»Das geht Sie nichts an. Wäre ja noch schöner, wenn Krethi und Plethi wüssten, wie der Schutz des Kanzlers aussieht«, wies Lammfuß sie zurecht, und Eisenhart stimmte ihm nickend zu.

Dann halt keine freundliche Unterhaltung, dachte Sonja, drehte sich von den beiden weg und hoffte nun auf die Gunst der Stunde, darauf, dass Brandts Mitarbeiter ihn noch eine Zeit lang in Ruhe ließen, darauf, dass er nach dem ersten Kaffee den Tag noch nicht durchgeplant hatte, sich auf ihre Übungen einlassen, Freude an dem Musikinstrument haben würde. Doch erst einmal hieß es, wieder warten. Draußen herrschte immer noch Dunkelheit. Ein großes, endloses Schwarz, nichts, worauf sie ihren Blick lenken konnte. Ihre Gedanken kehrten zum gestrigen Abend zurück.

Zufälle gab's. Ausgerechnet Lotti, die in ihrer WG gestrandete Reporterin aus dem fernen Kehl, lief diesem biederen Kommissar Stolk über den Weg, der auch sie befragt hatte, und weil Lotti ihn gemeinsam mit Konrad traf, sprach er über den Fall. Und nun vermutete Lotti, dass Sally ein entlaufenes Heimkind war. Über deren Situation wolle sie schreiben, die sei himmelschreiend. Wenn es eine Chance gebe, diese Zustände zu ändern, dann jetzt mit der neuen Regierung. Lottis Augen glühten, als sie davon sprach, ihr Körper barst fast vor Empörung. Aber sie, Sonja, konnte die Vermutung nicht bestärken. Sie hielt es für wahrscheinlicher, dass Sally von zu Hause ausgebüxt war, sich auf Rockkonzerten herumgetrieben hatte, bei Backstage-Leuten oder Roadies untergekrochen war. »Wenn du wirklich herausfinden willst, wie unsere Sally zu Tode kam, dann versteife dich nicht aufs Heim«, hatte sie ihr zum Schluss des Gesprächs mit auf den Weg gegeben.

Frühstück und Zeitungen wurden gebracht. Eisenhart klopfte an die Tür, kurze Zeit später öffnete sie sich einen Spaltbreit. Eisenhart mit seinem breiten Kreuz versperrte ihr die Sicht auf den Kanzler, als er ihm das Tablett anreichte. Aber vor dem Frühstück wollte Sonja sowieso nicht auf Brandt treffen. Danach war ein guter Zeitpunkt, hoffte sie.

Ewig rührte sich nichts. Gegen 9 Uhr erschien Professor Becker zur Visite. Er nickte ihr knapp zu und trat nach einem kurzen Klopfen in Brandts Zimmer. Wieder lauschte sie dem weichen Klang seiner Stimme, versuchte aus dem Auf und Ab der Worte, dem Tonfall, den Pausen herauszuhören, wie der Professor den Zustand seines Patienten einschätzte.

Als er zwanzig Minuten später vor die Tür trat, hielt er ihr die Tür auf: »Sie können jetzt. Zehn Minuten. Herr Brandt hat heute nicht viel Zeit.« Seine Miene signalisierte die Mühe, die es ihn gekostet hatte, dem Kanzler diese zehn Minuten abzupressen. Sie sprang sofort auf. Fast vergaß sie, die Mandoline mitzunehmen.

Brandt saß an seinem Schreibtisch und schraubte bei ihrem Eintritt den Füllfederhalter zu. Dann erhob er sich. Gepanzert mit eiserner Entschlusskraft, entledigte er sich seines Hausmantels und stellte sich zum Atmen auf. Sie stand immer noch mit der Mandoline da. »Die habe ich Ihnen mitgebracht. Ich habe gelesen, dass Sie als junger Mann Mandoline gespielt haben. Vielleicht haben Sie Freude daran, es mal wieder zu versuchen?«, wollte sie eigentlich sagen, brachte aber keinen

Ton heraus. Mit den Augen machte er ein Zeichen, dass sie das Instrument in eine Ecke stellen sollte. Sie tat wie befohlen und brauchte danach ihre ganze Kraft, sich auf die Atemübungen zu konzentrieren. Nichts Neues, nur die bereits erprobten Übungen, machte Brandt ihr deutlich. Also atmeten sie. Sonja so wenig entspannt wie der Kanzler, zehn Minuten gerieten zu einer Ewigkeit. So störend sie den Kanzleramtschef sonst empfand, an diesem Morgen erleichterte es sie, als sie Ehmke mit einem dröhnenden »Guten Morgen. Ist der Kanzler auf?« ins Vorzimmer poltern hörte. Brandt schlüpfte sofort in seinen Hausmantel und öffnete weit die Tür. Auf Ehmke hatte er gewartet, ihn brauchte er, nicht sie. Sie stand da, ein Nichts, ein Niemand, und rührte sich erst, als Ehmke hereingewirbelt kam. »Auf, Willy, wir müssen regieren«, donnerte er mit einer Energie, die für zehn reichte. »Das lenkt dich davon ab, nach einer Zigarette zu gieren. Hast du den Brief an Wehner geschrieben?«

Hastig zog sie sich ins Vorzimmer zurück und schloss leise die Tür. Eisenhart und Lammfuß, inzwischen beim Frühstück, glotzten sie an. Sie boten ihr keinen Kaffee an, den sie nur zu gerne abgelehnt hätte. Von diesen Stieseln würde sie doch nichts annehmen. Zudem, ihr Magen war nervös genug. Ihr frühmorgendlicher Optimismus, ihr gestriges Selbstbewusstsein passé, flüchtig wie der verdammte Bonner Nebel. Sie trat wieder ans Fenster. Aus dem Dunkel schälten sich die ersten kahlen Bäume des Kottenforst heraus.

»Besprechungsergebnisse nach jedem Koalitionsgespräch an dich, damit du dich schriftlich dazu äußern kannst«, zitierte Ehmke wohl eine Passage aus dem Schreiben, das Brandt ihm zu lesen gab. »Nach den Sachfragen soll über Fragen der Regierungsstruktur gesprochen werden. Eigentliche Personalfragen gehören nicht in den großen Kreis«, las er weiter. »Außerdem kann niemand dem Bundeskanzler die Verantwortung abnehmen, die er nach dem Grundgesetz zu tragen hat.« Kurze Pause, dann wieder Ehmkes Stimme: »Sehr gut, Willy. Du lässt den beiden Spiel bei den Verhandlungen, aber alle Personalentscheidungen sind Sache des Kanzlers. Da bist du präzise und unmissverständlich.«

In die Stille hinein meinte Sonja das Quietschen des Stifts zu hören, mit dem Brandt über die Zaubertafel fuhr.

»Fortsetzung der Koalitionsverhandlungen 11 Uhr«, beantwortete Ehmke die schriftlich gestellte Frage. »Scheel hat davor noch einen anderen Termin. Hat er dir eigentlich geschrieben?«

Wieder das Quietschen des Stiftes.

»Hast du dir meine Personalvorschläge für das Kanzleramt angesehen? Wenn du wirklich einen Bildungsexperten willst, dann nimm Bömitz. Ein bisschen eigenwillig, aber gut. Geistige Unabhängigkeit ist dir doch wichtiger als sozialdemokratische Verlässlichkeit.«

Diesmal rülpste Eisenhart in die Stille hinein und rief dann: »Da ist noch ein Schluck Kaffee für Sie.«

»Nein, danke.« Sonja drehte sich nicht um.

»Natürlich gebe ich deinen Brief persönlich bei Wehner ab.« Wieder Ehmke. »Ich fahre gleich zur Baracke. Soll doch hinterher keiner …«

Klirrendes Geschirr ließ Sonja herumfahren. Lammfuß hatte zwei Teller fallen lassen, einer war kaputt. Sie beobachtete ihn beim Scherben auflesen, wandte den Kopf erst ab, als Ehmke wieder hereinstürmte.

»Scherben bringen Glück«, kommentierte er das Missgeschick, dann wandte er sich zum ersten Mal direkt an sie. »Kopf hoch, junge Frau«, ermunterte er sie gut gelaunt, aber ohne erkennbaren Grund.

Herr im Himmel, wirkte sie so bemitleidenswert?

Bonn, Montag, 27.11.1972, 10 Uhr

Ausgerechnet nachdem er im Taxi die Santana-Kassette eingelegt hatte, musste Max wieder an Witiko denken. Er hasste es, wenn sich unangenehme Gedanken in Musik, die er liebte, hineindrängten. Um *No One to Depend On* nicht weiter zu vergiften, drückte er auf Stopp, schaltete das Radio ein und suchte BFBS. Witiko wollte weiter Geld bar auf die Kralle, und das pronto. Aber er sei ja kein Unmensch, deshalb verlängere er die Schonfrist bis Mittwoch, dann erst müsse Max den zweiten Hunderter abdrücken.

Na, großartig. Zurzeit lief bei ihm die Scheiße bergan, ein Ausweg fiel ihm nicht ein, oder um es mit den Worten von Leonard Cohen etwas philosophischer auszudrücken: *Follow me, the wise man said, but he walked behind*. Dieses verdammte Geld. Woher nehmen, wenn nicht stehlen? Das Kutschieren brachte, wenn es gut lief, inklusive Trinkgeld zwanzig Märker, vielleicht steckte ihm die Mutter am Abend noch einen Zehner zu, im Laufe der Woche noch zwei Nachtschichten, dann hatte er endlich seinen Vorschuss raus, vielleicht noch mal zehn Mark Trinkgeld. Mehr arbeiten war nicht drin, mit seinem Referat zum preußischen Absolutismus – einer Epoche, die ihn nicht die Bohne interessierte – war er schwer im Verzug. Wenn er nicht bald fertig würde, konnte er den Schein dafür knicken, und noch ein weiteres Semester wollte er nicht in dem langweiligen Seminar sitzen. Nur Baustellen in seinem Leben, genau wie die am Sternentor, wo er mal wieder im Stau stand.

Einzig Lotti brachte etwas Licht in die finsteren Zeiten. Wie diese kleine Frau mit dem wirren Haar da plötzlich mit ihrer Schreibmaschine im Flur stand und mit ihren dunklen klugen Augen alles aufsog, hatte ihm gefallen. Schlagfertig und schlau war sie, neugierig und rücksichtsvoll, witzig und ernsthaft, neckisch und sensibel. Er hätte nie gedacht, dass eine einzige Frau alle diese Eigenschaften auf sich vereinen könnte, Lotti tat es. Einziger Nachtteil: Sie war nicht sexy. Aber wenn sie sexy wäre, würde er sie nur vögeln wollen. Also kein Nachteil, sondern gut, dass sie nicht sexy war. Er hatte sie tatsächlich gefragt, ob sie ihn in den Waldauweg begleiten würde.

Seit er studierte, hatte er noch nie einen seiner Freunde mit nach Hause gebracht. Zu peinlich. Bei Lotti war es ihm nicht schwergefallen. Er freute sich darauf, auf dem Heimweg mit ihr über die Partygäste seiner Alten zu lästern.

Am Bahnhof herrschte Taxen-Notstand, die Zentrale drängelte, aber an der Riesenbaustelle kam er nicht schneller voran als die Fußgänger. Dieses Hauptstadtfieber, dieser provinzielle Größenwahn raubte ihm den letzten Nerv. Es dauerte geschlagene zwanzig Minuten, bis er endlich am Bahnhofsvorplatz anhielt. Den Typen, der sofort einstieg, kannte er. Sepp Löffler, SPD-MdB, irgendwo aus dem Süden der Republik. Den hatte er mal spätnachts im Rheinblick aufgelesen. Hilde hatte Löffler schwer angeschickert in sein Taxi gesetzt und ihm seine Adresse genannt. Auf dem Weg dorthin quatschte Löffler ihm die Ohren voll, beklagte in einem fort, dass Hilde ihn nicht heiraten wollte. Da hätte die schöne Wirtin viel zu tun. Spätabends und angetrunken, war Löffler sicher nicht der Einzige, der ihr Avancen machte. Hilde hatte sich gut gehalten, fand Max. Für über vierzig war sie noch verdammt attraktiv, Mrs. Robinson nichts dagegen. Löffler, erinnerte er sich, wohnte irgendwo im Tulpenfeld, und genau dorthin wollte er auch.

Max fuhr am Hofgarten vorbei auf die B 9. Viel Verkehr wie immer, doch seit sie drei Viertel der Straße für den U-Bahn-Bau aufgerissen und in einen Riesengraben verwandelt hatten, nur noch Stop-and-go. Vor der Baracke zwang ihn eine rote Ampel zum endgültigen Stillstand. Vor der Tür ein kleiner Menschenauflauf. Er erkannte Wehner, in seiner Nähe wieder Tibulski. Direkt vor den beiden hielt ein Wagen, aus dem sich Ehmke wuchtete. Er schüttelte Wehner die Hand, die zwei sprachen miteinander, dann zog Ehmke ein Briefkuvert aus der Brusttasche seines Mantels und reichte es Wehner. Ein Blick zur Seite zeigte Max, dass auch sein Fahrgast die Genossen beobachtete. Die Ampel schaltete auf Grün, Max fuhr an.

»Ganz langsam, junger Mann, ganz langsam«, krächzte Löffler.

Und so fuhr er ganz langsam an, hupende Autos hinter ihm juckten ihn nicht, der Kunde war König. Löffler drehte den Kopf, und Max sah im Rückspiegel, wie Wehner den Brief in seine Aktentasche gleiten ließ, diese Tibulski reichte, der eilig davonwieselte und aus seinem Blickfeld verschwand. Löffler neben ihm schnappte nach Luft und nestelte ein Taschentuch heraus. Nach der U-Bahn-Baustelle beschleunigte Max den Wagen, Löffler sagte nichts, er stöhnte leise. Auf seinem Gesicht war ohne jede Warnung eine Sturmflut von Schweiß ausgebrochen. Mehrfach musste er sich die Stirn wischen, das Taschentuch steckte er erst ein, als Max ein paar Minuten später im Tulpenfeld anhielt.

»Stimmt so«, murmelte Löffler und drückte ihm einen Zehnmarkschein in die Hand.

Viel zu viel, ein wahrhaft fürstliches Trinkgeld. Max wusste nicht, wofür oder wieso. Als Löffler ausstieg, erhaschte er einen letzten Blick auf sein Gesicht. Man sah ihm das Wechselbad der Gefühle an, in das Löffler seit der Baracke geraten war. Max, der dasselbe gesehen hatte wie Löffler, verstand nicht, was die Verwirrung des Abgeordneten ausgelöst hatte. SPD-Interna konnten ihm eigentlich auch egal sein. Obwohl …

Bonn, Montag, 27.11. 1972, 10 Uhr

Ein Rotkehlchen umflatterte aufgeregt den Laternenmast vor der Uniklinik, bevor es erschöpft auf der Laterne pausierte. Sonja beobachtete den kleinen Vogel von ihrem Platz am Fenster aus und musste an Reni denken. Vor der Arbeit hatte sie noch mal versucht, Moni zu erreichen. Wieder war keiner ans Telefon gegangen. Im Kindergarten war ihre kleine Schwester in die Rotkehlchen-Gruppe gegangen Sonja hatte die Kleine oft in den Kindergarten gebracht, bevor sie zur Schule ging. Überhaupt hatte sie stets ein Auge auf sie.

Luftsprünge hatte sie als Fünfjährige gemacht, als die Mutter mit dem Neugeborenen auf dem Arm aus dem Krankenhaus kam und sie erfuhr, dass das neue Geschwisterchen ein Mädchen war. Weil sie sich immer mit zwei wilden Brüdern herumärgern musste, hatte sie Abend für Abend dafür gebetet, endlich eine Schwester zu bekommen, und dieses eine Mal waren ihre Gebete erhört worden.

Reni, wo bist du untergeschlüpft?, fragte Sonja stumm. Sie hoffte, dass sie wirklich bei Moni steckte. Aber wieso meldete sich die kleine Schwester nicht bei ihr?

Wie sie selbst war Reni immer gerne zur Schule gegangen. Sonja gönnte ihr von ganzem Herzen, dass sie aufs Gymnasium durfte, auch wenn es immer noch ein bisschen wehtat, dass ihr dieser Weg versperrt gewesen war. Doch dafür konnte Reni nichts. Die Schwester hatte in Erwin einen Fürsprecher gehabt, der ihr gefehlt hatte. – Ob sie mal in Renis Schule anrufen sollte, um zu hören, ob die Schwester schwänzte? Es wäre furchtbar, wenn sie so kurz vor dem Abitur von der Schule flog. Viel selbstbewusster als sie selbst war die kleine Schwester, auch frecher und aufmüpfiger. Doch als sie wegen der neuen Arbeitsstelle nach Bonn zog, hatte Reni geheult wie ein Schlosshund. »Hey, du hast jetzt endlich ein Zimmer ganz für dich allein. Außerdem kannst du mich in Bonn besuchen«, hatte sie sie getröstet, und anfangs war Reni auch ein paarmal gekommen, hatte Sonja sogar ihren ersten Freund vorgestellt. Aber dann ließen die Ausflüge nach Bonn nach, dann sahen sie sich nur noch, wenn Sonja nach Hause kam. Auch hier war Reni oft in Eile oder nicht da. Wenn Sonja es recht überlegte, hatten sie bestimmt seit einem halben Jahr nicht mehr länger miteinander gesprochen.

Was, wenn Reni nicht bei Moni war? Wo steckte sie dann? Mit welchen Leuten war sie zusammen? Was, wenn sie wie Sally Drogen nahm?

»Ich muss mal telefonieren«, sagte sie zu den Leibwächtern und rannte runter ins Foyer. Zum Glück lag in der Telefonkabine nicht nur das Bonner, sondern auch das Kölner Telefonverzeichnis. Sie suchte die Nummer von Renis Schule heraus und warf Münzen in die Schlitze.

»Blücher Gymnasium«, meldete sich eine Frauenstimme.

»Hier spricht Sonja Engel. Ich muss wegen einer dringenden Familienangelegenheit meine Schwester Reni sprechen. Es kann leider nicht bis nach dem Unterricht warten.«

»Welche Klasse?«, wurde sie gefragt.

»Oberprima C. Der Klassenlehrer ist Dr. Keller.«

»Einen Moment.« Der Hörer wurde zur Seite gelegt.

»Hören Sie?«, meldete sich die Frau nach einer Ewigkeit wieder. »Die C hat bis 11 Uhr 30 Sport. In die Sporthalle kann ich nicht durchrufen. Ich lege Dr. Keller eine Notiz ins Fach. Er wird Ihre Schwester informieren. Die meldet sich dann bei Ihnen.«

»Danke.« Sonja legte den Hörer auf. Sie hatte nicht herausgefunden, ob Reni in der Schule war, konnte aber zumindest davon ausgehen, dass sie nicht schon längere Zeit schwänzte. Das hätte die Sekretärin gewusst und mit Sicherheit erwähnt. Sonja hoffte inständig, dass sie sich nicht irrte.

Bonn, Montag, 27.11.1972, 10 Uhr 30

Wer so lange im Geschäft war wie Hilde, der hatte eine solide Menschenkenntnis. Sonst überlebte man nicht in der Gastronomie und in Bonn schon gar nicht. Mit gutem Personal stand oder fiel ein Betrieb. Karlchen, ihr Oberkellner, war ein Goldstück: flink und loyal, einer, der bei den Gästen meist den richtigen Ton traf, stets im rechten Augenblick den Zigarrenschneider zückte, bei vertraulichen Gesprächen die Ohren auf Durchzug stellte, korrekt abrechnete und nie den Überblick verlor. Deshalb stellte Hilde im Service nie jemand Neues ohne seine Zustimmung ein und überließ ihm stets die Vorauswahl, wenn der Rheinblick eine weitere Servicekraft brauchte. Aber dass die Kleine, die vor ihr stand, wirklich eine gute Wahl war, wagte sie zu bezweifeln. Da hatte Karlchen seine Schwäche für die holde Weiblichkeit den Blick getrübt. Kess war sie, diese Helga: Wildlederminirock, Cowboystiefel, dazwischen eine viel zu dünne durchsichtige Strumpfhose, darüber ein weit ausgeschnittener lilafarbener Pullover, der über der Brust locker geschnürt war, darunter kein BH. Das war gerade in Mode bei den jungen Frauen. Im Rheinblick ging das natürlich nicht. Hilde bestand nicht nur auf BH, sondern auch auf klassischer Servicekleidung: knielanger schwarzer Rock, schwarze Bluse, weiße Servierschürze. Der Rheinblick war ein ordentliches Haus und keine Studentenkneipe, wo die Bedienungen herumliefen, wie sie wollten, und nicht von den Gästen zu unterscheiden waren.

Sie ließ das junge Ding erzählen, wo sie bisher gearbeitet hatte. Viel Erfahrung brachte sie nicht mit, aber die fünf vollen Teller, die ihr die Köchin auf die Arme wuchtete, trug sie leichtfüßig und sicher zu den Tischen und servierte ordentlich von rechts. Auch einen Rheinwein von einem Mosel zu unterscheiden gelang ihr ohne Mühe. Die Speisekarte prägte sie sich in Windeseile ein, genau wie die Preise für Bier und Wein. Im Kopfrechnen gab Hilde ihr eine Zwei plus. Ihr Dialekt verriet, dass sie aus dem Rheingau stammte, aus Rüdesheim, um genau zu sein. Weil ihr Freund eine Anstellung bei Haribo gefunden hatte, war sie ihm nach Bonn gefolgt. Trotz ihrer Kleidung wirkte sie wie ein Landei: naiv, gutmütig und freundlich. Doch es blieb dieser neckische Augenaufschlag, der Hilde an ihr zweifeln ließ.

Sie kannte ihre Pappenheimer, sie wusste um den Einsamkeits-Blues, der viele ihrer Gäste spätabends anfiel. Um ihre Empfänglichkeit für Zuneigung, um ihre Sehnsucht, sich mal alles von der Seele zu reden. Deshalb fragte sie sich, musste sich fragen, ob diese Helga die Unschuld vom Lande nur spielte, damit ihr einer auf den Leim ging, damit er vertraulich plauderte, damit er Dinge verriet, die er nicht verraten durfte. Nie waren Politiker so schwach und verletzbar als spätnachts, wenn sie trunken und müde den Weg zu ihrem Apartment antraten, wo niemand auf sie wartete. Das wusste nicht nur Hilde, das wussten auch alle Geheimdienste, die sich in Bonn tummelten. Deshalb hatte sie bei jeder Neueinstellung Angst, sich ein faules Ei ins Nest zu legen.

Sie predigte der Kleinen, was sie jeder Neueinstellung predigte. Vielleicht wegen ihres Augenaufschlags ein bisschen schärfer als sonst. Anstand und Menschlichkeit, Diskretion das größte Kapital des Hauses, Verschwiegenheit oberstes Gebot, die Folge auch der kleinsten Verletzung dieser Regel sofortige Kündigung und so weiter.

Manchmal sah sie bei dieser Predigt den Allmächtigen, der vom Himmelszelt auf sie herunterblickte, betrübt den Kopf schütteln und sie mit dieser sanften Stimme ermahnen, mit der er in den *Don-Camillo-und-Peppone*-Filmen sprach: »Kehre vor deiner eigenen Tür, Hilde Kessel! Du gehst nicht, wie es sich gehört, mit gutem Beispiel voran.« Ja. Sie hatte ihre eigenen Regeln gebrochen. Aber wenn sie das nicht getan hätte, gäbe es ihren Rheinblick nicht mehr, könnte sie der Kleinen keine Stelle anbieten, und sie wäre wieder ein Niemand. Herrje! Diesmal gelang es ihr, die Angst vor dem Untersuchungsausschuss schnell beiseitezuschieben. Sie sollte aufhören, sich immer Sorgen zu machen.

Sie stellte Helga ein, vier Wochen Probezeit, sie würde ein Auge auf das Mädchen haben. »Pass auf, dass dir die Kleine nicht den Kopf verdreht«, drohte sie Karlchen, als der eine halbe Stunde später eintraf. Dann schlug sie die Zeitung auf. Zwanzig Minuten blieben ihr noch, bis der tägliche Trubel begann.

Sie überflog die Überschriften: »Vietnam-Dialog in Paris unterbrochen. Kissinger zur Berichterstattung an Nixon in die USA zurückgeflogen.« Vietnam, der ewige Krieg. Wann hatten die Amis die Franzosen in Südostasien abgelöst? Wie lang dauerte der Vietnamkrieg schon, gegen den die Studenten immer noch auf die Straße gingen? Sie konnte ihre Empörung verstehen. Tag für Tag diese schrecklichen Bilder in der Zeitung und dem Fernsehen, Abertausende von Menschenleben kostete dieser Stellvertreterkrieg zwischen Ost und West. »Das Kunststück wird sein, mit Hanoi einen Kompromiss zu finden, dem Saigon zustimmt, und mit Saigon eine Formel auszuhandeln, die einen Kompromiss mit Hanoi nicht unmöglich macht.« Die Quadratur des Kreises. Hilde lachte trocken. Darum ging es oft in der Politik, und sie gelang sehr selten. Umso mehr zog Hilde den Hut vor Brandt und Bahr, denen es mit den Ostverträgen gelungen war, in einem komplizierten Beziehungsgeflecht festgefahrene Fronten aufzuweichen und neue Wege zu beschreiten. Wahrlich eine Sternstunde der Politik! Daran sollte sich dieser Kissinger mal ein Beispiel nehmen.

Hilde verließ die große Politik und blätterte zu den Bonner Seiten. Auf der ersten Lokalseite unten links entdeckte sie ein Foto des ermordeten Heilsarmeemädchens. Himmel, was für ein blutjunges Ding! Fast noch ein Kind. Die Polizei bat die Bevölkerung um Mithilfe. Man nahm an, dass das Mädchen im Hafengelände mit einem roten Schal erdrosselt und ihre Leiche später auf dem Alten Friedhof abgelegt wurde. Nach einer heißen Spur klang das nicht, fand Hilde. Auf derselben Seite stand etwas von einem Auto, das man aus dem Hafenbecken gezogen hatte. Ein Kölner Lehrer hatte es vor mehr als einer Woche als gestohlen gemeldet.

Auf der Feuilletonseite erfuhr sie, dass Hans-Joachim Heyse im Stadttheater Edward Bonds *Lear* inszenierte. »Bond konfrontiert uns mit den Greueln unserer Zeit, so wie es die Politoffiziere der Engländer damals taten, als sie uns Kriegsgefangenen die KZ-Fotos unter die Nase hielten. Pilatus aber wäscht noch immer an unserer statt seine Hände in Unschuld. Ein erstaunlicher Abend für ein Stadttheater, dessen Publikum immer noch zum Teil allem nichtkulinarischen Theater abhold ist.« Hilde hatte davon gehört, dass auch das Theater, sehr zum Leidwesen etlicher ihrer Gäste, politischer wurde. Sie hatte keine Ahnung, ob sie sich so ein Stück ansehen und wie sie es finden würde. Sie war noch nie in ihrem Leben im Bonner Theater gewesen. Das gehörte nicht zu ihrer Welt.

Bonn, Montag, 27.11.1972, 12 Uhr

Schäuble hatte Lotti in die Schlegelstraße bestellt. Ins Haus der Landesvertretung von Baden-Württemberg, die – wie fast alles in Bonn – nur fußläufig vom Regierungsviertel entfernt lag. Auch hier wurde gebaut. Die Landesvertretung brauchte mehr Platz, das alte, in den 1950ern errichtete Haus wurde erweitert. Lotti fotografierte die neue, wuchtige Betonfassade. Kuhnert würde es freuen, dass auch die Vertretung der Heimatregion die Hauptstadt weiter wachsen ließ. Sie wettete darauf, dass er dieses Foto für ihren Artikel über den Bonner Bauboom auswählen würde.

Im Haus meldete sie sich beim Pförtner. Der telefonierte und bat sie, Platz zu nehmen. Dr. Schäuble brauche noch fünf Minuten. An den Wänden grüßte Baden-Württemberg in Technicolor: grellrote Geranien auf den Fensterbänken eines alten Schwarzwaldhofes, silbrig glänzende Kotflügel, die bei Mercedes in Sindelfingen montiert wurden, blaugrün schillerndes Neckarwasser in Marbach. Das Land der Dichter, Denker und Tüftler, das Land der Eigenbrötler und Häuslebauer: g'schaffig, g'mütlich, sauber g'wischt.

Ein Blick auf die Uhr, Schäuble ließ noch auf sich warten, Lotti prüfte ihre Fragen und rekapitulierte im Kopf, was sie über den Bundestagsabgeordneten wusste. Der CDU-Mann war Wirtschaftsprüfer, zuletzt als Regierungsrat im Finanzamt Freiburg tätig, ein Experte für Finanzen also. Lottis Kollege Köhler, der für die *Kehler Zeitung* die Kandidaten im Bundestagswahlkampf begleitete, hatte ihr erzählt, dass Schäuble mit einer Ton-Bild-Schau auf Wahlkampftour gegangen war. »Echter Wettbewerbsvorteil, auf die Idee ist sonst keiner gekommen. Die Dias zeigen den Kandidaten in leuchtenden Farben bei vielfältigen Gelegenheiten. Pfiffige Art der Eigenwerbung, Respekt«, so Köhler.

Auch ohne diese Ton-Bild-Schau gesehen zu haben, konnte Lotti sich die Eigenwerbung lebhaft vorstellen, und Schäubles Bild hatte sie sowieso klar vor Augen. Es begegnete ihr in Kehl und Achern an jeder Straßenecke. Auf den Wahlplakaten der CDU war der Mann allgegenwärtig mit seinem brav gescheitelten dunkelblonden Haar, den etwas zu großen Ohren, dem angedeuteten Lächeln, natürlich in weißem Hemd, dezent kariertem Jackett und ordentlicher Krawatte. Köhler nannte ihn »einen jungen Hoffnungsträger seiner Partei«. Für Lotti jedoch war der Mann alt und etabliert und zudem in der falschen Partei. Aber hey, als Journalistin hatte sie im Sinne einer seriösen Berichterstattung wertneutral zu bleiben. Sie hatte schon viele Kröten geschluckt und viel Kreide gefressen, auch bei Schäuble würde sie professionell auftreten. Doch dazu müsste er endlich auftauchen.

Er kam nach zwanzig Minuten. Kurze Entschuldigung – wichtige Sitzung –, dann führte er sie in die Kantine. Sie begann mit allgemeinen Fragen: Was tut ein junger Abgeordneter zuerst? Für welche politischen Themen wird er sich einsetzen? Wie kommt er als Familienvater mit seinem arbeitsbedingten Junggesellenleben klar? Schäuble hörte aufmerksam zu und antwortete freundlich. Schnell war er als Finanzexperte jedoch bei »seinen« Themen: Mehrwertsteuer, Vermögensbildung und Finanzausstattung von Ländern und Gemeinden. Auf diesen Feldern erwartete er eine Menge Arbeit, hier lag eindeutig sein Interessenschwerpunkt. Jugendpolitik zählte nicht dazu. Dennoch machte er sie auf eine Veranstaltung des Bundesjugendrings aufmerksam, in der Politiker aller Parteien zu Jugendthemen Stellung nehmen würden. Lotti notierte sich Ort und Zeit, kam noch auf den Untersuchungsausschuss zu sprechen, für den Schäuble, wie sie von ihrem Chef wusste, im Gespräch war. Am Ende vergaß sie nicht, ihn zu fotografieren. Sie wusste sofort, wie Kuhnert das Foto untertiteln würde:

»Unser neuer Bundestagsabgeordnete Dr. Schäuble stärkt sich bei Maultaschen für kommende Aufgaben.«

Wenig später stand sie vor der Tür der Landesvertretung und wieder mitten im Bonner Baustellenwahn. Obwohl es kühl und neblig war, entschloss sie sich, zu Fuß zu gehen. Bei dem Chaos wäre sie mit Bus und Bahn nicht schneller. In der Nähe der Uni fand sie eine leere Telefonzelle und klingelte bei Kuhnert durch.

»Und was sagt er, unser neuer Mann in Bonn? Sind Sie alle Fragen mit ihm durchgegangen?«

Sie erzählte von dem Gespräch und besprach mit ihrem Chef, wann der Artikel fertig sein sollte.

»Zwei Fotos, dreitausend Anschläge«, beendete er ihren Bericht. »Sie melden sich, wenn der Text genehmigt ist. Und dann machen Sie sich an den Artikel über den Bauboom und das Verkehrschaos. Sie sind nicht auf Urlaub in Bonn, Fräulein Legrand. Wir bezahlen Sie nicht fürs Nichtstun.«

»Für den Artikel für die Jugendseite habe ich auch schon eine Idee«, beeilte Lotti sich zu sagen, bevor ihr Münzgeld alle war. »Ein junges Mädchen …«

»Darüber reden wir, wenn Sie die beiden Artikel abgeliefert haben«, schnitt ihr Kuhnert das Wort ab.

Als sie in der Dorotheenstraße ankam, wusste sie bereits, wie sie das Interview aufbauen würde, sogar eine gute Überschrift war ihr eingefallen: »Der Heimatanker in der Hauptstadt – Unsere Redakteurin trifft den neuen Bundestagsabgeordneten in der Landesvertretung.« Das würde Kuhnert gefallen. Sie ergänzte ihre Notizen, brachte sie mit Pfeilen und Zahlen in die richtige Reihenfolge. Dann spannte sie ein Blatt Papier in die Schreibmaschine und legte los. Ihre Finger flogen nur so über die Tasten. »Obwohl gerade erst gewählt und frisch in Bonn, führt Wolfgang Schäuble in der Hauptstadt kein Hinterbänklerdasein. Der junge Abgeordnete ist bereits als Mitglied für den Untersuchungsausschuss im Gespräch, der sich mit möglicherweise gekauften Stimmen beim Misstrauensvotum beschäftigt. Der parlamentarische Untersuchungsausschuss, hebt Schäuble hervor, sei eine wichtige Säule der Demokratie. Er gebe den Abgeordneten die Möglichkeit, Missständen, insbesondere aus dem Verantwortungsbereich der Regierung, auf den zu Grund gehen. Damit wird unser Mann in Bonn schon früh in wichtige politische Entscheidungsprozesse eingebunden«, schrieb sie. »Sein Tagesablauf ist weit weniger schillernd, als man sich dies bei einem Politiker vorstellt. Als Experte für Finanzen bestimmen Termine und Sitzungen den Alltag sowie die inhaltliche Vorbereitung von Sitzungen und Reden. Wie viele Abgeordnete lebt Wolfgang Schäuble in einem kleinen Apartment und die Woche über von seiner Familie getrennt.« Und so weiter und so weiter. Nach dem Tippen Schlusskorrektur, fertig war die Laube. Brave Hofberichterstattung, nicht zum kleinsten kritischen Schlenker, den sie sonst gern einbaute, ließ sie sich diesmal hinreißen. Schäubles Büro sollte den Artikel durchwinken, zudem sollte er Kuhnert gnädig und großzügig stimmen, damit sie danach das schreiben konnte, was sie wirklich interessierte. Sie zog das letzte Blatt aus der Schreibmaschine, sah den Text auf Tippfehler durch, steckte ihn in einen Umschlag und schlüpfte in ihre Lammfelljacke.

Die Wege in Bonn waren ihr inzwischen so vertraut, dass sie keinen Blick mehr in den Stadtplan brauchte, um den Langen Eugen zu finden. Dort gab sie den Artikel wie abgemacht in Schäubles Büro ab. Eine Sekretärin notierte ihre Telefonnummer.

Bonn, Montag, 27.11.1972, 15 Uhr

Um die Mittagszeit hatte Rut Brandt der Visite von Professor Becker beigewohnt. Sie verließen das Krankenzimmer gemeinsam.

»Diese Operation belastet ihn nicht nur physisch, sondern

auch psychisch«, flüsterte sie dem Professor beim Hinausgehen zu. »Er ist völlig erschöpft. Seit der Rippenfellentzündung '69 war er nicht mehr so krank. Damals hat ihm eine Kur im Sanatorium Bühlerhöhe gutgetan, aber jetzt kann er überhaupt nicht abschalten. Er hat zwar seine Vorstellungen zu den Koalitionsverhandlungen formuliert, doch das verschafft ihm nicht die Erholungspause, die er dringend braucht. Im Gegenteil, er ist durch die Korrespondenz ständig in die Verhandlungen einbezogen. Hoffen wir, dass die Verhandlungen ab jetzt in seinem Sinn geführt werden, damit er endlich ein wenig zur Ruhe kommt.«

»Leider lässt sich das Sprechverbot auch wegen dringender politischer Geschäfte nicht aufheben.« Der Professor schloss die Tür hinter ihr und schickte Sonja einen Blick, den sie nicht recht deuten konnte. »Die Heilung braucht Zeit.«

Natürlich würde sie hier ausharren und jede Chance nutzen, die der Kanzler ihr bot, dachte Sonja und hoffte damit, den Blick des Professors richtig zu deuten. Aber erst mal hieß es warten. Um sich abzulenken, wandte sie sich wieder ihrem Buch und dem jungen Brandt zu. Seine Exilzeit neigte sich nun dem Ende zu: Nach dem Krieg wird Brandt von der norwegischen Zeitung *Arbeiderbladet* als Berichterstatter zu den Nürnberger Prozessen geschickt. Zurück in Norwegen, fasst er seine Eindrücke in einem Buch zusammen. Er berichtet nicht nur über den Prozess, er schreibt auch über das Ausmaß der Zerstörung im zerbombten Deutschland, über die Not der Menschen im eisigen Hungerwinter 1946/47, über ihre Hoffnungen und Zukunftsvisionen. Bei seiner Beurteilung der NS-Zeit unterscheidet Brandt zwischen politischer Verantwortung, die alle Deutschen trifft, und individueller Schuld, die gerichtlich festgestellt werden muss. Für Letztere hält er den Nürnberger Prozess für nötig. Gegen eine Kollektivschuld der Deutschen, wie viele Alliierten sie sehen, wehrt Brandt sich aber ausdrücklich: »Die Todesurteile gegen Tausende von deutschen Nazigegnern, die Inhaftierung von

Hunderttausenden deutscher Arbeiter und Intellektueller in Gefängnissen, Zuchthäusern und Konzentrationslagern sollte ein hinreichender Beweis gegen die törichte Behauptung sein, alle Deutschen seien Nazis gewesen.« Deshalb beklagt er, dass neben den Alliierten nicht auch Vertreter des deutschen Widerstands gegen das NS-Regime, des anderen Deutschlands, wie er es nennt, mit am Tisch sitzen. Brandt wird aber auch klar, dass nicht nur das Land zerstört war, sondern auch die Menschen. »Selbst die Pessimisten haben unterschätzt«, schreibt er 1946, »welche Wirkungen zwölf Jahre Faschismus in den Köpfen hinterlassen würden, welche Leere und welche Dummheit in großen Massen des Volkes nach dieser planmäßigen Verseuchung zu verzeichnen sind.«

Den letzten Satz las Sonja mehrmals, weil sie dabei an den Erzeuger denken musste. Als 1925 Geborener war er mit der faschistischen Ideologie aufgewachsen, wurde als blutjunger Kerl in einen schon verlorenen Krieg geschickt, hatte dort grausame Dinge getan und erlitten, war verhärtet und abgestumpft aus der Gefangenschaft zurückgekehrt. Wenn Brandt nach dem Krieg den Erzeuger zu seinen Visionen befragt hätte, was hätte er geantwortet? Hatte er von einem Leben als Leichtmatrose geträumt? Wollte er Züge fahren oder Brücken bauen? Lockte ihn Amerika? Oder hatte sich die Nazi-Ideologie in jedem Winkel seines Verstandes und seines Herzens festgesetzt? Litt er darunter, dass der ihm eingeimpfte Wahn, »Heute gehört uns Deutschland und morgen die ganze Welt«, in Trümmern endete?

Sie wusste nicht, was ihr Vater dachte oder fühlte. Er redete nie über sich. Sie konnte ihn sich einfach nicht als jungen, hoffungsvollen Mann vorstellen. Er hatte so viel von sich begraben, dass er als lebendige Leiche herumlief und allen in seiner Nähe das Leben zur Hölle machte. Wenn sie sich das alles vor Augen hielt, brannten seine Schläge dann nicht? Taten seine Demütigungen dann weniger weh?

Du hast zu viel Zeit zum Nachdenken, stellte sie fest. Das

macht schwermütig. Sie rieb sich die Augen und schaute wieder hinaus in den grauen Kottenforst, als sie das Schwingen einer Saite aufhorchen ließ. Seit Stunden wartete sie auf ein Zeichen des Kanzlers, seit dem Besuch seiner Frau hatte er nicht einen Mucks von sich gegeben, und jetzt griff er tatsächlich zur Mandoline. Es folgte eine gezupfte Tonleiter, dann ein paar kratzige Akkorde. Eisenhart und Lammfuß erhoben sich aus ihrem Dämmerschlaf, reckten sich, lauschten ebenfalls. Nach ein paar weiteren Versuchen schälte sich eine Melodie heraus. *Wilde Gesellen,* ein altes Fahrtenlied. Sie erkannte es sofort und nicht nur sie.

»Speier und Spötter, ihr habt uns verlacht«, sangen die zwei Leibwächter leise. »Uns geht die Sonne nicht unter.«

»Der Kanzler mag Fahrtenlieder?«, fragte sie ungläubig. Sie wäre nicht auf die Idee gekommen, Brandt bei Musikwünschen danach zu fragen.

»*Wilde Gesellen* ganz besonders. Auf langen Autofahrten, wenn er gut gelaunt ist, singen wir es manchmal mehrstimmig«, erklärte Eisenhart, den das Singen zu einem sichtbar freundlicheren Menschen machte.

»Wirklich?«

Wilde Gesellen, eine Single des Montanara-Chores, war die einzige Schallplatte, die der Erzeuger immer wieder hörte. Niemals hätte sie gedacht, dass ihr Vater und Willy Brandt etwas gemeinsam hatten. Warum ausgerechnet so ein dämliches Volkslied?

Bonn, Montag, 27.11.1972, 18 Uhr

Es dämmerte bereits, als sie sich auf den Weg zum Venusberg machten. Ihr zuliebe drehte Max einen Schlenker über den Kiefernweg. Langsam fuhr er an der Nummer 12 vorbei, damit Lotti sehen konnte, wo Brandt mit seiner Familie lebte. Das zweistöckige, weiß gestrichene Haus mit den grünen Fensterläden erinnerte sie an das von Dr. Berrenmaul, dem Chef ihrer Mutter. Aus dem hell erleuchteten verglasten Rundbau an der linken Hausseite drang Licht in den Garten und beschien Büsche und Sträucher. Nun gut, einen verglasten Rundbau und ein Türmchen hatte Berrenmauls Haus nicht. Auch war es nicht ganz so groß, der Garten nicht ganz so weitläufig, musste Lotti zugeben. Aber als Sitz eines Regierungschefs fand sie die Villa recht bescheiden.

Max schlich im zweiten Gang weiter durch die Straßen auf dem Venusberg, zeigte ihr den Wohnsitz von Scheel, dann seine Grundschule, den Sportplatz, die Kirche, hinter der er den ersten Joint geraucht hatte, und jede Menge Einfamilienhäuser. Er wollte Zeit schinden, so Lottis Eindruck, überhaupt schien er ein Zeitschinder zu sein, einer, der gern alles Unangenehme auf die lange Bank schob. Als sie endlich in den Waldauweg einbogen, ging es schon auf 19 Uhr zu. Obwohl sich die Bungalows in der Straße wie ein Ei dem anderen glichen, kam als Heim der Familie Dorando nur das Haus infrage, vor dem jede Menge Autos parkten. Während sie den Waldauweg zurückschlenderten, Max hatte seine Ente weitab vom Schuss abgestellt, fuhr eine schwarze Limousine vor. Lotti staunte nicht schlecht, als sie im Licht der Straßenlaterne erkannte, dass Helmut Schmidt, der Wirtschafts- und Finanzminister, ausstieg.

»Ist dein Vater so ein hohes Tier im Finanzministerium?«

»Gehört wahrscheinlich zum ministeriellen Pflichtprogramm, allen Ministerialräten persönlich zu runden Geburtstagen zu gratulieren«, knurrte Max. »Los, komm! Lass uns in seinem Windschatten ins Haus segeln, dann bemerkt uns erst mal keiner. Solange Schmidt da ist, fällt alles Licht auf ihn, er ist der Sonnenkönig.«

Er griff nach ihrer Hand, sie rannten auf das Haus zu, bremsten ab, als in dessen Eingang das Ehepaar Dorando auftauchte, das den Minister begrüßte und ihn schnell nach drinnen bugsierte. Die schwarze Limousine blieb mitten auf der

Straße stehen. Der Chauffeur hievte sich heraus, lockerte die Beine, zündete eine Zigarette an und schnippte die Asche in Richtung Gartenzaun, hinter dem meterhohe kerzenförmige Koniferen die Sicht versperrten. Erst als sie vor der Haustür standen, bemerkte Lotti, dass sie immer noch Max' Hand hielt. Schnell ließ sie sie los und war froh, dass Max, der seine Taschen nach dem Hausschlüssel abklopfte, ihre Verwirrung nicht bemerkte. Hey, der Kerl war einer, der es bei jeder Frau probierte. So einem würde sie doch nicht auf den Leim gehen.

Im Inneren schlug ihnen Stimmengemurmel und eine Duftwolke aus Zwiebelsuppe und Zigarrenrauch entgegen. Max lotste sie durch zwei schmale Gänge in die Küche, wo es zudem nach überbackenem Käse roch, die Anrichte sich unter belegten Platten bog und tatsächlich ein gewaltiger Topf Zwiebelsuppe auf dem Herd brodelte. Max griff nach zwei Tellern und schöpfte jedem eine dicke Portion, die sie im Stehen löffelten.

»Zu spät wie immer.« Nur ein kurzer strafender Blick für Max, dann scheuchte Frau Dorando mit hochrotem Kopf eine Bedienung, die mit ihr die Küche betreten hatte, mit belegten Platten zurück ins Wohnzimmer und fächelte sich mit einem Taschentuch Frischluft zu. »Die Kausens sind da und die Rittmeyers. Sogar Ministerialdirigent Emmersberg.«

»Der ist jetzt Ministerialdirigent?«, entfuhr es Max, dem sofort die Taxifahrt nach Köln in den Sinn kam.

»Ja. Deshalb musste er ja eingeladen werden, obwohl er deinen Vater jahrelang kujoniert hat. Aber dass er die Einladung tatsächlich annimmt, das ist doch … Grad ist der Minister gekommen«, redete sie in einem fort, während sie die Platten durchzählte und das Gas unter dem Suppentopf zurückdrehte. »Tante Thea und Onkel Ludwig haben schon nach dir gefragt. Geh raus und sag Guten Tag. Dem Vater kannst du später gratulieren, wenn der Minister wieder gegangen ist.«

Furchtbar, oder?, sagte Max' Blick, und seine Augen drehten

sich gen Himmel, als ob von dort Unterstützung zu erwarten wäre.

»Max, kannst du dich nicht einmal benehmen«, fuhr ihn Frau Dorando an, da bemerkte sie Lotti. Ihr erst überraschter, dann taxierender Blick zeigte Lotti, dass sie nicht dem Typ Freundin entsprach, den man sich im Hause Dorando für Max wünschte: »Und Sie sind?«, erkundigte sich die Dame des Hauses mit eisiger Höflichkeit.

»Das ist Lotti«, erklärte Max, bevor sie den Mund aufmachen konnte, und legte ihr den Arm um die Schultern. »Komm, dann stürzen wir uns mal ins Getümmel.« Er schob sie an seiner Mutter vorbei in einen Flur, dessen Wände mit alten Stichen tapeziert waren. Preußische Schlachten erkannte Lotti im Vorbeigehen, Feldherrnhügel, geordnete Formationen. En passant streifte sie Max' Arm von ihrer Schulter.

Im Wohnzimmer hingen die Herren in einer dicken Traube an den Lippen des Ministers, der der Runde mit leiser Stimme etwas erklärte. Für seine Ausführungen nahm er die Pfeife zu Hilfe, mit der er zackige Formationen in die Luft malte. Konjunkturkurven möglicherweise. Die Damen nippten an Sektschalen, hielten sich abseits und sprachen über das Stadttheater und *König Lear*. Es war wie überall in bürgerlichen Haushalten: Die Herren waren mit Weltbewegendem, die Damen mit Kulturellem beschäftigt. »Ein Hoch auf die bewährte Ordnung«, würde ihre Mutter, wäre sie hier, in verächtlichem Ton ausrufen. Gelegentlich wurde auch sie zu solchen Festivitäten eingeladen. Allerdings nur, wenn es sich nicht vermeiden ließ. Als geschiedene Frau war sie gesellschaftlich eine Aussätzige. Eine, die diese Ordnung willentlich umgestoßen hatte, weil sie ihrem Mann nicht um jeden Preis folgen wollte, weil sie auf einem eigenen Weg bestanden hatte. Als Tochter einer Aussätzigen hatte Lotti zweierlei gelernt: genau zu beobachten und unsichtbar zu sein. Bei solchen Festen gab es immer welche, die sich in den Vordergrund spielten, welche, die aus der Rolle fielen, welche, die so ein Wohnzimmer als improvisierte Bühne für ihre persönlichen Dramen nutzten, und sie alle gierten nach Publikum. Und im Publikum gab es die, die jubelten oder anfeuerten, und die Unsichtbaren. Wie Lotti. Für ihre Rolle brauchte es nichts als ein Glas in der Hand, ein Lächeln auf den Lippen, ein gelegentliches Nicken und einen leisen Gang.

Lotti griff nach einem angebotenen Sektglas und verschaffte sich einen Überblick. Die Runde um Schmidt geriet in Bewegung, der Minister verabschiedete sich bereits. Dorando senior – ganz Grau in Grau, wirklich der Inbegriff eines spießigen Finanzbeamten – wieselte in Richtung Ausgang voraus, der Minister folgte im Sauseschritt. Bis er verschwunden war, blieben die Herren noch beieinander stehen, dann formierten sie sich neu: ein Grüppchen neben dem Bierfass, eines vor der Tür zur Veranda, eines neben dem mannshohen Gummibaum. Auch die Damen gerieten in Bewegung. Eine Walküre in spack sitzendem babyblauen Kostüm stiefelte mit breitem Lächeln auf Max zu und zwickte ihn in die Backe. Wohl Tante Thea. Die anderen Damen sammelten sich neben einer Anrichte, auf der eine Ikebana-Kreation zu bewundern war. Lotti schlenderte in ihre Nähe. Man diskutierte über die zwei Chabana-Linien aus Kiefernzweig und Hagebutte, verließ aber schnell die japanische Blumensteckkunst und kam auf Gallensteine, Prager Schinken und Weihnachtsplätzchen zu sprechen. Hausfrauengeplapper, Sprechhülsen, die die gegenseitige Abneigung überzuckerten. Eigentlich hatte man sich nichts zu sagen. Lotti studierte die Gesichter. Welche der Frauen trank zu viel? Welche litt unter Einsamkeit? Welche betrog ihren Mann? Welche wurde von ihrem Mann geschlagen? Welche ging allein mit einem Bündel Unglück ins Bett? Über solche Fragen redete man nie, eigentlich redete man überhaupt nicht, man parlierte und plauderte nur, pflegte Contenance, versteckte sich hinter einer Maske aus Höflichkeit und gefälligen Lügen. Lotti würde die Frauen am liebsten durchschütteln und sie mit Fragen bombardieren: Geht euch eure

Wohlanständigkeit nicht selbst auf den Keks? Wollt ihr euren Gatten ewig die Füße küssen? Wollt ihr wirklich zwischen Kiefernzweigen und Prager Schinken versauern? Stopp, Lotti, stopp, befahl sie sich. Du bist nicht hier, um eigene Bömbchen zu zünden, sondern um zu verhindern, dass Max der Kragen platzt. Wo steckt er eigentlich?

Sie entdeckte ihn bei der Gruppe am Bierfass, er kam zu ihr, legte wieder den Arm um ihre Schultern, flüsterte: »Sowie ich meinem Alten gratuliert habe, düsen wir ab.« »Mach voran, lang halt ich es nicht mehr aus«, flüsterte sie zurück. Er nickte, küsste sie wie zufällig aufs Haar und begab sich auf die Suche nach seinem Vater. Ihr Herz klopfte schneller, und das ärgerte sie. Hätte er ihr nicht sagen können, dass sie »seine« Freundin spielen sollte? Sie wandte sich wieder den Damen zu und horchte auf, als das Gespräch auf das ermordete Heilsarmeemädchen kam.

»Man hört ja immer wieder, was leichte Mädchen in Uniform für eine Anziehungskraft auf Männer haben, auf Politiker insbesondere«, wusste eine Hagere mit Tratschfeuer im Blick.

»Ist es denn sicher, dass die arme Seele ein leichtes Mädchen war?«, piepste ein zartes Stimmchen. Das altmodisch ondulierte Haar der Rednerin klemmte rechts und links des Mittelscheitels mit zwei Haarklammern fest. Ihr Gesicht hatte etwas rosig Verklärtes. Eine brave Katholikin, vermutete Lotti. Halleluja!

»Warum soll sie sonst die Uniform tragen, wo sie doch gar nicht in der Heilsarmee …?«, konterte die Hagere.

»Stimmt es, dass es eine Spur in politische Kreise gibt?«, mischte sich eine feiste, in ihrem Speck ruhende Matrone ein. Lotti kannte diesen Typ Frau. Das war eine, die kleine Kinder ausschimpfte und ihre Zugehfrau piesackte.

»Wenn, dann hält das die Polizei geheim. Mein Egon hat von einem Etablissement in Köln gehört, in dem Mädchen nur in Uniform mit nichts drunter …« Egons Gattin trug eine Hochsteckfrisur, die einem betonierten Vogelnest glich.

Aus ihrer kreischenden Stimme hörte Lotti die Lust, sich zu echauffieren, heraus.

»Nur ›gehört‹ hat das Ihr Egon?«, echote die Matrone. »Er war nicht zufällig selbst …?«

»Sie kennen doch Frau Kemmerer«, überging Egons Gattin die spitze Bemerkung und versicherte sich mit einem Rundblick, dass dem so war. »Sie ist Mitglied im Schumann-Kreis. Sie und alle Mitglieder des Vereins wurden zu dem toten Mädchen befragt.«

»Nur weil die Leiche bei den Statuen gefunden wurde, werden unschuldige Bürger belästigt?« Die Hagere schüttelte empört den Kopf.

»Die Polizei muss allen Spuren nachgehen.«

»Möge die arme Seele Frieden finden.«

Lotti wandte sich ab. Klatsch und Tratsch. Hatte sie etwas anderes erwartet? Sie schlenderte zum Buffet hinüber, probierte Spargel in Schinkenröllchen und hörte zwei von der Statur her typische Vertreter des Wirtschaftswunders über Schmidt reden. Bildung schön und gut, aber müsse heutzutage wirklich jeder studieren? Nur einer wie Schmidt könne die teuren Reformvorhaben der Regierung noch stoppen. Überhaupt sei der Mann in der falschen Partei, und so weiter. Rabimmel, rabammel, rabum.

»Meine Herren, noch Gewichtiges zu bereden?« Der lange Dürre, der zu ihnen trat, ließ sie wie zwei Schulbuben verstummen.

Nein, nein, aber nach dem Besuch des Ministers, nun ja, wiegelten sie ab. Sie katzbuckelten mit Blicken und Gesten, warteten darauf, dass er verschwand oder ein Gesprächsthema vorgab.

Lotti biss in ihr Schinkenröllchen und spitzte die Ohren. Wenn sich etwas auf diesen so scheinbar zwanglosen Partys nicht verbergen ließ, dann die Aura der Macht. Die Mächtigen mochten heute auf den ersten Blick aussehen wie jedermann, aber sowie sie einen Raum betraten, spürte man ihren Rang auch ohne Purpur oder Bischofsstab. Der Fremde jedenfalls ließ nicht nur das Gespräch verstummen, sondern auch die Luft um sich herum gefrieren. Seine Anwesenheit war allein schon angsteinflößend. Er musste in der Hierarchie ganz oben stehen. Oder war er eine graue Eminenz, deren Macht auf vielen dreckigen Geheimnissen beruhte, die ihm zugetragen wurden? Selbst sie, die über die Position des Mannes nur spekulieren konnte, fröstelte in seiner Gegenwart. Gleichzeitig brannte sie darauf, zu erfahren, wer er war und was er mit den beiden anderen besprechen wollte. Bis sie plötzlich seinen stecknadeligen Blick auf sich spürte. Er sah sie an, er nahm sie wahr, er sezierte sie mit eisiger Ruhe, er riss ihr die Tarnkappe weg, die sie den ganzen Abend über beschützt hatte.

Lotti wünschte ihn zum Teufel, im lodernden Feuer der Hölle sollte er schmoren. Sie schob sich, ohne dem Blick des Mannes auszuweichen, einen Goudawürfel aus dem Käseigel in den Mund und noch einen und noch einen und noch einen. So viele, dass sie kaum mehr den Mund zubekam. Dann kaute sie provozierend und langsam.

Bonn, Montag, 27.11.1972, 19 Uhr 30

Schon wegen Sieglindes Blick hatte es sich gelohnt, Lotti mitzubringen. Der Mutter entgleisten fast die Gesichtszüge, als sie Lotti sah. Sofort begriff sie, dass dieses Mädchen keine war, die ihren Jüngsten zu einem nützlichen Mitglied der Gesellschaft machen wollte. Bei der konnte sie das Geläut der Hochzeitsglocken vergessen. Wonnemonat Mai ade. Dabei sah Lotti an diesem Abend aus, als könnte sie keiner Fliege etwas zuleide tun. Bei der Wahl ihrer Klamotten hatte sie auf alles Paradiesvogelhafte verzichtet. Gut, gegen ihr wirres Haar wuchs wohl kein Kraut, aber ihren mageren kleinen Körper hatte sie in einen schwarzen Rolli und eine schwarze Hose gesteckt, sehr schlicht, geradezu klösterlich streng. Dennoch wirkte sie weder zurückhaltend noch unauffällig. Max war überzeugt, dass ihre unbändige Energie und ihr wacher Geist nicht nur Mutters Küche füllten, sondern Lotti überall erstrahlen ließen. Doch da täuschte er sich.

Kaum hatte er mit Lotti das Wohnzimmer betreten, verwandelte sie sich in ein stilles Mäuschen, ähnlich der bigotten Frau Kausen, bei der sich Sieglinde nach jeder Party fragte, ob sie tatsächlich da gewesen war. Hey, Lotti, was'n los? Es konnte doch nicht sein, dass die Gästeschar sie einschüchterte. Herrje, es waren nur Finanzbeamte! Minister hin oder her. Der verabschiedete sich gerade, Wilhelm, sein alter Herr, eilte willfährig zur Tür voraus. Als Max sich wieder umdrehte, hatte sich Tante Thea herangepirscht und zwickte ihn in die Backe.

»Hat sich der böse Junge wieder mal geprügelt?«

Nur durch ein schnelles Wegdrehen des Kopfes konnte er verhindern, dass sie auch in sein blaues Auge zwickte. Immer schon zwickte sie ihn, da mochte er noch so oft wiederholen, dass er aus dem Zwickalter raus war. Es juckte ihn in den Fingern, der alten Schabracke endlich mal die Hand wegzuschlagen, aber Randale sollte er sich besser für ein andermal aufheben. Jetzt galt es, sie schnell loszuwerden, dem Alten brav und für alle sichtbar zum Geburtstag zu gratulieren und dann elegant die Biege zu machen.

Er schloss sich Rittmeyer auf dem Weg zum Bierfass an. Nachdem der Minister weg war, hatten sich nun einige der Herren um Emmersberg versammelt. Max besah ihn sich bei Licht. Emmersberg, das Priesterbübchen, der Typ, den peitschenschwingende Walküren und scheue Engelchen aufgeilten. Seinen fetten Kompagnon fand Max nicht unter den Gästen. Anderes Ministerium? Verteidigung? Inneres? Rittmeyer stellte ihn vor.

»Ah, Dorandos Jüngster.« Ein kühler Handschlag. Natürlich erkannte Emmersberg ihn nicht wieder. Taxifahrer waren einer wie der andere, unsichtbar und austauschbar.

Man sprach über die Koalitionsverhandlungen, setzte darauf, dass Schmidt Finanz- und Wirtschaftsminister blieb, was die Herren – stramme Konservative allesamt, was anderes kam bei Dorandos nicht ins Haus, Minister mal ausgenommen – nach der verlorenen Wahl und unter den gegebenen Bedingungen als das kleinste Übel betrachteten. Sie trauten Schmidt auch zu, sich über viele Reformwünsche der Genossen hinwegzusetzen und wie ein Konservativer eine wirtschaftsfreundliche Politik zu machen und die Steuereinnahmen keinesfalls mit offenen Armen auszuschütten. Alle Aussagen wurden vorsichtig gemacht und allgemein gehalten, immer schielten die Redner nach Emmersberg, der zuhörte, gelegentlich ein Nicken andeutete, sich aber nicht aktiv am Gespräch beteiligte. Alle kuschten vor ihm. Max überlegte, ob er Emmersberg nach seinem Besuch bei den peitschenschwingenden Walküren und unschuldigen Engelchen fragen sollte. Oder eher nach der dubiosen Transaktion nach Luxemburg? Diesen Typen ordentlich zu blamieren wäre ihm eine helle Freude. Eklat! Eklat! Wilhelms Fünfzigster eine unvergessene Party. Lass es, befahl er sich. Lass es! Du kannst es dir zurzeit nicht leisten, dass dein Alter dir den Geldhahn zudreht.

Dass sein Vater Emmersberg wegen dessen Beförderung wohl einladen musste, ging ihm mit Sicherheit gegen den Strich. Sein alter Herr war Beamter durch und durch, Recht und Ordnung sein Credo, ein treuer Staatsdiener – selbst unter einer SPD-Regierung, da sie nun einmal gewählt war –, korrekt bis zum Gehtnichtmehr. Als solcher redete er zu Hause wenig über die Arbeit und über Kollegen schon gar nicht. Aber der Kollege Emmersberg musste ihm mit Sticheleien und Schikanen so zugesetzt haben, dass er sich darüber mehrfach am Abendbrottisch Luft verschaffte. »Ein Intrigant, ein verlogener Heuchler, buckelt nach oben, tritt nach unten.« Max erinnerte sich genau, weil solche Ausfälle des Alten sonst nie vorkamen. So einen Widerling wollte man doch nicht in den eigenen vier Wänden bewirten müssen. Oh, das tat weh. Vielleicht plagte den guten Wilhelm deshalb immer ein Sodbrennen.

Wo steckte sein alter Herr eigentlich? Max erspähte ihn nirgends. Er sah im Arbeitszimmer nach, kletterte in den Weinkeller, warf einen Blick vor die Haustür. Zurück im Flur, traf er auf Sieglinde, kreislauferhitzt und kurz vor der Selbstauflösung, die in einer Hand eine Kuchenplatte mit Kaltem Hund und in der anderen eine Schüssel mit Herrencreme balancierte.

»Hast du ihm endlich gratuliert?«, schnaufte sie und blaffte sofort: »Finger weg!«, als Max nach einem Stück Kalten Hund griff.

»Ich finde ihn nicht.«

»Terrasse, mit Dr. Kausen. Dass sie selbst an einem solchen Abend über die Arbeit reden müssen.« Wieder schnaufte sie.

Max war sich sicher, dass Sieglinde – so sie den Abend lebend überstand – dem Alten ihren Kraftaufwand für die Party wochenlang aufs Butterbrot schmieren würde.

»Geh außen rum, dann störst du keinen«, befahl sie ihm. »Pass auf, dass du dir die Schuhe nicht dreckig machst.«

Max näherte sich der Terrasse von der Hintertür und vernahm leise Stimmen aus dem Dunkeln. Die Herren standen abseits der von innen erleuchteten Terrasse im Schatten des aufgeschichteten Kaminholzes. Sie hörten ihn nicht kommen.

»Dreihunderttausend, da bist du sicher?« Die Stimme seines Vaters klang alarmiert.

Kausen, erinnerte sich Max, war einer der wenigen Kollegen, mit denen Wilhelm per Du war.

»Wir müssen Emmersberg …« Kausen, schwer schnaufend.

»Nein«, unterbrach ihn sein Alter sofort. »Überleg doch mal: Die Sache muss über seinen Schreibtisch gelaufen sein.«

»Direkt über den Minister?« Kausen, zweifelnd.

»Hast ihn doch gehört, gerade. Koalitionsverhandlungen zum Ersten, zum Zweiten, zum Dritten. Solange er sein Schäfchen nicht ins Trockene gebracht hat, interessiert ihn nichts anderes.« Die Stimme seines Vaters, nun gefasst, entschieden. »Wir halten die Sache unter Verschluss, bis der neue Minister …«

Was Max da hörte, war nicht für seine Ohren bestimmt, eigentlich für niemandes Ohren. Jetzt wie ein Teufelchen aus der Box zu springen, um zum Geburtstag zu gratulieren, das konnte er knicken. Rückzug, verordnete er sich selbst, und wollte ihn schon antreten, als Sieglinde die Terrassentür aufriss und in einem so hysterischen Ton nach seinem Vater rief, als wären gerade Etzels Horden im Hause Dorando eingefallen.

Wilhelm setzte sich auch sofort in Bewegung, Kausen ebenfalls. Einen gewissen Sicherheitsabstand wahrend, schlüpfte Max hinter den beiden durch die Terrassentür zurück ins Wohnzimmer, keiner beachtete ihn. Alle Blicke waren auf Lotti gerichtet, die sich einen Käsewürfel nach dem nächsten in den Mund steckte und dabei Emmersberg anstarrte. Um die peinliche Szene zu beenden, wollte Max sie einerseits sofort bei der Hand nehmen und mit ihr aus dem Haus fliehen, andererseits blickte er gebannt auf die zwei Kombattanten und hatte keinen Schimmer, worum es bei diesem stummen Duell ging.

»Tu was, Wilhelm!«, befahl Sieglinde dem Gatten, als Lotti die nächsten Käsewürfel in sich hineinstopfte, aber der Alte wusste nicht was. Dann fiel der mütterliche Panikblick auf ihn. Er hatte dieses schreckliche Mädchen ins Haus gebracht. »Max!« Er zählte die Käsestückchen, die noch auf dem Igel steckten, und kam auf fünfzehn. Lotti wirkte nicht so, als würde sie aufhören wollen, bevor sie nicht auch die verdrückt hatte. Dabei waren ihre Backen schon aufgeblähter als die eines Trompeters.

»So viel Käse, liebes Fräulein, verursacht Bauchweh«, piepste die stets um Frieden und Eintracht bemühte Frau Kausen.

»Wohl wahr, Gnädigste«, stimmte ihr Emmersberg zu und stellte sein Glas ab. »Lieber Dorando, für mich wird es Zeit zu gehen. Wenn ich mich verabschieden darf.«

»Aber natürlich.«

Der alte Herr lief zur Tür vor, Sieglinde hinterher. Die aufgestaute Spannung entlud sich, die komplette Gästeschar purzelte durcheinander, sortierte sich neu, füllte die Gläser auf, fand zum Plauderton zurück. Nur Lotti blieb stumm stehen und schluckte den letzten Käsehappen hinunter. Max ging zu ihr. »Super Auftritt.«

»Ich hab's dir versaut«, stellte sie fest.

»Das trifft es ziemlich genau«, stimmte er ihr zu. Sowie Sieglinde sich erholt hatte, würde sie ihre geballte Entrüstung auf ihn abladen, und sein alter Herr würde ihn mit wochenlanger Nichtachtung bestrafen. Vom zugedrehten Geldhahn ganz zu schweigen.

»Mir ist schlecht«, stöhnte Lotti.

»Ich spendiere dir einen Schnaps«, bot er an. »Aber nicht hier. Lass uns endlich abhauen.«

Bonn, Montag, 27.11.1972, 21 Uhr

Gleich zweimal hatte Erwin versucht, sie zu erreichen. An der Pforte der Klinik und am Küchentisch in der WG wartete eine Nachricht auf Sonja: »Hab Neuigkeiten. Treffpunkt 21 Uhr, Schumann-Klause.« Sie war pünktlich, er nicht. Sie bestellte ein Kölsch und zwei Schmalzbrote, Medizin für den nervösen Magen, der sich nicht beruhigen wollte, setzte sich an den einzigen freien Tisch direkt neben dem Flipper, überflog ein liegen gelassenes Flugblatt des MSB Spartakus gegen den Radikalenerlass, trank dann einen Schluck Bier, aß einen Bissen. Die Flipperspieler jagten die Kugel durchs Labyrinth, Degenhardt sang *Spiel nicht mit den Schmuddelkindern*, am linken Nachbartisch knutschte ein Paar, am rechten regte man sich über den RCDS auf.

»So, da bin ich.« Erwin brachte einen Schwall kühle Nachtluft in die verrauchte Kneipe und setzte sich ihr gegenüber.

»Und? Wo steckt Reni?«

»Weiß ich noch nicht.« Doch er habe seine Beziehungen spielen lassen und gewisse Kanäle angezapft, Polizei, Jugendämter und so weiter. Weder tot noch lebendig habe man in der letzten Woche ein Mädchen aufgegriffen oder gefunden, auf das Renis Beschreibung passte. Das sei doch schon mal beruhigend. Natürlich werde er sofort benachrichtigt, falls … Kurzum, alle entscheidenden Stellen seien informiert.

»Danke, das ist gut zu wissen«, sagte Sonja, die nicht verstand, warum er sie deshalb extra in die Schumann-Klause bestellt hatte. »Ich erzähle Mutter, wie sehr du dich einsetzt.«

»Nicht der Rede wert«, winkte er ab. »Familie. Jederzeit, immer wieder. Was ich tun kann, tu ich. Weißt du doch. Willst du noch ein Kölsch?« Er drehte sich nach der Bedienung um.

Sonja schüttelte den Kopf. »Ich bin seit früh um sechs auf den Beinen und hundemüde.«

Er hob zwei Finger, als der Kellner kam, dann fragte er besorgt: »So früh lässt er dich schon antanzen?«

»Nein, das ist es nicht.« Sonja zuckte mit den Schultern und spürte beim Einatmen ihren nervösen Magen. »Ach, wenn ich nur genau wüsste, was es ist. Der Zeitpunkt ist schlecht, aber vielleicht ist der bei einem Regierungschef immer schlecht. Er kann nicht abschalten, die Koalitionsverhandlungen verlangen ihm äußerste Konzentration ab.«

»Koalitionsverhandlungen, gutes Stichwort«, unterbrach sie Erwin und schob ihr ein frisches Kölsch über den Tisch. »Der zweite Grund, weshalb ich hier bin. Ich will, dass du mir einen klitzekleinen Gefallen tust.«

Jetzt verstand Sonja das Vorspiel. Deshalb hatte er sich nach dem Anruf der Mutter so schnell bei ihr gemeldet. Familie, eine Hand wäscht die andere. Erwin hatte gewaschen, jetzt war sie an der Reihe. »Welchen?«, fragte sie misstrauisch.

»Du weißt am besten, dass nur wenige Leute Zugang zum Kanzler haben.« Umständlich wischte er den Bierschaum mit dem Handrücken aus seinem Schnauzer, bevor er sich über den Tisch beugte und seine Stimme senkte: »Und der gute Ehmke verfolgt da sehr eigene Interessen. Um es freundlich auszudrücken, seine Informationen für den Kanzler sind sehr selektiv. Für die Koalitionsverhandlungen ist es aber wichtig zu wissen, was Ehmke dem Kanzler zuraunt. Deshalb möchte ich dich bitten, mir darüber zu berichten.«

»D-d-ddas kann ich nicht«, stotterte sie. »Man hat mich zum Stillschweigen verpflichtet. Du darfst gar nicht wissen, dass ich Zugang zum Kanzler habe.«

»Nun hast du aber Sybille gegenüber geplaudert, und wie du weißt, hat die keine Geheimnisse vor mir. So seid ihr Frauen halt, könnt nie was für euch behalten. Jetzt schau nicht so bedröppelt drein! Glaub mir, ich will das nicht an den Sicherheitsdienst weitergeben.«

»Erwin«, versuchte sie es weiter. »Meine Situation beim Kanzler ist schon schwierig genug.«

»Was ist schon dabei, wenn du mir erzählst, was Ehmke mit dem Kanzler bespricht?«

»Man hat mich zum Stillschweigen verpflichtet, und daran halte ich mich.«

»Brav. Du tust also immer, was man dir sagt.«

»Jetzt dreh mir das Wort nicht im Mund herum.«

»Sonja!« Er beugte sich energisch zu ihr vor. »Du weißt, aus was für einem Stall wir kommen. Unsereins hat keine Verbindungen und Seilschaften, unsereins muss sich alles selbst aufbauen. Dazu gehört, dass man wichtigen Leuten hin und wieder einen Gefallen tut.« Er machte eine Pause und fuhr dann flüsternd fort: »Es geht hier nicht um mich. Es geht um die Interessen der Partei. Wir müssen wissen, in welche Richtung Ehmke den Kanzler beeinflusst.«

»Aber ich achte nicht drauf, was da gesprochen wird«, log sie.

»Dann änderst du das und machst ab jetzt deine Ohren weit auf«, schlug Erwin vor und winkte dem Kellner. »Ich ruf dich morgen an. Du tust ein gutes Werk, und du hast was bei mir gut. Wirst sehen, alles ganz einfach.« Er klopfte dreimal auf den Tisch und erhob sich. »Ich verlass mich auf dich.«

Weg war er. Und sie konnte sich nicht rühren. Ein Bleigewicht hatte der Cousin ihr um den Hals gehängt, von dem sie nicht wusste, wie sie es wieder loswurde. Familie, diese elende Familie. Nur Last, nur Enge, nur Verpflichtung.

Bonn, Montag, 27.11.1972, 23 Uhr

Montags konnte Hilde meist vor Mitternacht Feierabend machen. Wenn eine ganze Arbeitswoche vor ihrer Kundschaft lag, hielt sich diese noch mit dem Trinken zurück und ging zeitig zu Bett. So zum Glück auch an diesem Montag, denn auch sie wollte früh zu Bett. Seit Tagen schlief sie schlecht, träumte schreckliches Zeugs. Letzte Nacht hatten Julius Steiner und Leo Wagner wie Nachtschrate um ihr Bett gestanden, jeder mit einem aufgerollten *General-Anzeiger* in der Hand, mit dem sie auf sie einschlugen und schrien: »Du hast uns ausgehorcht. Verrat! Verrat!« Schweißgebadet und mit wild pochendem Herzen war sie aufgewacht. Furchtbar! Nachher würde sie eine Tablette nehmen, um in einen tiefen, traumlosen Schlaf zu fallen.

Die Neue, diese Helga, hatte sich an ihrem ersten Arbeitstag wacker geschlagen. Nur zwei Kölsch verschüttet, sich einmal bei einer Bestellung vertan, eine gute Bilanz. Rock, Bluse und Schürze hatte Hilde ihr geliehen, den BH für den nächsten Tag angemahnt, da konnte sie nicht auch noch aushelfen. Sie widmete sich wieder den Zahlen. Noch die fünf dazu und alles mal drei, dann stimmte die Rechnung.

»Soll ich im hinteren Teil schon das Licht löschen?«, fragte Karlchen, nachdem er die Stühle hochgestellt hatte.

»Mach, dass du heimkommst.« Die Köchin und Helga waren bereits gegangen. »Ich schließ ab.«

»Nacht, Hilde«, hörte sie ihn wenig später sagen. Hinterm Tresen zählte sie Scheine und rollte Münzen, damit sie das Geld morgen auf die Bank bringen konnte. »Wir haben schon geschlossen«, rief sie, ohne sich umzudrehen, als sie am Luftzug merkte, dass sich noch ein später Gast in den Rheinblick verirrte.

»Noch nicht«, ertönte eine vertraute Stimme. »Mach Musik und hol Gläser. Wir haben was zu feiern.« Mit einer Flasche Söhnlein Brillant in der Hand kam Bömitz zu ihr hinter den Tresen. Er stellte die Flasche ab, wirbelte sie herum, strahlte sie an. Wie in ihren besten Zeiten.

»Du hast die Stelle im Kanzleramt«, stellte Hilde fest und verschloss die Kasse.

»Ehmke hat heut früh mit dem Kanzler darüber gesprochen. Wo sind die Sektgläser? Hol drei. Tibulski kommt noch. Ich hab in seinem Büro Bescheid gegeben.«

»Bist du sicher? Tibulski ist sehr beschäftigt und tanzt auf vielen Hochzeiten.«

»Er wird doch wohl mit einem alten Freund auf einen Karrieresprung anstoßen.«

»Mein Arnold hat immer gesagt, solang du keinen Vertrag hast, ist nix fest.«

»Ach, dein Arnold«, wischte er die Bedenken weg. »Optimismus ist das Gebot der Stunde! Endlich an entscheidender Stelle sitzen, endlich etwas bewegen können. Wann, wenn nicht jetzt?«

Bömitz ließ den Korken knallen. Hilde schob ihm drei Gläser hin. Zwei füllte er, stellte die Flasche ab, griff nach ihrer Hüfte, wirbelte sie noch mal herum, ließ sie wieder los. »Hilde, Hilde, Hilde. Vermies es mir nicht mit deiner Weitsicht. Lass mir den Augenblick. Ich weiß doch, die dürren Zeiten, die schalen Kompromisse kommen früh genug.«

Er stellte das Radio an. Geigenklänge, ein Schlager aus der Zeit vor dem Krieg: *Liebe war es nie*. Bömitz drehte die Musik lauter, schob sie von der Theke in den Gastraum, griff nach Hand und Hüfte, wiegte sich mit ihr im Tangoschritt. Die Stimme von Zarah Leander sang: »Wenn ich auch wusste, dass alles Lüge war, es war ein Märchen, und Märchen sind nun mal nicht wahr.« Hilde ließ sich von Bömitz über das Parkett schieben, fühlte seinen Atem, roch seine Haut, spürte den Sekt und den Übermut. Bömitz war ein guter Tänzer, einer, der zu führen wusste, einer, dem man folgen wollte. Er bäumte sie, streckte sie, drehte sie, bis das Klingeln des Telefons sie beide zum Stillstand brachte. Hilde schwindelte auf dem Weg zum Apparat, fragte sich, wieso sie überhaupt ans Telefon ging. »Rheinblick«, presste sie in den Hörer. Tibulski ließ ausrichten, dass er nicht mehr vorbeikomme.

»Dann darf ich noch mal bitten, liebste Hilde«, forderte Bömitz sie auf, ohne nachzufragen, warum Tibulski nicht kam. Wieder legte er den Arm um ihre Hüfte und zog sie zu sich heran. Kein Blatt Papier hätte mehr zwischen sie gepasst.

Bonn, Montag, 27.11.1972, 23 Uhr

Lotti dachte schon, dass es nach Hause ging, als Max den 2CV parkte. Ausgelaugt, wie sie sich fühlte, hätte sie nichts dagegen gehabt, andererseits hämmerte ihr Herz viel zu schnell, als dass sie hätte schlafen können. So trabte sie brav neben Max her, der den Weg Richtung Innenstadt einschlug und sie in eine Straße schleppte, die noch schäbiger daherkam als die Dorotheenstraße. Über dem Laden, den Max ansteuerte, hing neben einem vergitterten Fenster ein Werbeschild der Kurfürsten-Brauerei. Umrahmt von Kurfürsten Kölsch und Kurfürsten Alt, entzifferte sie den Namen der Kneipe: Club populaire. Eine nervöse, flinke, sich in schmerzhafte Höhen schraubende Trompete zog sie an Plakaten von Jazzkonzerten vorbei ins Innere. Beim überwiegend männlichen Publikum überwog die Rollkragenpullover- und Brillenfraktion. Free Jazz, Intellektuellenmusik, ihr Ding war's nicht. Noch waren nicht alle Barhocker besetzt, Max lotste sie zu zwei freien, winkte dem Wirt.

»Zwei Schabau, Werner«, bestellte er und deutete auf den Plattenspieler. »Ornette Coleman?«

»Archie Shepp«, korrigierte ihn der Wirt und schob ihnen zwei Schnapsgläser hin.

»Runter damit«, befahl Max.

Lotti spürte, wie ihr der Schnaps durch die Speiseröhre schoss und im Magen den dicken Käseklumpen zertrümmerte. Nach dieser Wohltat wollte sie sofort noch einen und schob dem Wirt das leere Glas hin. Der zögerte, wechselte einen schnellen Blick mit Max, wartete, bis der mit den Augen nickte. Herrje, er war um ihre schwache weibliche Konstitution besorgt. Als ob sie Max' Erlaubnis brauchte, wenn sie saufen wollte. »Einen Doppelten«, orderte sie. Der Wirt goss nach. Das Zeug tat gut. »Ich hab ja gedacht, du übertreibst«, sagte sie zu Max, »aber nicht die Bohne. Die Gäste deines Alten, ein spießbürgerliches Horrorkabinett! Und der lange Dürre ist der Hexenmeister. Der hat sie irgendwie alle in der Hand. Verrat mir mal, wer er ist und was er macht. Ich giere nach Informationen.« Lotti wies den Wirt an, ihr das Glas wieder zu füllen. Diesmal kontaktierte er Max nicht. Gut so.

»Hast du Geld mit?«, wollte Max wissen. »Meines reicht für die drei Schnaps, dann ist Schluss.«

»Keine Sorge, ich kann meinen Rausch selbst zahlen und deinen dazu, wenn's sein muss. Also?«

»Was hast du mit Emmersberg zu schaffen?«, fragte Max zurück.

»Er hat mich enttarnt.« Lotti erklärte dem erstaunten Max, wie sie sich auf Partys unsichtbar machte. »Eigentlich entdecken dich nur die mit Röntgenblick. Die, denen nie etwas entgeht, die, bei denen alle Fäden zusammenlaufen. Leute wie dieser Emmersberg eben. Und die wollen dich dann aushorchen oder vertreiben oder beides, und das wollte ich nicht.«

»Soso«, brummte Max. »Und der Käse?«

»Die Herrschaften wissen nicht, wie sie reagieren sollen, wenn eine junge Frau vor ihren Augen frisst wie ein Scheunendrescher. Gewaltfreier Widerstand gegen das Establishment, du verstehst?« Lotti leerte ihr drittes Glas. »Jetzt klär mich endlich über diesen Emmersberg auf.«

»Viel weiß ich nicht über ihn«, bremste Max ihre Erwartungen.

»Egal. Wenig ist besser als nichts.« Dieser dritte Schnaps, merkte Lotti, schoss nicht wie gewünscht in den Magen, sondern vernebelte ihr den Kopf. Max' Worte verschwammen zu einem Brei, es fiel ihr schwer, zu verstehen, was er sagte. »Moment, Moment«, unterbrach sie ihn und hatte Mühe, Worte zu formen. »Er hat ein Mädchen gewürgt?«

»Es gibt Kerle, die sich bei so was aufgeilen. Ziemlich krank, finde ich, aber wir wissen doch alle, was die Generation unserer Alten für ein verstörtes Verhältnis zum Sex … Werner, mach mal lauter«, unterbrach er sich selbst.

Ein Schlagzeugsolo dröhnte in einer Lautstärke durch den Schuppen, dass im Umkreis von einem Kilometer jeder senkrecht im Bett stehen musste. Das teuflische Schlagzeug hämmerte außer Rand und Band auf Lottis Kopf ein, den der Schnaps bereits von innen traktierte. Es half nichts, den Kopf festzuhalten. Gleich würde er platzen.

»Das ist aus der Drum-Battle zwischen Ginger Baker und Art Blakey, oder?«, rief Max begeistert. »Die gibt es nicht als LP, die lief nur im Radio. Super, dass du sie auf Band hast. Obwohl mein Herz für Rock schlägt, muss ich zugeben, dass Art Blakey viel, viel besser ist als Ginger Baker.«

»Kommt nicht ran an Art«, brüllte der Wirt über die Theke. »Technisch unterlegen, mangelnde Raffinesse.«

»Bei einem exzellenten Jazz- und einem mittelmäßigen Rock-Drummer kein Wunder«, schrie Max zurück. »Und schon gar kein Zeichen der Überlegenheit des Jazz über den Rock. Wenn sie Mike Shrieve von Santana genommen hätten, wäre die Schlacht nicht zugunsten des Jazz ausgegangen.«

»Aufhören«, schrie Lotti und hielt sich nun die Ohren zu. Sie atmete erleichtert auf, als der Wirt die Musik leiser drehte.

»Du stehst wohl weder auf Jazz noch auf Rock«, stellte Max bedauernd fest.

»Französische Chansons«, gestand Lotti, und Max nickte so, als hätte er das befürchtet. Sollte er Chansons doch für bessere Schlager halten! Sie wollte nicht über Musik mit ihm diskutieren, sie wollte weiter über Emmersberg reden. Irgendetwas hatte sie elektrisiert, bevor die Schlagzeuger alles niedertrommelten. Nur was? Wie Sand rieselten die Gedanken durch ihr Hirn, keinen bekam sie zu fassen. »Worüber haben wir zuletzt geredet?«, nuschelte sie.

»Sex«, antwortete Max.

»Sex«, wiederholte Lotti brav, aber sie wusste, dass das nicht die richtige Antwort war. »Und davor?«

»Emmersberg.«

»Jetzt weiß ich es wieder.« Kometengleich schoss ein lichter Gedanke durch ihren Kopf und erhellte alles. Dann erlosch er wieder. »Sally«, murmelte sie.

»Häh?«

Sie verstand nicht, warum Max nichts verstand. Sie wusste es selbst auch nicht mehr. Überhaupt drehte sich bei ihr alles, und sie konnte sich nicht erklären, woher plötzlich der zweite Max kam. Der Wirt sollte mal schleunigst das Karussell ausstellen, auf das der Barhocker montiert war. Wieso schwirrte plötzlich diese Melodie durch ihre Hirnwindungen? Nein, nein! Sie wollte nicht, dass Udo Jürgens in ihrem Kopf sang! Doch er tat es: »Denn immer, immer wieder geht die Sonne auf …«

Wheel turnin' round and round

Bonn, Dienstag, 28.11.1972, 8 Uhr

Sonja träumte schon lange davon, sich einmal von Luzie deren unverbesserlichen Optimismus auszuleihen. Für ein paar Stunden nur, damit sie an einem trüben Novembermorgen aufwachen und ausrufen könnte: »Was für ein schöner Tag! Mal sehen, was er für mich bereithält!« Dies schien überraschenderweise so ein Tag zu sein. Sie konnte sich nicht erinnern, wann sie zum letzten Mal so aller Sorgen ledig, so leicht und beschwingt aufgewacht war. Zudem, Wunder über Wunder, blitzte das Badezimmer vor Sauberkeit, sprudelte das Duschwasser warm, duftete der Kaffee bereits, waren die Wochenendeinkäufe noch nicht aufgefuttert. Und damit nicht genug: Die düsteren Straßen der Altstadt beleuchteten frisch aufgestellte, mit elektrischen Kerzen bestückte Tannenbäume, der Bus zum Venusberg stand schon bereit, und – kaum zu glauben – der Fahrer grüßte sie mit einem freundlichen Guten Morgen. Die unbekannte Frau auf dem Sitz gegenüber lächelte sie an, an der Klinik ließ ihr ein Arzt aus der Inneren, den sie vom Sehen kannte, den Vortritt. Ein frischer Wind hieß sie am Venusberg willkommen, im Foyer winkte ihr der Pförtner zu. Beschwingt stieg sie die Treppen hoch, munter betrat sie Professor Beckers Privatstation, grüßte die Sicherheitskräfte mit einem fröhlichen Guten Morgen. Es waren zwei, die sie noch nicht kannte. Freundliche, zuvorkommende Herren, die ihr einen Kaffee anboten, sich nach ihrer Arbeit erkundigten, von sich aus berichteten, dass der Kanzler bereits gefrühstückt habe und guter Dinge sei.

Sie wartete nicht auf irgendwas. Genauso selbstverständlich wie die Sekretärin klopfte sie an die Tür des Kanzlers, sagte: »Herr Brandt, ich bin es, Sonja Engel«, und musste nicht lange auf Antwort warten. Brandt öffnete schnell und ließ sie eintreten. Ein fremder Duft empfing sie. Brandt hatte an diesem Morgen Rasierwasser aufgelegt. Ein herbes, holziges Odeur, das zu ihm passte. Kraftvoller, elastischer schritt er aus, und sein Schreibtisch war nicht mehr mit Papieren überladen und mit Zeitungen übersät, sondern aufgeräumt. Eine Dokumentenmappe in der Mitte, aktuelle Fernschreiben links innen, die Zeitungen links außen, die Post rechts innen. Der Schreibtisch eines Mannes, der auf Ordnung hielt und mit sich im Reinen war.

»Ist das nicht ein wunderschöner Morgen, Herr Brandt?« Sie deutete aus dem Fenster, wo ein prächtiges Morgenrot die kahlen Bäume wie edle Scherenschnitte wirken ließ. »Ein Morgen, um etwas Neues zu beginnen. Heute belassen wir es nicht bei Atemübungen, heute starten wir mit der Lockerung der Artikulationsmuskulatur, damit Sie bald wieder sprechen können. Auch wenn Ihnen die Übungen albern oder kindisch vorkommen, sie sind wichtig. Hier, schauen Sie mal!« Sie wusste nicht, woher sie die Traute nahm, so mit Brandt zu sprechen, es schien ihr ganz selbstverständlich. So selbstverständlich, wie ihm locker vom Hocker ein paar Übungen zu demonstrieren.

Als sie Grimassen schnitt, lächelte Brandt. Das Lächeln machte ihn weich, es machte ihn jung, es machte ihn attraktiv. Mit einem Mal saß ihm der Schalk im Nacken, sprühte Spott aus seinen Augen, zuckte Lebenslust in seinen Mundwinkeln. Das war der Mann, den sie in der Stadthalle Mülheim erlebt hatte, das war der Mann aus ihrem Traum. Der, der den Frauen gefiel, der, den die Männer achteten, der, der die Massen begeisterte, der, dem sie vertrauten, der, der das Land gut regierte.

»Sind Sie so weit? Können wir loslegen?«, fragte sie und begann mit dem Ausstreichen von Gesicht, Hals und Nacken, als Brandt nickte. Nach kurzem Zögern machte Brandt mit. Danach tupften und zupften sie die Gesichtshaut von Stirn bis Kinn und besonders die Backen. Beim anschließenden Grimassieren verzog Brandt das Gesicht so komisch, dass sie ihrerseits herzhaft lachen musste. Dann kauten sie Luftküsse und ließen sie platzen. Beim Lippenflattern schnaubten sie um die Wette. Brandt ging eindeutig als Sieger hervor. Das alte Schlachtross machte ihm so schnell keiner nach.

»In der nächsten Stunde kommt der Kiefer dran«, verkündete sie übermütig, nachdem sie die Übungen beendet hatten. »Und die ersten Laute.«

Zum Abschied schrieb Brandt auf die Zaubertafel: »Bringen Sie beim nächsten Mal wieder so gute Laune mit! PS. Und ein paar gute Witze!«

Sie schwebte nach draußen, hob ab, segelte durch den siebten Himmel. Das war der Durchbruch. Sie hatte einen Zugang gefunden. Endlich!

Bonn, Dienstag, 28.11.1972, 9 Uhr

Bevor Max das Haus verließ, schaute er nach Lotti. Sie stank wie eine Schnapsdrossel und schnarchte wie ein alter Bierkutscher. Er legte ihr zwei Aspirin neben das Bett – die würde sie brauchen – und kritzelte auf einen Zettel: Bin ab Mittag im E-Raum.

Gestern war sie ihm mehr oder weniger in die Arme gefallen. Nach dem dritten oder vierten Schnaps nur noch unverständliches Zeugs nuschelnd, dann lauthals singend – Udo Jürgens! Er war auf ihr Gesicht gespannt, wenn er ihr das erzählte –, kippte vom Hocker, genauer gesagt, wäre vom Hocker gekippt, wenn er sie nicht geistesgegenwärtig aufgefangen hätte. Kein Problem bei dem Fliegengewicht. Er schulterte sie und machte sich mit ihr auf den Heimweg. Fliegengewicht hin oder her, sie war doch zu schwer, um sie die ganze Strecke zu tragen. Wenn er sie absetzte, plapperte sie etwas von Emmersberg und Sally oder schrie, dass sie der Schweinerei des Jahrhunderts auf der Spur war. Er musste ihr den Mund zuhalten oder sie wieder schultern, damit sie nicht noch die Bullen auf den Plan rief und sie beide wegen nächtlicher Ruhestörung auf einer Polizeiwache landeten. Schnaps sollte sie wirklich nicht trinken. Ansonsten, süße Lotti: ein schwer vergnüglicher Abend. Jederzeit wieder.

Das Seminar zum preußischen Absolutismus hielt ein Langweiler erster Güte, dahin schleppte Max sich Woche für Woche mit Widerwillen, aber noch mehr schwänzen konnte er sich nicht erlauben. Zum Glück besuchte auch Konrad dieses Seminar, der den Professor mit ein paar provokanten Fragen gern aus dem Tritt brachte und dadurch die Stunde erträglicher machte. In der Pause standen sie zusammen im Flur und rauchten. Konrad bot ihm tatsächlich an, seine Hausarbeit zu Ende zu schreiben, wenn Max ihm die neueste LP von Mighty Baby im Import-Shop besorgte. Da schlug er sofort ein. Klar würde es Arbeit machen, die Platte zu besorgen, aber kein Vergleich zu der Tortur, die ihm der preußische Absolutismus bereiten würde. Dann erkundigte sich Konrad nach Lotti.

»Sie war bei uns in der WG, aber ich war grad anderweitig beschäftigt. Weißt du, was sie wollte?«

»Bestimmt was wegen dieser Sally«, vermutete Max, der sich an das Gespräch beim sonntäglichen WG-Essen erinnerte. »Sie will das Mädchen als Aufhänger für einen Artikel über Heimkinder benutzen, um auf deren beschissene Situation aufmerksam zu machen.«

»Wichtige Arbeit, unbedingt, kann ich nur unterstützen.« Konrad nickte eifrig. »Wenn sie weitere Infos braucht, ich habe Kontakte zum SSK in Köln. Die kümmern sich um geflüchtete Heimkinder. Sag ihr auch, dass ich mich heute Abend noch mal mit Kommissar Stolk treffe. Sie kann gerne wieder mitkommen.«

»Sag mal, wie genau ist das Heilsarmeemädchen eigentlich umgebracht worden?«, erkundigte sich Max, noch Lottis gestriges wirres Gerede im Ohr.

»Sie wurde erdrosselt.«

»Kann das beim Sex passiert sein?«

»Die Polizei schließt das nicht aus. Sie hatte kurz vor ihrem Tod Geschlechtsverkehr.«

Max dämmerte, wo Lotti die Verbindung zwischen Emmersberg und Sally sah. Er hatte ihr von dem pikanten Detail erzählt, das er mithörte, als er Emmersberg und seinen Kompagnon nach Köln fuhr. Emmersberg würgte Nutten beim Sex. Sally, die möglicherweise anschaffen gegangen war, wurde erwürgt. Folglich, so rekapitulierte er Lottis Logik, hatte Emmersberg Sally umgebracht. Die Vorstellung, dass der mächtige Emmersberg über seine perversen Sexspielchen stolpern könnte, gefiel Max. Emmersberg wäre nicht der Erste, der so zu Fall kam, die Profumo-Affäre hatte vor einiger Zeit nicht nur in Großbritannien hohe Wellen geschlagen. Leider ergab hier aber eins und eins nicht zwei. Nur weil Emmersberg beim Sex würgte, brachte er noch keine Frau um. Zudem fuhr er zur Befriedigung seiner Gelüste in einschlägige Etablissements und nicht auf den Straßenstrich, Sally aber war keine Professionelle, sondern hätte für einen weiteren Schuss vermutlich überall die Beine breit gemacht. Außerdem wurde sie nicht in Köln, sondern im Bonner Hafen umgebracht. Da passte vieles nicht zusammen.

»Wie läuft es mit Astrid?«, erkundigte sich Konrad und drückte die Zigarette aus, als er den Prof zurückkommen sah.

»Och, die ist doch nicht meine Wellenlänge«, meinte Max und folgte Konrad in den Seminarraum. »Hängt zu sehr die Emanze raus, ist mir zu dogmatisch und zu ambitioniert. Mit solchen Frauen kannst du keinen Spaß haben.«

»Hab gehört, dass sie Frauen liebt.«

»Eine Lesbe? Une Garçonne? Echt?« Das haute ihn nun doch vom Hocker. Klar wusste er, dass es so was gab. Aber er hatte bisher noch nie eine Lesbe getroffen. »Na, das erklärt einiges.«

»Rettet deinen Ruf als Verführer, was?«

»Meine Damen und Herren, wo waren wir stehen geblieben?« Der Professor setzte seine Brille auf und wartete auf Wortmeldungen.

Bonn, Dienstag, 28.11.1972, 9 Uhr

Als Hilde die Christbäume auf dem Markt begutachtete, kam es ihr vor, als machte der Wohlstand nicht nur die Menschen dicker, sondern als gerieten auch Tannen, Reisig und Kränze Jahr für Jahr üppiger. Kein Vergleich zu dem Krüppelszeug, mit dem man im Krieg und in den harten Jahren danach vorliebnehmen musste. Sie erstand einen prächtigen Adventskranz mittlerer Größe. Rote Kerzen wollte sie später im Haushaltswarengeschäft besorgen. Nie hatte sie bisher den Kauf des Adventskranzes vergessen, seit dem Krieg hielt sie ihn in Ehren, seit 1942 hatte er eine besondere Bedeutung für sie.

Im November 1942 gab es in Köln nirgendwo mehr Adventskränze zu kaufen. Nach dem Tausend-Bomber-Angriff im Mai und den vielen Angriffen danach war man damit beschäftigt, die Trümmer wegzuräumen, mit einem Bezugsschein für Eier oder Seife anzustehen oder bei Fliegeralarm in einen Luftschutzbunker zu rennen. Und wenn die Nacht ruhig blieb und Hilde schlafen konnte, erschien ihr im Traum der abgerissene Arm von Tante Erna, und manchmal pieselte sie dann ins Bett. Bis heute konnte sie nicht sagen, was furchtbarer war, der abgerissene Arm oder das nasse Nachthemd, der Schrecken oder die Scham. Meist gelang es ihr, die »Peinlichkeit« vor der Mutter zu verbergen, aber wenn nicht, dann setzte es was. Denn wenn die Mutter eines nicht gebrauchen konnte, dann eine zwölfjährige Tochter, die wie ein Säugling ins Bett pinkelte. Sie brauchte überhaupt kein Kind mehr, sie brauchte eine vollwertige Arbeitskraft. Seit 1939, seit der Vater eingezogen worden war, schmiss die Mutter die Wirtschaft allein. Tagein, tagaus damit beschäftigt, sich mit immer neuen Verordnungen herumzuschlagen oder auf verschlungenen, nicht immer legalen Wegen Schabau und Kölsch zu organisieren, das sie, Hilde, dann jeden Abend zapfte. Wenn die Leute Ende 1942 eines brauchten, dann war das Alkohol. Was sie nicht mehr brauchten, waren die Durchhalteparolen. An den Endsieg glaubten nur noch die Hundertprozentigen, die meisten waren verzweifelt und desillusioniert. Alkohol half zu vergessen, Alkohol half in den Schlaf, Alkohol half beim Überleben. Manchmal auch ein Adventskranz. Der war aber nicht erwünscht. Man sollte ja seine Zeit nicht mit der Vorfreude auf die Ankunft des Christkindes vergeuden, sondern sie im Kampf für Führer, Volk und Vaterland einsetzen. Doch sie hatten trotzdem all die Jahre immer einen Kranz auf der Theke stehen, und Hilde hing der Mutter in den Ohren, dass sie diesmal noch mehr als sonst einen brauchten, wo doch die gesamte 6. Armee, in der der Vater diente, in Stalingrad eingeschlossen war.

Und dann stand da wirklich einer, den die Mutter, weiß der Himmel wo, aufgetrieben hatte. Nicht aus üppigem Tannenreisig, sondern aus Kiefernzweigen geflochten, und mit vier unterschiedlich großen Kerzenstumpen. Die größte Kerze wurde am ersten Advent angezündet. Das schaffte in der Gaststube eine so feierliche, wehmütige Stimmung, dass alle zusammenrückten und leise mitsangen, als der alte Zink zögerlich *Es ist ein Ros' entsprungen* anstimmte. Obwohl es keiner auszusprechen wagte, sah Hilde in den Augen, dass sich alle ein baldiges Ende des Krieges wünschten, und sie spürte den Hoffnungsschimmer, der durch die Gaststube wehte. Die Mutter, eine strenge, harte Frau, stand neben ihr und fuhr ihr mit den rauen Fingern sanft über den Unterarm. So viel Zuneigung zeigte sie selten.

Dieser 1. Advent 1942 war der letzte, den Hilde in Köln verbrachte. Im Februar 1943 fiel der Vater, beim Peter-und-Paul-Angriff auf Köln ein paar Monate später kam die Mutter um. Jedes Jahr dachte Hilde beim Anzünden der Adventskerzen an sie und an diesen besonderen ersten Advent, der für Zuneigung und die Hoffnung auf Frieden stand. Nur dieses Jahr hatte sie ihn vergessen.

Bömitz wirbelte ihr Leben auf, zog sie auf schwankende Planken. Gestern hatten sie gemeinsam die Flasche Sekt geleert und den Rheinblick zum Tanzsaal erklärt. Sie hatte seine Nähe genossen, die fließenden Bewegungen des Tanzes, den Gleichklang ihrer Schritte. Nichts war vorbei, alles war noch da, und doch stimmte alles nicht mehr. In einem lichten Moment hatte sie ihn vor die Tür gesetzt. Als sie die Tür hinter ihm schloss, fühlte sie sich so erledigt, als hätte sie einen Dreitausender im Dauerlauf bezwungen.

»Morjen, Frau Wirtin, wat darf et sin?«, riss sie der Marktmetzger aus ihren Gedanken. »Isch han janz frische Levver un Niere für üsch.«

Hilde entschied, Leber Berliner Art und saure Nierchen auf die Speisekarte zu setzen und orderte die entsprechende Menge. Dann stand sie bei Schmitzens Käthe für Kohl und Kartoffeln an. Sie schäkerte und scherzte, schnüffelte und feilschte und war die Frau, die sie gerne sein wollte: dat kölsche Mädsche, die bönnsche Wirtin, die rheinische Frohnatur. Schlagfertig, spitzzüngig, lebensklug. Die, die im Rheinblick allein das Regiment führte, die, die sich nach dem Tod ihres Mannes einen festen Platz in der Stadt erobert hatte. Und nicht die, die sich nachts im Schlaf wälzte, weil sie einer alten Liebe nicht den Laufpass geben konnte.

»Hilde, willste mitmachen bei unserem Trimm-dich-Schmölzjen?«, wollte Käthe wissen. »Dat Gudrun vun de Südfrüchte kann uns Trainingsanzüch besorge, grasgrün, wie die von unsere Olympia-Goldmädcher.«

»Nee«, wehrte Hilde ab, die Käthes Begeisterung für den

neuen Sport-für-jedermann nicht teilte. »Das ist nix für mich, auf dem Trimm-dich-Pfad wie 'ne Sack Ääpele am Reck zu hänge.« Sie verabschiedete sich, und als sie sich umdrehte, kam Tibulski vom Schreibwarengeschäft Canasius aus auf sie zu. Sie konnte ihn nicht ansehen, ohne sofort an den Untersuchungsausschuss denken zu müssen. Hatte er denn gar keine Angst? Er wirkte völlig unbekümmert, so als könnte ihm nichts etwas anhaben. »Weshalb warst du gestern nicht da?«, fragte sie, als er bei ihr angelangt war.

»Ach, Hilde, ich habe im Moment so viel um die Ohren«, wiegelte er ab. »Grad muss ich mich auf dem Basar fremder Völker blicken lassen. Magst du mich begleiten?«, bot er an. »Exotisches aus zweiundzwanzig Ländern. Da findest du bestimmt das richtige Weihnachtsgeschenk. Masken aus Mexiko, ugandische Armbänder aus Giraffenhaar, Ketten aus Elfenbein, Felltaschen, Ponchos, Gebetsmühlen, afghanische Hausstiefel und vieles mehr. Die weite, weite Welt auf hundertfünfzig Quadratmetern. Wo hast du das schon außer in Bonn?«

»Ich hab keine Zeit für so was.« Hilde hatte keine Ahnung, was er mit diesem Basar im Schilde führte, besser sie wehrte es von Anfang an ab.

»Ist für einen guten Zweck«, ergänzte Tibulski. »Biafra wahrscheinlich.«

»Ich muss weiter, Tibulski. Ich brauche noch Kerze für den Adventskranz.«

»Bei van Dorp auf dem Münsterplatz? Das liegt auf meinem Weg.« Er schloss sich ihr an. »Ich hab befürchtet, dass du mir einen Korb gibst und ich alleine beim Komitee des World Service antanzen kann. Sag mal, wie war's denn gestern Abend?«

»Bömitz hätte gern mit dir angestoße.«

»Wirklich? Es gab Zeiten, da wart ihr ganz froh, wenn ich nicht aufgetaucht bin.«

Hilde vergaß manchmal, dass Tibulskis Zeiten als Grünschnabel der Vergangenheit angehörten und er inzwischen mit allen Wassern gewaschen war. Er überraschte sie mal wieder. Nie hatte er auch nur mit einem Wort erwähnt, dass er von ihrer Affäre wusste. Und nun ließ er plötzlich die Katze aus dem Sack.

»Er freut sich wie ein Schneekönig, dass er die Stelle im Kanzleramt bekommen hat«, überging Hilde seine Bemerkung.

»Oh, das ist schon sicher?« Die Hände in den Hosentaschen, schlenderte Tibulski neben ihr her.

»Der Ehmke hat mit dem Kanzler gesproche.«

»Soso.« Kurze Pause, die Hilde nicht zu deuten wusste, dann fragte er: »Läuft da eigentlich noch was zwischen euch beiden?« Er kickte einen Apfelbutzen in den Rinnstein.

Hilde überging die Frage, indem sie auf das Haushaltswarengeschäft deutete und schnell durch dessen Tür trat.

Nachdem Bömitz Bonn so überstürzt verlassen und sie in so tiefes Unglück gestürzt hatte, war sie ein paarmal kurz davor gewesen, Tibulski ihr Herz auszuschütten. Doch dann hätte sie mit ihm über Liebe, Leidenschaft und Sex sprechen müssen. Und was Sex anging, das wusste sie seit dem Kamelle-Tanz, galt es, Tibulski auf Abstand zu halten. Da spürte sie etwas Animalisches, etwas Gewalttätiges, da taten sich Abgründe auf.

Bonn, Dienstag, 28.11.1972, 12 Uhr

Gebimmel und Getöse am Bonner Himmel, wildes Hämmern im Schädel, widerlicher Patschuliduft in der Nase, aufgewühlter Magen. Ein Elend. *High Noon,* das Mittagsgeläut irgendwelcher Kirchenglocken riss Lotti aus dem Schlaf. Zwei Aspirin, eine kalte Dusche und eine halbe Kanne Kaffee halfen, den Denkapparat langsam in Bewegung zu setzen. Zum gestrigen Abend fiel ihr nicht viel ein. Gewittrig lauerte er im Hintergrund ihres Hirns, für einen ehrlichen Blick zurück reichte die Kraft noch nicht. Im Flur klingelte das Telefon, das juckte Lotti nicht.

»Ist für dich, Büro Dr. Schäuble.« Kurt steckte den Kopf durch die Tür.

Ihr Artikel war abgenommen. Sie konnte ihn abholen. Gleich. Noch hatte sie keinen Überblick über den Tag. In der Küche drehte Kurt das Radio lauter. Ein Gitarrensolo fräste sich in ihr Hirn. Dann sang eine Stimme: *»Do it again. Wheel turnin' round and round. You go back, Jack. Do it again.«* Sofort drehte sich bei ihr alles. »Mach die Musik leiser«, schrie sie und atmete auf, als Kurt schnell reagierte. Sich den Kopf massierend, blätterte sie in ihrem Block. Zwischen den Notizen des Schäuble-Gesprächs ein mit Kugelschreiber umrandeter Kasten: Podiumsdiskussion, Deutscher Bundesjugendring, 14 Uhr. Da wollte sie unbedingt hin. Wo fand die Veranstaltung statt? Schaffte sie es vorher zum Langen Eugen? Per Bahn oder per pedes? Ein Blick auf die Uhr, dann der Griff nach Block, Bleistift und Handtasche. Nichts wie los. Abrupter Stopp auf der Straße, ärgerliches Kopfschütteln: Presseausweis vergessen. Noch mal schnell zurück. Die frische Luft tat gut. Im Dauerlauf zum Langen Eugen. Den Artikel einstecken und weiter.

Dreißig Minuten später brauchte sie ihren Presseausweis nicht als Sesam-öffne-dich. Die Veranstaltung stand jedermann offen. Lotti schlüpfte durch die Tür in den Tagungssaal. Rauchschwaden wehten ihr entgegen, die Luft kochte, der Raum barst vor Menschen. Wohin sie blickte, nur Leute ihres Alters. Sie hockten auf Stühlen, auf Fensterbänken, auf dem Boden, sogar an den Rändern des Podiums. Darauf thronten vier Männer. Lotti zückte ihre Kamera, eine kleine, handliche Rollei 35. *Cher papa* hatte sie ihr geschenkt, als sie ihm von ihren Berufsplänen schrieb, schließlich brauchte jeder Journalist eine Kamera. Um ein Foto zu machen, trat sie näher ans Podium heran und sah sich die Herren aus der Nähe an, um einen ersten Eindruck zu gewinnen und sie in Schubladen zu verfrachten. Das tat sie gerne, oft stimmte ihre erste Einschätzung. Hirschhuber, CDU, ein sauertöpfischer Jugendschützer, verschrumpelt, mürrisch, besserwisserisch. Feldhaus, FDP, geföhnte Sturmfrisur, knallige Krawatte, breites Vertreterlächeln, einer, der einem sicher alles verkaufen konnte. Bömitz, SPD, Rolli und Lederjacke, aristokratische Nase, nachdenkliche Aura, ein Prinz, der sich in die Politik verirrt hatte. Günter Gerke, DBJR, handgestrickter Pullover, hochroter Kopf, überfordert mit seiner Moderatorenrolle. Mit hektischen Handbewegungen versuchte er das Pfeifkonzert zum Verstummen zu bringen, das gerade eingesetzt hatte.

»Beruhigt euch, Leute. Hier herrscht Meinungsfreiheit, auch wenn euch manche Statements nicht passen«, posaunte er in den Raum hinein. »Schon Rosa Luxemburg hat gesagt: Freiheit ist immer die Freiheit der Andersdenkenden.«

Lotti ließ die Kamera sinken und schob sich an der Wand entlang weiter in den Raum hinein. Nun konnte sie auch die Transparente lesen, die hochgehalten wurden: »Ihr könnt uns nicht ausschließen! Selbstverwaltete Jugendzentren!« »Mehr Fernsehsendungen für junge Leute!« »Ausbildung statt Ausbeutung – Für ein besseres Ausbildungsgesetz!« »Raus mit den Nazi-Paukern!« »Für eine starke Schülermitverwaltung!«

»Es ist doch nur eine Frage der Zeit, wann auch *Direkt* dichtgemacht wird«, schrie ein Junge mit Nickelbrille aus dem Publikum. »Bei allen anderen Jugendsendungen sind die Sender doch schon eingeknickt. *Bildstörung* gibt es nicht mehr, *Zoom* gibt es nicht mehr, selbst der ach so fortschrittliche WDR hat *Baff* eingestellt.«

»Wie sollen wir Jungen, um mit unserem Kanzler zu sprechen, mehr Demokratie wagen, wenn wir dazu keine Möglichkeiten bekommen?«, rief ein anderer in den Saal.

»Es gibt viele Möglichkeiten, die demokratischen Spielregeln zu erlernen und zu üben«, meldete sich der graue Hirschhuber zu Wort.

»Demokratie üben – so wie Liegestütze üben?« Dem Einwurf aus dem Publikum folgte breites Gelächter.

»Die Politik hat auch nichts gegen Jugendsendungen«, machte Hirschhuber unbeirrt weiter. »Solange sie sich auf dem Boden der demokratischen Grundordnung bewegen, solange sie nicht, wie in manchen beobachtet, das Gift der Hetze transportieren, solange sie nicht versuchen, unser Volk für den Kommunismus sturmreif zu schießen, solange …«

»Herr Kollege, Sie hätten gern, dass die Jugend brav aufzeigt und höflich anfragt, wenn sie etwas verändern will«, grätschte Bömitz dazwischen. »Aber die heutige Jugend will andere Wege gehen. Zu Recht halten die Jungen uns den Spiegel vor, zu Recht wollen sie wissen, was wir mit den Verbrechen der Nazis zu schaffen haben, zu Recht fragen sie uns, warum wir uns von dieser totalitären Ideologie haben blenden lassen. Und eine Antwort lautet: weil wir noch keine Demokratieerfahrung hatten. Das erste zarte Pflänzlein der Demokratie, das sich in der Weimarer Republik entwickelt hat, haben die Nazis niedergetrampelt.«

Zustimmendes Klopfen und Stampfen im Saal, das spornte den SPD-Mann noch mehr an: »Und Demokratie heißt, dass wir Älteren und vor allem wir politisch Verantwortlichen es aushalten, dass die Jungen Positionen beziehen, die uns nicht passen, dass wir Irr- und Umwege, die zum Erwachsenwerden gehören, zulassen und nicht verbieten. Das gilt auch für *Direkt*. Es stimmt, *Direkt* ist provokant, aber das ist gut so. Denn *Direkt* lässt Jugendliche unverfälscht sprechen, *Direkt* lässt sie ihre Filme drehen, der Sender stellt dafür ausschließlich Know-how und Technik. Ich kann nur unterstützen, was der verantwortliche Jugendredakteur neulich sagte: ›Wir arbeiten mit den Jugendlichen ohne den kleinen Zensor im Hirn, den unsereins bewusst oder unbewusst mit sich herumschleppt.‹ Freie Geister, die nicht von der Zensur beschnitten werden, braucht die Demokratie.«

Frenetisches Klopfen, dazwischen ein paar Buhrufe, wie es sie immer gab. Bömitz fiel Lotti auch im weiteren Verlauf durch interessante Wortbeiträge auf. Sei's zum Thema Mitbestimmung, sei's zum Thema freie Jugendzentren. Wie alt er wohl war? Mitte vierzig? Vielleicht hatte er sich doch nicht in die Politik verirrt, sondern betrieb sie mit Leidenschaft, korrigierte sie ihren ersten Eindruck. Im Kreise dieser Kollegen zu glänzen war allerdings auch keine Meisterleistung. Der FDP-Mann äußerte sich so gut wie gar nicht, und Hirschhuber beharrte verbissen auf konservativen Positionen: Er verteidigte die Jugendschutztrupps, die noch nicht Volljährige abends aus Kneipen holten, und natürlich war er gegen eine Herabsetzung der Volljährigkeit, da Jugendliche mit achtzehn Jahren noch nicht reif für Eheschließungen oder Geschäftsabschlüsse waren. Bei dem Wort »reif« buhte der ganze Saal. Was man noch nicht durfte, noch nicht konnte, wofür man noch nicht reif war, hatten sich alle viel zu oft anhören müssen, das wollte sich keiner mehr sagen lassen. Dass so ein verknöcherter, rechthaberischer Alter beim Publikum nicht punkten konnte, verstand sich von selbst.

Kein Wunder, dass nach Ende der Podiumsdiskussion der CDU-Mann schnell verschwand, Bömitz aber als begehrter Gesprächspartner von vielen umringt wurde. Geduldig hörte er zu, nahm Stellung, beantwortete Fragen. Was sie interessierte, schrieb Lotti mit und meldete sich ganz zum Schluss.

»Lotti Legrand, Journalistin. Mich wundert, dass in der aktuellen Debatte das Thema Heimkinder nicht zur Sprache kam. Ausgehend von einem konkreten Fall, schreibe ich darüber einen Artikel für die *Kehler Zeitung*. Ob ich mich deswegen …«

»Ein wichtiges Thema«, bestätigte Bömitz und sah zum ersten Mal auf die Uhr. »Ein Grund mehr, die Volljährigkeitsgrenze schnell auf achtzehn Jahre herunterzusetzen. Außerdem müssen wir bald ein Gesetz auf den Weg bringen, das Züchtigungen aller Art verbietet. Es tut mir leid, dass ich etwas in Eile bin …«

»Kann ich einen Termin für ein ausführliches Gespräch mit Ihrem Büro machen«, fiel ihm Lotti ins Wort.

»Oh, ich habe zurzeit noch kein Büro in Bonn.« Er packte seine Unterlagen ein und zog sich den Mantel über. »Aber am späteren Abend sitze ich meist im Rheinblick. Kommen Sie doch einfach vorbei.«

Bonn, Dienstag, 28.11.1972, 12 Uhr

»Sie sollen mal schnell runter zur Pforte springen. Da ist ein Anruf für Sie«, forderte einer der Leibwächter Sonja auf und legte den Hörer wieder auf die Gabel. »Der Pförtner darf das Gespräch nicht durchstellen, die Leitung muss frei bleiben«, fügte er als Erklärung hinzu.

Nichts Angenehmes, da war sie sich sicher. Die Mutter oder Erwin Tibulski.

Unten angekommen, hielt ihr der Pförtner den Hörer entgegen. »Nur kurz. Das ist kein öffentlicher Fernsprecher.«

Es war Erwin. »Was gibt es Neues?«, wollte er wissen.

»Also der, der war noch gar nicht da«, flüsterte sie, wohlweislich den Namen Ehmke vermeidend. Weil der Tag so lustig begonnen hatte, war es ein Leichtes gewesen, Tibulskis Auftrag zu vergessen. Vielleicht war vergessen überhaupt das Geheimnis von Lebensfreude. Vergessen und schönmalen. Doch was machte man, wenn einen das Unangenehme einholte? Wüsste Luzie da Rat? Aber Luzie war nicht da, und am Telefon wartete Erwin Tibulski auf Auskunft. »Es ist nicht richtig«, setzte sie an. »Gibt es wirklich keine andere Möglichkeit …?«

»Ich nehme an, dass er am Nachmittag kommt?«, unterbrach Erwin sie schnell und machte sich keine Mühe, Ärger und Ungeduld zu verbergen.

Der schneidende Ton seiner Stimme schmerzte ihr im Ohr. »Vermutlich«, bestätigte sie leise.

»Dann melde ich mich morgen Vormittag wieder, da hast du mir dann ja hoffentlich was zu erzählen. Ich verlass mich auf dich, Sonja!«

Der letzte Satz klang nicht nur wie eine Drohung, es war eine. Sie reichte dem Pförtner den Hörer zurück.

»Müssen Sie nicht wieder auf Station?«, schreckte er sie auf, als sie nach einer Minute immer noch so dastand.

»Doch, doch«, murmelte sie und setzte sich langsam in Bewegung.

Bonn, Dienstag, 28.11.1972, 15 Uhr

Würde man Hilde fragen, warum die Bonner Republik im Gegensatz zur Weimarer funktionierte, sie hätte eine Antwort parat gehabt. Wegen des rheinischen Tresens. Der bot sich als Ort für schnelle Begegnungen und für tiefsinnige Gespräche an. Am Tresen schob man sich vor und zurück, da geriet man durcheinander, da sortierte man sich wieder neu, da war sich keiner zu fies, mal neben einem Fremden zu stehen und mit ihm anzustoßen. Der Tresen war der Gegenentwurf zum Stammtisch: keine Sitzordnung, keine Honoratiorenrunde, kein Schmoren im eigenen Saft. Stattdessen: Offenheit, Beweglichkeit, Gelassenheit. Am Tresen wehte demokratische Luft. Sicher, es gab den Tresen auch außerhalb des Rheinlandes, aber wie nichts anderes verkörperte er das rheinische Motto von leben und leben lassen. So gesehen war der Tresen auch nicht schlecht für die große Politik. Zu mehr als einem Thema, über das man im Bundestag davor erbittert gestritten hatte, war am Tresen eine Lösung gefunden worden. Viele hier an diesem Tresen.

Es dauerte immer, bis der Tresen zu Hildes Zufriedenheit blitzte, dann kam der Adventskranz an die Reihe, für den sie bisher keine Zeit gefunden hatte. Als sie den vierten Kerzenhalter in den Kranz steckte, spazierten Koslowski und Löffler herein und orderten Kaffee und Cognac. Sie schenkte Cognac aus, schob wenig später die Kaffeetassen hinterher und widmete sich wieder dem Adventskranz. Während sie das rote

Band um den Kranz wickelte, dachte sie wieder an Tibulski. Dass sie ihn nicht einweihen würden, hatten Bömitz und sie gleich nach dem ersten Hotelbesuch entschieden. Im stillen Einverständnis, ohne ein Wort. Niemand sollte etwas von ihrer heimlichen Liebe erfahren. Nicht einmal Tibulski.

»Wenn ich es dir sage«, drang Löfflers Stimme an ihr Ohr. »Ehmke hat Wehner persönlich einen Brief übergeben. Der Kanzleramtsminister dem Fraktionsvorsitzenden und Verhandlungsführer. Da ist doch klar, dass der Brief vom Kanzler kommt und er Anweisungen für die Koalitionsverhandlungen enthält. Da der Kanzler nicht sprechen kann, bleibt ihm nur die Option, schriftlich Einfluss auf die Verhandlungen zu nehmen. Und die Bedeutung des Briefes wird unterstrichen, indem Ehmke persönlich …«

Briefe hatten sich Bömitz und sie nie geschrieben. Die Fahrkarte des Rheindampfers, zwei Kastanien aus dem Königsforst, eine Schallplatte mit *Fly Me to the Moon*, mehr Erinnerungsstücke besaß sie nicht. Als Bömitz Hals über Kopf davonstürmte, ließ er kein einziges Liebespfand zurück: keinen Brief, kein Foto, kein Amulett, keinen Ring.

»Keine Ahnung, was Ehmke zu Wehner gesagt hat«, drang wieder Löfflers Stimme an ihr Ohr, »dazu war ich zu weit weg. Ja, und Wehner hat dann den Brief in seine Aktentasche gesteckt.«

Wäre Tibulski eine Frau, hätten sie das Versteckspiel sein lassen können, Frauen spüren so etwas, haben einen sechsten Sinn. Doch Feingefühl oder Sinn für Romantik waren nicht die hervorstechendsten Eigenschaften von Tibulski. Große Gefühle zeigte er nur bei Fußballspielen, ansonsten hielt er sie für Frauenkram. Verräterische Blicke zwischen Bömitz und ihr, klammheimliche Berührungen, die es trotz aller Vorsicht manchmal gab, nahm er nicht wahr, und von dem verschwiegenen Hotel wusste er auch nichts. Wie also hatte Tibulski Wind von der Sache bekommen? Sie brauchte nicht lange zu überlegen: ihr jämmerlicher Auftritt im Club populaire. Sie wollte sich gar nicht vorstellen, wem der Wirt noch davon erzählt hatte. Blieb die Frage, wieso Tibulski ausgerechnet jetzt damit herausrückte.

»Natürlich spielt es eine Rolle, dass Wehner die Aktentasche an Tibulski weitergereicht hat.« Löffler war so erregt, dass er für einen Augenblick laut wurde, seine Stimme aber schnell wieder zügelte.

Koslowski brummte etwas, das Hilde nicht verstand.

»Ausgerechnet Tibulski«, zischte Löffler, und Hilde spitzte nun die Ohren. »Der hat sich doch im letzten Jahr zu Wehners Mann für alle Fälle hochgearbeitet. Wenn Wehner einen Ausputzer braucht, wenn mal schnell was unter der Hand erledigt werden muss, wenn mal was verschwinden soll, dann ist Tibulski zur Stelle. Nicht nur der Name Wienand, auch der Name Tibulski fällt immer wieder, wenn es um die zwei CDU-Stimmen beim Misstrauensvotum geht. Du weißt schon, dass uns die Schwarzen unterstellen, wir hätten die Stimmen gekauft, und sie deswegen einen Untersuchungsausschuss wollen? Und jetzt frag dich mal, warum Tibulski mit Wehners Aktentasche verschwindet.«

Hilde griff nach den Kerzen und steckte sie auf die Halter. Wehners Mann für alle Fälle. Wenn das stimmte, hatte Tibulski im Auftrag des Fraktionsvorsitzenden die Namen der klammen CDU-Leute haben wollen? Oder via Brunner im Auftrag der DDR? Brunner, das hatte sie inzwischen erfahren, war Mitglied derselben Delegation gewesen, mit der Tibulski damals nach drüben gereist war. Was war aus dem aufrechten, kämpferischen Tibulski geworden, den sie einmal gekannt hatte? »Talent«, so sagte er gern, »heißt, wie viel Scheiße steckt in dir und wie viel Gold lässt sich daraus spinnen.« Und genauso verhielt er sich.

»Du bist ’ne alte Unke, Löffler«, grollte Koslowski. »Du witterst schon ’ne Verschwörung, nur weil der Hebbert dem Erwin seine Aktentasche reicht.«

Wenn das alles ins Rollen kam, dann gute Nacht! Aber noch

war alles Kneipengeschwätz. Löfflers Worte durfte man nicht auf die Goldwaage legen. Der bauschte Sachen viel zu schnell auf, der machte gern aus einer Mücke einen Elefanten.

»Du hast mir nicht richtig zugehört«, korrigierte Löffler. »Nicht weil Wehner Tibulski die Aktentasche gereicht hat, sondern weil Tibulski damit verschwunden ist.«

»Und so'n richtiger Korinthenkacker biste auch!«

Hilde begutachtete den Adventskranz und sah, dass sie das rote Band besser fixieren musste. Warum rückte Tibulski ausgerechnet jetzt mit seinem Wissen um ihre Affäre heraus? Weil Bömitz zurückgekehrt war? Wollte er ihnen zeigen, dass man ihm kein X für ein U vormachen konnte? Oder führte er etwas im Schilde? Im Gegensatz zu dem roten Band ihres Adventskranzes, das sich mit ein paar Stecknadeln befestigen ließ, bekam sie Tibulski nicht zu fassen.

Bonn, Dienstag, 28.11.1972, 15 Uhr

Mit *Wheel turnin' round and round*, meldete sich plötzlich ein dröhnender Kopfschmerz zurück. Aber Lotti hatte keine Zeit, sich um ihren Kater zu kümmern, der genehmigte Artikel und die Fotos mussten auf dem schnellsten Weg nach Kehl. Sie packte sich ihre Kamera, drehte den Film zurück, schob die Spule mit dem Artikel in einen großen Umschlag und adressierte diesen an die *Kehler Zeitung*.

Ein Blick auf die Uhr, sie musste sich sputen. Um 15 Uhr 30 gab es einen Zug mit Kurierwagen von Köln nach Basel mit Halt in Offenburg. Der Zug fuhr gerade im Bonner Bahnhof ein, als sie den Bahnsteig erreichte. Lotti rannte an den Waggons entlang, stoppte vor dem Kurierwagen. Sie war nicht die Einzige, die einen eiligen Artikel in Richtung Süden verschicken wollte. Für wen die anderen wohl arbeiteten? Für die *Süddeutsche* oder die *Stuttgarter Zeitung*? Oder gar für *Le Monde* oder *The Times*? Ob sie sich als Kollegin zu erkennen geben sollte? Für wen immer die Journalisten arbeiteten, sie beachteten Lotti nicht. Sie drängelten, hatten es eilig und wirkten so pressant, dass Lotti sich nicht traute, einen von ihnen anzusprechen. Als Letzte drückte Lotti dem Bahnkurier ihren Umschlag in die Hand, den Kuhnert von der Offenburger Redaktion abholen lassen würde. Sie staunte nicht schlecht, als noch im Abfahren ein Kollege herbeieilte, mit dem rollenden Zug um die Wette rannte und dem Kurierboten wie bei einem Staffellauf in letzter Sekunde seinen Umschlag reichte.

Das hier war nicht das verschlafene Kehl, das war Bonn, das war die Bundeshauptstadt, das war internationales Parkett, das war die große weite Welt.

Bonn, Dienstag, 28.11.1972, 16 Uhr

Max hatte im E-Raum bereits drei Mark in Kaffee investiert, sich fünf Zigaretten geschnorrt, zwei Frauen auf Abstand gehalten, mit denen er mal im Bett gewesen war, einer – genauer gesagt, Rita – versprochen, dass sie ihre fünf Mark schon in der nächsten Woche zurückbekäme, und, nein, treffen könne er sie leider in nächster Zeit nicht, sechsmal die Anzeigen am schwarzen Brett studiert, drei Flugblätter – MSB Spartakus, KBW, Ruinöser Zorn – angenommen und geschätzte zweihundertmal zu den Türen gelinst, bevor er sich eingestand, dass er auf Lotti wartete.

Ein paarmal war er kurz davor gewesen aufzustehen. Daran hinderte ihn die merkwürdige Vorstellung, er würde Lotti nur um Minuten verpassen, und das wäre doch jammerschade. Aber als nun Astrid mit ihrer Entourage den E-Raum betrat, beschloss er zu gehen. Er steckte sein Feuerzeug und die Flugblätter ein und erhob sich, während Astrid im Eingang stehen blieb und so tat, als ob sie einen freien Tisch suchte, in Wirklichkeit aber die Augenpaare zählte, die sie bewundernd anstarrten. Ganz großer Auftritt, den sie genoss. Ohne Publikum ginge sie ein wie eine Primel. Ihn streifte sie bei ihrer Rundschau achtlos, er war ihr mal wieder keinen Blick wert. *Maria Stuart*, Brief als Mittel der politischen Intrige … Es tat ihm in der Seele weh, dass er seine Zeit damit verplempert hatte.

»Puuh, ich hab's grade noch geschafft, meinen Artikel auf die Reise zu schicken. Jetzt brauche ich dringend einen Kaffee.«

Von ihm unbemerkt war Lotti vom Hofgarten aus durch den Nebeneingang gekommen und stand plötzlich vor ihm.

»Hey, du willst doch nicht schon gehen?«, fragte sie

Eigentlich hatte er sich auf sie gefreut, gleichzeitig ärgerte ihn, dass sie just in diesem Augenblick eintraf, die widersprüchlichen Gefühle ließen ihn ein gequältes Lächeln herausquetschen. Lotti ging lachend darüber hinweg und entrollte einen meterlangen quietschbunten Schal, den sie x-mal um den Hals geschlungen hatte. Aus dem Augenwinkel fing er einen Blick von Astrid auf, die mit ihrem Weiberrat am Nebentisch Platz nahm. Hast du dem hässlichen Entlein versprochen, es in einen schönen Schwan zu verwandeln?, las er aus ihrem spöttischen Lächeln heraus.

»Was ist denn los?«, wollte Lotti wissen.

»Bin auf dem Sprung, muss heute Abend noch arbeiten«, antwortete er endlich auf ihre Frage.

»Einen Kaffee auf die Schnelle? Ich gebe dir einen aus«, schlug Lotti vor, pflückte zwei Markstücke aus ihrem Portemonnaie und ließ sich auf einen Stuhl plumpsen. »Soll ich mich beim Automaten anstellen oder du?«

»Na, gib schon her.« Er griff nach dem Geld und stellte sich in die Schlange, von der aus er Lotti und Astrid sehen konnte. Wie eine Königin lehnte sich Astrid am Kopf des Tisches zurück und verteilte rechts und links gnädig Sitzplätze an ihren Hofstaat. Eine eitle Zicke, selbstverliebt und herrschsüchtig, dass ihm das nicht früher aufgefallen war. Lotti dagegen wurstelte sich fröhlich aus dem Lammfellmantel, pfefferte ihn zum Schal auf den Stuhl, beides rutschte zu Boden, sie bückte sich, türmte alles zu einen Berg auf, fluchte kräftig, als der Schal wieder heruntergIitt, verdrehte die Augen und lachte laut auf, als sie merkte, dass er sie beobachtete. Klar, sie hatte große Ohren und struppige Haare, aber ein hässliches Entlein, niemals! Ihre glitzernden Kohleaugen machten alles andere wett. Zudem war sie das lustigste und klügste Mädchen, dem er je begegnet war. Da konnte sich Astrid eine Scheibe abschneiden.

»Ohne Milch, richtig?« Er stellte die zwei Plastikbecher auf den Tisch und schob ihr den schwarzen Kaffee hin.

»Das gewöhnst du dir im Büro an. Da ist entweder keine Milch da, oder sie ist schlecht.« Sie griff nach dem Zuckerstreuer, der auf dem Tisch stand, süßte den Kaffee kräftig und benutzte einen Kugelschreiber zum Umrühren. »Sag mal, kennst du ein Lokal, das Rheinblick heißt?«

Er hätte gewettet, dass sie mit ihm über den gestrigen Abend sprechen wollte, aber Lotti überraschte ihn mal wieder. »Musst du dich noch mal mit diesem Schäuble treffen? Oder hast du noch einen Politiker kennengelernt?«, fragte er zurück.

»Woher weißt …?«

Max wollte schon antworten, aber Lotti kam ihm zuvor. »Entweder du kannst Gedanken lesen, oder der Rheinblick ist ein Treffpunkt von Politikern«, folgerte sie schnell.

»So gerne ich Ersteres für mich in Anspruch nähme, ja, der Rheinblick ist ein Treffpunkt von Politikern«, bestätigte ihr Max. »Die Wirtin weiß mehr über Politik als jeder andere in der Stadt. Kannst dir vorstellen, was alles geredet wird, wenn der Abend lang ist und der Rheinwein schmeckt. Wenn Hilde plaudern würde, könnte es für manch einen eng werden. Aber natürlich sind ihre Lippen versiegelt, deine aber hoffentlich nicht. Also verrat schon, wen willst du dort treffen?«

»Professor Wolf Bömitz. Bildungs- und Jugendexperte der SPD.« Sie trank ihren Kaffee in kleinen energischen Schlucken.

»Nie gehört.« Er leerte seinen in einem Zug.

»Habe ihn grade bei der Podiumsdiskussion des Bundesjugendrings erlebt. Kluger Kopf, vertritt fortschrittliche Positionen. Ich will mit ihm heute Abend über Heimerziehung sprechen.«

»Oh, oh, das kann eng werden.« Mit einem gekonnten Wurf schickte er seinen Becher in den nächsten Abfalleimer. »Konrad lässt dir nämlich ausrichten, dass er sich heute wieder mit diesem Kommissar trifft. Um 20 Uhr, wieder im Em Höttche. Er hat nix dagegen, wenn du dazukommst.«

»Mist, Mist, Mist.« Sie knüllte ihren Becher zusammen.

Er grinste sie an. »Für eine so erfahrene Journalistin wie Lotti Legrand wird es doch kein Problem sein, sich zu zweiteilen. Lernt ihr das nicht in der Ausbildung?«

»Klar!« Sie warf den leeren Becher in seine Richtung.

Er fing ihn auf. »Gehen wir nach Hause?«

Wie das klang! Nicht zu dir oder zu mir, sondern nach Hause. Als wären sie ein vertrautes Paar. Himmel, auf was für Gedanken er kam. Gut, dass Lotti sie nicht lesen konnte.

Sie schlüpfte in ihr Lammfell, kämpfte erneut mit dem Schal, knäulte ihn genervt zusammen und hielt ihn Max hin. »Ich schenk ihn dir. Ich hab einfach eine Woche zu lang dran gestrickt. Wenn er dir zu bunt ist, färbe ich ihn mit Batikfarbe ein. Weißt du, so ein warmer, dicker Schal ist nicht schlecht für einen, der nachts Taxi fährt. Wie schnell kriegt man einen Luftzug und erkältet sich! Und so ein Schal, Wollreste aus sechzig Jahren übrigens, hier aus der grauen hat meine Oma während des Ersten Weltkriegs ihrem Bruder schon Socken fürs Feld gestrickt …«

Ideen hatte dieses Mädchen! So einen bunten Schal würde vielleicht ein Hippie tragen, aber doch nicht er. Als sie sich auf die Zehenspitzen stellte, um ihm den Schal umzulegen, wehrte er ab: »Ich trage ihn gern, wenn er grün ist oder braun, aber für den Rückweg wickelst du ihn besser um deinen Hals.«

Kein Problem für Lotti, sie war nicht beleidigt. An Astrids Tisch vorbei stiefelten sie dem Ausgang zu. Mit einem kurzen Seitenblick registrierte Max, dass Astrid ihnen nicht nachsah und ihm das fast egal war.

Als sie aus dem Arkadenhof in die Bonner Altstadt traten, hörten sie einen Leierkastenmann *Kling, Glöckchen, klingelingeling* spielen. Am Rathausplatz stand bereits der erste Weihnachtsbaum. War es schon wieder so weit? Er würde Kohlmeier anbieten, Heiligabend zu arbeiten. Diesmal kein Konsumterror, keine Völlerei, keine heile Familie, keine stille Nacht allerseits.

»Danke übrigens für das Aspirin. Hat meinen Kopf wieder halbwegs klar gemacht.« Obwohl so viel kleiner als er, machte es ihr keine Mühe, mit ihm Schritt zu halten. »Ich weiß, dass mir im Club noch ein sehr kluger Gedanke zuflog, kurz bevor mich wie in diesem Karnevalslied die Englein forttrugen …«

»Eher ich«, warf Max ein, und erntete einen irritierten Blick. »Nicht die Englein, ich habe dich fortgetragen.«

»… aber ich kann mich nicht daran erinnern. Ich weiß nur, dass es was mit Sally zu tun hatte.«

»Emmersberg. Du glaubst, dass er Sally umgebracht hat«, half Max ihr auf die Sprünge.

»Genau!«

Sie nickte eifrig, und er konnte merken, wie die Information ihre Erinnerung ankurbelte.

»Emmersberg würgt Frauen beim Sex. Das müssen wir diesem Kommissar sagen. Du kommst heute Abend mit und berichtest ihm haargenau, was du im Taxi gehört hast.«

Max glaubte sich verhört zu haben. Wie konnte Lotti so naiv sein? »Du hast sie nicht mehr alle«, schmetterte er ihren Vorschlag ab. »Auf gar keinen Fall.«

Bonn, Dienstag, 28.11.1972, 17 Uhr

»Wenn ich es dir sage.«

Erschreckt war Sonja zur Seite gesprungen, als »Monsieur hunderttausend Volt« durch den Vorraum stürmte und die Tür des Krankenzimmers aufriss. »Willy, wir müssen reden«, rief er und knallte die Tür mit Karacho wieder hinter sich zu. Die Luft, aufgeladen von seiner Wut, hätte man anzünden können. Eine Ladung Dynamit war nichts dagegen.

»Wenn ich es dir sage«, wiederholte Ehmke. »Laut Wilke, der wie immer als Protokollant bei den Verhandlungen dabei war, hat Wehner den Brief mit keinem Wort erwähnt. Und Wilke ist vertrauenswürdig, er hat außerdem keinen Grund, mich anzulügen.«

In der kurzen Pause quietschte der Stift so schmerzhaft über die Zaubertafel, dass Sonja eine Gänsehaut bekam.

»Wir können es drehen und wenden, wie wir wollen, Willy«, machte Ehmke weiter. »Es hat sich als Irrtum erwiesen, dass du die Verhandlungen vom Krankenbett aus kontrollieren kannst.«

Die Leibwächter verharrten weiter in ihrem Dämmerschlaf, die Ohren auf Durchzug gestellt. Sie würden nur hochschnellen und zur Stelle sein, wenn Leib und Leben des Kanzlers in Gefahr war.

»Wir wissen beide, wie gut Wehner manipulieren kann, ein Zündler ist er. Keiner kann so leidenschaftlich Öl ins Feuer gießen wie er«, machte Ehmke weiter. »Wenn du mich fragst, nutzt er deine momentane Schwäche, um alte Rechnungen zu begleichen.«

Sonja stellte sich die Situation vor: Der Kanzler, wieder steif und verspannt hinter seinem Schreibtisch sitzend, Ehmke wie ein gereiztes Raubtier vor ihm auf und ab tigernd. Wieder mal machte der Kanzleramtschef mit seinen ewig schlechten Nachrichten ihre Arbeit zunichte.

»Ja, in Sachfragen wurde schon viel geklärt«, beantwortete Ehmke eine weitere schriftlich gestellte Frage des Kanzlers. »Im Grundsatz ist die Außen-, Reform- und Stabilitätspolitik unstrittig. Aber du weißt, der Teufel liegt im Detail … Nein, über Personalfragen wurde noch nicht gesprochen. Da hält man sich an deine Direktiven.«

Wie sollte der Kanzler gesund werden, wenn ihm jeder

Brandherd der Bonner Politik gemeldet wurde? Da half es nichts, dass sie eine schöne Übung nach der anderen aus dem Hut zauberte oder sich in Brandts Lebensgeschichte vertiefte.

»Natürlich nehme ich es den beiden übel, dass sie mich nicht als deine Vertretung berufen haben«, holte Ehmke aus. »Ich als Kanzleramtschef hätte dich vertreten müssen. Aber Schmidt wollte mich noch nie auf diesem Posten haben, behauptet ja gerne, ich hätte ihm den Zugang zu dir versperrt. Empfindlichkeiten, wohin man schaut. Wie soll man da gute Politik machen?«

All das sollte sie also Tibulski weitersagen. Wieso hatte sie sich in der Schumann-Klause nicht gegen sein Ansinnen gewehrt? Man brauchte ihr nur ein bisschen zu drohen, schon rutschte sie in die Rolle des braven, folgsamen Mädchens und tat, was man ihr auftrug. Was das anging, hatte der Erzeuger ganze Arbeit geleistet. Wie leicht es war, ihr Sand in die Augen zu streuen. Wahrscheinlich hatte Tibulski sich nur so schnell mit ihr getroffen und ihr seine Hilfe für die Familie angeboten, weil er von seiner Schwester Sybille bereits wusste, dass der Kanzler ihr Patient war. Benutzt hatte er sie, um durch sie an Informationen über den Kanzler heranzukommen.

»… aber jetzt bedaure ich sehr«, hörte sie Ehmke sagen, »in der Sache keinen Druck gemacht zu haben. Dann hätte Wehner einen Brief des Kanzlers nicht unterschlagen können.«

Bonn, Dienstag, 28.11.1972, 17 Uhr

Nein, er war kein Feigling. Es ging um etwas anderes. Max ärgerte, dass Lotti ihn dafür hielt, weil er diesem Kommissar Stolk nichts von dem erzählen wollte, was er in dem Gespräch zwischen Emmersberg und seinem Kompagnon aufgeschnappt hatte. Die Zentrale meldete sich. Ein Taxi zum Verteidigungsministerium. Max nahm die Fuhre an, er war in der Nähe.

Es fing an zu regnen, als er einen fetten Wichtigtuer auf der Hardthöhe auflas. Waffenhändler, Panzerbauer, weiß der Henker. Zurück in der Stadt, schüttete es wie aus Kübeln, Max setzte den Fettsack am Bahnhof ab. Möge er an seinem Übergewicht und seinen dreckigen Geschäften verrecken! Danach steckte er mal wieder fest. Feierabendverkehr plus Regen gleich Stau hieß die Gleichung. Es gab einfach zu viele Schönwetterfahrer, die zu oft den *7. Sinn* glotzten. Sobald denen ein paar Regentropfen auf die Frontscheibe träufelten, überfielen sie die Horrorbilder zu Aquaplaning aus der Verkehrssendung, und sie krochen nur noch über die Straße. Hupen half nichts, aber es musste sein. Am Bertha-von-Suttner-Platz nahm er ein Ehepaar auf, das ihm die Rückbank mit feuchten Mänteln, triefenden Schirmen und nassen Plastiktüten unter Wasser setzte. Seine Laune besserte sich nicht, als ihn die Zentrale danach nach Godesberg beorderte. Am Rheinhotel Dreesen warteten zwei Vertreter. Der eine ein kleiner Runder, der Kopf des anderen thronte auf einem Stiernacken, mit dem er Franz Josef Strauß Konkurrenz machen könnte. Die zwei wollten zum Flughafen kutschiert werden. Max bot an, ihre Musterkoffer im Kofferraum zu verstauen, aber die Herren bestanden darauf, sie mit auf den Rücksitz zu nehmen.

Der Stiernacken quetschte sich neben den anderen, und das Taxi füllte sich mit einem Duftgemisch aus Cognac und Irisch Moos. Max wendete und machte sich auf den Weg zur Konrad-Adenauer-Brücke.

»Jetzt zeig doch mal endlich, was ihr diese Saison im Sortiment habt, Schrader«, forderte der Stiernacken seinen Kollegen auf. »Ich höre in der Branche immer nur Klagen. Die Umsätze sind ja bei allen rückläufig.«

»Diese Emanzen sollte man alle auf den Mond schießen«, regte sich Schrader auf. »Verbrennen ihre BHs, bezeichnen sie als Instrumente weiblicher Folter. Laufen lieber ohne herum.«

»Ist doch eine Augenweide im Sommer: die Mädchen in dünnen Miniröcken ohne BH …«

»Die Augenweide macht mich aber nicht satt, Puschmann«, nölte Schrader weiter. »Ich kann die Sprüche nicht mehr hören: der BH, das Symbol patriarchalischer Unterdrückung, der BH, das Symbol weiblicher Unfreiheit, der BH, das Symbol gesellschaftlicher Zwänge. Wenn das so weitergeht, laufen die Weiber demnächst in unförmigen Latzhosen herum, weil sie nicht mehr als Schönheitsobjekt wahrgenommen werden wollen. Keine Kurven, keine Beine, kein schaukelndes Holz mehr vor der Hütte, das ist die Zukunft. Augenschmaus, adieu, kann ich da nur sagen. Denken die bei dem ganzen Unsinn einmal daran, dass sie damit die Miederwarenbranche kaputt machen?«

»Jetzt mal den Teufel nicht an die Wand, alter Freund«, beruhigte ihn Puschmann. »Die Frau über dreißig wird weiter BH tragen. Ganz zu schweigen von der über fünfzig. Hautfarbene Liebestöter in Übergröße sind immer ein sicheres Geschäft.« Er kicherte. »Hast du übrigens bemerkt, was die kleine Müller trug?«, wechselte er das Thema. »Seit wann sitzt die eigentlich im Vorzimmer des Chefs? Hab beim Sektempfang einen Blick in ihr Dekolleté erhaschen können. Modell Jolly Fleur, geblümte Baumwolle, sehr kess. Stimmt es, dass der alte Rausch sie berutscht …?«

Auf der Konrad-Adenauer-Brücke angekommen, konnte Max endlich auf die Tube drücken. Wieder einmal wunderte er sich über die Offenherzigkeit seiner Fahrgäste. Als wäre der Taxifahrer nicht anwesend, als hätte er zumindest keine Ohren, redeten sie über alles und jeden.

Hunderte solcher Geschichten bekam Max zu hören, das hatte er Lotti klarzumachen versucht, aber sie waren nichts wert. Würde er sie weitertragen, stünde immer Aussage gegen Aussage, und die Gegenseite würde immer behaupten, dass er log. Solche Geschichten interessierten auch die Polizei nicht, die fielen unter Klatsch und Tratsch. Lotti sollte sich mal nicht so aufplustern. Es reichte, dass Kurt das immer tat.

Bonn, Dienstag, 28.11.1972, 17 Uhr

Lotti hängte den nassen Mantel in die Garderobe und rubbelte sich im Bad mit einem Handtuch die Haare trocken. Auf dem Weg von der Uni zurück in die Dorotheenstraße hatte sie ein kräftiger Schauer erwischt, und das Aspirin verlor seine Wirkung. *»Wheel turnin' round and round …«*, der Kopfschmerz kehrte zurück. Doch nicht nur deshalb war ihre Laune auf dem Tiefpunkt. »Das verstößt gegen die Taxifahrerehre. Wir geben nichts weiter, was wir im Taxi hören oder was unseren Kunden schaden könnte«, äffte sie vor dem Spiegel Max' Stimme nach. Es ärgerte sie, dass Max den Schwanz einzog, wenn sich die Chance bot, einem Mächtigen an den Karren zu pissen. »Was denn für eine Ehre? Und wenn zwei in deinem Taxi einen Mord planen, hältst du dann auch den Mund?«, hatte sie ihn angeblafft. Natürlich würde Emmersberg alles abstreiten, sie war ja nicht blöd. Natürlich war das Hörensagen, natürlich würde Aussage gegen Aussage stehen, und die von Emmersberg würde schwerer wiegen. Höchstwahrscheinlich würde der Kommissar nichts unternehmen. Sie hätten die Information nicht unbedingt heute weitergeben müssen. Was das anging, ließ sie durchaus mit sich reden. Entscheidend war, dass diese Spur weiterverfolgt wurde. Vielleicht stieß sie bei ihren Recherchen auf etwas, was den Verdacht gegen Emmersberg erhärtete. Dann könnte man dem Kommissar mehr bieten als ein Gerücht. Dass Max es kategorisch ablehnte, ärgerte sie. »Ich bin meinen Job los, wenn rauskommt, dass ich geplaudert habe.« Himmel, er war doch kein armer Gastarbeiter. Es ging doch nicht um seine Existenz. Mit Sicherheit gab es noch andere Studentenjobs in Bonn. »Nichts und wieder nichts? Die Wahrheit ist für dich nichts und wieder nichts?«, schleuderte sie ihm entgegen. »Jetzt lass mal die Kirche im Dorf«, gab er zurück. »Es war ein spinnerter Gedanke, der dir in besoffenem Kopf zugeflogen ist und den du komplett vergessen hättest, wenn ich nicht so blöd gewesen wäre, dich daran zu erinnern. Emmersberg ist ein widerlicher Kerl, aber er hat mit neunundneunzig Komma neunprozentiger Sicherheit nichts mit dem Mord an Sally zu schaffen.« »Bleiben null Komma eins Prozent.«

Sie hatte es einfach nicht lassen können, das noch zu sagen. Es wurmte sie, dass Max nicht zu dem Gespräch im Em Höttche mitkommen wollte, mehr noch, es verletzte sie. Nicht nur wegen Emmersberg. »Warum regst du dich auf?«, schimpfte sie sich. »Der Kerl ist ein Hallodri, ein Aufreißer, einer, der nichts wirklich ernst nimmt.« Und doch schien in seiner Gegenwart alles heller, leichter und fröhlicher zu sein. – Wenn man sich nicht mit ihm streiten musste. Gefühle! Da sollte mal einer schlau draus werden. Ihr war das bisher nicht gelungen.

Bonn, Dienstag, 28.11.1972, 21 Uhr

Ein Windhauch, die Tür ging auf, ein Stich ins Herz. Sie wusste, wer hereinkam, bevor sie aufsah. Sechster Sinn. Hörte das nie auf? Die heimliche Aufregung, die Freude beim Wiedersehen, die tiefe Verbundenheit.

»'n Abend, Hilde. Machst du mir ein Kölsch?«

Kein sehnsüchtig flehender Blick mehr wie vorige Nacht, als sie ihn vor die Tür setzte. Zu gern wäre er über Nacht geblieben, zu gerne hätte sie ihn dabehalten. Doch sie wollte die Geschichte nicht mehr aufleben lassen. Aber ihr eigensinniges, dummes, wundes Herz verstand das nicht.

»Ist Löffler da?«, fragte er. »Er wollte mit mir reden.«

»Heut sitzt er da hinten.« Sie deutete mit dem Kopf zu dem Tisch am Fenster, an dem Helga, die Neue, eine Runde Kölsch austeilte. Sie lachte zu laut und hatte sich den schwarzen Rock wieder zum Minirock umgekrempelt. Den Gästen gefiel es, das sah Hilde an den Blicken der Männer, ihr nicht. Noch einmal würde sie mit dem Mädchen Klartext reden. Wenn sie sich dann nicht an Absprachen hielt, war Schluss.

»Auf dich, Hilde!« Bömitz lächelte, wie nur Bömitz lächelte, und winkte dann Löffler zu.

»Ich muss kurz in Keller. Die Hitz«, sagte sie zu Karlchen. Von Wechseljahren hatte ein erfahrener Kellner wie er sicher schon gehört und wenn nicht, würde er nicht nachfragen.

»Ich halt die Stellung.« Er nickte eifrig. »Bring noch zwei Flaschen Riesling mit, Beerenauslese, von dem Oberweseler.«

Aufrecht gehend, schaffte sie es bis zur Kellertür. Dann stürzte sie die Treppe hinunter und hämmerte mit beiden Fäusten auf ein altes Weinfass ein, dass es dumpf von den Wänden widerhallte. Erst als ihre Handkanten schmerzten, hörte sie auf, und ihr Verstand setzte wieder ein. Verdammt, was hatte sie nur für zerzauste Nerven. Wenn man so alt war wie sie, wusste man doch, wie man Gefühle in einer Kiste verschließt. Sie hasste dramatische Szenen, zur tragischen Heldin taugte sie nicht. Also hieß es, Fassung bewahren und den Abend überstehen.

Eine Ewigkeit oder nur zehn Minuten später kehrte sie an den Tresen zurück. Sie sah nicht auf die Uhr, sie wollte nicht wissen, wie lang sie im Keller gewesen war. Karlchen jedenfalls empfing sie erleichtert, flüsterte ihr zu, wer alles nach ihr gefragt hatte, und überließ ihr gern wieder den Platz hinter dem Tresen. Sie grüßte neu hinzugekommene Gäste und verschaffte sich einen Überblick. Bömitz saß nun nicht mehr mit Löffler zusammen, sondern mit einer jungen Frau in einem bunten Lammfellmantel und mit struppigen Haaren, die sie noch nie im Rheinblick gesehen hatte. Für einen kurzen Moment fragte sie sich, ob er tatsächlich so dreist war, sich mit seiner Tochter in ihr Lokal zu setzen, verwarf den Gedanken aber schnell. Cornelia war noch ein Kind, noch kein Teenager. Wer also war die junge Frau? Ein Mitglied der Jusos? Erst jetzt bemerkte Hilde, dass ein Notizblock vor dem Mädchen auf dem Tisch lag und sie, während Bömitz etwas erzählte, eifrig mitschrieb. Eine Journalistin also.

Löffler, der inzwischen am Tresen stand, übergoss sie mit

schlierigen, bereits vom Alkohol verklärten Blicken und setzte mal wieder zu einem Heiratsantrag an.

»Sag nix, Löffler, sonst sag ich diesmal Ja, und dann hast du den Salat«, unterbrach sie ihn. »Soll ich dir ein Taxi rufe?«

Er schüttelte bekümmert den Kopf und schob ihr sein Glas hin. »Hilde, du lässt mir keine Wahl, als weiter dem Alkohol zuzusprechen. Noch ein Bier, bitte.«

Seufzend zapfte sie ihm ein neues Bier und machte in einem Rutsch den Kranz voll, den Karlchen ihr hinhielt. Als sie sich wieder umdrehte, hatte eine weitere junge, ihr unbekannte Frau am Tresen Platz genommen. Es passierte nicht oft, dass unbekannte Frauen den Rheinblick besuchten, an zwei an einem Abend konnte sie sich beim besten Willen nicht erinnern. Hilde musterte sie kritisch. Wie eine Professionelle wirkte sie nicht. Ein paarmal hatten es welche versucht, aber sie hatte sie schnell enttarnt und aufgefordert, den Rheinblick sofort zu verlassen, weil sie ansonsten die Polizei rufen würde. Hübsch war sie, aber eher auf den zweiten Blick. Sie kokettierte nicht mit ihrer Schönheit, sie versteckte sie eher, wollte am liebsten unsichtbar sein. Das machte sie umso attraktiver. So eine zog Männer an wie Motten das Licht. Der angesäuselte Löffler schob sich mit wackligen Schritten bereits in ihre Richtung.

»Was darf's sein?«, fragte Hilde.

Ein Kölsch, orderte sie mit einer leisen, sanften Stimme, und Hilde zapfte ihr eines. »Kennen Sie einen Erwin Tibulski?«, fragte sie, als Hilde ihr das Bier hinstellte. »Wissen Sie, ob er heute Abend noch vorbeikommt?«

Zwei junge Frauen, die eine mit Bömitz verabredet, die andere mit Tibulski, wenn das Zufall war, fraß sie einen Besen. »Kann sein, kann nicht sein«, beantwortete sie die Frage ausweichend. Tibulski war ja gerne für eine Überraschung gut, aber viel Hoffnung konnte sie der jungen Frau nicht machen.

Die bedankte sich artig für die Auskunft und trank ihr Bier in kleinen Schlucken. Wenn sie aufsah, was selten vorkam, blickte sie keinen an, sondern ins nirgendwo. In ihren Augen schimmerte eine tiefe Traurigkeit, die Hilde zu Herzen ging. Löffler stand nun neben der schönen Unbekannten, schob sein bereits wieder leeres Glas neben ihr halb volles, plierte sie an und fragte, ob er sie auf ein weiteres Getränk einladen dürfte. Sie wollte nicht.

»Du willst mir doch nicht untreu werde, Löffler«, neckte Hilde ihn. »Weißte was? Jetzt ruf ich dir wirklich ein Taxi.«

Er protestierte nicht, also wählte sie den Taxiruf, erfuhr, dass es ein bisschen dauern könnte – wieder mal ein Konzert in der Beethovenhalle –, und stellte Löffler ein Kölsch an seinen alten Platz, zu dem er brav zurückwankte. Die junge Frau bedankte sich mit einem leichten Kopfnicken und einem zarten Lächeln. Sie bestellte ein weiteres Bier.

»Kommt Tibulski oft hierher?«, wollte sie wissen.

»Früher ja, heute selten«, erzählte Hilde. »Ich weiß nicht, ob Sie es wissen. Er hat ein Abgeordnetenbüro, da können Sie ihn sicher besser erreichen.«

»Danke, aber ist privat.«

Hilde wurde himmelangst. Die Kleine hatte sich doch nicht etwa in Tibulski verliebt? Viel zu schnell sagte sie etwas, was sie sonst nie sagen würde: »Lass bloß die Finger von dem Kerl, Mädchen. Er ist verheiratet.«

»Nicht so privat«, erklärte sie schnell.

War sie mit Tibulski verwandt? Seine Schwester? Eine Ähnlichkeit konnte Hilde nicht feststellen.

»Sonja, des isch ä Überraschung!«

Hilde drehte den Kopf nach der Sprecherin um. Das struppige Mädchen redete wie Tick, Trick und Track. Sie war mit Bömitz an den Tresen gekommen und schüttelte dieser Sonja die Hand.

»Bömitz, komm noch mal her«, rief Löffler.

»Was machst du denn hier?«, wollte Sonja wissen.

»Interview zum Thema Heimerziehung.« Sie deutete auf Bömitz und wickelte sich einen viel zu langen Schal um den

Hals. »Wegen Sally, du weißt schon. Da gibt es übrigens Neuigkeiten, die ich dir unbedingt erzählen muss. Und du?«

»Ich warte auf jemanden, von dem ich nicht weiß, ob er kommt.«

»Klingt geheimnisvoll.« Die Struppige lachte auf. »Da ahne ich etwas Schwieriges, Komplexes, Melancholisches, eine *amour fou*, ein bisschen wie in einem französischen Film.«

»Nee, nee, mit Liebe hat das nichts zu tun«, stellte Sonja mit einem traurigen Lächeln klar.

»Willst du noch lange warten?«

»Taxi ist da«, rief es von der Tür aus.

Hilde reckte den Kopf, erkannte den jungen Dorando und winkte ihn an den Tresen. »Der Löffler will nach Haus. Weißte noch, wo er wohnt?«

Aber Max hörte nicht zu, der sah nur die beiden jungen Frauen und grinste über beide Backen. »Wenn ich raten sollte, wo ihr zwei zusammen ein Bier trinkt, hätte ich euch überall in der Stadt vermutet, nur nicht hier. Leider kann ich euch als hart Arbeitender keine Gesellschaft leisten, aber wenn ihr heimwollt, nehme ich euch mit. Ist auf dem Weg, ich kann euch unterwegs rauslassen.«

»Klar wollen wir nach Hause.« Das struppige Mädchen nickte zustimmend. »Oder Sonja? Hat der Typ eben Pech gehabt, wenn er so lange auf sich warten lässt.«

»Vamos.« Max drängte sich zwischen die Mädchen und legte jeder einen Arm um die Schultern. In ihrem Schlepptau schlingerte Löffler dem Ausgang zu.

Der junge Dorando! Der kannte in Bonn auch jeden. Bei seinem nächsten Besuch würde sie ihn nach den beiden Mädchen fragen. Hilde sah den vieren noch nach, als die Tür hinter ihnen bereits zufiel. Dann startete das Taxi. Sie hatte kaum den Kopf gewendet, da hörte sie die Tür wieder aufgehen und erblickte Tibulski, der auf den Tresen zuschoss.

»Mach mir ein Kölsch«, schnaufte er. »Und Wolf auch eines, er wird's gleich nötig haben.«

»Wo warst du denn gestern?«, fragte Bömitz, als sie den beiden das Bier hinstellte. »Ich hätte zu gerne mit dir angestoßen.«

»Keine Zeit, auch jetzt nicht. Hast du schon gehört? Ehmke verlässt das Kanzleramt.«

Bömitz' Gesicht verfärbte sich ins Kalkweiße. »Woher kommt die Information?«

»Aus dem Umfeld der Koalitionsverhandlungen«, antwortete Tibulski vage. »Es heißt, Ehmke übernimmt gleich zwei Ministerien: Forschung und Technologie und Post- und Fernmeldewesen.«

Let me spend one night in your soul kitchen

Mittwoch, den 29.11.1972, 8 Uhr

Hätte sie gestern im Rheinblick noch länger auf Tibulski warten sollen?, fragte sich Sonja auf dem Weg zur Arbeit. Nein, es war richtig gewesen, mit Lotti aufzubrechen. Denn die Wirtin hatte ihr keine großen Hoffnungen gemacht, dass Tibulski noch käme, und von Max wurde man nicht alle Tage nach Hause chauffiert.

Es hatte sie Überwindung gekostet, in dieses fremde Lokal zu gehen und sich dort nach Erwin zu erkundigen. Nun wurmte es sie, dass sie entweder bis zu seinem Anruf warten oder selbst anrufen musste, um mit ihm zu reden. Lieber hätte sie ihm direkt ins Gesicht gesagt, dass er von ihr nichts erfahren würde.

Ohne dass sie es hätte begründen können, wusste sie, dass die Wirtin Tibulski nicht nur vom Sehen kannte. Sie kannte ihn sogar ziemlich gut. Ihr erschreckter Blick, kombiniert mit ihrer Ermahnung, die Finger von Tibulski zu lassen, bestärkte den Eindruck. Die Frau war keine, die mit dem erhobenen Zeigefinger herumlief, sie warnte sie nicht, weil Tibulski verheiratet war, die warnte sie, weil sie von seiner dunklen Seite wusste. Hatte Tibulski auch mit ihr …? Obwohl ein paar Jahre älter als er, musste ihm die Frau gefallen: der sinnliche Mund, die hochgesteckten Haare, der üppige Körper. Eine reife Schönheit. Mehr noch, das hatte auch Tibulski mit Sicherheit bemerkt, sie war eine von ihnen. Auch sie kam von unten, stammte aus kleinen Verhältnissen. Sonja hatte ein Auge, ein Gespür dafür. Das Harte und das Verletzliche, das Unsichere und das Gierige, der unbedingte Wille, nie mehr dahin zurückzukehren, wo man herkam, der ewige Widerstreit, ob man seine Herkunft kleinreden, verleugnen, vergessen oder stolz dazu stehen sollte, all das spiegelte sich in ihrem Gesicht so wie in dem von Tibulski und sicher auch in ihrem eigenen. Wobei ihr, im Gegensatz zu Tibulski und der Wirtin, wichtige Eigenschaften zum erfolgreichen Aufstieg fehlten. Die spitzen Ellenbogen und die harten Bandagen zum Beispiel. Vielleicht bewunderte sie Brandt deshalb so sehr. Er hatte den Aufstieg geschafft, ohne seine Herkunft zu leugnen und ohne sich zu verbiegen. Er trat souverän und weltmännisch auf. Ob im offenen Wagen neben Kennedy in Berlin oder neben Romy Schneider beim Gartenfest im Park des Kanzlerbungalows.

Mist, nun hatte sie wegen ihrer Grübeleien den Bus verpasst und musste fünfzehn Minuten auf den nächsten warten. Sie trabte zum Bahnhofskiosk, der Kanzler hatte sich einen Witz gewünscht. Sie kaufte einen *General-Anzeiger*, auf der vorletzten Seite entdeckte sie welche: »Frage an Radio Eriwan: Was sind die Hauptprobleme des Sozialismus? Antwort: Im Prinzip gibt es nur drei: die Vergangenheit, die Gegenwart und die Zukunft.« Könnte Brandt darüber schmunzeln? Oder wäre der zweite Witz besser? »Frage an Radio Eriwan: Stimmt es, dass 1968 unsere Armee von den Tschechen zu Hilfe gerufen wurde? Antwort: Im Prinzip ja. Der Hilferuf aus dem Jahr 1939 wurde 1968 positiv beantwortet.« Den müsste sie Kurt mal erzählen, wo er sie neulich in der Diskussion über den Prager Frühling in eine Ecke drängen wollte. Doch der würde den Witz gar nicht verstehen. Streng moskaugläubig, war er davon überzeugt, dass die Russen dem tschechischen Brudervolk zu Hilfe geeilt waren, damit die bösen Kapitalisten sich die Tschechoslowakei nicht unter den Nagel reißen konnten. Ob Brandt den *General-Anzeiger* schon gelesen hatte? Ob er die Witze schon kannte?

Nach einem Blick auf die Uhr schlug sie die Zeitung zu, kaufte für weitere Witze noch den *Stern* und lief dann zum Busbahnhof zurück. Das Titelbild des *Stern* zeigte Willy und Rut Brandt in der Wahlnacht: Beide strahlen. Rut Brandt legt den Kopf auf die Schulter ihres Mannes, er hält sie in seinem Arm. Ein glückliches Paar, das einen langen Weg miteinander gegangen ist und einen großen Moment miteinander teilt. Sonja betrachtete das Bild lange, hoffte, ihren Patienten bald, wenn nicht so glücklich, doch zumindest zufrieden lächeln zu sehen. Erst als sie im Bus zum Venusberg saß, griff sie nach dem *General-Anzeiger*, überflog den politischen Teil und stockte bei einer ddp-Meldung. »Schmidt und Genscher sollen übereingekommen sein, dass die Konjunkturpolitik im Finanzministerium bleibt und dieses von Schmidt selbst geleitet werden soll.« Finanz-, nicht mehr Wirtschafts- und Finanzministerium. Schmidt hatte sich mit seinem Schatzkanzleramt also nicht durchsetzen können, folgerte Sonja. Oft genug hatte sie in den letzten Tagen gehört, dass Brandt und Ehmke dieses Schatzkanzleramt nicht wollten. Also gute Nachrichten. Sie freute sich auf einen aufgeräumten Kanzler, der sich auf neue Übungen einlassen würde. Aber Moment, Moment: War es in den Gesprächen zwischen Brandt und Ehmke nicht immer darum gegangen, dass Personalentscheidungen alleinige Sache des Kanzlers wären? Wer hatte zu diesem Zeitpunkt entschieden, dass Schmidt Finanzminister blieb? Willy Brandt? Oder Schmidt und Genscher?

Mittwoch, den 29.11.1972, 9 Uhr

Ein Totengräber aus dem Westerwald, verschroben, eigenbrötlerisch, nicht der Hellste im Kopf. So beschrieb Kommissar Stolk den Mann, der sich bei der Polizei meldete, nachdem er Sallys Bild in der Zeitung gesehen hatte. Von ihm stammte die Heilsarmeeuniform.

»Auf einem Rastplatz hinter dem Autobahnkreuz Meckenheim lag Sally«, erzählte Lotti Sonja auf dem Heimweg vom Rheinblick in Max' Taxi. »Zerkratzt, verfroren, halb nackt und nicht ansprechbar. Wahrscheinlich war sie getrampt, und der Dreckskerl, der sie mitnahm, hat sie auf dem Rastplatz vergewaltigt und anschließend aus seinem Wagen geworfen. So hat der Totengräber sie dann gefunden. Seine Heilsarmeeuniform hatte er übrigens nur dabei, weil er sie eigentlich zurückbringen wollte, da er in der Armee des Herrn keinen Frieden gefunden hat, aber dann zog er sie aus Barmherzigkeit dem Mädchen über, weil er weiterhin ein Samariter bleiben wollte. Als er in Poppelsdorf von der Autobahn abfuhr, ist sie aufgewacht. Dass er sie ins Krankenhaus fahre, hat er ihr gesagt. Kein Wort hat sie geantwortet, stattdessen ist sie bei der nächsten roten Ampel aus dem Auto gesprungen. Bis er den Wagen geparkt hatte, war sie verschwunden.« »Eine Frau, die mit ihrem Hund im Poppelsdorfer Schlosspark spazieren ging, hat sie später gefunden«, ergänzte Sonja. »Da muss Sally so geschwächt gewesen sein, dass sie nicht mehr fortlaufen konnte. Oder die Frau hat ihr nicht solche Angst gemacht wie der Totengräber. Das war im Mai. Mit dem Mord an ihr kann der Mann aus dem Westerwald dann aber nichts zu tun haben.«

Der Meinung war auch Kommissar Stolk in ihrem Gespräch am frühen Abend in Em Höttche gewesen. Er erzählte überhaupt nur von dem Totengräber, weil Konrad wissen wollte, ob es Reaktionen zu Sallys Foto in der Zeitung gab. Das Hauptanliegen des Kommissars war ein anderes. Auf der Suche nach möglichen Zeugen brauchte er die Presse noch einmal und bat Konrad um eine kurze Notiz. Die Polizei wollte wissen, wer am 16. oder 17. November einen grünen Ford Taunus TC mit Kölner Kennzeichen in Graurheindorf gesehen hatte. »Das kann doch noch in die Abendausgabe kommen, oder?«, fragte er und fügte, als Konrad nickte, hinzu: »Ich bitte, den Mordfall Sally Bowles nicht zu erwähnen.« Mit dem Verweis auf laufende Ermittlungen verweigerte er danach jede weitere

Auskunft. Das Einzige, was er zu dem Fall noch von sich gab, betraf die Heilsarmee. »Durch den Mann aus dem Westerwald wissen wir, dass wir die Heilsarmeespur nicht mehr verfolgen müssen. Wir können uns nun auf andere konzentrieren, die hoffentlich vielversprechender sind.«

Obwohl der Totengräber nicht Sallys Mörder sein konnte, beschäftigte er Lotti noch an diesem Vormittag. Sie saß am Schreibtisch in Tines weiterhin patschuliverseuchtem Zimmer und betrachtete ein Foto von Sally, aufgenommen nach ihrer Mandeloperation im Krankenhaus, das Sonja ihr am Vorabend herausgesucht hatte. In einem mit grellgelben und orangefarbenen Blumen gemusterten Minikleid mit weißem Krägelchen stand sie zwischen Sonja und einer anderen Krankenschwester und schaute in die Kamera. Die beiden schlanken, wohlproportionierten Krankenschwestern wirkten neben der winzigen, dürren Sally wie Walküren. Ein Windhauch hätte die Kleine wegpusten können. Nichts da! Die Kleine hätte sich dem Wind entgegengestemmt. Aus den großen kohlschwarzen Augen sprachen Trotz und eine unbändige Lebensgier.

Da war sie dem Totengräber im wahrsten Sinn des Wortes von der Schippe gesprungen, nur um ein paar Monate später einem anderen Kerl zum Opfer zu fallen. Weil sie Geld für einen weiteren Schuss brauchte? Hatte Sally durch Drogen genauso mit ihrem Leben gespielt wie die großen Toten der letzten zwei Jahre? Jim Morrison, Janis Joplin, Jimi Hendrix. *Only the Good Die Young, Too Old to Live, too Young to Die* und so weiter. Nur dass Sally nicht an einer Überdosis krepierte, sondern durch einen perversen Freier? Wieso fanden Stolk und seine Leute nicht den kleinsten Hinweis auf Sallys Verbleib in den letzten Monaten? Wenn sie Heroin gespritzt hatte, brauchte sie einen Dealer. Das war doch ein Ansatzpunkt. Angeblich hatte Stolk in der Bonner Drogenszene nach Sally forschen lassen, aber ohne Ergebnis. Und was war mit Heimen? Von Stolk nur ein Schulterzucken. Lotti fragte sich, mit welcher Ernsthaftigkeit er in diesem Fall ermittelte.

Ein Mädchen, nach dem niemand suchte, ein Menschenkind, das niemand vermisste. Eine Verlorene, eine Vergessene, eine Aufgegebene wie Marianne aus dem Kehler Hafen. Sie, Lotti, würde an dem Fall dranbleiben!

Mittwoch, den 29.11.1972, 9 Uhr

In der Nacht hatte Hilde von der Weinlese in Oberwesel geträumt. Wie sich ihre Schuhe im steilen Weinberg ins stahlblaue Schiefergeröll gruben und sie sich nach den reifen Rieslingbeeren bückte. Wie die milde Oktobersonne die Trauben golden schimmern ließ und der Rhein tief unter ihr sich glitzernd in Richtung Loreley schlängelte. Wie sich der Himmel über ihr von den Wipfeln des Hunsrücks bis zu den Wäldern des Taunus spannte. Wie sie nach dem mühsamen Aufstieg sicher und fest zwischen Himmel und Erde stand. Das hatte sie sich mitten im Krieg für ihr weiteres Leben gewünscht: stets einen sicheren Tritt und einen weiten Blick zu haben.

Beides, stellte sie beim Aufwachen fest, war ihr abhandengekommen. Von Weitblick keine Spur mehr, der sichere Tritt perdu, mühselig hangelte sie sich von Tag zu Tag, ihr Leben schien ihr zu entgleiten. Beim Zähneputzen bedauerte sie, dass die Lese bereits vorbei war, es grämte sie, dass selbst der Eiswein nach dem frühen Frost schon geerntet sein musste. Ab Neujahr standen im Wingert andere Arbeiten an. Das Zurückschneiden der Ruten bei eisigem Wind, die Lockerung des Bodens nach dem Regen, das Biegen und Binden der frischen Triebe. Damals, im Krieg, als sie sich als junges Ding mit all diesen Arbeiten plagen musste, hatte Onkel Jupp ihr immer wieder erklärt, dass man ohne Schufterei keine Ernte einfahren könne, trotzdem hatte sie diese Arbeiten gehasst. Nun würde sie die Arbeiten gerne verrichten. Weil sie ihr Halt geben würden in ihrem aus den Fugen geratenen Leben.

Als es klingelte, glaubte sie einen Moment lang, sie hätte

den alten Onkel Jupp herbeigeträumt und er käme mit dem ersten Wein des Jahres vorbei, aber es war der Bote eines Blumengeschäftes, der ihr einen Strauß in die Hand drückte, in dem eine Karte steckte. Vor lauter Überraschung vergaß sie, dem Jungen ein Trinkgeld zu geben. Lachsfarbene Moosröschen mit Schleierkraut, auf dem Zettel stand: Für meine Herzensdame. Verzeih, wenn ich Unsinn rede. W. – Sie stellte die Blumen ins Wasser. Während ihr dummes Herz vor Freude hüpfte, ärgerte sich ihr Verstand über dieses Geschenk.

Sie schlüpfte in Mantel und Knautschlackstiefel und machte sich auf den Weg zum Markt. Auf der Höhe des Palais Schaumburg überquerte sie die B 9. Sie stockte, als sie sah, wer ihr entgegenkam.

»Ich wollte mit Ehmke sprechen, aber er ist bereits beim Kanzler«, erklärte Bömitz. »Wie geht es dir heute Morgen?«

»Ich will kein Blume, du bringst mich ganz durcheinander«, platzte es aus Hilde heraus.

»Aber wirr bin doch ich bei dem, was alles passiert«, erwiderte Bömitz erstaunt und griff nach ihren Händen. »Du bist doch mein Fels in der Brandung!«

Hilde entzog ihm die Hände. »Weißte eigentlich, dass der Tibulski über uns Bescheid weiß? Das hat er mir gestern unter die Nas geriebe. Ich möcht gern wisse, warum er ausgerechnet jetzt damit herausrückt. Ich weiß nicht, was der im Schilde führt.«

»Was bist du denn so misstrauisch ihm gegenüber?«

»Merkste nicht, wie sehr er sich verändert hat?«

»Umtriebig war er doch schon immer. Aber stimmt, ich frage mich schon, wer ihm das mit Ehmke gesteckt hat und warum. Zum Glück bist du nicht in dieses politische Geschacher involviert. Ach, Hilde!« Bömitz' flehendes Strahlen brannte sich durch all ihre Schutzschilder.

»Ich bin ganz durcheinander«, wiederholte sie.

»Du doch nicht«, widersprach er mit Überzeugung im Blick, doch dann richtete sich seine Aufmerksamkeit auf etwas oder jemand hinter ihr. »Da kommt Günter Guillaume«, erklärte er. »Referent im Kanzleramt. Bestimmt weiß er, was mit Ehmke los ist. Bis später, Hilde.«

Fels in der Brandung, von wegen. Eher ein Stück Treibholz in stürmischer See. Bömitz hörte nicht zu, er nahm sie nicht ernst, er war mit seinen Gedanken immer woanders. Sie sah, wie er auf den stämmigen Mann mit Quadratschädel und großer Brille zuging und ihm die Hand schüttelte. Sie kannte Guillaume vom Sehen. Ein biederer, blasser Bürokrat, einer, der nicht auffiel. Oft war er noch nicht im Rheinblick gewesen. Einmal, erinnerte sie sich, hatte er mit Tibulski am Tisch gesessen. Aber es gab so gut wie keinen, mit dem Tibulski nicht mal am Tisch gesessen hatte.

Mittwoch, den 29.11.1972, 9 Uhr 30

Schon beim Eintreten hörte Sonja Ehmkes erregte Stimme. Er war nicht der einzige Besucher bei Brandt, da sprach noch ein anderer Mann. Eisenhart schob an diesem Tag wieder mit Lammfuß Dienst, der wie ein nervöser Cowboy im Raum herumtigerte. Auch Eisenhart lief umher. Die zwei Leibwächter wirkten nicht gewohnt schläfrig, sondern in erhöhter Alarmbereitschaft.

»Da ist die Kacke am Dampfen.« Lammfuß deutete mit dem Kopf in Richtung Krankenzimmer. »Schätze mal, Ihre Arbeit können Sie für heute vergessen.«

»Wer ist der zweite Besucher?«, fragte sie.

»Wilke, Büroleiter im Kanzleramt«, erklärte ihr Eisenhart.

»Nein, über dieses Zweiertreffen Schmidt – Genscher wurde in der großen Runde nicht geredet«, hörte sie diesen Wilke sagen, gefolgt vom vertrauten Quietschen des Zauberstiftes und einem Schnauben Ehmkes. »Ja, ich habe Wehner auf den Brief angesprochen. Dass er ihn vergessen habe, war seine Antwort.«

»Vergessen!«, giftete Ehmke.

»Ja, auch ohne Kenntnis des Briefs wusste man in der großen Koalitionsrunde, dass du nur Sachdiskussionen wünschst und alle Personalentscheidungen deine Angelegenheit sind.«

»Das kannst du nicht auf dir sitzen lassen, Willy«, schäumte Ehmke. »Du musst dein Krankenexil verlassen und in die Koalitionsrunde zurückkehren.«

Und dort womöglich sprechen? Sonja war alarmiert.

»Schmidt hat zwar pro forma sein ›Superministerium‹ aufgegeben«, tobte Ehmke weiter. »Aber de facto hat er alle wesentlichen Bereiche im Finanzministerium behalten und mit der ddp-Meldung dann direkt vollendete Tatsachen geschaffen.«

»Ja, ich habe mit Schmidt heute Morgen wegen der ddp-Meldung telefoniert«, warf Wilke ein. Im Gegensatz zu Ehmke klang seine Stimme ruhig und gefasst. »Schmidt sagt, dass sein Ministerium die Pressemeldung nicht lanciert habe.«

»Das würde ich an seiner Stelle auch behaupten«, höhnte Ehmke.

Danach Stille, nicht mal der Stift war zu hören. Sonja war sich nun sicher, dass die Zeitungsmeldung »Schmidt bleibt Finanzminister« nicht aus dem Kanzleramt gekommen war. Folglich hatte Schmidt sich über die ausdrückliche Anordnung Brandts hinweggesetzt, nichts in Personaldingen zu entscheiden. Der Witz musste schon verdammt gut sein, der den Kanzler an diesem Tag aufheitern konnte.

»Wenn du keine weiteren Anweisungen hast, gehe ich zurück ins Kanzleramt. Gute Besserung, Willy.«

Als der Mann, der aus Brandts Zimmer trat, das Vorzimmer durchquerte, wirkte sein Blick besorgt und seine Hände fahrig, als sie nach Schal und Mantel griffen, die er auf einem Stuhl neben der Tür abgelegt hatte. Zu dritt sahen sie ihm nach und schickten anschließend fragende Blicke hin und her, die keiner von ihnen beantworten konnte.

Aus dem Kanzlerzimmer drang nun das Geräusch schwerer, harter Schritte. Der von Ehmke, wusste Sonja, Brandts waren leiser und schlurfender. Er saß wohl hinter seinem Schreibtisch, während sein Kanzleramtsminister auf und ab ging. Dann verstummten Ehmkes Schritte, und es war nichts mehr zu hören. Alle drei blickten auf, als der Stift wieder quietschend über die Zaubertafel strich. Der Kanzler schrieb lange. Ehmke stand in der Zeit still.

»Nein, Willy, nein!« Ehmkes Stimme klang nicht mehr wütend, sondern verzweifelt. »Verschenke deinen Wahlsieg nicht. Weißt du eigentlich, wie sehr wir an dir hängen? Die Partei hast du an deiner Seite, wenn du kämpfst. Viele warten darauf. Du kannst diese Partei und dieses Land nicht im Stich lassen.«

Wollte Brandt etwa zurücktreten? Nach diesem Sieg? Dieselben Fragen sah Sonja auch in den Blicken der Sicherheitsleute. Kurz dachte sie an Tibulski. Nachrichten wie diese wollte er von ihr hören, wenn er anrief. Du musst mit ihm Klartext reden, du musst ihm sagen, dass du das nicht tust, betete sie sich vor. Du musst.

»Du musst in die Koalitionsverhandlungen zurückkehren«, drängte Ehmke noch einmal und wartete dann wieder auf eine Antwort. »Eine sofortige wütende Reaktion bringt gar nichts«, stimmte er in resigniertem Ton zu. »Gut, ich lass dich allein und komme heute Nachmittag wieder.« Dann so leise, dass Sonja sich anstrengen musste, die Worte zu verstehen: »Es ist dein Sieg, Willy. Lass ihn dir nicht nehmen.«

Ehmke durchquerte den Vorraum, ohne nach rechts und links zu sehen. Wenn Sonja sich nicht täuschte, hatte er feuchte Augen.

Eisenhart schnaubte schwer: »Schöne Scheiße«, murmelte er.

»Kannst du laut sagen«, stimmte ihm Lammfuß zu, griff nach einer Thermoskanne und goss drei Tassen Kaffee ein. »Wie?«, fragte er Sonja.

»Schwarz, ohne Milch und Zucker.« Seltsam, dachte sie, als sie die Tasse annahm. Wie schnell sich so ein Beziehungsgefüge änderte. Beim letzten Mal hatten die zwei noch den dicken Molli gegeben, und nun waren sie regelrecht freundlich. Die Besorgnis um den Kanzler machte sie zu Verbündeten. Zumindest kurzzeitig.

Sie sprang auf, bevor sie den Kaffee ausgetrunken hatte. »Ich versuch's mal«, sagte sie in Richtung der beiden und klopfte an Brandts Tür. Sie wartete nicht auf Antwort, trat einfach ein. Brandt saß wie erwartet hinter seinem Schreibtisch und sah kurz auf.

»Hier ist der Witz, den Sie sich gewünscht haben«, begann sie. »In einem Kibbuz in der Wüste schippen Jossek und David kräftig Sand. Es ist Mittag. Die Sonne brennt unbarmherzig. Jossek stützt sich auf den Spaten, wischt sich die Stirn und sagt zu David: ›Kannst du die Engländer verstehen? Wenn sie uns schon ein Land geschenkt haben, das ihnen nicht gehört, warum haben sie uns nicht die Schweiz geschenkt?‹«

Das schmerzliche Zucken um Brandts Mundwinkel konnte man beim besten Willen nicht als Lächeln deuten. Hätte sie doch den Witz über Franz Josef Strauß erzählen sollen? Aber der war so lang, da hätte sie bestimmt die Hälfte vergessen und dann die Pointe versaut. Verstohlen betrachtete sie den Kanzler, der den Blick von ihr abgewendet hatte und durch die Wand sah. Zusammengesunken hockte er da, die Arme lagen schlaff auf den Oberschenkeln, die Schultern hingen durch. Keine Körperspannung, nicht ein Funken Energie strahlte er aus. Er wirkte wie ein ausgeknockter Boxer, der nicht fassen kann, dass er nicht mehr im Ring steht.

»Möchten Sie ein paar Übungen machen?«, flüsterte sie.

Er hörte sie nicht, sie wiederholte die Frage lauter, da schüttelte er langsam den Kopf, so als würde ihm diese minimale Bewegung kolossale Schmerzen bereiten.

»Später vielleicht?«

Sie erhielt keine Antwort.

Mittwoch, den 29.11.1972, 11 Uhr

Die Strecke kannte Max wie seine Westentasche. Unzählige Male war er die A 555 von Bonn nach Köln schon gefahren. Aber diesmal sah er sie mit Lottis Augen. Und die staunte mit offenem Mund über das Leitungsgewirr der Wesselinger Ölraffinerien und die Millionen von Lämpchen, die die Anlage beleuchteten, die er gar nicht mehr wahrnahm, so oft war er daran vorbeigerauscht. »Das wäre doch eine tolle Kulisse für einen Science-Fiction-Film. Stell dir vor, Kubrick hätte das für *2001 – Odyssee im Weltall* nutzen können«, überlegte sie laut. Ideen hatte das Mädchen! Es tat ihm fast leid, wieder den Realisten geben zu müssen. Denn natürlich ginge das wegen des leicht entflammbaren Öls nicht. »Schön wär's trotzdem.« Lotti hatte gern das letzte Wort.

Über Emmersberg an diesem Morgen kein Wort mehr, weder von ihm noch von Lotti. Für ihn war das Thema sowieso erledigt, und Lotti redete nur über die »Sozialpädagogischen Sondermaßnahmen Köln«, kurz SSK genannt, von der sie am Abend durch Konrad erfahren hatte.

»Wusstest du, dass allein in Köln mehr als tausend Jugendliche auf der Straße leben? Massenhaft aus den knastartigen Heimen der öffentlichen Fürsorge geflohen?«, fragte sie, die Lektüre von ein paar Matrizenabzügen unterbrechend, die Konrad ihr mitgegeben hatte. »Dass Studenten der Fachhochschule Köln für die Entflohenen ein Matratzenlager als Notunterkunft eingerichtet hatten? Dass bis heute viele Wohngemeinschaften gestrandete Jugendliche aufnehmen?«

Klar hatte er davon gehört, mehr aber auch nicht. »Kannst du mir mal sagen, warum dich das so interessiert?«

Lotti stockte kurz, erzählte ihm dann aber doch von der ehemaligen Schulkameradin, von der Begegnung mit ihr im Kehler Hafen, vom empörenden Verhalten der Polizisten, von der Ignoranz ihres Chefredakteurs und davon, wie sehr sie sich schämte, weil sie Marianne nicht hatte helfen können.

»Du willst was gutmachen mit dem Artikel? Und du glaubst, wenn du das Thema jetzt mit dem Mord an Sally verbindest, wird dein Artikel gedruckt?«, fragte er und ließ seine Zweifel durchklingen.

»Wenn ich es geschickt anstelle«, gab sie trotzig zurück und griff wieder nach den Blättern, die auf ihren Knien lagen. »Seit 1972 ist der SSK als Kontaktzentrum für Jugendliche anerkannt, mit der rechtlichen Sonderposition, dass der SSK nicht verpflichtet ist, entflohene Jugendliche festzuhalten und in die Heime zurückzubringen«, las sie vor. Sie faltete die Papiere zusammen und steckte sie ein. »Es ist eine Schande, dass es bei uns in der Gegend nichts Vergleichbares gibt«, rief sie aus. »Die Leute hätte ich sofort kontaktiert, um Marianne zu helfen.«

»Und wo genau musst du hin?«, wollte Max wissen, als er vom Bonner Verteiler in Richtung Rhein abbog. Beim Frühstück hatte sie ihn gefragt, wie sie am schnellsten nach Köln käme, und er hatte angeboten, sie mitzunehmen, weil er für Kohlmeier drei Sätze Winterreifen in Deutz abholen sollte.

»Salierring. Weißt du, wo das ist?«

»Klar. In zehn, fünfzehn Minuten sind wir da. Und mit wem bist du verabredet?«

»Der Typ heißt Mattes, Konrad kennt ihn über die Jusos. Er ist Student der Sozialarbeit, Mitglied des SSK und von Anfang an in der Bewegung ›Wir sagen Nein zu Knast und Heim‹ dabei. Er war an spektakulären Aktionen gegen Heime beteiligt. Hat Gitter zersägt und Jugendlichen zur Flucht verholfen. Solche Sachen. In seiner WG wohnen bis heute immer wieder entflohene Heimkinder. Wenn Sally ein Heimkind war und in Köln Unterschlupf gesucht hat, weiß er vielleicht etwas über sie.«

»Und wieso sollte er dir davon erzählen?«

Lotti sah ihn an, als wollte er ihr unterstellen, dass sie ihren Job nicht verstand. »Konrad hat ihn angerufen und ihm versichert, dass ich vertrauenswürdig bin«, erklärte sie knapp, weil ihre Aufmerksamkeit mit einem Mal dem Rhein galt, an dem sie nun entlangfuhren. »Da ist er ja wieder. Breit und gemächlich und die Stadt um ihn herum platt wie eine Flunder.«

»Ab hier heißt er auch schon Niederrhein«, gab er altes Heimatkundewissen zum Besten und drehte das Radio lauter, weil Lotti Jacques Brels Stimme erkannte. Brel war der einzige dieser französischen Schmalzlocken, den Max noch halbwegs erträglich fand.

»Quand on n'a que l'amour«, summte Lotti. »Sprichst du Französisch?«

»Kein Wort, alter Lateiner.«

»Wenn man nichts hat als die Liebe«, übersetzte sie.

»Weißt du, dass du überhaupt nicht hässlich bist?«, rutschte es ihm heraus.

Sie drehte ihm den Kopf zu. »Soll das jetzt ein Kompliment sein?« Ihr Tonfall hörte sich so an, als wäre es das auf gar keinen Fall. »Sind das deine Bewertungskriterien für Frauen? Hässlich – schön? Dumm – gescheit? Interessant – langweilig? Sexy – abstoßend?«

»Komm mir jetzt nicht damit, dass nur innere Werte zählen«, gab er retour. »Sei ehrlich, du weißt, wie schnell man sich eine Meinung bildet. Du, zum Beispiel …«

»… bist überhaupt nicht hässlich.« Lottis Stirn runzelte sich in Form kleiner Gewitterwolken.

Ach herrje, da hatte er es mal wieder falsch angefangen. Eigentlich wollte er ihr sagen, dass er sie trotz zu großer Ohren recht attraktiv fand, ohne direkt zu erwähnen, dass ihre neugier-klugen Augen ihn entzückten und ihre Energie ihn begeisterte. Zu große Komplimente machten Frauen entweder misstrauisch oder übermütig, doppeldeutige, merkte er gerade, öffneten aber auch keine Türen. »Wir sind jetzt auf den Ringen, hinter der Eifelstraße beginnt der Salierring. Schau mal nach der Hausnummer, vielleicht müssen wir wenden.«

Lotti nannte ihm die Hausnummer 41, und keine zwei Minuten später stoppte er das Taxi vor einem heruntergekommenen alten Wohnhaus.

»Der Barbarossaplatz ist ganz in der Nähe, du musst nur weiter geradeaus gehen«, erklärte er. »Dort gibt es ein Café. Da wartest du auf mich oder ich auf dich, je nachdem wer von uns zuerst fertig ist.«

»Alles klar.«

Umständlich verknotete Lotti den Riesenschal um ihren Hals, dann hopste sie aus dem Auto. Max sah ihr nach. An der Haustür drehte sie sich um und winkte ihm zu, was ihn riesig freute. Er hupte, und vermutlich grinste er ziemlich dämlich, als er an ihr vorbeifuhr.

Mittwoch, den 29.11.1972, 11 Uhr 30

Hilde saß mit Karlchen, der Köchin und Helga beim Mittagessen in der Küche, als Tibulski an die Hintertür klopfte. Sie machte ihm ein Zeichen, dass sie ihm vorne öffnen würde, ließ die Kohlroulade stehen, ging durch das leere Lokal und sperrte ihm auf. Aber Tibulski schüttelte den Kopf, er wollte gar nicht hereinkommen. Wie ein Zappelphilipp trat er von einem Fuß auf den anderen. Wann hatte er bloß seine Gelassenheit verloren? So unter Strom hatte sie ihn noch nie erlebt.
»Was ist los, Tibulski?«

»Weißt du, wo Bömitz steckt? Ich muss ihn unbedingt sprechen.«

Es ärgerte sie, mit welcher Selbstverständlichkeit er davon ausging, dass sie wusste, wo Bömitz war. Doch es war nicht der rechte Zeitpunkt, ihm zu sagen, dass sie ihre Affäre keineswegs wiederbelebt hatten. Was Tibulski über sie und Bömitz dachte, war im Augenblick ihr geringstes Problem.
»Heute Morge hab ich ihn vor dem Kanzleramt getroffe. Er wollt zum Ehmke, aber der war nicht da …«

»Das ist gut, das ist sehr gut«, unterbrach Tibulski sie erleichtert. »Ich will es ihm nämlich persönlich sagen. Eine solche Riesenchance, die vergibst du doch nicht. Mit wem hat er geredet? Mit Guillaume? Der isst immer in der Bundestagskantine. Ich versuche es da.«

»Was erzählst du da? Ich versteh kein Wort.«

»Musst du nicht, Hilde. Musst du nicht.« Schon drehte er sich um und lief davon.

»Gestern war eine junge Frau hier, die hat nach dir gefragt«, rief sie ihm nach. Fast wäre er gestolpert.

»Was wollte sie?« Er kehrte ein paar Schritte zurück.

»Sie hat nichts gesagt. Nur dass es was Privates ist.«

Er nickte und wandte sich wieder zum Gehen. Waren es seine halbgaren Andeutungen zu ihrer Affäre, die Selbstverständlichkeit, mit der er sie beim Mittagessen störte, oder dieses selbstherrliche Gehabe eines Mannes, der für nichts und niemanden mehr Zeit hatte? Tibulski ärgerte sie, und deshalb konnte sie sich nicht verkneifen, ihm nachzurufen: »Du wirst doch nicht deine Frau betrüge.«

Tibulski hielt inne und wollte antworten, verkniff es sich aber, doch aus seinem verächtlichen Blick las Hilde heraus, was er davon hielt, dass ausgerechnet sie ihm Ehebruch vorwarf. Nur kurz fragte er: »Mittelgroß, langes blondes Haar, sanftes Gesicht?«

Hilde nickte.

»Meine Cousine. Du, ich muss. Die Sache mit Bömitz ist wirklich wichtig.«

Wie ein Getriebener rannte er über die Straße, ein taubengrauer Ford Transit hupte, ein R4 musste seinetwegen scharf bremsen. Hilde fiel auf, dass es das erste Mal seit Bömitz' Rückkehr war, dass Tibulski ihn suchte und nicht umgekehrt.

Sie ging in den Rheinblick zurück, zündete sich eine Zigarette an und setzte sich auf einen der Barhocker. Unaufgefordert stellte die Köchin ihr den Teller mit der Kohlroulade hin, aber sie stocherte nur lustlos darin herum. Der Hunger war ihr vergangen.

In der Nacht hatte sie wieder stundenlang wach gelegen und über sich und Bömitz nachgedacht. Sie hatte es satt, sich zu fragen, ob sie ihn mehr liebte oder geliebt hatte als er sie, sie wollte nicht mehr herausfinden, ob Männer anders liebten als Frauen, sie wollte sich nicht mehr geschmeichelt fühlen, dass ein Mann, der eigentlich ein ostpreußischer Gutsherr war, ein armes Wirtsleutekind wie sie begehrte. Sie wollte wieder festen Boden unter den Füßen spüren, sie wollte, dass die Aufregung ein Ende hatte. Bömitz sollte aus ihrem Leben verschwinden. Sie drückte ihre Zigarette aus, ging hinter den Tresen, griff sich einen Bestellblock und schrieb ein paar Zeilen. Den Zettel steckte sie in einen Umschlag und klebte ihn zu. Sie würde Bömitz das Brieflein in die Hand drücken, wenn er das nächste Mal vorbeikam. So brauchte sie nicht bis zum Sankt-Nimmerleins-Tag auf eine ruhige Minute mit ihm zu warten, so verhinderte sie, dass sie der Mut verließ, falls er sie mit seinem Blick wieder ins Wanken bringen würde.

»Chefin, wir müssen«, meinte Karlchen mit Blick auf die Uhr, nachdem er ihren halb leeren Teller in die Küche zurückgebracht hatte.

Sie nickte.

Mittwoch, den 29.11.1972, 13 Uhr

Der Vormittag ein einziges Kommen und Gehen. Rut Brandt, die Sekretärin, der Professor, Ehmke noch einmal, die Krankenschwester mit dem Mittagessen. Alle weilten nur kurz beim Kanzler und verließen das Krankenzimmer mit besorgten oder ratlosen Mienen, die Krankenschwester mit dem nicht angerührten Teller. Der Professor bat Sonja auf ein kurzes Gespräch vor die Tür, murmelte etwas von »den Heilungsprozess torpedierenden Entwicklungen«, bat sie, immer wieder beim Kanzler vorstellig zu werden und ihn zu Übungen zu ermuntern.

Einmal war sie seither kurz bei Brandt gewesen. Wieder hatte er sie erst wahrgenommen, nachdem sie dreimal, jeweils immer lauter werdend, ihren Namen genannt hatte. Wieder hatte er nur kurz aufgesehen und den Kopf geschüttelt. Nach dem gestrigen Morgen schmerzte es, ihn so kraftlos, so unerreichbar, so elend zu sehen. Ihre feste Stelle, die ihr gestern schon ganz sicher schien, rückte nun auch wieder in weite Ferne.

Eisenhart und Lammfuß nahmen ihre übliche Warte-und-Habachtstellung ein, auch Sonja setzte sich wieder an ihren Platz am Fenster. Tibulski hatte sich noch nicht gemeldet. Im Stillen hoffte Sonja, dass er sie bei den stürmischen Entwicklungen nicht mehr als Informationsquelle brauchte und sie in Ruhe lassen würde, aber recht daran zu glauben gelang ihr nicht. Um sich abzulenken, griff sie erneut nach dem Buch über Brandt. Sie war inzwischen bei seiner Berliner Zeit angelangt.

Berlin … Da wollten Sybille und sie eine gemeinsame Praxis aufmachen, sobald die Krankenkassen logopädische Behandlungen anerkennen und bezahlen würden. Professor Gutzmann sah gute Chancen dafür. Dann könnte Sonja endlich mehr mit Kindern arbeiten, Lisplern und Stotterern helfen, darauf freute sie sich. Aber für eine eigene Praxis brauchte sie mehr Berufserfahrung, mehr Patienten als die paar, die ihr Professor Becker immer mal wieder zuschob. Deshalb war die feste Stelle hier in der Klinik so wichtig für sie. Ein, zwei Jahre würde sie in Bonn arbeiten wollen, um noch ein Auge auf Reni zu haben, um die kleine Schwester noch ein bisschen beim Flüggewerden zu begleiten. Und dann würde sie weit, weit weg ins große Berlin ziehen.

Auch Brandt zog es nach dem Krieg in die alte Hauptstadt, er kehrte nicht nach Lübeck zurück. Berlin hatten die vier Siegermächte unter sich aufgeteilt, hier konzentrierte sich Weltpolitik auf ein paar Quadratkilometern. Nirgendwo war der Kalte Krieg kälter, nirgendwo die Stimmung explosiver, nirgendwo waren die Fronten härter als in Berlin. So auch nach dem Ungarischen Volksaufstand im November 1956, als sowjetische Truppen friedlichen Demonstrationen ein blutiges Ende bereiteten. In Berlin reagierte man auf den sowjetischen Gewaltakt mit einer Großdemonstration, auf der die eingekesselten Berliner ihrer Angst und ihrem Unmut Luft machten. Die Massenversammlung drohte aus dem Ruder zu laufen, Teile davon setzten sich in Richtung Osten in Bewegung, wo die Volkspolizei und sowjetische Panzer warteten. Als Brandt, damals Präsident des Abgeordnetenhauses, davon hörte, fuhr er den Demonstranten im Polizeiauto hinterher und brachte den Zug zum Anhalten. In seiner Rede gelang es ihm, die Empfindungen der Menschen aufzugreifen und sie gleichzeitig zur Vernunft zu bringen. Der Demonstrationszug drehte wieder nach Westen ab.

Da war er wieder, der Brandt aus der Mülheimer Stadthalle, der Brandt aus ihrem Traum. Wie musste einer beschaffen sein, der in einer solch brisanten Situation so mutig und geschickt agierte?, fragte sich Sonja. Konnte man eine solche Haltung lernen, oder war das eine Gabe, ein Talent? Sie stellte sich den zu der Zeit vierzigjährigen Brandt vor: Wie er in Anzug und Hut ins Polizeiauto steigt, ein mögliches Blutbad vor Augen, wie er mit Blaulicht dem Menschenzug hinterherfährt, wie der Wagen vor dem Zug zum Stehen kommt. Wie er aussteigt, aufs Auto klettert – er muss die Menschen sehen und sie ihn, Blickkontakt ist entscheidend in einer so emotional aufgewühlten Situation –, wie er die Menge mit Gesten beruhigt, wie er zu sprechen beginnt. Eine Rede, die er nicht vorbereiten kann, die er improvisieren muss und mit der es ihm trotzdem oder gerade deshalb gelingt, die Menschen zu erreichen. Wie er mit der Menge die Nationalhymne und das Lied *Der gute Kamerad* singt, wie er sie verstanden hat und sie befriedet nach Hause ziehen lässt.

Mit einem Mal hatte Sonja Brandts knorzige, gepresste Aussprache, sein rollendes r im Ohr. Es war diese Stimme, mit der er überzeugte, es war diese Stimme, die ihn zum Handelnden machte, diese Stimme, die Papier und Bleistift nicht ersetzen konnten.

Mittwoch, den 29.11.1972, 13 Uhr

Das Treppenhaus am Salierring roch nach Kohle und Knoblauch, die olivgrün gestrichenen Wände muffelten, die Stufen der Holztreppe ächzten bei jedem Schritt und waren in der Mitte durchgetreten. An der Wohnungstür hing kein Namensschild, auch eine Klingel fehlte. Lotti klopfte und nannte ihren Namen. Mattes öffnete ihr die Tür. Ein kräftiger Händedruck, dann führte er sie mit energischen Schritten durch einen langen Flur in eine Küche, wo ein großer Topf Linsensuppe auf dem Herd köchelte und der Geruch von Rauchfleisch in der Luft hing. Er setzte sich an den großen Tisch mittig im Raum und forderte sie mit den Augen auf, ebenfalls Platz zu nehmen.

Wenn sie einen typischen Sozialarbeiter beschreiben sollte, dann sähe er wie dieser Mattes aus: Haare bis zu den Schultern, Nickelbrille, blasse Haut, verwaschenes Hemd, Jeans, eine Selbstgedrehte im Mundwinkel. Er legte seine Tabakpackung auf den Tisch und kam sofort zur Sache: »Konrad sagt, du willst über die Situation in Kinder- und Jugendheimen schreiben. Für wen?«

»Ich arbeite für die *Kehler Zeitung*, das ist eine kleine Zeitung im Badischen«, erklärte Lotti.

»Bürgerliche Presse?«

Lotti fürchtete schon, er würde jetzt wie Kurt vom Leder ziehen oder sie direkt vor die Tür setzen, aber er tat nichts davon.

»Sehr gut«, sagte er stattdessen und bot ihr seinen Tabak zum Drehen an. »Es ist wichtig, dass nicht nur alternative Stadtzeitungen und linke Magazine über die Situation in Heimen berichten. Erst wenn der Skandal breitere Kreise erreicht, kann sich wirklich etwas ändern. Unsere Arbeit ist bisher nur ein Tropfen auf dem heißen Stein. Was willst du wissen?«

»Ein paar grundsätzliche Dinge und ein, zwei Einzelschicksale.« Lotti schob den Tabak zurück. Sie konnte nicht drehen und rauchte nur selten. »Wohnen zurzeit Heimkinder bei euch? Kann ich sie interviewen?«

»Nein«, sagte er entschieden. »Es ist ein langwieriger Prozess, Vertrauen zu ihnen aufzubauen. Das lassen wir uns nicht durch ein Interview, wo möglicherweise die falschen Fragen gestellt werden, kaputt machen. Aber ich kann dir ein paar Berichte über Einzelschicksale mitgeben, die wir aufgezeichnet haben. Du bekommst sie ohne Namensnennung. Dass wir die Jugendlichen nicht mehr ins Heim zurückverfrachten müssen, heißt nicht, dass sie wirklich in Sicherheit sind. Sie und wir sind weiter von Polizeikontrollen bedroht.«

Deshalb kein Namensschild an der Tür. »Ich verstehe, dass ihr sie schützen müsst«, meinte Lotti. »Erzähl doch mal über die Missstände in der Heimarbeit.«

»Immer noch glauben viele Heimerzieher, ihre ›Zöglinge‹ hätten einen schlechten Charakter und müssten deshalb bestraft werden«, begann Mattes. »Die Missstände sind Teil des Systems, das auf unbedingtem Gehorsam beruht. Unter Erziehung wird nichts anderes verstanden, als den Willen der Kinder zu brechen und sie zu folgsamen Untertanen zu machen. Ein Menschenbild, das den Faschismus hervorbrachte. Ohne eine grundlegende Reform der Heimerziehung, ohne ein anderes Menschenbild wird sich nichts ändern. – Es ist wichtig, dass du das schreibst.«

»Ich habe gestern in Bonn mit Wolf Bömitz, einem SPD-Politiker, über das Thema geredet.« Lotti legte den Stift zur Seite und rieb sich die rechte Hand. »Ihm sind die skandalösen Zustände in Heimen bekannt. Auch er hat von einer grundsätzlichen Reform gesprochen, davon, sich mit den großen Wohlfahrtsverbänden an einen Tisch zu setzen. Viele Heime sind ja in kirchlicher Hand.«

»Und von dort wird der größte Widerstand kommen«, warf Mattes ein. »Aber auch kirchliche Heime werden vom Staat mitfinanziert. Diese Zuschüsse muss man als Druckmittel verwenden, damit sich etwas ändert.«

Lotti nickte und machte sich weiter Notizen. Sie nahm die Papiere an sich, die Mattes für sie parat gelegt hatte, und fragte, ob sie ein paar Bilder von der Küche machen dürfte. Sie knipste den Suppentopf auf dem Herd, den großen Esstisch, das Buchplakat von A. S. Neills *Die grüne Wolke*, das an der Wand hing.

»Eine Frage habe ich noch«, sagte sie, als sie die Kamera zurück in die Hülle steckte. »Ich recherchiere zurzeit zu einem Mordfall in Bonn. Ein junges Mädchen ist erdrosselt worden, Identität unbekannt, vielleicht ein entlaufenes Heimkind.« Sie zog das Foto aus der Tasche, das Sonja ihr geliehen hatte, und zeigte es Mattes. »Schon mal gesehen? Als sie gefunden wurde, trug sie eine Heilsarmeeuniform.«

Er betrachtete das Foto und schüttelte den Kopf. »Nein, das Mädchen kenne ich nicht. Was weißt du über sie?«

Lotti berichtete.

»Drogen und Beschaffungsprostitution. Immer noch viel zu viele Heimkinder landen da.« Mattes legte das Foto zurück auf den Tisch und griff dann wieder danach. »Dieser Blick, der wirkt irgendwie ungebrochen. Wenn sie wirklich in einem Heim war, hat sie einen starken Willen gehabt.«

»Den hatte sie wohl.«

»Wenn du das Foto hierlässt, dann zeige ich es herum«, bot er an. »Gibt es eine Telefonnummer, unter der ich dich erreichen kann?«

Lotti nannte ihm die Nummer der WG.

»Du schickst mir den Artikel, wenn er erschienen ist?«, fragte er beim Abschied.

»Selbstverständlich«, versprach sie, obwohl sie noch gar nicht wusste, ob die *Kehler Zeitung* ihn druckte. Aber irgendwo würde sie den Artikel platziert bekommen, das schwor sie sich.

Mittwoch, den 29.11.1972, 13 Uhr

Die Debatten beim Mittagessen wurden von der Pressemeldung bestimmt, dass Helmut Schmidt Finanzminister blieb. Egal, wem Hilde ein Bier hinstellte oder eine Kohlroulade servierte, immer wieder hörte sie Schmidt, Schmidt, Schmidt.

»Eine Überraschung is des jetzt ned«, meinte der CDU-Mann Oberfellner. »Wer soll die Finanzen bei den Sozen denn sonst übernehmen, nachdem der Schiller im Sommer das Handtuch g'worfen hat?«

»Viel interessanter wäre, man würd' erfahren, welche Bereiche der Schmidt ans Wirtschaftsministerium abgegeben hat«, ergänzte CSU-Mann Farnreitner. »Die Konjunkturpolitik hat er sich schon mal fürs Finanzministerium g'sichert. – Aber mal was ganz anderes: Was schenkst du deiner Liesel zu Weihnachten? Ich tu mich immer so schwer mit den Geschenken.«

»Fünf Kölsch, eine Riesling Spätlese, eine Cola mit Schuss«, orderte Helga, die endlich einen BH trug, den Rock aber wieder hochgekrempelt hatte.

Hilde zapfte Bier, füllte Wein in Gläser, steckte Strohhalme in Colaflaschen, schob Helga das Tablett über den Tresen, schaute auf ihre Beine runter und pfiff sie leise an: »Mach deinen Rock länger, aber schnell. Das sag ich dir zum letzte Mal. Du bist doch kein fünfzehn mehr.«

Helga wurde rot, zog an ihrem Rock, nahm schnell das Tablett an und suchte das Weite. Mädchen, Mädchen, Mädchen, dachte Hilde und wandte sich der anderen Seite des Tresens zu, wo die Sozis frisches Bier brauchten.

»Wenn die Nachricht nicht direkt aus dem Kanzleramt kommt, dann hat der Willy schlechte Karten«, brummte Koslowski.

»Willy ist nicht so ein autoritärer Typ wie Schmidt, wird er nie sein. Immer hat er gesagt, es nutzt nichts, auf den Tisch zu hauen, das schadet nur dem Tisch.« Löffler wieder voll in seinem Element. »Und genau deshalb haben ihn die Menschen gewählt. Sie wollen einen echten Demokraten an der Spitze. Ihr wisst, was für ein Pensum Brandt in diesem Wahlkampf absolviert hat. Kein Wunder, dass ihm die Stimme versagte. Und jetzt frag ich euch: Wie kann ein kranker Mann stark sein? Der braucht Schutz und keine Breitseiten.«

»Also ich frag immer meine Sekretärin«, hörte Hilde Oberfellner sagen.

»Ich doch auch«, antwortete Farnreitner. »Aber das Armband, das die mir letzte Weihnacht b'sorgt hat, hat meiner Frau nicht g'falln. ›Hat des des Fräulein Erika ausg'sucht?‹, hat sie sofort g'fragt. 's ganze Christfest war desweg'n verhagelt.«

»Was hältst von einem Buch über Ikebana?«, schlug Oberfellner dem ratlosen Farnreitner vor. »Hab g'hört, hier in Bonn ist das bei den Frauen sehr in Mode, oder, Hilde?«

»Hab ich auch gehört«, bestätigte sie.

»Ikebana in der Oberpfalz? Also bittschön, Oberfellner, das ist ein Schmarrn.«

»Ich verstehe nicht, warum ihr euch so aufregt.« Der junge Richy Weber mal wieder viel zu laut. »Dass Schmidt die Finanzen übernimmt, war doch eh klar. Mal ehrlich, es gibt in der SPD keinen besseren Mann dafür.«

»Weißte, Richy, du musst noch viel lernen, da kann ich dem Genossen Löffler nur zustimmen.« Koslowski verteilte eine neue Runde Bier. »Dat der Helmut das will, is dat eine, dat er dat herausposaunt, gehört zum Geschäft. Aber wer Minister wird, das entscheidet und verkündet der Kanzler, verstehste?«

»Und wenn Ehmke jetzt auch noch das Kanzleramt verlässt, dann heißt es Schiff unter«, brachte Löffler seinen Ehmke mal wieder ins Gespräch, was Koslowski wie üblich die Stirn runzeln ließ. »Ja, er ist ein lärmender Steuermann«, machte Löffler trotzig weiter. »Aber einer, der hundertprozentig hinter seinem Kapitän steht, und keiner, der eine Meuterei anfängt, wenn der Kapitän mal zaudert.«

»Meuterei. Dat du immer so dramatisch werden musst.«

Koslowski stellte sein Glas ab. »Sich immer so aufzuregen is nicht gut inna Politik.«

Hilde ließ ihren Blick kreisen. Die Reihen hatten sich bereits gelichtet. Weder Tibulski noch Bömitz war aufgetaucht. Ob Tibulski Bömitz gefunden hatte? Was er ihm wohl so Dringendes mitzuteilen hatte? Ob Bömitz am Abend wieder vorbeikam? Dann würde sie ihm das Briefchen geben, dann war Schluss mit der ganzen Aufregung.

»Was hältst von Malen nach Zahlen?«, fragte Oberfellner. »Da kann dei Frau sich ihren eigenen Van Gogh maln. Sonnenblumen in Öl. Ein schönes Hobby.«

»Bist narrisch? Meine Frau und Bilder maln?«

»Dann fällt mir nichts mehr ein.« Oberfellner holte sein Portemonnaie heraus. »Hilde, zahln!«

Mittwoch, den 29.11.1972, 15 Uhr

Da flatterte wieder ein Rotkehlchen um den Laternenmast. Diesmal pausierte es nicht, es flog weiter in den Kottenforst hinein, verschwand bald aus Sonjas Blick.

Reni hatte sich immer noch nicht bei ihr gemeldet. Seit einer Woche war sie nun schon weg. Allmählich wurde Sonja mulmig zumute. Sie müsste nach Köln fahren, mit Moni reden, vielleicht weitere Freundinnen und Schulkameraden der Schwester persönlich abklappern. Stattdessen saß sie hier mit einem Patienten fest, der ihre Hilfe nicht wollte. Ob die Eltern inzwischen etwas unternommen hatten? Der Erzeuger mit Sicherheit nicht, aber die Mutter? Oder hatte sie nach dem vergeblichen Besuch bei Tibulski und dem Gespräch mit ihr aufgehört, nach Reni zu suchen? Sonja stellte sich die Eltern zu Hause vor: Die Mutter mit verweintem Gesicht am Küchentisch sitzend, der Erzeuger mit einem Bier in der Hand vor dem Fernseher, und keiner redete mit dem anderen. Keine Vermisstenanzeige bei der Polizei, keine Nachfrage in Renis

Schule, keine im Stadtteil ausgehängten Suchplakate. Nichts hatten sie getan, gar nichts. Sie warteten nur darauf, dass Reni zurückkehrte. Zumindest die Mutter wartete, beim Erzeuger wusste Sonja es nicht.

Sie sprang vom Stuhl auf, als Brandt aus seinem Zimmer kam. Er hatte sich einen dicken Schal um die Halskrause geschlungen und ging auf die Leibwächter zu, die ebenfalls aufstanden. Stumm deutete er auf die Schachtel auf dem Tisch. Sonja begriff sofort, was er wollte, und stürzte zu ihm. Aber da hatte Brandt schon eine Zigarette aus der Schachtel genestelt und sich in den Mund gesteckt.

»Nicht, Herr Brandt«, bat sie, und ihre Hand lag schneller auf der Packung, als seine sie einstecken konnte.

Brandt zog seine Hand zurück, griff nach dem Feuerzeug, zündete die Zigarette an, ging in sein Zimmer und verschloss die Tür. Zum Glück erreichte Sonja den Professor sofort, zwei Minuten später saß er schon bei Brandt. Wieder blieb er lange. Wieder lauschte Sonja seiner beruhigenden, fast hypnotisierenden, diesmal auch beschwörenden Stimme. Wie am Vormittag schaute er besorgt, als er das Krankenzimmer verließ, und machte ihr ein Zeichen, ihm auf den Flur zu folgen. Die Nikotinsucht habe er für die nächsten Stunden befriedet, teilte er ihr mit. Doch der Gesamtzustand des Kanzlers sei beängstigend. Er brüte nur dumpf vor sich hin. Gegen Abend werde er ihm ein starkes Beruhigungsmittel verabreichen. Er bat sie zu bleiben, bis er wiederkam.

Also starrte sie wieder auf den grauen Himmel und die kahlen Bäume des Kottenforst. Sally, fiel Sonja ein, hatte ihre Sprachlosigkeit als Schutzschild genutzt, Brandt machte sie schutzlos. Sally war es leichtgefallen, nicht zu sprechen, Brandt litt darunter. Sally entwickelte eine immense Bandbreite an Gesten und Blicken, um sich verständlich zu machen, für Brandt konnte das Spektrum an Gesten und Blicken noch so groß sein, es genügte ihm nicht. Sally nutzte ihre Sprachlosigkeit, um sich zu verstecken, Brandt nutzte sie gar nichts.

Obwohl er so schnell wie möglich wieder sprechen wollte, ließ er sich nur widerwillig auf ihre Behandlungsmethoden ein, er wollte sich keine Zeit dafür nehmen. Sally dagegen hatte – nach Ablegen des Trotzpanzers – alle Übungen begeistert mitgemacht. Aber Sally war auch bedürftig gewesen. Sie hungerte nach Zuwendung, jedes freundliche Wort ließ sie aufblühen. Brandt war weder bedürftig, noch fehlte es ihm an Zuneigung. Brandt haderte mit der Krankheit, sie war ein Affront für ihn, nein, eine Beleidigung. Er dachte, er könnte sie ignorieren oder stumm bekämpfen, aber das funktionierte nicht.

Immer noch kein Anruf von Tibulski. Wollte er sie etwa weichkochen, indem er sich so lange nicht meldete? Sie öffnete das Fenster und ließ etwas frische Luft ins Zimmer. Unten fuhr ein Krankenwagen vorbei. Der Fahrer hatte das Radio so laut gedreht, dass sie Jim Morrisons Stimme durchs geschlossene Autofenster hören konnte. *Soulkitchen* von den Doors: *»Let me spend one night in your soulkitchen.«* An Tagen wie diesen wünschte sie sich, ihre eigene »Seelenküche« zuzusperren und sich in eine andere zu setzen. Die von Luzie war sicher bunt und fröhlich, die von Reni feurig und mit schwarzen Löchern, die von Brandt zurzeit in tristem Grau, die ihrer Mutter stellte sie sich als verdorrten Garten vor, die des Erzeugers wollte sie sich nicht vorstellen.

Mittwoch, den 29.11.1972, 17 Uhr

In dem mit Winterreifen voll beladenen und nach Gummi stinkenden Wagen hing auf der Rückfahrt jeder seinen Gedanken nach. Lotti überflog die Fallbeispiele und hatte so schwer an dem zu kauen, was sie da las, dass sie nicht mal mit Max darüber reden wollte. Was ihn beschäftigte, erzählte er auch nicht. Er ließ sie in der Dorotheenstraße aussteigen und fuhr weiter. Sie setzte sich sofort an die Schreibmaschine, ordnete ihre Notizen, zwang sich, die Fallberichte noch einmal genauer zu lesen:

Erna G., 16 Jahre, geflohen aus Heim S. in H.: »Wenn ich böse war, wurde ich in unserem Saustall eingesperrt und musste das Gleiche essen wie die Schweine. Wenn ich den Fraß ausgekotzt habe, wurde ich gezwungen, die Kotze zu essen. Wenn ich ins Bett gemacht habe, musste ich die ganze Nacht mit nackten Füßen im Flur vor dem Schlafraum stehen. Nicht nur ich, alle Bettnässer wurden so bestraft.«

Lisbeth M., 15 Jahre, geflohen aus Heim N. in O.: »Mit sechs Jahren bin ich ins Heim gekommen. Schwester Waltraud hat uns gezwungen, uns nackt ans Fenster zu stellen oder auf die Terrasse. Wir durften nichts bedecken. Manchmal mussten wir Strumpfgürtel von erwachsenen Frauen anziehen, nur Strumpfgürtel und nichts anderes. Vielleicht sind wir fotografiert worden, aber das weiß ich nicht.«

Werner K., 17 Jahre, geflohen aus Heim P. in L., wurde dort als Zögling 33 geführt: »Wir durften nie nach draußen. Arbeit, Schule, Freizeit, alles fand im Heim statt. Für jede Kleinigkeit wurde man bestraft. Egal, ob man falsch gesungen hat, eine Matheaufgabe nicht verstand oder aus Hunger ein Stück Brot klaute. Es gab immer Schläge, dazu musste man sich hinknien. Gehauen wurde mit dem Feuerhaken, der Peitsche oder der Mistgabel. Manchmal bekam man auch Zahnpasta aufs Auge gedrückt oder Salz in offene Wunden gestreut.«

»Jugendliche landen im Heim, weil sie auffällig geworden sind. Sei es, weil sie geklaut haben oder von zu Hause abgehauen sind. Man fragt sie nicht, warum sie klauen oder warum sie ausbüxen«, hörte sie Mattes sagen. »Die Familie ist die Keimzelle der Gewalt in dieser Gesellschaft, und die Fürsorgeerziehung ist offene Gewaltanwendung.«

Eine wilde Wut stieg in Lotti auf. Eine Wut auf Kuhnert, der ihr nicht erlaubte, über die zum Himmel schreienden Zustände in Heimen zu schreiben, der sie zwang, zu erwähnen, dass Marianne in der Nähe eines Puffs gefunden wurde, um ihre angebliche Liederlichkeit vorzuführen. Eine Wut auf die Polizisten, die Marianne wie ein Tier gejagt und eingekesselt hatten, eine Wut auf die Nonnen und Erzieher, die dem Mädchen Ähnliches oder noch Schlimmeres angetan hatten wie das, was sie in den Berichten las. Sie wusste nicht, wohin mit dieser Wut.

Mittwoch, den 29.11.1972, 17 Uhr

Max lud die Winterreifen aus, stapelte sie in der Garage und stieg die Treppe zu den Büroräumen hoch. Er steckte seinen Kopf in die Telefonzentrale, warf den Telefonmäuschen einen Handkuss zu, grüßte Fräulein Kuttböttke, die in dem Kabuff daneben die Buchhaltung machte, und klopfte dann an Kohlmeiers Tür.

»Alles erledigt, Chef«, verkündete er mit seinem Eintritt, legte die Rechnung auf den Schreibtisch, blickte kurz auf die große Landkarte der Region Köln-Bonn und fragte dann nach einem weiteren Vorschuss. Zwanzig Märker rückte der alte Kniesbüggel raus. Er nahm das Geld diesmal aus einer kleinen Kassette. Konnte er nicht ein Mal großzügiger sein? Er solle froh sein, dass er überhaupt einen Vorschuss bekomme, und so weiter. Max kannte die Leier, die musste er sich nicht noch mal anhören. Er steckte den Zwanzigmarkschein ein und wollte gehen.

»Sag mal, kannste dich noch an den Fahrgast erinnern, der den roten Schal verloren hat?«, rief ihm der Chef hinterher.

»Was denn für einen roten Schal?« Max wusste überhaupt nicht, wovon Kohlmeier sprach.

»Hast du noch nichts von dem Mord an dem Heilsarmeemädchen gehört?«, fragte Kohlmeier retour. »Steht doch in der Zeitung, dass die Kleine mit einem roten Schal erwürgt wurde.«

Von dem roten Schal hatte er tatsächlich noch nichts gehört, von dem Mädchen schon eine ganze Menge. Nun war er ganz Ohr.

»Also hab ich den Schal, den du mir hier auf den Schreibtisch gelegt hast, zur Polizei gebracht«, machte Kohlmeier weiter. »Die untersuchen ihn jetzt. Vergleich von Faserspuren und so weiter. Wenn die Kleine damit erwürgt wurde, wollen die natürlich wissen, wer den Schal im Taxi liegen gelassen hat.«

Max überlegte fieberhaft, konnte sich aber weder an den Schal noch an den Gast erinnern. »Wann habe ich den Schal hier abgeliefert?«

Kohlmeier blätterte den großen abgegriffenen Tischkalender durch. »Am Wahlsonntag. Ich sehe gerade, da habe ich dir bereits einen Vorschuss gegeben. Hundert Mark, Junge, Junge, was machst du nur mit deinem Geld?«

Max stellte die Ohren auf Durchzug. Die Kohlmeier'sche Moralpredigt zum Thema »Wer den Pfennig nicht ehrt, ist die Mark nicht wert« musste er sich nicht noch einmal anhören. Doch Kohlmeier verschonte ihn damit, kam schnell wieder auf den Mordfall zurück.

»Du musst den Kerl früher gefahren haben«, folgerte er, »denn die Tote ist schon am Samstag auf dem Alten Friedhof gefunden worden. Haste den Gast vielleicht da aufgelesen?«

»An dem Samstag bin ich gar nicht Taxi gefahren.«

»Stimmt«, bestätigte Kohlmeier nach einem weiteren Blick in den Kalender, »aber in der Nacht von Freitag auf Samstag haste gearbeitet. Da musste dich dran erinnern, das war nämlich die Nacht, wo der erste Schnee gefallen ist. Das weiß ich genau, weil ich an dem Abend die Schwiegermutter in Wesseling abholen musste.«

Jetzt erinnerte sich Max an den Fahrgast. »Die Zentrale hat mich nach Graurheindorf geschickt. Muss so gegen Mitternacht gewesen sein, die Fuhre ging zum Hafen. Der Mann ist hinten eingestiegen. Mittelgroß, schlank, ordentlich gekleidet, ein Allerweltstyp, rheinischer Tonfall, hat kaum geredet. Gesicht habe ich nicht sehen können, war gut vermummt: hochgeschlagener Kragen, Schal, Hut.« – Himmel, Arsch und Zwirn, fluchte Max, als bei ihm der Groschen fiel. Sollte er wirklich einen Mörder chauffiert haben? – »Wann wissen die, ob der Schal der ist, mit dem das Mädchen umgebracht wurde?«

»Hab ihn erst heute Morgen hingebracht, und da hat mir keiner gesagt, wie lange es dauert.« Kohlmeier öffnete die Schublade in seinem Schreibtisch mit den Fundstücken. »Aber das Taschentuch mit dem Monogramm war nicht von dem?«

»Nein, das stammt von einem aus der Politik, den ich ins Tulpenfeld gefahren habe.«

»Der aus Graurheindorf, war das auch einer aus der Politik?«

Kohlmeier gierte nach weiteren Informationen. Das rote Tuch – hieß nicht auch einer dieser Edgar-Wallace-Filme so? – brachte Abwechslung in seinen langweiligen Alltag, vielleicht sprang sogar eine Pressenotiz mit Foto bei der Sache heraus: ›Taxi-Kohlmeier gibt entscheidenden Hinweis in Mordfall …‹ und so weiter. Da sage mal einer, nur Frauen lieben Klatsch und Tratsch, dachte Max und sagte: »Glaub nicht.« Ausschließen konnte er es aber auch nicht. Er hatte nicht darauf geachtet.

»Wo haste ihn denn hingefahren, den Kerl?«, setzte Kohlmeier seine Befragung fort.

»Zum Bahnhof. Den letzten Zug nach Köln muss er noch erwischt haben.«

»Hat er denn eher Kölsch oder Bönnsch gesprochen?«

Max verdrehte die Augen. »Können Sie das nach dreieinhalb Sätzen heraushören?«

»Sischer dat.«

Mittwoch, den 29.11.1972, 19 Uhr

Gegen Abend kam Frau Brandt wieder vorbei. Bevor sie zu ihrem Mann ging, bat sie Sonja, den Professor zu verständigen.

»Sie müssen meinem Mann das Rauchen erlauben«, beschwor sie den herbeigeeilten Professor aufgeregt, kaum dass sie die Tür zum Patientenzimmer geschlossen hatte. »Schreiben, lesen, arbeiten, alles ist für ihn mit Rauchen verbunden. Ohne zu rauchen, kann er nicht denken, ohne zu rauchen, kann er keinen Stress abbauen, ohne zu rauchen, kann er die aktuelle Krise sicher nicht meistern.«

»Natürlich weiß ich, dass es schwer ist für Ihren Mann«, versuchte der Professor sie zu beruhigen. »Aber wenn er jetzt wieder raucht, würde das seine Stimme endgültig …«

»Wissen Sie, wie sehr er leidet?«, unterbrach ihn Rut Brandt. »Seit seiner Jugend raucht er. Die Zigarette ist sein verlängerter Zeigefinger. Im Wahlkampf hat er mehrere Packungen täglich geraucht, und Sie setzen ihn von jetzt auf gleich auf vollständigen Entzug.« Sie redete ganz offen, nahm es als selbstverständlich hin, dass Sonja und die Leibwächter mithörten. »Sie gönnen ihm nach der schwierigen OP, bei der er mit dem Tod gerungen hat, nicht eine Zigarette. Die Wissenschaft hat doch solche Fortschritte gemacht. Es muss doch ein Medikament geben, mit dem sich sein Hals beruhigen lässt, etwas, was die Wirkung des Nikotins aufhebt.«

»Leider nicht.« Der Professor fasste sie am Arm, führte sie aus dem Zimmer und lief mit ihr den Flur auf und ab.

Vielleicht störte ihn im Gegensatz zu Frau Brandt, dass sie und die Leibwächter das Gespräch mithörten, oder aber – und dazu tendierte Sonja eher – er wollte Frau Brandt durch Bewegung besänftigen. Durch die halb offene Tür sah sie die beiden mehrmals auf und ab gehen, sie weiter auf ihn einredend, er zuhörend, bis ihre Stimme sich beruhigte und sie, nun deutlich gefasster, ins Vorzimmer zurückkehrte und nach ihrem Mantel griff. Als sie sich vom Professor verabschiedete, hielt er ihre Hand länger als üblich fest. »Nochmals danke, liebe Frau Brandt, dass Sie meine Behandlungsmethoden unterstützen. Wenn wir gemeinsam an einem Strang ziehen und Ihrem Mann durch die Entzugshölle helfen, wird es ihm bald besser gehen.«

»Auf ein Wort, Schwester Sonja«, wandte er sich an sie, kaum dass Frau Brandt zu dem Patienten zurückgekehrt war, und sie folgte ihm in den Flur. »Wir haben noch ein weiteres Problem, das die Arbeit mit dem Kanzler erschweren wird«, berichtete er leise. »Eine Kehlkopfoperation, verbunden mit kaltem Nikotinentzug, zu verkraften ist für niemanden leicht, da ist Brandt keine Ausnahme. Hinzu kommt jedoch, dass er im Herbst bei nasskaltem Wetter und ewig grauem Himmel schon gelegentlich von depressiven Schüben heimgesucht wurde. Melancholie und Selbstzweifel gehören zu seinem Naturell. Dann ist seine Welt nordisch düster, dann erscheint ihm alles vergeblich, dann verkapselt er sich und lässt niemanden an sich heran. Und ich fürchte, genau in einem solchen Zustand befindet er sich nun.«

Sonja hörte dem Professor still zu. In einem Punkt stimmte sie nicht mit ihm überein. Sie glaubte nicht, dass der Nikotinentzug und das nasskalte Wetter Auslöser für den Stimmungsumschwung des Kanzlers waren. Dafür hatte sie zu viel von Ehmkes Gesprächen mit Brandt im Krankenzimmer mithören können. Das eigenmächtige Handeln von Wehner und Schmidt bei den Koalitionsverhandlungen hatte Brandt mächtig zugesetzt. Er fühlte sich verraten.

Einen Moment stellte sich Sonja vor, sie wäre ein allmächtiger Richter. Sie würde Wehner und Schmidt auf Knien zu Brandt robben und ihn um Verzeihung bitten lassen. Nach trüben, schweren Tagen war der Kanzler am Vortag endlich gelöst und offen gewesen. Alles schien auf einen guten Genesungsprozess hinauszulaufen, den die beiden mächtigen Genossen durch ihr selbstherrliches, rücksichtsloses Gebaren nicht nur ausbremsten, mehr noch, ihr Verhalten hatte dazu geführt, dass der Zustand des Kanzlers sich verschlechterte. So mies war es ihm nicht einmal unmittelbar nach der Operation ergangen.

»Ich werde dem Kanzler nun eine starke Dosis Valium verabreichen, damit er seine Sucht nicht mehr spürt, damit er tief und traumlos schlafen kann und hoffentlich erholt aufwacht«, redete der Professor weiter. »Gehen Sie nach Hause, Schwester Sonja, schlafen Sie sich aus. Noch wissen wir nicht, was an Arbeit morgen auf uns wartet.«

Sie ging mit den Leibwächtern nach unten, die von der Nachtschicht abgelöst wurden. Eisenhart bot an, sie mit in die Stadt zu nehmen. Man sei mit dem Wagen da. Sie lehnte ab und behauptete, dass der Bus gleich käme. In Wirklichkeit musste sie noch zehn Minuten warten, aber sie wollte allein ihren Gedanken nachhängen und den beiden keinen Gefallen schuldig sein. Beim Anblick der Telefonzelle im Eingangsbereich fiel ihr Tibulski wieder ein. Sie verlangsamte ihre Schritte und blieb vor der Telefonzelle stehen.

»Sag ihm endlich, was du von seinem Auftrag hältst«, redete sie sich Mut zu, aber der lange Tag mit seiner drückenden Stimmung lastete auf ihr. Die Last war so schwer, dass es ihr kaum gelang, die Tür aufzumachen und nach dem Hörer zu greifen. Ewig lang hielt sie den Hörer in der Hand. Sie konnte weder in ihrer Tasche nach Münzgeld suchen noch eine Nummer wählen. In Zeitlupe legte sie den Hörer zurück auf die Gabel, stemmte die Tür auf und schleppte sich in Richtung Ausgang.

»Hallo, Schwesterherz«, hörte sie plötzlich eine vertraute Stimme, und als sie sich umdrehte, stand Reni vor ihr.

Mittwoch, den 29.11.1972, 23 Uhr 30

Ein letzter Gang durchs Lokal: da einen Stuhl zurechtschieben, dort einen vergessenen Schal aufheben, da eine Schachtel Streichhölzer einstecken, dort eine Kippe aus der Blumenerde picken. An diesem Abend brauchte Hilde das, um den Tag zu beenden. Die ganze Zeit über war es hoch hergegangen. Die Gespräche kreisten weiter um das Thema des Tages: den vorpreschenden, Tatsachen schaffenden Schmidt auf der einen und den schwachen Kanzler, der die Zügel schleifen ließ, auf der anderen Seite. All die Jahre im Rheinblick hatten Hilde gelehrt, dass nirgendwo Sieg und Niederlage, Aufstieg und Fall so eng beieinanderlagen wie in der Politik. Außer im Fußball vielleicht, würde Tibulski anmerken, aber davon verstand sie nichts. Es reichte, dass Brandt – letzten Sonntag noch der strahlende Sieger – erschöpft und wehrlos auf dem Venusberg lag, um ihn eine Woche später als führungsschwach hinzustellen. Da mochte die provisorische Hauptstadt noch so beschaulich und gemütlich daherkommen, Politik war hier ein genauso brutales Geschäft wie in Paris, London oder Washington. Jeder, der da mitmischte, bekam das zu spüren. In Bonn durfte man sich nie ohne Rüstung und Harnisch zeigen. So wacklig auf den Beinen, so auf sich zurückgeworfen, wie sie sich zwischen Tibulski und Bömitz fühlte, spürte Hilde eine tiefe Verbundenheit mit dem kranken Mann auf dem Venusberg.

Sie war den ganzen Abend auf der Hut gewesen, hatte immer die Tür im Auge behalten, überrumpeln lassen wollte sie sich nicht noch einmal. Aber Bömitz war nicht vorbeigekommen. Tibulski ebenfalls nicht. Also hieß es nun, Feierabend machen, den Schmerz besänftigen, schlafen gehen, Kraft tanken, sich wappnen für den nächsten Tag. Sie gab sich einen Ruck, hängte den Schal an die Garderobe, warf die Kippe in den Mülleimer, zündete sich eine letzte Zigarette an, schlenderte zum Tresen, klappte den *General-Anzeiger* auf, den der Zeitungsbote vorhin gebracht hatte, und blätterte ihn durch. Politik hatte sie den Tag über genug gehabt, die Seiten legte sie direkt weg, sie überflog nur den Bonner Lokalteil. Sieh einer an: Schon wieder suchte die Polizei Zeugen für einen Vorfall in der Hafengegend. »Wer hat am 16. oder 17. November einen grünen Ford Taunus TC mit Kölner Kennzeichen in Graurheindorf gesehen?« Der Bonner Hafen! Was da immer los war. »Ein grüner Ford Taunus«, murmelte sie.

»Ein grüner Ford Taunus?«, wiederholte eine vertraute Stimme. »Fährt nicht Tibulski einen grünen Ford Taunus?«

Sie hatte ihre Warnleuchten zu früh ausgeknipst. Bömitz stand in der Tür und kam auf sie zu.

»Stimmt.« Um sich zu wappnen, griff Hilde nach einem Lappen, wischte die Theke und blieb beim Unverfänglichen. »Hat der Tibulski dich eigentlich gefunden?«

»Hat er das tatsächlich versucht?« Bömitz klang überrascht, er war inzwischen am Tresen angelangt und ihr somit gefährlich nah.

Hilde nickte. »Hat sich eilig angehört.«

»Nein, hat er nicht. Aber warum interessierst du dich für einen grünen Ford Taunus?«, wechselte er zur Zeitungsnotiz.

»Nicht ich, die Polizei. Wenn ich auf das Datum schaue, hat das etwas mit dem toten Mädchen zu tun. Kann sein, der grüne Taunus ist der Wagen von dem Mörder. Bestimmt haste in der Zeitung von dem Mord an dem Heilsarmeemädchen gelese?«

»Hab von dem Fall gehört. Die Journalistin, mit der ich neulich hier saß, recherchiert dazu. Wahrscheinlich war das Mädchen ein entflohenes Heimkind. Schrecklich, wenn ein Leben so endet.« Er setzte sich Hilde gegenüber auf einen Barhocker.

Hilde legte den Lappen zur Seite und faltete die Zeitung zusammen. Sie hatten genug über Dinge gesprochen, die sie nichts angingen. Zeit, das Vorgeplänkel zu beenden, jetzt musste sie Ernst machen. »So geht das nicht weiter«, sagte sie und holte das Brieflein aus der Schublade. »Ich will, dass du nicht mehr in den Rheinblick kommst.«

»Dein Wunsch ist mir Befehl, solang du mich nicht sofort rausschmeißt.« Er deutete eine Verbeugung an. »Ich bin hier, um Abschied zu feiern.« Er zauberte hinter seinem Rücken eine Flasche Söhnlein Brillant hervor und stellte sie auf den Tresen. »Hol zwei Gläser.«

Verwirrt fragte sie: »Heißt das, et gibt nix mit der Stell im Kanzleramt?«

Bömitz nickte. »Ehmke verlässt das Kanzleramt. Sein Nachfolger wird die Abteilungsleiterstelle mit eigenem Personal besetzen. Macht jeder Minister so, hat auch Ehmke so gemacht. Da ist für einen armen Teufel wie mich nichts mehr zu holen. Ich gehe zurück nach Bielefeld. Immerhin bleibt mir als kleiner Trost, dass ich noch einmal mit der schönen, klugen Hilde anstoßen darf. – Na, wo sind denn die Gläser?«

Es war, als würde ein Knoten platzen, mit einem Mal schien alles leicht. Bömitz würde Bonn verlassen. Die aufgerissenen Narben würden heilen, sie würde wieder zur Ruhe kommen. Sie holte zwei Gläser, Bömitz goss ein. Der Sekt perlte.

»Wieso der Gang zurück? Hat der Ehmke dich getäuscht? Oder ist der Ehmke getäuscht worden? Du warst dir doch so sicher.« Hilde stieß mit ihm an. Die Gläser klirrten.

»Ach, es ist kompliziert, und der Wunsch war vielleicht zu sehr der Vater des Gedankens.« Bömitz trank einen Schluck.

»Verzäll«, forderte Hilde ihn auf. Heute musste sie ihn nicht vor die Tür setzen, heute musste sie sich nicht an der Kandare reißen, heute konnte sie alles laufen lassen.

»Du erinnerst dich doch an den dramatischen Abgang von Karl Schiller im Sommer. Hals über Kopf hat er sein Superministerium aus Finanzen und Wirtschaft verlassen und Brandt die Brocken vor die Füße geworfen.«

Hilde nickte. Natürlich erinnerte sie sich an Schillers Abgang. Ganz großes Theater.

»Brandt brauchte schnell Ersatz, und eigentlich gab's nur einen, der in der SPD für den Posten infrage kam.«

»Helmut Schmidt«, wusste Hilde.

Bömitz nickte. »Aber Schmidt stellte, wie ich heute weiß, Bedingungen: Wenn er für Schiller einsprang, dann sollte Brandt auf Ehmke als Kanzleramtsminister verzichten. Und Brandt, mit dem Rücken an der Wand, sagte zu.«

»Das wird den Ehmke nicht gefreut haben.« Hilde leerte ihr Glas.

»Natürlich nicht. Er hat darauf gewartet, dass Brandt das Versprechen gegenüber Schmidt zurücknimmt. Weil, es ist doch so: Brandt braucht Ehmke im Kanzleramt, und Ehmke würde allzu gern weitermachen. Die beiden sind ein gutes Gespann und ergänzen sich großartig. Aber manchmal fällt es schwer, Klartext zu reden. Eine Aussprache darüber haben beide vor sich hergeschoben. Erst musste die Wahl gewonnen werden. Mit dem grandiosen Sieg im Rücken hätte Brandt von Partei und Fraktion alles fordern können, auch dass Horst Ehmke Kanzleramtsminister bleibt. Ehmke war sich nach der Wahl sicher, dass Brandt sich für ihn entscheiden würde, sonst hätte er mir die Stelle als Abteilungsleiter nicht angeboten. Doch es hätte in der Situation einen starken, sich klar positionierenden Kanzler gebraucht. Aber was passiert? Brandt versagt die Stimme, die OP knockt ihn aus, Ehmke wird bei den Koalitionsverhandlungen ausgebootet, und die schönen Pläne für meine Stelle im Kanzleramt gehen den Bach runter. Prost, Hilde!«

»Da kannst du rechnen bis zum Anschlag, es geht nie auf. Prost, Wolf! Auf deinen Abschied.« Es freute sie, dass er die Sache leichtnehmen konnte. Das schafften nicht viele. So musste er keine faulen Kompromisse schließen und keine Seilschaften pflegen. »Der dreckige, fiese Teil von der Politik, wo du immer bang vor warst, bleibt dir nun erspart.«

»Du sagst es.«

»Auf dich!« Hilde kippte den Sekt hinunter, als wäre es Wasser.

Bömitz trank nicht mit. Er fuhr mit dem Finger am Stiel des Glases entlang und räusperte sich mehrfach, bevor er knarzte: »Ich habe mich dir gegenüber nicht gut benommen, seit ich zurück bin. Alles hat sich immer nur um diese Stelle gedreht.«

»Gutes Benehmen? Darum ist es nicht gegange.« Ein ehrliches Gespräch hätte sie sich gewünscht. »Wir hätten spreche müsse über das, was war. Du hättest frage müsse, was ich dazu sage, dass du zurückkommst.« Sie hielt ihm das Glas zum Nachfüllen hin. »Und wie es mir gegangen ist, nachdem du fort warst.«

Er griff nach der Flasche, ließ sich Zeit mit dem Eingießen. »Ich hatte Angst, dass es kompliziert wird. Ist unverzeihlich, ich weiß, aber verzeihst du mir?« Er schob seinen Kopf so weit über den Tresen, dass sie sich an der Stirn berührten.

Hilde zog ihren Kopf nicht zurück. »Einem, der geht, kann man eher verzeihe als einem, der bleibt.«

»Tanzt du noch einmal mit mir?« Mit seinem Handrücken strich er zart über ihre Wange.

»Ein letzter Tanz?« Hilde beugte den Kopf zurück und blickte ihm in die Augen. Sie sah das, was sie selbst fühlte: Begehren und Trauer, Lust und Verlust. Warum nicht?, dachte sie. Warum nicht?

Close to You

Donnerstag, 30.11.1972, 7 Uhr

Noch ein schwacher Hauch von Bömitz' Geruch auf ihrer Haut, das Bett neben ihr leer. Nein, er hatte sich nicht klammheimlich aus dem Staub gemacht, Hilde hatte Bömitz überhaupt nicht hoch in ihre Wohnung geführt. Das hätte bei ihm so wenig gestimmt wie bei den andern, die nach Arnolds Tod glaubten, sie wäre nun eine lustige Witwe und zu allen Schandtaten bereit. Manch einer war ihr in den letzten Jahren angeheitert oder eroberungswütig nachgestiegen, allen hatte sie die Tür gewiesen. Meist reichte ein einfaches Nein, manchmal musste sie etwas energischer werden. Sie wusste sich ihrer Haut zu wehren. Doch auch Bömitz, bei dem sie sich ihrer Haut gar nicht wehren wollte, nahm sie nicht mit in ihr Bett. Nicht aus Pietät, weil sie hier mit Arnold gewohnt hatte und immer noch in dem alten Ehebett schlief, auch nicht weil sie sich der bescheidenen Einrichtung wegen schämte und glaubte, der frühere Gutsbesitzer Bömitz könnte sie bemäkeln. Eher weil sie die Wohnung über dem Rheinblick als Schutzraum, als Rückzugsort, als letzte Bastion ihrer selbst begriff, zu der einer, der sie so verletzen konnte, wie Bömitz das getan hatte, keinen Zutritt erhalten durfte.

Doch, doch, sie hatten gestern, ja, ja … Auf dem Tisch, an dem tagsüber die Damen aus dem Kanzleramt speisten und abends ihren Martini tranken, endete der Tanz, der immer enger und leidenschaftlicher geworden war. Der harte Tisch passte besser zum Ende der Affäre als ein weiches Bett. Hilde hatte Bömitz' Küsse, das Spektrum seiner Berührungen, sein leidenschaftliches Zustoßen genossen. Keiner kannte ihren Körper so gut wie er. Wie auch? Sie hatte noch keinem anderen erlaubt, ihn zu erkunden. Doch sie war nicht ganz bei der Sache gewesen. Ihr Kopf war immer einen Schritt vorausgeeilt. Während Bömitz noch zustieß, sah sie ihn bereits die Hose schließen, und während er die Hose schloss, sah sie seine Hand schon nach ihrem Gesicht greifen, um sie zu küssen, und während er sie küsste, sah sie ihn bereits zur Tür hinauseilen. Als sie die Tür dann hinter ihm schloss, da wusste sie, dass es nun vorbei war, und sie fühlte keinen Abschiedsschmerz, sondern nur Erleichterung.

Nur eine einwöchige Stippvisite war's, mehr nicht. Hilde kam die Zeit viel länger vor. Aber jetzt, nachdem Erinnerungen und alte Gefühle noch einmal im Schleudergang durchgerüttelt worden waren, war das Großreinemachen wirklich erledigt.

»Alles ist gut, Arnold«, murmelte sie. »Alles ist gut. Auf in den Tag!«

Donnerstag, 30.11.1972, 7 Uhr

Als Sonja aufwachte, spürte sie den Körper der Schwester in ihrem Rücken. Noch schlaftrunken, genoss sie die Nestwärme. Als Kind war Reni oft zu ihr ins Bett gekrochen und hatte sich dann wie ein kleines Kätzchen an sie geschmiegt. Ein Blick auf den Wecker, sie hatten verschlafen. Entsetzt sprang Sonja aus dem Bett.

»Wach auf!« Sie rüttelte die Schwester an der Schulter. »Wach auf! Du musst in die Schule.« Doch Reni drehte sich um und schnarchte weiter.

Sonja holte einen nassen Waschlappen aus dem Bad und klatschte ihn Reni ins Gesicht. Ihr Kopf schnellte so flott nach oben, dass sie sich an der Stirn stießen. »Zieh dich an«, befahl Sonja. »Es gibt einen Zug um halb acht, den schaffst du noch.«

Renis Antwort ein Blick voller Vorwürfe und Trotz. Sie wollte nicht in die Schule, sie wollte nach Indien. Sie wollte nicht lernen, sie wollte erleuchtet werden.

»Du bist so kurz vor dem Ziel«, hatte Sonja ihr nach dem Abendessen ins Gewissen geredet. »Mach dein Abitur, dann kannst du immer noch nach Indien gehen.« Weil der Schwester das partout nicht einleuchten wollte, musste sie ihr die Pistole auf die Brust setzen. »Entweder du gehst zur Schule, oder ich setze dich vor die Tür. Dann kannst du sehen, wo du heute Nacht bleibst.«

Erpressung, hatte Reni gestöhnt, und dass sie, Sonja, keine Ahnung habe, wie es in der Oberprima eines Gymnasiums zuging. Dass sie die Schnauze voll hätte von den sie triezenden Lehrern, den eingebildeten Bürgersöhnchen und den besseren Töchtern in ihrer Klasse. Außerdem kapiere sie Geschichte nicht, und Mathe sei für sie ein Buch mit sieben Siegeln. Herrje, was für ein Gejammer. Sonja hatte die vernünftigen Argumente auf ihrer Seite, das wusste auch Reni, und so hatte sie klein beigegeben.

Nun herrschte eine Hektik in der WG Dorotheenstraße wie im Hause Engel zu Zeiten, als alle noch in die Schule gingen. Ins Bad rennen, Kurt vertreiben, Zähne putzen, sich anziehen, Kaffee im Stehen trinken, Kleidung für Reni raussuchen, alles schnell, schnell und im Duett. Dann hetzten die Schwestern gemeinsam durch die Altstadt. Reni mürrisch, Sonja so verstimmt, dass sie sich nicht verkneifen konnte, der Schwester mit auf den Weg zu geben, dass sie im Gegensatz zu den Eltern in der Schule anrufen und nachhören würde, ob Reni denn auch im Unterricht saß.

Nachdem die Schwester den Zug nach Köln gerade noch erwischt hatte, holte Sonja tief Luft. Sie hasste Reni dafür, dass sie so autoritär auftreten musste, so wie sie Tine wegen des dreckigen Bads hasste, so wie sie es immer hasste, wenn andere vernünftigen Argumenten nicht zugänglich waren. Vernunft half doch im Leben, an Vernunft konnte man sich festhalten, Vernunft erklärte vieles, Vernunft war das beste Maß für Entscheidungen. Gefühle dagegen waren flatterhaft, wirr und widersprüchlich. Indien und innere Erleuchtung! Was für ein Humbug!

Als sie am Abend im Bus vom Venusberg zum Bahnhof saßen, hatte Reni ihren Kopf an Sonjas Schulter gelehnt, ihren Arm mit beiden Armen umschlungen und den Mund nicht aufgemacht. Sie roch ungewaschen, verputzte den Apfel, den Sonja noch in der Tasche hatte, mit Stumpf und Stiel und konnte kaum die Augen offen halten. Verwahrlost, hungrig, erschöpft, diagnostizierte Sonja und war sich nun sicher, dass die Schwester nicht bei Moni oder einer anderen Freundin untergeschlüpft war. Sie stellte sich die Orte vor, an denen sie auch die kleine Sally vermutet hatte: aufgebrochene Hütten in Schrebergärten, zerbombte Häuser, die noch nicht wieder aufgebaut waren, leer stehende Neubauten, verlassene Fabrikgebäude. Unwirtlich allesamt, Orte, wo man einen Unterschlupf fand, aber keineswegs sicher war. Als die Schwester an ihrer Schulter einnickte, krempelte sie ihr vorsichtig die Ärmel hoch, und es fiel ihr ein Stein vom Herzen, als sie in Renis Armbeugen keine Einstichnarben fand.

Auf dem Weg vom Bahnhof zur Dorotheenstraße erzählte sie Reni, die neben ihr hertrabte, dass sie nur bei ihr übernachten könne, wenn sie am nächsten Tag zur Schule ging. »Mach ich«, versprach Reni, und zu diesem Zeitpunkt war Sonja noch nicht klar gewesen, dass Reni ihr für ein warmes Bett und etwas zu essen alles versprochen hätte.

In der WG angekommen, futterte die Kleine erst mal den Kühlschrank leer. Eine Stunde später, frisch geduscht, in Sonjas Lieblings-T-Shirt und Sporthose und mit neuer Energie versehen, antwortete Reni auf die Frage, wo sie gewesen sei, mal hier, mal da. Als Sonja nachbohrte, stellte sie nicht nur die Ohren auf Durchzug, sondern auch klar, dass sie auf keinen

Fall nach Hause zurückwollte und in die Schule eigentlich auch nicht. Über das Erste ließ Sonja mit sich reden, über das Zweite nicht.

Sonja sah dem nach Köln fahrenden Zug nach und schätzte die Chance, dass Reni tatsächlich zur Schule ging, fifty-fifty ein, die Chance, dass sie am Nachmittag in die Dorotheenstraße zurückkehrte, dagegen deutlich höher. Die WG hatte ihr nämlich gefallen, besonders Tines Zimmer mit dem ganzen psychedelischen Kram. Sonja war heilfroh, dass Tine in der Eifel nach neuen Energiefäden suchte und Reni nicht mit ihrem Castaneda-Trip und den Pilzen für ihre Form der Erleuchtung begeistern konnte. Dann würde die Schwester nicht nur von Erleuchtung aus dem Osten, sondern auch von der aus dem Westen schwärmen, von doppelter Erleuchtung sozusagen.

Donnerstag, 30.11.1972, 8 Uhr

Max hatte wieder von dem Pferdekopf geträumt, den Sonja in seinem letzten Traum unter dem Auto hervorgezogen hatte. Diesmal hielt Lotti die Mähne des Tieres mit beiden Händen fest. Sie zerrte den Kopf daran in die Höhe, drehte sich damit, als wäre er eine Diskusscheibe und sie eine Walküre, und schleuderte den Kopf weit weg. Beim Aufwachen grinste er über den Traum. Die kleine Lotti und Bärenkräfte. Als ob sie seine Probleme – so der Pferdekopf überhaupt dafür stand – lösen könnte. Bis gestern hatte Witiko ihm Zeit für die zweite Rate gelassen, die Frist war ereignislos verstrichen. Max konnte nicht sagen, ob es ein gutes oder schlechtes Zeichen war, dass Witiko seinen Bud Spencer noch nicht vorbeigeschickt hatte.

In der Küche traf er auf Lotti, die sich großzügig Kaffee eingoss und dann einen mickrigen Rest Cornflakes mit den letzten Tropfen Milch tränkte.

»Wie macht ihr das mit den Einkäufen? Gibt es da Regeln?«, wollte sie wissen.

»Um mit Radio Eriwan zu sprechen: im Prinzip ja.« Max goss sich den restlichen Kaffee ein. Er reichte noch für eine Vierteltasse. »Jeder eine Woche lang und danach wieder von vorne. Klappt aber nicht so richtig. Außer Kurt hält sich keiner dran.«

»Das merkt man.« Lotti pickte die letzten Cornflakes aus der Schale. »Gestern Abend hat Sonjas kleine Schwester die Reste verputzt, und heute Morgen war keiner einkaufen. Lass uns eine Liste machen, dann erledige ich das heute. Kannst mir beim Schleppen helfen, wo du schon keine Knete hast.«

»Wahrscheinlich habe ich Sallys Mörder vom Hafen zum Bahnhof kutschiert«, wechselte er das Thema, weil er mit Lotti nicht über das leidige Geld sprechen wollte. »Hab gar nicht gewusst, dass man das Mädchen mit einem roten Schal erdrosselt hat.«

»Ich fass es nicht!« Sie starrte ihn mit einer Mischung aus Ärger und Überraschung an. »Da rede ich mit dir stundenlang über Sally Bowles, und plötzlich fällt dir ein, dass ihr Mörder in deinem Taxi gesessen hat.«

Max lächelte, klärte sie dann aber auf, erzählte von seinem Gespräch mit Kohlmeier. »Wie gesagt. Hundertprozentig ist es erst, wenn die Untersuchungen bestätigen, dass die Fasern, die man an Sallys Hals entdeckt hat, mit denen von dem Schal, den der Kerl liegen gelassen hat, übereinstimmen.«

»Kannst du dich wirklich nicht an mehr erinnern?«, wollte Lotti wissen. »Als Taxifahrer entwickelst du doch ein Gespür für Leute. Wenn einer einsteigt, der sein Gesicht nicht zeigt, musst du doch auf Alarmstufe Rot schalten.«

»Es war kalt, es hat geschneit, da wundern dich weder Hut noch Kragen«, hielt Max dagegen. »Aber du hast recht, oft merke ich, wenn bei einem was nicht stimmt. Was Gefährliches hat der Kerl mit Sicherheit nicht ausgestrahlt, eher was Mitleiderregendes.«

Lotti runzelte die Stirn.

»Ja, er hatte was von einem armen Würstchen«, dachte Max

laut nach. »Einer, der herumgeschubst wird, dem man gern den Schwarzen Peter zuschiebt, der schnell in Grund und Boden versinkt. Hat sich in die Ecke des Wagen gedrückt, als würde er am liebsten ganz verschwinden.«

»Und du bist sicher, dass dieses ›Würstchen‹ den roten Schal liegen gelassen hat?«

»Er hat sich an dem Abend als Einziger in den Fond gesetzt, und er war mein letzter Fahrgast. Ich hab den Schal auf der hinteren Sitzbank gefunden, als ich den Wagen nach der Schicht aufgeräumt habe.«

»Ein armes Würstchen.« Lotti schüttelte den Kopf.

»Hey, ich hab den Kerl maximal eine Minute gesehen. In den zwanzig Minuten, die ich ihn durch die Gegend gefahren habe, war ich mit Verkehr und Schnee beschäftigt. Einschätzung nach einer Minute ist reines Bauchgefühl«, schränkte Max ein. »Kann stimmen, muss aber nicht. Vielleicht ist er eine Stimmungskanone, hatte aber an dem Abend einen Zwölfstundentag hinter sich und war fix und fertig.«

»Hast du seine Hände gesehen, als er bezahlt hat?«

»Du willst Sachen wissen«, brummte er und sah die Situation plötzlich vor sich. »Als er ausgestiegen ist«, erzählte er aufgeregt, »hat er seine Handschuhe aus der Manteltasche gezogen, dabei ist ihm was rausgefallen. Ich hab's klimpern hören und er auch. Hat sich schnell gebückt und es wieder eingesteckt.«

»Ein Feuerzeug?«

»Eine Stimmgabel.«

»Ein Musiker?«

»Musik ist ein weites Feld.« Max überlegte. »Vom Typ her tippe ich auf Kirchenmusik.«

»Das ist doch was«, meinte Lotti. »Siehst du, du musst nur mit einer Frau wie mir reden, schon förderst du wichtige Informationen zutage.«

Donnerstag, 30.11.1972, 8 Uhr

Als Sonja in der Klinik eintraf, begegnete sie Horst Ehmke und zu ihrer großen Überraschung Egon Bahr auf dem Flur. Ehmke hatte also einen weiteren Vertrauten von Brandt zurate gezogen, oder der besorgte Bahr wollte sich selbst ein Bild von Brandts Verfassung machen. Sie grüßte und trat schnell ins Vorzimmer. Was sie schon aus den Mienen von Ehmke und Bahr herausgelesen hatte, sah sie in den Gesichtern der Leibwächter bestätigt. Die Lage war unvermindert ernst. Dem Kanzler ging es weiter schlecht.

»Isst er inzwischen wenigstens etwas?«, wollte sie wissen. Scholz und Schmitz schoben Dienst. Ein Lichtblick für sie. Von ihnen erfuhr Sonja, dass Brandt am Morgen zumindest Ei und Milchbrötchen verzehrt hatte. Die Auskunft reichte ihr, um beherzt zu klopfen und nach einer kleinen Pause einzutreten.

Sie erschrak, als sie sah, dass Brandt nicht an seinem Schreibtisch saß, sondern im Bett lag. Er starrte an die Decke und würdigte sie keines Blickes. Der Weg zum Bett schien Sonja sehr viel weiter als der zum Schreibtisch. Sie näherte sich vorsichtig, spürte die größere Verletzlichkeit, die von ihm im Liegen ausging. Einen Meter vor dem Bett hielt sie an.

»Guten Morgen, Herr Brandt.« Wieder musste sie den Satz lauter wiederholen, bis er seinen Kopf leicht in ihre Richtung drehte. »Atmen wir ein wenig?«, bot sie an, wusste aber schon, als sie die Frage stellte, dass sie ihn nicht erreichte. Ihr war, als umgebe ihn eine unsichtbare Wand aus dickem Glas. Sie wusste nicht, was sie tun sollte. Als sie im Vorraum Ehmkes Stimme hörte, trat sie den Rückzug an.

Auf der Türschwelle blieb Ehmke kurz stehen, so als hoffte er, sie könnte ihm etwas Erfreuliches berichten. Dass er, der sich bisher keinen Deut um ihre Heilmethoden geschert hatte, nun auf ihre Hilfe baute, zeigte, wie verzweifelt er die Lage einschätzte. Aber sie konnte nur den Kopf schütteln.

»So schlimm war's wirklich noch nie«, flüsterte Scholz. »Wenn er wenigstens angeln könnte. Frische Luft, der Blick aufs Wasser, warten, ob was anbeißt.«

»Angeln?«, wiederholte Sonja.

»Lies doch wenigstens deine Post, Willy«, hörten sie Ehmke im Nebenzimmer bitten. »So viele Genossen wünschen dir schnelle Genesung.«

Pause, Papierrascheln, Ruhe.

»Gut, ich lege dir den Stapel auf den Schreibtisch.« Drei Schritte bis zum Schreibtisch, kurzer Halt. »Nur schnell ein paar Sätze von Holger Börner, die ich dir mitteilen soll. Er schreibt, dass du durch das Wahlergebnis in Partei und Regierung eine Position hast, die du rücksichtslos ausnutzen musst. Sein letzter Satz lautet: Landgraf werde hart.« Stille, dann drei Schritte zurück. »Willst du nicht aufstehen, Willy?« Ehmke in aufmunterndem Ton, wenig später klang seine Stimme verzweifelt: »Du darfst diese Chance nicht verstreichen lassen und in nordische Schwere versinken. Noch ist es nicht zu spät! Wir brauchen dich!«

Auch wenn der Professor Ehmke so viel klüger war als sie, im Gegensatz zu ihm wusste Sonja, dass er Brandt mit Bitten und Betteln nicht erreichen würde. Brandt war in einem Land unterwegs, zu dem er jedem, selbst dem treuen Ehmke, den Zugang verwehrte, einem Land, das er ganz allein durchqueren musste. Sie hätte nicht begründen können, woher sie das wusste. Es war einfach so.

Donnerstag, 30.11.1972, 12 Uhr

Dass der Tisch, an dem die Kanzleramtsdamen gleich ihr Szegediner Gulasch essen würden, auch für etwas sehr viel Feurigeres gut sein konnte, würde für immer Hildes Geheimnis bleiben. Sie wandte ihren Blick wieder der Zeitung zu, die sie in der kurzen Ruhe vor dem Sturm schnell durchblättern wollte. Sieh an, heute beherrschte tatsächlich eine Frau die Titelseite. Annemarie Renger sollte als erste Frau und erste Sozialdemokratin Präsidentin des Deutschen Bundestags werden. Oh, da würde es im Rheinblick aber gleich hoch hergehen! Eine Frau an der Spitze des deutschen Parlaments war für die Schwarzen bei ihrem konservativen Frauenbild schon ein gewaltiger Affront und dann noch eine Sozialdemokratin. Doch auch vielen Roten passte das nicht. Emanzipation, ja, aber doch in kleinen Schritten so wie beim Hosenanzug, nicht gleich ein hohes Amt, nicht gleich Bundestagspräsidentin.

Hilde erinnerte sich noch genau an die überparteiliche Aufregung, als es die SPD-Abgeordnete Lenelotte von Bothmer vor zwei Jahren wagte, bei einer Rede vor dem Bundestag den Rock gegen eine Hose zu tauschen. Eine Frau in Hosen im Hohen Haus! Wo blieben Anstand und Respekt? Was für ein würdeloses Weib. Der Anfang vom Ende. Man wusste doch, dass es nicht gut ging, wenn Frauen die Hosen anhatten, so die Kommentare im Rheinblick. Hilde verstand die Aufregung nicht. Manchmal waren Politiker unglaublich weltfremd. Auf den Straßen liefen Frauen schon lange in Hosen herum. Warum sollten sie im Bundestag keine tragen dürfen? Der Hosenanzug von Lenelotte von Bothmer übrigens war, was die Würde des Hohen Hauses betraf, äußerst elegant: gerade Hose, schmal geschnittene Jacke, beides cremefarben, die Jacke mit braunen Knöpfen. Hilde ärgerte sich derart über das falsche Theater, dass sie am nächsten Tag selbst einen Hosenanzug trug, und damit zumindest im Rheinblick die Debatte zum Verstummen brachte.

Und nun wurde Annemarie Renger Bundestagspräsidentin. Sicher würde sie ihr Amt nicht in einem Hosenanzug antreten, sie pflegte einen elegant-zurückhaltenden, eher konservativen Stil. Doch was immer sie trug, es würde in allen Artikeln über ihren Amtsantritt erwähnt werden. Niemand hatte je etwas über Hemd oder Krawatte von Kai-Uwe von Hassel, Rengers Vorgänger, geschrieben, über Rengers Bluse würde man berichten. Auf das Foto zu ihrem Amtsantritt war Hilde gespannt. Unabhängig davon, was Renger trug, würde es ein anderes Foto in den Hintergrund drängen, das bisher das Bild von Annemarie Renger bestimmte: das der jungen, schlanken Blondine, die den einarmigen, von den Jahren im KZ gezeichneten Kurt Schumacher stützte. Die überzeugte Sozialdemokratin stand dem ersten SPD-Vorsitzenden der Bundesrepublik als Sekretärin und Gefährtin treu zur Seite. Erst nach Schumachers Tod begann ihre eigene politische Karriere. 1953 wurde sie in den Bundestag gewählt, dem sie bis zu diesem Tag angehörte. Im Rheinblick hatte Hilde sie selten begrüßen können. Sie galt als fleißig, eine Eigenschaft, genau wie Treue, die man Frauen eher zudachte als Männern. Warum eigentlich? Weiter kam Hilde mit ihren Überlegungen nicht. Das mittägliche Geläut der Münsterglocken ließ sie die Zeitung zur Seite legen.

Karlchen und Helga standen schon für den Ansturm bereit. Diesmal trug Helga den Rock bis übers Knie, was anderes hätte Hilde ihr auch nicht mehr durchgehen lassen. Na denn, auf in den Kampf. Hilde rückte ihr Kostüm zurecht und öffnete die Tür.

Doch seltsam, obwohl so lange im Geschäft, manchmal irrte auch sie. Annemarie Renger und die Emanzipation der Frau bestimmten die Gespräche am Mittagstisch nur an der Oberfläche, viel interessanter war ein Gerücht, das kursierte. Mal hinter vorgehaltener Hand geflüstert, mal als Bemerkung fallen gelassen, mal steif und fest behauptet, war es nicht zu überhören: Tibulski, hieß es, habe eine Stelle im Kanzleramt in Aussicht.

Tibulski … Genau wie Bömitz hatte er sich im Bildungsbereich profiliert. Es gab nicht mehr als eine Abteilungsleiterstelle für diesen Fachbereich im Kanzleramt, so viel wusste Hilde von der Organisationsstruktur der Ministerien. Wenn Hilde es sich recht überlegte, hatte er die ganze Zeit über zurückhaltend reagiert, wenn Bömitz von »seiner« Stelle im

Kanzleramt sprach. Warum hatte er Bömitz nicht erzählt, dass er auch für diese Stelle im Gespräch war? Früher hatten die zwei ihre Konflikte immer offen ausgetragen, es konnte doch nicht sein, dass Tibulski heimlich, hinter Bömitz' Rücken …

Hilde schüttelte entschieden den Kopf. Nein. So falsch war Tibulski nicht. Dennoch hoffte sie, dass Bömitz längst auf dem Weg nach Bielefeld war und diese Nachricht, wenn sie sich doch als wahr erweisen sollte, ihn viel später und aus der Ferne erreichte. Es wäre ein harter Schlag für ihn. Der alte Freund, der geschätzte Kontrahent in der Sache, der Weggefährte hatte nicht mit offenen Karten gespielt.

Donnerstag, 30.11.1972, 13 Uhr

Wie eine Schildwache hockte eine Schar Krähen auf einer Oberleitung der Oxforder Straße und betrachtete das Geschehen. Lotti stellte es sich reizvoll vor, das geschäftige Treiben auf der Riesenbaustelle aus Sicht der Vögel zu beschreiben. Vielleicht störte sie der Lärm überhaupt nicht? Vielleicht ergaben die Stahlträger und Betonwände aus ihrer Sicht ein schönes Muster? Vielleicht zählten sie gerne Autos? Vielleicht wählten sie jeden Abend den Bauarbeiter des Tages? Kuhnert würde einen solchen Vorschlag direkt vom Tisch wischen. »Vogelperspektive? Sie mit Ihrer überbordenden Fantasie, Fräulein Legrand. Lernen Sie erst mal, Fakten zu recherchieren und O-Töne richtig einzusetzen.«

Okay, die O-Töne des Bauarbeiters Yussuf Özdal aus Giresun, mit dem Max sie in der Kaffeebud bekannt machte, hatte sie in der Tasche. »Gut Arbeit, viel Arbeit, aber Wetter schlecht, Himmel immer grau«, hatte sie notiert, Yussuf Özdal auch zu seinen Arbeitsbedingungen befragt, gegen die er nichts einzuwenden hatte, die aber mies waren, wie Lotti fand, genau wie die Unterkunft, eine Wohnung mit drei kleinen Zimmern, die er sich mit sieben Kollegen teilte. Nein, er träume nicht vom Bosporus, so Yussuf Özdal, wenn er träume, dann von seiner Heimat am Schwarzen Meer, dort sei es viel schöner als am Bosporus. Wenn sie ihm nicht glaube, solle sie einmal dorthin reisen. Lotti hatte es versprochen, ihm einen zweiten Kaffee ausgegeben, ein Foto von ihm gemacht und sich bedankt, als er kurze Zeit später zur Arbeit zurückmusste.

Nun fehlte ihr nur noch eine Mutter mit Kinderwagen, und die, so entschied Lotti, würde sie einfach auf der Straße ansprechen. Deshalb war sie im Umfeld der Baustelle unterwegs, deshalb waren ihr die Krähen aufgefallen, die nun, aufgeschreckt durch irgendwas, in alle Richtungen davonflogen.

Bei der ersten Mutter plärrte der Säugling so laut, dass sie davon Abstand nahm, sie anzusprechen. Die zweite war in Eile, die dritte endlich war bereit, Lotti ein paar Fragen zu beantworten.

»Auf Mütter mit Kleinkindern wird überhaupt nirgendwo Rücksicht genommen, wenn Sie mich fragen.« Sie lenkte den Kinderwagen enger an eine Hauswand, sodass andere Passanten besser an ihnen vorbeikamen. »Die Bürgersteige sind viel zu schmal, und hier im Bereich der Baustelle ist alles eine Katastrophe. Schauen Sie nur mal da vorne, wo der alte Mann grade versucht, die Straße zu überqueren. Lebensgefährlich ist das, und wenn Sie dann mit so einem kleinen Wurm unterwegs …«

Die Frau redete und redete. Da war Lotti wohl auf eine getroffen, die sich dringend Luft verschaffen musste. Im Prinzip nicht schlecht für eine Reportage, auch wenn sie nur Plattitüden von sich gab. Ein eher schlichtes Gemüt, die junge Mutter, eine, die sich Lotti zwanzig Jahre später, feist und keifend in einem Fenster liegend, vorstellte.

»Und es ist ja nicht die Baustelle allein«, machte die Frau weiter. »Schon mehrfach habe ich hier leichte Mädchen stehen sehen, die die Situation ausnutzen und in den dahinschleichenden oder still stehenden Autos nach Kundschaft Ausschau halten und das mitten in der Hauptstadt. Letzte Woche sogar so eine Kleine, ganz Junge, in einer Heilsarmeeuniform.«

»Heilsarmeeuniform?« Lotti glaubte nicht an Wunder, bestenfalls an Zufälle. Aber sie glaubte fest daran, dass, wenn man sich mit etwas intensiv beschäftigte, man alles, was mit diesem Thema zusammenhing, anzog wie ein Magnet. Wahrscheinlich hatte sie genau deshalb diese Mutter angesprochen.

»Natürlich bin ich deswegen schon bei der Polizei gewesen«, tratschte die Mutter weiter und schuckelte dabei den Kinderwagen auf und ab, damit das Baby nicht aufwachte. »Sie haben bestimmt auch die Geschichte gelesen von dem toten Mädchen auf dem Alten Friedhof.«

Lotti beeilte sich zu nicken.

»Ich habe gesehen, wie die Kleine in der Uniform in ein grünes Auto stieg. Leider kann ich den Fahrer nicht beschreiben, der hat mir den Rücken zugedreht. Und die Nummer habe ich mir auch nicht gemerkt, wieso sollte ich? Woher hätte ich wissen sollen, was mit der Kleinen passiert? Aus Köln kam der Wagen, das weiß ich noch, Fabrikat Fehlanzeige. Für mich ist ein Auto wie das andere. Ja, wenn mein Mann dabei gewesen wäre …«

Lotti hörte nicht mehr zu, ihre Gedanken gingen eigene Wege. Die Polizei suchte einen grünen Ford Taunus mit Kölner Nummer. Der Polizei war das Fabrikat also bekannt, es musste – neben dem Hinweis ihrer geschwätzigen Interviewpartnerin – weitere Hinweise zu dem Wagen gegeben haben. Die Polizei versuchte herauszufinden, wer den Wagen in Graurheindorf, also in der Hafengegend, gesehen hatte. Dort hatte sich der Mann mit dem roten Schal in Max' Taxi gesetzt. War es derselbe, zu dem Sally ins Auto gestiegen war? Wenn ja, was hatte er dann mit seinem Wagen gemacht? Hatte er ihn stehen lassen? Motorschaden oder …? Sie musste im Zeitungsarchiv nachsehen, ob nach Sallys Ermordung in der Hafengegend ein Auto aus dem Wasser gezogen wurde und ob es sich dabei um einen grünen Ford Taunus mit Kölner Nummer handelte.

»Sie schreiben ja gar nichts mehr mit für das Interview«, beschwerte sich die Mutter.

»Oh, ich habe schon alles Wichtige notiert.« Lotti steckte ihren Block weg und holte die Kamera aus der Tasche. »Darf ich noch ein Foto von Ihnen mit dem Kinderwagen machen?«

Donnerstag, 30.11.1972, 13 Uhr 30

Beim Mittagessen traf Sonja Luzie und Irmchen, die über die Heilige Inquisition und über Patienten tratschten, und Sonja wäre gerne die Dritte im Bunde gewesen. Sie sehnte sich nach ihrer Station zurück, wo Arbeit wartete, wo sie gebraucht wurde, wo ihr nicht unentwegt Knüppel zwischen die Beine geworfen wurden. Am liebsten wäre sie direkt mit den Kolleginnen auf die Station zurückgekehrt, so sehr war ihr danach, die Brocken hinzuwerfen.

Sonja trödelte auf dem Weg zurück und kämpfte mit dem inneren Schweinehund, der sie zu tausend Umwegen einlud. Reni war es auf dem Weg zur Schule sicher nicht anders gegangen, und Sonja hoffte, dass die Schwester nicht die erste Ausrede nutzte, um sich zu drücken. Sonja ging noch ein wenig langsamer. Als sie endlich auf der Privatstation ankam, hatte Brandt Besuch.

»Egon Bahr«, flüsterte ihr Scholz zu. »Vorhin war Frau Brandt da. Hatte rot geweinte Äuglein, als sie ging.« Er bot Sonja eine Tasse Kaffee an, die sie gerne annahm.

»Ich bin froh, dass du sitzt und nicht mehr liegst«, hörte sie Bahr sagen. »Komm, ich rück dir den Stuhl ans Fenster, dann kannst du blauen Himmel sehen. Eine Seltenheit in Bonn im November, extra für dich bestellt.«

Stimmt, bemerkte Sonja, die nun ihrerseits aus dem Fenster sah: blauer Himmel, so weit das Auge reichte.

»Machen wir uns nichts vor, deine Situation ist beschissen, aber daran lässt sich im Moment wenig ändern«, redete Bahr mit ruhiger Stimme auf den Kanzler ein. »Es ist nicht das erste Mal, dass wir in einer misslichen Lage sind. Aber es ist das erste Mal, dass du mir keine Widerworte geben kannst. Doch ich weiß, dein Kopf arbeitet so gut wie immer, und je weniger du sprechen kannst, desto klarer denkst du. Also hör dir an, was ich zum Kanzleramt und zur aktuellen Lage zu sagen habe, schieb alles in deinem klugen Kopf hin und her und schreib mir dann deine Antworten auf.«

Sonja war es inzwischen lieber, Brandt beschäftigte sich mit Politik als mit gar nichts, so wie am Vortag. Deshalb hoffte sie, dass der ruhige Bahr Brandt mit seinen Worten erreichte.

»In der Koalitionsverhandlung geht man, was das Kanzleramt betrifft, vom dem aus, was du Helmut im Sommer versprochen hast«, machte Bahr weiter. »Helmut will, dass ich Ehmkes Job übernehme, aber, Willy, wir beide wissen, dass das keine gute Idee ist.«

Zu gerne hätte Sonja im Krankenzimmer Mäuschen gespielt, zu gerne würde sie die Miene des Kanzlers studieren. Zeigte er Bahr, dass er ihm zuhörte?

»Nach Ehmke braucht das Kanzleramt einen sozialdemokratischen Globke. Einen, der die Maschine ölt und still Personalpolitik macht, einen, der nicht viel Staub aufwirbelt und anderen nicht in die Suppe spuckt. Du verstehst, was ich meine, Willy.«

Sonjas Gedanken drifteten wieder zu Reni ab. Sie mussten heute Abend mal in Ruhe miteinander reden, gemeinsam überlegen, wie es weitergehen sollte.

»Wir haben in den drei Jahren schrecklich viel arbeiten müssen, Willy. In der nächsten Legislaturperiode sollte etwas Ruhe in den Beritt kommen. Und wir müssen am Arbeitsstil feilen. Die Minister quatschen zu viel. Die SPD sollte insgesamt mehr Machtbewusstsein zeigen, das vermisse ich bei den Koalitionsverhandlungen, wo Helmut und Herbert der FDP gegenüber viel zu zahm auftreten.«

Ob sie daheim anrufen sollte, damit die Mutter beruhigt

war? Oder war es besser, mit dem Anruf zu warten, bis sie mit Reni gesprochen hatte?

»Aber das hat alles Zeit, darüber reden wir, wenn du wieder sprechen kannst. Was nicht so lange Zeit hat, ist die Frage, wer Ehmkes Nachfolge antreten soll. Was hältst du von Horst Grabert? Ruhig, gewissenhaft, besonnen, hält sich im Hintergrund. Wir kennen ihn noch aus der Berliner Zeit. Denk drüber nach.«

Als Bahr wenig später das Zimmer verließ, versuchte Sonja von seiner Miene auf Brandts Seelenzustand zu schließen. Aber Bahrs Miene war undurchdringlich. Der Mann, der mit den Russen gepokert hatte, wusste, wie man Gefühle verbarg.

Donnerstag, 30.11.1972, 15 Uhr

Mit Lotti wurde der Einkaufswagen zum Rennauto, die Supermarktregale zum Labyrinth, die Raviolidosen zu Wurfgeschossen. Max jedenfalls hatte nicht geahnt, was Einkaufen für ein Abenteuer sein konnte. Oder wie viel Spaß es machte, darüber zu diskutieren, ob in die Bolognese-Soße nur Tomatenmark oder Tomatenmark und Tomatenstückchen gehörten oder ob es stimmte, dass dünn geschnittene Fleischwurst besser schmeckte als dick geschnittene. Er hatte nicht geahnt, dass man überhaupt über so etwas diskutieren konnte. Lotti ließ ihn so vieles neu entdecken.

Er, der eigentlich ewig brauchte, um in den Tag zu kommen, saß plötzlich schon um 8 Uhr beim Frühstück, er, der sich gern bis zum frühen Abend mundfaul gab, quatschte bereits am Morgen mit den Bauarbeitern in der Kaffeebud, damit sich einer von ihnen von Lotti interviewen ließ. Er, der einkaufen hasste wie die Pest, konnte sich plötzlich nichts Schöneres vorstellen. Und jetzt, nachdem sie alle Einkäufe in der Küche verstaut hatten und sich ihre Wege trennten, weil Lotti ihren Artikel schreiben und er seinen 2CV in die Werkstatt bringen musste – der Vergaser, die Reparatur schob er schon ewig vor sich her –, kam er sich nur wie ein halber Mensch vor, so sehr vermisste er sie.

Er hatte gehört, dass so etwas passieren konnte. Er hatte darüber gelesen, die Literatur war voll davon, selbst die Lyrics der Rock- und Popmusik. Er hatte das immer für Schönfärberei und für maßlos übertrieben gehalten. Aber wenn es stimmte und er tatsächlich und zum ersten Mal wirklich verliebt war – was er immer noch nicht so recht glauben konnte –, dann setzte es andere Empfindungen frei als Sex. Obwohl auch Sex stellte er sich mit Lotti schön vor, aber mindestens genauso schön fand er die Vorstellung, ihr eine struppige Strähne aus dem Gesicht zu streichen, das Gewicht seines Arms auf ihren knochigen Schultern zu spüren, einen kleinen Schlag versetzt zu bekommen, wenn sich ihre Arme zufällig berührten.

Wenn es einen gab, der dort oben entschied, wen er mit wem verbandelte, dann hatte er sich bei ihm einen Überraschungscoup erlaubt. Ausgerechnet Lotti! Meilenweit entfernt von Sonja, für die er seit dem Sommer schwärmte. Gar nicht zu vergleichen mit Astrid, die er unbedingt hatte erobern wollen. Lotti war anders, unvergleichbar. Ein Klassemädchen mit jeder Menge Extras.

»I wanna get close to you baby«, imitierte er die Stimme von Jim Morrison und wippte seinen Körper im Takt des Songs, *»… close to you baby. Till I don't know what to say to you.«* Und gleich darauf sprang in seinem Kopf eine andere Platte an. *And I Love Her*, der schmalzigste, zuckrigste aller Beatles-Lovesongs, eigentlich gar nichts für ihn. Es hatte ihn schwer erwischt.

Er lächelte jeden an, der ihm begegnete, er glitt auf unsichtbaren Kufen federleicht durch Bonns Straßen. Erst als er an sein Auto kam, holte ihn die Realität auf ihren harten Boden. Zwei durchstochene Reifen. Witiko vergaß nichts. Er würde Max auch weiterhin das Leben zur Hölle machen, wenn er nicht zahlte.

Donnerstag, 30. 11. 1972, 16 Uhr

Ach, dieser viel zu lange Schal! Noch mal und noch mal schlang Lotti ihn sich um den Hals. Sie sollte ihn endlich einfärben, damit Max ihn tragen konnte. Eher braun oder tannengrün? Tannengrün, entschied sie, das würde gut zum hellen Braun seiner Haare passen. Ihr gefiel die Vorstellung, dass sie ihm etwas Selbstgemachtes zurückließ. Dass er an kalten Tagen etwas am Leib trug, was ihn an sie erinnerte. War es Zufall, dass sie so viel Zeit miteinander verbrachten? Kurt hatte sie seit Tagen nicht gesehen, Max lief ihr immer über den Weg. Gab es da auch so etwas Magnetisches zwischen ihnen? Etwa eine magische Anziehung? »Stopp, stopp, stopp, Lotti. Der Kerl ist ein Frauenaufreißer, und du bist ein gebranntes Kind. Sieh ihn als guten Kumpel, dann musst du keine Kissen nass heulen, wenn's wieder nichts wird.« Das Einkaufen mit ihm war wirklich ein Spaß gewesen. Ein bisschen wie in der Szene aus *Jules et Jim*, als die drei über die Eisenbrücke rennen. Nur dass sie nur zu zweit waren und ihre Rennstrecke ein Supermarktgang.

Sie hatte mit Kuhnert telefoniert. Es reichte, wenn sie ihren Artikel über den Bonner Bauboom mit der Post schickte. Zur Sicherheit per Einschreiben, was immer noch deutlich billiger war als per Bahnkurier. Nachdem das erledigt war, brachte sie das Gespräch auf den Artikel der Twen-Seite: »Ich begleite einen Bonner Kommissar, der den Mord an einem unbekannten Mädchen aufklären muss. Für junge Leute ist es sicher interessant, sowohl etwas über echte Polizeiarbeit als auch über das ermordete Mädchen zu erfahren. Eine Reportage also.« Kuhnert murrte ein wenig von wegen, er habe sich eher etwas über die Arbeit der Jugendorganisationen in Bonn vorgestellt, lehnte aber nicht ab. »Sie haben noch den Rest der Woche dafür«, entschied er. »Montag sind Sie zurück in Kehl.«

Dann sollte sie sich mal beeilen. Den Artikel brachte sie zur Hauptpost, in der Drogerie zwei Häuser weiter kaufte sie Batikfarbe, danach ging sie in die Stadtbibliothek, um nach dem Buch zu suchen, vom dem Sonja ihr erzählt hatte. Sie wurde in der Jugendbuchabteilung fündig. *Brich dein Schweigen, Eva-Maria*. Vielleicht lieferte es einen Hinweis auf Sallys Identität. Es blieb nicht mehr viel Zeit. Sie durfte nichts unversucht lassen.

Die Einzige, auf die sie bei ihrer Rückkehr in die WG traf, war Sonjas kleine Schwester, die in der Küche zwei riesige Butterbrote mampfte. Lotti legte Buch und Batikfarbe auf den Tisch, stellte einen Topf Wasser auf und holte einen Eimer aus dem Bad.

»Esst ihr eigentlich auch mal warm?«, presste Reni zwischen zwei Bissen hervor. »Ewig nur Butterbote ist auch nicht das Gelbe vom Ei.«

»Wenn einer kocht.« Lotti entfaltete die Gebrauchsanweisung und überflog sie. Es war nicht das erste Mal, dass sie mit Batikfarbe arbeitete. »Tischlein deck dich gibt es nicht. Und wie bei Muttern ist es auch nicht.« Himmel, jetzt machte sie aber schwer auf moralisch.

»Schon klar. Ich packe auch gerne mit an. Gemüse schnippeln und so. Hab nur keine Knete zum Einkaufen.«

Da bist du nicht allein, dachte Lotti und musste grinsen. Wo Max wohl steckte? Der wollte doch nur den Wagen in die Werkstatt bringen. »Vorsicht! Nicht mit den fettigen Fingern«, warnte sie Reni, die neugierig nach dem Buch greifen wollte.

»Hab ich vor ein paar Jahren auch mal gelesen.« Sie wischte die Finger an einem Küchentuch ab. »In der Zeit, als ich noch brav in unserem Jugendchor gesungen hab. Halleluja!« Um zu unterstreichen, dass die Zeiten lang vorbei waren, verdrehte sie die Augen. »Das Buch ist damals von einem Mädchen zum anderen gewandert. Traurige Geschichte, Krieg und so. Die meisten von uns fanden es schrecklich, dass Eva-Maria nicht mehr zu ihren echten Eltern zurückwollte, aber einige fanden es toll. Besonders Gertrud und ich, weil wir beide gerne andere Eltern hätten. Gertrud noch mehr als ich. Ich meine, unser Alter ist die Hölle, aber 'ne Hölle, die du einschätzen kannst. Musst halt schnell genug abhauen, damit er dich nicht verdreschen kann, das lernst du irgendwann. Aber die Eltern von Gertrud!« Sie seufzte schwer. »Dagegen ist der Erzeuger ein Waisenknabe.«

Lotti riss das Tütchen mit der Farbe auf und schüttete das Pulver in den Eimer. Das Wasser kochte noch nicht. Sie schmierte sich ebenfalls ein Leberwurstbrot und drapierte ein paar Gürkchen drauf. Während sie es aß, erzählte Reni einfach weiter.

»Geschlagen haben die nicht, die Eltern von Gertrud, die waren anders fies, viel gemeiner. Immer der erhobene Zeigefinger von wegen, du sündhafte Kreatur, Gott sieht alles, der Herr wird dich für deine Lüsternheit bestrafen, die ganze katholische Leier rauf und runter. Auf die Moralpredigten folgte Hausarrest, immer bei Wasser und Brot, manchmal ein ganzes Wochenende lang. Und das nur, weil die Gertrud sein wollte wie wir alle. Ein bisschen Spaß haben, mit Jungs knutschen, Rock und Pop, für Stars schwärmen und so weiter. Furchtbar, findest du nicht?«

Endlich kochte das Wasser. Lotti goss es auf das Farbpulver, gab zwei Löffel Essig dazu und versenkte dann den Schal darin.

»Ich kann gut verstehen, dass Gertrud es nicht mehr ausgehalten und die Biege gemacht hat.« Reni war nicht zu bremsen. »Rate mal, wohin!«

Lotti zuckte mit den Schultern und beobachtete, wie die Wolle die Farbe aufsog.

»Indien!« Reni ließ die Augen schwärmerisch kreisen. »Gertrud hat mich auf den Trichter gebracht. Da will ich auch hin. Bestimmt treffe ich sie da. Rishikesh, da wo auch die Beatles waren.«

»Wie lang ist sie denn schon weg, diese Gertrud?«, fragte Lotti nun doch, obwohl sie die Geschichte nicht besonders interessierte. »Wenn sie so alt ist wie du, kann sie noch nicht volljährig sein.«

»Siebzehn ist Gertrud, so alt wie ich, also fast erwachsen, wenn die Volljährigkeitsgrenze endlich heruntergesetzt wird.«

»Haben ihre Eltern nicht Alarm geschlagen?«

»Keine Ahnung, ob die zur Polente sind. Eher nicht. Leute wie die gestehen nicht gern, dass sie ein schwarzes Schaf in der Familie haben.« Reni zuckte mit den Schultern und schmierte sich ein weiteres Brot. »Ich finds echt bewundernswert, dass sie es geschafft hat. Ist ja ein weiter Weg.«

»Bist du sicher, dass sie es geschafft hat? Hat sie mal eine Postkarte geschickt oder so?«

»Weißt du, wie die Post in Indien funktioniert? Da gibt es wahrscheinlich nicht mal Briefkästen. Und wenn Gertrud schon erleuchtet ist, denkt sie nicht mehr an Deutschland. Willst du auch mal nach Indien?«

»Eher nicht.« Lotti horchte auf, als die Tür ins Schloss fiel. Max kam zurück. »Räumst du den Tisch ab?«, fragte sie Reni.

»Muss ich ja wohl, wenn du's nicht tust.« Sie zog eine Schnute.

Herrje. Wer hatte denn Brot und Wurst herbeigeschafft?

»Hallo.« Es war nicht Max, der den Kopf durch die Tür steckte, sondern Kurt. »Gibt's heute Abend was zu essen?«

»Spaghetti Bolognese. Reni hilft bestimmt beim Kochen.«

»Wie jeder, der in dieser WG lebt.« Kurt konnte einfach nicht aus seiner Haut.

Lotti stellte den Eimer in eine Ecke und den Küchenwecker auf fünfzig Minuten. Dann griff sie nach dem Buch und verzog sich in Tines Zimmer. Wo blieb nur Max? Warum war sie so unruhig? Der konnte doch machen, was er wollte. Und ihr konnte das egal sein. War es aber nicht.

Donnerstag, 30.11.1972, 19 Uhr

Als Sonja am Hauptbahnhof aus dem Bus stieg und, müde und in Gedanken versunken, ins Bahnhofsgebäude stolperte, stand plötzlich Erwin Tibulski vor ihr. Mit einem Schlag war sie hellwach.

»Erwin, grad wollte ich …«, stammelte sie und zeigte auf die Telefonzellen.

»Schon gut, Sonja, hat sich erledigt«, beeilte er sich zu sagen, »die Angelegenheit ist geklärt. Trotzdem, danke für deine Mitarbeit.«

»Aber ich hab doch gar nicht«, warf Sonja ein, aber da eilte Erwin schon weiter, hob kurz den Arm zum Gruße, bevor er draußen vor der Tür nach einem Taxi rief.

Sie blickte ihm nach. Erst ärgerte sie sich über sein Verhalten, dann machte sich Erleichterung breit. Warum auch immer Erwin nichts mehr über die Gespräche im Krankenzimmer hören wollte, sie brauchte nun nicht mehr ihre Courage – von der es nicht allzu viel gab – zusammenzunehmen, um ihm zu sagen, dass sie nicht bereit war, ihm von den Geschehnissen dort zu berichten. So konnte sie ihren ganzen Mut in dem schwierigen Telefonat einsetzen, das sie noch führen musste. Sie wartete, bis eine Zelle frei war, dann griff sie zum Hörer, warf Geld ein, wählte die Nummer und lauschte dem Freizeichen am anderen Ende der Leitung. Die Mutter meldete sich.

»Reni ist wohlauf. Sie geht zur Schule. Sie will nicht zu euch zurück.«

Als Antwort folgte ein erleichtertes Schluchzen. Dann: »Aber das geht …«

»Ist er da?«, unterbrach Sonja schnell, der der schwerste Teil des Gesprächs noch bevorstand. »Hol ihn ans Telefon«, befahl sie der Mutter. Den Hörer fest umklammernd, schloss Sonja die Augen. Sie sah die Mutter ins Wohnzimmer eilen, sich zu ihm herunterbeugen, ihm zuflüstern, dass Reni wohlauf und sie, Sonja, ihn sprechen, nein, sie wisse nicht … Und sie sah, wie er das Gestammel der Mutter mit einer Handbewegung abtat, sich mürrisch erhob und zum Telefon schlurfte.

»Engel!«

»Hör mir genau zu und unterbrich mich nicht!« Was dieses Gespräch anging, war sie Tibulski für seinen Rat wirklich dankbar. Die Warterei an diesem Nachmittag hatte ihr genug Zeit gelassen, sich genau zu überlegen, was sie sagen wollte. Immer wieder hatte sie sich vorgebetet, dass er kilometerweit entfernt war, dass von ihm keine Gefahr ausging. Damit die Stimme nicht zitterte, atmete sie noch einmal tief durch, dann sagte sie: »Reni kommt nicht zurück, du weißt genau, wieso. Und hör auf, die Mutter zu prügeln. Wenn du einmal zu hart zuschlägst und sie nicht mehr aufsteht, dann wirst du ganz allein sein. Keines von uns Kindern wird sich um dich kümmern, du wirst einsam und allein verrecken. Überleg dir, ob du das willst.« Dann drückte sie die Gabel runter. Den Hörer hielt sie weiter in der Hand, sie zitterte zu sehr, um ihn auflegen zu können. Das gelang ihr erst ein paar Minuten später. Da wurde sie gewahr, dass er sie weder unterbrochen noch den Hörer aufgelegt hatte. Er musste ihr also zugehört haben. Ob es half? Ob er sich ändern konnte?

Als sie die Telefonzelle verließ, kam ihr ein Spruch in den Sinn, den sie mal auf einem Stromkasten gelesen hatte: Revolution ist machbar, Herr Nachbar.

Donnerstag, 30.11.1972, 23 Uhr 30

Die letzten Gäste waren bereits gegangen, Karlchen und Helga schlüpften in ihre Mäntel.

»Mach auch Feierabend, Chefin«, rief Karlchen Hilde zum Abschied zu.

Sie nickte und scheuchte ihn mit einer Handbewegung in Richtung Tür, die kurz darauf hinter den beiden zufiel. Sie brauchte nicht mehr lange, gleich war sie mit der Abrechnung fertig, dann könnte sie nach oben gehen. Aber sie rechnete noch mit einem späten Gast: Tibulski. Er hatte Bömitz am Vortag nicht getroffen, Hilde hoffte, er würde mit ihm reden, sich erklären wollen. Und wo, wenn nicht hier bei ihr, würde er Bömitz suchen? Es wunderte sie, dass er noch nicht aufgetaucht war. Oder wusste er, dass Bömitz Bonn bereits verlassen hatte?

Sie schloss die Geldkassette ab, drehte noch eine Runde durchs Lokal, sammelte einen Schal, ein Feuerzeug, drei Streichholzschachteln ein. Der Artikel über Ehmke und Schmidt kam ihr in den Sinn, den sie neulich beim Aufräumen gelesen hatte. Wenn die Gerüchteküche stimmte, war Schmidt der große Gewinner in diesem Koalitionspoker. Sein Gegenspieler Ehmke wurde ins Postministerium abgeschoben, und der Kanzler musste erst mal wieder auf die Beine kommen.

Wieder sah sie zur Tür. Dann halt nicht, dachte sie, hängte den Schal auf, legte das Feuerzeug in eine Schublade und griff nach der Geldkassette, die sie immer mit nach oben nahm. Tibulski! Drauf geschworen hätte sie, dass er auftauchen würde. Sie griff sich ihre Handtasche und kramte darin nach dem Wohnungsschlüssel, als die Tür knarrte und ein kalter Windstoß durch den Gastraum fuhr. Da ist er, dachte sie. Doch als sie aufsah, stand im Türrahmen nicht Tibulski, sondern Bömitz. Aufgebrachter als bei der Debatte über die Notstandsgesetze. Er wusste also Bescheid.

»Seit wann weißt du es?«, fuhr er sie an.

Hilde legte den Schlüssel zurück in die Handtasche und holte die Flasche Schnaps von Onkel Jupp aus Oberwesel unter der Theke hervor. Ein Wundermittel, das nur in Notlagen wie dieser zum Einsatz kam. »Seit heut Mittag. Das ging beim Essen wie ein Lauffeuer rum.« Sie goss zwei Gläser ein. »Das war das, weshalb der Tibulski dich gestern hat spreche wolle. – Trink mal was.«

»Hat er mit dir darüber gesprochen?« Bömitz rührte das Glas nicht an.

»Nein!«

»Gut, gut.« Bömitz nickte hektisch, stieß sich vom Tresen ab und tigerte mit großen Schritten im Raum herum. »Aber deswegen bin ich nicht hier«, sagte er plötzlich und blieb stehen. »Wir müssen zur Polizei.«

Nun verstand Hilde gar nichts mehr.

»Tibulski fährt einen grünen Ford Taunus mit Kölner Nummer, Tibulski, das weiß ich von seiner Frau, war am Freitag vor der Wahl auf einer Wahlkampfveranstaltung in Graurheindorf, an diesem Abend wurde in Graurheindorf das Heilsarmeemädchen ermordet. Deshalb müssen wir zur Polizei.«

»Du spinnst.« Hilde schüttelte empört den Kopf.

»Tibulski, das hast du mir selbst erzählt, drückt Frauen, wenn er erregt ist, gern den Hals zu.«

»Halt! Das war Fastelovend und mit besoffenem Kopf und nur das eine Mal. Danach hat der Tibulski nie mehr …« Hilde verstand nicht, wieso sich Bömitz plötzlich für das Heilsarmeemädchen interessierte. Die hatte mit dem Kanzleramt nichts zu schaffen, und er glaubte doch nicht ernsthaft, dass Tibulski die Kleine erdrosselt hatte? Hilde kippte den Schnaps und forschte in Bömitz' Gesicht nach einer Antwort. Sie rechnete damit, darin heiße Wut zu sehen, aber sie entdeckte etwas, was sie bisher noch nie darin gesehen hatte: Hass. Gemeiner, übler, kalter Hass.

Ihr wurde schlecht, als ihr dämmerte, was Bömitz im Schilde führte. Es ging nicht darum, ob er an Tibulskis Schuld glaubte, es ging darum, wen er es glauben lassen wollte. Zuerst der Gang zur Polizei, dann ein Tipp an die Presse, zeitgleich den Verdacht bei den Genossen streuen. So funktionierte das Gerüchtekarussell, so ruinierte man einen guten Ruf. Ein Politiker, der in eine Mordaffäre verwickelt war, wurde von niemandem mehr protegiert. Den packte man höchstens noch mit der Kneifzange an, der galt als Aussätziger, dem riet man, ganz schnell in der Versenkung zu verschwinden.

»Du bis durcheinander, du kannst nicht klar denke, das macht dich total verrückt«, redete sie auf ihn ein. »Komm, trinken wir darauf, dass du mit all dem Bonner Driss nix mehr zu tun hast.«

»Wieso kannst du nicht sehen, dass Tibulski bei dem Mädchen einen Schritt zu weit gegangen ist? Sein altes Problem, er weiß nicht, wann es genug ist, er hat sich nicht unter Kontrolle. Der Mann ist gefährlich. Was, wenn er es wieder tut?« Seine Stimme scharf, sein Blick eiskalt.

»Schimpf ihn einen Verräter, hau ihm eine rein. Aber nicht so!« Hilde blieb hartnäckig. »Du hast Bonner Intrigen immer gehasst. Wieso schusterst du nun selbst eine und dann noch eine so gemeine? Glaubst du, du kannst danach noch in den Spiegel sehn? Rache macht nix klar, Rache macht es nur schlimmer.«

»Dich hat er immer um den Finger gewickelt, du hast immer nur den netten kölschen Jung gesehen. Es geht um den Mord an einem jungen Mädchen, so massive Verdachtsmomente darf man nicht für sich behalten. Es ist unsere Bürgerpflicht. Kommst du nun mit?«

Sie schüttelte traurig den Kopf.

Sein Blick strafte sie mit Verachtung, dann drehte er sich wortlos um und ging.

We can work it out

Freitag, 1.12.1972, 7 Uhr

Was für ein Tag! Als ob Max mit den zwei zerstochenen Reifen nicht schon genug Ärger an der Backe gehabt hätte! Den Ersatzreifen aufziehen, mit dem zweiten Platten einen Taxikollegen anhalten, sich zur Werkstatt fahren lassen, flicken, nächsten Taxikollegen rufen, zurück zum Auto, den zweiten Reifen wechseln, den Wagen endlich komplett in die Werkstatt fahren, den Vergaser nachstellen lassen – nur das war eigentlich geplant gewesen –, dafür all die Kohle berappen, die eigentlich für Witiko gedacht war, der ihm diese elende Schufterei mit den Reifen eingebrockt hatte. Verdreckt und erledigt zurück in die Dorotheenstraße. Dort, auf dem Weg zur Dusche, ein Anruf des sehr aufgeregten Kohlmeier: Der Schal, der rote Schal, ja, es sei nun bombensicher, dass das Mädchen damit erdrosselt wurde. Deshalb müsse Max sofort, aber auch sofort zur Polizei. Er, Max, also wieder los, ohne Dusche, aber dieser Kommissar Stolk, bei dem er vorstellig werden sollte, schon im Feierabend. Der Tag versaut, seine Laune im Keller, sein Geldbeutel leer. Am Abend hatte er Witiko in die Wüste gewünscht, um dort ohne Wasser elendig zu verrecken oder in einem Sandsturm zu ersticken, um auf alle Fälle auf Nimmerwiedersehen aus seinem Leben zu verschwinden.

Und nun musste er sich elend früh aus dem Bett quälen, weil dieser Kommissar schon um 7 Uhr 30 mit der Arbeit anfing. Ohne Frühstück aus dem Haus, wieder ins Polizeipräsidium, erneut nach Kommissar Stolk fragen. Er war da, also schnell alles hinter sich bringen, mehr als das, was er Lotti erzählt hatte, konnte er schließlich nicht berichten. Aber von wegen schnell! Alles musste im Zehnfingersuchsystem protokolliert werden, und dann sollte er noch bei der Erstellung eines Phantombildes helfen. Bei einem Mann mit Hut und hochgeschlagenem Kragen? Augen, Nase, Ohren, die habe er doch gesehen, genau wie die Hände, die er so gut beschreiben konnte. Der Kommissar bestand darauf.

Und sieh einer an! Es war schon erstaunlich, was der Polizeizeichner zuwege brachte. Am Ende sah Max den Kerl ganz deutlich vor sich, der Zeichner traf seine Augen, seine Nase ziemlich genau. Bart?, wollte der Zeichner wissen. Könnte sein. Vielleicht einen Schnäuzer. Trotz Hut und Kragen hatte er plötzlich ein Gesicht. »Genau so sah er aus«, bestätigte er, als er sich mit dem Kommissar die fertige Zeichnung ansah, und der Kerl erinnerte Max an jemanden, aber er wusste nicht, an wen. So viele trugen heutzutage Schnäuzer, in der Schumann-Klause an jedem x-beliebigen Abend mindestens zehn. Der Kommissar nickte zufrieden, so wie er zufrieden genickt hatte, als Max ihm von der Stimmgabel erzählte. Max kam es vor, als würden seine Informationen einen wichtigen Beitrag zur Lösung des Falles leisten. Er stellte sich vor, dass die Polizei dem Kerl mit dem roten Schal schon länger auf der Spur war und sie nun dank ihm die aufgestellte Falle zuschnappen lassen konnte.

Wenn er das Lotti erzählte! Aber erst mal brauchte er was zwischen die Kiemen, er schob einen ordentlichen Kohldampf.

Freitag, 1.12.1972, 10 Uhr

An diesem stillen Wintertag fiel es Hilde schwer, sich den sommerlichen Rummel mit Kinder- und Eselsgeschrei, mit Eisverkäufern und Fotografen, mit der Schlange vor der Zahnradbahn und dem Gedränge beim Einsteigen vorzustellen, doch es gab ihn Jahr für Jahr. Ein Besuch auf dem Drachenfels zählte zum Pflichtprogramm jeder rheinischen Familie. Nur Hilde war noch nie hier gewesen. Im Winter fehlten die Esel, die sommers die Kinder hoch zum Drachenfels trugen, und nicht nur die. Im Winter schien der Drachenfels seine Attraktivität für alle zu verlieren, der große Parkplatz in Königswinter, wo die Autos im Sommer dicht an dicht standen, komplett leer. Ob die Zahnradbahn überhaupt fuhr, überprüfte Hilde nicht, sie wollte zu Fuß gehen. Der Weg war ausgeschildert, und sie begann den Aufstieg. Auf dem steilen, kurvigen Eselspfad begegnete ihr keine Menschenseele.

Es war ein kalter Morgen, die Luft schneidend, der Himmel von einem so klaren Winterblau, wie man es nur selten zu sehen bekommt. Bei Nebel hätte sie sich nicht auf den Weg hierher gemacht. Obwohl die kahlen Bäume Licht durchließen, lagen große Teile des Wegs im Schatten, sie wurden von undurchdringlichem Dornengestrüpp begrenzt. Das feuerspeiende Ungeheuer aus den Sagengeschichten ihrer Kindheit fiel ihr ein. Während sie selbst ordentlich schnaufte, sah sie den Recken von Xanten den Berg hochstürmen. Hier sollte Siegfried den Drachen bezwungen und in seinem Blut gebadet haben. Ein furchtbares Gemetzel, ein grausliches Blutbad. Man sollte doch meinen, dass sich die Menschheit seit den Zeiten der Nibelungen, wo nichts als brutale Gewalt herrschte, weiterentwickelt hätte, doch manchmal zweifelte Hilde daran. Immerhin, man griff nicht mehr sofort zu Schwert und Speer, man metzelte den Feind nicht mehr direkt nieder, man hatte feinere Formen der Vernichtung entwickelt.

Das empörte Geschrei aufgeschreckter Vögel ließ sie hochschauen, sie folgte ihrem Flug, der auf einem Mauerstück der Burgruine endete. Bald hatte sie den Aufstieg geschafft. Als sie endlich oben war, bot sich ihr ein grandioser Blick über das Rheintal: Königswinter zu ihren Füßen, auf der anderen Rheinseite Bonn, im Süden die Insel Nonnenwerth und der

Rolandsbogen und auf der rechten Flussseite Rhöndorf und die Hügel des Siebengebirges. Ein freier, weiter Blick. Deshalb war sie hierhergekommen.

In der Nacht hatte sie mal wieder an ihrer Menschenkenntnis gezweifelt. Niemals hätte sie es für möglich gehalten, dass der kluge Bömitz sich von solchen Gefühlen leiten ließ. Wo war Bömitz' Souveränität, wo seine Größe hin, mit der er die Niederlage zunächst weggesteckt hatte? Tibulski. Natürlich Tibulski. Aber Bömitz wusste doch, wie gern der drahtige Erwin auf Risiko spielte. Natürlich verstand sie, dass Bömitz sich verraten fühlte. Natürlich hätte ihm Tibulski früher sagen müssen, dass er für dieselbe Stelle im Kanzleramt im Gespräch war. Vielleicht, fiel Hilde ein, hatte Tibulski es sogar getan? Vielleicht hatte Bömitz ihm nicht richtig zugehört, so wie er bei ihr nicht zugehört hatte.

Wie sehr hatte sie sich immer gewünscht, eine Freundin zu finden, mit der sie so eng verbunden wäre, wie Bömitz und Tibulski es damals gewesen waren. Freundschaft war etwas, was man wie einen Schatz hüten sollte. Und die Idioten passten nicht darauf auf, warfen sie weg, als wäre sie Ballast.

Auf dem steinigen Boden scharrte Hilde nach einem festen Tritt, wie sie es in den Weinbergen von Oberwesel gelernt hatte. Selbst wenn Bömitz, was sie immer noch hoffte, seinen Rachefeldzug gegen Tibulski sein ließ, wehte Erwin auch weiter ein scharfer Wind entgegen. Noch war offen, ob er mit der Stelle im Kanzleramt nicht zu hoch gepokert hatte, noch wartete der Untersuchungsausschuss auf ihn. Und die Schwarzen, gedemütigt durch die doppelte Niederlage beim Misstrauensvotum und der Wahl, würden nichts unversucht lassen, um den Genossen Bestechung oder Schlimmeres nachzuweisen.

Tibulski beteuerte zwar immer, dass er niemals und so weiter, aber was, wenn er ihren Namen nannte? Und dann, Hilde, und dann? Sie ließ den Blick schweifen und schaute hinunter auf Nonnenwerth. Oh ja, sie hatte lange geglaubt, der Rheinblick wäre eine Insel, und die klebrigen Fangarme der Politikkrake Bonn könnten sie nicht erreichen. Oh ja, sie hatte geglaubt, der Rheinblick wäre neutrales Gebiet und der Bonner Klüngel nur ein fernes Rauschen, das an der Tür des Rheinblicks verebbte. Ein Irrtum. Auch sie war, wie der junge Dorando es ausdrücken würde, Teil des Bonner Systems, verführbar und käuflich. Wenn das herauskam, würde es sich bei ihren Gästen herumsprechen, da brauchte sie sich nichts vorzumachen. Manche tranken dann ihr Kölsch woanders oder ließen in ihrer Gegenwart Gespräche abbrechen, andere würden ihr hinter vorgehaltener Hand Geldgier oder Geschwätzigkeit verwerfen. Schön wäre das nicht, aber sie würde es überleben. Skandale hatten immer nur eine begrenzte Dauer, der Mensch vergaß schnell.

Bei den wenigen, die sie direkt ansprechen würden, wäre sie um eine ehrliche Antwort nicht verlegen. Ja, sie hatte in einer verzweifelten Situation falsch gehandelt. Doch ein Fehltritt bedeutete nicht, dass man seine Prinzipien über Bord warf.

Ein frischer Wind fuhr ihr durchs Haar, sie atmete die klare Luft tief ein. So. Nun hatte sie endlich ihre Haltung gefunden. Nun konnte das Leben weitergehen. Bald ein bisschen leichter, ein bisschen unbeschwerter, hoffte sie.

Freitag, 1.12.1972, 10 Uhr

Als sie den Kühlschrank öffnete, glaubte Lotti, der Schlag träfe sie. Solche Massen an Wurst, Käse, Milch und Joghurt hatte sie gestern herbeigeschafft, die konnten nicht schon wieder weggefressen sein. Sie zählte die spärlichen Überbleibsel: ein Zipfel Leberwurst, ein halbes Glas Kirschmarmelade, ein Rest Margarine, ein Viertelliter Milch. Na prima, und sie hätte so gerne ein Brot mit einer dicken Scheibe Camembert gegessen. Apropos Brot … Noch zwei Scheiben, immerhin. Dann halt mit Leberwurst.

Als das Telefon klingelte, hörte sie Kurts Schritte im Flur.

Ob er der Vielfraß war? Oder Sonjas kleine Schwester? Max, das wusste sie, war mit nüchternem Magen aus dem Haus gegangen. Vor seinem Gang zum Polizeipräsidium hatte er kurz bei ihr hereingeschaut und ein Frühstück um 9 Uhr vorgeschlagen. Nun war es 10 Uhr, er immer noch nicht zurück, doch sie brauchte endlich was zu futtern.

»Ist für dich«, rief Kurt in die Küche und verschwand wieder in seinem Zimmer.

»Lotti Legrand«, meldete sie sich.

»Lotti, hier ist Mattes.«

Sie brauchte einen Moment, dann wusste sie, wer der Anrufer war: der Sozialarbeiter aus Köln, mit dem sie über Heimerziehung gesprochen hatte.

»Das Mädchen, nach dem du dich erkundigt hast, war in Köln. Sie hat den September über in einer WG in der Rolandstraße gelebt. Die WG-Leute waren total geschockt, als sie das mit dem Mord hörten. Sie erzählen dir, was sie über die Kleine wissen, wenn es hilft, den Dreckskerl zu schnappen. Ich gebe dir die Telefonnummer. Du denkst an den Artikel?«

»Darauf kannst du dich verlassen.« Den September über war Sally also in Köln. Und dann? War sie freiwillig oder unfreiwillig weitergezogen? Sie nahm den Hörer wieder auf und wählte die Nummer, die Mattes ihr genannt hatte.

Freitag, 1.12.1972, 12 Uhr

Gestern hatte Sonja den Strauß-Witz geübt, ihn einmal probeweise Scholz und Schmitz vorgetragen, die herzhaft lachten und sie ermutigten, ihn Brandt zu erzählen. Ganz sicher würde ihn dieser Witz aufmuntern. Also traute sie sich.

»Franz Josef Strauß lässt sich von seinem Fahrer durch seine wundersame bayrische Heimat kutschieren. In einem Dorf in Niederbayern überfahren sie ein Huhn. Strauß sagt: ›Ich geh rein und sag's dem Bauern. Wenn er erfährt, dass

FJS sein Huhn überfahren hat, regt er sich nicht auf.‹ Er geht rein, kommt drei Minuten später mit einem blauen Auge wieder raus. Sagt kein Wort, sie setzen die Reise durchs schöne Bayern fort. In einem Dorf in der Oberpfalz überfahren sie einen Hund. ›Der mit dem Huhn is ein Belferer g'wesn‹, meint Strauß und geht wieder ins Haus, überzeugt davon, dieser Bauer fühlt sich von seinem Besuch geehrt und verzeiht ihm den totgefahrenen Hund. Drei Minuten später kommt Strauß raus, und das andere Auge ist blau. Er sagt kein Wort, sie setzen die Fahrt durchs schöne Bayern fort. In Oberbayern überfahren sie ein Schwein. Da sagt der Fahrer: ›Diesmal geh ich rein.‹ Nach einer halben Stunde kommt der Fahrer, beladen mit Schinken und Würsten, zurück. Fragt der erstaunte Strauß: ›Was hast dem Bauern g'sagt?‹ ›Eigentlich nix‹, sagt der Fahrer und zuckt mit den Schultern. ›Ich bin rein, sag, dass ich der Fahrer vom Strauß bin und grad die Sau überfahren hab.‹«

Während sie den Witz erzählte, hatte sie Brandt nicht angesehen, sonst hätte sie den Faden verloren. Doch als sie am Ende angelangt war und die Pointe nicht versaut hatte, da schaute sie ihm ins Gesicht. Er lachte nicht, er lächelte nicht, er war noch so abwesend und unerreichbar wie am Vortag. Es betrübte sie, aber seine Reaktion verunsicherte sie nicht, sie hatte fast damit gerechnet. Also ließ sie den Kanzler hinter seiner undurchdringlichen Mauer zurück und beratschlagte mit Scholz und Schmitz die andere Möglichkeit, Brandt ins Leben zurückzuholen, auf die sie gestern gekommen war: angeln.

Die Umsetzung gestaltete sich einfacher als gedacht. Medizinische Bedenken gab es nicht, Professor Becker war schnell überzeugt, Frau Brandt und Ehmke stimmten zu, Scholz und Schmitz hielten es sowieso für eine gute Idee – Schmitz angelte ebenfalls –, die zwei klärten alle Sicherheitsfragen. Brandt selbst nahm den Vorschlag am Abend unbewegt zur Kenntnis, ließ sich aber von seiner Frau nach dem Frühstück in gefütterte Gummistiefel und eine warme Jacke stecken.

So fuhren sie in einer Kolonne aus drei unauffälligen Wagen

den Venusberg hinunter, über die nördliche Autobahnbrücke auf die andere Rheinseite und dort weiter die Sieg entlang bis ins Windecker Ländchen, wo Scholz und Schmitz einen Angelplatz ausgesucht hatten, den sie kannten. Eine unauffällige Stelle abseits des nächsten Dorfes, wo die Strömung der Sieg unterbrochen war und das Wasser am nahen Ufer ruhig floss. Ein idealer Platz zum Winterangeln.

Es dauerte, bis die Leibwächter die Umgebung kontrolliert hatten und alles ausgeladen war. Als Schmitz Brandt seine Angel mit einem Köder präparieren wollte, bat dieser darum, sie ihm zu reichen, und erledigte das selbst. Wenig später warf er die Rute aus, Schmitz gesellte sich mit seiner Angel zu ihm, Scholz, Eisenhart und Lammfuß, die zur Verstärkung mitgefahren waren, verteilten sich strategisch geschickt im Umfeld der beiden.

Ihr, Sonja, blieb nichts anderes übrig, als abzuwarten. Nun, da alle auf ihren Plätzen saßen oder standen, nahm sie zum ersten Mal die Umgebung wahr. Die Sieg floss hier in eine sanfte, weit ausholende Kurve hinein. Auf der breiten Wiese, die sich dahinter erstreckte, klumpten noch Schneereste auf dem dreckigen Gras. Rechts zogen sich kleine Buchenwäldchen ins Bergische Land hoch, die noch voll dürrer brauner Blätter hingen. Die Gegend kam ihr bekannt vor, aber sie konnte sich nicht erinnern, schon einmal hier gewesen zu sein. Obwohl die Sonne strahlte, fröstelte sie. Brandt schien die Kälte nicht zu stören. Wie ein Felsblock stand er am Wasser, eingemummelt in einen dicken Schal. Der Professor hatte ihm erlaubt, die Halskrause abzulegen.

Um die Angler nicht zu stören, schlich Sonja sich leise davon, lief ein Stück den gefurchten Feldweg entlang, der an einigen Stellen noch gefroren war, hüpfte außer Hörweite der anderen auf und ab, schlug sich die Arme um den Körper, rannte ein Stück vor und zurück und noch ein Stück weiter, bis sie auf einen Wegweiser nach Schladern stieß.

Plötzlich wusste sie, weshalb ihr das Flüsschen und seine

Umgebung so vertraut schienen. Sie war wirklich schon einmal hier gewesen. Mit dem Zug angereist und am Bahnhof in Schladern ausgestiegen. Sie, Reni und der Erzeuger an einem frühen Sonntagmorgen im Sommer. Reni vielleicht fünf und sie elf Jahre alt. Der Erzeuger führte sie vom Bahnhof durch das Örtchen hier an den Fluss, zeigte ihnen diese Badestelle, legte für sie eine Decke auf die Wiese, stellte ihnen den Rucksack mit Butterbroten und Äpfeln daneben, befahl ihr, auf Reni aufzupassen und ihn nur zu rufen, wenn es absolut nötig war. Dann ging er ein Stück weiter oben angeln. Reni und sie hatten viel Spaß im Wasser, im Laufe des Tages kamen andere Kinder hinzu, sie bauten kleine Wehre, ließen sich treiben oder versuchten gegen die Strömung zu schwimmen. Am Abend holte der Erzeuger sie ab. Er schulterte den Rucksack, steckte seine Angel hinein, nahm Reni, die völlig erschöpft war, auf den Arm und reichte ihr seine freie Hand. So trabten sie ohne Eile zum Bahnhof von Schladern zurück, wo er ihnen zur Feier des Tages ein Capri-Eis spendierte. An diesem Tag war er sanft wie ein Lamm. Sonja erinnerte sich an seine unbeholfene Zärtlichkeit, mit der er ihnen das Eis reichte, an den fischigen Geruch seiner Hände, als er ihr über den Kopf strich.

Angeln erfordert Geduld und Ruhe, und manchmal blieb ihm beides noch, wenn er nach Hause kam. Dann saß er friedlich beim Abendessen und hieb nicht ein einziges Mal die Faust auf den Tisch. Diese Seite des Vaters vergaß Sonja immer, weil die des Wüterichs und Schlägers so dominant war. Hier, an diesem Fluss, konnte sich Sonja ihn für einen Moment als den sanften, jungen Mann vorstellen, der er vor dem Krieg gewesen sein sollte.

Man rief nach ihr. Als sie sich umdrehte, sah sie Eisenhart mit den Armen fuchteln und lief zurück. Der Kanzler hatte einen Barsch gefangen, Schmitz zwei ansehnliche Rotaugen.

»Wir fahren«, informierte Scholz sie mit einem Blick auf den Kanzler, der dies entschieden hatte.

Die Kälte hatte seine Wangen gerötet und alles Schlaffe aus seinem Körper vertrieben. Aufrecht, sich die Hände reibend, ging er am Fluss auf und ab. Ob das die Stelle war, an der damals auch der Vater geangelt hatte? Angeln, die zweite Gemeinsamkeit, die Sonja zwischen ihm und dem Kanzler entdeckte.

Überraschenderweise lud Brandt sie ein, bei der Rückfahrt neben ihm zu sitzen. Als sich die kleine Kolonne wieder in Bewegung setzte, holte er die Zaubertafel heraus und schrieb »FJS« darauf. Da erzählte sie den Witz noch einmal. Als sie danach zu ihm hinüberlinste, schmunzelte er. Zumindest ein wenig.

Freitag, 1.12.1972, 12 Uhr

Karlchen fiel ein Stein vom Herzen, als Hilde endlich auftauchte. Man habe sich schon Sorgen gemacht. Es komme doch nie vor, dass sie um die Mittagszeit nicht da sei, unvorstellbar, den Rheinblick ohne die Chefin aufzumachen, und so weiter. Sie beruhigte ihn, erbat sich zehn Minuten zum Umziehen, bis dahin könne er mit Helga den Laden wohl alleine schaukeln. Sie griff nach den Zeitungen und machte sich auf den Weg nach oben. Im *General-Anzeiger* nichts Neues zu dem Heilsarmeemädchen, in der *Bild-Zeitung* dagegen eine Notiz: »Die Ermittlungen im Fall des ermordeten Mädchens vom Alten Friedhof bisher weiter ohne Ergebnis. Aus gut unterrichteten Kreisen ist zu hören, dass es eine Spur in politische Kreise gibt. Stocken die Ermittlungen deshalb?«

Möglich wär's, aber eindeutig war's nicht, dachte Hilde, als sie die Zeitung zuschlug. Bei allen Bonner Verbrechen vermutete die *Bild* gern eine Verquickung mit der großen Politik, auch wenn die Verdachtsmomente an den Haaren herbeigezogen waren. Ein Beweis, dass Bömitz seinen Plan umsetzte, war's also nicht.

Als sie nach unten kam, hatte sich der Schankraum bereits gut gefüllt. Karlchen war froh, als sie endlich ihren Platz hinter dem Tresen einnahm. Ein Blick in die Runde, die üblichen Verdächtigen, nichts Ungewöhnliches. Der Duft von gebratenem Fisch zog durch den Raum. Kabeljau mit Remouladensoße und Salzkartoffeln hatte die Köchin als Tagesgericht auf die Karte gesetzt.

Farnreitner und Oberfellner verspeisten ihre Portion am Tresen. Oberfellner mit der Messerspitze immer auf der Suche nach versteckten Gräten, Farnreitner aß mit gutem Appetit. »Was das Weihnachtsg'schenk für meine Frau angeht«, erzählte er zwischen zwei Bissen. »Ich hab was g'funden. Einen Schnellkochtopf. Praktisch und gut, da kannst nix falsch machn.«

»Ist halt nicht so persönlich«, gab Oberfellner zu bedenken und führte vorsichtig ein Stück Fisch zum Mund.

»Persönlich, persönlich.« Verärgert zerdrückte Farnreitner eine Kartoffel zu Brei. »Kannst froh sein, wenn's nicht zu persönlich wird. Hast die Sach von dem Tibulski schon g'hört? Das soll sein Wagen sein, nach dem die Polizei sucht. Das ist unang'nehm, wenn du als Kandidat für einen Posten im Kanzleramt in einen Mordfall verwickelt wirst, da wird's schnell zu persönlich.«

»Mit persönlich hat des nix zu schaffn«, widersprach Oberfellner. »Ich tät halt sagen, die Roten schaufeln sich gern selbst ein Grab.«

Also doch, dachte Hilde und spürte Bitterkeit im Mund. Bömitz auf Rachefeldzug. Wieso hatte sie diese Seite an ihm nie gesehen? Dieses Unerbittliche, Rechthaberische, Verbohrte, das ihn so handeln ließ. Es ließ ihr Bömitz fremd werden, sie verachtete ihn dafür. Nie mehr könnte sie ihn noch einmal so schönmalen, wie er ihr damals auf dem Rheinschiff erschienen war.

Freitag, 1.12.1972, 14 Uhr

Im Archiv der Stadtbibliothek fand Max den Artikel schnell, um den Lotti ihn gebeten hatte. In der Ausgabe vom Montag dieser Woche stand im *General-Anzeiger* zu lesen: »Am gestrigen Nachmittag barg die Wasserschutzpolizei einen grünen Ford Taunus im Bonner Hafen, den ein Kölner Lehrer als gestohlen gemeldet hat. Bisher gibt es noch keine Erkenntnisse darüber, wer den Wagen gestohlen und ihn im Rhein versenkt hat.« Eine gute Spürnase hatte Lotti, er wäre gar nicht auf die Idee mit der Zeitungsrecherche gekommen. Bestimmt würde sie eine sehr erfolgreiche Journalistin werden, dachte er und merkte, wie ihm die Vorstellung gefiel, eine erfolgreiche Journalistin als Freundin zu haben.

Noch in Gedanken an andere schöne Dinge mit Lotti, überquerte er den Rathausplatz und merkte nicht, wie sich ihm Witiko in den Weg stellte. Max war so perplex, dass er stehen blieb, anstatt die Beine in die Hand zu nehmen.

»Deine Schulden sind fällig.« Witiko kam sofort zur Sache. Er imitierte wieder das gütige Marlon-Brando-Lächeln aus dem *Paten*, das Max erst recht auf die Palme brachte. »Hundert, bar auf die Kralle. Du hast es hoffentlich passend?«

»Sind gestern für zwei zerstochene Reifen draufgegangen.« Herrgott, wieso hatte er nicht aufgepasst? Die zufällige Begegnung drängte ihn komplett in die Defensive. Er sah sich um. Bud Spencer entdeckte er nirgends. Witiko war wohl allein unterwegs.

»Max, ich sag es dir jetzt zum letzten Mal. Ich lass mich von dir nicht mehr länger hinhalten.«

»Ich hab's dir schon mal gesagt, dass ich kein Geld scheißen kann.«

Witiko nickte verständnisvoll und betrachtete interessiert seine Fingernägel, bevor er wieder dieses dämliche Lächeln aufsetzte. »Aber vielleicht die Kleine mit den struppigen Haaren, mit der du neuerdings unterwegs bist. Bud Spencer hat schon ein Auge auf sie geworfen. Wenn du verstehst, was ich meine.«

Max drehte sich vor Empörung der Magen um. »Du bist ein solcher Scheißkerl geworden. Lass bloß das Mädchen in Ruhe«, spie er Witiko ins Gesicht und klaubte seinen letzten Zwanziger aus der Tasche und drehte den Geldbeutel dann um. »Schau genau hin. Mehr habe ich nicht.«

Freitag, 1.12.1972, 15 Uhr

Lotti wartete auf Reni, nur deshalb hatte sie Max in die Stadtbibliothek geschickt. Er tat ihr den Gefallen auch aus eigenem Interesse. Nach seinem Besuch im Präsidium wollte er selbst wissen, was es mit dem Ford Taunus auf sich hatte. Die Informationen rund um Sallys Ermordung setzten sich langsam wie ein Puzzle zusammen. Die Polizei kannte den Halter des grünen Ford Taunus, und wenn dessen Gesicht mit dem nach Max' Angaben gemachten Phantombild übereinstimmte, sprach alles dafür, dass er Sallys Mörder war. Stolk musste ihn längst befragt haben, aber hatte er ihn schon überführt? Und was sollte der Hinweis in der *Bild-Zeitung*, es gebe eine Verbindung in politische Kreise, die sie vorhin am Zeitungskiosk entdeckt hatte? Emmersberg? Den Mann, den Max am fraglichen Abend von Graurheindorf zum Bahnhof fuhr, beschrieb er als mittelgroß und unscheinbar und keineswegs als lang und dürr. Emmersberg hätte er auch mit hochgeschlagenem Kragen erkannt. *Bild* also wie üblich nichts als üble Gerüchte mit einer Prise Wahrheit? Politische Kreise, das umfasste praktisch halb Bonn. Selbst wenn Stolk die Identität des Mörders bereits kannte, wusste er auch, weshalb er Sally umgebracht hatte?

Überhaupt Sally. Wieso nur hatte sie Reni gestern nicht besser zugehört, als die von ihrer Zeit im Jugendchor erzählte? Ja, ja, vielleicht verrannte sie sich. Doch Reni könnte für Klarheit sorgen. Herrje, wo blieb sie nur? Am Vortag um diese Zeit hatte sie in der Küche bereits Leberwurstbrote verspeist.

Seit dem Telefongespräch mit Chris hatte Lotti Hummeln im Hintern. Sie rekapitulierte, was Chris ihr über Sally erzählt hatte. Es war nicht viel. Obwohl sie sprach, nicht viel und nur wenn es sein musste, aber immerhin hatte Sally es in der WG genauso verstanden, ihre Geheimnisse zu wahren, wie bei Sonja im Krankenhaus. Chris war sich sicher, dass sie kein Heimkind war. Sie war nicht mit den täglichen Heimabläufen vertraut, die eigentlich alle entlaufenen oder befreiten Heimkinder verinnerlicht hatten. Sally war wütend und aufmüpfig, Eigenschaften, die man den meisten Heimkindern ausgetrieben hatte. Chris vermutete, dass sie von zu Hause ausgerissen war und schon längere Zeit auf der Straße lebte.

Als Neuigkeiten hatte Lotti Folgendes notiert. Erstens: Sally war mit großer Wahrscheinlichkeit im Kölner Norden aufgewachsen. Zweitens: Sally reagierte mit Panik, Angst und Wut auf alles, was mit der katholischen Kirche zusammenhing. Drittens: Sally musste Klavierunterricht gehabt haben. Viertens – und dieses Detail elektrisierte Lotti geradezu –, auf die Frage nach ihrem größten Traum gab sie mit strahlenden Augen immer nur eine Antwort: Rishikesh. Sally wollte nach Indien wie Renis Freundin, deren Namen Lotti leider vergessen hatte.

Als die Tür ging, sprang Lotti auf, aber es war Kurt, der mit vollen Einkaufstüten zurückkehrte und neue Vorräte auf dem Küchentisch abstellte.

»Ohne dich gäbe es hier nie was zu futtern.« Lotti griff nach Milch und Eiern und half beim Einräumen.

»Wenigstens eine, die das merkt.« Kurt stopfte Spaghetti und Tomatenmarkdosen in eine Schublade. »Nicht mal das Geld dafür krieg ich von allen zurück, genauer gesagt, von einem.«

»Ist dir vielleicht Reni unterwegs begegnet?« Auf keinen Fall würde sie sich Kurts Klagen über den ewig abgebrannten Max anhören.

»Reni? Über die müssen wir auch noch reden. Ein Esser mehr am Tisch. Die futtert wie ein Scheunendrescher und von Sonja bisher kein Wort dazu.«

»Bestimmt klärt Sonja das mit euch«, verteidigte Lotti Sonja. »Sonntagabend, da setzt ihr euch doch immer zusammen. Ist ja nicht mehr weit bis dahin.« Während sie das sagte, fiel Lotti ein, dass sie Sonntag schon abreisen würde und während des Abendessens im Zug nach Karlsruhe säße. Ihr wurde seltsam traurig zumute. »Ach, Kurt, ohne dich hätte ich das alles nie kennengelernt«, seufzte sie. »Schade, dass ich bei eurem WG-Treffen nicht mehr dabei sein kann.«

»Ja, schade.« Kurt nickte und verzog sich dann schnell in sein Zimmer. Seltsamer Kerl, dachte Lotti und sah ihn beim letzten WG-Treffen vor sich, schwitzend, Zwiebel schneidend und sehr zufrieden. Vielleicht sollte er lieber Koch werden, überlegte sie, als sich weiter das Hirn mit marxistischer Theorie und dialektischen Widersprüchen vollzustopfen. Kochen konnte er wirklich ausgezeichnet, und Koch war zudem ein Beruf, für den sich kein Revolutionär zu schämen brauchte.

Erst gegen sechs Uhr abends kam Reni und schmierte sich als Erstes gleich wieder zwei dicke Butterbrote. Lotti fragte sie beiläufig, ob sie vom Mord an dem Heilsarmeemädchen gehört hätte, und Reni schüttelte den Kopf. In letzter Zeit hatte sie weder Zeitung gelesen noch ferngesehen. Nachdem sie ein Brot verzehrt hatte, legte ihr Lotti Konrads Artikel aus dem *General-Anzeiger* neben den Teller. »Kennst du das Mädchen?«, fragte sie leise.

Reni warf einen Blick auf die Zeitung, stockte, schaute noch mal, überflog den Artikel, schüttelte den Kopf, wurde blass wie die Wand, dann stammelte sie: »Das ist Gertrud Dreyer.«

Freitag, 1.12.1972, 23 Uhr 30

»Soll ich ein Taxi rufen?«, fragte Hilde Löffler, der als einer der Letzten noch am Tresen saß und sie mal wieder verliebt anplierte. Er nickte folgsam, und wenig später stand der junge Dorando in der Tür.

»Sag mal, wer war das blonde Mädchen, das sich am Dienstag hierher verirrt hat?«, fragte sie, als sie ihm einen Kaffee über den Tresen schob.

»Sonja? Die wohnt bei mir in der WG. Hab mich echt gewundert, sie bei dir zu treffen.« Max trank den ersten Schluck. »Ahhh, dein Kaffee! Es gibt keinen besseren in Bonn. Weißt du, was Sonja hier wollte?«

»Den Tibulski treffe, aber der kam nicht.«

»Erwin Tibulski, ihr Cousin und der ehemals jüngste Bundestagsabgeordnete.«

Hilde nickte. Was das Mädchen betraf, hatte ihr Tibulski also die Wahrheit gesagt. Sie sah wieder zu Max. Der führte die Tasse erneut zum Mund, setzte sie wieder ab, zögerte einen Moment, so als wäre ihm gerade etwas schlagartig klargeworden, behielt es aber für sich.

»Scheint auf der Karriereleiter steil nach oben gerutscht zu sein, der Herr Tibulski«, erzählte er stattdessen im Plauderton. »Trägt schon Wehners Aktentasche, das haben wir neulich vor der Baracke gesehen. Nicht wahr, Herr Löffler?«

Löffler, in Gedanken versunken, schreckte auf, als er seinen Namen hörte, und ließ sich den letzten Satz wiederholen. Dann nickte er eifrig. »Wer hoch hinauswill, fällt tief«, verkündete er mit schwerer Zunge und wollte noch ein Bier. »Seinen Wagen haben sie im Hafen aus dem Wasser gezogen, die Polizei hat ihn vorgeladen, es geht um den Mädchenmord.«

»Löffler, du redest Stuss«, wies ihn Hilde zurecht und flüsterte Max zu, dass er bereits mehr als ein Kölsch zu viel intus hatte.

»Geschieht ihm recht«, tönte Löffler weiter. »Er gehört zu den Verrätern. Erst haben sie Ehmke gestürzt, nun wollen sie den Kanzler stürzen. Da haben wir mit Brandt nach Friedrich Ebert endlich wieder eine Lichtgestalt, einmal einen großen …« Mitten im Satz sackte sein Kopf schwer aufs Kinn herunter, und er verstummte.

»Gleich fällt er vom Hocker, besser, du fährst ihn direkt«, forderte Hilde Max leise auf. »Vergiss alles, was er sagt. Morgen ist es ihm peinlich.«

»Letzte Runde«, rief sie in den Raum, nachdem sich die Tür hinter Löffler und Max geschlossen hatte, und war froh, als die übrig gebliebenen Gäste dies nicht als Aufforderung zum Weitertrinken verstanden, sondern ihre Portemonnaies zückten und nach dem Bezahlen den Heimweg antraten.

Sie löschte das Licht über den Tischen und schloss die Tür. In ihrem Kopf rotierten neue Fragen. Was wusste der junge Dorando über Tibulski? Was, wenn Bömitz recht hatte? Was, wenn Tibulski die Kleine wirklich …? Hilde hatte seine Hände an ihrem Hals gespürt, sein gieriger, heißer Atem hatte sich in ihr Ohr gedrängt. Schon wieder Zweifel, schon wieder Unsicherheit.

Freitag, 1.12.1972, 23 Uhr 30

Reni zitterte und stöhnte im Schlaf, das weckte Sonja auf, die neben ihr eingenickt war. Sie setzte sich, lehnte den Rücken an die Wand und strich der Schwester beruhigend über den Kopf.

Als sie vor ein paar Stunden von der Arbeit gekommen war, hatte Reni verheult am Küchentisch gesessen, daneben Lotti, die für Reni ein Papiertaschentuch nach dem nächsten aus der Packung zupfte, und dann hatten sie ihr alles erzählt: Sally Bowles war Gertrud Dreyer, mit der Reni gemeinsam im Jugendchor der Pfarrgemeinde gesungen hatte und mit der sie zum Popfestival nach Germersheim trampen wollte. Nur schaffte Reni es nicht, im Gegensatz zu Gertrud, die ihrem Alten die Scheine nachts aus dem Portemonnaie zupfte, den Erzeuger zu beklauen, weshalb Gertrud die Reise nach Germersheim alleine antrat. Bewundert hatte Reni Gertrud für ihren Mumm, sie hatte sich von ihrer Idee anstecken lassen, nach Indien, nach Rishikesh zu reisen. Dorthin wollte Gertrud von Germersheim aus weiterziehen. Und nun – schwere, verzweifelte Schluchzer – musste Reni erfahren, dass Gertrud niemals nach Indien gereist, sondern ermordet worden war.

Sonja gab sich alle Mühe, die Schwester zu trösten, die nicht aufhörte zu weinen. Und nun schlief Reni, unruhig zwar, aber sie schlief, während sie mit einem Mal hellwach im Bett saß. Wenn sie gewusst hätte, dass Sally – sie würde sie weiter so nennen – und Reni sich kannten, hätte sie Reni natürlich in die Klinik bestellt. Und dann? Nach dem, was Reni von Sallys Zuhause erzählte, hätte Sonja sie nicht dorthin zurückschicken können. Der Vater, Leiter des Kirchen- und des Jugendchors, in der Gemeinde als fromm und gottesfürchtig bekannt, war zu Hause ein Tyrann, der in der Familie Herrgott spielte. Die Tochter wurde auf Schritt und Tritt kontrolliert, jede Abweichung vom rechten Weg mit dunklem Keller bei Wasser und Brot bestraft. In ein solches Gefängnis durfte man niemanden stecken. Aber was wäre die Alternative gewesen? Öffentliche Fürsorge? Heim? Bei dem, was Lotti über die Zustände dort erfahren hatte? Was Sonja auch bedachte, sie kam immer wieder zu dem Schluss, dass Sally eigentlich keine andere Wahl geblieben war, als sich irgendwie durchzuschlagen. Wo hatte sie sich vor der kleinen Atempause in der WG im September versteckt? Wo war sie danach untergeschlüpft? Wer hatte sie auf das Scheißheroin gesetzt, weswegen sie in der WG Rolandstraße rausgeflogen war? Wer hatte sie umgebracht?

Indien! Aus tiefstem Herzen wünschte Sonja, Sally hätte es dorthin geschafft.

Fire

Samstag, 2.12.1972, 10 Uhr

Unmöglich, so lang zu warten, bis Kommissar Stolk wieder an seinem Schreibtisch saß. Ein ganzes Wochenende, das ging nicht. Als Lotti gestern Abend anrief, war er nicht mehr im Büro gewesen. Feierabend, pünktlich um 17 Uhr 30, Überstunden gab es wohl im Fall Sally Bowles nicht. Aber von so was ließ sich Lotti nicht bremsen. Sie klingelte bei Konrad an, fragte nach der Privatnummer von Stolk und bekam wenig später einen müden Stolk an den Apparat, der ein Treffen im Sternhotel am Marktplatz vorschlug.

Und da saßen sie nun: Kommissar Stolk, Max und sie. Lotti berichtete. Der Kommissar hörte zu, machte sich Notizen, ließ eine Bemerkung über eifrige, clevere junge Damen fallen, die Lotti der Einfachheit halber als Kompliment auffasste.

»Sie kennen den Halter des im Hafen gefundenen Ford Taunus. Sie wissen, dass Gertrud alias Sally am Berliner Platz zu ihm ins Auto stieg. Sie wissen, dass sich der Mann von Max zum Bahnhof fahren ließ und beim Aussteigen den Schal vergessen hat und eine Stimmgabel fallen ließ«, zählte Lotti all das auf, was sie herausgefunden hatten, um den Kommissar zu einer Aussage seinerseits zu bewegen. Sie brannte vor Neugier. Sie wollte endlich wissen, wer Sallys Mörder war. »Ist es der Vater?«

Der Kommissar seufzte, betonte, wie hilfreich die Nachricht von Sallys Identität für seine Arbeit sei, es sich dabei aber immer noch um laufende Ermittlungen handele, und deshalb – so leid es ihm tue – dürfe er nichts über den Halter des Wagen sagen.

»Sie brauchen ja nichts zu sagen«, drängte Lotti weiter. »Es reicht, wenn Sie den Kopf schütteln oder nicken. Ist es der Vater?«

Der Kommissar klemmte die Hände in die Tischkante, lehnte sich zurück und seufzte noch mehr.

»Was ist mit diesem Bundestagsabgeordneten, diesem Erwin Tibulski?«, wollte Max wissen.

Wer? Ein Politiker? Wieso wusste sie nichts von Erwin Tibulski? Lotti strafte Max mit einem vorwurfsvollen Blick.

»Hab gestern Abend im Rheinblick gehört, dass es sein Wagen sein soll, der aus dem Wasser gezogen wurde«, fügte Max als Erklärung hinzu.

»Echt? Dann war er der Typ, den du zum Bahnhof gefahren hast? Dann gibt es wirklich eine Spur in die Politik? Aber was macht der mit einer Stimmgabel?«, bombardierte ihn Lotti mit Fragen.

»Herrschaften!« Die Hände des Kommissars schlugen leicht auf den Tisch. »In unserem Land gilt die Unschuldsvermutung. Egal, wie viele Gerüchte ins Kraut schießen, egal, wie ungeduldig junge Leute sind«, er sah von einem zum anderen. »Als Polizist muss ich dem Verdächtigen den Mord beweisen, und das dauert. Dank diesen neuen Informationen werden wir aber wahrscheinlich nicht mehr viel Zeit brauchen. Und wenn ihr mir noch sagen könntet, auf welche Schule Gertrud Dreyer gegangen ist, geht's vielleicht noch schneller.«

»Blücher-Gymnasium, Köln-Nippes.« Lotti ruckelte ungeduldig auf ihrem Stuhl hin und her und ärgerte sich, dass ihr dieses Detail entfallen war: Ein Lehrer hatte den Ford Taunus als gestohlen gemeldet.

»Danke.« Der Kommissar stopfte seinen Block in die Jackentasche, winkte der Bedienung und seufzte wieder. »Und jetzt muss ich wohl an meinem freien Tag arbeiten.«

Während er zahlte, kritzelte Lotti die Telefonnummer der WG auf einen Bierdeckel. »Ich fahre morgen Nachmittag zurück nach Kehl. Wenn Sie den Fall bis dahin gelöst haben, rufen Sie mich an?«

Er schmunzelte, und es ärgerte Lotti, dass er sie als übereifrigen Jungspund sah. Immerhin, er steckte den Deckel ein.

Samstag, 2.12.1972, 10 Uhr 30

Die Nachricht fuhr Max durch Mark und Bein. Morgen bereits reiste Lotti zurück nach Kehl. Es kam ihm vor, als gehöre sie schon lange zu seinem Leben, so vertraut war sie ihm in den wenigen Tagen geworden. Schmerzte es sie gar nicht, Bonn, die WG, ihn zu verlassen?

»Wenn ich es recht überlege, es gibt viele Chorleiter, die im Brotberuf Lehrer sind«, dachte sie neben ihm laut nach. »Der Vater kann also noch nicht von der Liste der Verdächtigen gestrichen werden. Oder, was glaubst du? Und was ist mit dem Politiker, diesem …«

»Tibulski«, ergänzte Max. »Reines Hörensagen, keine Ahnung.« Er wollte nicht mehr über den Mord reden. »Wenn du zurück bist, wirst du mich …?«

»Dass ich nicht an den Lehrer gedacht habe«, unterbrach sie ihn verärgert. »Glaubst du, Stolk ruft mich wirklich an?«

Max zuckte mit den Schultern. »Hast du schon einen Zug ausgesucht?«

»15 Uhr 42, dann umsteigen in Karlsruhe, so gegen acht bin ich in Achern.« Sie verzog den Mund zu einem schrägen Grinsen. »Komisch, kann mir nur schwer vorstellen, nicht mehr hier zu sein.«

»Bleib doch einfach.«

»Du Witzbold.« Sie kniff ihn in die Seite. Er kniff zurück. Sie kabbelten sich, kicherten, verfolgten sich, fingen sich ein, lagen sich kurz in den Armen, trennten sich wieder.

Herrje, Max! Ein Abend, eine Nacht noch. Es muss dir doch was einfallen, etwas nur für dich und sie, überlegte er verzweifelt.

»Ich hab gedacht, ich kauf noch ein paar Flaschen Lambrusco oder Valpolicella zum Abschied in der WG.«

»Gute Idee«, stimmte er zu. Himmel, was war er nur für ein Feigling! Er wollte nicht mit allen auf Lottis Abschied trinken, er wollte sie in einem versteckten Winkel der Altstadt küssen, er wollte sie unterm Sternenzelt lieben, er wollte ihr die Welt zu Füßen legen. Egal, er wollte auf alle Fälle mit ihr allein sein. »Ich fahr dich selbstverständlich zum Bahnhof, wenn du magst. Mit dem Taxi für lau.«

»Das fände ich toll!«

Ihr Strahlen ließ sein Herz schneller schlagen. Es half kein Leugnen mehr, er war wirklich verliebt. Alles, was er dazu gelesen, alle Songs, die er darüber gehört hatte, selbst der sentimentalste Schmu, alles stimmte. In seinem Kopf nichts als Beatles-Songs, und das, obwohl er eindeutig zur Rolling-Stones-Fraktion zählte.

»Aber ich sag's dir gleich«, redete Lotti weiter. »Abschiede sind mir ein Graus. Also, ich steige aus, und du fährst davon. Kein gemeinsames Warten am Bahnsteig, kein Neben-dem-Zug-Herlaufen, keine Abschiedstränen, kein Winkewinke.« Sie griff nach seinem Arm. »Und jetzt lass uns den Wein kaufen.«

Zurück in der WG, schallte ihnen *Fire* von Arthur Brown entgegen. *»I am the god of hell fire, and I bring you fire!«* Die Musik kam aus Sonjas Zimmer, und als sie die Köpfe durch die Tür steckten, sahen sie Sonja und Reni im Schneidersitz auf dem Boden sitzen. Ein paar Räucherstäbchen brannten und ließen zarte Rauchschwaden aufsteigen, daneben lagen die Fotos, die Sonja von Sally in der Klinik gemacht hatte. Die Schwestern hielten die Augen geschlossen und nahmen Abschied von Sally. Ihre Art von einem Requiem.

Auf Zehenspitzen zogen sie sich zurück. Lotti verschwand in Tines Zimmer. Weg war sie, und immer noch fehlte Max, der sich so gerne als den großen Verführer sah, die leiseste Idee, wie er den Abend mit ihr allein verbringen konnte.

Samstag, 2.12.1972, 14 Uhr

Ein Anruf des Professors ließ Sonja den nächsten Bus zum Venusberg nehmen. Die überraschende Nachricht lautete: »Brandt will nach Hause. Er verlässt die Klinik.« Also, überlegte Sonja auf dem Weg zum Venusberg, waren seine Disziplin und seine eiserne Energie zurück, sonst hätte er eine solche Entscheidung nicht fällen können. Noch vor zwei Tagen wäre er dazu nicht in der Lage gewesen. Da hatten ihn Erschöpfung, Entzug und Verrat in die finsterste Kammer seiner Seele katapultiert und ihm den Boden unter den Füßen weggezogen.

»Medizinisch spricht nichts dagegen, dass er die Klinik verlässt«, erzählte ihr der Professor, den sie zufällig im Foyer traf und der mit ihr die Stufen nach oben stieg. »Die Operationswunde im Hals heilt gut, und er verspricht, behutsam mit dem Sprechen zu beginnen und ambulante Termine für Ihre Logopädie-Übungen einzuschieben. Aber natürlich täte es ihm gut, noch ein paar Tage in der geschützten Umgebung der Klinik zu bleiben.«

Wieso?, fragte sich Sonja. Schlechte Nachrichten scherten sich nicht um geschützte Mauern. Sie hatten Brandt auch hier in der Klinik erreicht.

»Er ist noch schwach und wacklig auf den Beinen«, sprach der Professor weiter. »Und seine Nikotinsucht ist keineswegs besiegt. Außerhalb der Klinik kann ich nicht mehr so schnell zur Stelle sein, wie ich es hier bin.«

»Er will wirklich mit den Logopädie-Übungen weitermachen?«, hakte Sonja nach. »Heißt das, meine Arbeit war erfolgreich? Heißt das, es klappt endlich mit der Stelle?«

»So gut standen die Chancen noch nie.« Der Professor nickte. »Hoffen wir, dass ihm das politische Geschäft die Zeit für weitere Logopädie-Stunden lässt. Aber ich muss schon sagen, ich bin sehr froh, dass er diese lethargische, äußerst depressive Phase überwunden hat.«

Oben angelangt, kam ihnen Brandts Sekretärin entgegen, die zwei prall gefüllte Dokumentenmappen aus der Klinik schleppte. Im Vorzimmer stöpselten Eisenhart und Lammfuß Telefone aus und schoben Tische und Stühle zusammen. Die Tür zu Brandts Zimmer stand offen, von drinnen hörten sie die Stimme seiner Frau. Der Professor klopfte. Dann traten sie ein.

Während Frau Brandt einen auf dem Bett liegenden Koffer schloss, lehnte Brandt bereits in Mantel und Hut am Fenster. Er trug wieder einen Schal, einen aus leichter Wolle, zweimal um den Hals gewickelt. Er wusste genau, wie sehr dieser empfindliche Körperteil noch der Schonung bedurfte. Der Professor besprach mit dem Ehepaar den weiteren Behandlungsplan, und Sonja ließ den Blick über den leer geräumten Schreibtisch gleiten, an dem sie den Kanzler die vergangenen Tage so oft hatte sitzen sehen. Für sie völlig überraschend, verabschiedete sich der Professor schnell und verließ das Zimmer. Plötzlich stand sie wie bestellt und nicht abgeholt da, und wusste nicht, ob sie bleiben oder dem Professor rasch folgen sollte. Brandt half ihr aus der misslichen Lage, indem er ihr die Hand reichte. Warm und gut durchblutet, dachte sie, immer noch durcheinander, und stotterte: »Auf Wiedersehen.« Da beugte sich Brandt zu ihr hinunter und krächzte ihr ins Ohr: »Bis nächste Woche.« Seine ersten Worte nach der schweren Zeit des Schweigens.

Mit langsamen Schritten, aber aufrecht ging er davon. Rut Brandt an seiner Seite, im Vorzimmer schlossen sich Eisenhart und Lammfuß an, die die beiden einrahmten. Als Brandt kurz vor der Treppe strauchelte, griffen drei Arme nach ihm. Er wehrte sie höflich ab, hielt einen Augenblick inne, richtete sich auf und ging weiter.

Mit laut klopfendem Herzen blickte Sonja ihnen nach. Atmen, Sonja, atmen, ermahnte sie sich. Doch das gelang nicht, bis die vier aus ihrem Blickfeld verschwunden waren. Erst dann holte sie tief Luft.

Samstag, 2.12.1972, 17 Uhr

»Sag mal«, fragte Lotti Reni, die mal wieder wie ein Scheunendrescher aß. »Weißt du, wer von euren Lehrern einen grünen Ford Taunus fährt?«

»Woher soll ich das wissen? Wüsstest du so etwas?«

Lotti wusste, dass ihr ehemaliger Geschichtslehrer einen VW-Bus besaß. In Eigenarbeit zum Camping ausgebaut, das fanden sie damals toll. Aber wer von ihren Lehrern einen Allerweltswagen wie den Ford Taunus fuhr, hätte sie nicht gewusst.

»Gibt es einen in deiner Klasse, der das wissen könnte?«, bohrte sie weiter. »Jungs haben doch oft ein Faible für Autos.«

Reni überlegte. »Wenn, dann Klaus.«

»Kannst du ihn anrufen und danach fragen?«, bat Lotti.

Samstag, 2.12.1972, 23 Uhr

Hellwach, die Hände im Nacken verschränkt, lag Max in seinem Bett. Allein! Er hatte darauf spekuliert, dass beim Abschiedsumtrunk einer nach dem anderen die Küche verlassen würde und er am Ende mit Lotti allein dasäße. Aber nein, Kurt bewies ungeahntes Sitzfleisch. Er hörte überhaupt nicht mehr auf, seiner Empörung über das neue Hochschulrahmengesetz Luft zu machen. »Wo bleibt die Mitbestimmung der Studenten an den Lehrinhalten? Schaut euch die Zusammensetzung der Gremien an, unter aller Kanone …« Er ignorierte Max' Gähnen genauso wie Lottis Blick auf die Uhr und quatschte munter weiter, als Lotti sich mit »Gute Nacht« verabschiedete und er, Max, kurze Zeit später ebenfalls aufstand.

Wenn er nur wüsste, was ihn gehindert hatte, nach dem Zähneputzen bei ihr zu klopfen. Eigentlich wusste er es. Die Vorstellung, Lotti könnte Nein sagen, wollte er sich nicht zumuten. Dazu war dieses neue Gefühl zu schön, zu fragil, zu wunderbar, es sollte zumindest in der Schwebe, im Bereich des Möglichen bleiben.

Er dämmerte ein, wachte von einem Poltern auf, dämmerte erneut ein, meinte, ein Kratzen an der Tür zu hören. Ohne Licht zu machen, brummte er »Herein«, und Lotti trippelte in diesem viel zu großen Männerschlafanzug durchs Zimmer bis zu seinem Bett.

»Tine ist zurück, und sie hat einen Typen mit«, flüsterte sie. »Bei Sonja übernachtet Reni und bei Kurt der irre Alex, und da hab ich gedacht, ob ich bei dir …«

»Klar doch, komm her.« Er rückte ein Stück zur Seite und hob die Bettdecke hoch, damit sie darunterschlüpfen konnte. »Du zitterst ja, und dir ist ganz kalt.« Er zog sie mit dem Rücken an seinen warmen Körper und rieb ihr die Arme.

»Max, es ist mir hochpeinlich, aber ich habe noch nie mit einem Jungen …«, wisperte sie ins dunkle Zimmer hinein.

»Sch, sch, sch«, blies er ihr sanft ins Ohr und strich ihr am Hinterkopf über das struppige Haar. »Willst du es denn?«

Sie drehte sich zu ihm um und befühlte mit kalten Fingern sein Gesicht. »Unbedingt will ich das. Unbedingt.«

»Mach dir keine Sorgen«, flüsterte er und begann vorsichtig, die Knöpfe der Schlafanzugjacke aufzudrehen. »Es wird wunderschön.«

… love you when we're apart

Sonntag, 3.12.1972, 15 Uhr

Lotti stand schon mit Tasche und Schreibmaschine im Flur, als Stolk anrief. Der Kommissar kam sofort zur Sache.

»Die Pressemitteilung ist gerade raus, deshalb kann ich Ihre Neugier noch befriedigen, bevor Sie Bonn verlassen. Ich baue darauf, dass Sie einen guten Artikel über den Fall Sally Bowles schreiben. Also: Der Tatverdächtige hat gestanden.«

»War es Kellerbrock?«, platzte es aus Lotti heraus.

»Alle Achtung.«

Für einen Augenblick war der Kommissar sprachlos. Das freute Lotti ungemein.

»Die Gründe für den Mord wie bei vielen Verbrechen so traurig wie banal«, holte Stolk aus. »Ein unglückliches, zufälliges Aufeinandertreffen zwischen Lehrer und Schülerin mit furchtbarem Ende. Keine schreckliche Familientragödie, kein Sexskandal in Politikerkreisen, überhaupt nichts Spektakuläres. Sie haben recht. Es war tatsächlich Gertruds Musiklehrer.« Der Kommissar holte tief Luft und machte eine Pause, bevor er weitersprach. »Ehrbare, wohlanständige Leute verlieren gern die Kontrolle, wenn sie bei was Unanständigem ertappt werden. Er hat Sally nicht erkannt, sie ihn aber sehr wohl. Sie hat ihn mit seinem Namen angesprochen, als er sie nach dem Sex bezahlte. ›Danke, Herr Kellerbrock, vielen Dank.‹ Der Kerl geriet in Panik, sah all seine Felle davonschwimmen. Seinen guten Ruf, seine Ehe, seine Stellung, was auch immer. Da hat er

Sally den roten Schal vom Handgelenkt gezerrt und sie damit erdrosselt. Erbärmlich. Wir hatten den Mann früh im Visier, aber es gab noch andere Verdächtige. Am Ende deuteten alle Spuren und Indizien auf ihn. Wir wussten, es war sein Wagen, wir wussten, Sally war bei ihm eingestiegen. Den Sex mit ihr hat er nicht geleugnet, den Mord sehr wohl. Intensive Verhöre, mehrfach, er kenne das Mädchen nicht, Zufallsbekanntschaft, schneller Sex, warum sollte er das Mädchen umbringen? Ohne ein erkennbares Motiv konnten wir ihm den Mord nicht nachweisen. Es gab keine Zeugen, keine Beweise, dass er es gewesen war. Erst dank Ihres Hinweises die Identität von Sally Bowles alias Gertrud Dreyer betreffend konnten wir ihm nachweisen, dass die ihm angeblich völlig unbekannte junge Prostituierte seine Schülerin gewesen war. Da hat er endlich gestanden.«

»Wieso hat er den Schal mitgenommen? Wieso hat er Sally vor dem Schumann-Grab abgelegt?« Lotti wehrte Max' Blick ab, der ungeduldig auf die Uhr zeigte. Das wollte sie unbedingt noch wissen.

»Klar denken können die wenigsten nach so einer Tat. Dass er den Schal eingesteckt und verloren hat, daran kann er sich überhaupt nicht erinnern«, berichtete Stolk. »Und das Schumann-Grab – eine weinerliche, groteske Sentimentalität. So tot sollte das Mädchen zumindest neben etwas Großem, Schönem liegen. Als Musiklehrer war ihm der Alte Friedhof und das Schumann-Grab bekannt, es tröstete ihn, dass sie da gefunden wurde und nicht neben einer Industriehalle im Hafen. Merkwürdig, nicht?«

»Ja«, stimmte Lotti zu und legte den Hörer auf. Inzwischen hatten sich alle im Flur versammelt und warteten gespannt auf Auskunft. »Es war ihr Musiklehrer.«

»Der Kellerbrock, ich fass es nicht.« Reni schüttelte den Kopf und kickte einen imaginären Ball in die Ecke. »Den hat nie einer für voll genommen. Bei dem hast du für pure Anwesenheit eine Zwei bekommen und selbst bei systematischem Schwänzen noch eine Vier. Und so einer sucht sich ein Mädchen von der Straße für eine schnelle Nummer und bringt sie um.« Sie kickte weiter nicht vorhandene Bälle gegen die Wand. »Was für eine Drecksau, was für eine Drecksau.«

»Da braucht Sally Geld für den nächsten Schuss und gerät ausgerechnet an ihren Lehrer«, murmelte Sonja.

»Ich kann mir gut vorstellen, wie sie ihm seine Scheinheiligkeit unter die Nase gerieben hat.« Wütend trat Reni weiter auf imaginäre Bälle. »Niemals hätte sie damit gerechnet, dass der Waschlappen Kellerbrock ihr was antut.«

»Lotti, wir müssen«, meinte Max nach einem erneuten Blick auf die Uhr.

Wenig später saßen sie nebeneinander im Taxi, Sally war weit weg, und Lotti hoffte, dass der Zug Verspätung hatte, besser noch, heftige Schneefälle oder eine Rheinüberschwemmung die Bahnreise in den Süden unmöglich machten, so schwer fiel ihr der Abschied. Sie wollte nicht mehr, dass Max am Bahnhof schnell weiterfuhr, sie wollte die Zeit mit ihm bis zur letzten Sekunde auskosten. Als er nach dem Aussteigen den Arm um sie legte, fühlte sie sich eingehüllt in eine schmerzliche, süße Schwere, und gleichzeitig puckerte ihr Herz wie verrückt. Der blöde Zug fuhr schon ein, als sie den Bahnsteig betraten. Max presste sie an sich, und während er sie küsste, turnten Abschiedsszenen von Liebespaaren auf Bahnhöfen durch ihren Kopf, die sie im Kino gesehen hatte, und ihre eigene würde nun mit *Casablanca, Jules et Jim* und *Doktor Schiwago* in einer Reihe stehen. Dann pfiff auch schon der Schaffner, sie musste sich von Max losreißen und einsteigen. Im Zug hastete sie in ein Abteil und riss das Fenster nach unten. »Max«, rief sie, »Max«, und streckte ihm die Hand entgegen. Er griff danach und ließ sie nicht los, als der Zug sich in Bewegung setzte, er lief neben dem Waggon her, der frisch gefärbte Schal, den sie ihm geschenkt hatte, flatterte im Wind. Sie beugte sich weit aus dem Fenster und winkte noch, als der Fahrtwind ihr bereits schmerzhaft um die Ohren blies und Max längst aus ihrem Blickfeld verschwunden war.

Das durfte er als Fan von Heavy Rock keinem erzählen. In seinem Kopf nichts als Versatzstücke von Songs wie *I Believe in You* oder *Heart of Gold*, dessen Sänger er bisher als Hinterwäldler veralbert hatte. Und noch übler die Schnulze *If You Could Read My Mind*, die das Fernsehen während der Olympiade im Sommer bei der Suche nach der hübschesten Sportlerin abgenudelt hatte. Und obwohl er die Beatles für hoffnungslos abgehängt hielt, lieh er sich von Sonja das *White Album* und legte die Nadel auf das vorletzte Stück der zweiten Seite. Noch bevor er bei *I will* mitsang, begann er mehrfach den gleichen Satz zu schreiben: »2 Spendor-BC1-Boxen, neuwertig, absolut preisgünstig abzugeben. VB: 600 Mark. Bitte melden bei Max, Telefon Bonn 24436.« Als er den Satz zehnmal geschrieben hatte, schnitt er das Blatt auseinander. Die Zettel würde er am Montag ans Schwarze Brett im E-Raum pinnen, in der Schumann-Klause, im Club populaire, überhaupt überall dort aufhängen, wo Musikfreaks verkehrten, die scharf auf gute Boxen waren. Als ihm einfiel, dass etliche Gutverdiener zu den Stammkunden des Club populaire zählten, trug er auf den Zettel für den Jazzclub siebenhundert Mark als Verhandlungsbasis ein. Unter fünfhundert würde er die Boxen nicht abgeben. Der ganze Ärger mit Witiko sollte sich wenigstens irgendwie gelohnt haben. Er würde seine alten selbst gebauten Boxen wieder aus dem Keller holen. Natürlich nicht derselbe Sound wie die Spendor BC1, aber auch schon verdammt gut, eigentlich völlig ausreichend.

Das Geld aus dem Verkauf konnte er gut gebrauchen. Okay, Geld konnte er immer gut gebrauchen, aber nun benötigte er zusätzlich welches für die Fahrten nach Achern, wenn er Lotti besuchte. Bonn – Achern, dreihundertfünfzig Kilometer hatte er im Diercke nachgemessen. Lotti meinte, die Gegend sei sehr schön, Schwarzwald, Straßburg und so weiter, sie war ihm ziemlich egal, die einzige Gegend, die er in der nächsten

Zeit erkunden wollte, war Lotti selbst. Vom Kopf bis zu den Zehenspitzen.

Sonntag, 3.12.1972, 22 Uhr

Ein Besen, der über ein Schlagzeug strich, und ein Finger, der an einer Taste hängen blieb, empfingen Hilde bei ihrem Eintritt in den Club populaire, und sie war froh, dass den Instrumenten eine näselnde Klarinette antwortete und kein trauriges Saxofon wie bei ihrem ersten Besuch. Der Wirt war derselbe wie vor drei Jahren, sie bestellte ein Kölsch. Wenn er sie wiedererkannte, so zeigte er es nicht. Werner, so hieß er, wie sie den Gesprächen entnahm, servierte ihr das Bier wie jedem anderen Gast, hielt aber unauffällig ein Auge auf sie, was sie schmunzeln ließ. Ja, er hatte sie wiedererkannt, und nein, sie würde nicht losheulen oder vom Hocker kippen, die Gefahr bestand nicht. Als die Platte zu Ende war, drehte er sich vom Tresen weg, um eine neue aufzulegen, und sie sah sich im Raum um. Ernsthafte junge Männer in Rollkragenpullover und mit Brille verkehrten hier, die entweder schwierige Gespräche führten oder sich darüber stritten, von wem das Musikstück, das gerade lief, arrangiert war. Studenten, vermutete Hilde, aber es gab auch Männer ihres Alters und ältere. Viel Universität auch bei den älteren Semestern, wenig Politik, stellte sie mit Kennerblick fest. Doch zwei Journalisten, die am Tisch unter den Fischernetzen saßen, kannte sie. Sie kamen gelegentlich zu ihr in den Rheinblick.

Hinter einer Säule machte sie *Tibulski* aus. Er hatte einen Schattenplatz gewählt. Sie legte den Sonntags-*Express* auf den Tisch, der titelte: »Mörder des Heilsarmeemädchens gefasst«, und prostete ihm zu.

Zehn Minuten später hievte er sich auf den Barhocker neben sie. »So einen Schlag unter die Gürtellinie hätte ich ihm niemals zugetraut.« Tibulski orderte zwei Kölsch. »Wenn du mir auch noch an den Karren pissen willst, nur zu. Und sag bloß nicht, dass ich mir das selbst eingebrockt habe.«

»Hast du nicht?« Das Bier kam, und Hilde griff nach dem Glas.

»Ganz ungewohnt, dich auf dieser Seite des Tresens zu sehen.« Er versuchte ein Grinsen, was nicht recht gelingen wollte, und wurde schnell wieder ernst. »Ich habe versucht, ihm die Augen zu öffnen. Dort drüben haben wir gesessen.« Er deutete auf einen Tisch in der Ecke. »Hab ihm klipp und klar gesagt, dass Ehmke schon raus ist, dass es andere Pläne fürs Kanzleramt gibt.«

»Du hast aber nicht klar gesagt, dass du dieselbe Stelle willst, bescheiden, wie du bist.«

»Bescheidenheit kann sich unsereins nicht leisten. Wenn das jemand weiß, dann du, Hilde.«

Er krallte sich mit seinem Blick an ihr fest, forderte ihre Zustimmung, die sie ihm so einfach nicht geben wollte, obwohl sie wusste, was er meinte.

»Ich habe nichts anderes gemacht als er«, verteidigte sich Tibulski. »Es hat sich eine Chance aufgetan, und ich hab zugegriffen. Nur habe ich viel mehr dafür ackern müssen als Bömitz.«

»Er hat es gesagt, du nicht. Da liegt der Verrat.«

»Verrat.« Er rang nach Luft und schüttelte den Kopf. »Ihr habt mich viel früher verraten.«

»Das war was anderes.« Mit dem Glas in der Hand fuhr Hilde herum und funkelte ihn an.

»Ich weiß nicht, was schlimmer war. Dass ihr es mir nicht sagen wolltet, oder dass du dich für ihn entschieden hast.«

»Man kann es sich nicht aussuche, in wen man sich verliebt. Et passiert einfach.« Hilde stellte ihr Glas ab. Wenn sie schon Tacheles redeten, dann musste nun alles auf den Tisch. »Nach dem Kamelle-Tanz hätt ich mich nie in dich verliebe könne. Du hast mich bang gemacht, wie du auf das Ganze gingst. Ich dacht, du drehst mir den Hals zu.«

»Die Schwachstelle hat mir nun auch das Genick gebrochen. Kanzleramt, ade!«, höhnte Tibulski, und in seine Stimme schlich sich ein leiser, gefährlicher Ton. »Ein erwürgtes Mädchen, ein grüner Ford Taunus, Graurheindorf. Sehr geschickt eingefädelt hat das der Professor Doktor Bömitz. Dabei kannte ich das Mädchen doch gar nicht, wie soll ich sie da umgebracht haben?« Er nahm einen Schluck Bier und deutete auf die Zeitung. »Gut, dass unsere Polizei ihre Arbeit tut. Trotzdem bleibt immer Dreck hängen, wenn man damit beworfen wurde.« Er setzte das Glas hart auf den Tresen zurück. »Hast du den Plan gemeinsam mit ihm ausgeheckt?«

Angewidert lehnte sich Hilde zurück. Kannten die beiden sie so schlecht? Was war aus den »drei vom Rheinblick«, was war aus ihrer Freundschaft geworden? Sie legte Geld auf den Tresen, griff nach ihrer Handtasche und stand auf.

»Entschuldige, Hilde«, ruderte Tibulski zurück. »Aber du und Bömitz …«

»Du und Bömitz«, echote sie. »Nichts, du und Bömitz, es ist aus. So was darf man nicht mache, auch wenn man sich noch so verrate fühlt. Ihr wart die besten Freunde. Du hättest es ihm so klar und deutlich verklickern müsse, wie ihr früher miteinander geredet habt. Kein Wunder, dass Bömitz dachte, du hättest ihn verrate. Aber so eine hässliche Intrige …« Sie schüttelte den Kopf. »Er hätt es dir offen in et Gesicht sage müsse, das wär anständig gewesen.«

»Anstand und Menschlichkeit, ich erinnere mich. Hilde!« Er hob das Glas auf sie, dann dachte er wieder an sich. »Was ist mit der helfenden Hand, die du dem angeboten hast, der am Boden liegt?«

»Die brauchst du nicht, Tibulski«, erklärte sie. »Einer wie du fällt immer auf die Füße.«

»Das haben wir gemeinsam. Wir sind aus demselben Holz.«

»Nein, Tibulski, das sind wir nicht.«

… da pfeift der Wind so kalt.

Montag. 4.12.1972, 12 Uhr

Hilde zündete die zweite Kerze des Adventskranzes an. Im Radio sang ein Männerchor das Lied vom Westerwald, von der Küche aus zog der Duft von Kalbsragout durch den Gastraum, Karlchen und Helga standen bereit. Das Mittagsgeläut des Münsters setzte ein, sie öffnete die Tür und dachte: Auf ein Neues.

Montag. 4.12.1972, 14 Uhr

Sonja erhielt einen Anruf von Fräulein Siepmann. Gewohnt schnippisch forderte sie Sonja auf, etwas abholen zu kommen, und beendete das Gespräch, bevor Sonja nachfragen konnte, was. Nachdem sie den Hörer aufgelegt hatte, machte sie einen kleinen Luftsprung. Die Logopädie-Stelle war bewilligt, sie konnte ihren Arbeitsvertrag unterschreiben.

Also fuhr sie mit dem Bus hoch zum Venusberg, stieg die Treppen zur Privatstation des Professors empor und klopfte bei Fräulein Siepmann. Die Sekretärin hielt mit Tippen inne und drückte ihr kurz angebunden die Zaubertafel in die Hand.

»Wa-wa-was ist mit der Logopädie-Stelle?«, stammelte sie.

»Darüber darf ich Ihnen keine Auskunft geben. Darüber müssen Sie mit dem Professor reden.« Sie wandte sich wieder der elektrischen Schreibmaschine zu.

»Ist er zu sprechen?«

»Nein. Versuchen Sie es morgen Vormittag.«

Blöde Kuh! Von der würde sie niemals etwas über die Stelle erfahren, selbst wenn sie gerade dabei wäre, ihren Arbeitsvertrag zu tippen. Am nächsten Tag würde sie mit dem Professor sprechen. Und wenn es wieder nicht mit der Stelle klappte, könnte sie schon früher nach Berlin gehen. Warum eigentlich nicht?

Die Zaubertafel in der Hand und das Schreibmaschinenklappern im Ohr, lief Sonja zurück. Als sie die Tafel einstecken wollte, bemerkte sie, dass Brandt seine letzten Notizen nicht gelöscht hatte. Mit seiner schweren, flachen Schrift hatte er einige Namen notiert, der Name Tibulski stach ihr sofort ins Auge. Darum war es Erwin also gegangen! Um eine Stelle im Kanzleramt. Ihr ehrgeiziger Cousin hatte es tatsächlich auf die Liste geschafft, aber seinen Namen hatte Brandt als einzigen durchgestrichen. Da waren Erwin wohl, wie sie von Max wusste, die falschen Verdächtigungen zum Verhängnis geworden. Mühsam entzifferte sie die anderen Namen: Gaus, Grabert, Grünewald, Guillaume, Harpprecht, von Wechmar, Wilke, las sie. Namen, die sie in den letzten Tagen immer mal wieder gehört hatte, Namen von Männern, die entweder bereits Mitarbeiter des Kanzleramtes waren oder es werden sollten. Hinter alle Namen hatte Brandt ein großes Fragezeichen gesetzt. Nach den Ereignissen der letzten Tage verstand Sonja das Fragezeichen sofort:

Wem konnte der Kanzler noch trauen?

Zum Schluss

Im Gegensatz zu Sonja, Lotti und Max, die zu der großen Zahl der Erstwähler gehörten, die Brandts Sieg ermöglichten – 1972 war das Wahlalter von 21 auf 18 Jahre heruntergesetzt worden –, durfte ich in diesem Jahr noch nicht wählen, hätte aber auf alle Fälle Willy gewählt. Willy Brandt war für mich der prägende Kanzler. Der Kanzler, der im Widerstand gegen die Nazis stand, der erste Kanzler, der einen demokratischen Führungsstil praktizierte, der Kanzler, der durch die Ostverträge den Frieden sicherte, der Kanzler, der so wichtige Reformen im Bereich Bildung und Recht umsetzte, die besonders den Jungen, auch mir, zugutekamen. Nachdem Konrad Adenauer in *Bühlerhöhe* die heimliche Hauptrolle gespielt hat, war es mir ein großes Anliegen und eine Freude, in *Rheinblick* Willy Brandt und die Aufbruchsstimmung nach 1968 in den Mittelpunkt meiner Geschichte zu rücken.

Bei der Recherche bin ich auf Brandts Stimmbanderkrankung gestoßen. – Brandt musste sich nach der Wahl 1972 tatsächlich einer Operation unterziehen und durfte danach zwei Wochen lang nicht sprechen. Helmut Schmidt führte an seiner statt gemeinsam mit Herbert Wehner die Koalitionsverhandlungen mit der FDP. Brandt versuchte schriftlich darauf Einfluss zu nehmen – der entsprechende Brief an Wehner, von dem im Buch die Rede ist, hatte dieser tatsächlich »vergessen«.

Die Tragik des großen Triumphs, der aufgrund widriger Umstände zerrinnt, hat mich interessiert. Erfolg und Verrat, Sieg und Niederlage sind für mich als Romanautorin immer spannende Themen. Natürlich nicht nur bei historischen Figuren, sondern besonders auch bei fiktiven, die ich in eine historische Situation setze und dort agieren lasse. Ob Brandt nach der Operation logopädisch behandelt wurde, weiß ich nicht. Niemand schrieb darüber. Vielleicht weil es niemand für erwähnenswert hielt, vielleicht weil es die Behandlung so noch nicht gab. Es hätte sie aber geben können. Diese Leerstelle verschaffte mir die Möglichkeit, die junge Logopädin Sonja Engel in die Nähe des stummen Kanzlers zu rücken und ihn so durch Krankheit und Krise zu begleiten. Sonja Engel ist genauso erfunden wie Hilde Kessel, deren Rheinblick es nie gab. Bei Hilde habe ich mich von Ria Maternus, der legendären Wirtin des Weinhauses Maternus in Bad Godesberg, inspirieren lassen, bei der alles verkehrte, was in Bonn Rang und Namen hatte. Das Lokal gibt es noch, auch nach der Renovierung spürt man den alten Charme der Bonner Republik. An der B 9, dort, wo im Buch Hildes Rheinblick liegt, gab es ein Lokal namens Rheinlust, das dem Haus der Geschichte weichen musste. Max und Lotti sind genauso erfunden wie Tibulski und Bömitz und alle Gäste an Hildes Tresen oder in Maxens Taxi. Leider habe ich weder die Schumann-Klause in ihrer »wilden Zeit« noch den Club populaire erleben dürfen. Letzteren habe ich frech weg ein paar Jahre früher eröffnet, de facto machte der Jazz-Club seine Türen erst 1973 auf.

Bei Rut Brandt, Horst Ehmke und Egon Bahr, den historischen Figuren, die direkt sprechen, habe ich mir die Freiheit erlaubt, ihnen Sätze in den Mund zu legen, die sie gesagt haben könnten.

In der Geschichtsschreibung wird Brandts Stimmbanderkrankung und der kalte Nikotinentzug als Beginn des nahenden Endes seiner Kanzlerschaft gesehen: Horst Grabert, der Nachfolger von Horst Ehmke, kann das Kanzleramt nicht wie dieser führen. Kompetenzgerangel und Grabenkämpfe schwächen den Apparat und den Kanzler. Zudem ist 1973 innenpolitisch ein schwieriges Jahr. Fluglotsen- und ÖTV-Streiks, die Verkehr und Wirtschaft lähmen, viele Reformen geraten ins Stocken, im Herbst die Ölkrise, die zu einer Wirtschaftskrise führt. Dann wird im Frühjahr 1974 öffentlich, dass mit Guillaume ein Spion in unmittelbarer Nähe des Kanzlers sitzt, und Brandt tritt zurück. Guillaume, das sei an dieser Stelle noch erwähnt, arbeitete bereits seit 1969 im Kanzleramt. Deshalb huscht er im Rheinblick auch einmal kurz »durchs Bild«.

Mein Dank gilt

Zuallererst meiner Freundin, der Historikerin und Journalistin **Irene Schoor**, die – nachdem ich das Terrain zu diesem Roman sondiert hatte – nicht nur die zündende Idee hatte, sondern auch viele der historischen Passagen und Details recherchiert hat und die Entstehung des Buches als kritische und kundige Testleserin begleitete.

Kritische und kundige Testleserinnen waren auch meine Schriftsteller-Kolleginnen **Ulla Lessmann**, als langjährige *Vorwärts*-Chefredakteurin eine Kennerin der Bonner Politik, die gelegentlich an den Rand schrieb: »So reden Politiker nicht!«, und **Jasna Mittler**, die 1972 noch nicht geboren war, der Geschichte aber als erfahrene Autorin folgte und Brüche und Unstimmigkeiten bei den Figuren anmerkte.

Dem Historiker **Hubert Deipenbrock**, der als Testleser Max Dorando nicht nur mit interessanten Facetten versah, sondern für ihn auch tolle Musik fand. Zudem bereicherte er den »Soundtrack« des Buches mit vielen, mir teils unbekannten Titeln aus der Zeit. Ihm ist es zu verdanken, dass sich Max mit dem Wirt des Club populaire so kenntnisreich über die Drum-Battle zwischen Jazz- und Rockmusikern unterhalten kann. Dank ihm weiß ich nun auch, dass DKP-Leute aus der Zeit bevorzugt Blues – die Musik der Unterdrückten – hörten.

Meinen Schriftsteller-Kolleginnen **Jasna Mittler, Mila Lippke** und **Beate Sauer** für die geballte kreative Energie, mit der sie bei unserem letzten Unkel-Treffen den Teaser-Text zum *Rheinblick* zauberten.

Meiner Schriftsteller-Kollegin **Gisa Klönne** für viele tolle Gespräche übers Schreiben und Autorin-Sein.

Meiner Freundin **Martina Kaimeier** für viele aufbauende Gespräche während des Schreibens und natürlich für die O-Töne der Ruhrpott-Politiker.

Erika Wiemer, ohne die Hildes Sprache keinen kölschen Einschlag hätte und die mir das wunderbare Verb »bang sein« in Erinnerung rief.

Für die **Recherche** zu diesem Buch danke ich:

Meiner Schriftsteller-Kollegin **Beate Sauer** und ihrem Mann, dem Buchhändler **Hartmut Löschke**, für viele Bonn-Geschichten, Bonn-Materialien, Bonn-Kontakte. Hartmut besonders für das seltene Exemplar *Die Schumann-Klause – Das Buch zur Kneipe*.

Der Logopädin **Sabine Göb**, die als Erstes eine Sprechprobe von Brandt hören wollte – YouTube sei Dank – und danach, keineswegs überrascht war, dass ihm die Stimme versagte. Ohne Sabine hätte Sonja keine Behandlungsmethoden für Brandt entwickeln können.

Werner Sönnigen, dem ehemaligen Betreiber des Club populaire, für seine Geschichten aus der Hochzeit des Clubs und einen interessanten Bonn-Spaziergang.

Der Journalistin und Autorin **Antje Dertinger**, die mir Geschichten vom Journalistin-Sein in den 1960er und 1970er Jahren erzählte.

Sven Haarmann von der Friedrich-Ebert-Stiftung, der dafür sorgte, dass ich den Briefwechsel einsehen konnte, den Willy Brandt im November 1972 aus dem Krankenhaus führte.

Last but not least danke ich meiner Agentin **Andrea Wildgruber** fürs Zuhören, Lesen, Nachhaken, Finger-in-die-Wunde-Legen, für ihr Engagement und ihre Begeisterung.

Sowie meiner Lektorin **Katrin Fieber**, die immer das große

Ganze im Blick hatte und mich durch Fragen, Nachhaken und viele Anregungen immer wieder dazu brachte, im Text noch präziser zu werden und noch weiter zu den Figuren vorzudringen.

Ein Hoch auf euch alle!

Soundtrack

Oh, du schöner Westerwald, Volkslied, damals von Heino gesungen

When the Levee Breaks, Led Zeppelin

The Times They Are A Changin', Bob Dylan

Sister Morphine, The Rolling Stones

House of the Rising Sun, Eric Burdon and The Animals

Poor Boy, Chicken Shack

Bridge Over Troubled Water, Simon and Garfunkel

Take it Easy, Eagles

Fly Me to the Moon, Frank Sinatra

Love Me Tender, Elvis Presley

Lola, The Kinks

Burlesque, Family

Ma Liberté, Georges Moustaki

Ode an die Freude, Ludwig van Beethoven, 9. Sinfonie, 4. Satz

Break on Through, The Doors

Wenn das Wasser im Rhein goldner Wein wär, Volkslied

Le Port d'Amsterdam, Jacques Brel

Hey, That's no Way to Say Goodbye, Leonard Cohen

Help Me Make it Through the Night, Kris Kristofferson

I'm Ready, Humble Pie (Live At Fillmore East)

Apolitical Blues, Little Feat

Heidewitzka, Herr Kapitän, Kölner Karnevalslied von Karl Berbuer, gesungen u. a. von Willy Millowitsch

These Boots Are Made for Walking, Nancy Sinatra

Cry Baby, Janis Joplin

Speed King, Deep Purple

Macht hoch die Tür', die Tor macht weit, Kirchenlied, Advent

O Heiland, reiß die Himmel auf, Kirchenlied, Advent

Tochter Zion, freue dich, Kirchenlied, Advent

Bella ciao, italienisches Arbeiterlied

Lazy Sunday, Small Faces

Bella bionda, Tessiner Volkslied

Willkommen, bienvenue, welcome, Song aus dem Musical *Cabaret*, im Film gesungen von Liza Minnelli und Joel Grey

No One to Depend On, Santana

Mrs. Robinson, Simon and Garfunkel

Wilde Gesellen, Fahrtenlied, u. a. gesungen vom Botho-Lucas-Chor

Spiel nicht mit den Schmuddelkindern, Franz Josef Degenhardt

Liebe war es nie, Zarah Leander

Immer wieder geht die Sonne auf, Udo Jürgens

We Can Work it Out, The Beatles

Es ist ein Ros' entsprungen, kirchliches Weihnachtslied

Do it again, Steely Dan

Kling, Glöckchen, klingelingeling, Weihnachtslied

Quand on'a que l'amour, Jacques Brel

Soulkitchen, The Doors

Close To You Baby, The Doors

And I Love Her, The Beatles

Fire, Arthur Brown

I believe in you, Neil Young

Heart of Gold, Neil Young

If You Could Read My Mind, Gordon Lightfood

I Will, The Beatles

Are You Real, Art Blakey and the Jazz Messengers

Literaturliste

Arnulf Baring, *Machtwechsel – Die Ära Brandt-Scheel*, DVA 1983

Bertelsmann, *Chronik 1972 – Tag für Tag in Wort und Bild*, wissensmedia, 2011

Lars Brandt, *Andenken*, Hanser 2006

Matthias Brandt, *Raumpatrouille*, KIWI 2016

Peter Brandt, *Mit anderen Augen*, Dietz-Verlag 2013

Rut Brandt, *Freundesland*, Hoffmann und Campe 1992

Willy Brandt, *Erinnerungen*, Ullstein / Propyläen 1989

John le Carré, *Eine kleine Stadt in Deutschland*, Rowohlt TB 1972

Wulf Doerk (Hrsg.), *Die Schumann-Klause*, Eigenverlag 1985 (?)

Horst Ehmke, *Mittendrin*, Rowohlt 1994

Peter Fischer, *Schlaraffenland, nimms in die Hand*, Wagenbach 1978

Günter Grass, *Aus dem Tagebuch einer Schnecke*, Luchterhand 1972

Helga Grebing, Gregor Schöllgen, Heinrich August Winkler (Hrsg.) im Auftrag der Bundeskanzler-Willy-Brandt-Stiftung, *Willy Brandt – Berliner Ausgabe*, Band 5, Karsten Rudolph *Die Partei der Freiheit*, *Willy Brandt und die SPD 1972–1992*, Bonn 2002, sowie Band 7, Wolther von Kieseritzky: *Mehr Demokratie wagen, Innen- und Gesellschaftspolitik 1966–1974*, Bonn 2001

Claudia Hammann, *Bei Stimme bleiben*, Schulz-Kirchner 2011

Matthias Hannemann, Dietmar Preißler, *Bonn – Orte der Demokratie*, Christoph Links 2009

Klaus Harpprecht, *Im Kanzleramt*, Rowohlt 2001

Klaus Harpprecht, *Schräges Licht*, Fischer 2014

Kurt Holl, Claudia Glunz (Hrsg.), *1968 am Rhein – Satisfaction und Ruhender Verkehr* , Emons 2008

Heli Ihlefeld, *Auf Augenhöhe*, Herbig 2008

Heli Ihlefeld, *Willy Brandt, anekdotisch*, Bechtle/Bertelsmann 1975

Heli Ihlefeld, *Anekdoten aus Bonn*, Kemper, Heidelberg 1963

Gerd Koenen, *Das rote Jahrzehnt*, Fischer 2002

Wolfgang Koeppen, *Das Treibhaus*, Suhrkamp 1986

Torsten Körner, *Die Familie Willy Brandt*, Fischer 2013

Peter Merseburger, *Willy Brandt*, DVA 2002

Stadtplan für Männer, Köln, 1971, Monika Dülk Verlag

Bianca Tesche, *Stimme und Stimmhygiene*, Schulz-Kirchner 2006

Reinhard Wilke, *Meine Jahre mit Willy Brandt*, Hohenheim Verlag 2010

Stefan Zweig, *Maria Stuart*, Fischer 1990

Archiv-Recherche:

Badische Neueste Nachrichten, Stadtarchiv Bühl, Oktober – Dezember 1972

Bonner General-Anzeiger, Stadtarchiv Bonn, Oktober – Dezember 1972

Kehler Zeitung, Stadtarchiv Kehl, Oktober – Dezember 1972

WDR-Archiv, Köln, Willy Brandt, Bundestagswahl 1972

Archiv der Sozialen Demokratie, Friedrich-Ebert-Stiftung, Willy-Brandt-Archiv, A 8, *Bundeskanzler und Bundesregierung 1969–1974*

Internet-Recherche:

Spiegel-Artikel 1970–1972

Zu 1968: http://www.bpb.de/geschichte/deutsche-geschichte/68er-bewegung/51791/wider-den-muff-von-1000-jahren?p=all

Zu Kinderheimen: https://rechtlosekinder.wordpress.com/kinderheime-in-wien-2/

https://uni.de/redaktion/kinderheime-frueher-und-heute
http://heimkinder-forum.de/v4x/index.php/Thread/10608-borken-kinderheim-st-vinzenz-e-v/

Wörtliche Zitate:

Die Beschreibung von Brandts Exil- und frühen Berliner Jahren sind an Peter Brandts Beschreibungen aus *Mit anderen Augen* angelehnt, die beiden Brandt-Zitate »Die Todesurteile …« und »Selbst die Pessimisten …« sind diesem Buch entnommen.

Die Zitate zum Sternmarsch »Halten Sie Ihre Türen …« und Heinrich Böll: »Ich bin der Überzeugung …« sind zu finden unter: http://www.deutschlandfunk.de/sternmarsch-nach-bonn.871.de.html?dram:article_id=126237

»Vernunft hatte keine Gewalt mehr …«, zitiert aus Stefan Zweig, *Maria Stuart.*

Die wörtliche Rede von Ehmke und Bahr ist von Aufzeichnungen und Briefen inspiriert, die ich im Bestand des Willy-Brandt-Archivs in der Friedrich-Ebert-Stiftung einsehen konnte.

Glossar

APO, Außerparlamentarische Opposition, ab 1966 regieren CDU und SPD in einer großen Koalition, die parlamentarische Opposition erschöpft sich in der kleinen FDP. Im Vorfeld der umstrittenen Notstandsgesetze formiert sich in der Bundesrepublik eine Außerparlamentarische Opposition, kurz APO genannt, die hauptsächlich vom Sozialistischen Deutschen Studentenbund (SDS) und den Republikanischen Clubs (RC) getragen wird.

Bahr, Egon, 1922–2015, SPD-Politiker, Architekt der Ostverträge, langjähriger Vertrauter und Weggefährte Willy Brandts. 1972 wird er Minister für besondere Aufgaben. Dieses Amt legt er mit dem Rücktritt Willy Brandts im Mai 1974 nieder.

»Baracke«, schlichtes, betont anspruchsloses Gebäude, Parteizentrale der SPD bis 1975. Die Baracke lag direkt an der B 9 und existiert nicht mehr.

Barzel, Rainer, 1924–2006, CDU-Politiker, ab 1969 Oppositionsführer im Deutschen Bundestag. Barzels Versuch, Willy Brandt im April 1972 durch ein Misstrauensvotum zu stürzen, misslingt genauso wie sein Versuch, Brandt bei der Bundestagswahl 1972 als Kanzler abzulösen. Nach der verlorenen Wahl löst ihn 1973 Helmut Kohl als Parteivorsitzender und Karl Carstens als Fraktionsvorsitzender ab.

Börner, Holger, 1931–2006, SPD-Politiker. 1972 Bundesgeschäftsführer der SPD, später langjähriger Ministerpräsident von Hessen und als solcher der Erste, der mit den Grünen koalierte.

BFBS – British Forces Broadcasting Service, ursprünglich ein im Auftrag des Ministry of Defence betriebener Soldatensender für die britischen Truppen im Ausland, dessen deutsche Dependance seit 1954 in

Köln-Marienburg lag. Ab den 1960er-Jahren spielt BFBS aktuelle Popmusik vom Feinsten und war bei deutschen Jugendlichen mindestens genauso beliebt wie bei den in Deutschland stationierten britischen Soldaten.

DBJR, Deutscher Bundesjugendring, Zusammenschluss und politische Interessensvertretung der Jugendverbände.

Dialektische Argumentationskette, beliebte Art des Argumentierens in linken Kreisen der Zeit. Beruht auf Hegels Dialektik, die – stark verkürzt gesagt – über These und Antithese zur beides aufhebenden Synthese kommt (in immer wieder neuen Schritten). Marx stellte die Hegel'sche Philosophie vom »Kopf auf die Füße«, indem er die geistig-logischen Thesen-Antithesen materiell als Widersprüche der Gesellschaft verstand. Siehe auch Haupt- und Nebenwiderspruch.

Ehmke, Horst, 1927–2017, seit 1947 Mitglied der SPD. 1967–1969 Staatssekretär im Justizministerium unter Gustav Heinemann, von 1969–1972 Bundesminister für besondere Aufgaben und Chef des Kanzleramtes, 1972–1974 Minister für Forschung und Technologie sowie Post und Fernmeldewesen. Beide Ämter legt er mit dem Rücktritt Brandts im Mai 1974 nieder.

Ermächtigungsgesetz, am 23.3.1933, zwei Tage nach dem Reichstagsbrand, stimmte der von SA und SS eingeschüchterte Reichstag dem von Hitler vorgelegten »Gesetz zur Behebung der Not von Volk und Reich« zu. Mit dem »Ermächtigungsgesetz« ging die gesetzgebende Gewalt faktisch auf Adolf Hitler über; in der Folge wurden die Gewerkschaften zerschlagen, nacheinander alle politischen Parteien bis auf die NSDAP verboten, ein großer Teil der Beamten entlassen (alle Beamten mit einem jüdischen Großelternteil und auch nicht jüdische Oppositionelle) sowie die Presse zensiert.

Gammler, in den späten 1960er- und 1970er-Jahren ein Schimpfwort für unangepasste, oft aus freiem Entschluss arbeitslose männliche Jugendliche. In bestimmten Kreisen aber auch ein Gesamtbegriff für junge Männer mit langen Haaren.

Die Gelben, in den 1970er-Jahren umgangssprachliche Bezeichnung für die FDP. In dieser Zeit schrieb sich die F.D.P. mit Pünktchen.

Godesberger Programm, mit dem Godesberger Programm von 1959 leitete die SPD den Wandel von einer sozialistischen Arbeiterpartei hin zu einer Volkspartei ein. Hierzu gehört das Bekenntnis zur Marktwirtschaft und zur Bundeswehr. Das Godesberger Programm wird 1989 von dem Berliner Programm abgelöst.

Guillaume, Günter, 1927–1995, seit 1964 hauptamtlicher Parteifunktionär der SPD, nach der Wahl 1969 Referent in der Abteilung Wirtschafts-, Finanz- und Sozialpolitik im Kanzleramt. 1972 steigt er zum persönlichen Referenten von Bundeskanzler Willy Brandt auf. Im April 1974 wird Guillaume in Bonn wegen Spionage verhaftet. Er hat im Auftrag der Staatssicherheit der DDR Willy Brandt ausspioniert, der deswegen im Mai 1974 von seinem Amt als Bundeskanzler zurücktritt.

Haupt- und Nebenwiderspruch, in der marxistisch-leninistischen Lehre des real-existierenden Sozialismus galt meist nur ein Widerspruch als relevant: der zwischen Kapital und Arbeit, der Hauptwiderspruch. Die Studentenbewegung der 60er-Jahre kämpfte allerdings gegen viele gesellschaftliche Widersprüche, die sich nicht bruchlos unter dem Hauptwiderspruch subsumieren ließen. Wichtigstes Beispiel: der im damals aktuellen Feminismus benannte Widerspruch zwischen der gesellschaftlichen Rolle des Mannes und der der Frau. Die Hardliner des Marxismus benannten solches (meist abfällig) als Nebenwidersprüche.

K-Gruppen, nachdem es nicht gelungen war, die Notstandsgesetze zu verhindern, lösten sich die RCs auf, und der SDS zerfiel in kleine, sich in erbittertem Richtungsstreit bekämpfende sozialistische und kommunistische Gruppen, kurz K-Gruppen genannt. Dazu zählten der KBW (Kommunistische Partei Westdeutschland), die KPD/ML (Kommunistische Partei Deutschland/Marxisten-Leninisten), der KB (Kommunistische Bund) und andere.

Kritik und Selbstkritik, im Marxismus/Leninismus ein Begriff, der der konstruktiven Auseinandersetzung – fachlich, politisch, wissenschaftlich – dient und damit die Revolution voranbringen soll. In linken Gruppierungen seit 1968 war der Hauptkritikpunkt der (klein-)bürgerliche Individualismus, verbunden mit mangelndem Vertrauen in die Arbeiterklasse. Für die Kritisierten waren diese Gesprächsrunden immer mit Schuldeingeständnissen verbunden. Kritik und Selbstkritik wurde nicht nur in der politischen Arbeit, sondern auch im privaten Bereich praktiziert. Alan Posener bezeichnet Kritik und Selbstkritik als »die kommunistische Entsprechung der katholischen Beichte«. Vergebung gab es da allerdings selten. Im Nachhinein sahen viele Beteiligte die Kritik-und-Selbstkritik-Runden als Psychoterror an.

Misstrauensvotum, durch ein Misstrauensvotum kann das Parlament mit einfacher Mehrheit der Regierung sein Vertrauen entziehen. Die Regierung muss dann zurücktreten. Im Grundgesetz in Artikel 67 ist ausschließlich ein »Konstruktives Misstrauensvotum« vorgeschrieben. Das heißt, mit der Abwahl muss ein neuer Bundeskanzler gewählt werden. Abwahl und Neuwahl erfolgen in ein und derselben Abstimmung. Dieses Prozedere ist den negativen Weimarer Erfahrungen geschuldet. In der Weimarer Verfassung musste nach einem Misstrauensvotum kein neuer Regierungschef gewählt werden. Dies wurde von radikalen Parteien oft als Störmanöver genutzt und hat die Weimarer Republik politisch handlungsunfähig gemacht. Das wiederum hat den Aufstieg der NSDP und den Sieg Hitlers ermöglicht. In der Bundesrepublik wurden bisher zwei Misstrauensvoten beantragt: 1972 von Rainer Barzel, er scheitert, Willy Brandt bleibt Kanzler. Zehn Jahre später 1982 von Helmut Kohl, er stürzt Helmut Schmidt und wird selbst Kanzler.

MdB, Mitglied des Bundestages

Mitbestimmung, das Mitbestimmungsgesetz, für das Gewerkschaften und die SPD lange gekämpft haben, tritt 1976 in Kraft. Große Unternehmen müssen nun Arbeitnehmervertreter in den Aufsichtsrat aufnehmen. Arbeitnehmer- und Arbeitgeberseite sind paritätisch besetzt. Kommt es zum Patt, entscheidet der Vorsitzende, der über ein Doppelstimmrecht verfügt.

Notstandsgesetze, durch die Notstandsgesetze kann im Fall eines Notstands (Angriff von außen, innere Unruhen, Naturkatastrophen) die Gesetzgebungskompetenz der Regierung ausgeweitet und damit Bürgerrechte eingeschränkt werden. Ob die junge Bundesrepublik die Notstandsgesetze braucht oder nicht, war in den 1960er-Jahren höchst umstritten. Während für die Befürworter das Gesetz ein weiterer Schritt aus der Abhängigkeit der Siegermächte hin zu staatlicher Souveränität darstellt, sehen die Gegner darin ein Machtmittel der Staatsgewalt, von dem sie fürchten, dass es wie in der Weimarer Republik missbraucht werden könnte (siehe Ermächtigungsgesetz). Die Diskussion über die Notstandsgesetze zieht sich über zehn Jahre. Mit dem Sternmarsch auf Bonn organisiert die APO die bis dahin größte Demonstration der Nachkriegszeit. Trotz der massiven Proteste verabschiedet die Große

Koalition aus CDU und SPD das Gesetz im Mai 1968 mit der notwendigen Zweidrittelmehrheit der Stimmen.

Obermeier, Uschi, geboren 1946, Fotomodell, Schauspielerin, Geliebte von Mick Jagger und Keith Richards, Weltreisende, Schmuckdesignerin. Sie gilt als das It-Girl der 68er-Bewegung. Sie lebte zeitweise in der Kommune I.

Ostverträge/Ostpolitik, Annäherung anstelle von Konfrontation, lautete der Grundgedanke der Ostpolitik von Willy Brandt, die insbesondere sein langjähriger politischer Weggefährte Egon Bahr plante und vorantrieb. In den Verträgen geht es um gegenseitigen Gewaltverzicht sowie um die Anerkennung der Grenzen, die nach dem Zweiten Weltkrieg gezogen wurden. Im August 1970 wird der Moskauer Vertrag geschlossen, in dem beide Seiten vereinbaren, Konflikte friedlich zu lösen, und die Bundesrepublik die Oder-Neiße-Grenze anerkennt. Im Dezember 1970 wird dieses Abkommen in Polen mit dem Warschauer Vertrag bekräftigt – auf dieser Reise fand auch der berühmte Kniefall Brandts im Warschauer Ghetto statt. Es folgen 1971 das Vier-Mächte-Abkommen in Berlin, 1971 das Transitabkommen und 1972 der Grundlagenvertrag mit der DDR.

Prager Frühling, dieser Begriff bezeichnet eine Reformbewegung in der damaligen Tschechoslowakei, die zum Ostblock gehörte und wie alle Ostblockstaaten von Kommunisten regiert wurde. Der 1968 an die Macht gekommene Parteisekretär Alexander Dubček wollte einen »Sozialismus mit menschlichem Antlitz« schaffen und wurde dabei von großen Teilen der Bevölkerung unterstützt. Am 20. August 1968 rückten Truppen von fünf Warschauer-Pakt-Staaten in die Tschechoslowakei ein und beendeten die Reformvorhaben gewaltsam.

RC – Republikanischer Club, der erste RC gründet sich 1967 in Berlin und wird mit spektakulären Aktionen wie der Enteignet-Springer-Kampagne und der Demonstration für Bundeswehr-Deserteure bekannt. Vor allem die Debatte über die Notstandsgesetze führt dazu, dass sich bundesweit weitere RCs bilden. 1968 gibt es mehr als vierzig in der Bundesrepublik. Etliche auch in der Provinz, unter anderem einen in Baden-Baden. Der RC ist das Forum für politische und gesellschaftliche Themen. Im RC treffen kritische Geister unterschiedlicher Couleur aufeinander: Künstler und Arbeiter, Studierte und Angestellte, Gewerkschafter und Kirchenleute, Sozialisten und Liberale, Kommunisten und Überlebende des Naziregimes. Sie alle verbindet der

Wunsch, die CDU-dominierten Regierungen in Bund und Ländern abzulösen, und sie eint der Widerstand gegen die Notstandsgesetze. Als deren Verhinderung scheitert, lösen sich die RCs auf beziehungsweise zerfallen in dogmatische K-Gruppen.

RCDS, Ring Christlich-Demokratischer Studenten, schon seit den frühen 1950ern politischer Gegner des SDS.

Die Roten, die Sozis, die Sozen, umgangssprachliche Bezeichnung für die SPD.

Schmidt, Helmut, 1918–2015, seit 1946 Mitglied der SPD, wird 1953 zum ersten Mal MdB, 1967–1969 Fraktionsvorsitzender der SPD im Bundestag, 1969–1972 Verteidigungsminister, ab 1972 erst Finanz- und Wirtschafts-, dann Finanzminister. 1973 nach dem Rücktritt Brandts Bundeskanzler, 1982 von Kohl durch ein Misstrauensvotum gestürzt, ab 1983 Mitherausgeber der ZEIT, 1986 Abschiedsrede im Bundestag. Als *elder statesman* wird er noch einmal berühmt und beliebt.

Die Schwarzen, umgangssprachliche Bezeichnung für die CDU.

SDS, Sozialistischer Deutscher Studentenbund, ursprünglich SPD-naher Studentenbund, der ab 1960 mehr und mehr radikalere Positionen vertritt und sich damit von der SPD entfernt. 1967/68 befinden sich die Zentren des SDS in Berlin und Frankfurt. Der SDS verstand sich als Teil der APO.

Sir Walter, Spitzname für den damaligen Außenminister und FDP-Vorsitzenden Walter Scheel.

Sit-in, Sitzstreik, ist eine gewaltfreie Aktion, in der es darum geht, sich durch passiven Widerstand Gehör zu verschaffen. Sit-ins werden in den 1960ern von schwarzen Bürgerrechtlern entwickelt, die sich in Restaurants auf Plätze setzen, die für Weiße reserviert sind. Das erste deutsche Sit-in findet 1966 an der FU Berlin statt – Studenten verhindern den Unterricht und demonstrieren gegen die Strukturen des Lehrbetriebes – und ist bis heute eine oft praktizierte erfolgreiche Form des passiven Widerstandes.

SSK, ursprünglich Abkürzung für Sozialpädagogische Sondermaßnahmen Köln, später und bis heute Sozialistische Selbsthilfe Köln. Schon als Sozialpädagogische Sondermaßnahmen hieß es immer **der** SSK.

Stern-**Artikel: Wir haben abgetrieben**, inspiriert von französischen Feministinnen und ihrer Aktion im *Nouvel Observateur* gelang es Alice Schwarzer 1971, Frauen des öffentlichen Lebens – u. a. Schauspielerinnen wie Romy Schneider, Inge Meysel und Senta Berger – dazu zu bewegen, öffentlich zu behaupten, dass sie abgetrieben und damit gegen geltendes Recht verstoßen haben. Diese Aktion gilt als Meilenstein der neuen Frauenbewegung in Deutschland.

Strauß, Franz Josef, 1915–1988, Gründungsmitglied der CSU 1945, von 1949–1978 durchgängig MdB, mehrfach Minister, auch Ministerpräsident von Bayern, stürzt als Verteidigungsminister 1962 über die *Spiegel*-Affäre, bei der Bundestagswahl 1980 tritt er als Kanzlerkandidat der CDU / CSU an und verliert gegen Helmut Schmidt. Gefürchteter, berüchtigter, polarisierender Politiker, in der Parlamentsdebatte legendärer Kontrahent von Herbert Wehner.

Teach-in, ein Teach-in folgt oft auf ein Sit-in und ist eine viel praktizierte Form der Wissensvermittlung der 68er-Bewegung. Im Teach-in werden die Teilnehmer eines Sit-in über gesellschaftliche Missstände informiert und in damit verbundenen Diskussionen in größere politische und soziale Zusammenhänge gestellt. Heute schwer vorstellbar, aber damals saß man stundenlang auf dem Boden und diskutierte.

Vertrauensfrage, sie wird von der Regierung oder dem Parlament gestellt, entweder um den Rückhalt in den eigenen Reihen zu prüfen oder um die Klärung gravierender Konflikte herbeizuführen. Brandt stellt die Vertrauensfrage am 22. 9. 1972. Dies ist nötig, weil die Regierung seit dem Misstrauensvotum über keine Mehrheit mehr im Parlament verfügt und der Haushalt nicht verabschiedet werden kann. Brandt will eine Abstimmungsniederlage, damit der Bundestag sich auflösen kann und er die Möglichkeit hat, Neuwahlen auszurufen. Danach startet der kürzeste Wahlkampf der Bundesrepublik, den Brandt am 19. 11. 1972 für sich entscheidet.

Wehner, Herbert, 1906–1990, ehemaliger Kommunist, der 1946 in die SPD eintritt und in Hamburg schnell zu einem führenden Mitglied der Partei wird. 1949 wird er MdB und bleibt es, immer im Direktmandat, bis 1983. Von 1969–1983 ist er Fraktionsvorsitzender und damit einer der mächtigsten Männer der SPD. Wehner hält die Partei mit strenger Hand zusammen, von den Genossen wird er gleichermaßen geschätzt und gefürchtet. Im Bundestag ist er ein glänzender Redner und für seine Zwischenrufe bekannt.

Stern-**Artikel: Wir haben abgetrieben**, inspiriert von französischen Feministinnen und ihrer Aktion im *Nouvel Observateur* gelang es Alice Schwarzer 1971, Frauen des öffentlichen Lebens – u. a. Schauspielerinnen wie Romy Schneider, Inge Meysel und Senta Berger – dazu zu bewegen, öffentlich zu behaupten, dass sie abgetrieben und damit gegen geltendes Recht verstoßen haben. Diese Aktion gilt als Meilenstein der neuen Frauenbewegung in Deutschland.

Strauß, Franz Josef, 1915–1988, Gründungsmitglied der CSU 1945, von 1949–1978 durchgängig MdB, mehrfach Minister, auch Ministerpräsident von Bayern, stürzt als Verteidigungsminister 1962 über die *Spiegel*-Affäre, bei der Bundestagswahl 1980 tritt er als Kanzlerkandidat der CDU / CSU an und verliert gegen Helmut Schmidt. Gefürchteter, berüchtigter, polarisierender Politiker, in der Parlamentsdebatte legendärer Kontrahent von Herbert Wehner.

Teach-in, ein Teach-in folgt oft auf ein Sit-in und ist eine viel praktizierte Form der Wissensvermittlung der 68er-Bewegung. Im Teach-in werden die Teilnehmer eines Sit-in über gesellschaftliche Missstände informiert und in damit verbundenen Diskussionen in größere politische und soziale Zusammenhänge gestellt. Heute schwer vorstellbar, aber damals saß man stundenlang auf dem Boden und diskutierte.

Vertrauensfrage, sie wird von der Regierung oder dem Parlament gestellt, entweder um den Rückhalt in den eigenen Reihen zu prüfen oder um die Klärung gravierender Konflikte herbeizuführen. Brandt stellt die Vertrauensfrage am 22. 9. 1972. Dies ist nötig, weil die Regierung seit dem Misstrauensvotum über keine Mehrheit mehr im Parlament verfügt und der Haushalt nicht verabschiedet werden kann. Brandt will eine Abstimmungsniederlage, damit der Bundestag sich auflösen kann und er die Möglichkeit hat, Neuwahlen auszurufen. Danach startet der kürzeste Wahlkampf der Bundesrepublik, den Brandt am 19. 11. 1972 für sich entscheidet.

Wehner, Herbert, 1906–1990, ehemaliger Kommunist, der 1946 in die SPD eintritt und in Hamburg schnell zu einem führenden Mitglied der Partei wird. 1949 wird er MdB und bleibt es, immer im Direktmandat, bis 1983. Von 1969–1983 ist er Fraktionsvorsitzender und damit einer der mächtigsten Männer der SPD. Wehner hält die Partei mit strenger Hand zusammen, von den Genossen wird er gleichermaßen geschätzt und gefürchtet. Im Bundestag ist er ein glänzender Redner und für seine Zwischenrufe bekannt.